U0101399

-世界经典-
侦探推理
小说选

〔英〕G.K.切斯特顿等 著

青 林 编译

台海出版社

图书在版编目（CIP）数据

世界经典侦探推理小说选／（英）G.K.切斯特顿等著；青林编译. 一北京：台海出版社，2020.4
ISBN 978-7-5168-2534-1

Ⅰ.①世… Ⅱ.①G… ②青… Ⅲ.①侦探小说—小说集—世界 Ⅳ.①I14

中国版本图书馆 CIP 数据核字（2019）第 299945 号

世界经典侦探推理小说选
SHIJIE JINGDIAN ZHENTAN TUILI XIAOSHUO XUAN

著　　者　〔英〕G.K.切斯特顿等
编　　译　青　林

出 版 人　蔡　旭
策划编辑　左　岸
责任编辑　曹任云
装帧设计　尚世视觉

出　　版　台海出版社
地　　址　北京市东城区景山东街 20 号
邮　　编　100009
电　　话　010－64041652（发行，邮购）
传　　真　010－84045799（总编室）
网　　址　www. taimeng. org. cn/thcbs/default. htm
电子邮箱　thcbs@126. com

发　　行　全国各地新华书店
印　　刷　三河市华润印刷有限公司

开　　本　710mm ×1000mm　1/16
字　　数　402 千字
印　　张　28
版　　次　2020 年 4 月第 1 版
印　　次　2020 年 4 月第 1 次印刷

书　　号　ISBN 978-7-5168-2534-1
定　　价　88.00 元

前言

　　侦探推理小说，简称侦探小说，是西方通俗文学的一种体裁，诞生于 19 世纪。由于传统侦探小说中的破案大多以推理的方式进行，所以也被称为推理小说。

　　其实，侦探推理小说的概念非常模糊，狭义上的侦探推理小说主要描写案件发生和推理侦破过程，而广义上的侦探小说则要包括法庭派、社会派、冷硬派、悬疑派等。侦探推理小说自从问世，就吸引了无数读者，目前依然是世界上最流行的文学样式之一。说起侦探推理小说，就不得不提到美国著名作家爱伦·坡，他堪称侦探小说的鼻祖，有着"侦探小说之父"的美誉。他在《莫格街血案》《失窃的信》中，塑造了第一业余侦探杜宾的形象。爱伦·坡写的侦探小说并不多，却几乎囊括了本格小说的所有类型：破解密码，密室杀人，最不可能的人就是凶手等。可以说，后世的诸多作品都没有跳出爱伦·坡画的这个圈。

　　爱伦·坡为侦探小说奠定了良好的基础之后，侦探小说并没有就此蓬勃发展开来，直到 1878 年，安娜·凯瑟琳·格林（1846～1935）发表《利文沃兹案》，侦探小说才开始流行。

　　一篇优秀的侦探推理小说不但要结构严谨，而且要布局精妙，让读者如堕迷雾，不由自主地跟着作者的思路，参与到探案的过程中来，随着情节的发展，心情也会跌宕起伏，直到案情真相大白，才会长出一口气。好的作品中的侦探不但性格鲜活，有血有肉，罪犯也是各具特点，增添了故事的离奇性。迄今为止，文坛上已经出现了很多知名的侦探形象，如布朗神父、杜宾等，给读者留下了深刻的印象。

阅读一些情节跌宕起伏的侦探推理小说，不但能够获得酣畅淋漓的阅读体验，还能体会到迷人的艺术魅力，并能锻炼自己的推理判断和思考能力，可谓一举多得。因此，本书精选了侦探推理小说自问世以来涌现出的诸多优秀作品，分成了五个部分，将 G. K. 切斯特顿、爱伦·坡、欧内斯特·布拉玛等世界侦探小说大师的作品囊括其中，这些故事情节曲折，布局精巧，文笔优美，能够让你不知不觉地沉迷其中。接下来，就请打开这本书，开始一场推理饕餮盛宴吧！

目录

第一章

离奇谋杀：罪恶正一步步浮出水面

阿波罗之眼

〔英〕G. K. 切斯特顿

当太阳升到威斯敏斯特的上空时，泰晤士河上那团神秘的、孤单的、像轻烟一样的亮点显得有点混乱，却又非常清晰。慢慢地，亮点摆脱了灰色，变得更加灿烂。一高一矮两个男人穿过了威斯敏斯特大桥，他们甚至可以与傲慢的议会钟楼和伦敦西敏寺佝偻的贱民相提并论，因为矮个子男人穿着神父服装。这个高个子男人的官方注册名字是私家侦探赫尔克里·弗兰博先生，他正要去他的新办公室，那里有一排新的公寓，正对着修道院的入口。矮个子男人的正式名字是 J. 布朗神父，隶属于坎伯韦尔①的圣弗朗西斯·沙维尔教堂，他刚离开坎伯韦尔的临终病床，来看他朋友的新办公室。

这座建筑物有着美国式的摩天大楼的海拔高度，也有着美国式的电话和电梯等精密机械。但是这里还没有完工，住户不多，只有三个租客搬了进来，弗兰博上面的办公室和他下面的办公室都被占用了，而上面两层和下面三层也都被占用了。当我们第一眼看到这座新建的公寓大楼时，能看到一些更加引人注目的东西。除了一些脚手架遗留下的痕迹，一个耀眼的物体就竖立在弗兰博办公室的外面。这是一个巨大的人眼镀金雕像，周围环绕着金光，占据了办公室两三扇窗户的空间。

---

① 伦敦南部一贫穷郊区。

"那究竟是什么?"布朗神父问,然后呆住了。

"哦,一种新的宗教,"弗兰博笑着说,"这是一种新的宗教,通过说你从来没有做过什么的方法来原谅你的过错。我觉得很像基督教科学派。事实上,一个自称卡隆的家伙(我不知道他的名字是什么,不过这绝对不是他的真名)就住在我上面的公寓里。我下面有两个女打字员,上面就是那个热情洋溢的老骗子。他自称为阿波罗新神父,崇拜太阳。"

"让他小心点,"布朗神父说,"太阳是所有神中最残酷的。但是那只大眼睛是什么意思呢?"

"据我所知,这是他们的一个理论。"弗兰博回答说,"一个人只要意志坚定,什么事情都能忍受。他们的两大象征是太阳和睁开的眼睛,因为他们说,如果一个人真的很健康,他可以凝视太阳。"

"如果一个人真的很健康,"布朗神父说,"他无法忍受直视太阳。"

"好吧,关于这个新宗教,我只能告诉你这么多了。"弗兰博漫不经心地接着说,"当然,它声称它可以治愈所有的身体疾病。"

"它能治愈精神疾病吗?"严肃的布朗神父带着好奇问道。

"什么精神疾病?"弗兰博笑着问。

他的朋友说:"哦,能够思想就不错了。"

弗兰博对下面那间安静的小办公室比对上面那座华丽的庙宇更感兴趣。他是一个头脑清醒的南方人,除了天主教徒或无神论者之外,他不能把自己想象成任何其他人;而那种光明而苍白的新宗教无法引起他的兴趣。但是他总是对人类感兴趣,特别是长得好看的人类;此外,楼下的女士们都各行其是。办公室由两姐妹管理,她们都身材瘦削,皮肤黝黑,其中一个身材高挑,引人注目,她是那种人们总是把她想象成某种武器的锋利边缘的女人。她似乎一辈子都在坚持自己的道路。她的眼睛有着惊人的光泽,但是那是钢铁般的光泽,而不是钻石般的光泽;她那挺直苗条的体形太过僵直,反而遮盖了它的优美。她的妹妹就像她缩短了的影子,只是更灰暗、苍白,更微不足道。她们俩都穿着一身商务式的黑色衣服,袖口和领子都很男性化。在伦敦的办公室里,有成千上万这样唐突、勤奋的女性，但她们的兴趣在于她们真实的而不是表面上的地位。

对于姐姐波林·斯泰西来说，她实际上是一个家族饰章和半个郡的女继承人，同时也是巨额财富的继承人；她是在城堡和花园里长大的，直到一种无情的仇恨（现代女性所特有的）驱使她走上了一种她认为更艰难、更高尚的生活方式。事实上，她并没有放弃她的金钱，因为她的浪漫主义或教会主义的放弃，实质上与她那专横的功利主义是密切联系在一起的。她会说，她拥有财富是为了用于实际的社会用途。她把一部分钱投入了自己的事业，这个事业是以打字市场为核心的；还有一部分钱捐给了不同的团体，促进妇女工作。琼，她的妹妹和伙伴，在一定程度上分享了这种略显平淡的、没有人能够确定的理想主义。但是琼带着一种狗一样的忠诚，某种程度上比姐姐更加坚定不移的崇高精神带着一点悲剧色彩，多少比姐姐那种坚强、高昂的情绪更有吸引力。因为波林·斯泰西可以与悲剧无关，可以理性地否认悲剧的存在。

弗兰博第一次走进公寓的时候，波林那严肃、动作麻利和冰冷的不耐烦让他暗自发笑。他在入口大厅的电梯外面徘徊，等待把陌生人送到各个楼层的开电梯的小子。但是这个有着明亮眼睛的女孩却公然拒绝接受这种正大光明的拖延。她尖刻地说，她知道电梯的一切，而且也不依赖男孩或男人。虽然她的房间就在三楼，但她在电梯上升的短短几秒钟内，以一种不着边际的方式向弗兰博展示了她的许多基本观点，大体上说，她是一个现代化的工作女性，喜欢现代化的工作设备。她明亮的黑眼睛闪耀着抽象的愤怒，反对那些谴责机械科学并要求浪漫回归的人。她说，每个人都应该能够操纵机器，就像她能够操纵电梯一样。她似乎对弗兰博为她开电梯门这一事实感到不满；而绅士风度的弗兰博对她的这种急性子的自立，心中多少有些交织的感情。他笑着回到了自己的房间。

当然，波林的脾气是好的，她那双纤细优雅的手做出的姿势，无不显出断然与指示的气质。有一次，弗兰博因为打字的事走进她的办公室，发现她刚刚把一副属于她妹妹的眼镜扔到地板中间，还用力踩下去。她已经陷入了一场激烈的道德演说中，这场演说是关于"病态的医学观念"，以及现代医学器具所暗示的对可怕的人类自身缺陷的承认。她恳恳她妹妹不要再把这种人为的、不健康的垃圾带到这个地方来。她问她是否希望戴着假肢、假发或者玻璃眼睛；她说这些东西让眼睛像可怕的水晶一样闪闪发光。

弗兰博对这种狂热十分困惑，忍不住问波林小姐（用法国人的直接的方式），为什么一副眼镜比电梯更是软弱的病态标志，为什么如果科学可以帮助我们做到这一点，却不能帮助我们做到另一点。

"这太不一样了，"波林·斯泰西傲慢地说，"电池、发动机和所有这些东西都有人力的痕迹——是的，弗兰博先生，也有女人的痕迹！我们也有机会轮到改进那些吞噬着时间和距离的机器，这才是高尚而辉煌的——才是真正的科学。但是医生们推销的肮脏的器具和石膏——它们只是胆小鬼的标志，医生紧盯着我们的腿和胳膊，好像我们生来就是瘸子和生病的奴隶。但我是天生自由的，弗兰博先生！人们认为他们需要这些东西，是因为他们在恐惧中被训练，而不是在力量和勇气中被训练，就像那些愚蠢的护士告诉孩子们不要盯着太阳看，所以他们不眨眼就不敢直视。但是为什么在群星之中会有一颗我不能直视的星星呢？太阳不是我的主人，我随时都可以睁开眼睛盯着它看。"

"你的眼睛，"弗兰博像向外国人那样鞠了一躬，说，"会使太阳目眩。"他很高兴赞美这个奇怪的僵直的美人，部分是因为这种赞美能使她有点失去稳重。但是当他上楼回到他的办公室时，他深吸了一口气，吹了一声口哨，对自己说："这么说她已经被楼上那个魔术师用他的金色眼睛控制了。"因为，尽管他对卡隆这个新的宗教知之甚少，也不怎么关心，他却已经听说过他对于和太阳对视的特殊见解。他很快就发现，他的楼上和楼下之间的精神纽带越来越紧密。这个自称卡隆的人是一个了不起的人物，从体形上看，他足以成为阿波罗主教。他几乎和弗兰博一样高，而且长得好看很多。他有着金色的胡须，深蓝色的眼睛，头发像狮子的鬃毛一样向后甩。在身体构造上，他是尼采理论上金发白肤的野兽，但所有这些动物般的美都被真正的智慧和灵性所升华、照亮和柔化。如果说他看起来像一个伟大的撒克逊国王，那这个国王一定是个圣人。尽管他周围的环境与伦敦腔格格不入，尽管他在维多利亚街的一栋大楼中间有一间办公室，尽管办事员（一样袖口和领子的普通年轻人）坐在他和走廊之间的外屋里，尽管他的名字印在一块铜牌上，尽管他所信奉的宗教的镀金象征物悬挂在街道上方，就像眼科医生的广告一样。所有这些庸俗都无法给这个叫卡隆的人造成灵魂和肉体上的逼真的压力和动力。话虽如此，人们仍然能在这个庸医的表象中感觉到一个伟人的存在。甚至当他在办公室里穿着宽松的亚麻布夹克衫时，他也是一个迷人而令人敬畏的人物；当他每天穿着白色的法衣，戴着金色的圆环向太阳致敬时，他真的看起来那么完美，以至于街上的人们的嘲笑有时会突然从他们的嘴唇上消失。这个新太阳教的教徒一天三次，当着全威斯敏斯特的面，走到他的小阳台上，对他的光辉领主祈祷：一次是黎明时分，一次是日落时分，一次是中午时分。此刻，国会大厦和教区教堂的塔楼刚刚敲打出正午时分，弗兰博的朋友布朗神父抬起头，第一次看到了阿波罗教的白人神父。

　　弗兰博已经看够了这些菲伯斯①信徒每天的敬礼，他一头扎进这座高大的建筑的门廊里，甚至没有让他的神父朋友一起进去。但是布朗神父不管是出于对仪式的兴趣，还是出于个人对愚蠢行为的强烈兴趣，已经停下了脚步，抬头仰望着这位太阳崇拜者的阳台，就像盯着《潘趣与朱迪》②一样。先知卡隆已经挺直了腰板，穿着银色的法衣，举着双手，他那奇怪而尖锐的声音在繁忙的街道上一路都能听到。他全神贯注，眼睛紧盯着燃烧的圆盘。他是否能看到这个地球上的任何东西或任何人都不得而知；基本上可以肯定的是，他没有看到下面人群中一个个头矮小、圆脸的神父，正眨着眼睛仰望着他。这也许是这两个截然不同的人之间最令人吃惊的区别。布朗神父看任何东西都不能不眨眼；但是阿波罗神父看着正午的火焰，眼皮都不会颤动。

---

　　①　希腊神话中的太阳神。
　　②　英国木偶剧，在剧中，朱迪的丈夫潘趣是一个长着鹰钩鼻的驼背人。

"哦，太阳，"先知喊道，"伟大而不能埋没于群星的星座啊！在那个叫作空间的秘密地点，静静地流淌着泉水。所有白色的令人不厌倦的东西，白色的天主、白色的火焰、白色的花朵和白色的山峰。主啊，他比你所有最天真、最安静的孩子都要天真；原始的纯洁，融入其中的安宁……"

一阵刺耳的尖叫声打断了这种火箭反向冲击一样的狂热呼吼。有五个人冲进了大厦的门口，同时有三个人冲了出来。有那么一瞬间，他们互不理睬，似乎某种突如其来的恐怖感伴随着什么消息弥漫在半条街上。最糟糕的是，没有人知道这个坏消息是什么。在一片混乱之后，两个人影依然静止不动：一个是上面阳台上的英俊的阿波罗神父，另一个是下面丑陋的基督神父。

最后，弗兰博那高大的身影和巨大的活力终于出现在大厦的门口，制止了骚乱。他用像吹号一样的声音大声地说着，叫人去请外科医生。当他转身回到黑暗，挤进入口时，他的朋友布朗神父悄悄地跟着他溜了进去，没有引起任何人的注意。就在他俯身潜入人群的时候，他还能听到太阳教神父那单调却充满旋律的声音，听到他呼唤喷泉和花朵的朋友——快乐天主。

布朗神父看到弗兰博和另外六个人站在电梯通常下降的封闭空间周围，但是现在电梯并没有下降。有什么别的东西下来了，那是一种应该由电梯传送的东西。

前四分钟里，弗兰博已经去看过了，他看到了那个否认悲剧存在的美丽女人的脑浆迸裂、血迹斑斑的尸体。他毫不怀疑那就是波林·斯泰西；尽管他已经派人去请了医生，但他丝毫不怀疑她已经死了。

他不能确切地回想起自己是喜欢她还是讨厌她，两者似乎都非常强烈。但她曾经是他面前的一个活人，一种习惯的悲悯之情像匕首一样刺痛了他，让他感觉自己好像失去了亲人。死亡的痛苦让原本的神秘变得生动起来，让他想起了她那美丽的脸庞和自负的演讲，刹那间，事故就发生了，就像晴天霹雳，就像不知从何处降落的暴雨。那美丽而叛逆的躯体掉进了敞开的电梯中，摔得血肉模糊。这是自杀吗？对于一个如此傲慢的乐观主义者来说，这似乎是不可能的。是谋杀吗？但是，在那些几乎没有人居住的公寓里，谁会去杀人呢？他急忙说了几句粗哑的话——他本来想大声一点，但突然发现自己软弱无力——他问那个叫卡隆的家伙刚才去了哪里。一个沉重、安静、饱满的声音向他保证，卡隆在过去的十五分钟里一直在阳台上向天主敬礼。弗兰博听到这个声音时，摸到了布朗神父的手，他转过他黝黑的脸，突然说道：

"那么，如果他一直在上面，这是谁做的呢？"

"也许，"布朗神父说，"我们可以上楼去看看。在警察采取行动之前，我们还有半个小时的时间。"

弗兰博离开那位被杀害的女继承人的尸体，冲上楼梯，来到写字间，发现里面空无一人，便冲向自己的办公室。走进去以后，他带着一张前所未有的苍白面孔出现在他的朋友面前。

"她的妹妹，"他严肃地说，"她的妹妹好像出去散步了。"

布朗神父点点头。"或者，她可能去了那个太阳教教主的办公室，"他说，"如果我是你，我就去核实一下，然后让我们大家到你的办公室谈一谈。不，"他突然加了一句，好像记起了什么似的，"我怎么才能克服我的愚蠢呢？当然，我们还是去她们在楼下的那个办公室。"

弗兰博瞪大了眼睛。小个子神父下了楼，来到了斯泰西姐妹俩那个空荡荡的房间。那位不可理喻的教父在门口放了一张大大的红色皮椅，从椅子上可以看到楼梯和楼梯平台——他从容地等待着。事实上他并没有等多久，大约过了四分钟，三个表情同样严肃的人就一起走下了楼梯。第一个是琼·斯泰西，那个死去女人的妹妹——显然她刚才在楼上的阿波罗临时"神庙"里；第二个是阿波罗神父本人，他念完了一段冗长的祷文，昂首走下空荡荡的楼梯——他穿着白色法衣，留着胡须，梳着分开的头发，看起来像是基督离开了普雷托里厄姆①；第三个是弗兰博，他眉头紧锁，有些迷惑。

琼·斯泰西小姐皮肤黝黑，面容憔悴，头发灰得有些过分。她径直

①　基督时代，耶路撒冷的罗马地方财政长官的总部。

走到自己的办公桌前，拿出一沓原封不动的白纸，仅仅这一个简单的动作就使其他人恢复了理智。如果琼·斯泰西小姐是个罪犯，那她就是个很酷的罪犯。布朗神父带着一丝奇怪的微笑打量了她一会儿，然后目不转睛地看着她，对别人说。

"先知，"他说，大概是对卡隆说，"我希望你能告诉我一些关于你的宗教信仰的事情。"

"我将很自豪地为你介绍，"卡隆侧着他仍然戴着王冠的脑袋说，"但是我不确定我是否理解你的意思。"

"是这样的，"布朗神父用他坦率的怀疑方式说，"我们被教导说，如果一个人一开始就道德败坏，那一定有一部分过错来自他自身。但是，尽管如此，我们还是可以区别对待一个辱没自己的良心的人和一个或多或少被诡辩蒙蔽了良心的人。现在，你真的认为谋杀是错的吗？"

"这算是指控吗？"卡隆非常平静地问。

"不，"布朗同样温和地回答，"这是辩护词。"

在漫长的，令人震惊的寂静中，阿波罗的先知慢慢地站了起来，真的就像太阳升起一样。他把自己的光芒和活力充满了整个房间，让人感觉他可以轻而易举地让自己的魅力充满整个索尔兹伯里平原。他的长袍将整个房间都悬挂上了经典的帷幔；他那史诗般的动作似乎把他自己延伸到更宏伟的视野里；而他面前这个现代神父矮小黝黑的身影就像是一个缺陷，一个玷污了希腊人辉煌的黑色的污点。

"我们终于见面了，凯尔利亚斯①。"先知说，"你和我的教堂是这个世界上唯一的现实。我崇拜太阳，而你是太阳的阴影；你是垂死者的祭司，我是永生上帝的祭司。你目前在猜疑诽谤我的工作，这都对你的衣服和信条有利，你们的教会只不过是一个黑暗的警察机构；你只不过是个间谍和侦探，试图在有罪的忏悔中撕碎人们，不管是背叛罪还是虐待罪。你会判人有罪，我会判他们无罪。你要使他们相信那是罪恶，我要使他们相信那是美德。

①　高级主教，宣布耶稣有罪，并坚持让他被判处死刑。

"邪恶之书的读者，在我永远打碎你毫无根据的噩梦之前，我还要忠告你一句，这对于你来说并不难理解。我不在乎你能不能定我的罪，你们所谓的耻辱和可怕的绞刑对我来说，就像小孩玩具书里的怪物对一个成年人一样。你说你正给我辩护，可我对这片生命的海市蜃楼如此漠不关心，以致我将给你告发的理由。在这件事上，只有一件事可以说对我不利，我会自己把它说出来。那个死去的女人是我的爱人和新娘，我们并不是按照你推崇的那种教堂的认可结合的。我们的结合所依据的，是你永远都无法理解的纯洁和严厉的法则。她和我从你们的世界走过了另一个世界，当你们穿过隧道和砖墙走廊时，我们踏过了水晶宫殿。好吧，我知道警察、神学家和其他人总是幻想有爱的地方很快就会有仇恨；所以这就是你告发的第一点。但是第二点更有说服力，我将不吝于给你。波林不仅爱我，而且就在今天早晨，在她去世之前，她在那张桌子上写下了一份遗嘱，给我和我的新教堂留下了五十万美元。来，手铐在哪里？你以为我会在乎你对付我的那些蠢办法吗？苦役只会像在路边的车站在等着她，绞刑架只是一辆匆忙向她奔去的车仗。"

他以一个演说家那种震撼人心的权威口吻说话，弗兰博和琼·斯泰西带着惊讶的钦佩目光看着他。布朗神父的脸上似乎只流露出极度的疑惑，他看着地面，痛苦地皱着眉头。太阳的先知轻松地靠在壁炉架上，继续说道：

"我已经用这简短的几句话，把对我不利的情况摆在了你面前——对我不利的仅仅可能存在的案情，我再多说几句，这些不利就会变成碎片，不会留下一丝痕迹。至于我是否犯下了这一罪行，真相只有一句话：我不可能犯下这一罪行。十二点过五分，波林·斯泰西从这层楼摔到了地上。至少有一百个人可以走进证人席，说我从正午到一刻钟后的时间，一直站在楼上我自己房间的阳台上——这是我做公开祷告的惯常时间。我的职员（一个来自克拉珀姆的受人尊敬的年轻人，与我没有任何关系）能够证明，他整个上午都坐在我的办公室外面，我没有跟任何人有过联系。他能够证明，我比祷告时间整整提前十分钟到达，比得知事故的发生早了十五分钟，而且我一直没有离开办公室或阳台。从来没有人有过如此完整的不在场证明；我可以传唤半个威斯敏斯特的人来为我作证。我想你最好再把手铐拿开。这个案子已经结束了。

"但是最后，为了让这种愚蠢的怀疑不再留在空气中，我会把你想知道的一切都告诉你。我相信我知道我那不幸的朋友是怎么死的。如果你愿意，你可以责怪我，或者至少责怪我的信仰和哲学；但你肯定不能把我关起来。所有研究高等真理的学生都知道，历史上某些专家和自称有特殊智力的人已经获得了在空中悬浮的能力——也就是说，在空气中支撑自己，这只是完全征服我们神秘智慧的主要元素的一部分。可怜的波林性情冲动，野心勃勃。我想，说实话，她过高地估计了自己的神秘力量；我们一起坐电梯下去的时候，她常常对我说，如果一个人的意志足够坚强，他就可以像羽毛一样毫发无损地飘下来。我相信，在崇高的思想的某种狂喜中，她企图创造奇迹。她的意志，或者说信仰，一定是在关键时刻辜负了她，低等物质法则可怕地报复了她。这就是整个故事，先生们。我非常悲伤，正如你们所想的，非常专横和邪恶，但我肯定没有犯罪，这个案子也和我没有任何关系。在警察法庭上，你最好称之为自杀。我将永远称之为科学进步的英雄的失败和向天国的缓慢攀升。"

这是弗兰博第一次看到布朗神父被征服。他仍然坐在那里看着地面，眉毛皱起，痛苦不堪，好像很羞愧。人们不可避免地会产生这样一种感觉，那就是先知带着翅膀的话语煽动了人们的情绪；而这里有一个阴郁、专业的怀疑者，被天生自由和健康这种更骄傲、更纯洁的精神所征服。最后，他眨了眨眼睛，好像身体很痛苦似的说："好吧，如果是这样的话，先生，你只需要拿上你说的遗嘱就可以走了。我不知道那位可怜的女士把它放在哪里了。"

"我想，它会放在门边她的桌子上，"卡隆说，他那种天真无邪的态度似乎在宣告他完全无罪，"她特意告诉我，她今天早上会写这份遗嘱，实际上我坐电梯回自己的办公室时，也看到了她正在写东西。"

"那时她的门开着吗？"神父问道，眼睛盯着地上垫子的一角。

"是的。"卡隆平静地说。

"啊！它就一直开着。"布朗神父说，然后继续默默地研究那块垫子。

"遗嘱在这里。"冷酷的琼小姐用有点奇怪的声音说。她从门口走到姐姐的书桌前，手里拿着一张蓝色的大页纸。她脸上露出一丝似乎不适合这种场合的酸楚的微笑。弗兰博望着她，皱了皱眉头。

先知卡隆站在远离遗嘱的地方，带着那种帮助他渡过难关的无动于衷。但是弗兰博从琼手里拿过遗嘱，带着极大的兴趣读了起来。它确实是以一份遗嘱的形式开头的，但是在"我拥有的一切在我死后都馈赠给"这句话之后，字迹突然终止了，只留下一组划痕，而且没有任何受遗赠人的名字的痕迹。弗兰博惊奇地把这份没有结尾的遗嘱递给他的神父朋友，后者瞥了一眼，又默默地把它交给了太阳教神父。

过了一会儿，教皇穿着华丽的法衣，迈着大步穿过房间，愤怒地站在琼·斯泰西面前，蓝色的眼睛几乎要从眼眶里蹦出来。

"你在这儿耍了什么把戏？"他喊道，"波林写的不止这些。"

他们吃惊地听到他用一种新的声音说话，其中带有北方佬的尖叫声；他所有的华丽和优美的英语都像披风一样从他身上掉了下来。

"那是她办公桌上唯一的东西。"琼说着，面对着他，脸上露出同样邪恶的微笑。

他突然说起了亵渎神明的话，说了一连串表示怀疑的话。他的面具掉下来的时候有一种令人震惊的感觉，就像一个男人真正的脸被剥落下来一样。

"看那儿！"当他滔滔不绝地咒骂时，他那浓重的美国口音表现得淋漓尽致，"我可能是个冒险家，但我猜你是个女杀手。是的，先生们，这儿就是你们对死亡的解释，没有任何在空中飘浮的尝试。这个可怜的姑娘正在给我写遗嘱的时候，她那该死的妹妹走了进来，夺走了她的笔，把她推到了井里，在遗嘱还没完成的时候就把她扔了下去，看在上帝的分上！我想我们最终还是要手铐的。"

"正如你所说的，"琼冷漠又镇静地回答，"你的职员是一个非常值得尊敬的年轻人，他知道誓言的性质；他在任何法庭上都会发誓说，在我姐姐摔下去之前和之后五分钟，我都在你的办公室里打字。弗兰博先生也会告诉你，他是在那儿找到我的。"

一片寂静。

"那么，为什么？"弗兰博叫道，"波林摔下去的时候是一个人，这简直是自杀！"

"她摔下去的时候的确是一个人，"布朗神父说，"但那不是自杀。"

"那她是怎么死的？"弗兰博不耐烦地问。

"她是被谋杀的。"

"但是她一直是一个人。"侦探反对说。

"她一个人的时候被谋杀了。"神父回答说。

其余的人都盯着他看，但他还是那副垂头丧气的样子坐着，圆圆的额头上有一条皱纹，表情不寻常的羞愧和悲伤；他的声音苍白而悲伤。

"我想知道的是，"卡隆咒骂了一句之后说，"警察什么时候会来抓这个血腥邪恶的妹妹。她杀了她的同胞姐姐；她抢走了我的五十万，而这五十万正是我的……"

"算了吧，先知，"弗兰博插嘴说，带着一种嘲笑的口气，"记住，这个世界的一切都是海市蜃楼。"

太阳教的圣师努力爬回他的宝座。"这不仅仅是钱的问题，"他喊道，"尽管这将为全世界的事业提供装备。这也是我心爱的人的愿望。对波林来说，这一切都是神圣的。在波林的眼中……"

布朗神父突然跳了起来，他的椅子在他身后倒了下去。他脸色惨白，但似乎充满了希望；他的眼睛闪闪发光。

"就是这样！"他用清晰的声音喊道，"这就是开始的方式。在波林的眼中……"

高大的先知在小小的神父面前几乎疯狂地撤退。"什么意思？你怎么敢这样？"他不停地大叫。

"在波林的眼中，"神父重复道，他的眼睛越来越亮，"以上帝的名义，继续，继续。魔鬼们所犯下的最恶劣的罪行，在忏悔之后就会觉得轻松许多；我恳求你认罪。继续，继续——在波林的眼中……"

"让我走，你这个魔鬼！"卡隆怒吼着，像一个被束缚的巨人一样挣扎着，"你是谁，该死的间谍，在我周围织蜘蛛网，然后偷窥我？让我走！"

"要我阻止他吗？"弗兰博蹦蹦跳跳地向出口走去，因为卡隆已经把门打开了。

"不，让他走吧。"布朗神父说，他奇怪地深深地叹了一口气，声音似乎是从宇宙深处发出来的，"让该隐过去吧，因为他是属于上帝的。"

他离开房间后，房间里陷入了长时间的沉默，对于弗兰博的智慧来说，这是一个受到拷问的漫长过程。琼·斯泰西小姐仍然非常冷静地整理桌上的文件。

"神父，"弗兰博终于说道，"这是我的责任，而不仅仅是我的好奇心——如果可能的话，我的责任是找出谁犯了罪。"

"哪起罪行？"布朗神父问道。

"当然是我们正在处理的这起。"他的朋友不耐烦地回答。

"我们正在处理两起罪案。"布朗说，"这两起罪案的性质不同，犯罪分子也不同。"

琼·斯泰西小姐已经收拾好文件，开始锁抽屉。

布朗神父继续说下去，似乎对她毫不在意。

"这两起罪案，"他说，"都是针对同一个人的同一缺陷，为了争夺她的钱而犯下的。犯较大罪行的人发现自己受到较小罪行的人的阻挠；而较小罪行的人得到了钱。"

"哦，别像个讲师似的，"弗兰博呻吟着说，"用几句话说完吧。"

"我可以用几句话来概括。"他的朋友回答。

琼·斯泰西小姐在一面小镜子前面，把她那顶黑色帽子戴在头上，厌恶地皱了皱眉头。在两个人谈话的时候，她从容地拿起手提包和雨伞，离开了房间。

"事实就是一句话，而且是一句很短的话，"布朗神父说，"波林·斯泰西是个瞎子。"

"瞎子！"弗兰博重复了一遍，慢慢地站起身来。

"她们的血液里就有瞎的倾向。"布朗接着说，"如果波林允许的话，她的妹妹早就开始戴眼镜了；但是她的特殊哲学或时尚就是不能因为屈服于这些疾病而助长这些疾病。她不愿意承认视力模糊，或者她试图用意志驱散它。因此，她的眼睛因为疲劳而变得越来越糟，但是最糟糕的疲惫还是来了。随之而来的是一位珍贵的先知，他教她用肉眼盯着炽热的太阳。这被称为迎接阿波罗。哦，如果这些新老异教徒有一点共同点的话，他们会更聪明一点！老的异教徒知道，赤裸裸的自然崇拜肯定也有残酷的一面。他们知道，阿波罗的眼睛可以损害人的眼睛，让人变瞎。"

停顿了一下，神父用温柔甚至令人心碎的声音继续讲道："不管那个魔鬼是不是故意使她失明，毫无疑问，他是故意使她失明而杀死她的。这种简单的犯罪行为令人作呕。你知道他和她在没有管理员帮助的情况下在电梯里上上下下；你也知道电梯滑行是多么平稳和安静。卡隆把电梯停到女孩所在的那一层，透过敞开的门，看见她正在用她那缓慢而摸索的方式写着她答应过他的遗嘱。他兴高采烈地向她喊道，他已经为她准备好了电梯，她写完就可以出来。然后他按了一个按钮，悄无声息地回到自己的楼层，穿过自己的办公室，走到的阳台上，朝着拥挤的街道前祈祷着。这时这个可怜的姑娘完成了她的工作，兴高采烈地跑到她的情人和电梯接她的地方，一步跨了出去……"

"不要！"弗兰博叫道。

"按下那个按钮，他本来应该得到五十万，"小个子神父继续说道，用他谈论这种可怕的事情时那种毫无生气的声音，"但是希望破灭了。因为碰巧还有另外一个人也想要这笔钱，而且也知道可怜的波林视力的秘密。关于这份遗嘱，有一件事我想没有人注意到。尽管它还没有完成，也没有签名，但另一个斯泰西小姐和姐妹俩的一些仆人已经签名作为证人。琼先签了字，说波林可以以后再完成，这是典型的对法律的蔑视。因此，琼希望她的姐姐在没有真正证人的情况下签署遗嘱。为什么？我想起了她的失明，确信她希望波林能够独自写完遗嘱，因为她并没有想到她居然能写下这种遗嘱。

"像斯泰西一家这样的人总是用钢笔，但这对波林来说是很难的。可是由于习惯、坚强的意志和记忆，她仍然可以写得几乎和她没有失明时一样好；但是她不知道什么时候她的钢笔需要蘸一蘸墨水。因此，她的自来水笔都是她妹妹小心翼翼地吸满水的——除了这支自来水笔。她的妹妹小心翼翼地没有把墨水填满，剩下的墨水只写了几行就用完了。这位先知犯下了人类历史上最残忍、最辉煌的谋杀之一，却因此失去了五十万英镑。"

弗兰博走到开着的门口，听到了警察上楼的声音。他转过身来说："你一定是在十分钟之内追踪到了卡隆的犯罪事实。"

布朗神父十分吃惊。

"哦！对他，"他说，"不，我要进一步找到琼小姐和那支自来水笔。但在我走进门之前，我就知道卡隆是罪犯。"

"你一定是在开玩笑！"弗兰博叫道。

"我是认真的，"神父回答说，"我告诉你，在我知道他做了什么之前，我就知道这是他做的。"

"但为什么呢?"

"这些异教徒的禁欲主义，"布朗若有所思地说，"总是因为力量不足而失败。街上传来一声撞击声和尖叫声，阿波罗神父没有感到吃惊，也没有往下看一眼。我不知道发生了什么，但我知道他在等待着。"

你就是杀人凶手

〔美〕爱伦·坡

偏远的拉特尔巴勒小镇上发生了一起离奇的案件，镇上的居民虔诚地祈祷着，希望神灵能给凶手以惩戒。奇迹真的发生了！是上帝创造了奇迹吗？我们稍后再谈。

1. 失踪的沙特尔沃思先生

案件发生时，正值盛夏。

巴纳巴斯·沙特尔沃思先生是拉特尔巴勒小镇的居民，多年来，他一直居住在小镇上。这位长者家财万贯、德高望重。一个周六的清晨，沙特尔沃思先生独自一人骑马前往十五英里外的 P 城，按照计划，他会在黄昏时返回。

两个小时后，沙特尔沃思先生的马回来了，但随身携带着两大袋金币的沙特尔沃思先生却失踪了，金币也不翼而飞。那匹马更是满身泥泞，伤痕累累。

意外突如其来，小镇居民在惊讶之余，也感到十分忐忑。直到周日清晨，沙特尔沃思先生仍未归来，而且音讯全无，亲朋好友们决定去寻找他。

带头的自然是查尔斯·古德费洛先生，他是沙特尔沃思先生最好的朋友。英文中，古德费洛的意思是真挚的伙伴，这位先生也确实人如其名，诚实憨厚、善良和蔼，脸上总是挂着笑容，镇上的人都亲切地叫他"老查尔斯"；他为人坦率，大嗓门，目光如炬，毫不伪饰。

尽管古德费洛先生是六个多月前才来镇上的，但因为他性格平和、不傲慢，小镇的居民都很喜欢与佩服他。当然，从某种程度上来说，他的名字确实给他带来了一些益处。沙特尔沃思先生更是非常喜欢这位邻居，对他青睐有加，就这样，相识不久，两位先生就成了挚友。

老查尔斯·古德费洛经济上并不宽裕，日常也非常节俭，从不铺张浪费，或许，这也是沙特尔沃思先生对他另眼相待、常邀他到家中做客的原因之一吧。事实上，古德费洛先生每天都要登门拜访沙特尔沃思先生三四次，他们常在一起吃午餐。餐桌上，他们高谈阔论，觥筹畅饮，尽享佳肴。老查尔斯非常喜欢闻名遐迩的马高克斯酒。

一天，两位先生又在一起喝酒，喝的自然还是马高克斯，沙特尔沃思先生喝得酩酊大醉，他轻捶了古德费洛先生后背一下，兴奋地说："查尔斯，虽然咱们认识不久，但志同道合，你这家伙，是好样的，认识你真是件快乐的事情。你不是喜欢马高克斯酒吗？我就订一箱最好最贵的送给你。别和我客气，就这么定了。你耐心等着就是，要把酒运过来，怎么也得一两个月。"

古德费洛先生没什么钱，作为好友，沙特尔沃思先生多次慷慨相助，对他十分关心，从不吝啬，这真是件奇事。

2. 古德费洛与彭尼费瑟

周日清晨，沙特尔沃思先生依旧音讯全无。查尔斯·古德费洛先生为此愁眉不展、寝食难安，他忧心如焚，心灰意冷，精神近乎崩溃。放在马背上的钱袋不见了，马的前胸被子弹贯穿，留下了两个相对的弹孔，这些消息，他早就知道了，不得不说，那匹马没有立即死去，真是个奇迹。

"上帝保佑，沙特尔沃思先生会平安归来的，耐心些，我们再等等。"古德费洛先生对此始终坚信不疑。

然而，彭尼费瑟先生却不愿意再等待。这位年轻的先生是沙特尔沃思先生的侄子。在他的强烈反对下，老查尔斯·古德费洛妥协了，他同意马上出去寻找。

多年来，彭尼费瑟先生一直和沙特尔沃思先生住在一起，他是他的亲侄子。正因为如此，即便年轻的彭尼费瑟生性放荡，喜欢聚众赌博，喝醉了酒还常常闹事，街坊邻里也都对他比较宽容，或者，确切地说，是不愿意招惹。所以，彭尼费瑟先生说"要去把尸体找回来"时，大家都唯唯诺诺地同意了。

但老查尔斯·古德费洛却非常疑惑："彭尼费瑟先生，莫非您已经确定您叔叔不在了，您是如何确定的？看样子，您似乎知道不少您失踪的叔叔的信息。"这样的问话耐人寻味。众人为此议论纷纷。"是啊，为什么您断定您的叔叔已经不在了呢，彭尼费瑟先生？"

彭尼费瑟拒绝回答古德费洛的提问，他根本就没搭理这位老先生，于是，两人发生了激烈争执，相互责怪、吵闹，大家对此习以为常，事实上，这两位先生关系原本就十分恶劣，这次，只能算是再一次狭路相逢。彭尼费瑟先生习惯独处，没什么朋友，古德费洛先生与沙特尔沃思先生深厚的友情常会引起他的嫉恨。过去他们也吵过架，那一次，古德费洛先生被彭尼费瑟先生一拳打倒在地，他起身掸掉衣服上的尘土后，只说了一句话，他说："君子报仇，十年不晚，这一拳，我永远都不会忘记。"然而，大家却深信古德费洛先生不会和彭尼费瑟先生一般见识，因为他一向宽宏大量。

3. 奇怪的马甲与小刀

方才我插叙了一件微不足道的小事，现在，我们言归正传。

大家一起商量搜寻方案的时候，彭尼费瑟先生觉得应该将附近所有的地方都搜一遍。小镇与 P 城相距十五英里，中间有着大量的田野、树林，每一处都不应该漏过。

但古德费洛先生却对此持有异议。或许彭尼费瑟先生毕竟还年轻，不如古德费洛先生这般老成持重。总之，这位先生现在正以坚决而清朗的嗓音，缓缓陈述着他的见解："完全没必要这么做。沙特尔沃思先生的目的地是 P 城，他骑着马，不可能偏离路线多远。我们应该着重搜一搜大道附近的地方，灌木丛、草丛、树林，等等。各位觉得这样是不是更好一些？"

查尔斯·古德费洛先生的意见得到了绝大多数人的赞同，在他的带领下，大家将大路旁边坎坷不平的小路、各个阴暗偏僻的角落都搜了个遍，却没有搜索远离大路的地方。结果一连四天下来，一无所获。

当然，我说一无所获，并不是说没发现蛛丝马迹，而是说没找到失踪的沙特尔沃思先生，或者他的遗体。他们循着马蹄印，对小镇的东郊进行了搜索，并在距离镇子大约四英里的地方，找到了一个十分隐蔽的水塘。通往水塘的路非常曲折，水塘的水十分浑浊，水塘边的搏斗痕迹十分明显，而且一路延伸到塘中。于是，人们找来抽水的工具，将水塘抽干，并在干涸的塘底发现了一件绸制的黑色马甲。尽管马甲已经破烂，上面还沾满了血迹，但大家还是很轻易地就认出了，这是彭尼费瑟先生的马甲。沙特尔沃思先生骑马离开的那个周六，他还穿过这件马甲，但此后，这件马甲却失踪了。彭尼费瑟先生瞠目结舌，不知道该怎么办，对他来说，情况简直糟糕透了，他的脸微微发白，神色阴沉。他仅有的几位朋友都向他投来轻蔑的目光，转过身去不愿看他。古德费洛先生却站到了他身边。

"任何时候，我们都不该妄下定论。"古德费洛说，"众所周知，彭尼费瑟先生与我关系并不融洽，但对那次冲突，我早就不在意了，我愿意谅解他，这是真心话。现在，虽然塘下有了一些不好的发现，可我相信，彭尼费瑟先生会给出一个合理的解释。先生们，沙特尔沃思先生是我最好的朋友，彭尼费瑟先生是我那可怜的朋友唯一的亲人、嫡亲的侄子，为了他叔叔，我也有义务为他解决。"

古德费洛先生言谈间满是善意，貌似既友好又坦率，然而，稍稍留心便会发现，他数次提及沙特尔沃思先生只有彭尼费瑟先生这一个合法的财产继承人的事。

在场的人马上就意识到，只要沙特尔沃思先生死了，他的所有财产都将属于彭尼费瑟。于是，他们抓住了彭尼费瑟，将他绑起来，押送回镇，根本就不听他的辩解。回去的时候，古德费洛先生捡到了一件东西，他瞥了那东西一眼，便慌忙装进口袋。他的异常引起了部分镇民的注意，人们要求他将东西拿出来，无奈，古德费洛先生只能掏出那把被他藏起来的小刀。这是一柄西班牙风格的刀，很小巧，刀柄上刻着 D.P 字样。拉特尔巴勒镇上，只有一个人有这样的刀，那就是彭尼费瑟先生，D.P 是他的姓名缩写。

4. 公认的杀人犯

真相大白。凶手是彭尼费瑟！为了得到叔叔的遗产，彭尼费瑟残忍地谋杀了他。此时所有人都不愿意再深入搜索了。一个小时后，彭尼费瑟出现在小镇的法庭上。

"彭尼费瑟先生，您叔叔失踪那日清晨，您在什么地方？"法官问道。

"我在林中打猎。"彭尼费瑟回答。他坦率而毫不伪饰的回答让所有人大吃一惊。

"当时，您有没有携带枪支？"

"带了，我拿着我的猎枪。"

"您打猎的林子在什么地方？"

"在通往 P 城的大路附近，相距几英里……"

按照彭尼费瑟的说法，他打猎的林子和那个水塘的确相距不远。

之后，在法官的要求下，古德费洛先生流着泪陈述了马甲与小刀被找到的经过，他声音凄切，满怀哀伤，陈述过后，他还说："我与彭尼费瑟先生确实发生过冲突，可我早就不在意了，我愿意原谅他。如果法庭还需要证据，我可以再次出庭……"悲伤的古德费洛先生用手帕不停地擦拭着泪水，"真是的，我的心啊，已经碎了。"

哽咽了片刻后，古德费洛先生才接着说："上周五，我一如往常，和沙特尔沃思先生一起用餐，当时，沙特尔沃思先生和彭尼费瑟先生说，他准备到 P 城农业银行去存金币，明天一早就骑马过去，他还郑重其事、一字一顿地告诉彭尼费瑟：'我亲爱的侄子，你听清楚了，我决定重立遗嘱，即便我死了，你也得不到半毛钱！'"

"彭尼费瑟先生，这是不是真的？"法官询问。

"是的，没错。"年轻人坦率的回答再次令旁听者震惊。

恰在此时，有消息传来，沙特尔沃思先生的马因为伤情过重，死了。在对马进行解剖的时候，古德费洛先生在它的前胸发现了一颗用来捕猎猛兽的巨型子弹。之后，警察在镇上做了排查，发现只有彭尼费瑟先生的猎枪与子弹吻合。真相如何已显而易见。

彭尼费瑟先生被批捕，在狱中等待最后的审判。

古德费洛先生流着泪为这位年轻的先生担保，希望法庭能判他无罪，却徒劳无功。

一个月后，P城法庭对案子做了最终判决。

"彭尼费瑟谋杀罪成立，判处绞刑。"

狱中的彭尼费瑟先生即将被绞死。

5. 你就是杀人凶手

这一天，万里无云，天气晴朗，古德费洛先生收到了一封意料之外的来信，这让他很兴奋。信件来自W城，是一家酿酒厂。

信的内容如下：

尊敬的查尔斯·古德费洛先生：

一个多月前，我们收到了一封订购函，订购人巴纳巴斯·沙特尔沃思先生希望我们能为您寄一箱高级马高克斯酒。

现在，这箱高级马高克斯酒已经装车，处于运输途中，我们很高兴地通知您，当您收到这封信的时候，您的酒距离您已经很近了。

请您向沙特尔沃思先生转达我们最恳切的问候。我们很乐意为您服务。

您最诚挚的朋友霍戈斯·弗洛格斯·博格斯与酒厂全体员工6月21日，在W城。

另，箱内的马高克斯酒皆为精装，共六十瓶。

沙特尔沃思先生的死讯传出后，古德费洛先生就再也没喝过酒，不过，现在，他觉得，悲伤终究会逝去，这些酒就是上帝的赠礼。因此，他兴冲冲地向街坊四邻、挚友亲朋发出邀请，希望他们次日黄昏时分能光临他家，与他一起开怀畅饮。他说酒是他本人订购的，并未提及赠予人。

第二天傍晚六点钟，古德费洛家已宾朋云集，晚宴马上就要开始。当时，我也在人流之中。客厅中彩光绚烂、陈设华美，餐桌上摆满了美味佳肴，香气远扬，人人称羡。然而，那箱高级马高克斯酒却迟迟没有送到。晚上八点，酒终于到了，客人们齐心协力，将箱子挪到宴客厅。作为搬箱人之一，我可以证明，那箱子十分笨重。古德费洛先生已酩酊大醉，是的，在酒送到之前，他选择了用其他名酒来待客。此时此刻，他面色潮红、说话结巴，走路摇摇晃晃的，一嘴酒气。箱子刚搬进大厅，他就正襟危坐、大声宣布："先生们，请安静，我的酒到了，瞧，精装马高克斯酒，就在大厅里！"之后，他拿了一些工具，请我将箱子打开，我欣然应允，用钳子配合着榔头，将箱盖上的铁钉一颗一颗缓缓地、轻轻地敲掉……

突然，箱盖被崩飞，一个浑身血迹泥污的死者从里面跳了出来。只看了一眼，人们就认出来了，这是沙特尔沃思先生！死者背倚酒箱、面向古德费洛而坐。血腥的味道在大厅中弥散，与此同时，还有一阵阵烟雾在厅中升腾，灯光晦暗，死气沉沉，万籁俱寂。人们面面相觑，既惊恐又疑惑。本来觥筹交错的宴会厅瞬间变得阴冷恐怖，鬼影森森。逝者始终凝视着古德费洛先生，目光中满含悲伤，之后，他开口了，话中满含血泪、惆怅万端，声音低缓，仿佛源自另一遥远的时空，但却清晰异常。

"把我的命还给我！你——就是杀人凶手！"说完，逝者便歪倒在箱边。

我不知道该用怎样的语言来描述当时的情景。死者歪倒的那一刹那，大厅中乱成了一团，人声鼎沸，喧喧嚷嚷，一些宾客疯了一般跳窗逃走，门口挤满了人，还有一些宾客被吓晕了。但片刻后，人群冷静了下来，所有的目光都集中在了古德费洛先生身上。

坐在椅子里的古德费洛先生此时浑身僵硬，仿佛一尊雕像，他在颤抖，嘴唇哆哆嗦嗦，目光中流露的是罪行被戳破后的惊慌失措。突然，他的眼中闪过一丝神采，他迅速跳下椅子，扑向倒在箱中的尸体，嘴中不停地说着一些忏悔、懊恼、赎罪的话。当着厅中所有客人的面，古德费洛自言自语般讲述了谋杀的全过程……

6. 事件的真相

以下内容，多半来自古德费洛的自述。

那个周六的清晨，待沙特尔沃思先生出发后，古德费洛先生立即骑马跟了过去，在距离林子不远的污水塘旁，他朝马开了一枪，之后用枪托重击沙特尔沃思先生的脑袋，将他打死，然后拿走了这位先生随身携带的、装满金币的两个皮袋。

当时，沙特尔沃思先生的马已经奄奄一息，古德费洛觉得它不可能挺过来，便拖着它，将它藏到了一旁的灌木丛里。之后，他用自己的马将尸体驮到了与大路相距很远的一片小树林里，就地隐藏。当日深夜，他又从彭尼费瑟先生的住处盗走了他的黑色马甲、西班牙刀具和那颗巨型子弹，并将前两者放到了非常暴露的地方。之后，他又利用解剖之便，谎称找到了一颗子弹，以扰乱警方的视线，从而借刀杀人。

忏悔接近尾声时，古德费洛已然双眸晦暗、四肢无力、嗓音嘶哑。他哆哆嗦嗦地从地上站起来，双臂大张，扑向墙壁，但他脚步不稳，一个踉跄，跌倒在地，再也没有醒过来。

一开始我便说过，这个离奇的案件曾在拉特尔巴勒小镇造成过极大的轰动。时至今日，小镇的人们仍觉得这匪夷所思。死者的突然出现，古德费洛先生的忏悔都来得恰如其分，这让即将被绞死的彭尼费瑟先生顺利逃过一劫。

7. 死者是如何"复活"的

沙特尔沃思先生的"复活"让许多读者疑惑不解，莫非这位先生真的短暂地活过一段时间，为的就是在宴会上指出真凶？不，当然不是，也不可能是！

事实上，所有的一切都是我事先安排好的。

我很清楚，被彭尼费瑟先生殴打后，古德费洛先生绝不会轻易罢休。两人发生冲突时，我恰好也在，至今我还记得，古德费洛先生从地上爬起来后那刻毒凶狠的目光与咬牙切齿的狰狞模样。当时我就在想，他不可能原谅彭尼费瑟先生。在很多人眼中，古德费洛先生既善良又诚实，我却不这么认为，我敢肯定，他一定会复仇，只是时间早晚的问题。

在寻找失踪的沙特尔沃思先生时，古德费洛轻易就找到了"犯罪证据"，而且数量不少，特别是，他发现了那颗巨型子弹，这让我费解之余，顿生疑惑。前面我就说过，那匹马前胸的伤是贯穿伤，子弹从一端射入，贯穿前胸，从另一侧射出。而古德费洛先生竟然在给马做尸体解剖的时候找到了一颗子弹。子弹从何而来？毫无疑问，是他从别处找来的。

之后，我花费了近两周的时间，避开大路周围的区域，专门到与大路相距很远的区域寻找，终于在一个偏僻小树林的枯井中发现了沙特尔沃思先生的尸体。

接下来，事情就显而易见了。我想起了沙特尔沃思先生对古德费洛先生的承诺，他会送他一箱酒，高级的马高克斯。于是，那天，我趁着夜色，将沙特尔沃思先生的遗体带到花园，放在狭窄的棚屋中。之后，我买了一根特制的钢丝弹簧，长约一英尺。我用弹簧的一端将尸体的脖子固定住，然后将尸体放入盛酒的木箱，让尸体蜷曲起来，固定尸体的弹簧自然也随之蜷曲。随后，我用尽全力将明显高于酒箱的尸体压低，盖紧箱盖，再坐在箱盖上，用几根铁钉将箱盖封住。至于之后的情况，我早有预料。我毫不怀疑，只要箱子被打开，在弹簧巨大的弹力作用下，箱盖一定会被崩飞，死者的遗体也肯定会从箱中显露出来。

我带着箱子去了外地，又在外地办理托运，将箱子寄给查尔斯·古德费洛。那封酒厂商人的信也是我写的。我还吩咐仆人，晚上八点，将箱子送到正在大宴宾客的古德费洛先生的宅邸……

那句"把我的命还给我！你——就是杀人凶手！"也不是沙特尔沃思先生说的，而是我模仿的，为此，我之前做过无数次的练习。因为当时厅中杂乱不堪，人们大多惊慌失措，古德费洛心中有鬼，而且已经酩酊大醉，我与逝者挨得又非常近，所以，在场所有的人竟都没识破我的伪装，都坚信那话确实是死者说的。厅中有血腥味，是因为我事先就把一种与血相似的药水放进了箱子里。至于烟雾，是我悄悄地将桌子下面提前放好的一堆容易生烟的物品用点燃的卷烟引燃造成的。

古德费洛的忏悔在我意料之中，但他的猝死却让我大吃一惊，事前我并没预估到这一情况。

彭尼费瑟先生被无罪开释后，重新回到了拉特尔巴勒小镇，巴纳巴斯·沙特尔沃思先生留下的所有财产都被他继承了，因为他的叔叔根本就没有时间重新订立遗嘱。这段不幸的经历让年轻的彭尼费瑟先生幡然悔悟，他决定与从前的自己告别，改掉旧习，重新做人，那之后，他的生活始终很平和、很宁静。

圈　套

〔英〕G. K. 切斯特顿

　　不久前，布朗神父的朋友弗兰博退出黑社会，成了一名职业私家侦探，并取得了不俗的成绩。弗兰博曾经是一名江洋大盗，现在是钻石和珠宝盗窃方面的破案专家，在钻石珠宝的识别和窃贼的鉴别方面更是有所专长。正因为如此，他最近被分配了一项特殊任务。所以，他给布朗神父打了一通电话。可是他的电话还没有打过来，布朗神父就遇到了比他之前见过的离奇事件更为离奇的事件。

　　布朗神父很高兴听到老朋友的声音，即便只是在电话里。通常他都不喜欢接电话，尤其是今天早上。布朗神父喜欢看着讲话人的脸谈话，喜欢思考当时的气氛，因为他知道如果只听声音而缺了这些，很容易误入歧途，尤其是对方是一个陌生人的时候。在这个特别的早晨，他的电话响个不停，一群完全陌生的人在他耳边喋喋不休，说着一大堆无关紧要的话。在这些来电中，最有特色的一个人问的问题是如果按时交纳教堂的香蜡钱，是否会免遭盗窃和谋杀；当他得到否定回答之后，就大笑着挂断了电话，想必是不相信神父的话。然后，一个心烦意乱、语无伦次的女人打电话给布朗神父，告诉他去四十五英里外的一个旅馆。神父曾经听说过这个地方，它位于通往附近教区的小镇的路上。然后同一个女人又打来电话，只是这一次她的声音更加不安，说话更加语无伦次，说没有必要让神父过去了。他刚一放下电话，就又接到了新闻社的电话，对方打来是询问他对电影女明星对男人小胡子的评论有何看法。最后，这个问题重重、语无伦次的女人第三次打电话来说她需要布朗神父过去一趟。他隐约感觉到，说话者的犹豫和惊慌与那些在别人的唆使下不断改变主意的人是不一样的。当弗兰博打通电话，亲切地威胁说要马上到他家来吃早饭时，布朗神父才松了一口气。

他喜欢点上烟斗，舒舒服服地坐下来谈话，但是他很快就感觉到这位充满斗志的客人即将踏上旅程，眼下正准备把神父拖进他自己的任务中去。事实上，到目前为止发生的事情足以引起神父的注意。最近，弗兰博成功地破获了几起大型钻石和珠宝盗窃案；他冲进达里奇公爵夫人的花园，亲自从窃贼手中夺回了凤霞冠；为了保护蓝宝石项链，他用一件赝品替换了真品，让盗窃空欢喜一场。

由于这些成就，他最近被召见，并承担起了保护一件特殊的财宝的任务。有消息说这是一个装有圣女遗体的箱子，举世闻名。箱子不仅是由非常昂贵的材料制成的，而且还有另外一个价值。最近这件宝物将要被送到临近教区的天主教修道院，据传它已经引起了一个世界级的珠宝大盗的兴趣，不过这个大盗更关心的是宝箱上的黄金和红宝石，而不是圣女遗体本身的价值。也许正是由于这种宗教联系，弗兰博认为把布朗神父拉进来再合适不过。无论如何，弗兰博现在正在神父的家里，满怀雄心壮志，谈论着他的防贼计划。

弗兰博捻着胡须，气宇轩昂地在神父的地毯上来回踱步，看起来倒像当年的火枪手。

"你不能让这种亵渎神灵的盗窃发生在你的眼皮底下。"弗兰博大声说，他指的是在六十英里外的喀什特巴利教区镇可能发生的事情。

圣女遗体在天黑前不会到达，所以保卫者也不必早早赶到，只需要乘坐半天的汽车就能到。布朗神父顺便提到，他们会经过一家旅馆，他想去那里吃午饭，况且他已经答应尽快去看看。

他们开车经过人烟稀少、树木密集的地区，那里的建筑物和人口都比较少。虽然已接近正午，但看到的却是暴风雨前的黄昏的景象，乌黑的云层聚集在黑灰色的森林上空，宛如夕阳映照下的火红寂静一样。这里的一切都带着一种神秘的色彩，完全不同于在正常的日光下看到的东西，红叶和金色的蘑菇像被它们自己的身体上升起的黑色火焰点燃了一般。突然，他们眼前一亮，汽车来到了森林的一个开阔地带，就像灰色的墙壁上的一道裂缝。开阔的地面上有一个又高又细、样子古怪的客栈。客栈深绿色的门和深绿色的百叶窗相得益彰，门上挂着一块牌子，上面写着"青龙旅馆"。

布朗神父和弗兰博搭档已久，曾经去过很多旅馆和其他公共场所，已经见怪不怪，但是他们发现这里很不简单，而且这种不简单一开始就能看出来。当他们的车距离旅馆的门还有几百码的时候，门突然被大力拉开，一个头发凌乱的红发女人跑上前来迎接，看上去好像要搭便车。弗兰博把车停了下来，但还没等它停稳，这个脸色苍白、悲伤的人就从车窗里探进头来问："是布朗神父吗？"她来不及喘口气，又问，"他是谁？"

"这位是弗兰博先生，"神父平静地说，"我想知道我们能为你做些什么？"

"我们到里面谈吧，"那个女人突然说，语气依然十分唐突，"里面发生了一起谋杀案。"

他们默默地下了车，跟着那个女人穿过深绿色的门。门向里开，然后是一条暗淡的、用木头钉子和木板搭成的小巷，上面爬满了常青藤，还有像棋盘一样的黄黄绿绿的叶子。里面有一扇门，进去后是一间大客厅，墙上挂着锈迹斑斑的骑士战利品。房间里的家具看起来有点像古董，摆得很乱，就像杂物间。突然，一个大物体站了起来，向他们走来。他们很惊讶地发现，那是一个人。他看上去灰头土脸，邋遢不堪，动作笨拙，好像一件从来没有动过的东西。

奇怪的是，即使他给你的印象是一个有趣的梯凳的活动关节或一个讨人喜欢的毛巾架，但他在移动的时候还是出奇地有礼貌。布朗神父和弗兰博觉得他们从来没有见过这样的人，他不能被称为绅士，但有点迂腐；他有点难看，但不像那些不整洁的艺术家，他身材瘦长，脸色苍白，有着尖尖的鼻子和黑色的山羊胡子，他没有眉毛，长长的头发向后梳着。因为他戴着一副蓝色的眼镜，没有人能看见他的眼睛。布朗神父感觉很久以前在什么地方见过这样的人物，但他说不出来。这个人先前坐在一堆杂物，尤其是十七世纪的印刷品中间。

"如果我没有理解错的话，夫人说这所房子里发生了一起谋杀案？"弗兰博严肃地问道。

红头发的女人不耐烦地点点头，现在，除了她那火热的、精灵般蓬乱的头发之外，她已经不那么狂野了。她的黑色罩衣干净整洁，五官端庄，富有男子气概。她身上的某些特质使她成为一个女强人，无论是身体上还是心理上，尤其是与那个戴蓝色眼镜的男人相比。然而，唯一一个出来回答弗兰博问题的人居然是那个男人，他以一种改变了的骑士精神出来保护这个房间里的女人。

"请原谅我的嫂子，"他解释说，"她还没有从震惊中恢复过来。我希望我是那个发现谋杀案的人，我是那个告诉大家这件事的人。不幸的是，弗拉迪太太发现她那已经卧病在床很久的爷爷死在了花园里，情况很糟糕，似乎是被残杀的。可以说，这是不可思议的。"然后，他轻轻地咳嗽了一声，好像在为他说的话道歉。

弗兰博向这位妇女鞠躬，表达了他最深切的同情。然后他转向那个人说："先生，我记得你说过你是夫人的内弟。"

"我是奥斯卡·弗拉迪医生，我哥哥是这位夫人的丈夫。他有事去了法国，现在不在家。这家旅馆现在由我嫂子经营。她的祖父年事已高，患有偏瘫。每个人都知道他从不离开他的卧室。这就是它如此奇怪的原因……"

"你向警方和法医报告了吗？"弗兰博问。

"是的，事情发生后我们给他们打了电话，但是恐怕他们要过几个小时才能到。这家路边小店非常偏僻，通常只有去喀什特巴利或者更远处的人才会来住。也正因如此，我们才会请求你们的帮助，直到——"

"如果我们能帮上什么忙，"心不在焉近乎无礼的布朗神父插嘴道，"我想我们最好马上去看看现场。"

神父几乎机械地走到门口，但一个人刚好冲进来，二人几乎撞了个满怀。来人是一个身材高大，蓬头垢面的年轻人，除了一只受伤的眼睛给人一种邪恶的感觉，还算有个人样。

"你在这儿干什么？"他脱口而出，"你至少应该等到警察来了再讲述你的故事。"

"我们完全可以对警察负责。"弗兰博自信地说，一瞬间，他摆出一副大哥的样子，朝门口走去。这个年轻人个子很高，但是弗兰博比他更高大，他分开的胡子像是可怕的西班牙斗牛的尖角，把年轻人推到一边。一群人迅速进入花园，沿着石头路走向桑树林。在路上，只有弗兰博听到神父低声对弗拉迪医生说："他似乎不喜欢我们的出现，是吗？他是谁？"

"他的名字叫邓恩，"弗拉迪医生稍微解释了一下，"他在战争中失去了一只眼睛，所以我嫂子给了他一份管理花园的工作。"

当他们穿过桑树丛时，头顶的天空比地面还要暗，整个花园给人一种惊悚的感觉。暴风雨之前的天空从紫色变成了黑色，一缕阳光从后脑勺照到了前面的树梢，就像一团淡绿色的火焰燃烧着越来越黑暗的天。同样的光线照在草坪和花坛上，给花园投下了神秘的阴影。花坛里的郁金香像洒在地上的深褐色人血一样；这些花的确罕见，有些原本就是黑色的；这条小路只延伸到鹅掌楸树下。神父不知怎的，把它认成了犹大吊死的紫荆树。他之所以产生这种念头，是因为有一个老人正挂在鹅掌楸树的树枝上，像一颗干葡萄一样干瘪，长长的山羊胡子在风中飘动。

黑暗的恐惧算不了什么；两缕阳光把树木和尸体染成了鲜艳的颜色，就像舞台上的道具；鹅掌楸树正在开花，死者穿着孔雀蓝的束腰外衣，头上戴着一顶深红色的吸烟帽。一只红色的拖鞋还穿在脚上，另一只在草地上，像一团血。

然而，弗兰博和布朗神父都没有时间注意到这一点，他们的眼睛现在聚焦在一些奇怪的东西上，一些从衰老的身体中间突出来的东西。渐渐地，他们认出这是一把黑色的、锈迹斑斑的17世纪铁剑，剑身穿透了身体。当他们正在观察的时候，站在附近的弗拉迪医生似乎发了脾气，开始讲话。

"最让我困惑的是遗体的状态，"医生紧张地弹动着他的手指，"不过，我想我有一些想法。"

弗兰博走到树下，透过眼镜仔细地研究着那把铁剑的剑柄，不知为什么，布朗神父看起来和往日截然不同，他像个陀螺一样转过身来，朝尸体的相反方向窥视。他碰巧看见弗拉迪夫人站在花园的远处，转向一个肤色黝黑的年轻人，可是光线太暗，他看不出这个人是谁。后者正跨上一辆已发动的机动脚踏车，转眼就消失了，只留下越来越远的发动机引擎声。那个红发女人转过身，穿过花园走向他们。布朗神父也转过身，开始检查那把铁剑的剑柄和还悬挂着的尸体。

"我想你们是在半个小时前找到他的。"布朗神父问道，"我是说，之前有人来过这里吗？我是说在他的卧室里或者附近，或者在花园的这个地方——大约一个小时以前？"

"没有，"医生坚定地回答，"这的确是一个悲剧。我的嫂子在储藏室里，在房子另一边的外屋里；邓恩在花园里，也在房子的另一边；我在里屋翻书，也就是你们刚才见到我的地方。还有两个女仆，一个在邮局，一个在阁楼。"

"这些人中，"神父用低沉的声音问道，"我的意思是，他们中有谁和这个可怜的老人有过节吗？"

"我们都喜欢他，"医生严肃地说，"如果有什么的话，也只是些小小的误会，这是当今社会的普遍现象。老人坚持他的传统宗教习惯，而他的孙女和孙女婿有更现代的思想。但这不可能和这里发生的那种疯狂的谋杀有任何关系。"

"这取决于这些思想的现代化程度。"神父补充说。

弗拉迪夫人正穿过花园向他们走来，有点不耐烦地喊她的内弟。医生朝她跑过去，很快布朗神父就无法听到他们的声音了。但医生离开时抱歉地挥了挥手，瘦骨嶙峋的手指指着地面。

"你会发现这些脚印非常复杂。"医生用一种奇怪的语气说，就像殡仪馆的接待员。

两个私家侦探面面相觑，弗兰博说："我看到了一些复杂的情况。"

"哦，是的。"神父回答，他的眼睛盯着草地。

"我不明白为什么，"弗兰博说，"他们用绳子勒死一个人，然后费劲地用剑刺穿他？"

"我不明白他们为什么要用剑刺穿他的胸膛，然后不怕麻烦地把他吊起来。"

"哦，你就会闹别扭，"弗兰博抗议道，"我第一眼就看出，这把剑并不是在他活着的时候插入胸口的，那样就会流更多的血，伤口就不会这么合口了。"

布朗神父绷起身子，他那近视的眼睛以一种可笑的方式向上翻。"我一眼就能看出他不是被勒死的。如果你看看套索上的结，你会发现它打得非常粗心；绳子又没有套在致命的部位，他怎么会被勒死呢？绳子是死后套上的；剑也是在死后穿过尸体的。问题是，他是怎么死的？"

"让我们回去看看他的卧室和其他的一切。"弗兰博建议。

"我们当然会的，"布朗神父说，"但是我们最好现在看看这些脚印。我想从那边的窗户开始。窗台下面什么都没有，当然应该有。嗯，看看窗台下的草。哦，有明显的脚印。"

神父对这些脚印恶毒地眨了眨眼睛，然后开始仔细地检查它们，直到树的边缘。他时不时地突然蹲下，根本不顾得体与否。最后，他回到弗兰博身边，开始说话。

"嗯……你知道，这个故事的情节非常简单，尽管不是一个平淡无奇的故事。"

"我不会说它平淡无奇。"弗兰博回答，"我认为这很下流。"

"故事的情节清楚地印在地上。"神父继续说道，"看，这是老人的拖鞋。那个瘫痪的老人跳出窗户，穿过与小路平行的花坛，一心想要享受被勒死和被刺穿的感觉。看看他，他似乎很着急，高兴得单腿跳上跳下，偶尔翻个筋斗——"

"闭嘴！"弗兰博愤怒地喊道，"你在玩什么把戏？"

布朗神父只是抬了抬眉毛，淡淡地指了指地上的痕迹："中间只有一个拖鞋印，有些地方还有手印。"

"如果受害者是个瘸子，然后摔倒了呢？"弗兰博问。

神父摇摇头说："这样的话，他就可以用手、脚、膝盖和肘部挣扎着站起来。然而，地面上没有任何痕迹。当然，石径就在附近，上面无法留下任何痕迹，但是在石头之间的缝隙里应该有一些痕迹。这是一条碎石小路。"

"以上帝的名义，这是一条令人难以置信的小路，一个令人难以置信的花园，一个令人难以置信的案子！"弗兰博深邃的目光扫视着阴暗的花园，当暴风雨逼近他们面前的曲折小径时，感觉确实很古怪。

"现在，"弗兰博建议道，"我们回去看看死者的屋子吧。"他们从离卧室窗户不远的门进去。经过门口时，布朗神父的目光落在一把用来扫花园里的树叶的普通扫帚上，扫帚柄斜靠在墙上。"看到了吗？"神父示意弗兰博。

"这只是一把扫帚。"弗兰博讽刺地说。

"一个败笔，"布朗神父回答说，"我认为这是该案件设计上的第一个败笔。"

他们走上楼梯，来到死者的卧室。基本情况清楚，包括家里的信念和家庭危机。神父从一开始就知道他来到了一个天主教家庭，但是家里的成员，至少是其中的一些人，已经不那么虔诚了。老人房间的家具清楚地表明，他在去世之前仍然是一个虔诚的天主教徒，但是家里的其他人由于某种原因变成了异教徒。但是布朗神父太清楚了，这样的分歧不能解释普通的谋杀，更不用说这里发生的事情了。"这太过分了！"神父自言自语道，"谋杀似乎是整件事中最不重要的部分。"就在这时，他的脸颊上慢慢地出现了一丝光亮。

弗兰博在一张靠着床的小桌子旁边的椅子上坐了下来，桌子上放着一瓶水。弗兰博的眼睛紧盯着水瓶旁边的小盘子，里面装着三四片白色药片。

"这些男人和女人这样做，"弗兰博说，"有不可告人的动机，他们想使我们相信这位老人是被勒死或用剑刺死的，但这些并不是他死亡的真正原因。但究竟为什么罪犯要我们这么想呢？最合乎逻辑的解释是，他死亡的真正原因必须立即指向其他人。例如，假设他是被毒死的，而且这个投毒者看起来第一眼就有嫌疑。"

"我们那个戴蓝色眼镜的朋友是个医生。"神父温和地告诫道。

"我现在要仔细看看这些药片。"弗兰博接着说，"它们看起来能溶于水，但我不想失去它们。"

"你要花很长时间才能做一个科学检查，在你得出任何结论之前，警方的法医随时能够来到这里。我劝你不要把药弄丢了。我是说，如果你想等警察来的话。"

"如果我不解决这个案子，我今天就不走。"弗兰博态度坚定地说。

"那你会永远待在这里，"布朗神父说，他的眼睛凝视着窗外，"我想我不会再待在这个房子里了。"

"你是说你不想让我破这个案子？我为什么不能呢？"

"因为它不溶于水，不溶于血。"神父的语调含混不清。他走下楼梯，回到花园里，那里的一切都和刚才从窗户里看到的一模一样。

一团闪电从四面八方袭来，几乎要把大地压扁。乌云已经征服了太阳，偶尔出现在云层中的太阳看起来比月亮还要苍白。天空雷声隆隆，风停了，整个花园一片漆黑。然而，在黑暗中间还是有一点亮光。是女主人的红头发。她站在那里，眼神呆滞，手插在头发里。黑暗的日食，心中的疑惑却让神父想起了几句神秘的、徘徊在心中的诗句，他不由自主地念道："被吞噬的月亮下的一个秘密的、神奇的地方，有一个女人为她的恶魔情人哭泣。"正在自言自语的神父突然变得激动起来，"哦，圣母马利亚，请为我们这些罪人祈祷……是这样。难道不是吗？一个为恶魔情人而痛苦和悲伤的女人。"

布朗神父犹豫、颤抖地走近女主人，却尽量冷静地开口说话。他凝视着她的脸，尽量安慰她。"比起花园里的恐怖景象，你祖父房间里的神像更让人想起他，"布朗神父严肃地说，"这些东西告诉我们，他是个好人，不管罪犯对他的身体做了什么，都不会改变人们对他的看法。"

"哦，我讨厌那些神像，我讨厌那些木偶。"她转过头说，"如果他们都像你说的那样，为什么他们不能保护自己呢？暴徒可以把圣母马利亚的头砍下来，但是谁又能对他们做什么呢？哦，虔诚有什么用？如果我们说人比上帝更强大，你不能责怪我们，也不敢怪我们。"

"我当然不怪你，"神父轻声说，"但是如果你认为上帝的仁慈和耐心是他的无能，那你就错了。"

"上帝也许有耐心，但人类却没有。如果我们选择不耐烦呢？你可以说这是亵渎，但你无法阻止我们。"

布朗神父的心怦怦直跳。"亵渎上帝！"他叫了起来。他突然转过身来，以最快的速度向门口跑去。与此同时，弗兰博手里拿着一卷报纸出现在门口，脸色因激动而苍白。布朗神父张开了嘴，但弗兰博抢先一步。

"我终于领先了。"他兴奋地喊道，"这些药片看起来都一样，但实际上是不同的。你知道吗，我一开始研究那些药片，那个管理花园的独眼野人就把头伸进房间，他还带着一把马枪。我一拳把枪砸下来，把那家伙扔到楼下。我想我已经发现了前因后果。给我一两个小时，这个案子就会解决。"

"你破不了这个案子！"神父提高了嗓门，这很不寻常，"我们不能再待在这里了！我们现在必须走。"

"为什么？"弗兰博大声说，"在我们距离破案只有一步之遥的时候！到底是为什么？你可以看到我们正在接近真相，因为他们开始害怕我们了。"

布朗神父呆滞地看着他的朋友，表情高深莫测，说道："如果我们留在这里，他们就不会怕我们。如果我们离开，他们才会非常害怕。"

这时，他们俩都意识到弗拉迪医生那疯狂的身影正在附近的幽暗处盘旋。看到他们两个想离开，便很疯狂地堵了过来。

"不要走！听我说，"他不安地喊道，"我发现了真相。"

布朗神父迅速打断了他："把你的真相告诉警察。他们很快就到了。我们现在必须离开。"

弗拉迪医生十分吃惊，好像被扔进了一个激情的旋涡里，但他最后还是恢复了理智，绝望地叫了一声，伸出双手，像十字架一样挡住了他们的去路。

"这是真的。当我说我发现了真相时，我没有撒谎。我想向你坦白，告诉你真相。"

"那么向你自己的神父忏悔吧，告诉他你的真相。"布朗神父一边说，一边大步走向花园的门口。他们还没来得及走到门口，另一个人就冲了过来，园丁邓恩冲向这两个正在逃跑的侦探，咒骂着他们听不懂的话。布朗神父低着头躲开了枪托，但邓恩却无法躲开弗兰博那像大力神赫拉克勒斯一样的拳头，四脚朝天地躺在地上。他们走出前门，一言不发地上了车。弗兰博问了一个简短的问题，被告知："喀什特巴利。"

开了很长时间的车后，神父说："我认为是灵魂的丑陋造成了花园里的苦难。"

"老朋友，"弗兰博说，"我们认识很多年了，一旦你做出了决定，我就和你一起去，但我希望你不要告诉我，你是因为不喜欢那里的气氛才想把我从这个迷人的案子里拖走的。"

"哦，可怕的气氛，"布朗神父平静地回答，"恐怖，心跳，压抑。这个案子最可怕的是什么？没有仇恨。"

"似乎有人不太喜欢这位年迈的祖父。"弗兰博试图分析。

"谁也不恨谁，"神父哼了一声，"这就是问题所在。我认为这是出于爱。"

"有没有一种奇怪的表达爱的方式——把剑穿过胸膛，然后用绳子勒死？"

"那是爱，"神父重复道，"爱情让那个房间里充满了恐惧。"

"别告诉我那个美丽的女人爱上了那个戴眼镜的蜘蛛。"弗兰博反驳道，显然不相信。

"不，"神父又哼了一声，"她爱她的丈夫。太可怕了。"

"我经常听到你歌颂爱情。我想你不能说他们的爱情是非法的吧？"

"当然不是那个意思。"神父把头靠在一只胳膊肘上，重新热情地说道。

"我岂不知男女之间的爱是耶和华的首要旨意和命令，必永远发光呢？你不至于愚蠢到认为我不赞成男女之间的爱情和结合吧？我需要你告诉我上帝创造伊甸园的故事和耶稣在迦南将水变成酒的奇迹吗？一个男人和一个女人在一起的能力是上帝赐予的礼物，这就是为什么当他们背道而驰的时候，这种能力是如此强大。即使伊甸园变成了一片丛林，那也是一片茂密的丛林。迦南的葡萄酒变酸了，加尔布雷斯成了耶稣的十字架。你以为我不知道这些事吗？"

"你当然知道，"弗兰博说，"但我不知道我对这个案子的理解有什么问题。"

"这是一个无法解决的案件。这是一个圈套。"

"为什么？"他的朋友让他解释一下。

"因为根本没有谋杀。"

弗兰博大为震惊。他沉默了。布朗神父又平静地说："我告诉你一件奇怪的事。我和那个心烦意乱的女人聊了几句，整个谈话过程中她都没有提到谋杀的事，甚至连一点暗示都没有。她所说的全是亵渎神灵的话。"

神父停顿了一下，问道："你听说过泰隆虎这个名字吗？"

"怎么可能没有？"弗兰博愤愤不平地喊道，"他就是那个想偷圣骨箱的人，我奉命来对付的就是他。他是这个国家有史以来最暴力、最大胆的恶棍。当然，他是一个有着天主教背景的爱尔兰人，但他强烈地反对教会。也许他参与了某种黑暗的地下组织。不管怎样，他喜欢做一些看起来可怕但实际上又没那么可怕的事情。另一方面，他并不是最邪恶的，他很少杀人，至少不是因为残忍而杀人，但他喜欢做让别人和自己吃惊的事，比如抢劫教堂或者挖掘别人祖先的坟墓。"

"是的，"布朗神父同意道，"这符合情况。我早该想到这一点。"

"我还是不明白你怎么能在一个小时内看到所有的问题。"弗兰博愤愤不平地说。

"我应该在开始调查之前就想到这一点。"神父说，"今天早上你来我家之前，我就应该想到这一点。"

"你到底是什么意思？"

布朗神父沉思地说：“你看，在电话里听到的东西多容易误导别人。今天早上我接到了三个关于同一件事的电话，看起来没什么。起初，一个女人打来电话，叫我赶快到她的旅馆去。那是什么意思？当然是意味着祖父很快就要死了。然后她又打来电话，说不需要我。那是什么意思？当然是说祖父已经去世了。他安静地死在床上，可能是因为他太老了，而且有心脏病。然后，第三次，她又打电话叫我过去。那是什么意思？那不是很有趣吗？”

布朗神父停顿了一下，继续说道：“泰隆虎正在经历另一场疯狂的冒险，一场注定要失败的冒险。他一定知道你是被派去守卫的，去拯救圣女骨箱；既然你熟悉他，也知道他的作案方式，而他也许也打听到你要我做你的助手，他想在路上拦住我们，就想到了花园里的谋杀案。这是个好主意，但这不是谋杀。他有一个非常仰慕他的妻子，也许他吓唬她，使她认为只有这样他才能逃脱惩罚，而且死人也不会感受到痛苦。无论如何，他的妻子会为他做任何事，但她也觉得这太过分，太令人震惊，这就是为什么她后来只重复了亵渎这个词，她的脑海里充满了对圣骨的亵渎和对死者的蹂躏。弗拉迪医生是泰隆虎的弟弟，有点像靠科学和反宗教为生的庸人，他和园丁邓恩一样忠于泰隆虎。也许他们都想被他喜欢和欣赏，所以他们都为他工作。

“我早就开始怀疑了。还记得弗拉迪医生翻找的一堆旧书中有一捆17世纪的印刷品吗？我瞥了一眼标题——《斯坦福爵士的审判和行刑》。你知道，关于斯坦福爵士因参与反教会阴谋而被处决的说法，始于历史侦探小说之一的《戈弗雷爵士的谋杀案》。戈弗雷爵士被发现死在一条沟渠里，神秘之处在于他身上既有被勒死的痕迹，也有被自己的剑刺伤的痕迹。我突然想到，那个房间里的某个人是受到了这本书的启发，但他并不是用它来犯下谋杀罪，而是用它来设置一个谜题。后来我在花园里发现的其他细节证实了我的看法，他们的方法确实令人震惊，但不仅仅是恶作剧；它们只是一堆诱饵；因为他们必须尽可能地使这个谜题变得矛盾和深不可测，以确保我们不能在短时间内发现或看穿他们的诡计。于是他们把可怜的老人的尸体从床上拖起来，带着他在花园里跳来跳去，翻着筋斗。一个死人怎么能做到这些？他们留给我们一桩无法破案的谋杀案。然后他们用扫帚扫去了脚印，却把扫帚随意地留在了门口。幸好我们及时发现了他们的诡计。"

"你当场就发现了他们的圈套，"弗兰博说，"至于我，我不得不花一些时间研究他们布下的第二条线索，那就是混在一起的药片。"

"好吧，不管怎样，我们摆脱困境了，不是吗？"布朗神父轻松地说。

"这就是为什么我尽可能快地开车去喀什特巴利的原因。"弗兰博同意道。

那天晚上，喀什特巴利教区的修道院里发生的事件打破了整个教区的平静。装有多萝西遗体的圣骨箱是一个装饰华丽的纯金红宝石箱，暂时停放在修道院教堂的侧厅里，等待着祝福仪式。箱子由一个十分警觉的僧侣看守，他和他的兄弟们都知道，泰隆虎和他的同伴们就在附近徘徊。突然，一扇格子窗户被打开了，一个黑蛇似的东西爬了进来。那个警觉的僧侣跳了起来，三步并作两步冲过去抓住了那个东西，发现那是一个男人的手臂，他戴着漂亮的袖口和时髦的黑灰色手套。僧侣用双手紧紧抓住这只手臂，并大喊有贼，但是这时候有一个人从他身后的门溜进了侧厅，抱起了桌子上无人照管的箱子。这时被抓住的手臂竟然断了，僧侣仔细一看，原来是假的。

泰隆虎以前也玩过这种把戏，但是僧侣不知道。幸运的是，在这个世界上有人熟悉泰隆虎的伎俩。正当他要侧身离开时，有人英勇地截住了他，他的八字胡看起来非常英勇。弗兰博和泰隆虎目光炯炯地对视着，就好像在打架前互相打招呼似的。

布朗神父悄悄地来到教堂，他想为参与这一不可思议的事件的几个人祈祷。他脸上带着微笑，心情很好。说实话，他对于拯救泰隆虎和他悲惨的家庭并不是完全悲观，反而比拯救一些受人尊敬的家庭更有信心。神父被眼前的景象吸引住了，教堂尽头的深绿色大理石祭坛上，一群穿着深红色法衣的祭师正在举行仪式，圣骨箱就摆在他们面前，箱盖上的珠宝像煤炭一样燃烧，还有一束鲜红的玫瑰。神父突然又想起了白天发生的事，想起了那个红头发的女人，想起了在她的帮助下完成又让她颤抖的事情。毕竟，多萝西不也有异教徒的情人吗？但他无法控制多萝西，不能夺走她的信仰。多萝西为了自由和真理而被处死，她还给她的情人从天堂带来了红玫瑰。

神父抬起眼睛，透过袅袅青烟和闪烁的灯光，看到祝福仪式已逐渐达到高潮，看到仪仗队正在等待。此时，人类千百年积累的精神财富和传统习俗在他的脑海中渐次浮现；精美的圣骨箱在拱形大厅的阴影中闪耀着光芒，犹如一只永远燃烧的圣火圈，照亮了人性的黑暗，超越了人类的一切积累，照亮了宇宙的黑暗奥秘。虽然有些人认为这个谜永远不会被解开，但有些人却认为它会有一个答案，而且只有一个答案。

提灵村谜案

〔英〕欧内斯特·布拉玛

"我准备去见乔治小姐，就现在。"卡拉多斯说道。帕金森已经睡觉了，格雷特莱斯克坐在椅子上四下看了看，早上的"大扫除"还在进行中。

"那要我跟你一起去吗？"他问道。

"不用了。"

秘书的观察力向来不是很敏锐，他和卡拉多斯相处了这么久，也没有进步多少。

突然，门被一位年轻的姑娘推开了，这位看起来既着急又有点害羞的姑娘大概二十出头。她走进房间之后谨慎地在屋子里扫视了一圈，然后看了看卡拉多斯，可能是因为房间里不止卡拉多斯一个人，年轻姑娘的眼睛里流露出一丝失望。

"我是从橡树郡直接赶过来的，就是为了见您一面，卡拉多斯先生。"女孩声音有些紧张，看起来她来这里真的是鼓起了很大的勇气，事情也许已经发展到很严重的地步了，"我有些很重要的事情想和您谈一谈，和您一个人单独谈。"女孩直接说明了自己的来意。

被歧视的秘书先生已经在起身从房间离开了，卡拉多斯不用看也想得到。乔治小姐感激地瞄了一眼卡拉多斯先生，然后又羞涩地把目光转移到房间的其他角落。

"有什么我能帮得上忙的吗？"

"是的！早就听说您非常厉害，是这样的吗？我现在就把事情全部告诉你。"

"讲点和案子有关的事情吧。"卡拉多斯回答道。

"事情刚一发生的时候我就想来找您了，我知道请您这样的大侦探是需要很多钱的，但是我身上的钱不多，真的，就只有几镑。我下定决心从橡树郡赶过来的时候，一看见您的事务所，我就知道自己到底有多么鲁莽了。如果您真的愿意帮助这么卑微的我，那一定是因为您的善良和热心。"

对于这些赞美，卡拉多斯只是谨慎地说道："还是直接告诉我到底发生了什么吧！您应该还在服丧期间吧？"

少女惊呼道："您是怎么看出来的？难道您不是盲人？"

卡拉多斯淡淡地说道："不，我是通过观察得到的这个结论，之所以这么表达，一半是因为习惯，一半是因为不需要特别迂腐地表达。"

少女冷静了下来，她接着说道："您的学识真是令我钦佩，我本来应该是有备而来的，但是好像已经浪费了您不少时间。我现在就切入正题，这里有一份当地的报纸，我觉得报纸上记叙的比我要叙述的还要清楚，我可以读一下吗？"

"那就按你的意思，读吧。"

得到卡拉多斯的首肯之后，少女从包里小心翼翼地拿出一张叠起来的报纸，她轻声地开始读道："这里是斯汀布里奇的《信使报》，斯汀布里奇是我们附近的一个小镇，离提灵村大概有六英里远。"少女刚读了一句就解释道。

卡拉多斯点了点头，示意少女继续读下去。

"提灵村神秘惨剧——农场主预谋杀人与自杀。大提灵区、提灵村还有周边的村庄在周三的时候全部陷入了癫狂的状态，有一个离奇的谣言在他们中流传开来，这场悲剧在我们当地的历史上可算是绝无仅有的。《信使报》的记者收到消息第一时间就赶到了现场，根据记者的调查，案件的实际情况绝对比谣言还要离奇悲惨。

"出事的那天下午，弗兰克·惠特马许先生在巴罗尼看望叔叔威廉·惠特马许先生，弗兰克先生是高谷仓人，他和威廉先生之间有件事需要处理。因为汉斯坦湖的所有权问题，叔侄俩一直都僵持不下。

"不过弗兰克先生到的时候，威廉先生刚好不在家，弗兰克先生等了一会儿之后留下口信就离开了，意思就是他还会再来的。还有传言说，后来晚上稍早些的时候，弗兰克先生见到了叔叔，两人的纠纷终于有了一个结果。

"但是这个结果并不好，弗兰克先生采用了最极端的解决办法。弗兰克先生是大概晚上八点三刻的时候回来的，他发现叔叔在家，于是两个人坐在餐厅里聊了一会儿。具体聊了什么没人能知道，当时房间里除了弗兰克先生和威廉先生之外，还有两个人，分别是威廉的管家劳伦斯夫人和一个仆人，他们都没有察觉到有什么异样，直到两声枪响差点震破他们的耳膜。劳伦斯夫人和仆人立马冲向餐厅，但是巨大的恐惧让他们不敢推门进去。两人鼓足勇气之后才打开房门。首先看见的就是躺在他们脚边的弗兰克先生，惊吓、恐惧、伤心一股脑儿涌了上来，两位可怜的妇人认为弗兰克先生不是死了就是重伤，最后调查表明弗兰克先生侥幸逃过一劫，他随身佩戴的银表救了他一命。子弹正好打中了银表，完全嵌进了表盘中，弗兰克先生这才从死神的手里逃了出来。但是，第二枪就没有这么凑巧了，这一枪是威廉先生开的，他现在仍然坐在桌子边上，不过此时的威廉先生已经彻底没了气息，他朝自己的脑袋开了一枪，那伤口可怕极了，用来射杀自己的左轮手枪就掉在他的身旁。

"弗兰克先生苏醒之后解释说，他是受到了袭击，再加上叔叔自杀的场景实在是太可怕了，他下意识地抬手想要自卫，这才昏倒在地的。

"请《信使报》的读者们和我们一同为惠特马许家的不幸遭遇表示同情，也为弗兰克先生的幸运表示祝贺。

"审讯定于下周一举行，翌日举行威廉先生的葬礼。"

乔治小姐收起了报纸，深吸了一口气说道："这就是事情的经过。"

"这只是报纸报道的经过。"卡拉多斯纠正道。

"但是所有的报纸都是这么说的——'一场有预谋的谋杀和自杀'，

他们怎么能如此笃定？他们为什么一定认为是我父亲杀了弗兰克，然后再自杀呢？他们怎么可能知道？卡拉多斯先生！"

"你是说，威廉先生是你的父亲？"

"没错，我其实是玛德琳·惠特马许。在家里，所有人都认为我是一个被指责的可怜虫，我担心这里也有人认识我，所以我来之前随便想了一个名字——就是指引我找到您的街道的名字。还有一件事，那就是不管发生任何事情，我都不希望有人知道我来见您。"

"原因呢？"

可怜的少女已经被这么可怕的事情打击得快要崩溃了，她现在变得愤世嫉俗、冷漠又敏感。

"您居住在开明的镇上，可以做任何您想做的事情。但是我只是一个乡下来的姑娘，我做任何事情都要顾虑邻居们的看法，如果我公开反对大家都认为是正确的事情，那会被认为既无礼又很冒犯，我可能会被邻居们异样的眼光折磨死。"

"所以，我现在对这个案件的认识全部来源于报纸，这些报纸都表明你父亲因为某种原因谋杀了弗兰克，然后自杀。你让我觉得你认为还有其他的版本，能说说你这样想的原因吗？"

"这才是我最害怕的地方，我心里认定必须得来找您，可是我没有证据，这样无礼地请求您的帮助实在是太荒谬了！但是我清楚地知道，也深深地相信我的父亲是不能做出这样的事情的，即使所有人都认定我父亲是杀人犯，但是我知道那天他根本不可能拿到那把用来谋杀和自杀的左轮手枪。"少女的声音越来越小，几不可闻。

但是卡拉多斯还是听到了，他大声地问道："什么意思？你是说你父亲没有拿左轮手枪？"

少女显然没有料想到卡拉多斯会有这样的反应，她有些茫然地重复了一遍卡拉多斯的话："左轮手枪？是的，我父亲那天肯定没有拿它。左轮手枪款式很老而且非常笨重，我父亲一直把手枪放在抽屉里，这么多年了他只用过一次，当时是果园里闯进了一只狗，吓得果园里的小羊们四下窜逃，我父亲才拿出了手枪，那是唯一的一次。之后再也没有用过。"

"但是为什么你说他周三的时候不可能用手枪?"

少女有些疲倦,她的声音透着无力:"周三下午,弗兰克来的时候父亲不在家,他在客厅里待了一会儿,报纸说是客厅,但其实是父亲的业务室,那个房间很少有人用。弗兰克走了之后我进去收拾房间,就发现左轮手枪已经不在那里了。"

"你查看了抽屉?"

"其实那都不能算抽屉,只是一个老式的衣柜,没有一格抽屉能完全合上,上面落满了灰尘,为了便于打扫,我总是把它们拉开一点点,而且从来也不上锁。"

"说不定你父亲走的时候把枪带在身上了……"

"不可能的,我父亲吃过午饭就去斯汀布里奇镇了,晚上八点多才回来。他走之后枪还在抽屉里,我打扫的时候看到的。当时我正在打扫,弗兰克敲门进来了,这也是为什么我会出现在房间里两次的原因。"

听到这里,卡拉多斯表情凝重地说道:"惠特马许小姐,这个线索非常重要,你能不能确认这件事?"

"能不能确认?从事情发生到现在,我整个人都蒙了,什么都做不好,我连最简单的家务都完成不了,经常一个人盯着时钟发呆,但是我其实根本不知道我在看什么。左轮手枪这件事情我感觉有些不对劲,但是所有的事情好像都已经明确了,我也不知道我的这些感觉到底是真的还是假的。"

"你是否能确定,你父亲出去之后,手枪还在抽屉里,而且手枪在他回来之前就消失了?"

少女使劲点了点头,说道:"这个我可以确定。我早上在更衣室里发现了我周二写的笔记,我有个习惯,经常会问父亲什么时候出去,然后做一些笔记,防止自己遗漏一些事情,天啊,这次能帮上忙了!"

"你的笔记提到了左轮手枪?"

"是的!"

卡拉多斯接着问了更多的问题，对玛德琳·惠特马许的家庭以及家族的两个分支都有了更加详细的了解。

　　威廉·惠特马许的父亲过世的时候，把名下的巴罗尼房产和四百亩的良田留给了威廉先生，也就是玛德琳的父亲。至于另一处的高谷仓和三百亩的劣田则留给了另一个儿子，也就是弗兰克的父亲——老弗兰克。虽然就这么分家了，但是两个农庄依然有着密不可分的联系。人们都认为高谷仓的劣田下面可能有矿坑，如果证实矿坑确实存在的话，那么将会有源源不断的金钱涌进老弗兰克的口袋。但是威廉的父亲并没有选择开矿，他过世前甚至立下遗嘱，只有威廉和弗兰克兄弟俩一致同意才可以利用土地寻找矿石。

　　这条遗嘱让兄弟之间的裂隙越来越大，他们本就是同父异母的兄弟，玛德琳的父亲当时在后母的手里吃了不少苦头。如今他坐拥良田，生活富足，对生活很满意，他并没有采矿的野心，也绝对不会同意这件事情。

　　相反小弗兰克一家就比较惨淡了，年复一年弗兰克家里越来越穷，他迫切地想要在高谷仓打矿井，但是每次都只能得到威廉的断然拒绝，威廉甚至撂下话："只要我还活着，就不能利用土地开矿。"小弗兰克的父亲用尽了各种办法，争吵、哭诉、威胁、发誓，只要是他能想到的全部都用上了，但是富裕的威廉就是不为所动，他的地位不需要他为了任何事情做出改变。

　　村子上甚至流传着一句谚语："异母兄弟，怀恨在心，就像惠特马许家的兄弟一样。"卡拉多斯不听这句话都能想象到这兄弟俩之间的嫌隙得有多深。

　　"其实这件事情我还不是全部都明白，我知道大家都指责我父亲太不留情面，不给弗兰克叔叔一家活路，后来弗兰克叔叔酗酒致死的时候，指责的声音更多了。但是我父亲其实是有他自己的想法的，他热爱这片土地，就像我的祖父一样，从内心里希望能够维持这片土地的宁静和平和，但是一旦开始采矿，陌生人就会涌进来，打破这里的和谐，其中不乏偷猎者和非法入侵的人，到时候矿坑产生的烟雾和灰尘也会破坏方圆几里的环境，野生动物们也都会避开这里，这里将变得不再美好，如果采矿的利润不如预期的话，大家的处境都会变得更加糟糕。"

"那现在呢？遗嘱还有效吗？小弗兰克先生开矿了吗？"

"当然有效，不过现在就看威利和弗兰克能不能达成一致了。不过我倒是希望能够促成这件事情，威利比我父亲开明一点。"

"之前没听你说过这个兄弟。"

"我有两个兄弟，威利是我哥哥，我还有一个弟弟叫鲍勃，人在墨西哥。哥哥威利和父亲的关系不怎么好，所以离开了家，现在在加拿大经营一家工程公司。"

只需要简单的观察就能知道，去世的威廉·惠特马许现在的处境可不太妙。

"半年前，小弗兰克才从南非回来，因为当时弗兰克叔叔去世了。在这之前他已经离开家两年了。"

"可能他和他父亲的关系也不太好……"

玛德琳自嘲一样地笑了一下，说道："惠特马许家的两代人可能就没有相处得比较好的。"

"那你的父亲和刚回来不久的弗兰克处得也不好吗？"

"我们两家的土地连在一起，所以他们之间经常发生争吵，小弗兰克每次都会提起他父亲受到的委屈。"

"小弗兰克也想开矿？"

"是的，而且他说他在南非纳塔尔省就是做这个的，有经验。"

"这么说来，你和他之间的关系还行，或许可以说你们是朋友？"

"我们之间没什么矛盾，不过朋友算不上，最多就是熟人吧。"

"你去过高谷仓吗？"

"没有。"

"有什么理由让你不能去高谷仓吗？应该没有吧？"

"你为什么这么问？"少女变得紧张起来，口气也充满了防备，但是她很快意识到并且对此充满了内疚，"请原谅我，卡拉多斯先生，我有些神经过敏，自从那件事情发生之后，我整个人都不太好，很多不经意的小事都会刺激到我。"

"可以理解。那事情发生的时候，你人在哪里？"

"我当时在卧室里，那个时候我跑到村子里叫了一下仆人，然后立刻赶回家。劳伦斯夫人说父亲和弗兰克可能发生了争吵，但是没想到事情会变成这样，谁都没想到会是这个结果。之后我就听到一声巨响，是枪声。过了几秒又传来一声枪响，不过就没刚才那声那么响。我们全部冲到了门口，劳伦斯夫人和玛丽冲在我的前面，之后的事情就……"

"你意思两声枪声，第一声比较响，之后的不那么响？"

"是这样，后来我和劳伦斯夫人提到这件事的时候，她也记得是这样。"

后来，卡拉多斯记起这一点非常重要，但是在当下，他的关注点全部集中在事件本身上，并没有注意这一点。

"我知道的就只有这些，信息是不是太少了？"

"并没有，一个刚好被手表救了一命的受害者，一桩武器不可能在身边的自杀案，还有同一把手枪射出的不同声响的两发子弹，这一切都太有意思了，我很感兴趣。"

"我真是太傻了，我的脑袋就跟一团乱麻一样，一点顺序都没有。不过卡拉多斯先生您一定能够把事情调查清楚，还我父亲一个清白的是吗？"

卡拉多斯点了点头，除了他还有谁能办到这件事？

他们简单地安排了一下接下来的计划，玛德琳先回到庄园，而卡拉多斯稍后会去大提灵区当地的客栈入住，然后以远亲的身份去拜访玛德琳，这样的安排可以说没有任何值得怀疑的地方，但是可怜的少女还是忧心忡忡，她再次恳求卡拉多斯在事情确认之前不要把真实意图透露出去。

时钟指向了九点，但是周围的光线依然很充足，帕金森陪着卡拉多斯抵达巴罗尼，就像男仆描述的那样，房子是一栋非常普通常见的三层灰石建筑，非常坚硬，而且四面透风，这房屋就是一百多年前惠特马许家的成员们依靠着节俭和免税盖起来的。

"有些阴暗。"卡拉多斯说道,"目前为止环境与犯罪行为之间的联系还是没有办法分析,不过通常谋杀案都发生在郊区的新别墅里,至于农庄一直都是美德、自由和友情的象征,你觉得呢?"

帕金森摆出自己最睿智的表情说道:"我只能说,这里非常潮湿,先生。"

玛德琳亲自开门迎接了卡拉多斯,她领着卡拉多斯和帕金森穿过长长的客厅来到饭厅,不可否认这房间还蛮舒服的,不管从外面看起来是什么样子的。

"谢天谢地您来了,斯汀布里奇的布鲁斯特先生也来了,他是为了下周一的审讯来的,审讯就在本地的学校里举行,他要在现场展示左轮手枪,您想在展示前先看一下手枪吗?"

"这样最好不过。"

"这里就是我父亲的房间,您要进去看看吗?"

三个人一起走进了房间里,桌子旁边坐着一位正在记笔记的警察,他的面前正摆着一把老式左轮手枪。

"布鲁斯特先生,这是我的远亲,他走了很远的路来听听我们家发生的悲剧,在您拿走手枪之前,能让他看一眼吗?"

"你好,先生。"布鲁斯特说道,"好事不出门,坏事传千里啊。"

卡拉多斯跟警察打了招呼之后四下"看"了下房间,然后从少女的手里接过了左轮手枪,卡拉多斯感觉到少女有一丝的犹豫,不过他并没有放在心上。

"这枪还真是老,但是依然完好。"

布鲁斯特点了点头,对卡拉多斯的话表示赞同。

"这应该是法国制造的,而且很古老,说不定是勒福舍手枪,先生,您取走了弹夹吗?"卡拉多斯问道。

"哦,是的。"警察说着从口袋里掏出了一个火柴盒,"这把枪属于销子发火的火器,骑马的时候我可不喜欢在口袋里装着一个这样的东西。"

"您说得太对了!不知道你有没有给枪膛里的子弹标序呢?"

"没这个必要，一共就开了两枪，剩下的四发子弹都还好好的在那呢！"

"我知道一个案子，说有一副牌放在桌子上，是一个谋杀案，被指控的人是否有罪取决于相应的第五十一张牌和第五十二张牌的位置。"

布鲁斯特竭力想向玛德琳小姐和帕金森奉上一个意味深长的微笑，他说道："那您肯定是在哪里读到过这个案子，不过这件案子已经很清晰了。"

"真没有别的什么东西值得看一看了吗？"

"对这件案子，我已经对所有的事实做了详尽的记录，您的意思是还有其他值得留意的地方？"

"我只是想到，有没有人找到弹塞？"卡拉多斯温和地说道。

警察脸上浮现出得意扬扬的笑容，虽然他在极力隐藏，但是帕金森和玛德琳小姐还是看到了。布鲁斯特摸了摸自己的胡须略带嘲讽地说道："不可能找到弹塞的，左轮手枪在子弹射出之后是不可能留下弹塞的，这可不是霰弹枪。"

卡拉多斯仔细检查已经失效的弹药筒，不以为意地说道："霰弹枪当然会留下弹塞。"

警察对这句话倒是表示了赞同，他优哉游哉地说道："没什么事的话，我就先回去了，我能做的事情已经做完了。"

"您不介意我离开一下吧？"玛德琳小姐准备送警察出门，卡拉多斯自然不会介意，房间里就只留下了他和帕金森。

玛德琳小姐和警察一离开，卡拉多斯就对帕金森说道："检查一下地上有没有弹塞，有的话不要挪动位置。"

帕金森闻言拿起灯在房间里四处查看，房间里都是两个人来回穿梭的影子，卡拉多斯能明显地感受到光影在自己的眼前穿梭。

突然帕金森低呼道："先生，这里有一个小纸球。"

"好的，把灯盏放回桌子上吧。"

两个人合力把沙发挪到一边，卡拉多斯趴在地上，他的脸都快要贴上地板了，看起来好像在用脸擦地一样。卡拉多斯轻轻地碰了一下帕金森发现的小纸球，然后谨慎地把它捡了起来。帕金森看着卡拉多斯用修长优雅的指甲轻轻地打开小纸球，动作轻柔又充满技巧，连纸球上面的灰尘都没有打落掉。

"帕金森，你怎么看？"

"我觉得这是卷烟纸，不过我之前似乎没有见过这个样子的，这纸看起来也没有水印，大概有半英寸长，而且充满光泽。"

"带嘴的琥珀牌吗？"

"另一边好像被切过，不太平整。"

"这一边应该是在烟嘴口的反面，确实会被切，没错，就是这样的。"

"碎片都发黑了，中间还有不少类似小针戳出来的小洞，有的都被烧成棕色的了。"

"还有什么别的发现吗？"

帕金森又检查了一遍，然后肯定地说道："我确定没有遗漏的了。"

卡拉多斯突然问了一个奇怪的问题："天花板是什么材质？"

帕金森有些疑惑，但还是按照卡拉多斯的意思去观察了天花板："橡木板，还有看起来就很重的十字梁。"

"房间里有没有灰泥抹的或者是石灰水刷白的东西？"

"都没有，先生。"帕金森仔细地环视了房间一圈之后答道。

卡拉多斯再次拿起了薄纸片，这次他把纸片放到了鼻子下面闻了几秒钟。

"我发现一个有趣的事情。"卡拉多斯笑着说道。

帕金森就好像习惯了一样，点了点头说道："是的，先生。"

这时，惠特马许小姐回到了房间，她略带歉意地说道："久等了，劳伦斯夫人出去了，所以我有点忙。我父亲经常给仆人放假。"

"不用放在心上，我们也没有闲着。我们刚刚找到了一个纸片，看看。"说完，卡拉多斯把纸片搓成了原来的纸球模样，然后递给了玛德琳小姐。

"这是弹塞！"玛德琳小姐看了一下手里的小纸球，低声呼道，"是不是可以证明我说的没有错？"

“几乎不用证明。”

“这是不是意味着有一枪其实是空弹？”

“不止于此。”

“还能说明什么？”玛德琳小姐有些着急，她瞪大眼睛看着卡拉多斯的脸庞，可怜的少女着实猜不透这位神秘的大侦探在想些什么。

“早点说可能也没什么不好，但是我们需要仔细地检查这里的每一个角落，我想问下，你的堂兄弟，弗兰克抽烟吗？”

“这个我也不确定，我们其实没有那么熟。”

“嗯，果然如此，那你的父亲呢？”

“我父亲绝对不抽烟，他对此非常讨厌。”

“好的，我没有问题了，明天什么时候方便见面？明天是星期天，你一定要记得。”

“任何时候都可以，我现在脑袋里充满了问号，根本没有心思想别的事情了。我是相信您的，不过，卡拉多斯先生——”玛德琳小姐说着说着便有些凝重。

“有什么问题吗？”

“下周一就开始审讯了，我们的时间够用吗？我父亲还能洗刷冤屈吗？我真的好绝望。”

“你想要在审讯开始前把这个案件调查清楚？”

“当然，不然——”

“法医和陪审团的判决并不能决定什么，不过是个形式。”

“但是对我来说意义重大，判决结果会影响我一辈子。如果这件事情传了出去，那我就是杀人犯的女儿，我一辈子都毁了。”

卡拉多斯有些无力，他不想就此事做无畏的争辩，他向玛德琳小姐说了晚安。

玛德琳小姐同样道了晚安，并且再一次向卡拉多斯表达了感谢之情。

卡拉多斯和帕金森走出了院子，在安静的乡间的小路并排走着。卡拉多斯说道：“案子是很有意思，但是我宁愿从来没有听过这桩案子。”

"我觉得玛德琳小姐还挺可爱的。"帕金森吸了口气小声说道。

"她是这个案子的关键。"卡拉多斯正色道。

小路再往前就是一条通向田间小路的弹簧门，不过那并不是他们要去的地方，卡拉多斯向左侧转过身，然后指着院子后面的建筑物说道："那里是我们接下来要调查的地方，你能找到去那儿的路吗？"

这附近的建筑基本上都通向院子，不过在院子的另一端，帕金森发现了一个用木插销插着的小门。卡拉多斯闻到了干草的清香，还听到了断断续续的马蹄声，以及从畜栏和马槽环上发出的清脆声响，所以他判定此时站的地方是马厩。

卡拉多斯伸出手摸索着墙壁，这里有石灰水的味道，卡拉多斯甚至尝了尝。今天下午早些时候，卡拉多斯和帕金森挑了一条下坡路去高谷仓，正如玛德琳小姐说的那样，这片土地着实非常惨淡。田地里被杂草和野芥子占满了，排水沟似乎已经荒废了很久，田地边上残破的围墙和树篱仿佛是在控诉农场主三心二意的耕种。农庄后面的建筑物也是荒凉一片，到处都是惨惨淡淡的样子。

卡拉多斯有些惋惜地说道："可怜的土地，可怜的农场主。"

帕金森敲了敲小门，还没等人来开门，门就被帕金森一不小心推开了，一位面容丑陋、浑身污浊的老妇人站在门后愣愣地看着帕金森和卡拉多斯。

卡拉多斯礼貌地问道："您好，请问弗兰克先生在吗？"

"弗兰克，是的，他在里面。"说着，老妇人冲着通道大声地吆喝了一句。

"什么事，妈妈？"

这个声音很清亮，但是有些懒洋洋的，应该是弗兰克先生的声音。

老妇人并没有回头，她上下打量着卡拉多斯，直到一个高个子男人走了出来，站在老妇人的身边。

毫无疑问，这就是他们要找的弗兰克先生。卡拉多斯解释道："你应该不认识我，但是我听说了周三的事情，您真的是太幸运了！"

"这样啊，请进。"弗兰克一边把卡拉多斯和帕金森请进屋子里，一边说道，"简直是个奇迹，不是吗？"

弗兰克领着他们走进了他刚才待的房间，这房间一半是营业室，一半是厨房，虽然有些粗陋，但是待着还算舒服，尤其是装饰壁炉架和梳妆台上面的器皿和瓷器，不由得就会吸引收藏家的注意力。

但是年轻人明显有些拘谨，他有些窘迫地说道："真是不好意思啊，我没想到会有人来拜访我们。"

"来之前我也有些犹豫，我以为你这里会围满了朋友呢！"

听到这句话，惠特马许夫人似乎听见了什么天大的笑话一样，整个人因为憋笑都有些抽搐。

"妈妈，闭嘴！"孝顺的儿子说道，"您不用在意她，我母亲经常这个样子。其实我们惠特马许家在这方面并不招人待见，人们都把我们看作是污秽，自然不会与我们亲近，这都是惠特马许家应得的。"

"耐心点吧，等你能开矿了，这些都会改变的，到时候你就明白了。"老妇人得意扬扬地说道，脸上的笑容透着几分邪恶。

弗兰克并没有接话茬，他突然说道："我们带着客人转转吧。"说着他转向卡拉多斯说道，"有件事情，你们可能已经听说了，先生——"

"卡拉多斯，怀恩·卡拉多斯，这是我的随从，帕金森。不过这可不是他自愿的，我因为眼睛的原因，自己一个人可办不成事。关于开矿的事情，我的确有所耳闻。上帝似乎决定眷顾你了，惠特马许先生，我可以请你抽支烟吗？"

"谢谢，偶尔抽一支也是蛮好的。"

"这是土耳其烟，口味很清淡。"

"不是这样的，我经常抽烟斗，因为纸烟总是会划到嘴唇，所以我时常自己动手卷烟，有一种一端不会硌人的纸，您知道吗？"

卡拉多斯点了点头，说道："烟纸经常会硌事。"

"我也发现了，我可以试试您的烟吗？"

卡拉多斯欣然同意，他和弗兰克交换了香烟，然后话题又回到了周三的悲剧上。

弗兰克带着莫名的自豪感说道："这件事肯定引起轰动了吧！"

"应该是吧，我在伦敦的时候，人们交谈的主要话题就是这个。"

"真的吗？"尽管惠特马许先生无视了卡拉多斯的观点，但是对于这个从城里来的人，他还是想要多了解一点，"他们都说了什么？关于这件事。"

"我觉得大家的注意点都在你的解释上，就是关于你们争吵的原因你给出的解释。"

"看吧，我早就说过！你偏不听。"惠特马许夫人嚷嚷道。

"闭嘴，妈妈！这件事情非常好回答，当时我们的地界上落了几只被射杀的鸭子。但是，或许你已经读过报纸上的报道了？"

"是的。"卡拉多斯承认，"我读过报纸了，说真的，这个解释在这样一个充满悲剧和奇幻色彩的惊天案件里面着实有些苍白。"

"看吧看吧！我就说没有人会相信的！"惠特马许夫人的情绪有些波动，她的声调高亢激动。

年轻的男人责备地看了一眼难以控制情绪的母亲，然后盯着卡拉多斯和帕金森。

"你们不相信是因为你们都不了解威廉叔叔，一件芝麻大的事情都能点起威廉叔叔的怒火。就好比周三我去他们家的时候，他当时正在抽烟斗，我待了一会之后也拿出一支烟抽了起来。如果他没转身找碴和我吵架的话，我敢发誓我就不是人。如果这件事情发生在你身上，你会怎么想？"

"我只能承认这样确实没有道理，不好意思我们还是继续刚才的话题吧！当时你在做些什么，惠特马许先生？"

"我去找威廉叔叔并不是为了吵架，那是他的房子，我当时在壁炉前帮忙。"年轻的惠特马许先生有些愤怒地回忆着当天的事情。

"您还真是热心呢！不过恕我直言，连威廉先生向您开枪的原因都经不起推敲，遑论自杀。"

"这位绅士看起来睿智而且友善，你应该多听他的话。"惠特马许夫人压低着声音对年轻的儿子说道。

"乱七八糟，妈妈您快闭嘴吧！威廉叔叔是什么样的人您不知道吗？他这样充满热情的人做事经常失控，我不知道他是不是真的想要杀了我，但是他的射击手法是很棒的，况且他的脾气一上来，谁都控制不住。我觉得，威廉叔叔真的是一位傲慢的人，他听不得任何的责备，更不允许有人骑在他的头上，他就是权威。当他发现自己做的事很可能面临审判并且会被判处绞刑的时候，我想自杀是他这样的人更容易做出的选择。"激动的弗兰克冷哼了一口气，不屑地说道。

"这样的话，感觉还挺充分的。"

"那您觉得还有什么麻烦的地方吗？"惠特马许夫人拐弯抹角地问道，她尽量表现得平静一点，但是脸上的表情和微微前倾的身子还是出卖了她。

他的儿子亦是如此，尽管弗兰克已经使出浑身的力气装作对卡拉多斯的看法不甚在意，但是卡拉多斯心里清楚得很，他和他母亲一样，非常在意他的看法。

"啊？我倒觉得没有任何可以指摘或者需要您担心的地方，但是——"卡拉多斯若有所思地顿了一下，然后接着说道，"可能会有些别有用心的律师要求指出隐藏在这个纷争背后更大的矛盾以及被隐藏的事实。"

"律师，这些律师！"老妇人神色有些恐慌，喃喃地重复着卡拉多斯的话。

"他们能让你说一切事情。"

"不可能，他们做不到。"惠特马许先生的脸上浮起一丝狡诈，他笑嘻嘻地说道，"再说，谁会请律师啊！"

"说不定死去的那位绅士家里可能会请呢！"

"不可能，威廉叔叔的两个儿子都在国外，周一赶不回来的。"

"但是我听说他还有一个女儿在本地。说不定她会请律师呢。"

惠特马许先生从嗓子里发生一声奇怪的声音，冷哼中夹杂着一丝笑意，他转头看向身旁的老妇人，说道："玛德琳肯定不会这么做的，我可以对着上帝发誓。"

老妇人的眼睛里写满了钦佩，仿佛儿子做了什么了不起的事情一样，她的表情愈加怪异，像极了老鼠的模样，滑稽至极。

"哈！小姑娘肯定不会这么做的，这件事情不会发生的，不会有律师！哈！"老妇人不停地眨巴眼睛、点着头，脸上还笑眯眯的，不过片刻之后老妇人就收敛了神态，整个人变得安静起来。帕金森一时搞不清楚她到底是在笑还是已经睡着了。

卡拉多斯又待了一会，离开之前他请求看看表。

弗兰克把表递给卡拉多斯之前又检查了一遍。

卡拉多斯接过表说道："我敢说，这个表会成为传家宝，这可是唯一的纪念品了。"

惠特马许故作深沉地说道："其实也没什么，对其他人来说这不过是看时间的小东西罢了。"

"咦，这里的指针都没有了。"

"当然，表盘的玻璃都被震碎了，指针全都勾着我的衣服，后来都被扯掉了。"

"很合理，开枪的时间是九点十分。"

弗兰克想了一下，然后点了点头："差不多吧。"

"如果你的表走时准确的话，那就不是差不多了，真是太有趣了，惠特马许先生，很高兴看了这个神奇的表。"

辞别惠特马许先生之后，卡拉多斯并没有返回酒店，而是让帕金森带着他来到了巴罗尼。玛德琳小姐也在家里，虽然当下她有访客，但是一听说是卡拉多斯来了，她还是马上出来跟卡拉多斯见了面，而且按照卡拉多斯的要求带着他一个人去了餐厅，留下帕金森一个人待在客厅里。

刚一进餐厅，玛德琳小姐就迫不及待地问道："怎么样了？"

"有件事必须告诉你，我要放弃这次的调查，我的事情都做完了，我今晚就要赶回镇上。"

"啊？这样啊！我想——我觉得——"玛德琳小姐显然没有想到会是这个结果，她一脸无助地看着卡拉多斯，说话都变得结结巴巴。

"你的堂兄周三在这里的时候，并没有偷走左轮手枪，惠特马许小姐。而在那之后，他也没有在空闲的时候朝自己的表开枪，伪造自己好像在那天被袭击过一样；他也没有在空的弹药筒里填充子弹；他没有故意开枪射杀你的父亲然后放空弹药筒；他确实被人袭击了，报纸上的内容也基本上都是正确的。按照我的推论和支离破碎的线索，这件事情实在是太离奇了！"

玛德琳小姐痛苦地说道："所以您是让我接受惩罚吗？"

"我已经看过惠特马许先生的那个表了，说不定还可以再救他一命。"对于玛德琳小姐的痛苦，卡拉多斯并没有过多的感觉，他接着说道，"表上显示的时间是九点十分之后，这个时间非常接近开枪的时间，他何来的自信留下这么少的时间伪造证据，这一切并不成立。"

"周三我见到那个表的时候，指针都已经不在了。"

"是的没错，但是表轴还是在的，这种老式的手表只会让指针指向一个地方，那个方向显示的是九点过十分。"

"调一下时间不是非常容易的事情吗？"

"在这个神奇的案件中，所有的命运都有条不紊地进行着，没有办法出一丝一毫的差错，那个弄坏了机件的子弹让所有的事情都固定了，任何事情都没有办法更改。"

"还有更难以理解的事情吗？我认为我有权知道！"惠特马许小姐非常坚持。

"如果你一定要知道，那我就直说了。这是你在外屋开枪之后留下的空弹药筒的弹塞。"

玛德琳小姐惊声尖叫起来："什么！你怎么——不可能！你是如何——"

"为了达到那个效果，你耍了几个花招，魔术师的小把戏。你肯定选在不那么容易找到弹塞的地方开枪——惠特马许先生丢在壁炉里的那张纸就是你用蒸汽使香烟脱离的纸。而且这个开枪的地方不能离房间太近，或者说，最轻微的爆炸声都能感觉得到。"

听到这里，玛德琳已经放弃了厌烦的冷漠态度，她泄了气一样无力地说道："我真是太傻了，竟然想着和你斗智。那么，卡拉多斯先生，你是要把我移送给法官吗?"

卡拉多斯没有说话,玛德琳有些焦躁,她问道:"你说话呀!"

犹豫了一下,卡拉多斯说道:"我总是被人们推到这样的境地里,而且他们还都把责任丢给我。很多年以前,伦敦建起了一座巨大的国家级建筑物,人们称作'皇家正义宫',不过后来人们更多的称呼它是法庭。现在,你让一个伦敦人把你送去正义宫,他肯定会把你看作一个宗教狂人,你明白我的处境吗?"

"有一点很奇怪,"玛德琳好像要把自己的怀疑全部说出来,"在你面前,我一点都不为自己做过的事情感到羞耻,我也不害怕把事情全部告诉你,不过有些事情我还是有些羞于启齿的,这又是因为什么呢?"

"因为我的眼睛看不见?"

"肯定不是!"玛德琳小姐坚定地否决了卡拉多斯的说法。其实卡拉多斯自从不能视物之后就好像得到了一种神奇的力量,这种力量可以帮助他直接看到人们的内心。对于这种力量,有些人会本能、下意识地做出反应,那些有着坚强、自由的灵魂的人。不过卡拉多斯没有机会解释。

"有的时候,是真的有一见如故的事情的。"卡拉多斯暗示道。

"对,你说得对,就是老朋友的感觉。我妈妈去世之后,我就再也没有能够说心里话的朋友了,即便是我的父亲,我们的关系也很疏离,大家就好像陌生人一样,这样说是不是有点可笑。"玛德琳看着卡拉多斯平和亲切的脸,微笑着说道,"能像现在这样推心置腹,没有隐藏地聊天真的让我非常开心,你知道我已经订婚了吗?"

"这个真不知道,你没有提过。"

"不,你应该听说过,他是一位牧师,我们去年夏天相遇,不过现在什么都没了。"

"你解除的婚约?"

"是形势。我的父亲被大家看作凶手,我是杀人犯的女儿,大家是不可能让这样的人成为牧师的妻子的。况且我父亲既是凶手,而且自戕,这样更加复杂,简直难以想象。你知道吗?在我们这样的地方,我的生活基本上已经全被毁了。"

"说不定你的牧师先生有别的想法呢？"

"他已经不再是牧师了，他的家世优渥，血统高贵，这样的世家更不会容许我这样的人进门。如果让他自己做选择，他的心肯定备受折磨。其实，他很快就会习惯我不在身边的日子，但是如果我们真的结婚了，他就要一直忍受我的存在。我凡事都以他为主，事事为他考虑，我想了千万种办法，但是最后还是失败了。"

"你甚至想要把一个无辜的人送上绞刑架？"

玛德琳承认道："不可否认，我真的这样想过，但是事情的发展远超我的想象，当然，有很多好心人发起请愿，但是我还是觉得自己不能让弗兰克被绞死。你是不是很震惊，卡拉多斯先生。"

卡拉多斯点了点头，这一点他没必要伪装，他温和地说道："我已经见过那个孩子了，如果说惩罚，就算是缓刑，我也觉得有些严厉了。"

"但是你又是怎么知道，他是无辜的？"

"我并不知道，我只知道他并没有亲手杀害你的父亲，我的调查结果就是这样告诉我的。"

"不是根据你的规则来审判吗？难道是在伟大的正义宫里审判吗？其实，你可以判决。"

玛德琳小姐从卡拉多斯的身旁走到了窗边，卡拉多斯不用看也知道窗外的不过是千篇一律令人乏味的惯常景致。

"三年前我见到了弗兰克，那是我长大之后第一次见到他。当时我刚从寄宿学校回来，在此之前我从未见过他，我想象中的弗兰克哥哥是一个非常高大英俊有男人气概的人。在当时那种情况下和他偷偷见面，真的是一件非常浪漫的事情，就好像罗密欧和朱丽叶一样。我们在巨树下面山盟海誓、情意绵绵，作为我们两家界桩的那棵大树见证了我们之间的情谊。但是最近我发现——是我慢慢开始怀疑，我们两个理解的浪漫是不一样的。直到有一天晚上，我所有的怀疑都已经确定——我们确实不一样。我的罗曼蒂克观念就是一种抽离现实的浪漫，所以后来他去了海外之后，我心里甚至有些高兴，因为只有我感到痛苦，我发现自己并不爱他——我爱的是那种和他相爱的想法。

"几个月前，弗兰克从南非回来，我一直躲着不愿意见他。但是有一天我们在路上碰见了。他说他在国外的这几年无时无刻不在想我，还问我能不能嫁给他。但是我已经订婚了呀，我告诉他我们之间已经不可能了。但是他一点都不为所动，并且表示自己知道这件事情。这下轮到我蒙了，我甚至不知道他到底想要做什么。然后他拿出了我之前写给他的信件，这些信件他全部保存着，弗兰克读了几封信，他还给我解释！他不解释我也知道那是什么意思，年少无知的我沉浸在自以为是的爱情里，写出来的话想想就知道有多么天真了！我立刻就被吓坏了，我愤怒地咒骂他，把我知道的所有骂人的话全部用到他的身上，直到我骂得口干舌燥，整个人都疲累极了，我感觉巨大的恐惧慢慢把我笼罩起来。

"但是弗兰克只是笑着看着我，他让我考虑清楚，说完就得意扬扬地走了，他还把我的信件丢向半空中，然后伸手接住。

"如果我因为他威胁我的事情就恼羞成怒的话，我觉得有点不值。为了不让他揭发我，我只有一条路能走，那就是嫁给他。后来，他自己跑来和我说，他其实并不是真的想让我嫁给他，他只想让我父亲同意他开矿，对他来说，娶我是一条最省力气的捷径。"

"恕我直言，惠特马许小姐，这就是勒索，其实你大可不必听他的，他会受到法律的制裁，最高可以劳役拘禁。"

"对，你说得没错。周三的时候，他来了，还带着一包信件，这是他最后的砝码，如果不能说服我，他就在我父亲面前公布这些信件，并且借此和我父亲讨价还价，我完全想象得到会发生什么事情。事实上我父亲那个人，傲慢又自负，那时候他一个没忍住开了枪，之后巨大的耻辱和绝望疯狂地裹挟了我的父亲，难以承受的压力让他选择结束自己的生命。卡拉多斯先生，你现在可以审判我，你可以做我的法官。"

卡拉多斯由衷地同情这位少女的可怜遭遇，他轻轻地说道："当你被要求审判的时候，你去接受审判，这样才是最合适的。"

三个礼拜之后，一封挂号信送到了塔楼，信封上盖着利物浦的邮戳。读完信后，卡拉多斯把信收在一个特别的抽屉里。一两年之后，当卡拉多斯觉得工作有些枯燥无味的时候，他还会把这封信拿出来读，信的内容是这样的：

亲爱的卡拉多斯先生：

周日下午你们离开一段时间之后，有一个男人在夜色中敲响了我们家的门，那个男人被黑夜笼罩着，我完全看不见他的脸，不过他的身形和您的随从帕金森先生可一点都不像。他把一个包裹交给我之后转身就走了，一句话也没有说。我想，您并不像您说的那样，静静地离开。

真的非常感谢您交给我的这些信件，我可以把这些不堪的往事一把火烧掉，让这段往事彻底从我的生活中消失。我为此感到由衷的欣慰。我想，除了您应该没有人会为了仅仅相识了几天的可怜人提供这样的帮助。我想了很久，应该也就只有您一位了。

还有一件事我要向您郑重地表示感谢，是您把我从荒唐愚蠢中及时拉了出来，否则愚蠢的我肯定会在卑鄙、背叛和犯罪中越陷越深，我的一生都将活在谴责和后悔中，我都不相信自己会写下这封信。

我的意思不是说我现在不痛快，接下来的几年里我依然会因为这件事痛苦，但是对我来说，所有的苦涩、困境都已经过去了。

我是在利物浦写下这封信的，今天晚上我会乘坐二等舱前往加拿大。上个星期我的哥哥威利回到了巴罗尼，他借了盘缠给我，并且答应等我找到工作以后再偿还这笔钱，威利哥哥并不需要为此担心。我不会去做无关痛痒的打字员或是备受侮辱的家庭女教师一类的工作。我准备去做一个家庭女佣——很能干的那种，我的烹饪技术和整理家务的能力都是很棒的，可能您不相信，但是我可以负责任地告诉您，这的确是真的，我可以把这个工作做得非常出色。

再见，卡拉多斯先生，我会在心里永远铭记您、感恩您。

玛德琳·惠特马许

附笔：是的，正如您所说，真的存在一见如故的友谊。

莫格街血案

〔美〕爱伦·坡

多数时候，分析都是种不太可靠的才能，之所以这么说，是因为分析力只有一个度量标准——分析效果。众所周知，如果一个人得到上苍的钟爱，具有卓绝的分析力，就总能从中体味到无穷的快乐。神力无双的人酷爱锻炼肌肉、炫耀并彰显臂力；分析力卓绝的人则最爱解谜类的脑力活动。哪怕是最烦琐的小事，只要能彰显其分析力，他便乐此不疲。他喜欢研究玄奥的知识，喜欢解谜，他的才智因谜题的开解而彰显，对大多数普通人来说，这委实匪夷所思。他深谙分析的精髓，并借此扬名，确实会给人以全凭直觉的印象。

如果精通数学，尤其是高等的解析数学，破疑释难的能力无疑会更加高超，嗯，解析，这是个非常奇妙的用词，但事实上，它之所以叫作解析，只不过是因为在计算过程中运用了逆算法，这种计算与分析其实大相径庭。举例来说，象棋对弈时，棋手会绞尽脑汁地计算，却不会用心分析，所以说，象棋其实算不上什么有益身心的活动。我现在当然不是在写论文，只是在为一段尚可称为离奇的案件做一个杂乱无序的开场白。趁此机会，我得声明一下，相比于简单无聊的跳棋，必须殚精竭虑进行推敲的象棋无疑更能彰显棋手的思维力。象棋游戏中，不同的棋子有不同的走法，稀奇古怪，变幻莫测，每个子都妙用无穷。但象棋委实不算深奥，只是略有些复杂而已。下象棋时，必须全神贯注，若稍有疏忽，下错一步，就会损子败阵、折将失城。象棋的走法错综玄奥、多种多样，疏忽总在所难免，因此，聪慧的人不一定就是胜者，聚精会神的人却常能获胜。相反，跳棋玩法单一、刻板，没什么变化，疏忽错子的概率不大，自然也无须聚精会神，对弈时，聪明人一定能获胜。说得具体些，如果一盘跳棋中只余四个棋子，且都是王棋，那疏忽也就无从谈起了。如是，如果双方水平相差无几，那善于谋算推敲的那位就是胜者。在束手无策的情况下，懂分析的人会优先研究对手的心理，换位揣摩，就能看穿对方的手段，有些时候，这些手段不仅简单，而且愚蠢；要诱使对方忙中出错、露出马脚，这一招也颇为有效。

在所有能锻炼计算力的游戏中，惠斯特牌戏最是闻名遐迩。众所周知，所有智力超卓的人都能从牌戏中感受到无穷乐趣，并乐于沉湎其中，他们不愿意下象棋，因为那无聊极了。毋庸置疑，在同属性的游戏中，没有谁比它更能彰显游戏者的分析力。擅下象棋的人，只擅下象棋；擅玩惠斯特牌戏的人，在所有尔虞我诈的场合都能寻机获胜。此处，我说擅长，是指对这项活动十分熟悉，知道所有能够获得优胜的合法手段。这些手段繁多且复杂，常深藏于心，他人难以察觉与了解。认真观察一下就知道，能聚精会神下象棋的人，惠斯特牌戏玩得也很好；并且牌戏的技巧是霍伊尔牌戏谱规则制定的标准，这种规则简单易懂。一般说来，人们觉得，擅长此道的人，除了都以"本本"为行事依据外，肯定还都过目不忘。但如果情况已超出规则的范畴，那擅长分析的人倒可略露几分牌技。他观察到不少细节，还悄悄做了推论，他的牌友们或许也在做同样的事情；推论是对的还是错的，并非决胜的关键，要更深入地了解敌情，观察力必须更胜一筹才行。玩牌的人在乎的不仅是输赢，也不仅是单纯的享受打牌的乐趣，对与牌局无关的事，也多有关注。他会仔细观察对手的表情、搭档的表情，对比两者，以预估各人执牌的次序，还会观察那些拿到大牌、王牌的人的神情，将所有的大牌、王牌都计算在内，边打牌边察言观色，看别人是得意、是讶异、是懊悔，还是自负，根据不同的表情获取可供参考的资料，通过胜利者收牌时的神色，推断其是否还能再以同花获胜。通过对方摊牌时的表情，判定对方是否在声东击西、借以遮掩。对方脱口而出的话语，无意间提及的字眼，不小心掉落的牌，恰巧翻开的牌，急于遮掩的样子，浑不在意或忐忑难安的神态；计算牌局的布置、赢面，观察对手是迟疑还是困窘，是急切还是惊慌——一切都逃不过他与直觉相似的敏锐观察力，透过蛛丝马迹，他便能寻找到真相。两三圈牌打完，对所有人的牌面，他已了如指掌，此后，便成竹在胸，每次出牌都非常精准，仿佛所有人手中的牌都摊在桌上供他观看一般。

足智多谋与擅长分析并不是一码事，不能混为一谈；擅长分析的人一定擅谋划，但擅谋划的人却不一定擅分析。擅谋划彰显的是归纳与推断方面的卓绝能力，骨相学专家们更乐于将这种能力归类于一种器官，断言其是一种人的本能，我觉得这很荒谬。近乎痴傻的人身上有时也会迸现出这种人的本能，对此，心理学家关注了很长一段时间。擅谋划与擅分析之间的差异，和幻想与想象之间的差异有些类似，虽然前者的差异要更大一些，但从本质上来说，两者的近似度还是颇高的。事实上，我们轻易就能看出，聪慧的人常耽于幻想，想象力丰富的人则偏好分析。

读者阅读下面的故事时，不妨将之视作对上文观点的一点注解。

西·奥古斯特·杜宾和我相识于18××年的春夏之交，这位少爷是巴黎本地人，而我当时也寓居巴黎。杜宾出身名门，原本经济条件十分优裕，但命途多舛，家道败落，他心灰意懒、甘于贫困、不愿奋发，也没什么心思重振家声。因为债主仁慈，给他留下了些微祖产。虽然祖产不多，但他细细打算一番，倒也能维持温饱，对此，他很知足，事实上，除了阅读，他别无享受，而在巴黎，阅读是件再简单不过的事情。

蒙马特街上有一家图书馆，十分冷僻，为了寻找一部十分珍贵的书，我去了那里，并在那里遇到了同样也在找这本书的杜宾先生，从最初的陌生，到后来的熟悉，我们的关系渐渐地变得亲密起来。我对他讲述的家族史很感兴趣，他对我也推心置腹，讲述得十分详细。法国人有个习惯，在谈及自身时，总掩饰不住内心真正的想法。他的博学让我非常惊讶，尤其是他天马行空、生动丰富的想象力，更令人震撼不已。当时为了寻到一些东西，我在巴黎可谓夙兴夜寐，于是情不自禁就有了与他相交的念头，对我而言，他就是稀世珍宝；我将内心的想法如实向他吐露。他终于答应在我离开巴黎之前和我同住。相比于他，我还算富裕，他也同意由我出资租下郊区的一栋公寓作为居所。这座公寓位于偏僻的圣杰曼区，古老破败，样式稀奇，摇摇欲坠，荒废日久，传说是栋凶宅。对这样的说法，我嗤之以鼻，自顾自地按照我们共有的奇怪的、颓唐的爱好布置起屋子来。

如果我们的种种生活日常被披露，一定会被世人当作疯子——人畜无害的疯子来看待。我们过着与世隔绝的生活，不与其他任何人接触，我隐瞒了我的朋友们，并未将隐居的地址告诉他们。杜宾没什么名气，在巴黎也没有熟人，就这样，我们孤独地生活着。

我的朋友有喜欢深夜的怪癖，在他看来，深夜魅力无穷。潜移默化之下，我也染上了这种奇怪的癖好，一如往昔染上其他怪癖时一样；我肆意沉湎于奇思妙想中。夜神无法常伴我们身畔，我们却有办法将他奉请入室。拂晓时分，我们将老宅子所有的百叶窗都闭合，燃起两支蜡烛，焚上香料，然后，在幽森的微光中继续自己的幻梦——阅读、习作、倾心交谈。待时钟准时敲响，真正的夜如期降临，杜宾和我便一起到街上去散步，我们把臂同游，穿梭在街头巷尾，或四处游逛，漫步到非常远的地方，或继续畅聊日间的话题，及至深夜，人流涌动的古城闪烁起点点的灯火，杜宾和我在一起寻觅着无穷无尽的精神刺激。

杜宾的想象力非常丰富，由此，我判断，他的分析能力一定也十分卓越，可尽管如此，他的分析力依旧让我大吃一惊，钦佩不已。瞧他的样子，似乎也有心显露一番——若非卖弄的话——他坦然承认内里乐趣无穷。他低声笑语，向我炫耀，说绝大多数人在他面前都是透明的，他能看穿他们的心思，也包括我，我的想法总瞒不住他，而且他总能当场便拿出令人信服的证据证明他所言非虚。每当此时，他的神情会变得非常冷漠，双目空洞，略见茫然。他的嗓音向来洪亮，不输男高音，此时更高了几度，要不是吐字非常清晰，说话也井井有条，一定会被误认为是在发火。见他如此，我不由想起了古老学说中提及的双重人格，暗自揣摩着既想象力丰富，又有着惊人分析力的杜宾。

读到此处的读者，请不要误会，我无意详述什么玄奥故事，也不是要撰写传奇，我对杜宾的种种描绘，多半都是激动心理在作祟，或许，这种激动多多少少都有些病态。然而，要对他彼时的谈话特征进行说明，最好的方法无疑还是举例。

一日深夜，我们在毗邻皇宫的一条肮脏的长街上游逛，我们各有心事，谁都没说话，至少沉默了一刻钟，杜宾出乎意料地开了口，他说："他个子虽然不高，但却非常适合去表演杂技。"

"那当然了。"我想都没想就应和道，起初，我满腹心事，并没有意识到杜宾的想法与我竟不谋而合，他一语中的、说破了我的想法，我定下神来后，惊讶极了。

"杜宾，我被你弄糊涂了，说实话，我吃惊极了，简直不敢相信自己听到的话。"我正色说，"你怎么知道我心里正想着……"我没再说下去，想看看他是不是真的能看透我的心思。

"怎么不说了？你刚刚不是在想桑荻伊吗？"杜宾说，"他个头不高，演悲剧不合适？"

我方才的确在想这事儿。桑荻伊是个皮匠，住在圣丹尼斯街，爱上戏剧后，也曾登台表演，他饰演的是泽克西斯，克雷比容悲剧中的一个角色，但出乎意料的是，他的表演没得到什么赞赏，反而招来了不少嘲讽。

"快和我说说，你是怎么知道的？"我脱口说道，"千万不要和我卖关子。"说实话，我已经竭力掩饰了，但还是掩饰不住脸上的惊讶。

"瞧见水果贩子后，你就不由自主地想到了那个矮个子的修鞋匠，觉得他不适合演泽克西斯，或者类似的角色。"我的朋友回答。

"水果贩子？——这是怎么说的？——我不认识水果贩子啊。"

"大概一刻钟前，朝这条街走的时候，你不是迎面撞上过一个人吗？"

我这才回想起，方才从西小街朝这边走的时候，确实碰到过一个水果贩子，那人头上顶着一个装着苹果的篓子，差点将我撞倒，但我不明白，这与桑荻伊有关系吗？

杜宾面上并无吹嘘之色。他说："咱们先说说从碰到水果贩子到我开口说话这段时间你的心思。回头再说我怎么知道的，你一听就懂。我觉得，这段时间，你的想法可以用几个关键词来概括——桑荻伊，猎户座，伊壁鸠鲁，石切术，石头，水果贩子。"

生活中，有些人总喜欢回味一下自己的想法，为什么就联想到这些了呢？细细揣摩，回味无穷：首次尝试者，眼看最初的想法与最终的想法竟南辕北辙，大相径庭，自然会大吃一惊，听了杜宾的话，我当然得承认，他说得都对，内心也惊讶得无以复加。他顺着方才的话茬接着说道："如果我没记错，在离开西小街之前，咱们谈论的话题是马，那之后便再没交谈。拐入这条街时，有个顶着篓子的水果贩子匆匆忙忙从我们身边走过，那是在人行道边，道路处于修整状态，道旁有不少石头。他撞了你，你朝石头的方向倒去，被绊了一下，脚崴了。为此，你很愤怒，板着脸，低声嘀咕了好几句，回头瞅了那块石头几次，才默默地离开。我没有特别留意你，可最近，我习惯了时时观察。

"你一直低着头，满眼怒火地盯着地上的坑洼和车印看，因此我断定你还在想那块石头。走到拉马丁小巷的时候，你扬了扬嘴唇，笑了，我相信，当时你自言自语的一定是石切术，因为那条巷子是用叠石铺成的，这种铺法还处于试用期，名字听上去也很怪异。既然你在嘀咕石切术，就没有理由不想到原子，想到原子，自然就会想到伊壁鸠鲁，毕竟，在那之前不久，咱们还讨论过这个问题，我还将那位闻名遐迩的希腊人做出的稀奇古怪的猜测告诉过你一些，没想到，他的学说竟与后世与宇宙进化论相关的星云假说如此契合，如此一来，我就想，你肯定会抬头仰望星空，看看猎户座的大星云，说实话，我也盼着你这么做，结果，你真做了；这样，我就断定，自己的思路没错。《博物馆报》昨天刊登了一篇指摘桑荻伊的长篇报道，作者在文中用非常辛辣卑鄙的言辞对皮匠进行了冷漠的嘲讽，说穿上厚底靴的他，一演戏就连自己姓什么都忘记了，为此，作者还专门引用了一句家喻户晓的拉丁诗句。就是那句——

"首字母不发原音的。我以前和你说过，那句诗描写的就是过去的猎户星宿，现在的猎户星座。我们还一起嘲笑过这荒唐的说法呢，我想你肯定还记得。所以，看到猎户星座，你一定会联想到桑荻伊。你笑了，我就知道，你肯定是有了这方面的联想。你想到了那个被针对的、霉运当头的皮匠。你走路的时候，习惯性地佝偻着腰，这会儿却突然将腰板挺直了，所以，我就断定，你一定是想到了桑荻伊矮小的身材。于是，我打断了你，说桑荻伊个子不高，适合去演杂技。"

那之后不久，和杜宾一起翻阅《论坛报》晚刊的我，被一则消息吸引了。

今日凌晨三点，圣洛克区发生离奇血案，该区居民被一阵凄惨尖厉的惨叫声从梦中惊醒后，循着声音，来到莫格街一栋民居前，惨叫声就是从该房屋四楼响起的。据悉，列士巴奈夫人与爱女卡米耶寓居于此。原本，众人想推门而入，不料竟是徒劳，无奈，只好用铁锹将大门撬开，两名警察与八九位邻居一起入内。彼时，惨叫声已经消失，但在一楼楼梯口，众人却听到了三楼粗野的争吵声，吵闹者约有两三个。待众人上了二楼，吵闹声也停了下来，万籁俱寂，众人分开寻找，挨个房间搜寻，发现四楼有间后房被反锁，于是撞门入内，之后，所闻所见，惨绝人寰，在场者无不被惊得魂飞魄散。

室内一片凌乱，倾倒、毁坏的家具随处可见，床垫被扔在地板上，床只剩支架，椅子上的剃刀沾满血渍，壁炉上似乎是被连根拔起的两三团灰白长发上也血迹斑斑。四枚拿破仑金盾、三把钥匙、一只黄玉耳坠、两个分别装有两千金法郎的钱袋、三把白铜茶匙散落在地，五斗橱被抛在墙角，所有抽屉都被拉开搜查过，但仍有不少东西留下。床垫下有一只打开的小铁箱，箱门上插着钥匙，除了一些不怎么重要的文件，箱子里还放着几封较为陈旧的信。

列士巴奈夫人并不在室内，壁炉中的煤灰出奇地多，众人检查烟囱时，发现了卡米耶小姐的尸体，竟然有人将她头朝下硬塞进了狭窄逼仄的烟囱中，尸体还有余温，擦伤很多，大概是塞进烟囱时划伤的，面部有抓痕，有些很严重，喉部存在瘀伤，呈深黑色，还有指甲留下的痕迹，似乎是被掐死的。

众人仔细搜索了整栋房子，一无所获，于是来到屋后的院子中。院子不大，铺着地砖，喉管被完全切开的老夫人便躺在那里，众人试图扶起尸体时，头颅掉落。无论是头颅还是尸身，都被割得鲜血淋漓，惨不忍睹，几乎不见人形。

截至本报发稿，这起离奇血案仍毫无线索。

次日，报纸上又刊登出了一则与案件相关的详细报道。

莫格街血案——据悉所有与这一令人毛骨悚然的离奇事件相关的人，都已被传讯。（事件在法国是个非常严肃的词汇，并非我们所理解的那般草率。）但是，结果并不理想，截至目前，本案仍旧毫无线索。兹摘录重要供词如下：

洗衣妇宝兰·迪布尔供称，她与死者母女相识于三年前，三年来，她一直负责为死者母女浣洗衣物。列士巴奈老夫人与小姐关系和睦、生活融洽，每次为她们浣洗衣物都能得到不菲的报酬，但不清楚两人的生活日常，也不清楚两人的经济来源是什么，或许她们的收入来自以算命为生的列士巴奈夫人。传说，她们有些积蓄。无论是取衣服，还是送衣服，都见不到其他人，显然，她们家没有用人，整栋楼房，有家具的只有四楼。

烟草商人皮埃尔·莫洛供称，列士巴奈夫人是他的老客户，近四年常在他那里买鼻烟和烟草。这位老夫人就出生在本地，也住在本地，六年多前，她和女儿一起搬入了那栋发现尸体的房子。房子是列士巴奈夫人的产业，曾租给一位珠宝商居住，因为珠宝商擅自将楼上的房间分租给其他各种各样的人，老妇人非常不满，认为他是在糟蹋房子，所以拒绝再出租，自己搬回来住了。老夫人有些稚气，与女儿相依为命，过着与世隔绝的生活。烟草商人称，六年来，他与卡米耶小姐见面的次数有限，只有五六次。邻居都说，富有的列士巴奈夫人以算命为生，但烟草商人不相信。除了死者母女，那栋房子并没有其他人进出过，除了一个来过一两回的脚夫和一个进出过八九次的医生。

其他邻居，供词大多一致。据悉，母女二人与邻居少有交往，邻居们都不知道母女俩是否还有在世的亲人。那栋房子前后都有百叶窗，后面的从未打开过，前面的也很少打开，唯有四楼后房的窗户常开着。房子挺不错的——尚不算老旧。

警员伊西拓尔·米塞供称，凌晨三点左右，有人唤他一起去那栋房子，彼时，房子大门前已聚集了二三十人，他们试图将门打开，最后众人用刺刀——并非铁锹——将门撬开了。门有两扇，或者是折门，无论上下，都没有门闩，轻而易举就被撬开了。门被撬开后，之前不断响起的喊叫声戛然而止。似乎是一个人，或者几个人，因痛苦而号叫，不是短促的尖叫，是长而响的号叫。他带着众人上楼，走到一楼楼梯口的时候，听到了吵架的声音，一个声音粗犷，一个声音尖细——那是一种十分怪异的声响。他听到声音粗犷的人说"该死""活见鬼"，听声音不像女人，应该是个法国男人。声音尖细的那个听不出是男是女，也听不清说了什么，应该是个说西班牙语的外国人。至于室内情况及尸体情况，警员的描述与昨日的新闻报道并无二致。

银匠亨利·迪法尔供称，自己是死者的邻居，与第一批进屋的人一起进了那房子。其描述与警员米塞的大体相同。他们闯入大门后，立即将门重新锁好，以免闲杂人等靠近。虽然时值深夜，但门外看热闹的人依旧不少。银匠说，他觉得那个声音尖细的人肯定不是法国人，或许是意大利人，不太像男声，或许是女声。银匠不懂意大利语，不知道对方说的是什么，但从腔调上判断，应该是意大利人。银匠还说，他与列士巴奈母女相识，常在一起聊天，他能肯定，那尖细的声音不属于任何一个死者。

饭店老板奥丹海梅尔是阿姆斯特丹人，未经传讯，自愿前来，他不懂法语，借助翻译向警方提供了一些情报。他说，途经那栋房子时，听到了呼救声，那声音悠长高亢，凄厉阴森，持续了约十分钟。随后，他与众人一同进屋，所述种种与其他证人并无出入，唯一不同的是，他说声音尖细的那位是个法国男人。他没听清说话的内容，只知道那人声音洪亮而急促，语无伦次，似乎非常愤怒恐惧。那声音与其说是尖细，倒不如说是刺耳。声音粗犷的人说了好几次"该死""活见鬼"，还喊过一声"上帝"。

银行家茹尔·米尼亚尔老先生，米尼亚尔父子银行的执掌者，他供述说，八年前，列士巴奈夫人在位于德罗雷纳街的父子银行开了个户头。这位夫人颇有些资产，常有小额钱款存入，但从未提取过。案件发生前三天，老夫人提取了账户中所有的钱财，共计四千金法郎，由银行职员亲自送至其家中。

职员阿道夫·勒·本，供职于米尼亚尔父子银行，他供述说，那天中午，他用两个袋子将四千金法郎装好，然后提着钱袋和列士巴奈夫人一起到了她家。大门打开，卡米耶小姐走出来，接过一袋金币，老夫人则接过了另一袋金币。他对她们鞠了个躬，便告辞离开。当时，街上空无一人，这条小街一向十分冷僻。

裁缝威廉·伯德，英国人，定居巴黎两年，他供称，自己随着第一批人一起进屋，上楼时听到了争吵声，声音粗犷的是法国人，听到了一些内容，但记不太清了，只记得那人说过"该死""上帝"。他还听到了一阵厮打声，仿佛几个人在打架。尖细的声音很大，起码比粗犷的声音大，似乎是个德国女人的声音，反正绝对不是英国人。裁缝本人也听不懂德语。

以上四位证人在第二次被传讯时供称，卡米耶小姐尸体被发现时，那间房间的房门是反锁的，周围一片寂静，听不到呻吟声，也没听到其他的声音。破门而入后，并未见到人，室内门窗完好，前窗后窗都关着，窗栓闩得很严实，前后的房门也都关着，但没有上锁。与过道相连的房间上了锁，钥匙插在上面。四楼的走廊尽头有个房门半掩的房间，里面堆放着箱子、旧床铺等杂物。房子上上下下所有的地方，众人都仔细搜查过，烟囱也认真地清扫过。房子一共四层，楼顶有个阁楼，顶上有扇钉死的天窗——似乎已经关了很多年。从争吵声响起到破门而入之间到底相隔多长时间，四人各执一词，有人说是三分钟，有人说是五分钟。破门的确是花费了一些时间。

家住莫格街的殡仪馆老板阿丰索·迦西奥也是第一批进屋的人之一，这位原籍西班牙的先生供称，自己生性胆怯，所以进屋后并未随众人一起上楼。听到了争吵声，声音粗犷的是个法国人，没听清说了什么。声音尖细的肯定是个英国人。他听不懂英语，之所以这么说，是因为那人说话的腔调。

糖果店老板阿尔贝托·蒙塔尼也是第一批进入的人员，他供称，听到了好几个声音。声音粗犷的是个法国人，从听到的只言片语判断，似乎是在劝说。声音尖细的人说了什么，听不太清，他说话很急促，也很乱，似乎是个俄国人。供述大致与其他人相符。这位老板来自意大利，没有与俄国人交谈过。

证人们再次被传讯时一致表示，四楼所有房间的烟囱都非常狭细，单人无法出入。扫烟囱的人常用圆筒形的扫帚来扫烟囱，众人就是用这种扫帚将房子所有的烟囱都通了一遍。没有谁能私自溜下楼去，因为房子没有后楼梯。四五个人一起用力才将牢牢卡在烟囱中的卡米耶小姐的尸体拽出来。

医生保罗·迪马称，黎明时分，他受邀去勘验尸体。当时两具尸体并排放在小姐尸体被发现时所处房间的布棚下，布棚搭在床架上，小姐身上有多处擦伤且满布瘀伤，这表明，死者是被硬塞入烟囱的。死者喉部重伤，下颌有抓伤，伤口很深，还有手指留下的一片数个明显的青痕；双目外凸，腹部变色，舌上有贯穿伤，心口有膝盖重压留下的瘀痕。由此，迪马先生认为，卡米耶小姐是因扼颈而死，凶手或许是一人，或许是数人，无法确定。老夫人尸体残缺，破烂不堪，右腿骨与右臂骨有粉碎迹象，左胫骨与左肋骨彻底粉碎，尸体上遍布伤痕，伤势沉重，尸身变色，却不知受伤的原因。唯有拥有巨力的大力士全力挥舞铁棍、木棒，或者抡起大而沉重的钝器，如椅子，才能给人造成这样的伤势。一位女性，无论手持何等利器，都不可能给人造成这样的伤害。医生到时，老夫人已身首异处，且头颅破碎严重，喉部有明显的割断伤，推断是被锋利的剃刀割伤。

与迪马医生一同验尸的是外科医生亚历山大·艾蒂安，他的描述与验尸意见与迪马医生一致。

尽管还有其他一些证人被传讯，但却没能获得什么重要线索。从细节上看，这是个错杂而迷离的案件，如果真是凶杀案，一定会震惊整个巴黎。面对这样一起前所未有的离奇血案，警察当局也很茫然，线索一丝也寻不到。

当天，该报的晚刊又登出了一则消息，称：圣洛克区陷入恐慌，骚动不止——房子被再度侦查，证人再次被传讯，依旧徒劳无获。但却补充了阿道夫·勒·本被拘押的最新消息——尽管除了报道中提及的一些事实，没有任何证据能证明阿道夫有罪。

虽然杜宾始终沉默着，但他对案件的进展却特别感兴趣，起码看情况是这样。勒·本被逮捕的消息传出后，他才询问我如何看待这件事。

多数巴黎人都认为这是个无头案，根本就没办法找出凶手，我也这么认为。

"仅凭传讯结果，可不能对案子下什么定论。"杜宾说，"巴黎警察虽然以睿智著称于世，但本质上来说，只是狡猾。他们现在采用的办案方法，虽然号称是系统的，却常常风马牛不相及，让人情不自禁地就想起了穿着睡衣听音乐的茹尔丹先生。他们办过不少大案，可靠的多半是奉承献媚，遇到那些没法用这方法硬套的案子，便束手无策。举个例子，法国闻名遐迩的侦探维克多，做事一丝不苟，擅长推断，但思维过于僵化，查案时专注太过，以致一错再错。他不懂得离远些观察事物，常会扭曲真相。或许，他能清晰地认识到其中一两点，却看不清大局。因此，一些事情便被神秘化，但真相不可能永埋井底。事实上，我觉得，流于表面的知识不一定不重要，牛角尖中没有真相，相反，真相就藏在我们抬眼可见的地方。这种谬误的出现，是有原因的，以观察天体为例，你只需斜眼看一看，将视网膜对准星星，就能看清天上的星星，还能准确地估算星光，相比于内部，视网膜外部的感光能力更强，所以如果全神贯注地盯着星星看，反而会觉得星光非常暗淡。专注看星星时，绝大多数的星光都照在了眼眸上，但斜眼瞟一瞟，则更清晰。将事件看得太深奥，思想就会陷入混沌，如果长时间盯着天空看，即便是金星，也会显得黯淡。先对这起涉及两条人命的案件深入调查一番，才能给出建议。去私访一下，倒也不错。（我对这番话感到很奇怪，但却没说什么。）另外，勒·本为我服务过，我记他的情，咱们到现场去瞅瞅，我和警察厅长是老相识，他会放咱们进去的。"

得到许可后，我们立即赶到了位于圣洛克街与丽舍利厄街之间，肮脏无比的莫格街，这里与我们的寓所相距很远，我们到时，已是傍晚。我们轻而易举就找到了那栋房子，因为街对面站着不少漫无目的又满是好奇的人，他们仰着头，正怔怔地看着那紧紧闭合着的百叶窗。这里和其他的巴黎房屋并无不同，大门口有间门房，门房里装着活动玻璃，挂着"门房"标牌。进门前，我们先步行到街尾，拐过小巷，转了个弯，绕到房子背后去——其间，杜宾将房子前后左右临街的一面都查探了一遍。我却没发现什么异样。

之后，我们原路折返，来到门前按门铃，值守人员验过证件后允许我们进入。我们一起上楼，走进陈尸的房间，卡米耶小姐的尸体就是在这里发现的，现在，母女二人的尸体都停在此处。房间内依旧一片凌乱，没有任何改变，一如《论坛报》报道的那样。杜宾认认真真地检查了所有的东西，包括死者的尸首。之后到其他房间和院子里看了看。一位警员全程陪同。入夜后，我们一起离开，归家途中，我的朋友在日报馆停留了片刻。

前文已提及过，我的这位朋友总会生出些稀奇古怪的想法，对此，我始终都抱着顺其自然的态度——因为，我实在是找不出合适的词汇来形容它们。我当时并没能从他那得到任何关于这件血案的信息，他就是这样的性格。直到次日中午，他才突然询问我，在血案现场有没有注意到一些与众不同的情况。

他说"与众不同"时，语气明显有加重，不知为何，我竟悚然一惊。

"与众不同？没有吧，"我回答，"起码，我没发现和报道有出入的地方。"

"报纸怕是忽略了本案惨烈的本质，"他说，"但是，没必要在乎报纸的无稽言论。我觉得，大家之所以认为此案难破，不过是因为它太过不同寻常，而这种不同寻常，恰好是破案的关键。从表面上来看，凶手没有动机，这里的动机不是指杀人动机，而是以如此狠辣的手段杀人的动机。警察局为此一筹莫展。除了卡米耶小姐，楼上空无一人，若是有一条可供出逃的路径，上楼的一伙人不可能看不到，但楼上又分明有争吵声传来，看起来这似乎有些自相矛盾，警察局也很困惑。房间中一片凌乱，死者的尸体头朝下被硬塞进烟囱中，老夫人的尸体破败残缺、惨不忍睹；遭遇这种情况，以及种种已经提及或不便提及的原因，官方侦办人员所谓的睿智自然无处可施展。他们束手无策，犯下了大错，不过这也没什么可奇怪的，所有不常见的情形都会被他们归入玄妙的范畴。可如果要还原真相，就必须不受常规的束缚。就像现在正在进行的查访工作，与其询问'发生了什么事'，倒不如询问一下'发生了什么不同寻常的事'。说实话，这个案子，我轻易就能解决，换言之，已经破解了，我觉得破案很容易，警察觉得这是件悬案，差别就在于此。"

我吃惊不已，默默地注视着他。

"我在等待，等待一个人。"他朝门口看了看，说，"此人或许不是凶手，却和这个案子脱不了关系。案中最血腥的一幕与他不相干。希望我没猜错，因为案子能不能破就看他了。我在此，时刻期盼着他的到来。是的，也许他不会来，但他来的可能性还是很大的。若他来了，我们就得留下他。手枪在这儿，咱们两个都清楚怎么使。"

我拿着手枪，有些茫然失措，不清楚自己在做什么，所听所闻，更让我难以置信。杜宾自顾自地继续讲述着，仿佛是在自语。我说过，这种时候，他常神思不属。他的声音不算高，仿佛是在和我说话，但双目茫然前望，又仿佛是在和远方的某个人对话。

"上楼时所有人都听到了争吵的声音，争吵的双方并不是遇害的母女，这一点已经被证实。"杜宾说，"所以，咱们可以排除掉老夫人先将女儿杀死，然后自杀的可能。我这么说，主要是想说说杀人的手法：列士巴奈夫人没有那么大的力气将女儿的尸体硬塞进烟囱里，而且，也没有谁会觉得遍体鳞伤的她会是自杀。因此，本案为他杀。争吵的人，就是杀人的人。现在，我们来说说证人的证词，只谈其中与众不同的地方。你发现其中的与众不同了吗？"

我回答，所有证人都觉得声音粗犷的那个是法国人，但对声音尖细，或者说刺耳的那个，却各执一词。

"那是证词，而非证词中特殊的点。你没发现与众不同的地方，不过，这其中，某些地方确实值得关注。如你所言，所有人都认为声音粗犷的那个是法国人，这一点没有异议，但提到声音尖细的那个，就表现出了与众不同。"杜宾说，"这种不同不在于证词的不统一，而在于无论是法国人、荷兰人、英国人，还是意大利人、西班牙人，都觉得那个尖细的声音不是本国人，而是外国人，而且没人觉得那是自己所熟悉的外国国家的语言——事实恰恰相反，法国人觉得那人来自西班牙，'如果他听得懂西班牙语，多少都会听到一些字眼'。荷兰人觉得那人来自法国，可他'被传讯时需要翻译转译，听不懂法语'。英国人觉得那人来自德国，可他'不懂德语'。西班牙人觉得那人来自英国，他判断的依据是'那人说话的腔调'，他本人根本就'听不懂英语'。意大利人觉得那人来自俄国，可他'没和任何一个俄国人说过话'。另外，两个法国人的说辞也不一致，之后那个说对方来自意大利，然而，他不懂意大利语，之所以做出这样的判断，完全是因为对方的'腔调'。瞧见了吗？那声音是如此的怪异，从证词来看，能看出它是什么吗？——这种腔调，让欧洲五大区的公民全都觉得陌生！或许，你会说是亚洲或者非洲人，可巴黎的亚洲人非常少，非洲人更屈指可数。但是，这种论断还不能完全被否定，现在，请注意，我需要强调三点：首先，一位证人说那声音'与其说是尖细，倒不如说是刺耳'；其次，有两位证人说它'迅疾凌乱'；第三，所有人都听不出它类似什么字眼。

"我不清楚，听过这番论断，你心中怎么想，"杜宾继续说，"但实话实说，仅凭声音粗犷与尖细这两点，就能合理地推断出一些东西，这些东西足以引人疑窦，从疑点入手，顺藤摸瓜，深入调查，就能有所收获。方才我说合理的推断，或许表意不太恰当，我是说，只有一种推断是合乎逻辑的，以此推断推导出的结果，必然是唯一且令人疑惑的。有何疑惑，暂且不谈，你要记住的是，这个疑惑，合情合理，有凭有据，我完全可以根据它对房间进行搜查，并找到一个大概的目标。

"假设咱们现在就在那个房间里。先从哪方面入手呢？凶手是如何逃跑的。毫无疑问，你也好，我也好，都不会相信所谓匪夷所思的怪事。不可能是妖怪杀死了列士巴奈夫人和她的女儿。凶手是个活生生的人，不可能化作青烟消失。那么，问题来了，他如何逃走？值得庆幸的是，针对这一问题，能明确判断出的推论只有一种。研究一下凶手的逃跑方式吧。众人上楼时，凶手还在列士巴奈小姐尸体所在的房间，或者，至少是在相邻的房间里，所以，找找这两个房间的出口就好。天花板、地板、墙板，警察一一做了勘察，没发现什么秘密出口。可我对他们的观察力表示怀疑，所以亲自去看了看。确实，不存在秘密出口，过道的两扇门都锁死了，钥匙在门内。目光回到烟囱上，这些烟囱就是平常的烟囱，很狭小，高八九尺，竖炉边，猫都爬不过去。无论是谁，都不可能从这两处地方逃出去，那么剩下的就只有窗户了。从前室的窗户逃离，肯定会被街上的人瞧见，所以凶手一定是跳后房的窗户逃跑的。如此，结论已相当明显，即便是推论者，也不能因为弄不明白其中的关窍而否定这一论断。现在，咱们要做的就是将这些'不明白'通通弄明白。

"出事的房间有两扇窗户，一扇被床架挡住了下半部分，看不真切，一扇清晰可见，没被任何家具遮拦。无遮拦的窗户里面是闩死的，即便用尽全力也拉不动。左侧窗框下有一个钉孔，孔很大，钉着钉子，钉孔非常深，同样的钉子，另一扇窗上也有一枚。如此，即便是使出浑身解数，也不可能拉动这扇窗。警察因此断定，凶手不可能从这两扇窗逃走，所以，便觉得完全没必要将钉子拔掉，打开窗子。

"我做了非常严肃的调查，理由之前已经说过——因为，在我看来，所有不可能的事情，并不一定是真的不可能。于是，我以此为切入点，由果溯因，认定凶手一定是通过其中一扇窗户逃走的。凶手逃走了，自然不可能再从室内将窗框挂上，窗框上了闩，大家都瞧见了——这显而易见，警察自然也无意深究。然而，窗框上了闩，它肯定能自动上闩，这毫无疑问。我走到那扇没被堵住的窗户边，费了好一番功夫才将钉子拔掉。如我所料，无论我怎么往上推，都没法将窗框推上去。我便知道，里面一定装了弹簧。我证实了自己的猜测，也相信无论钉子中藏着怎样的玄机，我的出发点是没错的，认真找一找，立即就找到了机关。我按了一下，心中十分满意，但我忍住了，没把窗框推上去。

"随后，我将钉子重新钉好，细细打量一番，发现人跳出窗外后，窗户会自动关闭，弹簧会重新卡好，但钉子不能自动钉上。这一点显而易见，于是我缩小了侦查范围。凶手逃跑时走的是另一扇窗子。假定两扇窗装的是同种弹簧，则钉子的钉法一定有所差异。我踩着床架，从棚子中探出头，看向被床头挡住的另一扇窗，并伸手摸向床后，果然，我摸到了弹簧，轻轻一按，如我所料，两扇窗结构一致，钉法相同，都很结实，都钉得非常深。

"你肯定觉得我没办法了，果真如此的话，那你对归纳法肯定有所误解。用体育界的专业术语来说，就是百发百中。线索是连贯的，没有脱节，我已经窥见了这个谜题的谜底，就是这个钉子。方才我说，这个钉子与另一扇窗上钉着的钉子一模一样；即使这看上去很真实，但在线索即将被发现的时候，这种真实一文不值。我猜，这枚钉子肯定有些不一样的地方。我继续摸索，探手一抓，不仅抓到了钉头，还抓出了约有三厘米长的断钉，钉子很久之前就断掉了，看样子是被锤子砸断的，断在钉眼中的一部分已锈迹斑斑，只需一锤，钉头就能被锤进窗框顶。随后，我将钉头放回缺口处，果然，严丝合缝，不细看，一定会以为那就是一颗完整的钉子。我轻按弹簧，将窗框推上去，牢牢镶嵌在钉孔中的钉头也跟着被推了上去。我将窗户关上，钉子也跟着恢复完整。

"说到这，闷葫芦也该被打碎了。凶手从床头后的窗户逃走，随手或故意将窗户关上，窗户关上后，弹簧自动回扣，警察以为关键在钉子，忽略了弹簧，误以为无须再深究下去。

"接着要研究的问题是如何逃到下面，这个问题，咱们绕着房子兜圈子时，我就看透了。距离窗户五尺半的地方，竖着一根避雷针，没有人能借助避雷针够到窗口，更别说跳进窗口了，但我注意到一点，四楼的窗户并不是现在常用的百叶窗，而是一种被巴黎工匠们称为'铁格窗'的古老的窗户，这种窗户在里昂或波尔多的古宅中常用，现在却比较少见。这种窗并非双扇对开，而是单扇，下半部为格子窗，或者铁质的镂空围栏，这些围栏就是最绝妙的扶手。死者家中的百叶窗宽三尺半。咱们绕到房后看过的，当时，那两扇窗户都是半掩的——换言之，墙与百叶窗之间正好形成了一个九十度的角。警察不可能不检查房后的窗户，要是检查了，就不可能不注意窗子的宽度，但显然，他们没发现窗户异乎寻常地宽，或者说，注意到了，却没在意。事实上，既然他们已经确定凶手不会从这里出逃，自然也就不会认真仔细地检查。但我瞧得很清楚，被床头挡住的那扇窗要是彻底推开，与外墙的距离也就一尺有余。还有，得清楚一点，可以借助避雷针跳进窗口的生物，必然是身手矫捷、胆大妄为的。现在，假设百叶窗已经彻底推开，凶手完全可以先握住窗子的铁格围栏，用脚顶住墙，再松开避雷针，纵身一跃，便能推动窗子，令其闭合。如果假设成立，他自然也能顺势跳窗进屋。

"请你牢记一点，方才我说过，如此危险、困难的动作，非身手特别矫捷者无法做到。我这样说，一是想让你明白，跳窗不是不可能的行为；二，也是最关键的，请你牢记，身手必须异常敏捷，敏捷到不可思议，才能成功。

"想必你会用'拿出证据'这样的法律梗儿来堵我，那与其说凶手的身手必须异常矫健敏捷，倒不如适当地低估一下他，这从法律的层面来说是恰当的，但不适合推理。我的目的只有一个，那就是弄清真相。现在这么说，就是希望你根据刚才的种种发散联想一番：身手异常矫健，与众不同的尖细声音或者说刺耳的、乱糟糟的声音，听不出是哪国的腔调，也听不懂在说什么。"

听到这里，我隐约有些明悟，却又懵懵懂懂，抓不住杜宾话中的关键，这就好像，明明马上就要记起某件事了，却偏偏怎么都想不起来。我的朋友继续高谈阔论。

"无须多言，你也能弄懂。"他说，"话题被我扯远了，从逃跑说到了闯入，事实上，我只是想提醒你注意，凶手来去的方式与地点是相同的。现在，再来说说房间里的情况。瞧这边，五斗橱，被人翻找劫掠过，可里面还放着很多衣物，所以说，这真是个滑稽的结论。不，这是猜想，愚蠢异常的猜想，仅此而已。并且，怎么就能说橱柜里的东西少了呢？死者母女离群索居——少与人交往——极少外出——需要的换洗衣物不多。退一步讲，橱中的衣服一定是母女俩拥有的质量最好的衣物，如果真的有贼，为什么不拣最好的偷，为什么还要给失主留一些？还有，为什么偷的是衣服，而不是四千金法郎？金币一枚都不少，银行家米尼亚尔提到的那笔钱还放在装金币的袋子里。警察仅仅因为钱是送到家门口的，就对杀人动机产生了非常谬误的猜想，这是不可取的，希望你不要这样想。钱送过去还不到三天，收款人就被杀害，如此巧合的事情，怎么可能轻易就碰到，更何况，其中蹊跷众多。但谁又在意这些呢？通常情况下，思想家们都将巧合当作绊脚石，他们的知识储备中，根本就没有或然的概念——你得清楚，人类历史上许多非常辉煌的科研成就都曾以这一理论为依据。单就此案而言，如果金币不见了，那三天前送钱上门的事情就不能视为巧合，这样一来，动机倒是契合了。然而，事实是，如果凶手是为了劫财而犯下如此罪行，那他一定是个三心二意的蠢货，居然不拿金币，连自己的杀人动机都不记得了。

"现在，请回忆一下我让你特别关注的几点——身手异常矫健，惨绝人寰却无明确动机的离奇血案——回过头来，咱们再看看死者凄惨的死亡方式。卡米耶小姐被活活掐死，头朝下硬塞进烟囱中。一般的杀人犯不会用这样的手段杀人，更不可能这样藏尸。尸体被塞进烟囱，原本就是件不同寻常的怪事——通常，人是不会这么做的，即便是最刻毒凶狠的人。你再想想，塞尸体的烟囱空间异常狭细，尸体被塞进去后，几个成人用尽全力都无法拖出，凶手的力气该有多大？

"好了，目光回转，再来看看其他能证明凶手力大无穷的证据吧。壁炉上被连根拔起的几团灰白长发。你该明白，想要一次性从头上拔二三十根头发，就得用尽全力，而这些头发呢，血淋淋的，连皮带肉，令人心惊胆战——凶手的神力由此可见，或许，它能一次性把五十万根头发都拔下来呢。老夫人不仅被割喉，而且身首异处，但凶器却是一把剃刀。我的朋友，请你注意，这样残酷的行为充满了兽性。还有，列士巴奈夫人身上满布瘀伤，这个暂且不说，迪马医生与他值得尊敬的助手艾蒂安已给出结论，这些伤全是钝器伤，这当然没错，钝器是什么，小院地面铺着的石头啊，死者是被人从窗子中扔出去的。这很好判断，警察却没注意，就像他们没注意百叶窗的宽度一样——受钉子的误导，他们的思维僵化了，根本就没想过窗户曾被打开过。

"现在，好好回想一下我前面说的情况，再看看这乱七八糟的房间，总结归纳一下：身手异常矫捷，神力无穷，兽性的行为，残酷的手段，不明确的杀人动机，不人道的残杀，不同国籍的人统一认定的外国口音，听不清的音节。你的结论是什么？这些让你有什么联想？"

杜宾的话让我毛骨悚然，我想了想，说："凶手是个疯子，彪悍的疯子，从附近疯人院中跑出来的。"

杜宾说："你的想法不无道理，但即便是处于发作状态的疯子，也不可能发出众人听到的那种怪声。疯子也有祖国，哪怕语无伦次，发音总有些迹象，再说，疯子也不可能长着这样的毛发，瞧瞧我手上的这撮毛，它来自列士巴奈夫人紧握的指甲缝。请告诉我，这是什么？"

"杜宾！"因为惊吓过度，我浑身无力，"这种毛发很少见——它不属于人类！"

"我说过它是吗？"杜宾说，"来，在下定论之前，你先来看看这幅草图，这是证人们提及过的列士巴奈小姐咽喉上'呈深黑色的瘀伤和指甲留下的深刻痕迹'，也是迪马医生与艾蒂安医生说的'显而易见的指痕、连成一片的数块青色痕迹'。"

"看了这张图，你就会发现，"我的朋友一边说，一边将草图摊开、放在面前的长桌上，"掐得十分用力，紧紧地扼住脖子，手没有松开过，指头深深地嵌入了肉中，直到死者窒息而死，手才松开。你来试试，手指能不能同时与这些指印重合。"

我做了尝试，发现不行。

"或许我们的方法不太对，"他说，"纸是平的，脖颈是圆筒形的，这里有跟与死者脖颈粗细差不多的木柴，你用草图包住木柴，再试试。"

我依言而行，但其中的困难显而易见，甚至难度比第一次还大。

我说："这手印不是人类的。"

杜宾说："你可以看看法国古生物学家与动物学家居维埃发表过的文章，喏，就是这篇这一段。"

这一段介绍的是茶色大猩猩，一种栖息在东印度群岛的大型哺乳动物，文中对它做了详细的剖析。众所周知，茶色大猩猩身材雄壮、天生神力、身手矫捷、喜欢模仿、性格凶残。看到这些，我恍然大悟，原来离奇血案的真相竟是这样。

"文中描绘的大猩猩的爪子与草图上的爪痕完全一致。"读过文章后，我说，"除了这种大猩猩，别的动物留不下这样的爪痕，而且，这撮毛与居维埃的描述也一致。可血案的一些细节依旧令人费解，更何况大家都听到了争吵声，其中一个是法国人。"

"没错，你总不会忘记那些证人的证词吧，他们都听到法国人喊'上帝'，糖果店的蒙塔尼还说，当时，那人的口吻听上去仿佛是在规劝。所以，我就将打破僵局的希望寄托在了"规劝"这两个字上。十有八九，有一个没有参与犯罪却对血案了解很多的法国人存在。或许，逃走的大猩猩就是他的。他追着大猩猩来过房间，可当时一片混乱，他没法将大猩猩抓住。直到现在，大猩猩还在逃，我不再推断，也无权做些什么，因为这些推断的证据并不足，我也不清楚是不是正确，更何况，我也没期望其他人认同并听到我的推断，是的，姑且称之为推断吧，谈谈这个推断。如果确实存在这样一个法国人，他不是凶手，那么昨天回家的路上我到《世界报》报馆刊登的广告就很可能将他召唤到咱们这儿来。水手们都很钟爱《世界报》，这张报纸的主要受众就是航运界的人。"

接过他递来的报纸，我见到了这条广告：

招领启事——××日（凶案发生次日）清晨，在布伦森林中捕获一头大猩猩，茶色，婆罗洲种。据悉，失主是一名水手，供职于马耳他商船。若失主能准确说出失兽信息并付出少许捕获费及收养费，可以将大猩猩领回。失主若有意，请驾临圣杰曼区××路××号三楼商洽。

"那个法国人是马耳他商船上的水手？"我惊讶地问，"你怎么知道的？"

"我不知道，也不确定。不过，瞧瞧这根缎带，脏兮兮的，看样式应该是水手束发的头带，水手们不是酷爱梳长辫吗？更何况，除了水手，准确地说，是马耳他商船上的水手，没人会打缎带上打的这种结，这缎带是我在避雷针附近捡到的，看样子不属于死者。所以我推断，那个法国人供职于马耳他商船，是个水手。若是推断有误，在报上登广告也不会给我带来什么损失，错了，只能证明我被一些表象迷惑了，不可能有人因此来盘问我。但如果没错，我的目的就达到了。虽然这个法国人不是血案的凶手，但却是知情人，他看见广告，一定会迟疑，没勇气立马过来认领。他一定会想：我没犯罪，我没钱，大猩猩非常值钱——以我目前的处境来看，它无疑是件珍宝——为什么要自寻烦恼呢，因为害怕出意外就放弃大猩猩？大猩猩唾手可得，找到的地方还是布伦森林——距血案现场很远的地方。没有谁会把疑惑的目光放在大猩猩身上，警察都一筹莫展，找不到线索。即便是追踪到了大猩猩，也没证据能证明我是知情人，更不能因为我知情就认定我有罪。特别是，人家对我的底细很了解，知道那头大猩猩是我的，也不知道对方到底知道多少，若是平白无故就放弃了这么值钱的东西，对方又对我有所了解，岂不是会引人疑窦，怀疑那畜生有问题？我不能引人注意，也不能让那畜生被注意。我得去寻登广告的人，把大猩猩领回来，好好看管，等人们都忘了这件事，再做打算。"

　　就在这时，一阵脚步声从楼梯上传来。

　　"手枪准备好，"杜宾嘱咐我，"但收到暗号前，不要开枪，也别露出马脚。"

　　屋门原本就是敞开的，门铃没响，对方就进来了，但刚上楼梯，不知为何，却又迟疑了。很快，就有下楼的声音响起。杜宾连忙朝房门跑，恰巧听到他重新上楼的声音。他没再退缩，仿佛已下定决心，上楼后，敲响了房门。

　　"请进。"杜宾热情地说，语气非常愉快。

　　一个一眼就能看出是水手的大汉走进房间，他身材魁伟，孔武健壮，神情桀骜，似乎无所畏惧，但并不令人讨厌。浓密的络腮胡遮住了他被阳光晒得黢黑的脸庞，他的手里还握着一根橡木棍，除此之外，再没其他武器。他笨拙地朝我们鞠躬行礼，用带着些纳沙忒尔（法国北部的一座小城）味道的法语向我们问安，听口音，他该是巴黎本地人。

"先生，来，请坐，你是来认领大猩猩的吧？"杜宾说，"老实说，作为大猩猩主人的你真令人羡慕，这头猩猩很棒，毋庸置疑，价值连城。你觉得它多大了？"

水手深吸了一口气，看样子，心中的石头似乎已经落地，之后，他从容地回答说："我也不清楚它多大，也就四五岁吧。它在您这里？"

"不，在迪布尔街，这边可关不住大猩猩，我把它寄养在马场了。明天清晨你就能带它离开，你是准备把它领走吧？"

"当然，先生。"

"我有些舍不得呢。"杜宾说。

"先生，我是有良心的人，不会让您平白受累，我会酬谢您的——或者，这么说吧，只要您不提什么无理的要求，我都答应。"

"好，这很公平，我想想，我需要什么呢？哦，我想知道莫格街血案的详情，"我的朋友说，"把详情告诉我吧，这就是我要的酬劳。"

说到最后，杜宾的声音已经非常低，但很镇静。他从容地走到门口，将门锁好，收起钥匙，不慌不忙地把手枪掏出来，摆在桌子上。

水手瞬间涨红了脸，挣扎纠结，似乎已经窒息。他手握木棍，猛然跳起，又颓然地坐下，一脸苍白。他沉默不语，见他这样，我心里情不自禁地升起几分怜悯。

"先生，别激动，别大惊小怪，没必要，"杜宾很礼貌地说，"我们对你并无恶意，我可以以人格担保，我是个法国人，是个君子，无意害你。我也知道，你不是凶手，但很显然，你也脱不了干系。我想，我刚才的话足以让你明白一点，我有着你根本就无法想象的消息渠道，我知道这个案子的情况。这就是事实。你不是罪犯，事实上，你也没犯罪。如果你胆子再大些，完全可以趁乱抢劫，但你没这么做。你无须隐瞒什么，也没必要隐瞒，从道义的角度来讲，你更应坦露真相。现在，因为这血案，一个无辜的人已身陷囹圄，知道真凶的，只有你。"

杜宾的话让水手内心大定，但原本那副桀骜且无可畏惧的气场却消失了。

"上帝保佑，我会把我知道的所有情况都告诉您，"他稍稍缓了缓气息，说，"但我不期望您会相信。无论如何，我都没犯罪，即便要为此偿命，我也得说一说。"

通过他的叙述，事件被大体还原：前段时间，他随船去了东印度群岛，在婆罗洲登陆后，他与人结伴出去游玩，茶色大猩猩就是在游玩途中捕获的，因为同伴已死，他就成了大猩猩唯一的主人。大猩猩野性难驯，为了将它带回巴黎，水手费了不少功夫。平安返回巴黎后，他将大猩猩圈禁在家中，因为怕四邻找他询问，增加麻烦，他一直没公开大猩猩的存在，还计划着等它脚上被木刺刺穿的伤口痊愈，就将它卖掉。

事发当日晚上，或者说是深夜，他回到家，发现那畜生撞开了囚禁它的密室的门，正拿着剃刀，坐在卧室的镜子前，满脸肥皂沫，准备刮脸。毫无疑问，这肯定是它透过密室的钥匙孔和主人学的。这是一头猛兽，手里还有刀具，而且动作看上去很熟稔，这个水手吓坏了，不知所措。以前，大猩猩撒野的时候，他就用鞭子抽它，这次也不例外。看到鞭子，大猩猩立即夺门而逃，跑到楼下，不巧的是，窗子没关，它跳窗逃了出去，跑到了大街上。

这位法国水手拼命追赶，却大失所望：大猩猩手持剃刀，不断奔跑，跑一段就停下，对他挤眉弄眼、比比画画，直到快被追上，才继续逃跑。如此，一追一逃，时间倏忽而过，转眼就到了凌晨三点，街上空无一人，大猩猩逃到莫格街后的一条小巷时，被列士巴奈夫人家中仍闪烁的灯火吸引了，于是朝着四楼亮灯的房间跑去。它跑到房子旁边，抓住避雷针，顺杆往上爬，恰巧，百叶窗没关，它抓住窗户，纵身一跃，便跳到了床上。这套动作，一分钟不到就完成了。大猩猩闯入后，再次踢开了百叶窗。

当时，水手心中又兴奋又焦躁，兴奋，是因为大猩猩自投罗网，很可能被重新抓住，它想逃跑，只能借助避雷针，想截住它不难；焦躁的是，这畜生进了房间，不知会做什么，真令人忧心。水手这样想着，便追了上去，他轻而易举地爬到了避雷针上，但爬到与窗口平齐的高度时，便犯了难，因为根本进不去，没办法，他只能探头向内张望，结果吓得魂飞魄散，差点失手掉下去。也就是在这个时候，凄厉的惨叫声响彻夜空，莫格街的居民从梦中被惊醒。房间中央放着一个敞口的铁箱，穿着睡衣的列士巴奈夫人与女儿正在整理箱子里的东西。死者应该是背对窗口而坐的，从那畜生闯入到惨叫声响起，中间有时间差，显然，她们没能在第一时间发现它。它跳进来时百叶窗被弄得啪啪直响，死者母女却以为是风在作祟。

水手望过去，正看到那畜生揪住列士巴奈夫人的头发，挥舞着剃刀，像个理发师一样在她脸上刮来刮去，她女儿则晕厥在地。老夫人头发被揪掉了，疼得大喊大叫，用力挣扎起来，原本没什么恶意的大猩猩被激怒，用力一挥手臂，老夫人的头就差点离体。之后，鲜血唤起了这畜生的凶性，它咬牙切齿，扑向晕厥的女儿，用巨爪扼住她的喉咙，直到她窒息而死。这时，四处打量的大猩猩看到了窗外面色惨白的主人，想到可怕的皮鞭，立即开始恐惧。它知道自己躲不过一顿毒打，所以忐忑极了，在房间中不安地窜来窜去，把家具砸得稀烂，床垫也被拖了下来。最后，它抓住女儿的尸体，硬塞进烟囱，还将老夫人的尸体扔出窗口。

大猩猩把满布瘀伤的尸体拖到窗边，准备扔下去。看到这一幕的水手吓坏了，赶紧将头缩回去，顺着避雷针的杆子滑到地上，匆忙跑回家——生怕自己会因血案而被连累；他害怕极了，再也顾不上大猩猩的生死。众人在楼梯口听到的声音，就是他受惊后发出的，那尖锐的吱吱叫声则来自大猩猩。

我无须再赘言了。众人破门而入前，大猩猩已经逃走，它顺着避雷针下到地面，跳窗后，窗户自动扣合。不久后，失主抓住了大猩猩，将它以高价卖给了植物园（里面设有动物园）。我们一起到警察厅去，陈述了案件的真相，杜宾又发表了一些看法，勒·本才得以无罪开释。虽然警察厅长对我朋友有些欣赏，但疑案的侦破还是让他忍不住自惭形秽，为了安慰自己，他冷言讽刺了我朋友几句，警告他不要像捉老鼠的狗一般，多管闲事。

"随他怎么说，"杜宾觉得没必要回应，"叫他高谈阔论一番，他才会消停。被我逼到墙角，他才称心。说实话，他破不了这个案子，没什么可奇怪的，虽然他老奸巨猾，却不懂谋算，缺乏远虑，像拉芙娜半身像一样，只有头颅和肩膀，没有身体，酷似鳌鱼。可话又说回来，我们的警察厅长先生确实十分机灵，手段圆滑，让人喜欢，正因为如此，他才能成为闻名遐迩的智囊。我是说，除了强词夺理，他最擅长的就是否定事实。"

第二章

谜案追踪：抽丝剥茧还原事实与真相

撒拉丁王子的罪恶

〔英〕G. K. 切斯特顿

弗兰博离开他在威斯敏斯特的办公室，外出度过一个月的假期。他乘坐一艘小帆船，准备在船上度假。由于这艘船很小，所以大部分时间都只能当划艇用。他的目的地在东部某郡的小河上。小船行驶在小河里，就像一艘魔法船在陆上行驶，穿过草地和玉米地。这艘船只能容纳两个人，也只能放一些生活必需品，而弗兰博按照自己的特殊人生哲学，在船上储备了他认为必要的东西。显然，这些必需品可以分为四类：几罐鲑鱼，如果他想吃东西的话；一把上了膛的左轮手枪，如果他想打架的话；一瓶白兰地，大概是怕他晕倒而用来提神；还有一个神父，大概是怕自己突然会死。于是，弗兰博带着这些轻便的行李，沿着诺福克郡的小河一路向下漂流，打算最后到达布罗兹河。在航行期间，他欣赏着岸上的花园和草地，水面上映出的豪宅或村庄，有时候，他又会停下船，在池塘里捕鱼，不过在某种意义上来说，他的船还是一直在沿着岸边行驶的。

像一个真正的哲学家一样，弗兰博的假期没有什么目标，但是，像一个真正的哲学家一样，他有行动的理由。这次旅行的一半是为了这样一个目的：他把这个目的看得如此重要，以至于它的成功会为这个假期增色不少；但他又把这个目的看得很轻，以至于就算它失败了也不会破坏这个假期。几年前，当他还是一个盗贼之王和巴黎最著名的人物时，他经常收到狂热的赞许、谴责，甚至是求爱的信件；但是有一封信，不知怎么的，留在了他的记忆中。它只是一张名片，装在一个盖有英国邮戳的信封里。名片的背面用绿墨水写着一段法文："如果有一天你退隐，而且变得受人尊敬，就来找我。我想见你，因为我见过我那个时代所有的伟人。你让一个侦探逮捕另一个侦探的把戏是法国历史上最精彩的一幕。"卡片正面规矩地刻着如下字样："撒拉丁王子，芦苇斋，芦苇岛，诺福克。"

他当时并没有过多地在意这位王子，只是弄清楚了他在意大利南部是一个才华横溢的时髦人物。据说，他年轻时曾与一位身份显赫的已婚妇女私奔；在他的社交圈子里，这种越轨行为并不令人吃惊，不过这事件却因为另一个悲剧而深深印在了人们的脑海里：那位受到侮辱的丈夫自杀的传闻，他似乎是在西西里岛跳下了悬崖。这位王子后来在维也纳住了一段时间，但他最近的几年似乎是在永无休止的旅行中度过的。但是，当弗兰博像王子本人一样，离开名流如云的欧洲大陆，定居英格兰时，他突发奇想，要去造访这个位于诺福克郡的著名流亡者。他不知道自己能不能找到那个地方，因为那地方实在太小了，已经被人遗忘了。但是，随着事情的发展，他发现找到它比他预期的要快得多。

一天晚上，他们把船停泊在一个被高高的草丛和矮矮的树掩映着的河岸下。在长时间划桨之后，他们很早就疲惫地进入了梦乡，而由于另一件事，他们在天亮之前就醒了。因为一轮巨大的柠檬色的月亮从他们头顶上高高的草丛中缓缓落下，天空是鲜艳的紫罗兰色，夜空却很明亮。两个人都同时回忆起童年，回忆自己像小精灵一样活泼、淘气、冒险的时光，任凭那高大的杂草像树林一样围绕在他们身边。在低矮的月亮的衬托下，雏菊似乎变得高大起来，蒲公英也变得十分醒目。不知怎么的，这让他们想起了儿童室的墙面。河床的下沉让他们降到了灌木和花朵的根部以下，他们要抬起头，才能仰望草丛。

"天哪！"弗兰博说，"这就像置身于仙境。"

布朗神父笔直地坐在船上，在胸口画了个十字。他的动作是如此突然，以至于他的朋友温和地盯着他，问他怎么了。

"写中世纪民谣的人，"神父回答说，"比你更了解神仙。仙境里发生的并不一定都是美好的事。"

"哦，胡说！"弗兰博说，"在这么纯洁的月光下，只有美好的事情才会发生。我现在要继续往前走，看看到底会发生什么。在我们再次看到这样的月亮或者有这么好的心情之前，我们可能会死去，腐烂。"

"好吧，"布朗神父说，"我从未说过进入仙境总是错误的。我只是说这可能很危险。"

他们慢慢地向明亮的河流推进，亮丽的紫罗兰色的天空和淡金色的月亮变得越来越暗淡，消失在黎明之前的那个广阔无色的宇宙中。一缕缕五彩的霞光最先撕开了地平线，把那道越来越辽阔的口子染成红色、金色和灰色。这时候，河畔的正前方隐约出现了一个城镇或村庄，它的黑色轮廓将霞光截断。当他们从河边小村落的悬檐和吊桥下走来的时候，天色已经放亮，一切都清晰可见了。那些长长的、低矮的屋檐俯向地面，像一头头巨大的灰色和红色的牛在河边饮水一样。他们还没来得及在这个寂静的小镇的码头和桥梁上看到任何活着的生物，天就已经亮了。最后，他们看到了一个穿着衬衫、没穿外套，表情平静，十分富态的男人，他的脸像刚刚下山的月亮一样圆，长长的下巴周围有一圈红色的胡须。此刻潮水正在慢慢上涨，男人就静静地斜靠在岸边的一根杆子上。

弗兰博不想引起男人对自己的分析和猜疑，就一时冲动，从摇摆不定的小船上站起身来，冲着那个人叫喊，问他知不知道芦苇岛或者芦苇斋什么的。富人的笑容变得更加灿烂，他只是简单地指了指小河前方的那个汉湾。弗兰博没有再多说什么，继续前进。

船驶过许多这样长满青草的汉湾，沿着许多这样又陡又静的河段航行；就在他们觉得这种搜索行进单调乏味之前，船突然来了个急转弯，进入了一片寂静的池塘，或称为湖泊。他们本能地被这种景象吸引住了。因为在这片宽阔、四面环绕着灯芯草的水域中间，有一个又长又矮的小岛，沿着小岛有一座又长又矮的房子或者说平房，房子是用竹子或某种坚硬的热带藤条建造的。用作墙壁的竖直的竹条呈淡黄色，而倾斜的屋顶则呈深红色或棕色，这样的色彩搭配让这座细长的竹屋显得毫不重复单调。清晨的微风吹得岛上的芦苇沙沙作响，风儿在这座奇怪的肋骨状的房子里歌唱，仿佛在吹着一支巨大的排箫。

"没错！"弗兰博喊道，"这就是那个地方！这里就是芦苇岛，如果真有这么个地方的话。而这座房子就是芦苇斋，如果它确实存在的话。我相信那个长胡子的胖子是个仙人。"

"也许吧，"布朗神父不公正地判断，"如果他是仙人的话，也是个坏仙人。"

但就在他说话的时候，冲动的弗兰博已经把他的小船驶上了摇摇欲坠的芦苇丛，他们站在那座古怪而寂静的房子旁边的一个长长的小岛上。

房子背对着河流和岛上唯一的趸船，正门在河的另一边，可以俯瞰岛上的花园。因此，客人们要想到达正门，就必须紧靠着低矮的屋檐，经过一条几乎绕过房子的三面的小路。他们从不同的三面墙上的窗户往里看，看到的是同一间长长的、光线充足的房间，房间镶着浅色的木板，配有大量的镜子。看样子，屋内正在准备一顿优雅的午餐。当他们终于来到正门的时候，看到正门两侧放着两个青绿色的花盆。为他们开门的是一位身材修长、瘦削的男管家，看起来有些无精打采。他喃喃地说，撒拉丁王子现在不在家，但是应该会在一小时内回来，屋内的摆设就是为他和他的客人准备的。弗兰博拿出那张用绿色墨水写成的卡片，那个管家阴郁的、像羊皮纸一样的脸上才出现了一丝生机，他礼貌地建议这两个陌生人留下来。"殿下随时都可能回来，"他说，"如果他知道错过了他邀请的任何一位客人，他都会很伤心的。他总是让我们为他和他的朋友们准备一点冷餐，我相信他会希望你们二位留下来用餐。"

出于好奇，弗兰博温文尔雅地同意了这次小小的冒险，于是老人隆重地把他们领进了那间长长的、镶着浅色木板的房间。这里没有什么特别引人注目的地方，只是有许多又长又矮的窗户，上面有许多又长又矮的长长的镜子，给这个地方带来了一种奇特的轻盈而毫无实质感的氛围，让人感觉像是在户外用餐。墙角挂着一两幅祥和的图片，其中一张是一个穿制服的年轻人的灰色大照片，另一张是两个长发男孩的红色粉笔素描。当被弗兰博问及那个穿着军装的人是不是王子时，男管家简短地回答说不是，那是王子的弟弟斯蒂芬·撒拉丁上校。说完，老人突然闭口不言，似乎完全失去了谈话的兴趣。

午饭后，客人们喝了精致的咖啡和烈性甜酒，然后游览了花园和图书室，并结识了这里的女管家——一位肤色黝黑的俊俏女士。她的举止十分高贵，如同一位富贵的圣母马利亚。在这所房子里，似乎只有她和男管家是王子以前在外国的府邸中留下来的，而其他仆人都是女管家在诺福克镇新招的。这个女管家被称为安东尼太太，但她说话带有一点意大利口音，弗兰博毫不怀疑安东尼是某个拉丁名字的诺福克叫法。男管家身上也有点外国人的气质，但他说的是英语，举止也是英国式的，就跟许多上等人家的训练有素的男性仆役一样。

这个地方虽然漂亮而独特，却有一种奇特而明亮的悲伤。在这里，时间似乎停滞不前。那些长长的、窗户很好的房间里充满了阳光，但似乎是一片死寂的阳光。虽然房子里有很多声音，通过所有其他偶然的噪音，谈话的声音，玻璃杯的碰撞声，仆人们走过的脚步声，他们依然可以听到房子四周的忧郁的河水的声音。

"我们拐错了弯，来错了地方，"布朗神父望着窗外灰绿色的莎草和银色的湖面说，"不过，就算是在坏地方，一个好人也能做好事。"

布朗神父虽然平时沉默寡言，但却是一个有着奇怪的同情心的小个子，在这几个小时里，他无意识地比他的朋友更深入地了解了芦苇斋的秘密。他知道适度沉默是保持友好的诀窍，就算在闲聊中也很重要。他几乎一言不发，却几乎从他刚认识的人们那里得到了他们所能告诉他的一切。男管家确实天生沉默寡言，他对他的主人流露出一种深沉的、近乎原始的感情，他说他的主人受到了非常不公正的对待，而殿下的弟弟就是那个罪魁祸首。光是他的名字就足以让这位老人的下巴变得更长，让他的鹰钩鼻子发出一阵嘲笑。斯蒂芬上校显然是个不折不扣的浪荡公子，从他那仁慈的哥哥那里榨取了大量的家产，害得哥哥只好放弃原来的安逸的生活，来到这里隐居。男管家保罗就说了这么多，显然，他是一个忠诚、耿直的好管家。

　　这位意大利女管家多少有些健谈，正如布朗想象的那样，她似乎并不满于现状。她对主人的评价有点尖酸刻薄，但也不乏敬畏之情。弗兰博和他的朋友正站在镶满镜子的房间里，看着那两个男孩的素描像时，女管家急急忙忙地进来办些家务事。这间亮堂堂、镶满镜子的房子的独特之处在于，任何走进来的人都会立刻映在四五面镜子里。布朗神父正在评价这个家庭，他没有回头，却把说到一半的话咽了回去。而弗兰博正把脸贴在照片上仔细研究，没有注意到有人进来，只是大声说："我想这就是撒拉丁兄弟吧，他们看起来都很无辜，很难说哪个好，哪个坏。"这时他突然意识到女管家的存在，就转移了话题，聊起一些琐碎的事情，然后去花园散步了。但是布朗神父仍然凝视着那张红粉笔素描像，而安东尼太太则凝视着布朗神父。

　　她有一双蕴含悲伤的棕色大眼睛，她那橄榄色的脸上闪烁着一种好奇而痛苦的神情——好像一个人对陌生人的身份或目的持怀疑态度时表现的那样。可能是小神父的衣着和信条触动了她对南方故国的充满忏悔的记忆，也可能是她认为神父知道的比他表现出来的多。她低声对他说："你的朋友是对的，在某种程度上确实很难说两兄弟哪个好哪个坏。哦，要挑出一个好的，那是很难的，非常难的。"

　　"我不明白你的意思。"布朗神父说完就要离开。

　　女人向他走近一步，皱紧眉头，突然俯下身子，就像一头竖起利角，准备战斗的公牛。

　　"没有一个好的，"她嘶哑地说，"上校拿走了所有的钱，这已经够坏的了，但是我不认为王子给这些钱是出于好心，上校并不是唯一一个做见不得光的事情的人。"

　　一束光照在神父的侧脸上，他默默地说出了"敲诈"这个词。这时候，女管家转过头去，面色一下变得苍白起来，几乎晕倒在地。门无声无息地开了，面色苍白的保罗像个幽灵一样站在门口。透过镜面玻璃墙的诡异把戏，似乎有五个保罗同时从五扇门进来。

　　"殿下，"他说，"刚回来。"

在同一瞬间，一个男人的身影从第一扇窗户外经过，穿过被太阳照亮的玻璃窗，就像走过一个被照亮的舞台。过了一会儿，他经过了第二个窗口，屋内的许多镜子连续飞快地反映出同一个大步前进的人的轮廓。他身体挺拔，头发灰白，皮肤呈奇怪的象牙黄色。他有一个短而弯曲的罗马式的鹰钩鼻，一般来说有这种鼻子的人都会有瘦长的脸颊和下巴，但是由于他的胡须的掩盖，这些特征并不显眼。他嘴唇边的髭须比下巴上的胡须还多，看起来有点戏剧化。他的打扮也很吸引眼球：戴着一顶白色的礼帽，外套里插着一朵兰花，穿着一件黄色的背心，手里拿着一副黄色的手套，边走边挥舞着。当他来到前门时，他们听到保罗打开门的声音，来人高兴地说："你看，我回来了。"木讷的保罗鞠了一躬，用听不见的声音回答了他，接下来的几分钟，他们的谈话声就听不到了。然后男管家说："一切都按您的意思办。"于是，拍着手套的撒拉丁王子欢快地走进房间来迎接他们。他们再次看到了那种奇怪的景象——五个王子同时从五道门里走进来。

王子把白帽子和黄手套放在桌子上，热情地伸出手来。

"很高兴在这里见到你，弗兰博先生。"他说，"久仰大名，请恕我出言冒昧。"

"哪里哪里。"弗兰博笑着回答，"我不是小肚鸡肠的人，纯洁的美德很少能赢得名声，哈哈。"

王子用锐利的目光看了他一眼，想看他这句话是不是意有所指；然后他也笑了，让每个人就座，包括他自己。

"我想，这是一个令人愉快的小地方。"他带着一种超然的神情说，"恐怕没什么可做的，但钓鱼真的很不错。"

神父像孩子一样盯着他，心里充满了一种难以捉摸的感觉。他看着王子那头灰白、精致的头发，白里透黄的面容，以及瘦削、有点浮夸的身形。这些都没有什么特别的，虽然有些意大利风格，类似于舞台脚灯背后的人物。不过，这不是让布朗神父莫名其妙地产生兴趣的地方，他更关注的是王子的面部轮廓。他被一种以前在什么地方见过这张脸的记忆所折磨，这个人打扮得就像他的一个化了装的老朋友。这时他突然想起了那些镜子，并把他的幻觉归结于镜子对人脸的复写作用的结果。

撒拉丁王子兴致勃勃并熟练地把自己的注意力用在两位客人身上。当他发现弗兰博侦探爱好运动，并急于利用这个假期时，就带着弗兰博和他的小船来到了小溪上最适合钓鱼的地方。二十分钟后，他划着自己的独木舟回到图书室内，与布朗神父会合，同样有礼貌地一头扎进了神父更富哲理的乐趣中。他似乎对钓鱼和书籍都很了解，尽管在这两方面的知识都算不上有启发性的；他会说五六种语言，尽管主要是每种语言的俚语。他显然在几个城市居住过，也在各种各样的团体中待过，因为他讲的一些很有刺激性的故事主要是关于赌场、鸦片烟管，澳大利亚强盗和意大利土匪的。布朗神父知道，曾经声名显赫的撒拉丁王子最近几年几乎一直都在旅行。可是王子却没有意识到，他的旅行在别人的眼中是这么的声名狼藉，或者说这么可笑。

实际上，虽然撒拉丁王子展示了他深谙世故的稳重，可是像神父这样敏感的观察者还是能看出他身上的不安甚至不可靠的东西。他的脸庞很挑剔，但他的眼神很狂野；他有点神经质的小动作，就像一个醉汉或者瘾君子，会不时颤抖。他不掌管家政，也不会假装自己有权掌管家政。所有的家政都由两个老仆人，尤其是男管家负责。很明显，保罗是这个家的顶梁柱。保罗先生实际上不是一个管家，而是一个高级服务员，甚至可以说是宫廷内侍卫。虽然他不和王子同桌进餐，但他进餐的隆重程度并不比王子逊色。所有的仆人都怕他。他会礼貌地向王子请教，却带着一种矜持——给人一种他是王子的私人律师的感觉。相比之下，忧郁的女管家就稍逊一筹，她似乎在刻意不引起别人的注意，而且她只服侍男管家。关于那个敲诈哥哥的上校弟弟的传闻，她只说了一半，布朗神父再也没有听到比这更震撼的事件。至于王子是否还受到那个满怀仇恨的上校的威胁，神父不得而知，但是有些事实表明，撒拉丁的生命安全并不能受到保障，而且他还在遮掩什么，这就增加了传闻的可信度。

夜幕降临在水面和河岸上；远处传来一声麻鸦的鸣叫，就像一个精灵在鼓上跳舞。当王子和神父再次走进那间满是窗户和镜子的长形大厅时，一种不祥的预感又像一朵乌云一样掠过神父的心头。"要是弗兰博回来就好了。"他喃喃自语。

"你相信命运吗？"不安的撒拉丁王子突然问道。

"不，"他的客人回答，"我相信命运审判日。"

王子从窗口转过身来，用一种奇怪的眼神盯着他，他的脸在夕阳的映照下显得十分阴暗。"什么意思？"他问道。

布朗神父回答说："我的意思是，我们正站在单面挂毯的反面。有些事情在这里发生毫无意义，可是在其他地方就不一样了。真正的罪犯会在其他地方受到惩罚，而在这里好人似乎总会被冤枉。"

王子发出一种无法解释的声音，像一只动物；在他阴影笼罩的脸上，他的眼睛闪着奇异的光芒。布朗神父虽然沉默不语，可是他的脑海中出现了一个令他自己都感到震惊的新念头：撒拉丁这种敏感中混杂着鲁莽的反应，是不是还有别的意思？王子真的意志清醒吗？他反复嘟囔着"好人被冤枉"，次数比正常人的感叹要多得多。

片刻之后，布朗神父又发现了另外一件事。在他面前的镜子里，他可以看到门静悄悄地敞开着，保罗先生静静地站在那里，面无表情。

"我觉得最好现在就告诉您，"他说，带着一种老律师的威严，"一艘由六个人划着的船来到了码头，船尾坐着一位绅士。"

"一艘船！"王子重复道，"一个绅士？"他站了起来。

接下来是一片寂静。突然，一个人的侧影经过了被阳光照射着的三扇窗户。一两个小时前，王子也从那里走过。这个人和王子唯一的共同点就是，都长着鹰钩鼻。撒拉丁戴的是新的白色礼帽，而来人戴的是一顶古旧或异国风格的黑色礼帽，帽子下面是一张年轻而严肃的脸，胡子刮得干干净净，坚毅的下巴泛着青光，有点像年轻时的拿破仑。他的整个装扮中有一种古老而奇特的东西，仿佛是从他的祖辈那里继承来的。他穿着一件破旧的蓝色礼服外套，一件红色的、让他看起来像军人的背心，还有一条粗糙的白裤子，这种裤子在维多利亚时代早期很常见，但在今天却很不协调。在这些从旧衣店挑出的服装的打扮下，他那张橄榄色的面孔显得异常年轻，而且非常真诚。

"见鬼！"撒拉丁王子一边说，一边拿起白帽子戴在头上，然后自己走到前门，把门向外一推，让它暴露在洒满夕阳的花园里。

这时候，来人和他的随从们已经像一支小型队伍一样站在了草坪上。六个划桨手把小船拖到岸上，威风凛凛地守护着小船，他们的船桨像长矛一样竖立着。他们皮肤黝黑，有几个还戴着耳环。其中一个人手里提着一只奇形怪状的黑色箱子，走到那个橄榄肤色的年轻人身旁。

"你的名字，"年轻人说，"是撒拉丁吗？"

撒拉丁随意地点了点头。

来人有一双暗淡的、像狗一样的褐色眼睛，跟王子那双不安分的、闪闪发光的灰色眼睛截然不同。布朗神父又一次被一种似曾相识的感觉折磨着，他又一次想起了在那间布满窗户和镜子的大厅里，王子反复重复同一句话的情景，现在二者突然产生了关联。"该死的水晶宫殿！"他喃喃自语，"怎么总是看到相同的东西，就像做梦一样。"

"如果你是撒拉丁王子，"年轻人说，"我可以告诉你，我的名字叫安东内利。"

"安东内利。"王子懒洋洋地重复道，"不知怎么的，我好像听过这个名字。"

"请允许我介绍一下我自己。"年轻的意大利人说。

他用左手礼貌地摘下了他那顶老式的大礼帽，却突然用右手打在撒拉丁王子的脸上，让王子的白色大礼帽沿着台阶滚了下来，旁边的蓝色花瓶也被碰掉在基座上。

王子显然不是一个胆小鬼，他扑向对手，一把抓住他的喉咙，几乎把他扳倒在草地上。但是他的对手一边逃脱，一边又摆出一种异常不恰当的礼貌的神气。

"好吧，"他气喘吁吁地用结结巴巴的英语说，"我侮辱了你。我会让你满意的。马可，打开箱子。"

站在年轻人旁边的那个戴着耳环的年轻人打开了箱子，从里面拿出两把长长的、钢柄钢刃的意大利剑，尖端朝下插在草坪上。那个奇怪的年轻人站在入口处，微黄的脸上充满敌意；两把剑像墓地里的两个十字架一样竖立在草地上，一排士兵列在后面。这给人一种古怪的感觉，好像是某个荒蛮时代的法庭。这一幕发生得太过突然，以至于周围的一切似乎还没有来得及改变——金色的夕阳依然在草坪上闪耀，麻鸦依然嗡嗡叫着，宣告着微小但可怕的命运。

"撒拉丁王子，"那个叫安东内利的人说，"当我还是摇篮里的婴儿的时候，你杀了我的父亲，抢走了我的母亲。相比之下，我的父亲更幸运。你没有光明正大地杀死他，但是我要光明正大地杀了你。你和我邪恶的母亲把他带到西西里一个偏僻的关口，扔下悬崖，然后继续你们的旅程。如果我愿意，我可以模仿你，但是模仿你太卑鄙了。我跟随你到世界各地，却一次次被你逃脱。但是这里是世界的尽头，也是你的绝路。现在你落在了我手里，我会给你一个你从未给过我父亲的机会。选一把剑吧。"

撒拉丁王子皱着眉头，似乎犹豫了一会儿，但是刚才的一拳让他的耳朵还在嗡嗡作响，他跳过去抓住一把剑。布朗神父也挺身而出，想要平息这场争论；但是他很快就发现他的存在使事情变得更糟。撒拉丁是一个法国共济会会员，也是一个狂热的无神论者。神父可以用矛盾的观点劝说他。至于王子的对手，无论是神父还是其他俗人，都是说服不了的。这个长着波拿巴式面孔和棕色眼睛的年轻人比一个清教徒要果敢得多，他没有宗教信仰。他是来自原始社会的头脑简单的杀手，一个石器时代的人——一个石头人。

还剩下最后一个希望，就是召唤所有的仆人过来。布朗神父转身跑回屋里，却发现所有的仆人都上岸度假去了，只有忧郁的安东尼太太在长长的房间里不安地走来走去。但是当她把脸转向他的时候，他解开了镜屋里的一个谜。安东内利那双深棕色的眼睛和安东尼太太那双深棕色的眼睛完全一样，转眼间，他似乎看懂了故事的一半。

"你的儿子在外面，"他毫不犹豫地说，"不是他死就是王子死。保罗先生在哪里？"

"他在趸船上，"那个女人虚弱地说，"他在——他在——发求救信号。"

"安东尼太太，"布朗神父严肃地说，"现在没有时间说废话。现在我的朋友正架着船在河的下游钓鱼，你儿子的船由你儿子的人看守。现在只有这一只小筏子，保罗先生到底在用它干什么呢？"

"圣母马利亚！我不知道。"她说，然后昏倒在铺着席子的地板上。

布朗神父把她抱到沙发上，往她身上泼了一壶水，大声呼救，然后冲到小岛码头的趸船边。但是小筏子已经在河中央了，老保罗正在以他这个年纪难以置信的精力把它往河的上游推。

"我要救我的主人，"他喊道，两眼发狂似的眨着，"我要救他！"

布朗神父什么也做不了，只能眼睁睁地看着小船逆流而上，祈祷老人能及时唤醒这个小镇的人们。

"决斗已经够糟糕的了，"他抚摸着他那粗糙的灰色头发，喃喃自语道，"但是这场决斗有些不对劲，我可以肯定，这个决斗本身就是个问题，但是会是什么问题呢？"

他站在那里，凝视夕阳的倒影。这时候，从岛屿花园的另一端传来一种微弱但确定的声音——短兵相接的声音。他转过头来。

在长岛最远的海角或者叫岬角上，决斗者们已经在最外围的玫瑰花丛前面的长条形草坪上交上了手。他们头顶的暮色就像黄金做成的穹顶一样，光芒耀眼。虽然此刻神父距离他们很远，却能清楚地看到他们的一举一动。他们已经脱掉了外套，但是撒拉丁的黄色背心和白头发，安东内利的红色背心和白色裤子，都在夕阳下闪闪发亮，就像那些跳舞的发条娃娃。这两把剑从尖端到剑柄都闪闪发光，就像两枚钻石别针。这两个身影显得那么矮小，那么活跃，而他们的动作都十分可怕，就像两只试图把对方钉在木栅上的蝴蝶。

布朗神父拼命地跑过去，他的小腿像转动的车轮一样。可是当他来到战场时，发现自己来得既太迟又太早——来得太迟是因为在那几个严肃的西西里人的保护下，制止冲突为时已晚；可是要想预见什么灾难性的后果，又为时太早。两个人旗鼓相当，王子轻蔑而自信地挥舞着剑，而西西里人的每一招里都暗含杀机。在拥挤的圆形竞技场上都很难看到这么好的击剑比赛，而在芦苇河中这个被遗忘的小岛上，却是剑气逼人。这场令人眩晕的打斗持续了很长时间，让想要劝和的神父重新燃起了希望。按理说，保罗很快就会和警察一起回来，而且如果弗兰博现在钓鱼回来，事情也会出现转机，因为从体格上来说，弗兰博能抵得上四个人。可是，此刻弗兰博根本不见踪影，更奇怪的是，也没有保罗和警察的踪迹。这里没有其他的木筏或者木棍可用。他们被困在这个无名的巨大池塘里的孤岛上，就像在太平洋上的一块岩石上一样与世隔绝。

就在他这样想的时候，击剑声变得越发急促，王子举起双臂，剑尖从他的肩胛骨中间刺了出来。他踉跄了几步，像翻跟头一样转了一个大圈。剑像流星一样从他手中飞出，一头扎进了远处的河里。他自己也向后轰然倒下，压倒了一棵大玫瑰树，溅起一团红土——就像异教徒献祭时燃起的香。这个西西里人用鲜血祭奠了亡父。

神父立刻跪在王子身旁，但是为时已晚，那已经变成了一具尸体。他试图做一些无用的补救，却突然听到了从河的上游传来的声音，看到一艘警察的船冲上了码头，上面有警察和其他重要人物，包括激动的保罗。神父站了起来，表情沮丧。

"究竟为什么，"他喃喃自语，"为什么他们不能早点来呢？"

大约七分钟后，镇上的居民和警察就站满了小岛。警察逮捕了决斗的胜利者，并郑重提醒他，他所说的一切话都将成为呈堂证供。

"我什么也不会说的，"这个偏执狂带着一副奇妙而平静的表情说，"我再也不会说什么了。我很高兴，我只想被绞死。"

然后，当警察把他带走时，他闭上了嘴。事实上（虽然听起来匪夷所思），他在这个世界上再也没有开口说话，除了在接受审判时说"有罪"。

布朗神父看着突然拥挤起来的花园，看着凶手被捕，看着尸体在医生检查后被抬走的情景，就像一个人凝视着某个丑陋的梦的破碎；他一动不动，就像一个噩梦中的人。他作为见证人，提供了自己的姓名和地址，但拒绝了他们提供的到岸边的小船，而是独自留在岛上的花园里，凝视着那片折断的玫瑰丛和上演了那场迅速而令人费解的悲剧的绿色剧场。天色已晚，薄雾在沼泽的岸边升起，几只迟来的鸟儿断断续续地飞过。

神父潜意识（这是一种异常活跃的潜意识）感觉这件事并没有弄清楚，虽然他拿不出什么证据。这种感觉一整天都萦绕在他的脑海里，用他设想的"镜面地带"效应也无法解释。不知何故，他觉得自己看到的并非事实真相，而是一场游戏。可是，人们并不会因为玩游戏而被绞死或者刺死。

当他坐在台阶上沉思的时候，一条又高又黑的帆船悄无声息地顺着河流而下。他一下子跳了起来，心中如此感慨，热泪几乎夺眶而出。

"弗兰博！"他喊着，一次又一次地和他的朋友握手，这让那位正提着渔具的爱好运动的人非常惊讶。

"弗兰博，"他说，"你没有死？"

"死？"钓鱼归来的弗兰博惊讶地说，"为什么会死？"

"哦，因为几乎每个人都死了，"布朗神父激动地说，"撒拉丁被谋杀了，安东内利要被绞死，他的母亲也晕倒了，我不知道自己是在这个世界还是在另一个世界。但是，谢天谢地，你还活着。"他用力抓住弗兰博的手臂，让后者有些不知所措。

他们从艇船回到低矮的竹屋的屋檐下，从一扇窗户往里看，就像他们刚来时那样。屋子里灯火通明，似乎刻意要引起他们的注意。在撒拉丁的毁灭者突然降临小岛之前，长长的餐厅里的桌子上已经准备好了晚餐。现在，安东尼太太有点闷闷不乐地坐在桌子下首，而保罗先生坐在上首，完全是一副主人的架势，享用着美味佳肴。他那双模糊的蓝眼睛显得非常奇怪，但他神秘而枯槁的脸上却流露出难以掩饰的喜悦。

弗兰博不耐烦地敲着窗户，突然把它打开，愤怒地把头伸进去。

"好吧，"他叫道，"我能理解你可能需要一些提神的东西，但是当你的主人在花园里被谋杀时，你却偷吃了他的晚餐……"

"在我漫长而愉快的一生中，我偷了很多东西，"这个古怪的老绅士平静地回答，"这顿晚饭却是我为数不多没偷过的东西之一。这顿晚餐、这座房子和这座花园，碰巧都属于我。"

弗兰博似乎突然明白了什么。"你的意思是说，"他说，"撒拉丁王子的遗愿……"

"我是撒拉丁王子。"老人边嚼着一颗咸杏仁边说。

布朗神父正看着外面的鸟儿，听到这话，他仿佛中了枪似的跳了起来，把一张苍白的面孔伸进窗口，像个萝卜。

"你是谁？"他用尖锐的声音重复道。

"保罗·撒拉丁王子，请坐。"这位德高望重的人彬彬有礼地举起一杯雪利酒说，"我很顾家，住在这里也很安静。谦虚地说，我叫保罗，以便把我和我那倒霉的兄弟斯蒂芬区别开来。我听说他刚才在花园里去世了。当然，如果他的仇人追到这个地方，那也不是我的错。这是因为他生活不合理，毕竟他不是什么本分人。"

他再次陷入沉默，凝视着对面女管家头顶的墙壁，后者低垂着头，看起来十分忧郁。他们清楚地看到了她那和死者斯蒂芬相似的相貌特征。然后，保罗的肩膀开始抖动起来，好像要窒息似的，但他的表情没有变。

"我的上帝！"过了一会儿，弗兰博喊道，"他在笑！"

"离开这里，"脸色苍白的布朗神父说，"离开这个地狱，回到我们的船上，这里根本没有诚实。"

当他们离开小岛的时候，天已经黑了，他们在黑暗中顺流而下，抽着两支大雪茄取暖。在夜色中，雪茄像深红色的船灯一样发着光。布朗神父把雪茄从嘴里拿出来说：

"我想你现在可以猜出整个故事了吧？毕竟，这是一个原始的故事。一个人同时有两个敌人，他是个聪明人，所以他发现两个敌人总比一个好对付。"

"我不明白。"弗兰博回答。

"哦，这真的很简单，"他的朋友回答说，"简单，却不清白。两个撒拉丁都是流氓，但是哥哥撒拉丁王子是那种可以上到顶层的流氓，而年轻的撒拉丁上校是那种可以下到底层的流氓。这个穷军官从一个乞丐变成了一个勒索者，不知道什么时候，他抓住了他哥哥的把柄。很明显，这不是小事，因为保罗·撒拉丁王子生性放荡，没有任何声誉，不会在意一件小事。事实上，这是一件能够掉脑袋的大事，也可以说，斯蒂芬在他哥哥的脖子上套了一根绞索。他莫名其妙地发现了西西里事件的真相，并能证明保罗在山里谋杀了老安东内利。十年来，上校一直在大把大把地赚封口费，导致王子的巨额财产似乎变成了累赘。

"撒拉丁王子除了这个不停吸血的弟弟，还有另一个顾虑，就是老安东内利的儿子，在西西里那件谋杀案发生的时候，他还是个孩子。但是王子知道，这个孩子在西西里人野蛮忠诚的训练中成长起来，活着只是为了给父亲报仇——不是用法律手段（因为他缺乏斯蒂芬提供的法律证据），而是运用复仇这个古老的武器。这个男孩对武器的运用极其娴熟，到了他长大成人的时候，撒拉丁王子就开始了他的旅行——这是报纸上的说法。事实上，他是开始逃命，像一个被追捕的罪犯一样从一个地方逃到另一个地方；但是他身后总有一个人在追捕他。这就是撒拉丁王子的处境，看起来非常不妙。他花在躲避安东内利上的钱越多，他就越不必让斯蒂芬闭嘴。他越是让斯蒂芬闭嘴，最终摆脱安东内利的机会就越小。然后，他让自己成了一个伟大的人——一个像拿破仑那样的天才。

"他没有继续对抗这两个对手，而是突然向他们两个同时'投降'了。他不再去'环球旅行'，而是让安东内利知道了他的地址；与此同时，他把一切都给了弟弟，他给了斯蒂芬大笔钱财，让他能够买时髦衣服，能够到处旅行，还附上一封信，意思就是：'这是我仅有的了，你已经把我洗劫一空。我在诺福克还有一所小房子，里面有仆人和一个地下室，如果你还想从我这里得到什么，就把它拿去吧。你可以占有它，我会作为你的朋友、代理人或任何别的角色，安静地生活在那里。'撒拉丁王子知道，小安东内利从来没有见过他们，也许只见过他们的照片；他也知道他们长得有点像，都留着灰色的尖胡子。于是他刮掉了胡子，静静地等待着。很快陷阱就发挥了作用：那个不幸的上校穿着新衣服，像王子一样高傲地走进这座房子。从那一刻开始，他就得面对安东内利的剑了。

"但是这个计划还有一个疏漏，就是人性中爱惜荣誉的一面。像撒拉丁这样的恶魔，他的诡计经常会被一些意想不到的美德破坏，他理所当然地认为，西西里人会采取一种隐蔽的、残忍的手段来复仇。受害者会在夜里被刀捅死，或者被来自树篱后面的子弹射死，在沉默中死去。可是安东内利提出像骑士一样正式决斗，这对保罗王子来说就很糟糕了。所以，我发现他惊慌地乘着船离开了小岛。在安东内利知道他是谁之前，他光着头乘一艘敞篷船逃走了。

"当然，虽然他非常惊慌，也不是完全没有希望。他对那个冒险家弟弟了如指掌，也了解那个追杀他的仇人。冒险家斯蒂芬很有可能会守口如瓶，因为他很乐意扮演王子的角色，而且贪恋这个舒适的新住处；他觉得自己会很走运，也对自己精湛的剑术很有信心。而那个狂热的安东内利，就算死也不会说出自己的家丑。保罗在河上游荡，直到他知道战斗已经结束。然后他叫来了警察，看着他那两个被打败的敌人永远地消失了，微笑着坐下来吃饭。"

"上帝保佑我们！"弗兰博颤抖着说，"他是从撒旦那里学的这一招吗？"

"他是从你那里学到的。"神父回答。

"上帝保佑！"弗兰博喊道，"从我这儿？什么意思！"

神父从口袋里掏出一张名片，凑近微弱的雪茄光，上面潦草地用绿墨水写满了字。

"你不记得他当初邀请你的事了吗？"他问道，"还有那对你犯罪行为的赞美呢？他说的你的那个'一个侦探逮捕另一个侦探的把戏'，他不过是抄袭了你的做法。他的两边各有一个敌人，于是他迅速闪开，让他们撞在一起，杀死对方。"

弗兰博从神父手中夺过撒拉丁王子的名片，疯狂地把它撕成碎片。

"这是我最后的余孽，"他边说边把碎片撒在在黑暗中翻腾的波浪中，"但我想它会毒死鱼儿的。"

白色纸片最终沉到了绿色的波浪里，早晨的天空变成了一种微弱而充满活力的颜色，青草背后的月亮也变得苍白了。他们静静地漂流着。

"神父，"弗兰博突然说，"你觉得这一切都是梦吗？"

神父摇了摇头，一句话都没有说。一阵干草和果园的气味穿过黑暗向他们袭来，告诉他们一阵清风正在吹来，接着他们的小船就摇晃起来，扬起了帆，带着他们沿着蜿蜒的河流，向着更幸福的地方和善良人的家园前进。

金甲虫

〔美〕爱伦·坡

你看他正在疯狂舞蹈，一定是被狼蛛咬到了！

许多年前，我和威廉·勒格朗先生的关系比较密切。他出身于古老的胡格诺派家庭，曾经很富有，但是一连串的不幸使他变得一贫如洗。为了避免灾难带来的屈辱，他离开了他祖先居住的新奥尔良，在南卡罗来纳州查尔斯顿附近的沙利文岛定居下来。

这个岛是一个非常独特的岛，除了海沙之外几乎没有别的东西。它的长度大约有三英里，宽度从来没有超过四分之一英里。它与大陆之间隔着一条几乎看不见的小溪，这条小溪在一片芦苇丛和烂泥丛中蜿蜒流淌，是沼泽母鸡最喜欢去的地方。这里的植被稀少，或者至少是矮小的，看不到任何大的树木。在靠近西端的地方，有一些破败的框架建筑。在夏天，这里会被查尔斯顿的灰尘和热浪侵袭，就可以到林立的棕榈树下乘凉；但是除了西端，整个岛屿的海岸边都是一片坚硬的白色海滩，覆盖着一片茂密的灌木丛，那里长满了英格兰的马术爱好者极为珍爱的香桃木。这里的灌木通常高达十五到二十英尺，形成一片几乎无法穿透的灌木林，向空气中散发着芳香。

在这片灌木林的最深处，离岛的东部或更偏远的一端不远的地方，勒格朗给自己盖了一间小茅屋，我第一次见到他时，他就住在那里。当时，我们的见面纯属偶然，但这种关系很快就发展成了友谊——因为这个隐士有很多东西可以激起人们的兴趣和尊敬。我发现他受过良好的教育，有着不同寻常的思想力量，但是受到厌世情绪的影响，并且受到热情和忧郁交替的反常情绪的影响。他随身带了许多书，但很少翻看。他的主要娱乐活动是打猎和捕鱼，或者沿着海滩漫步，或者穿过桃金娘林，寻找贝壳或昆虫标本——他收集的这些标本可能会让人羡慕不已。在进行这些活动时，他通常由一个名叫朱庇特的老黑人陪伴。这个黑人在勒格朗家道中落之前就解放了，可是他坚持要伺候"威尔小爷"，不管别人怎么威逼利诱，他都不愿意离开。也许是勒格朗的亲戚们认为他的智力有些不稳定，所以设法让他变得这么固执，以便监督和保护勒格朗。

在沙利文岛所处的这个纬度，冬天并不冷，秋天更是连火都不用生，可是某年十月，有一天天气居然异常寒冷。日落前，我匆匆穿过常青树，来到我朋友的小屋，我已经好几个星期没有去看他了——那时我的住所在查尔斯顿，离这个岛有九英里远，而往来的交通工具远远落后于现在。到了小屋后，我按照惯例敲了敲门，却没有得到任何回应。我知道钥匙藏在哪里，就拿过钥匙，打开门走了进去。壁炉里燃着一堆火。这可是一件新奇的事情，也正合我心意。我匆匆脱掉大衣，坐到在噼啪作响的圆木旁的扶手椅上，耐心地等待着主人的归来。

天黑后不久，他们就回来了，还向我表示了热情的欢迎。朱庇特咧着嘴笑，忙着杀鸡做晚饭。勒格朗的毛病发作了一次——我该怎么称呼这种毛病呢？——热情。他发现了一种不知名的新品种双壳类动物，而且，在朱庇特的帮助下，他抓到了一只金甲虫，他认为这是一种全新的发现，并希望明天能够听到我的看法。

"为什么不在今晚呢？"我一边问，一边用火烤着双手，心里想的却是让那些金甲虫都去见鬼吧！

"啊，要是我知道你在这儿就好了！"勒格朗说，"但是我已经很久没有见到你了，我怎么能预见到你会在今天晚上来拜访我呢？在我回家的路上，我遇到了从堡垒里来的 G 中尉，竟然一时糊涂，把金甲虫给了他，所以你要到明天早上才能看到它。你今天晚上留在这儿，太阳一出来我就让朱庇特去取。这是造物中最可爱的东西！"

"什么？——日出？"

"胡说！不是！是虫子！它浑身金黄色，大约有一颗大山核桃那么大，背部一端附近有两个墨黑色的斑点，另一端的斑点稍长一些。触须是……"

"它可没有什么触须，威尔小爷，我还是那句话，"朱庇特打断了他的话，"这只虫子是纯金的金甲虫，除了翅膀，它从头到尾，从里到外都是金子。它是我这辈子见过的最重的虫子。"

"好吧，就算是这样吧，朱庇特，"勒格朗回答说，在我看来，他似乎不用说得这么认真，"这就是你让鸡被烧糊的原因吗？那颜色……"——他转向我——"几乎足以证明朱庇特的想法是正确的。你从来没有看到过比那只甲虫发出的光更灿烂的金属光泽——但是这一点你要到明天才能断定。与此同时，我可以告诉你一些大概的情况。"说着，他在一张小桌子旁坐下，桌上有笔和墨水，却没有纸。他在抽屉里找了半天，但没有找到。

"没关系，"他终于说道，"这样就可以了。"他从背心口袋里掏出一小片我认为很脏的纸，用笔在上面画了一幅粗略的草图。他画的时候，我依然坐在火炉旁边，因为我还是觉得有点冷。画完后，他都没有起身就把它递给了我。我刚把草图接过来，就听到了一声巨大的咆哮，接着是一阵抓门声。朱庇特打开门，勒格朗的大纽芬兰犬就冲了进来，跳到我的肩膀上，跟我十分亲热，因为我之前来做客的时候，总是对它十分关怀。等它不再蹦蹦跳跳时，我就开始看那幅草图，说实话，我发现我根本看不明白他画的是什么。

"好吧！"我沉思了几分钟后说，"我必须承认，这是一只奇怪的金甲虫，对我来说很新鲜。我以前从来没有见过这样的东西——除非它是一个骷髅头，或者一个死人的头颅，它比我观察到的任何东西都更像骷髅头。"

"骷髅头！"勒格朗回应道，"哦——是的——好吧，毫无疑问，它在纸上就是这个样子。上面的两个黑点看起来像眼睛，嗯？底部较长的像嘴一样——而整体的形状又是椭圆形的。"

"也许吧，"我说，"但是，勒格朗，恐怕你画得不太像。我必须亲眼看到那只金甲虫，才能知道它的样子。"

"嗯，随便你，"他有点生气地说，"我画得相当好——至少跟不少大师学过，而且自以为我不是个傻瓜。"

"可是，我亲爱的朋友，你是在开玩笑吗？"我说，"这是一个还过得去的骷髅头——事实上，根据一般人对生理学标本的看法，我可以说这是一个非常优秀的骷髅头——如果你那只金甲虫像这个骷髅头，一定是世界上罕见的怪虫。哎呀，我们也许会从这个意思中兴起一些令人毛骨悚然的迷信。我猜你会把它叫作人头金甲虫，或者类似的东西——在《博物学》中有许多类似的标题。但是你所说的触须在哪里呢？"

"触须！"勒格朗说，他似乎莫名其妙地对这个问题感到脸红，"我相信你一定看到了，我画得和原来完全一样，已经十分清楚了。"

"好吧，好吧，"我说，"也许你已经画得十分清楚了，可我还是看不见它们。"我把纸递给他，没有再说什么，因为我不想激怒他；但是我对事情变得这么尴尬感到非常惊讶；他的不快也使我感到困惑——至于甲虫的图画，上面完全看不见触须，而且整个身体和一个骷髅头非常相似。

他非常恼火地接过了那张纸，把它揉成一团，显然是要把它扔进火里，这时他随便看了那张图一眼，似乎突然被什么吸引了注意力。刹那间，他的脸变得红一阵白一阵。有好几分钟，他都在仔细观察他的那幅画。最后他站了起来，从桌子上拿起一支蜡烛，走到房间最远的角落里的一个水手箱上坐下。他又焦急地检查了一下那张纸，翻来覆去地看，却什么也没说。他的行为使我大为吃惊；然而，我为谨慎起见，不随便说话，以免让他更生气。不一会儿，他从上衣口袋里掏出一个钱包，小心翼翼地把纸放进去，然后把钱包放进了一张写字台里，锁了起来。他的神态现在变得更加镇静了，但是他原来那种热情的神情也消失不见了。然而，他看起来与其说是闷闷不乐，不如说是心不在焉。随着夜晚的消逝，他越来越沉浸在冥想之中，我的任何打趣都唤不起他的兴趣。我本来打算留在这里过夜，就像我以前经常做的那样，但是看到主人这个样子，我认为还是离开比较合适。他没有特别挽留我，但是，当我离开时，他比平时更热情地握了握我的手。

大约一个月以后，朱庇特突然到我在查尔斯顿的住处拜访我（在这期间，我没有任何关于勒格朗的消息）。我从来没有见过这个老黑人这么沮丧过，我担心我的朋友会遭遇什么严重的灾难。

"喂，朱普，"我说，"你的主人怎么样了？"

"说真的，老爷，他不像我想象的那么好。"

"不好！"听到这个消息我真的很难过，"他是身体不舒服吗？"

"不是，他的身体很好，可是他好像又病得很严重。"

"病得很重，朱庇特！——你为什么现在才说？他卧病在床吗？"

"不，他没有！——他不喜欢卧床，而且最近都没有好好休息，因此我才更加担心。我觉得他真是太可怜了。"

"朱庇特，我不太明白你在说什么。是不是你的主人病了，却没有告诉你他的病？"

"先生，您先别着急，"朱庇特似乎看出了我的担心，"少爷确实没有跟我说哪里不舒服，但我早就觉得他不太对头。现在他一天都没有什么精神，有时候很沮丧，有时候又突然挺直身子，可是脸色惨白。而且，他终日都握着一支笔，不知道在做什么。"

"为什么，朱庇特？"

"我也不知道，他每天都在书桌上画东西，而且是个古怪的东西。"朱庇特说，"先生，不瞒您说，少爷确实把我吓坏了。最近几天我一直在密切注意他的行踪，唯恐他遭遇意外。有一天天还没亮，少爷就溜出去了，在外面待了整整一天。对此我非常生气，就准备了一根大木棍，准备等他来的时候狠狠地打他一顿。可是等少爷回来了，我看到他那可怜兮兮的样子，就不忍心打他了。先生，您说我是不是心太软了？"

"嗯？——什么？——啊，是的——总的来说，我认为你对这个可怜的家伙最好不要太严厉——别鞭打他，朱庇特——他受不了——但是你能不能告诉我是什么引起了这种疾病，或者更确切地说是这种行为的改变呢？自从我上次见到他之后，有没有发生什么不愉快的事情？"

"不，先生，自从您离开之后，没有发生任何不愉快的事情。我想，是不是您到我们家的那天出现了问题。"

"什么意思？"

"我的意思是，可能和那只甲虫有关。"朱庇特有些迟疑地说。

"甲虫怎么了？"

"我可以确定，那只金甲虫在少爷的手上咬了一口。"朱庇特坚定地说。

"朱庇特，你为什么会有这样的想法呢？"

"它的爪子伸得长长的，老爷，还有老鼠嘴。我从来没有见过这么厉害的虫子——只要靠近它，它就会连抓带咬。一开始，少爷抓住了它，可是很快它又逃跑了。我想，可能是少爷在抓它的时候被它咬了一口。而我吸取了少爷的教训，十分关注它的嘴，免得被它咬到。我没有用手去抓它，而是先用一张纸把它包住，而且用一张纸塞住了它的嘴。"

"那么，你认为你的主人真的是被甲虫咬了一口，所以才生病了吗？"

"不光如此，我可以肯定，"朱庇特诚恳地说，"要是他没有被甲虫咬伤，为什么会在做梦的时候梦到金子？而且我以前也听人说过金甲虫的事。"

"但你怎么知道他梦到了金子呢？"

"我怎么知道？因为我听到他说过梦话，都是和金子有关的。"

"好吧，朱普，也许你是对的；但是，勒格朗为什么要让你亲自来请我呢？这可让我有些受宠若惊。"

"您的话是什么意思，主人？"

"你有没有带来勒格朗先生的口信？"

"不，主人，没有口信，但我带来了一封信。"朱庇特说着，就递给我一张纸条，上面写着：

我亲爱的——

你为什么这么久没来？我希望你不要对我的唐突无礼生气；但是，我觉得你应该没有这么小气，对吧？

自从上次和你分开，我就遇到了一件大事，让我感到十分心焦。我有些事情要告诉你，但是我几乎不知道该怎么说，也不知道我是否应该告诉你。

过去几天我的身体不太好，可怜的老朱普用意良好的殷勤惹恼了我，几乎让我无法忍受。你相信吗？——有一天，他准备了一根大棍子，想要打我，因为我偷偷跑了出去，其实我那天就是去了大陆的山里，并在那里待了一整天。我想，要不是我那天看起来疲惫不堪，说不定真的会挨打。

自从你走后，我的家里没有任何变化，无增无减。

如果你愿意，请和朱庇特一起来，我很想见到你。我希望你今晚就能来，因为我有很重要的事情要跟你说。我向你保证，这真的是最重要的一件事。

你永远的

威廉·勒格朗

这封信的语气中有一种使我极为不安的东西，因为它完全不同于勒格朗的风格。他会梦到什么呢？他那易激动的大脑是怎么了？他有什么"最重要的事情"要处理？一个家道中落的贵族，沦落他乡，又会有什么重大的事情呢？我觉得朱庇特对他的描述寓意着不祥。如果勒格朗无法摆脱这种不幸，我怕他会因此受到刺激，失去理智。想到这里，我毫不犹豫地跟着朱庇特赶往勒格朗家中。

到了码头，在即将登船的时候，我发现船里居然躺着一把镰刀和三把铁锹，看起来都是新的。

"这是做什么用的，朱庇特？"我问。

"是少爷让我准备的镰刀和铲子。"

"我知道是什么，可是准备它们做什么呢？"

"不知道，是少爷让我去城里买的，还花了一大笔钱。"

"那你没有问问勒格朗为什么让你买它们吗？"

"没有，我想这个世界上都没有人知道它们的用途，但是我觉得一定和那只甲虫脱不了干系。"

朱庇特的回答并不能使我满意，因为他的所有心思好像都在"甲虫"上面，所以我决定不再问，而是跟他一起上了船，驶向沙利文岛。由于一路都是顺风，我们很快就到了莫尔特里堡北面的小海湾，上岸之后走了大约两英里，就来到了勒格朗居住的木屋。

我们到达时大约是下午三点钟。勒格朗一直在热切地等待着我们，一见到我，他就紧张而真诚地握住我的手，这使我感到惊慌，并加深了已经产生的怀疑。他的脸色苍白，甚至有些可怕，深陷的眼睛发出不自然的光泽。在询问了他的健康状况之后，我不知道还有什么可以聊的，就问他有没有从 G 中尉那里把金甲虫拿回来。

"哦，是的，"他激动地说，"我第二天早上就拿回来了。现在不管是谁都不能让我和它分开了。也许你还不知道，你知道吗？朱庇特对它的看法是完全正确的。"

"哪方面？"我带着一种不祥的预感问道。

"它真的是一只'纯金甲虫'。"他带着极其严肃的神情说出了这番话，我感到无法形容的震惊。

"这只甲虫能够让我发财，"他带着胜利的微笑继续说道，"能够让我重新拿回家产。那么，我珍视它有什么好奇怪的呢？既然命运认为应该把它赐给我，我只需要恰当地使用它，就可以得到宝藏。朱庇特，把那只甲虫给我拿过来！"

"什么！主人，我不会去拿那只虫子的，你自己去拿吧。"于是，勒格朗带着庄严的神情站了起来，拿来了一个精致的玻璃盒，里面装着那只金甲虫。这确实是一只美丽的甲虫，我想，这应该是博物学家们尚未发现的新品种——当然，从科学的角度来看，这是一个巨大的发现。它的背部的上方有两个圆形黑点，尾端附近有一个长长的黑点。它的外壳非常坚硬、光滑，看起来像是打磨过的金子。总之，这只甲虫非比寻常，如果你亲眼看到它，就能理解朱庇特为什么会一直强调它是"纯金"的。不过，我觉得他的想法也可以理解。可是，该怎么解释勒格朗也持有这种观点呢？我觉得很难理解。

"我派人去找你，"我观察完那只甲虫后，勒格朗用一种夸张的口气说，"是请你为我提供一些建议和帮助，我是说'天降横财'这件事，不知道你有什么意见……"

"我亲爱的勒格朗，"我打断他说，"你肯定不舒服，最好小心一点。你应该去睡觉，我会陪你几天，直到你从这件事中恢复过来。你发烧了，而且……"

"摸摸我的脉搏。"他说。

我摸了一下，而且说实话，我没有发现任何发烧的迹象。

"你可能病了，但是没有发烧。请听我一句劝，首先，上床睡觉，然后——"

"你错了，"他插嘴说，"我很好，我只不过是处于兴奋之中。如果你真的担心我，就让我激动的心情变得平缓一些吧。"

"那么需要我做些什么呢？"

"非常容易。朱庇特和我准备去大陆的山上探险，在这次探险中，我们需要一些我们可以信赖的人的帮助。你是我们唯一可以信任的人。不管我们是成功还是失败，你现在在我身上看到的这份激动心情都会平静下来。"

"无论如何，我都愿意为你效劳，"我回答，"但是你的意思是说这只可恶的甲虫和你到山上去探险有关系吗？"

"的确如此。"

"那么，勒格朗，我就不能参加这种荒谬的行动了。"

"我很抱歉——非常抱歉把你牵扯进来，看来我只能和朱庇特一起去探险了。"

"不可以，你一定是疯了！——等等——你们打算去多久？"

"大概一整晚吧。所以我们得立刻出发，无论如何，要在日出之前回来。"勒格朗说。

"我可以跟你们一起去，前提是你要答应我，一旦这次满足你对甲虫的好奇心的探险结束，你回来之后要一切都听我的。如果你同意，我就跟你们一起去。"

"好的，我保证；现在我们走吧，因为我们没有时间可以浪费了。"

我怀着沉重的心情陪着我的朋友出发了，时间大约是四点钟开始——成员有勒格朗、朱庇特、狗和我。在我看来，朱庇特带着镰刀和铁锹——他坚持要带的全部东西——更多的是出于恐惧，担心他的主人用其中的任何一件做傻事，而不是出于过分的勤勉和殷勤。他非常顽固，旅途中只是反复重复一句话："那只臭虫。"

我负责照看两盏遮光的灯笼，而勒格朗则拿着他绑在一根鞭子末端的金甲虫，一边走一边像一个魔术师一样来回把玩。其实我一路上都在观察他，当我看到他这个明显的心理失常的举动时，我忍不住流下了眼泪。不过，我认为最好还是顺从他的想法，至少目前如此，或者等到我能够采取一些有可能成功的更有力的措施之后再说。与此同时，我一直在探他的口风，想要知道他探险的目的，却徒劳无功。

自从他成功地说服我陪他一起去后，就好像不愿意再谈论别的话题，对于我提出的所有问题，他都用一句"到时候你就知道了"来搪塞。

我们乘小船越过了岛头的小溪，沿着大陆岸边的高地向西北方向前进，然后穿过一片荒凉的土地，在那里看不到任何人类脚步的痕迹。勒格朗果断地走在前面，不过偶尔也会停下来，看看周围的环境，以及他上次偷跑出来时在这里留下的记号。

我们就这样走了大概两个小时，此时太阳已经落山，而我们也走到了一个比以往任何地方都要阴沉得多的地方。这是一块台地，靠近一座几乎难以进入的山峰的顶部，这座山峰从山脚到山尖都长满了茂密的树木，上面散布着一些巨大的峭壁，看上去松松垮垮地躺在土地上，似乎随时要从山上坍塌下来，却又勉强能够固定在山壁上。我想，正是因为有很多植物的根茎把它们连在土地上，它们才没有掉进山谷。从这里往山下看去，只能看到被森林覆盖的山谷纵横交错，几乎看不到人影，让人感觉更加庄严。

我们爬上去的那块天然平台上长满了荆棘，我们很快就发现，如果没有镰刀，我们是不可能强行走过去的；朱庇特在他主人的指挥下，为我们开辟了一条通往一棵巨大的郁金香树脚下的道路。这棵郁金香旁边有八到十棵橡树，但是它比它们都高。不管是它的庄严和形态，还是它的枝干的宽展，还是它的整个外观，都超过了我见过的所有其他树木。

这时，勒格朗转向朱庇特，问能不能爬上这棵树。老人似乎被这个问题吓了一跳，好一会儿也没有回答。最后，他走近树干，慢慢地绕着它走，仔细地打量着它。仔细研究过之后，他说："没问题，主人，我什么树都能爬。"

勒格朗满意地说："那就快点爬上去吧，因为天快黑了，再过一会儿我们就什么都做不了了。"

"主人，您想让我爬到什么高度？"朱庇特问。

"先不要管这么多，你先往上爬，然后我再告诉你爬到哪根树枝上。还有，把这只甲虫带上。"

"我为什么要把臭虫拎到树上去？要是让我带着它，我就不爬了！"朱庇特非常不满，一边往后退一边说。

勒格朗半开玩笑地说："你是个大块头，为什么要害怕一只死掉的甲虫？如果你害怕，可以抓着这根绑虫子的细线。如果这样你还不乐意，我就用这把铁锹把你的头打破。"

"不要生气，主人，"朱庇特的态度有了很大的改变，"我只不过是在开玩笑，我怎么会害怕这么一只小甲虫呢？"然后，他小心翼翼地抓住绳子的末端，尽可能地让这只小虫子离他远一些，然后开始爬树。

在美洲，郁金香树，或称北美鹅掌楸，是最挺拔的林业树种。它的树干非常光滑，直到很高的地方才长出侧枝。但是这种树到了成熟期之后，树皮就会变得粗糙不平，树干上还会长出很多短小的枝条。尽管如此，朱庇特想要爬上去也没那么容易。不过，他很快就掌握了爬树的要领。他用胳膊和膝盖尽可能近地抱着树干，用手抓住树皮上的突起，再踩着这些突起往上爬。虽然他一开始好像没有把握住节奏，有几次差一点掉下来，但是他很快就能顺利地往上爬了。

朱庇特越爬越高，等到他爬到第一根树杈，停下来喘口气的时候，距离地面已经有六七十英尺了。

朱庇特在树上问："主人，我现在应该往哪里爬？"

"旁边那根最粗的树枝，没错，就是这根。"勒格朗说。朱庇特按照主人说的，很快就往上爬去，而且显然没有什么困难；他越爬越高，直到透过浓密的树叶再也看不见他那矮胖的身影。过了一会儿，树上传来了他的声音："我还要往上爬吗？"

"你现在在哪里？"勒格朗问道。

"非常高，"朱庇特回答说，"可以从树顶上看到天空。"

"别管天空了，听我说。顺着树干往下看，数数你下面的树枝，你一共爬过了几个树杈？"

"一，二，三，四，五……主人，一共是五个树杈。"

"你再往上爬一个树杈。"勒格朗说。

过了几分钟，那个声音又出现了，宣布自己已经爬到了第七个树杈。

"现在，朱普，"勒格朗显然非常兴奋地大声说，"我要你尽可能地顺着那个树杈往外爬，越远越好。如果你看到什么奇怪的东西，就立刻告诉我。"

听到勒格朗的话，我感觉我这个可怜的朋友真的疯了。要知道，让朱庇特顺着树杈往外爬是非常危险的，我现在担心的是怎么把他送回家。当我正在考虑怎样做才是最好的时候，朱庇特的声音再次传来："主人，这根树杈非常危险，它已经枯死了！"

"朱庇特，你刚才说那根树杈枯死了吗？"勒格朗用颤抖的声音喊道。

"是的，主人，就像一根生了锈的钉子一样，什么用处都没有。"朱庇特说。

"看在上帝的分上，我该怎么办？"勒格朗问道，似乎极度痛苦。

"你是问接下来要怎么做？"我说，很高兴有机会插一句话，"为什么不回家睡觉呢？走吧！我认识的勒格朗一定会这么做。时间不早了，而且，你应该还记得你的承诺吧？"

"朱庇特，"他叫道，对我的话充耳不闻，"你听见我说的话了吗？"

"是的，威尔小爷，我听得很清楚。"

"那么，用你的小刀试试这块木头，看看它是否已经烂透了。"

"它烂透了，少爷，真的烂透了，"朱庇特过了一会儿回答说，"但还不至于那么严重。如果是我一个人的话，应该还能再向外爬一点。"

"你说如果是你一个人，是什么意思？"

"主人，我的意思是，"朱庇特解释道，"这只甲虫真的很重，如果我把它扔下去，减轻一点重量，应该还能再向外爬一点。"

"你这个恶棍！"勒格朗大声说，显然松了一口气，"你说这样的废话是什么意思？只要你扔掉那只甲虫，我就扭断你的脖子。朱庇特，你听到了吗？"

"好，主人，不必以那种方式向可怜的我大喊大叫。"

"好吧！现在听我说——如果你敢带着甲虫，安全地往外爬一点，你一下来我就给你一块银圆作为奖励。"

"好的，主人，"朱庇特爽快地回答，然后继续往外爬，不一会儿他就说道，"主人，我马上就要爬到最外头了。"

"好的，朱庇特，快，快点爬到最外头！"勒格朗的声音变得有些疯狂，"你是不是已经到了最外头？"

"马上就到了，主人，请稍等——"朱庇特正在回答主人的话，突然大叫，"天啊，这是什么东西！"

勒格朗已经难以自控了："朱庇特，你发现了什么？"

"主人，我发现了一个骷髅头，"朱庇特说，"可能是有人把人头放在了这里，然后乌鸦把肉给吃光了。"

"你说一个骷髅头！——很好，——它是怎么固定在树上的？——是什么把它固定在上面的？"

"是的，一个骷髅头。"朱庇特说，"我看看它是怎么固定在这里的。奇怪，主人，它是被一根很大的钉子钉在树枝上的。"

"好了，朱庇特，照我说的去做——你听见了吗？"勒格朗似乎在努力平复自己的心情。

"是的，主人。"

"注意，然后——找到骷髅头的左眼。"勒格朗指挥道。

"好的，主人，可是哪一只是左眼呢?"

"你真愚蠢! 你知道你的右手和左手吗?"

"是的，我当然知道，我砍伐树木就是用左手。"

"当然! 你是左撇子，你的左眼和你的左手在同一边。现在，我想，你可以找到头骨的左眼，或者是左眼曾经待过的眼眶或者眼洞，你找到了吗?"

过了好半天，朱庇特才说:"如果我的左眼和左手在同一边，那么骷髅头的左眼和左手也在同一边。可是这个骷髅头没有左手，只有骷髅头。不过别担心，主人，我已经找到了它的左眼。接下来我该怎么做?"

"把甲虫穿过骷髅头的左眼框放下来，然后把绳子尽量放到底。但是要小心，不要松开绳子!"

"我已经按照您的吩咐做了，主人，把虫子穿过眼眶是很容易的。主人，你看到慢慢垂下去的绳子没有?"

我和勒格朗都在树下，但是我们看不到朱庇特，只能听到他从树上说的话。不过，现在我们能看到绳子末端的那只甲虫了，它在落日的最后一道光线中闪闪发光，像一个金光闪闪的球体。现在甲虫已经慢慢靠近地面，再往下一点，就能到我们脚边了。

这时候，勒格朗迅速拿起镰刀，以甲虫为圆心，清理出一块直径为三四码的圆形空地。然后，勒格朗让朱庇特松开手，让甲虫自由下落，而他就从树上爬下来。

随后，勒格朗非常精确地把一根木桩钉在甲虫落下的地方，又从口袋里拿出了早就准备好的卷尺。他走到树下，将卷尺的一端固定在离木桩最近的那棵树的树干上，然后拉开卷尺，沿着钉木桩的那条线拉出约五十英尺的距离。与此同时，朱庇特也被安排了任务:用镰刀清理这个范围内的荆棘。在距离树干约五十英尺卷尺的另一端，勒格朗又钉下了一根木桩，并以这个木桩为圆心，画出了一个直径四英尺的圆圈。然后他自己拿了一把铁锹，又给我和朱庇特一人一把，让我们围着这个圆圈挖掘。

说实话，我并不知道这么做的意义是什么，而且我对挖掘也没有什么兴趣，一般都是能避则避。从下午到现在，我一直跟着勒格朗和朱庇特来到这里，几乎没有休息，已经是疲惫不堪，而现在勒格朗又让我做这些事情，我当然很不情愿。但是我又找不到借口来拒绝，而且我担心如果不按照他说的做，会打破我可怜的朋友的平静。

如果现在朱庇特能够站在我这边，我会毫不犹豫地跟他合作，试图用武力把这个疯子带回家。但是我很清楚，不论什么时候，朱庇特都会听从勒格朗的吩咐。我想，勒格朗一定是染上了某种奇怪的病，或者得了寻宝妄想症。只不过是一只少见的甲虫，或者是因为朱庇特的胡言乱语而被认定的"真正的金甲虫"，居然能让一个有文化的人相信流传在南方的一个藏宝的传说。也许一些倾向于精神失常的人会将自己的想法和偶然发生的事情联系到一起，并进入这种疯狂的状态。因此，勒格朗才会信心十足地告诉我，这只甲虫能够为他带来财富，能够为他提供寻找宝藏的线索。想到这里，我不由得开始为勒格朗担心，又感到非常不解：他是怎么相信这些事情，并把它们联系在一起的呢？不过话说回来，现在已经到了这一步，我也没有必要跟他较真，不如暂时忘记这种排斥情绪，按照勒格朗的吩咐来挖掘这个地方，证明他的观点是错误的。

我们借着带来的提灯发出的亮光，满怀热情地工作起来。我一边挖土，一边想象着灯光下映出的三个人影：我们三个组成的组合是多么搞笑，要是有人碰巧来到这里，会怎么看待我们三个傻瓜呢？

不知不觉中，我们已经挖了两个小时，在这两个小时里，我们几乎没有任何交谈，也没有停下来休息，不过我们带来的那只狗却一直在狂吠，好像它也想加入到我们的工作中，这让我感到十分烦躁。不过这叫声引起了勒格朗的担心，他怕被附近的人发现，导致我们的寻宝事业被迫中断。而从我个人角度来说，我希望现在就有人发现我们，阻止我们继续这种疯狂的举动。这样的话，我就能摆脱这种讨厌的劳动，也能将这个有病的勒格朗拽回家了。

但是，这里原本就荒无人烟，而且狗早已被朱庇特驯服，所以让它停止狂吠并不是一件难事。朱庇特从我们挖的坑里跳出来，用他的一条背带把这个畜生的嘴系起来，然后就跳回坑里继续工作了。

现在我们挖的坑已经深达五英尺，可是没有发现任何宝藏的迹象。我们三个都停了下来，我开始希望这场闹剧已经结束了。然而，勒格朗虽然显得十分不安，还是若有所思地擦了擦额头，就又投入了挖掘工作。

我们已经挖出了一个直径四英尺的大坑，可是勒格朗突然说，我们应该扩大范围，并往下再挖两英尺。我们照他说的做了，但还是什么都没挖出来。这种无用功让勒格朗沮丧不已，他终于从坑里爬了出来，脸上的表情十分痛苦和失望，随后，他慢慢地、不情愿地穿上他刚开始工作时扔掉的外套。看到这种情景，我真心很同情他，但是什么都没说。朱庇特听到主人的吩咐，就安静地收拾起工具。做完这些，他把狗嘴上的背带解开，我们一声不响地朝家走去。

我们大概走了十几步，勒格朗突然大声咒骂着走到朱庇特身边，抓住他的衣领。朱庇特吓得目瞪口呆，手里的铁锹掉到了地上，自己也跪了下来。

"你这个混蛋！"勒格朗咬紧牙关，嘶嘶地说着那几个音节——"你这个可恶的黑鬼！——说吧——马上回答我，不要犹豫——哪只是你的左眼？"

"哦，我的上帝，威尔少爷！这不是我的左眼吗？"惊恐万状的朱庇特说道，把手放在自己的右眼上，然后马上用手遮住了它，好像担心勒格朗会把它挖出来一样。

"我就知道！——我就知道！万岁！"让朱庇特吃惊的是，勒格朗松开了手，又变得兴奋起来。朱庇特从地上站起来，默默地看着他的主人，又看着我，看起来十分迷茫。

"走吧，我们得回去，"勒格朗兴奋地说出了这个不幸的消息，"游戏还没结束呢！"然后，他带头走向郁金香树。

"朱庇特，"当我们来到树下时，勒格朗说，"过来，骷髅头的脸朝什么方向？是向外面向远方，还是向内对着树？"

"当然是向外，要不乌鸦怎么能轻易啄掉他的眼睛呢？"

"那你现在告诉我，你把甲虫放进了骷髅头的哪只眼睛？是这只还是这只？"说着，勒格朗摸了摸朱庇特的两只眼睛。

"少爷，我按照您的吩咐，把甲虫放进了骷髅头的左眼中。"朱庇特指的是他的右眼。

"这样就行了——我们必须再试一次。"

我现在看到了他的疯狂，或者我以为我看到了他的疯狂，某种迹象表明，他已经采取了某种措施。他把标志着金甲虫落下地点的木桩移到了它原来位置以西大约三英寸的地方。现在，他又像以前一样，用卷尺从树干的最近点测量木桩，然后沿着那条直线延伸到五十英尺的距离，从我们挖掘的地点往外移了几码，标出了一个点。

在新的位置周围，现在画出了一个比以前大一些的圆圈，然后我们又拿起铁锹开始工作。我非常疲倦，但是不明白是什么原因使我的思想发生了变化，我不再对强加给我的劳动感到厌恶。我变得莫名其妙地感兴趣——不，甚至兴奋起来。也许在勒格朗那种疯狂的举止中，有一种深思熟虑的神气，给我留下了深刻的印象。我急切地挖掘着，不时发现自己确实在用一种非常类似于期望的东西，寻找那些幻想出来的宝藏，我想现在的我和被它们的幻象诱惑得心烦意乱的伙伴没什么不同。我们工作了大约一个半小时后，再次被狗狂吠的声音打断。可是这次的叫声和上一次不一样，上一次是它在捣乱，可这次它似乎真的比我们更早地发现了什么。当朱庇特再次企图堵住它的嘴时，它做出了激烈的抵抗，跳进坑里，疯狂地用爪子刨土。几秒钟之后，他发现了一大堆人骨。经过我们的努力，我们发现这是两具完整的骨架，里面混杂着几颗金属纽扣，还有一些似乎是已经腐烂的羊毛衣物。不一会儿，我们又挖到了新的东西：一把西班牙大刀，还有三四块散落的金银币。

看到这些，朱庇特的喜悦简直难以抑制，但他主人的脸上却流露出极度失望的神情。不过，勒格朗还是坚持让我们继续挖。我还没来得及开口说话，就被绊了一下，向前摔倒了，因为我的靴尖被一个半埋在松散泥土里的大铁环钩住了。

这真是重大发现。接下来的十几分钟，我们每个人都十分兴奋，用尽了全身的力气挖掘，我这一生还从来没有这么激动过。然后，我们挖出了一个长方形的木箱。这个木箱保存完好，硬度极高，显然经历了某种矿化过程，也许是汞的氯化物的矿化过程。这个箱子有三英尺半长，三英尺宽，两英尺半深。箱子的外面用纵横交错的锻铁牢牢捆住，应该是没有打开过。在箱子的两边靠近箱顶的地方，各有三个铁环，总共有六个铁环，似乎是为了让六个人搬运而设计的。所以虽然我们三个人都用尽全身的力气，却只把箱子抬起了一点点。我们立刻意识到，我们是搬不动这个需要六个人搬的箱子的。幸运的是，盖子上唯一的紧固物是两个滑动的螺栓。于是我们在兴奋和期待的心情中，滑开了箱子的盖子……

我们看到了什么？一些价值不可估量的珍宝，它们就在我们面前闪闪发光。当灯笼的光线落在坑里时，一堆乱七八糟的金子和珠宝向上发出一道亮光，使我们眼花缭乱。

我很难描述我看到宝藏之后是什么心情，我只能说，惊奇占了上风。勒格朗虽然十分兴奋，却已经累得连说话的力气都没有了。朱庇特被眼前的一幕震惊了，有好几分钟都一动不动，随后，他的脸色变得非常苍白。我想，他应该跟我们一样，从来没有见过这么多珍宝。过了一会儿，他在坑里跪了下来，将自己赤裸的胳膊埋进宝藏里，好像在用它们洗澡一样。最后他深深地叹了一口气，像自言自语一样大声说道："要是没有纯金的甲虫，我们就不会发现这些财宝。可怜的金甲虫，我之前那么讨厌你，用那么多脏话骂你。我真是不应该，我真该死！"

现在我们面临的问题是，要在天亮之前把这些财宝运回家，所以我赶紧让他们回过神，好好想想该怎么处理。可这个问题确实很难，我们花了很多时间思考——大家的想法是如此混乱。最后，我们拿出了木箱中大约三分之二的财宝，以便减轻木箱的重量。然后，我们三个人一起把箱子抬出了坑。

取出来的这三分之二的财宝该怎么处理呢？最后，我们选择把它们留在原地，并用许多荆棘掩盖起来，让狗留下来看守。朱庇特还警告它，在我们回来之前，不能离开这里，也不能乱叫。然后，我们三个人抬着箱子回到了沙利文岛，并在一番折腾后，于凌晨一点安全到达了小屋。此时我们已经筋疲力尽，就决定稍微休息一下。我们吃了点食物，休息到两点，就背着三个结实的麻袋，朝着山上出发了。

凌晨四点左右，我们又回到了发现宝藏的地方，将这些财宝尽可能平均地分到三个麻袋里。但是因为时间太过紧张，所以我们没有来得及把坑填上，就急急忙忙地回家了。等到东边树梢上第一道微弱的曙光闪过的时候，我们才赶回小屋，把装满财宝的麻袋放下。

现在我们已经一点力气都没有了，但是强烈的兴奋让我们很难入睡。在勉强浅睡了三四个小时之后，我们不约而同地醒来了，想要好好欣赏一下这些宝贝。

箱子装得满满的，我们花了一整天和第二天晚上的大部分时间来清查里面的财宝。原本里面的东西堆放得乱七八糟，所以我们进行了分类。整理完之后，我们才发现它们的价值比我们最初想象的还要多。

硬币用现有的货币进行换算，它的价值至少为四十五万美元。硬币都是金币，这些金币不但都上了年头，还种类繁多，有法国、西班牙和德国的，还有一些英国几尼①和我们没有见过的博弈筹码。还有几枚又大又重的硬币，已经有些磨损，所以我们看不清上面的字，无法判断是哪国的货币。

其中还有很多宝石，价值更是难以估量。这些钻石总共有一百一十颗，都很大，而且品质上乘；还有十八颗闪耀的红宝石；另外还有三百一十颗祖母绿，都非常漂亮；还有二十一颗蓝宝石和一颗蛋白石。这颗蛋白石原本镶嵌在一个底座上，但是我们并没有发现它的底座，也许是被外力破坏了，也有可能是有人为了防止它们被认出来而故意为之。

————————————————

① 一种英国货币，最初是用几内亚的黄金铸造的，因此得名。

除此之外，还有大量的纯金饰品：近二百个粗大的戒指和耳环；大量的锁链——如果我没记错的话，有三十条；八十三个又大又重的十字架；五个价值不菲的金香炉；一个巨大的金色酒钵，上面装饰着雕刻精美的葡萄藤叶和酒神节的图案；两把雕刻着精美浮雕的剑柄，还有许多其他我想不起来的小东西。这些贵重物品的重量超过了三百五十磅，还没有包括一百九十七块精美的金表。其中的三块金表按照现在的市场价估算，每块都不低于五百美元。虽然它们中的一些已经非常古老，无法用来看时间了，有一些甚至生锈了，但是它们都镶嵌着丰富的珠宝，价值不菲。

根据我们的估算，箱子里所有的东西价值一百五十万美元。后来，我们处理掉了一些小饰品和珠宝（其中一些是留给我们自己使用的），发现我们大大低估了宝藏的价值。

当我们整理完所有的财宝，强烈的兴奋才得到了平息。勒格朗看到我正迫不及待地想要解开这个最非同寻常的谜团，就详细地讲述了与此有关的一切情况。

"你还记得吧，"他说，"那天晚上，我把我画的甲虫的草图递给你。你坚持说我的画像是一个骷髅头，这使我非常恼火。你第一次说这种话的时候，我以为你是在开玩笑；但是后来我想起了那只甲虫背上的那三个奇怪的斑点，又觉得你的话实际上不无道理。尽管如此，对我绘画能力的嘲笑还是激怒了我——因为我被认为是一个优秀的艺术家——因此，当你把羊皮纸碎片递给我时，我打算把它揉成一团，愤怒地扔进火里。"

"你是说那张小纸片吧。"我说。

"不，它看起来很像纸，起初我也这么以为，但是当我开始画甲虫的时候，我立刻发现它是一张非常薄的羊皮纸。你记得的，它脏兮兮的，所以你没有看出来。当我把它揉成一团，准备扔进火里的时候，突然看到了纸上别的东西——你可以想象我的惊讶，因为我看到了一个骷髅头，而在我看来，这跟我画的甲虫很像。有那么一会儿，我惊讶得无法准确地思考。我知道我画的甲虫在细节上和这个有很大的不同——虽然大体轮廓有一定的相似性。过了一会儿，我拿了一支蜡烛，坐在房间的另一头，继续更仔细地检查那张羊皮纸。当我把它翻过来的时候，我在背面看到了我画的草图，它还是老样子。现在，我的第一个想法只是惊讶于它们轮廓的惊人相似——惊讶于它们的奇特巧合，因为我不知道，在羊皮纸的另一面，在我画的甲虫的背面，居然有一个骷髅头，而且这个骷髅头不论轮廓还是大小都跟我画的甲虫非常相似。我刚才说，这种巧合的奇异性使我一时惊呆了。一般来说，人遇到这种巧合时都是这种反应。我心里想要理出个头绪——一系列的因果关系——可是我出现了暂时的麻痹，根本做不到。等我清醒过来后，我渐渐地产生了一种信念，这种信念比巧合更使我吃惊。我开始清楚地、肯定地记起来，当我画那张甲虫的草图时，羊皮纸上并没有任何图画。我完全确信这一点，因为我记得我当时想找个干净的地方，所以两面都翻过。如果当时纸上有骷髅头，我不可能看不到。这确实是一个我觉得无法解释的谜团，但是，即使在最初的那一刻，在我的内心深处，似乎还有一丝微光，经过昨天的冒险，终于真相大白。我立刻站起身来，把羊皮纸藏好，等到你们都走了，再去进一步思考。首先，我考虑了一下这张羊皮纸是如何落入我手中的。我们发现金甲虫的地方在大陆的海岸上，大约在岛的东面一英里处，离高水位线不远。我一抓住它，它就狠狠地咬了我一口，我就把它扔在了地上。朱庇特向来谨慎，在抓住那只向他飞来的虫子之前，他先在周围寻找一片叶子，或者别的可以抓住它的东西。就在这时，我们俩同时看到了羊皮纸——当时我以为是纸。它半埋在沙子里，一个角翘起。在我们发现它的地方附近，我看到了船体的残骸，有点像一艘船的舷板。船的残骸似乎已经堆在那里很久了，因为几乎难以看出船骨的模样了。

"朱庇特捡起羊皮纸，把甲虫裹在里面，递给了我。不久，我们起身回家，在路上遇见了 G 中尉。我给他看了那只甲虫，他求我让他把它带到堡里去。我刚一同意，他就把它塞进了背心口袋里，但是没有拿那张羊皮纸。因为在他观察甲虫的时候，羊皮纸一直在我手里。也许他怕我改变主意，认为最好马上把这个意外收获拿走吧——你知道他对所有与自然历史有关的东西都是多么热心。一定是在那时候，我无意中把羊皮纸放进了口袋里。

"你还记得吗？当我走到桌子前为甲虫画草图时，却没有找到纸。我翻了翻抽屉，也没有找到。我翻遍了口袋，想要找到一封旧信，恰好摸到了那张羊皮纸。我就是这么得到它的，因为这给我的影响特别深刻。

"毫无疑问，你会认为这些是我幻想出来的——但是我已经建立了一种联系。我把一条大链子的两个环节连在了一起。在海岸上有一艘船，离船不远处有一张画着骷髅头的羊皮纸。当然，你会问'这其中的联系在哪里'？我告诉你，骷髅头，或者说死神的头颅，是众所周知的海盗们的象征。每次交锋，都会升起骷髅头旗。

"我已经说过，那是羊皮，不是纸。羊皮纸是非常耐用的，几乎不会腐烂。小事情很少会记录在羊皮纸上，因为要是画图和写字，羊皮纸并不如纸好用。这样一想，我就觉得骷髅头里有一定的意义。我也注意到了羊皮纸的形状。虽然它的一个角落不小心被损坏了，但可以看出原来的形状是长方形的。人们要记录什么值得长久记忆和进行保存的时候，用的就是这种羊皮。"

"但是，"我插嘴道，"你说你画甲虫的时候，羊皮纸上并没有骷髅头，那你是怎么把二者联系起来的呢？因为根据你自己的说法，骷髅头是在你画甲虫之后的一段时间画上去的（只有上帝才知道是怎么画的，是谁画的）。"

"这就是奇怪的地方。不过，我当时很轻易就解决了这个奥秘。我的每一步都很踏实，所以只能得到一个结果。例如，我推断：在我画甲虫的时候，羊皮纸上并没有骷髅头。等我完成这幅画，把它给了你，又看着你把它还给我。所以，骷髅头并不是你画的，当时也没有别人在场，那么这就不是人为的。但是不管怎么说，反正是画上去了。

"我想到这里，就开始拼命回想当时的场景，并且详细地回忆起了当时的每个细节。当时天气很冷（这真是难得的巧合），壁炉里的火正在燃烧。我走得浑身发热，坐在桌边。而你拉了一张椅子，坐到了壁炉旁边。我刚把羊皮纸递给你，你准备打开看的时候，那条狗进来了，扑到了你的肩膀上。你用左手抚摸它，驱赶它，而右手拿着羊皮纸，懒懒地放在两膝之间，离壁炉很近。我当时还以为羊皮纸被点燃了，正要提醒你，可我还没来得及开口，你就拿到面前开始看。我想到这些细节，就可以肯定，就是因为受热，羊皮纸上的骷髅头才显现出来的。你们也知道，以前就有一种化学制剂，可以在纸上写字，只有在火烤的时候，字迹才会显现出来。人们会拿不纯的氧化钴溶在王水里，并用四倍的水稀释，就能调出绿色的溶液。含杂质的钴溶解在纯硝酸中，就能调出红色溶液。用这些溶液在纸上写字，冷却以后，经过一段时间之后，颜色会褪去，可是再次加热时，字迹又会显现出来。

"我仔细看了看骷髅头，它的外边缘，也就是靠近纸边的一圈，比其他部分要清楚很多。很显然，这是因为受热不全或者不均匀造成的。我马上点起一堆火，让羊皮纸的每一部分都受到烘烤。一开始，只有头骨那模糊的线条变得清晰了一些，可是经过我的坚持实验，在羊皮的一角，斜对着骷髅头的位置，显现出了一个图形。我一开始以为是一只山羊，后来仔细一看才发现是只羔羊。"

"哈！哈！"我说，"我当然没有权利嘲笑你，一百五十万美元可不是个小数目。可是你应该不会在那个连环套里找出第三个环节吧！——海盗和山羊之间会有什么特别联系？要知道，海盗和山羊没有任何关系，山羊和农业有关。"

"但我刚才说了，那不是山羊的图形。"

"就算是羔羊吧，反正都差不多。"

"差不多，但不完全一样。"勒格朗说，"你应该听说过一个叫基德船长①的人，我立刻把这个动物的形象看作一种双关语或象形文字的签名。我说签名，是因为它在牛皮纸上的位置让我产生了这个想法。这样看来，斜对角的骷髅头，就是标记或者印章。可是除了这些，并没有我想象中的文件，或者能够联系的上下文，让我十分心寒。"

---

① 指威廉·基德，著名的海盗头目。

"我想你是想在标记和签名之间找到一封信件吧。"

"差不多吧。事实上，一种巨大的好运即将来临的预感给我留下了难以抗拒的印象，我简直说不出为什么。也许这只是一种愿望，而不是一种真正的信仰——但是你知道吗？朱庇特那些愚蠢的话，说虫子是纯金的，对我的幻想产生了显著的影响。然后是一系列的意外和巧合——这些都是非常非常不寻常的。你有没有注意到，这些事情都发生在同一天，这一天冷得可以生火，要是没有生火，或者狗没有在那一刻闯进来，我根本不会看到骷髅头，也不会找到这笔财宝，你说是不是很巧？"

"继续说，我已经迫不及待了。"

"当然，你已经听说过许多现在流传的故事——关于基德和他的同伙在大西洋海岸某个地方埋了钱的无数谣言。这些谣言一定是有事实根据的。而谣言已经存在了这么久，还在持续传播，在我看来，就是因为宝藏还没有被发现。如果基德先把他的战利品埋藏一段时间，然后取走，那些谣言就不会以现在这种千篇一律的形式传到我们耳朵里。你会发现，所讲述的故事都是关于寻找财宝的，而不是找到财宝的。如果这个海盗取回了他的财宝，事情早就结束了。在我看来，他无法重新找到宝藏，而且这件意外事件已经为他的追随者所知晓，否则他们可能根本就不会听说宝藏已经被藏起来了，而且由于没有人引导他们去寻找宝藏，他们徒劳无功，而且流言就是从他们那里传出来的，后来就传遍了整个世界。你有没有听说过，大西洋沿岸出土过什么宝藏？"

"从来没有。"

"但是众所周知，基德的财产是很多的，所以我认为，这些东西一定还埋在地里。听了我的话，你可别觉得害怕：我感到一种希望，我认为我无意中得到的这张羊皮纸，就是藏宝图。"

"但是你是怎么做的呢？"

"我又把羊皮纸举到火炉前慢慢加热，可是上面什么都没出现。我觉得可能是羊皮上的尘土的问题，就小心地用温水冲洗羊皮纸，然后把它放在一个锡锅里，有骷髅头的一面朝下，再把锅放在点燃的炭炉上。

几分钟后，锅就烧得很烫了，我拿起羊皮一看，上面很多地方都出现了数字一样的东西，这可把我高兴坏了。我又把羊皮放回锅里，烤了一分钟。再拿出来的时候，上面的字就都出来了，和你现在看到的一模一样。"

这时，勒格朗把羊皮纸重新加热，递到我手里，我看到骷髅头和山羊之间，有一些潦草的红色字迹。

53++!305))6*;4826)4+)4+)·;806*;48!8]60))85;1+8*(;:+*8!83(88)5*!;46(;88*96*?;8)+(;485);5*!2:*+(;4956*2(5*−4)8]8*;4069285);)6!8)4++;1(+9;48081;8:8+1;48!85;4)485!528806*81(+9;48;(88;4(+?34;48)4+;161;:188;+?;

"但是，"我说，把羊皮还给他，"我还是毫无头绪。如果金山银山所有的珠宝都在等着我解开这个谜团，我确信我将无法获得它们。"

"然而，"勒格朗说，"解这个谜题并不难。刚看到这些符号的时候，你觉得很难，实际上并不难。每个见到它们的人，都会知道这些字符组成了一个密码——也就是说，它们传达了某种意义；但是以我对基德的了解来看，我认为他不可能想出什么比较深奥的密码。我立刻判断出，这是一种简单的密码——然而，虽然水手头脑简单，要是没有密码书，也是解不开这些密码的。"

"你真的解开了？"

"轻而易举，我还解开过比这难一万倍的问题呢。由于环境影响，再加上爱好，我对这类谜题向来很有兴趣。我不相信人类的聪明才智创造出的谜题，会无法用人类的聪明才智来解开。事实上，只要确立了符号连贯和清晰，我几乎没有想过推导出其中的含义有多么困难。

"就目前的例子来看——实际上所有的秘密文件都是如此——要解决的第一个问题就是密码采用的是哪种语言；因为到目前为止，解谜的原则，特别是对比较简单的密码来说，要看独特的熟语特征，并根据不同的特征进行变化。一般来说，解谜的人只有一个办法，就是根据概率，用自己知道的每一种语言进行尝试，直到揭开谜底。但是，现在摆在我们面前的这个密码，有了签名，所有的困难就都解决了。'基德'

这个词的双关含义只有在英语中才能体会①。要不是考虑到这一点，我早就尝试用西班牙语和法语了，因为西班牙大陆的海盗自然会用这两种语言来写密码。但事实上，我还是假定密码是用英语写的。

"你可以看到，这些字符是连在一起的，如果把它们分开，猜起来就简单多了。在这种情况下，我应该从整理和分析较短的字眼开始，而且，如果出现一个单字，是很容易找到的，比如 a 或者 1，那我一定可以解开谜底。可是，这些字全部连在一起，我做的第一步就是找到出现最少的字和出现最多的字。经过统计，我得出了这样一种表：

8 的符号一共 34 个。

; 的符号有 26 个。

4 的符号有 19 个。

＋和）的符号分别有 16 个。

＊的符号有 13 个。

5 的符号有 12 个。

6 的符号有 11 个。

（的符号有 10 个。

！和 1 的符号分别有 8 个。

0 的符号有 6 个。

9 和 2 的符号分别有 5 个。

： 和 3 的符号分别有 4 个。

？的符号有 3 个。

］的符号有 2 个。

－和·的符号分别有 1 个。

"现在，在英语中，最经常出现的字母是 e，其次按照使用次数的排列是 aoidhnrstuycfglmwbkpqxz。e 出现的频率最高，以至于在一个任意长度的独立句子里，很难看到不把 e 当成主要字母的。

"所以，在最初阶段，我们已经为一些事情打下了基础，而不仅仅

---

① 指的是英语中基德这个词的发音与小山羊的相近。

是猜测——这张表的用处是显而易见的，但是在这个特殊的密码中，只能靠它解决部分困难。由于'8'出现的频率最高，不妨假设它就是字母 e。为了验证这个假设，请看看这个'8'是否经常叠用，因为字母 e 在英语中经常叠用，比如'meet''neet''speed''been''agree'等，都是叠用的。就目前这个例子来看，虽然密码不长，'8'字却至少叠用了五次。"

"现在我们假设'8'就是 e。另外，在英语里，'the'这个词最为常用，那就看看有没有重复出现的同样排列的三个符号，而且最后一个字符是'8'。如果我们发现这些字母按照这样的排列重复出现，它们很可能代表了单词'the'。经检查，我发现了不少于七个这样的安排，符号是'；48'。因此，我们可以假定'；'表示 t，'4'表示 h，'8'表示 e——现在最后一个字肯定没错了。因此，我们迈出了重要的一步。

"不过，只要确定一个单词，就能确定非常重要的一点，也就是说，能够确定其他几个字的首尾了。比如说全文倒数第二个'；48'，它离密码的结尾不远。我们知道，紧接着的'；'是一个词的开头，而在接着这个'the'的六个符号中，我们认识的不少于五个。不妨把这些符号用知道的代表字母这样列出来，空下一格填那个未知的字母——

　　t_eeth

"我们可以把所有的字母都试着填进这个空当，还是拼不出一个以'th'结尾的词。既然以't'开头的字里，'th'用不上，就可以立刻抛弃'th'，把它缩成't_ee'，如果能用上，再和之前一样把字母逐个填进去，只能拼出一个'tree'。这样就能得出，'（'代表 r，'the tree'两个词又是并列的。

"再看这两个词后面的一小段，能看到'；48'这三个字符，可以当作之前那个词的结尾，所以能排出这么几个词：

thetree；4（+？34the

"用已知的自然字母代替，它是这样写的：

thetreethr +？3hthe

"把未知的先空着，或者换成小点，就能认出'thetreethr…hthe'，立刻就能看出是'through'这个词。通过这个词，又能找出三个新字母，o、u 和 g，三个字母分别由'+'、'?'和'3'三个符号代替。

"现在把密码从头到尾仔细看一遍，通过已知字符组合的密码，能够看出在距离开头不远有一个'83（88'，或者写成'egree'，显然这就是'degree'这个词的结尾，于是又认出了一个字母，'!'代表 d。在'degree'这个词后面有四个字，是这么一组符合';46（;88＊'。

"把已知的字符翻译出来，未知的还用小点表示，就能认出'th·rtee··'，这让我想到了'thirteen'这个词，于是得出了两个新符号，'6'和'＊'分别代表 i 和 n。

"现在再去看看密码的开头，有这么一组符号，'53＋＋!'。

"还和之前一样，我们能翻译出'··good'，也就是说，第一个字母是 A，也就是说开头的两个词是'A good'。"

"现在，我们要把已经发现的线索列成一张表格，以免混淆。得出的表是这样的：

5 等于 a

! 等于 d

8 等于 e

3 等于 g

4 等于 h

6 等于 i

＊ 等于 n

＋ 等于 o

（等于 r

；等于 t

? 等于 u

"现在我已经认出了十一个重要字母，也没有必要继续讨论我解谜的细节。我已经说了足够多的话，足以让你相信这种密码并不难解；你现在应该也能推断出怎么解这些密码了。不过说实在的，这个密码是最简单的一种。现在我把羊皮纸上所有的符号都给你翻译出来，请看：

魔鬼之座的主教客店里有一面很好的镜子东北方向四十一度十三分最大树枝第七根枝丫东面从骷髅头的左眼射击穿过五十英尺外的子弹。

"可是，"我说，"这个谜还是很难解。怎么可能从所有这些关于'魔鬼之座''骷髅头'和'主教客店'的隐语中得出真正的含义呢？"

"我承认，"勒格朗回答说，"乍一看，这件事还是很有难度的。我的第一个尝试是把句子按照密码的意图进行自然划分。"

"你的意思是，加标点符号？"

"差不多吧。"

"但这怎么可能实现呢？"

"我想，写密码的人之所以要把它们不分字句地连在一起，就是为了增加解谜的难度。对于一个不太聪明的人来说，这样做几乎可以肯定会做得过火。在写密码的时候，每写到一个段落，就要加上逗号或者句号，在这里，符号会连得更近。仔细看看原稿，就会容易发现有五个地方靠得很近。根据这个暗示，我做了如下划分：

魔鬼之座的主教客店里有一面很好的镜子——东北方向——四十一度十三分——最大树枝第七根枝丫东面——从骷髅头的左眼射击——穿过五十英尺外的子弹。

"即使是这种分法，"我说，"也让我觉得莫名其妙。"

"我也是觉得莫名其妙，"勒格朗回答，"在那几天里，我一直在沙利文岛附近，费尽心思地寻找叫作'主教客店'的房子，显然，'客店'这两个字没什么用，可以忽略。可是，我没有找到任何与之有关的线索，就打算扩大调查范围，进行更加系统的调查。一天早上，我突然想到，这个'主教客店'可能和一个古老的家族有关。这个家族叫贝梭甫，曾经在岛的北面大约四英里的地方拥有一座古老的庄园。于是我去了庄园，向那里上了年纪的人打听。后来一个年纪最大的女人说，她听说过一个叫贝梭甫堡的地方，还可以带我去那里。不过那不是一座城堡，也不是一个酒馆，而是一块高高的岩石。

"我说我愿意为此付给她很大一笔钱，她稍一犹豫，就同意陪我去那里了。我们没费多大周折就找到了那里。我刚把她打发走，就开始检查那个地方。这个'城堡'由不规则的峭壁和岩石组成，其中一块岩石高耸入云，非常引人注目。我攀登到它的顶点，然后对下一步该做什么感到茫然无措。

"我正在沉思的时候，目光落在了岩石东面的一块狭窄的岩架上，大约距离我站的岩顶有一码远。这个岩架突出了大约十八英寸，宽度不超过一英尺，而它上面悬崖上的一个壁龛使它与我们祖先使用的一种空背椅子十分相似。我毫不怀疑这里就是羊皮纸上提到的'魔鬼之座'，现在我似乎完全领会了这个谜语的秘密。

"我知道'好的镜子'只能指望远镜，因为水手很少会用'镜子'这个词的其他含义。我立刻就明白，得使用望远镜，而且得在一定的地点，不能随便更换地方。我干脆认为，'东北方向'和'四十一度十三分'就是指望远镜对准的方向。这些发现使我非常兴奋，我赶紧回家，买了一个望远镜，重新回到岩石上。

"我往下爬到岩架上，发现要想坐在上面，只能采取一种姿势。事实上，我之前的想法是对的。我用望远镜看了一下。当然，'四十一度十三分'可能暗指的是可见地平线以上的高度，因为'东北方向'指的是地平线的方向。

"我立刻用一个袖珍指南针确定了东北方向；然后，我尽可能靠猜测把望远镜指向近乎四十一度的角度，小心翼翼地上下移动，直到我的注意力被一棵大树吸引住。这棵树比其他所有树都高，树叶间有个圆形裂口，或者说是空隙，在这个裂缝的中央，我看到了一个白点，但起初我分不清那是什么。我调整望远镜的焦距，再次观察，发现它是一个人类头骨。

"这个发现使我非常乐观，我认为谜团已经解开；因为'最大树枝第七根枝丫东面'这一句只能指头骨在树上的位置，而'从骷髅头的左眼射击'也只有一种解释，就是寻找宝藏的方法。我看出的方法就是从头骨的左眼射出一颗子弹，从树身最近一点划出一条直线，也就是说，直线'穿过子弹'（或子弹落下的地方），再延伸五十英尺，就会指明一个点——我觉得，在这一点之下可能有财宝。"

"这些听起来很明白，虽然十分巧妙，但是简单明了。那你离开'主教旅馆'之后，又做了什么？"

"我仔细地观察了那棵树的方位后，就转身回家了。可是，在我离开'魔鬼之座'的那一瞬间，那个圆口消失了，后来不管我怎么找，都没有找到它。在我看来，这整件事情中的最巧妙之处在于（因为反复的实验使我确信这是一个事实），除了从岩石表面的狭窄突出部分观看，从任何其他的地方都看不到这个圆口。

"那次去'主教客店'探险的时候，朱庇特陪着我去了。毫无疑问，在过去的几个星期里，他注意到了我的反常，特别注意不让我一个人出去。可是，我第二天早早就起来，设法甩掉了他，跑到山里去找那棵树。我辛辛苦苦地找到了它。晚上回家的时候，朱庇特竟然想狠狠地揍我一顿。之后的冒险，你就跟我一样熟悉了。"

"我想，"我说，"在第一次尝试挖掘的时候，你挖错了地方，是因为朱庇特太棒，没有从头骨的左眼吊下甲虫，而是从右眼吊下。"

"是的，这个错误跟'子弹'造成了大约两英寸半的差距——也就是说，跟树身最近的木桩差了两英寸半左右。如果宝藏恰好在'子弹'下面，倒也不算大错误。可是'子弹'和树的最近点，仅仅是确定一条支线的两个点。当然，这个错误在一开始是微不足道的，可是随着直线的拉长，错误就越来越大，等我们拉了五十英尺，就已经完全偏离了方向。要不是我坚信宝藏就在这附近的某个地方，我们所有的努力可能都白费了。"

"可是你的豪言壮语，还有你摆弄甲虫的行为——多么奇怪啊！我肯定你是疯了。你为什么不让子弹从头骨中吊出来，而是用甲虫呢？"

"坦白说，我对你明显的怀疑我脑子不对头感到有些恼火，就打算故弄玄虚，惩罚你一下。所以我才故意挥舞甲虫，并把它从树上吊下来。因为我听到你说甲虫很重，我才有了这个想法。"

"嗯，我明白了。现在只有一点使我困惑，坑里的那两副枯骨该怎么解释?"

"这个问题我和你一样无法回答,似乎只有一种似是而非的解释方法——如果我认为的暴行是真的,那就太可怕了。很明显,基德——我确信就是他藏起了这笔财宝——在藏宝的过程中,一定有助手帮助他。等到事情干完了,他觉得最好把助手都干掉。说不定,他趁着助手正在坑里忙着,用鹤嘴锄打他们几下就行了,也可能要打十几下,谁知道呢?"

塔楼奇案

〔法〕莫里斯·勒布朗

　　叔父埃格罗奇公爵的欺压实在是让奥坦丝小姐忍无可忍了，她决定和一个一直讨好她的男子罗西尼私奔。她的叔父强迫她和他的侄子成亲，那是个有精神病的人，还被关到了精神病院，而且叔父还霸占了她的陪嫁钱。她请律师拟了一份叫她叔父还钱的文件，并要她叔父签字，可是叔父并没有同意。

　　这天，埃格罗奇公爵请了不少客人来狩猎。奥坦丝觉得这是一个好机会，于是决定骑马溜出去，和罗西尼在半路上会合。

　　这个早晨和往常一样清爽，奥坦丝沿着曲折的小道走了半小时以后，来到了乡间大道旁。周围很安静，她让马停下来。她想罗西尼肯定让汽车马达停止工作，把车掩藏在十字路口旁边的矮树丛里了。

　　她从马背上下来，随便拴了一下马，这样它就可以轻松地挣脱开并回家了。她往前走了几步，来到大道的第一个路口，果然不错，罗西尼就躲在矮树丛中，一把把她拉过去。

　　"快，快！你终于来了，真是太棒了！"

　　他俩坐上汽车，他把车开了出来，正准备加速时，右边的树林里突然传出一声枪响，汽车开始摇晃起来，他只能把车刹住。

　　"爆了只前胎。"罗西尼惊叫出声，赶紧从车上跳了下来。

　　就在这时，又有两声枪响从树林里传出来，汽车又轻微抖动了一会儿。

罗西尼叫道："后轮两个车胎也爆了……真是见鬼！这是哪个坏蛋做的？"他爬上路边的土坡，可是却连一个人影都没有看到。他不由得叫骂道："现在可遇到棘手的事了，得好几个钟头才能把这三个车胎修好……可是你在做什么呢，亲爱的姑娘？"

奥坦丝从车上下来："我要回去了。我要搞清楚罪魁祸首是谁，我不能好几个小时都待在这里，等着你修车。"

"那你究竟还和不和我离开这里？我们的计划……"

"这事明天再说吧！回家去把我的行李带回来……暂时先这样吧！"

她和他简单告了个别，骑上马就离开了，幸好那匹马还没有离开。

在从哈林格古堡经过时，她和埃格罗奇公爵请来的客人，年轻的瑞宁伯爵撞了个正着，他正牵着马在那里站着。

她跳下马来叫道："刚才发生了一件怪事，我坐的汽车的轮胎都被打爆了。这里只有你，是不是你干的？"

"没错。"瑞宁诚恳地回答道。

她气愤地说："你为什么要这么做？你有什么权力？"

"我没有什么权力，小姐，我只是在完成一项任务。"

"什么任务？"

"给你提供保护，让你不要因为一个男人而身陷囹圄。今早我听到了你和罗西尼先生的谈话。我承认自己这样做有点莽撞，可是为了让你再好好想想，小心行事，我宁愿冒这个险。"

"先生，我已经深思熟虑过了。我做好的决定是不会轻易改变的。"

"小姐，你有时是会改变主意的，要不然你为什么会来这里呢！"

奥坦丝一下子也摸不着头脑了，也不像刚刚那么生气了。她看向瑞宁的目光一脸惊讶，觉得他的确和别人不一样，可以做出不寻常的事。这时，她才明白过来他并不是居心叵测，他只是作为一名绅士，劝诫一名走了歪路的女士回归正途而已。

瑞宁一脸亲切地说："小姐，我知道你今年二十六岁，父母都去世了，七年前嫁给埃格罗奇公爵的侄子，可是那位侄子的精神有点问题，只能被关起来。这样一来，你就没办法办离婚手续，你的叔父还侵吞了你的陪嫁钱。你的生活全靠他，所以你倍感痛苦。多年以前，公爵的前妻和现任公爵夫人的前夫私奔了，这对遭到遗弃的男女为了复仇，决定在一起，可是之后他俩才发现这并不是一个明智的决定。你和罗西尼先生相遇，他爱上了你，提议你和他一起离开这里。事实上，你根本不喜欢他，可你太郁闷了，觉得时间都虚度了，希望能有奇迹发生，希望来点刺激……总而言之，你答应了他的馊主意，满心期望这桩丑闻会引起你叔父的关注，让他不再对你行使托管权，而让你有权独立生活。这就是你所希望的。可是如今，你最好想好，要不要和罗西尼先生在一起。"

她抬头看着瑞宁，他这种既严谨又认真的提议，就如同一个知心朋友在向她表示忠诚一样。

片刻的沉默过后，瑞宁拴好两匹马，便将目光聚焦在古堡那两扇厚重的大门上。两块厚木板交叉钉住了大门，上面贴了一张二十年前的封条，足以说明从那以后，这座府邸就没有人进来过。

瑞宁把一根支撑门框的铁棍扳下来，用它把那腐朽的木板撬开。他把手伸进去，用小刀把锁打开了。很快，门就应声而开了。里面是一个院子，到处是杂草，一座衰败的楼房，塔楼位于其两边，中间是海拔更高的观景楼。

瑞宁伯爵回头对奥坦丝说："你可以再好好想想，不用那么快做决定。假如你再次被罗西尼先生说服了，那我就退到一边，再也不说什么。在这之前，你先和我一块看看这座古堡吧，反正这种消遣再好不过了，我已经可以想象出这会非常有意思。"

他的说话方式让人不得不听从，似乎既含有指挥的意思，也有请求的意思。奥坦丝只好跟着他上了楼房门前的台阶，那扇大门也被两块木板封死了。瑞宁像刚刚一样把门撬开，两人朝宽敞的前厅走过去。一些带有图案的盾挂在屋里面的墙上，一只鹰屹立在一块岩石上面的图案被镂刻在盾面上。垂下来的蜘蛛网把另一道门挡住了。

"显而易见，那扇门是通往客厅的。"瑞宁说。

那扇门开起来要难多了，他用肩膀用力顶了几下，才把半边的门推开。

奥坦丝沉默地看着他一系列破门而入的行为，他做起这些来倒是得心应手，似乎是个行家。他猜到她在想什么了，便回过头一本正经地说："我曾经做过锁匠。"

她突然把他的胳膊抓在手里，小声说："听！"

他认真聆听了一下，小声说："真是太奇怪了！"附近传来一阵清脆的声音，是落地大座钟发出的声响。这座古堡已经有二十年没人来过了，可是那座钟竟然还在运转，这真是太神奇了！"可是这座楼房已经很久没有人来过了呀！没有人给那座钟上弦，它不可能一连二十年都在运转，这是什么情况？"

瑞宁把三扇窗户打开，把百叶窗推开。就像他所预测的，此刻，他和奥坦丝所在的客厅里井井有条，所有家具一应齐全，椅子也在其该放的地方。尽管这里之前的主人离开了，可是他们常读的书、桌子和支架上的小摆设都还在原位置放着。

瑞宁查看了一番那座历史悠久的落地大座钟，从钟柜门上椭圆的玻璃透过去，看到了钟摆。他把柜门打开，发现那条悬挂钟摆的铁链已经锈得不成样子了。

就在这时，钟咔嗒发出了响声，响了八下。

"真是太神奇了！"奥坦丝忍不住惊叫出声。

"看起来这座钟的做工并不复杂，不上弦，连一个星期都运行不下去。"

瑞宁弯腰察看着，把一根长长的金属棒从钟柜里拿了出来，他把它举起来，仔细察看了一番。

"哦，原来是个长筒望远镜。"他一脸不解地说，"可是把它藏在钟里面是为什么呢？……而且焦距对到目光所及的最远处……"

像刚刚一样，那座钟又敲响了第二遍，当、当、当八下。瑞宁关上钟柜门，仔细端详着手里的望远镜。之后，他俩从通向另一间屋的穿门穿过去。那是一间吸烟室，布置得倒挺与众不同的，有一个存放枪支的玻璃柜，里面的隔架上却已经什么都没有了，旁边的墙上挂着一份正显示为 9 月 5 日的日历。

"噢！"奥坦丝不由得惊叫出声，"今天刚好也是 9 月 5 日呢！真是太巧了！"

"他们就是于二十年前的今天离开的。"

奥坦丝说："这太让人摸不着头脑了。"

"我最想不通的就是，为什么这个望远镜被藏在那个钟柜的角落里。从一楼的窗户向外看，出现在眼前的只有花园里的树木，从其他窗户看出去估计也没什么分别，因为我们身处山谷，远方的地平线是看不到的。望远镜只有爬到顶楼上以后才用得着。我们上去看看如何？"

她的好奇心也被激起来了，果断地跟他上了楼。

他们来到二楼，找到那朝塔楼顶通去的螺旋形楼梯，便开始朝上爬。塔顶平台周围是高达六英尺的围墙。

"这些以前肯定是雉堞墙。"瑞宁伯爵说，"你看这儿，曾经是碉堡墙上的枪眼，后来被堵住了。"

"无论如何，"奥坦丝答道，"这儿明显用不上望远镜，我们还是走吧。"

"等等，"瑞宁说，"根据推理，这里一定有缝隙缺口，可以用望远镜看到很远的地方。"

他一下子跳到护墙顶上，俯瞰整个山谷的景致：花园啦，高耸入云的大树啦，远处山丘上的小树林啦，七八百米远处还有一座位于废墟上的塔楼，上面爬满了蔓藤。

瑞宁从墙上跳下来，看了看围墙上以前的枪眼，现在上面已经被青草盖住了。他拔掉草，挖掉堵住枪眼的泥土，把一个直径五英尺的圆洞清理出来。他将那个长筒望远镜插到那个洞里，让它稳定下来，之后躬身从望远镜往外看，他的视线从稠密的树梢上方和山峦凹地穿过去，一直到达那座被蔓藤覆盖的塔楼那边。

他安静地看了半分钟，之后站直了身子，声音变得沙哑起来："太恐怖了……真是太恐怖了！"

“发生什么事了?”她一脸关切地问道。

“你自己看吧!”

奥坦丝躬身调整了一下焦距,看了一会儿说道:“我看到了两个稻草人!可是为什么要放在那座塔楼顶上啊?”

“你再好好看看!”他说,“帽子下面的那两张脸。”

“噢,天哪!”她惊呼出声,差点晕厥,“太恐怖了!”

他们从望远镜里看到了塔楼顶平台的乱草堆,看到了一堆坍塌的石块前倚靠着一男一女,衣服、帽子都穿戴得很整齐——更准确地来说是破烂——眼睛、面部、脑门各个地方的肉都已经不见了,事实上只是两具骷髅。

“两具骷髅!”奥坦丝说,“它们是被谁抬上去的?”

“没有人。”

“这究竟是什么情况啊?”

“那对男女肯定是很久以前就死在那座塔楼顶上了。尸体逐渐腐烂,乌鸦把他们的肉都吃了。”

“噢,这真是让人毛骨悚然!”奥坦丝的脸都被吓白了。

半小时以后,奥坦丝和瑞宁在从哈林格古堡离开以前,到那座蔓藤密布的塔楼周围查看了一番。塔楼已经破得不成样子了,里面什么都没有,有一处木梯像是通向塔顶的,可是已经不能用了,地面散落着一些木块。那座塔楼和围墙紧紧挨着,显然位于那块领地的另一端。

让奥坦丝感到纳闷的是,瑞宁伯爵并没有深入调查下去,似乎已经失去了兴趣。他也绝口不再提那件怪事。他俩来到附近的一家小饭馆,吃了点午饭。奥坦丝询问店老板有关那座荒废古堡的情况,可是却悻悻而归,因为店老板才到这不久,不知道这一带之前发生过什么,甚至都不知道那座古堡主人的姓名。

他俩骑马回到玛雷兹城堡。奥坦丝一路上不停地想起那幅可怕的场面,可是瑞宁却只是细心照顾着奥坦丝,似乎完全不在意那桩怪事一样。

她变得极为不耐烦:“可是我们不能就这样不管了呀!总得把谜团

解开啊!"

瑞宁伯爵却换了一个话题:"问题在于罗西尼先生应该对他现在的处境有所了解,你自己也应该拿个主意。"

她耸了耸肩膀:"现在和他无关,主要是今天这事……"

"什么事?"

"总得搞清楚那两具尸体究竟是谁吧?"

"那么,罗西尼……"

"不要管什么罗西尼啦,刚刚你让我看到了一件怪事,现下最紧要的事就是它了。你有什么想法?那座塔楼上有两具尸体……你应该会去向警察报告吧?"

瑞宁笑了:"为什么要那样做呢?"

"这个谜团应该解开啊,这是一桩多么恐怖的事件!"

"这个谜团不需要借助他人之手。"

"你千万别告诉我你可以。"

"这事再简单不过了,我看一眼就懂了。"

她一脸疑惑地看着他,心想他是不是在戏耍她呢,可是他看上去却严肃极了。"你说的是真的?"她不无惊讶地问。

"当然。"他回答道,"我们可以向周围的人打听打听,比如说,向你的叔叔打听打听,之后你就会发现事实和逻辑都是相符的。只要你把一条链子的一端抓住了,你就会接触到末端,不管乐意与否,这件事真是有意思极了。"

他们一走进府邸就分道扬镳了,奥坦丝回到了自己的房间。罗西尼已经把她的行李送回来了,还留了一封信给她,说他生气了,已经独自离开了。

没过多久,瑞宁就过来敲她的房门了,告诉她说:"你叔叔在书房里,我们一起下楼好吗?"

奥坦丝和他一起下了楼。

埃格罗奇公爵正在抽烟斗,看到奥坦丝进来,便询问道:"你和瑞宁一块出去玩有趣吗?"

"亲爱的先生，我正想谈谈这件事。"瑞宁伯爵打断他的话说道。

"很抱歉，今天没空详谈。十分钟以后我得到车站去一趟，我妻子的一位朋友过来了。"

"十分钟足矣！我们俩到您一定知道的哈林格领地去了一趟。"

"那里我当然知道。可是那里已经被封闭了很久了，我想你们应该没进去吧？"

"我们进去了。"

"真的？里面好玩吗？"

"特别好玩，而且我们还发现了一桩怪事。"

"什么事？"公爵边问边看了眼时间。

"我们在那座楼房附近的一座塔楼的顶上发现了两具尸体，更准确地来说是两具骷髅……一男一女，被谋杀时所穿的衣服都还在身上。"

"好了，好了，你怎么知道是谋杀？"

"我确定是谋杀，所以我们才来向您打听的。那起惨案也许是在二十年前发生的，这事您毫不知情吗？"

"不知情。"公爵回答道，"什么谋杀案，我今天才第一次听说，也不知道什么失踪案。"

"真是太可惜了，我还以为可以从您这里打听到一些情况呢！"

"很抱歉，我什么都不知道。"

"那您能否跟我说说附近有人或是您家里有人了解这件事吗？"

"我家里人？这是为何？"

"因为哈林格领地不管是当时，还是现在都属于埃格罗奇家族啊！室内摆放的盾上面的图案都是一样的，都是一只鹰在一块岩石上站立，这不刚好对这种关系进行了证明吗？"

埃格罗奇公爵霎时露出了惊讶的表情："我们家还有这样的邻居，我还是头一次听说呢！"

瑞宁摇摇头说："我反倒觉得您好像急于撇清和那个古堡的主人之间的关系。"

"那就是说他不是一个正派的人。"

"更直接点来说，是一名凶手！"

"你为什么这么说？"公爵直接跳了起来。

奥坦丝一脸惊慌地问道："你凭什么断定那里确实发生过一起谋杀案，而凶手就是那家里的人呢？"

瑞宁回答道："我非常确定。"

"你为什么这么确定？"

"因为那两名被害人是谁，以及他们为什么被人谋杀，我都知道。"听他的语气，他好像已经掌握了什么确凿的证据一样。

埃格罗奇公爵背着双手在屋里来回踱着步，最后说道："我一直都觉得那边出事了，可是我一直都没理出一个头绪……二十年前住在哈林格领地的是我的一位远房侄子，因为姓氏的原因，我希望永远都没有人知道那件我压根就不知情，可是却心存疑窦的事情。"

"这样说来，那位侄子的确是杀人犯？"

"没错，可能他是有什么不得已的原因。"

瑞宁摇头否认道："请原谅，我得订正一下这句话，亲爱的先生。其实那位侄子是用非常残忍的方式把两个人都杀死了，这是我听说过的最有预谋、最为奸诈的罪行。"

"那你都了解到一些什么情况？"

"这件事再明显不过了。"瑞宁解释道，"毫无疑问，那位埃格罗奇先生结了婚，而且他家附近住着另一对夫妇，他们之间一直保持着友好的关系。之后，两家之间发生了一点事情，也许是您那位侄子的妻子时常去塔楼上约会另一家的丈夫。当这件事情败露以后，您的侄子决定报复，可是他采用的方式是封锁这件丑事，秘密杀死那对私通的男女。从住房观景楼的平台，他可以掠过园中的树梢，看到远处那座塔楼顶上的平台，于是，在护墙之前的枪眼处，他挖了一个洞，正好可以把一个长筒望远镜插进去，以对那对恋人的幽会进行观察。他对距离进行了仔细的测算，在9月5日星期日那天，他趁四下无人时，开枪打死了那对男女。"

看来真相就要浮出水面啦，公爵小声说道："嗯，应该是这样的。

我希望我那位侄子……"

"那名凶手，"瑞宁继续说道，"后来他用泥巴堵上了那个洞，那座从来没有人去的塔楼顶上有两具正在慢慢腐烂的尸体也不被世人所知晓。他还损坏了那道登上去的楼梯，之后声称他的妻子和朋友失踪了，最后便指控这对男女私奔了。"

听到最后一句话，奥坦丝不由得打了个寒战，对于她来说，那必然是一种出乎意料的暗示，她知道瑞宁想要告诉她什么。

"你为什么这么说？"她问道。

"因为埃格罗奇公爵也曾经指控他的妻子和朋友私奔了。"

"不可能，不可能，"她叫道，"你不要胡言乱语！……你不是在讲我叔叔的一个侄子的事吗？怎么突然又扯到我叔叔头上，这两件事是一回事吗？"

"这两件事是一回事吗？"瑞宁说，"事实上，我根本没有混淆两件事，那原本就是一回事，我只是把事情经过讲出来而已。"

奥坦丝回头望着她的叔父，后者把拳头攥得紧紧的，一言不发。他为什么不为自己辩解，也不否定呢？

瑞宁再次用确凿的语气说："这只是一件事。9月5日，也就是他开枪打死那对男女的当天，晚上八点钟，埃格罗奇先生谎称出去追那对男女，用木板把那座楼房钉死了。他在离开之前，只从那个玻璃柜里取出了一些枪支拿走了，其他东西纹丝没动。当他正准备离开时，他忽然想到在这起罪行中，那个望远镜起到了非常大的作用——如今看来确实如此，如果被人沿着这条线索追查下去，后果不堪设想，于是，他把它丢到了大座钟柜里，刚好让钟摆无法运行了。这个动作出卖了他，就像每个罪犯都难免会犯下一些错误一样，竟在二十年后让他露了馅。刚刚我把客厅那扇门用力打开时，让那个钟摆受到了震动，钟再次开始运行，响了八下……这就让我一下子猜到了谜底。"

"你有什么证据？"奥坦丝吞吞吐吐地说，"证据呢？"

"证据？"瑞宁回答道，"除非是一名出色的狙击手，或者是一名擅长狩猎的人，要不然离这么远，怎么能准确射击呢？这一点您没有异议吧，埃格罗奇先生。证据？为什么整座房子里只有枪支被拿出来了呢？因为那位射击爱好者不忍把那些枪支扔下——这点您也没有异议吧，埃格罗奇先生。在这里，我们可以在墙上看到那些枪支，它们被作为战利品挂在那里……证据？凶手是在 9 月 5 日那天实施犯罪的，所以凶手非常惧怕这一天，每当这一天到来时，他就安排狩猎等刺激性活动，以让自己把那件可怕的事忘掉。就是在这一天，他将以前那种压抑的个性完全抛到一边。今天刚好是 9 月 5 日……这些证据够充分了吧？"

这一系列的指控已经让埃格罗奇公爵坐立不安了，他瑟缩在圈椅中，脸被捂得严严实实。

奥坦丝没有再和瑞宁唱对台戏，对于她这个叔叔，更准确地来说，是她丈夫的叔叔，她从来没有喜欢过。如今她已经完全认可了瑞宁对他的指控。

沉默了一会儿以后，埃格罗奇公爵才缓缓说道："无论你说的是不是真的，你都不能给一个把背叛自己的妻子杀死的丈夫定罪吧？"

瑞宁回答说："我刚刚说的只是故事的一段，更严重的一段我还没说呢，更有可能是事情真相，那一定会引起人们的关注。"

"你什么意思？"

"我是说，可能根本不像我想象的那样，只是一起丈夫为了惩罚出轨的妻子而将对方杀死的事，也许是另外一回事，那就是一个一败涂地的男人想把他朋友的财产和妻子据为己有的行径。为了私利，他用计让他的朋友和他自己的妻子落入他精心设计的陷阱中，他让他俩到那座塔楼顶上的平台去看看，之后在一个不为人所知的地方干掉他们。"

"你在胡说八道，"公爵怒气冲冲地反驳道，"不是你说的那样，你明显是在血口喷人。"

"我可不觉得我在血口喷人。我的指控并不是没有依据的，更何况我有严谨的逻辑推理，并不是信口胡诌。当然，可能第二段的说法和事实真相有些许出入。可是假如不是我说的那样，你为什么要觉得问心有愧呢？一个人惩罚了罪人是不会觉得有愧的。"

"杀人当然会让人觉得问心有愧。"

"埃格罗奇先生难道是为了让自己不那么内疚，所以才把那个受害人的妻子娶了的？问题的关键在这里。这场婚姻究竟是如何缔结的？当时埃格罗奇先生是不是名不见经传？他娶的第二任夫人是不是很有钱？要不然就是他俩早已私通，而设计把他的妻子和她的丈夫杀死了？这些问题的答案我还不是很了解。可是，假如警方动用相应的方式，想要弄清真相并不难。"

埃格罗奇公爵站都站不稳了，只能靠在一把椅子的椅背上。他面无血色，问道："你要去向警察报告吗？"

"不，不，"瑞宁说，"首先，人贵在对自己有清醒的认知。其次，杀人凶手二十年来一直生活在内疚中，而且这种内疚还会一直延续下去，直到罪犯死亡，在这个过程中，还会出现一些不和谐因素，像家庭不睦啦，仇恨啦，难以消磨的时光啊……最终他只能爬到那座塔楼，把那两个被害人的遗骸移走，把那两具骸骼的衣服扒掉，埋掉他们，内心再次忍受一次煎熬，这已经足够了。我们不想再提过多的要求，也不会公开这件事，以免带来丑闻，以让埃格罗奇先生的侄女觉得压力太大了。好了，我们就私底下把这桩丑闻处理掉吧。"

公爵重新回到写字台前的椅子上坐着，眉头紧锁，问道："那你想做什么？"

"为什么要卷到这件事中来呢？"瑞宁问道，"您是想说，我肯定是有目的而来的，对吧？没错，的确是这样。罪犯当然应该受到惩罚，这样我们的谈判才会有结果。不用担心，埃格罗奇先生想要脱身很容易。"

这场较量至此画上了句号。公爵觉得自己只需要走个过场，损失点钱财就好了。他又自信了一点，用一种略带讥讽的语气说："你要多少钱？"

瑞宁笑得很大声："非常好！您终于意识到您现在处于什么样的境地了。可是您要跟我谈交易您就想错了，我从来不会勒索别人。"

"那你说怎么办？"

"要求您归还。"

"归还？"

瑞宁凑到他跟前说："这个写字台的抽屉里有一份文件，是律师给您送来，需要您签字的文件，那是一份协议，当事人是您和您的侄女奥坦丝，协议内容是她的个人财产被欺占，那笔钱您应该归还，在那份文件上签字吧。"

埃格罗奇公爵不由得吃了一惊："那笔钱的数额是多少，你知道吗？"

"我并不想知道。"

"假如我不签呢？"

"那我就要去找找埃格罗奇公爵夫人了。"

公爵果断地把抽屉打开，把那份文件拿出来签了字。

"给你！"他说，"我希望……"

"您希望我们以后老死不相往来，对吧？我也希望是这样。今晚我就会离开这里，您的侄女明天也会离开，再见！"

公爵的客人们都在自己的房间里换衣服，以准备共进晚餐。在那间安静的客厅里，瑞宁把文件交给了奥坦丝。刚刚听到叔叔一系列骇人听闻的事迹，她一时没有反应过来，可是更让她惊讶的是瑞宁对事物精辟的观察力和卓越的分析力，在长达几个小时的事态发展中，他一直掌握着节奏，把一出没有人知道的悲剧展示给她看。

"你满意我吗？"瑞宁问道。

她朝他伸出双手说："你是我的救命恩人，让我没有和罗西尼一块私奔，让我重新获得了自由，我对你表示最衷心的感谢。"

"哦，你要说的不是这个。"瑞宁回答说，"我主要是想让你摆脱这种沉闷的生活。你应该明白如何自己去观察这个世界，处处都存在不堪入目的东西，所以人应该给受害者提供帮助啦，把不公平的事情纠正过来，做好事啦……"

"可你究竟是个什么样的人啊？"奥坦丝问道。

"我是个爱探险的人，一个看不惯不公平现象的人。如果生活中缺少了奇遇，我就会觉得太无趣了。今天你觉得新奇而激动，就是因为整件事让你的心灵受到了触动。你想不想尝试一下和我做伴，假如有人请我给他帮忙，你可以和我并肩战斗。假如我需要去侦破什么刑事案件，我们就一起同行，可以吗？"

"我当然愿意，"她回答道，"可是……"

她犹豫了一会儿，好像想知道瑞宁究竟想做什么。

"可是，"瑞宁笑着把她的心里话说了出来，"你有点拿不定主意，心里在想：'这个爱探险的家伙到底要我和他一起怎么去探险？很明显，他喜欢我。'我们先订个合约吧，你再和我一起去进行一场为期三个月的探险，到第八趟结束时，你就同意我……"

"同意你什么？"

他没有直接给出答案："在这个过程中，假如你中途发现你不再对我有兴趣，你什么时候想离开都可以。可是假如你一直和我在一起，三个月之后的 12 月 5 日晚上，当哈林格古堡那座钟敲响八下时，你就要同意我……"

"同意你什么？"

瑞宁沉默了，呆呆地望着那张他渴望亲吻的嘴唇，他相信他的意思奥坦丝都明白，不需要说得那么清楚。

写在羊皮纸上的遗嘱

〔美〕爱伦·坡

阿芒·德·拉法埃特为了好朋友法国炮兵中尉德拉克的一件私事，从巴黎专门赶到了纽约。这一天是 1849 年 4 月 12 日，阿芒于傍晚抵达后，先去了著名的普拉特酒吧。此刻酒吧里人满为患，烟雾缭绕。阿芒选了吧台旁边的一个位置，彬彬有礼地点了一杯香槟酒。酒保仔细打量了他一番，用不太友好的口气说："你不像本地人，是刚从意大利来吗？"阿芒笑着点了点头，又笑着摇了摇头，说："我是法国人，来自巴黎。"酒保对于这个回答并不满意，依然纠缠阿芒，让他说出自己的真实姓名。

阿芒平静地说出了自己的全名，吧台周围能够听到他的声音的人闻言，都停止了动作，转过头来看着他。每个人脸上的表情都不一样，有人吃惊，有人崇拜，还有人疑惑：眼前这个看起来平凡无奇的年轻人，真的是法国现代史上著名的德·拉法埃特侯爵的亲戚吗？

阿芒平静地把手伸进口袋，拿出一沓文书放在吧台上。几个人迅速聚拢过来，想要好好看看这份文书，可是文书上都是法文，他们根本看不懂，于是又迅速散开了。

这时候，角落里传来了一个声音，居然是标准的法语。随后，一个个头矮小、穿着破旧的军大衣的老头拿着酒瓶走上前来，说也许自己可以效劳。他目光浑浊，浑身散发着酒味，举止却十分得体。阿芒见到他，本能地脱下帽子向他致意，陌生人也得体地还礼，说自己叫撒迪厄斯·珀里。

珀里先生来到阿芒身边，随手翻了翻那些文件，从里面挑出一封用英语写的信，对围观者说这是一封介绍信，是美国驻巴黎的公使亲笔写给美国总统泰勒的。一时间鸦雀无声，就连煤气灯的声音似乎都消失了。接着，所有的歧视和敌意都变成了强烈的爱意：有人亲切地拍着阿芒的背，有人用力地握着他的手，酒保更是心怀愧疚，竭力阻拦那些想给阿芒买饮料或小吃的人，以免他们推倒这位德高望重的阿芒先生。他告诉阿芒，他可以不用付钱就喝得酩酊大醉。

可是珀里先生却被人群推倒了。阿芒伸长脖子，踮起脚，想要看到他，却徒劳无功。阿芒挥手想阻止大家，却起不到任何效果。直到一个一个红胡子的大个子吼了几声，人们才安静下来。

阿芒整理了一下被弄乱的衣服，将文件收起来，表示自己对他们的友谊感到非常感动，但是这次来纽约是有重要的事情要做，所以他想付完账走人。如果有人想帮助他，他想顺便问问有谁听说过住在托马斯街23号的塞温尼特夫人，他想和她解决一个不公正的问题。

当然有人知道：这位夫人非常富有，但也非常吝啬，跟她谈不了公正的。

阿芒告诉大家，塞温尼特夫人的女儿克劳黛小姐现在在巴黎，日子过得十分艰难，而夫人本人是被一个叫纳西比的女人从巴黎的家中引诱到这里的。夫人跟她女儿的关系并不融洽，但是克劳黛小姐最近和一个炮兵军官订了婚，急需用钱。这次他之所以来到这里，就是想劝说塞温尼特夫人改变对她女儿的苛刻态度。

阿芒的话还没说完，酒保就抓住了他的手，让他快点去托马斯街23号，今天早上有消息说这个吝啬的法国老女人中风了，能够活多久还是个未知数。

大个子红胡子男人吼道："都让开，给拉法埃特的侄子让路！"说着，他就率先往前冲，并带着阿芒挤向门口。人们向着阿芒欢呼，将他推到门口。阿芒动情地回过头跟大家说再见，突然看到瘦弱的珀里先生坐在角落里的小圆桌旁，擦着外套上的烟渍。在煤气灯的映照下，他的脸色白得可怕。

阿芒的马车一路向着托马斯街 23 号飞驰，他想：要是塞温尼特夫人没有给女儿留下任何东西就去世了，他怎么跟好朋友交差呢？

最后，马车在托马斯街 23 号停了下来。阿芒从马车上跳下来，用力敲了敲门环，几分钟后才听到门闩的抽动声。门开之后，一只眼睛先露了出来，看了阿芒好一会儿，门才打开。开门的正是纳西比小姐，她还未到中年，有一种难以言说的魅力。她拉长着脸，绿色的眼珠不停地转动着。她认识阿芒，却拒绝让他进门，因为他不是塞温尼特夫人的亲戚。

阿芒问塞温尼特夫人是否还活着，纳西比小姐的答案是还活着，只是完全瘫痪了。阿芒提到了夫人的女儿克劳黛，纳西比小姐知道，阿芒一直对克劳黛心怀爱慕，这次也是借着克劳黛的名义前来，瓜分塞温尼特夫人的遗产。纳西比小姐说，很遗憾他来得太晚了，还低声提醒阿芒，如果他喜欢的是自己而不是克劳黛，也许能够分到上百万法郎。

阿芒告诉纳西比小姐，克劳黛已经跟自己的好朋友德拉克中尉订了婚，自己也无意为了钱娶一个他不喜欢的女人。正在这时，有人从黑暗中拿着蜡烛走了出来，还说着法语。他是听到外面的争吵声才出来的。

在烛光下，阿芒认出这个人是自己哥哥的朋友杜洛克律师，正是他给阿芒的哥哥写信，说塞温尼特夫人已经在自己的劝说下，改变了对女儿克劳黛的不公正态度，让阿芒来具体处理这件事的。现在看到阿芒，律师又有些后悔，因为就在昨晚，一份对在场的所有人都十分重要的文件突然不见了。

郁郁寡欢的杜洛克领着阿芒走进一个方形的大房间，里面有一张四柱一顶的大床。绿色的床帘紧紧地遮住了大床的三面，透过床帘，可以看到憔悴的塞温尼特夫人。她的头和肩膀靠着枕头，睡帽的带子紧紧地扣在下巴下面，僵硬地躺着。

杜洛克用英语对美国医生哈丁低声说了几句话，医生的回答仍然令人失望：还能活几个小时，也许更少。要是有人想从她身上知道什么，就要抓紧时间。

阿芒注意到，壁炉上堆放着未燃尽的煤炭，一名当地警察坐在旁边的扶手椅上，正在用折叠刀剔牙。他听不懂他们说的法语，也不关心来人是谁。纳西比小姐默默地在阿芒身边徘徊，半闭着的眼睛里透出一丝光芒，看不出她是在幸灾乐祸还是在不安。

阿芒冲出塞温尼特夫人的房间，径直朝着普拉特酒吧而去。他要把自己的疑惑告诉朋友们，特别是那个珀里先生。

此时已是深夜，街道上空荡荡的，原本嘈杂的普拉特酒吧现在也安静下来了，那些拍过阿芒的背、捏过他的手的人早已不见踪影。只有那个红胡子的大个子醉醺醺地坐在桌旁，而珀里先生还坐在角落里，盯着他的酒杯。阿芒走到他身边，他才回过神来。

阿芒在他对面坐了下来。珀里急忙站起身来，有像阿芒这样的人陪伴，他受宠若惊。他示意酒保拿酒，可是他把手伸向口袋后，又停止了动作。

阿芒自然不同意由珀里先生付账。白兰地和玻璃杯端上来之后，珀里先生先给阿芒倒上，又给自己倒了一大杯，一口气喝了三分之一，然后看着阿芒，好像在等他开口。筋疲力尽的阿芒回顾了自己这两个小时的经历，一股脑儿地告诉了珀里先生。

塞温尼特夫人虽然病了很长时间，但仍能像往常一样起床，直到今天清晨。她当时精神很好，因为就在昨天晚上，在杜洛克的律师多次劝说之后，她终于违背了纳西比的意愿，签署了一份遗嘱，把所有的钱留给了她的女儿。他们避开了纳西比，闩上了卧室的门，由杜洛克拿出三张羊皮纸，在上面写下了遗嘱。这样，以前那份将遗产全部留给纳西比的遗嘱就作废了。然后杜洛克先生跑到托马斯街，找到两个神志清醒的男人，当着他们的面，塞温尼特夫人颤抖着双手在遗嘱上签了字，再由这两个人签字。做完这一切之后，杜洛克把羊皮纸叠起来，准备放进他的公文包里。这时候，塞温尼特夫人抓住这些羊皮纸，虔诚地把它们压在胸前，说她想保留遗嘱一个晚上，她想再读一遍、两遍、一千遍、一万遍，她要记住遗嘱中的每一个字。"如果我睡着了，我会把它藏起来。"

杜洛克指了指门外，夫人知道他说的是纳西比，赶紧说没关系，她不可能从锁着的百叶窗和门卫那里进来，虽然她会在附近守候。塞温尼特夫人还提出一个请求，让杜洛克先生留宿一晚。当时是凌晨一点，他自然有些犹豫。塞温尼特夫人说，房间里唯一的一扇门外面有一个小小的更衣室。她请杜洛克先生把写字台放在门边，这样所有想进屋的人都得从他身边经过。为了克劳黛小姐，也为了自己和夫人的老交情，他依言把写字台放在门外，看着夫人上了床。关门之前，他看到了夫人的侧面。她右边的桌子上点着一支蜡烛。直到凌晨五点，杜洛克才突然听到一个听起来像是聋哑人的声音，他吓得浑身发抖，猛地推开门，冲进了房间。

塞温尼特夫人右边的桌子上，蜡烛闪烁着最后一点淡蓝色的火焰。夫人僵硬地躺着，杜洛克试图问她问题，但她只能翻白眼。杜洛克突然想到了那份重要的遗嘱，那份夫人牢牢地抓在手里，就像一个垂死的修女手里拿着一个十字架一样的遗嘱呢？它不在夫人的手里，不在床上，不在桌子上，也不在地板上。

杜洛克像对着一个聋子一样大叫起来，塞温尼特夫人只是盯着他，然后低头看着床上的一只玩具兔子。它大约四英寸高，是用粉红色的绒布做的。夫人又看了杜洛克，好像是为了强调这一点。随后她开始转动眼珠，杜洛克的眼睛也跟着移动，最后视线落到了门边的墙上的一个很大的晴雨表上。在蜡烛熄灭之前，夫人把这个动作重复了三次。

杜洛克确信不会有人进来偷遗嘱，因为百叶窗上了锁，唯一的一扇门还有人把守着。遗嘱也没有被藏起来，因为房间里的所有地方，包括墙壁和天花板都搜过了。

天亮之后，他们请来了家具师傅，把所有的家具拆开，甚至连镜子的背面也拆了。扫烟囱的人也爬上了烟囱，却是徒劳无功。在阿芒到达托马斯街 23 号之前，有十四个人在房间里搜寻遗嘱，就连那只玩具兔子都被割开了。

阿芒不知道该做些什么，就走到了晴雨表前面，用手拍了拍，看看遗嘱是不是藏在里面。晴雨表的指针指向的是"雨水"和"冰冷"。阿芒看了半天，也无法看出这跟眼前这件事情有什么联系。他环顾四周，看看有没有什么地方能放得下三张羊皮纸。在一个架子上放着几本尘土飞扬的书，还有一份团成一团的脏兮兮的《太阳报》，是头一天的。阿芒扯开纸团，发现里面空空如也。

突然，一个低沉的声音从昏暗的房间传来："这个女人知道！"这是律师杜洛克的声音，他说的女人指的是纳西比。"遗嘱在哪儿？"杜洛克问。

纳西比脸上露出困惑和惊讶的表情。

杜洛克生气了，他直白地说："如果找不到这份新的遗嘱，一切是不是就都归你继承了？"

纳西比先是点了点头，承认了这一事实，然后像蒙受了不白之冤一样，把手放在胸前，发誓说她不知道新遗嘱的下落。也许这个可怜的女人后悔自己的忘恩负义，在没有别人在场的情况下，用蜡烛的火焰点燃了新遗嘱，然后把它们烧成粉末，吹走了。

那个不会说法语的警察扔掉手里的小刀，抱怨着大家都在唠叨什么，脑袋里又在想些什么。

"脑子"这个词让阿芒有了一些想法，他突然想到了"睡帽"，就是塞温尼特夫人头上的一顶很大的睡帽，它的顶端足够遮住压平的文件。他用英语喊出了"睡帽"两个字，当地警察立刻明白了他的意思，迅速冲到床边，一手举着蜡烛，一首拉扯着塞温尼特夫人的睡帽。可能是他手脚太重，不但没有找到遗嘱，还让夫人永远闭上了她那转动的眼睛。

纳西比见状哈哈大笑。阿芒像个疯子一样冲出房间，来到酒吧……

珀里先生坐在桌子的另一头，一开始还认真地听着，后来却似乎听腻了，低头看着空玻璃杯。他用嘶哑的声音问了阿芒两个问题，一是玩具兔子在床上的确切位置，二是羊皮纸上的遗嘱是写在两面还是一面上。

这两个问题都很奇怪，但阿芒还是给了珀里先生一个严肃的回答：

玩具兔子几乎就在床脚，在床横向一边的中点；按照杜洛克的说法，遗嘱只写了羊皮纸的一面。

阿芒的回答证实了珀里先生的设想。他突然他的脸因为喝酒而涨得通红，他的目光有点放肆，可是话说得清晰多了。他直呼阿芒先生的全名，就像法官宣读判决一样，然后说自己可以帮他们找到遗嘱。在珀里先生看来，他们把这个问题看得太复杂，以致误入歧途。

珀里先生变得严肃起来，眼睛转向墙上贴着的日程表。他将于明天乘帕纳塞斯号离开美国，前往英国，然后前往法国。如果阿芒不相信他，现在就可以离开酒吧了。

阿芒请求珀里先生为自己指点一二。

珀里先生开始推测：塞温尼特夫人在半夜里把遗嘱藏了起来，她不但害怕纳西比会偷走遗嘱，也害怕她跟别人勾结。夫人相信，要是自己死于中风，警察会迅速赶来，发现自己那个简单的诡计。就算她瘫痪了，房间里也一定还有其他人，他们在不经意间就变成了守卫。阿芒和其他人的判断错误在于他们的推理：塞温尼特夫人盯着床脚附近的某个地方看，并不是看那只玩具兔子——大家都认为这是夫人唯一能看到的东西。床的三面都有床帘，除了对着门的那一面，所以珀里先生认为，塞温尼特夫人盯着放玩具的地方，转了几下眼睛，表示她正试图拉开床帘，这样她就能看到床帘后面的壁炉了。

"壁炉！"阿芒几乎喊了出来。珀里先生继续用平静的声音推理：墙上的晴雨表显示"雨水"和"冰冷"，表示寒潮即将来临。然而，这天外面非常暖和，屋子里非常热，真是不协调。但是，如果把这种不协调的天气与壁炉和炉格相连，那么问题就是：壁炉里有没有煤，点火当然要用煤，需要引火木柴，但最重要的是——纸！（阿芒再次差点喊出来。）在房间小橱柜的架子上放着一张皱巴巴、脏兮兮但没有灰尘的报纸——《太阳报》。报纸引火是最常见的。

珀里说这话时，脸上带着轻蔑的微笑。他又喝了一口白兰地，脸红得更厉害了，并开始加快音速，提高音量：如果阿芒现在赶过去，就能看到那皱巴巴的遗嘱从壁炉的煤和木柴下面露出来。任何一个拨开的人，只能看到肮脏的白纸，看不到下面写字的那一面。今天天气暖和，纳西比不会点火，而且那里 24 小时都有警察，谁也不许碰任何东西。事实上，她一直在警告和暗示阿芒：千万不要点火，否则遗嘱就会被烧毁……说到这里，珀里先生趴在了桌子上，再也不说话了。

这种推理也许看起来很普通，但它绝不是一个普通人可以推断出来的。对于阿芒来说，时间已经不多了，他甚至没有来得及和令人钦佩的珀里先生说再见，就匆匆跑回了托马斯 23 号。

警察正好从楼上下来，他告诉阿芒，他的工作已经完成，那位去世的老太太一定是用蜡烛烧毁了遗嘱。

阿芒不想听到这些。他看到前门没有锁，就冲进黑暗的房间，冲到后面的卧室。塞温尼特夫人的尸体一动不动地躺在那张昏暗的大床上，蜡烛的光几乎点尽，残火摇曳到烛台上。地板上有一把折叠刀，是那位警察用来剔牙的。纳西比独自跪在壁炉前的地板上，划着一根火柴，火柴头冒出蓝色的火焰，她急切地把火柴伸向炉栅。阿芒感到浑身的血都在往上涌，他大步向前，把纳西比从壁炉前推开。女人撞到一把椅子上，摇摇晃晃地倒了下去。阿芒伸手去拿掉落的煤块，引火的小块木头也掉了下来。然后，阿芒找到了那张皱皱巴巴、脏兮兮的羊皮纸。

阿芒兴奋地大叫着杜洛克先生的名字，他没有注意到躺在地上的纳西比看到了这一幕。她悄悄地从地上捡起警察留下的那把折叠刀，悄悄地靠近他，把刀插进了他的背部。

杜洛克及时赶到，幸好伤口不是很深，稍微处理一下就可以了。

杜洛克又喊来了警察。受伤的阿芒见剩下的事情与自己无关，就回到了酒吧。他要感谢珀里，或者至少应该为他的工作给他合理的报酬。

阿芒抵达酒吧时，煤气灯还在闪烁，酒保仍然彬彬有礼，但靠着角柱的小圆桌却是空的。阿芒环顾四周，然后指了指那张桌子，问酒保桌边的男人去哪儿了。

酒保说，他们把那个醉醺醺的流浪汉扔到了街边的排水沟里，估计他要爬一段路才能站起来。因为这个可怜的家伙明明没有钱，却要了一瓶最好的白兰地。他们在把他赶出去之前，还让他写了一张欠条。

— 163 —

阿芒的腮帮和脖子上的青筋在抽动，牙齿在打战。他解释说那瓶白兰地酒是他要的，他愿意付钱。

酒保似乎想起了什么：那个流浪汉确实一直在唠叨，会有个绅士愿意帮他偿还那张欠条。

现在一切都说得通了。任何解释或愤怒都是不必要的。阿芒现在唯一的愿望就是立即找到珀里先生，因为珀里先生明天一大早就会离开美国。他今晚会住在哪家酒店，还是会在某个角落彻夜不眠？"我的好朋友珀里先生！"他说。

听到珀里这两个字，酒保咯咯地笑了起来：这不是他的真名，他的真名在那张欠条上。酒保在口袋里摸了半天才找到那张纸条。

欠条上写道：

我欠你一瓶最好的白兰地，四十五美分。

车上女尸

〔美〕杰克·福翠尔

1

玛格丽特·梅尔罗斯小姐满不在乎地轻笑着，眨了眨漂亮的蓝色眼睛，将一副奇怪的面罩戴在脸上，仔细地将全部头发都塞进头上的纱巾中，一丝不苟地包好。这样打扮，纱巾完全遮住了她美丽的容颜，嘴巴到额头都被包裹得严严实实，而那满头的鬈发也被藏在帽子里，帽子外则又用纱巾仔细缠紧了。

“这样遮住怎么样，是不是全遮好啦？”她开口询问自己的朋友们。

杰克·柯蒂斯笑起来，开玩笑说：“是的，不过你的美貌在我们面前可是遮掩不住的啊，我们都心知肚明。”

“如此一来谁也认不出你来了。”查尔斯·里德接口说，“就你这副打扮，别人就连你是白人还是黑人都很难辨别了。”

女孩收住了笑容，藏起了洁白的牙齿，红艳艳的嘴唇噘了起来，她认真地想了一段时间，最后才说：“我觉得要不然还是取掉面罩好了。”

“千万不要，”柯蒂斯提醒她说，“前面可是一片坦途，要知道，绿龙号在这样的路面上行驶的速度非常快，开起来就跟飞一样。”

里德补充说：“估计速度快得能吹走你的头发。杰克的一脚油门踩下去，加足了马力，不管咱们要到哪儿去，转瞬的时间就能到达目的地了。"

女孩提出了反对意见："天这样黑，咱们要在这样的夜色里开车，若速度还这么快，总归不太好吧？"

"我的车灯很亮的，都能亮得过双引擎的火车头了。"柯蒂斯面带笑容，信誓旦旦地宽慰她，"这车开起来非常安全的，放心吧。"

他戴上开车面罩和防护眼镜，里德也将自己的装备戴好。绿龙号跑车已经发动起来了，焦躁地喷着热气等待着他们上车。这辆车底盘很低，需要加汽油作燃料。柯蒂斯为梅尔罗斯小姐打开前座的车门，帮助她坐好，自己也打开了驾驶座的车门坐了上去，里德则一个人在后面的座位上坐着。随后他开动汽车，车身略微抖了一下，迅速向前驶了出去。

玛格丽特·梅尔罗斯小姐是个知名的女演员，五年前她曾在西海岸地区大受欢迎，最先人们因她的美丽容貌而喜欢她，后来她又以出色的艺术造诣赢得了一大票观众的喜爱；杰克·柯蒂斯是她的发小，他们一起在旧金山长大，还是同一所学校的校友；查尔斯·里德跟柯蒂斯关系很好，他们一直是好朋友，里德的父亲在丹佛还拥有自己的煤矿。

这次他们恰好能在波士顿聚首实在是出于巧合，意外相见之后，三人都喜出望外。他们三个最近一次见面已是两年前的事了，那时梅尔罗斯小姐到丹佛去演出，他们才有机会相聚。此次她特意到波士顿来学习声乐，要为自己下一季的演出做好准备，才会再回到西海岸去。

里德此行到波士顿来的目的是为了一位美人——伊丽莎白·道小姐，她是一位优雅的贵族名媛。早先里德跟她在旧金山相遇，虽然如今她才十九岁，但容貌已然非常出众，里德对她一见钟情，被迷得神魂颠倒，所以他立即开始追求伊丽莎白·道小姐，对她展开激烈的爱情攻势，即便后来她回到东海岸去，里德依旧沉醉在这激烈的感情中，热切地爱恋着她。他打听到，道小姐在波士顿的时候曾跟一位名叫摩根·梅森的男人关系密切，而这个梅森虽然很穷，但却很有身份，是个世家公子。所以里德一听到这条小道消息就坐不住了，非要赶来东海岸弄清来龙去脉。

柯蒂斯则是个十足的闲人，只对新鲜刺激的玩意儿感兴趣，除此之外每天什么事情都没有。他陪同里德一起飞到东海岸，来到了波士顿，两人一直形影不离。柯蒂斯跟里德的情况不太一样，他的经济条件非常好，钱多得数不过来，所以一直大手大脚，挥霍无度。

梅尔罗斯小姐喜欢跟这两个年轻小伙待在一起，她觉得跟他们相处很舒服。她心肠很好，也喜欢管闲事，每次看到这两位男士的行为举止有什么不妥的时候总会出言教训，纠正他们的坏习惯。而他们两个也乐得被一位大美人说教，觉得能被这样一个漂亮、知名的女演员责备也很有意思，所以有的时候还会故意做点错事来逗她。梅尔罗斯小姐到达波士顿之后，一直是柯蒂斯陪着她，他大部分的时间都花在了陪同这位美人上。而里德则竭尽全力地缠着伊丽莎白·道小姐，想让她改变心意接受自己。

梅尔罗斯小姐住在亚尔莫斯酒店，这天晚上六点三十分，他们三个开着车从梅尔罗斯小姐下榻的酒店出发了，绿龙号慢慢地驶进车水马龙的街道，转了几个弯，冲着康芒郡的方向疾驰而去。

"从这里过去，上联邦大道那条路。"梅尔罗斯小姐说道，她似乎想起什么事情，那双蓝色的眼睛即便被遮在面罩底下，也能看出眸子里闪烁的明亮光芒，"那条路上有个传统的客栈，咱们可以到那里去吃个晚饭。五年前我到波士顿来的时候去过的。"

"大概多远呢？"里德接口问。

"估计有个十五到二十英里的样子吧。"她说道。

"那还不错，真是个好主意，"柯蒂斯说道，"咱们就去那儿吧。"

没过多久，绿龙号就拐到了联邦大道上。此时这条路上还没有多少车辆，所以路上很顺畅，他们沿着平坦大道一路飞驰，迅速穿过了文顿、萨默塞特地区。这一地区的街道路边都还亮着街灯，照得四下通明，视线很好，不过因为月亮没出来，他们开车进入郊区之后，周围的光线就变暗了许多。

柯蒂斯开着车，一副专心致志的样子。里德最初看上去仿佛在想些什么，不过没过多长时间，他就朝前座探起身子，开始与梅尔罗斯小姐攀谈起来。"今天我听说了一件有意思的事儿，估计你一定很想听。"他说道。

"什么事情啊？"她好奇地问道。

"唐·麦克莱恩也来波士顿了。"

她波澜不惊地回答："这个我早已经听说了，不是什么新鲜事儿。"

"他是哪位呀？"柯蒂斯插话问道。

"他是玛格丽特的一个倾慕者，狂热地爱着她呢！"里德笑着回答说。

"查尔斯！"女郎不由自主地红了脸，忸怩地责备他说。

柯蒂斯很意外，好奇地瞟了一眼梅尔罗斯小姐，又迅速将视线转到路面上去了。"若有人肯一而再再而三地向她求婚，这样不屈不挠地坚持着，那么我倒看着像是真心的，对待这感情，他大概算是非常认真了呀。"里德用戏谑的口吻说道。

"他竟这样做吗？这是真的吗？"柯蒂斯迅速地追问。

"他不过是在骗自己罢了。"梅尔罗斯小姐对柯蒂斯说道，"或许他很爱我吧，我相信他对我有这样的感情，但是他的家人不同意我们在一起，他们觉得我不过是个小小的女演员，不让他和我交往，甚至不惜威胁他说，若他一意孤行，就不让他继承家里的财产。因此我们两个就分手了。自然，我也没有把这些事情太当回事儿。"

他们都沉默起来，不再开口说话了，绿龙号在郊区黑暗的夜色中继续向前行驶。里德和梅尔罗斯小姐还想再闲聊一会儿，但高速飞驰的汽车一直发出轰隆的声响，那是从引擎中发出来的，不时地打断他们两人的谈话。最后梅尔罗斯小姐索性不再开口了，专心于体验汽车高速飞驰所带来的快感。那种感觉非常奇妙，明明让人非常害怕，却又叫人忍不住渴望更多的乐趣。

"你俩闻见什么味道没有，比如汽油的味道？"柯蒂斯突然间转过头对他们两个说道。

"闻到了，是有汽油的味道。"里德回答。

"真是倒霉透顶！可能油箱裂缝了，我们的运气槽透了！"柯蒂斯低声咒骂。

"汽油还够吗？你觉得能不能赶到客栈那边去？"梅尔罗斯小姐开口询问道，"估计距离那里只剩个五六英里的样子吧。"

"我会一直往那边赶的，等车子开不动了再说吧，"柯蒂斯说道，"或许咱们运气好，能找到点汽油，估计近处有加油站的。"

终于能看见灯光了，前方的树丛里已经隐约出现很多光亮了。"我猜客栈就在那一片了，"柯蒂斯询问梅尔罗斯小姐说，"是不是呀？"

"我也不能确定，不过我觉得可能不是吧。据我所知，那家客栈的距离似乎在更远一点的地方。但我的记忆也有点模糊。"

"不管是不是吧，到前面咱们就停车去看看，在那儿买点汽油。"柯蒂斯说道。绿龙号轰隆着继续向前，伴随着未经完全燃烧的汽油臭味，突突地停在一所旧房子前面，是一座客栈，那客栈距离公路大约二十英尺。房子里外都灯火通明，且不时传出叮叮当当餐具相撞的声音，他们三个在窗外还能看到不少身穿白衣的工作人员在忙碌地走动着。房子大门上还贴着招牌——"国王客栈"。

"你说的地方就是这里吗？"里德问道。

"啊，这里不是。"梅尔罗斯小姐说道，"我说的那个地方距离公路要更远一些，大概在路边三四百英尺的样子，还要经过一段车道。"

柯蒂斯从汽车里跳下来，随后往身上摸了一下，似乎他下车的时候携带的什么东西掉下来了。他下车之后就去检查了下油箱。"上面有裂缝，"他气愤地说，"里面剩下的汽油连半加仑都不到了。这里的居民应该会储备有汽油的，我过去看看，你们在这边等我一段时间。"

梅尔罗斯小姐和里德两个人在车里坐着等，目送着柯蒂斯走向客栈。柯蒂斯快走上客栈大门前的走廊时突然转过身来，喊道："查尔斯，刚才我从车上下来的时候好像弄掉了什么，你下来看看，顺便点个火柴帮我找一找吧。不过要小心，点燃火柴的时候别凑近油箱！"

他进了客栈大门，身影迅速消失不见了。里德下了车，到地上寻找柯蒂斯弄掉的东西，接连点了好几根火柴，最后才终于找见了，他就把东西捡起来揣在外衣兜里。梅尔罗斯小姐此时则注意到远处有一辆车正迅速靠近绿龙号，两盏车灯非常明亮。

"好冷啊，"里德站起来说道，"要不要喝点热饮？热咖啡之类的怎么样？"

"谢谢，不过我不想喝。"梅尔罗斯小姐说道。

"我想进里面去找点热的东西喝，希望你别介意，可以吗？"

"这会儿吗？查尔斯，还是不要去了，"梅尔罗斯小姐对他说，"你能不能不要去？我不想你离开。"

"啊，只是进去找点东西喝而已，这没什么的。"里德悠闲地说道。

"要是你执意进去的话，我可就不理睬你了。"梅尔罗斯小姐故意说道，口吻里半是正经半是玩笑。

"啊，是这样嘛。"他笑起来，转身走进客栈里去了。

梅尔罗斯小姐摇摇头，她漂亮的脸庞转向那距离绿龙号越来越近的车灯。来车迅速地靠近了她的身旁，对方的车灯非常亮，将她整个人都笼罩在耀眼的光亮中，能够清楚地看清她身上穿着一件褐色的风衣。那辆车最终停了下来，车里有人开口跟她搭话，但是逆着光，她看不清来人的脸庞。

"你可以挪挪车吗？我想把车停在这里，给我让个地方行不行？"

"可是我自己不会开车呀。"她告诉那人，袒露了自己帮不上忙的无助。

对方沉默了一会儿没有说话，但却往前探探身子，透过灯光认真地打量着她。"玛格丽特，你是玛格丽特吗？"最后对方开口说道。

"是的，我是。"她说，"你是哪位呀？是唐吗？"

"对，是我。"一个男人从车里跳了下来，走向了她的身边。

大约等了有二十分钟，柯蒂斯手里拎着好大一桶汽油回到了绿龙号身边。在朦胧的夜色中，他可以清楚地瞧见车上那两位乘客的身影，只是里德在后座坐着，还一直在抽烟。"找到汽油了没有？"他询问柯蒂斯。

"当然找到了。"柯蒂斯小声咕哝了一句，随后就着手修补油箱，把那条裂缝堵住，随后再把汽油加了进去，前后不到五分钟的工夫，他就把一切弄好了。接着他又爬到驾驶座上坐好。"感觉冷不冷呀？玛格丽特？"他询问。

"她在跟我冷战，不愿意开口说话。"里德往前探了探身子接话道，"她告诫我不要到里面去，但是我没有听她的，跑去客栈里面要了一杯热饮，喝了点苏格兰鸡尾酒，这让她生我的气了。"

"说实话，我也挺想喝一杯热饮的。"柯蒂斯说道。

"那等我们赶到下一个镇子的时候再喝吧！"里德又插嘴说道，"到时候我们在那吃晚餐，之后再好好打扮一番，估计到时候大家可能都会轻松愉快一些了。"

柯蒂斯沉默下来，他扳了一下汽车的控制杆，就启动了汽车离开了这里。当时那所客栈门前还停着另外两辆车，不过那两辆车在他们来的时候就早已停在那里了，此时它们的主人还没有把它们开走。毕竟他们已经在路上耽误了不少时间，所以柯蒂斯开得很快，想要赶一赶路程。过了一段时间，里德又往前凑了凑身子，想要跟梅尔罗斯小姐搭话。"你还在生气吗？"他询问道。但是她一点反应都没有，仿佛都没有听见里德的问话一样。里德伸出手扶住她的肩膀，又询问了一次，但是梅尔罗斯小姐依旧沉默不语。

"杰克，你问问她吧，行吗？"里德只好寻求柯蒂斯的帮助。

"玛格丽特，怎么回事呀，发生什么了吗？"柯蒂斯偏过脑袋对梅尔罗斯小姐说道。

可是她还是不说话。柯蒂斯减缓了车速，一手把着方向盘，一手则拉住她的胳膊，轻轻地摇动了几下。但是她还是没有任何反应。"她这是怎么回事？"柯蒂斯追问道，"是不是晕过去了？"他又一次摇了摇她的手臂，这次的力气比上次要大得多，一边摇一边叫着她的名字，"玛格丽特！"

随后，他伸出手轻柔地拍了拍梅尔罗斯小姐的脸，只觉得触手之处冰凉，仿佛死人一样，她整张脸依旧隐藏在面罩当中，但可以感觉到下巴的位置湿答答的。他又摇了她两下，接着仿佛被吓到了一样，他猛地抓住了梅尔罗斯小姐的手腕——她的双手上都戴着手套。柯蒂斯迅速地把车停在了路边，他从梅尔罗斯小姐手腕处感受不到一丝一毫脉搏的跳动，她的手冰冷异常，简直像具尸体。"她肯定病了，而且是突发急症，非常厉害！"他急切地说道，"不知道这一带有没有可靠的医生。"

里德一下子从后座站起身，向前探着身子，死死地盯着已经失去知觉的梅尔罗斯小姐，语调颤抖，充满了恐惧。"咱们最好加快速度，赶到前头的客栈去寻求帮助。"里德对柯蒂斯说道，"这会儿我们赶到前面去比较快，已经距离上一个客栈有一段距离了。前面应该会有医生的。"

柯蒂斯快速地扳了下汽车控制杆，在黑色的夜幕中提高速度，绿龙号疯狂地向前飞驰而去。大约三分钟之后，他们就看到了第二家客栈射出的灯光。两个人飞快地下了车，跑向客栈的大门。"快！我们需要医生！"柯蒂斯跑得直喘粗气，对客栈的工作人员说。

"就在旁边。"

柯蒂斯和里德听见这话，顾不得再多说些什么，飞快地返回汽车旁，将梅尔罗斯小姐抬下来，带着她冲向不远处的房间。他们急切地敲了几下门，很快就有人出来开门了。

"请问医生在不在家呢？"

"在的。"

"麻烦请医生快点出来。"

"好的。"房门被打开了，两人抬着梅尔罗斯小姐进去，将她在客厅的长沙发上放好。伦纳德医生走出来查看情况。

这应该是一位颇有经验的老医生，年纪很大了，双鬓已然斑白，有一双锐利的眸子，神态看上去很亲切。"现在是什么状况？"他询问二人。

"我感觉她已经奄奄一息了，快救她。"柯蒂斯说道。

伦纳德医生迅速扶了下自己的眼镜。"她是哪位？"他问着，随即弯腰去检查梅尔罗斯小姐的胸口，观察她的心跳。可这位女演员一动不动地躺着，没有任何反应。

"她是玛格丽特·梅尔罗斯小姐，是个有名的女演员。"柯蒂斯说道，语调很急切。

"她这到底是怎么了？生了什么病？"里德大喊。

医生没有回答，而是继续弯腰检查着她的状况。房间里灯光很暗，柯蒂斯和里德两人都脸色发白，忐忑不安地站在一边，焦急地等着医生开口。最后医生终于检查完毕，直起身子。

"她现在状况如何？"柯蒂斯开口问道。

"她已经死了。"伦纳德医生回答。

"上帝啊！"里德惊讶地叫出声来，"怎么会这样？"

柯蒂斯被吓呆了，一时间竟无法开口说话。

"这个，"伦纳德医生拿起一把长刀说道，"这把刀戳穿了她的心脏。"那刀上还沾着血。

柯蒂斯看看医生的脸，又看看他举着的那把刀，最后目光落在那早已没有任何声息的身体上，盯住她苍白如雪的下巴——她的整张脸依然被面罩遮挡得严严实实，只露出那里的一点皮肤。"快看啊，杰克！"里德突然叫道，"看那把刀！"

柯蒂斯的目光转向长刀，顿时双腿一软，跌坐在梅尔罗斯小姐旁边的沙发上。"啊！上帝啊！这简直太恐怖了！"他说了这样一句话。

2

那天晚上，哈钦森·哈奇和另外五六个记者都赶到了伦纳德医生的诊所，听医生详细描述了杰克·柯蒂斯和查尔斯·里德到这里来的情况，说起他们带着一具女尸到诊所里来的经过，和他最终的诊断结果。此前，警察和法医已经来过这里，把尸体送往临近的市镇里去了。

"他们两个到这儿的时候情绪都很激动。"伦纳德医生说道，"他们俩是一起把尸体抱进来的，柯蒂斯抱着上面肩膀，里德拖着她的两只脚。随后他俩将尸体抬进来放到了这张长沙发上。我问他们这女尸的姓名，他们俩告诉我，她是玛格丽特·梅尔罗斯小姐，是知名的女演员。关于这个女人的身份，我所了解到的就这么多。

"随后我对她做了全身检查，想确定下她是否还活着。她的身体还有温度，并没有完全僵硬，但确实已经死了，没有任何生命迹象。但我检查到她心脏的位置时，发现那里插着一把刀，我的手碰到了它，她的死因就是因为这个。那把刀颇有重量，很明显是一把只有做重活的时候才会用到的刀，刀刃长六七英寸。我把刀拔了出来。当时我发现她的心脏早已被这把刀戳穿了，已经没救了，因此就没有再进行别的急救措施。

"当柯蒂斯注意到那把刀的时候，他的情绪非常激动，他一把将刀从我的手中夺了去，认真地检查了几遍，接着跟我说他希望把刀带走。我告诉他这把刀是证据，一定要拿给法医看。但是他依旧求我把刀子留给他，后来我只好直接把刀从他手上抢了过来，他才没有再多说什么。

"我建议大家报警，这个报警电话是我自己去打的，而在我打电话的时候他们两个人都在我身边。我询问他们俩有没有什么线索，或者什么奇怪的端倪，但他们俩口径一致，都说不知道。柯蒂斯当时说，那个时候他离开了汽车，去前面的客栈寻找帮助，想要弄点汽油，他遇到了一个人，那个人说自己仓库里还有一些用不着的汽油可以提供给他，但是需要先去找一找仓库的钥匙。他们找钥匙的过程大概花费了十五到二十分钟，最后他们才把汽油灌到桶里。柯蒂斯说他一拿到汽油就立即返回到汽车旁边去了。

"据他自己说，回去的时候看到里德和梅尔罗斯小姐两人都在车上坐着，所以柯蒂斯不太确定在他离开汽车去寻找汽油的那段时间里，两个人中间发生了什么事情。不过里德说自己也下了车离开了一会儿，他跟梅尔罗斯小姐打过招呼之后就进了客栈里面。当时，他在客栈里遇到了一位熟识的女性朋友，他们两个闲谈了一小会儿，据他自己所说，他也在客栈里停留了可能有十五分钟的时间。而且他说，当时客栈里面的三个工作人员都能为他作证，确认那个时候他就在国王客栈里面喝酒。

"在我报警以后，柯蒂斯越发地忐忑起来，看上去极为焦躁。他跟里德提议说，想要开车去波士顿找一名侦探，还说那个侦探的名字叫作平克顿。我劝了他们，希望他们留在我的诊所里等待警方到来，但是他们不顾我的劝阻，开车离开了。他们给我留下了自己的名片，并告诉我，他们居住在日耳曼酒店，如果有需要的话，到那去就能够立即找到他们。随后警察和法医也都赶到了，我把事情的经过详细地叙述给他们，然后他们派了一名警察马上赶去波士顿那边。估计到这个时间点，他们两人大概已经接受过警方的讯问谈话了。"

"那个年轻漂亮的女人长什么样子呀？"哈奇询问医生说。

"说实话，我也不知道，"医生回答说，"她脸上一直戴着一副汽车面罩，只露出了一点点下巴，整张脸都被遮在面罩当中，看不见容貌，还戴着帽子，帽子外面绑着一条纱巾，连自己的头发也遮盖得严严实实。我没有把她的这些遮挡面罩取下来，因为当时我觉得最好保留现场，尽量保持尸体的原貌，等着法医来对她进行尸检。"

"那她穿着什么样的衣服呢？"哈奇又一次提出了问题。

"她身穿一件质量上乘的风衣，是棕色的，里面穿着一件长礼服，那个样式非常高贵典雅，我觉得可能是手工制作的，应该是专业定制的吧。而且她的身材相当窈窕。"

这就是伦纳德医生所知道的一切了，别的再问不出什么，得知这些之后，哈奇和另外一些记者就返回波士顿去了。第二天，所有的报纸都浓墨重彩地报道了某一位打西海岸来的漂亮女演员梅尔罗斯小姐在波士顿被谋杀的凶杀案件，这着实是一起神秘的案子。当时波士顿所有报社的编辑们都等着刊登梅尔罗斯小姐的照片，但是所有的报社都没能拿到。

当然，杰克·柯蒂斯和查尔斯·里德与谋杀案有牵连的事情也在报纸的头版头条上被大肆报道，上面所讲述的内容大概就是伦纳德医生的阐述，不过描述得更加细致一些。那天多数的报纸都在对这一事件进行推测，并给出了自己的看法，认为在这两位男士从汽车旁离开时，梅尔罗斯小姐就被什么人给谋杀了。

那到底是谁干的呢？是一个男人还是一个女人干的？这些大家都无从得知。根据里德自己所说，他曾在国王客栈里遇到了某位相熟的女士，并跟她闲谈了一段时间，哈奇所在的报社对此进行了详细的调查，发现他说的的确是真话。而国王客栈里的那三名工作人员都亲口表示曾经见过他出现，可是里德却不愿意说出他所遇见的那位女士的姓名。

法医非常能干，在记者对他进行采访的时候，他针对大家的提问给出了一个非常简易的回答。他说，根据死者身上的伤口位置，以及刀口的方向可以推测出，致死的那一刀是从死者身体左边刺进的，所以，杀死梅尔罗斯小姐的凶手，很有可能当时就坐在她的左侧，换句话说，当时坐在驾驶位开着车的柯蒂斯很有作案时机；当然，凶手也有可能是从她身后动手的，向前探起身子一把刺死了她，也就是说，坐在后座的里德也同样有犯案的机会。这两位跟梅尔罗斯小姐同行的男士，很有可能就是杀死她的真凶。但是，虽然这两位男士跟她同乘一辆车，可他俩实在没有充足的动机或理由要杀害这个漂亮的女人，犯下这起凶杀案。

法医所说的这些话，还有一层暗含的意思，不过他不愿意对此多加解释，他说完这些简易的推测之后就不再接受采访，而是先离去了。在这一段时间，尸体已经被送到了镇上的停尸间，已经准备好了要做尸体解剖。记者们提出想要拍死者照片或者是描画尸体素描，但是这项提议被警察拒绝了。

柯蒂斯和里德两个人也对此给出了自己的解释和声明，但在那之后他们就终日藏在日耳曼酒店里不肯出来。看上去他们俩并没有被警方拘捕，因为所有的证据都证实这么做似乎没有什么必要，两个人都说愿意竭尽所能地帮助警察来侦破这起凶杀案，他们甚至愿意自己花钱雇用了一个名为平克顿的侦探，让他来协助调查。他们不愿意接受记者的采访，也不跟其他人见面，除了警察之外，他们不愿意接触任何人，而他们的做法也得到了警方的支持。警察局甚至还发出了破案通告，宣称："在接下来的二十四个小时内就会抓到杀人凶手。"

哈奇讽刺地盯着自己弄来的调查资料。他想要亲自对这一案件进行调查，觉得凭借自己的耐心和聪明睿智，一定能从中找出什么端倪。他私下打听，终于打探到里德的部分花边新闻，不过这可不是全部的真相。实际上，那天下午的时候，里德就去了比科姆山中，去拜访伊丽莎白·道小姐，她就住在那里。

"实在不好意思，她出门去了。"来给他开门的女侍者这么对他说。

"那这样吧，我把名片留在这里，你替我交给她好了。"里德说道。

"据我所知，她不会再回家了。"对方说道。

"不会再回家？"里德重复了她说的话，"这是怎么回事呢？"

"今天下午的报纸，难道你没有看到吗？"女侍者反问他，"当你看到那份报纸的时候就知道了，小姐的母亲道太太不让我跟任何人说起这回事。"

里德紧皱着眉头，从道小姐的家门口离开，走向了康芒郡。他在街头卖报的小孩那里买到了一份下午的报纸。报纸的第一版铺天盖地全是梅尔罗斯小姐凶杀案一事的有关新闻，全是些案件消息、胡乱猜测，以及过去她在西海岸旧金山的演艺事业相关的事迹和报道等。

里德颤抖着双手迅速地翻动手里的厚报纸，最后他找到了女侍者所暗示的那则新闻。"上帝啊！"他轻轻地叫喊了一声。

报纸那一页上刊登的是伊丽莎白·道小姐和摩根·梅森两个人因爱私奔的新闻，那可是里德的竞争对手。道小姐跟梅森两个人约定要在国王客栈相见，两个人在那碰头之后就开车私奔。道小姐从家里离开之前，还给自己的父母写了一封信，信中说，虽然梅森的家庭条件不太好，也没什么钱，可是她却非常爱他，愿意跟他一起走。道小姐的家人全都三缄其口，不想在这件事上多说什么。而报纸上还附上了两人的结婚证书，是传真的复印件。

里德返回了日耳曼酒店，他的脸色异常严肃而沉重。他去了咖啡厅，在一个私人的小房间里见到了柯蒂斯。虽然柯蒂斯看上去似乎状态还好，但他已经灌下了不少酒，喝得烂醉了。里德把报纸扔在桌子上，直接翻到道小姐私奔的那则新闻，疾声说道："你看看吧！"

柯蒂斯沉默地阅读着那则新闻，一语不发。但是，当他的目光落到"国王客栈"的时候，猛地一下抬起了脑袋。"当时你在客栈里遇见的那个人就是她，是不是？你们还在一起聊了一会儿天。"他哑着嗓子问道。

"是的。"

柯蒂斯咕哝着胡乱说了一会儿，不知道在说些什么。他似乎想要转移注意力，让自己不再被那起悲惨的凶杀案折磨，但实际上他一门心思都在想着那件事，怎么都避不开。他醉话连篇地嘟囔了半天，忽然抬起头来直盯着里德。

"我爱她！"他情绪非常激动，说道，"我的上帝啊！"

"不要再去想了，好不好。"里德开口劝慰他。

"那把刀的事情，你保证不会对其他人提起的，对不对？"柯蒂斯说，央求他为自己保密。

"那是自然的，"里德焦躁地回答，"我不会告诉别人的，他们不可能从我这儿套出话来。你喝得太多了，需要休息一会儿了，你喝得太醉有可能会说漏嘴，说出不合适的话来。起来吧，去外头散散步。"柯蒂斯呆呆地看了里德好一会儿，一副茫然无措的样子，似乎没弄明白对方说的话是什么意思，随即他站起身来，虽然身体站得很稳，没有摇晃，可他的脸白得像纸一样。

"是的，我应该出去散散步。"他喃喃地说道。

没过多久他就走出了咖啡厅，出了酒店走到外面的街头。他被街上凛冽的空气一激，觉得脑袋瞬间清醒了许多，于是就顺着特雷蒙街往商业区的方向走去。此时恰好是下午两点，街上人来人往，熙熙攘攘。

原本有七八个记者挤在日耳曼酒店的大厅里，他们无聊地消磨着时间，想等着柯蒂斯或里德出来时好去采访。各家报社的主编们都希望自家记者能撬开这两位直接涉案人的嘴巴，得到些有关凶杀案的最新细节。里德进入了酒店大厅，加快脚步从一堆记者中穿过，对他们提出的各类问题充耳不闻。但记者们没有注意到柯蒂斯的身影。

哈钦森·哈奇在去往日耳曼酒店的路上，恰好遇到了柯蒂斯，当时他正徒步走去商业区。哈奇目光锐利，一下认出这就是正处在风口浪尖上的新闻人物，于是就悄无声息地跟踪了柯蒂斯，想弄清楚对方此时准备去哪。这算得上是千载难逢的好机会，其他记者都没有注意到，所以他必须要赶在别人都毫无知觉的时候，弄到几条最新的独家新闻。

柯蒂斯转了个弯走上了温特街，这条街上非常拥挤，人潮涌动，他缓步向前走着。哈奇则跟在他身后不远处，悄悄观察着。他发现柯蒂斯走进了商店，没过几分钟又走出来，看上去激动异常，柯蒂斯出了商店门之后迅速从人群里穿过，还挥舞着双手，仿佛疯子一样狂跑，他跌跌撞撞大概跑出二十几步，还是摔在了地上。

哈奇赶紧跑了过去，扶起了摔倒的柯蒂斯，让他坐在一边，但却突然发现对方此时面如土色，惊惧异常。"你这是怎么了？"哈奇立即询问道。

"我……我很难受，我要去见医生。"柯蒂斯喘着粗气对他说，"快送我去医生那里，求你了。"他靠在哈奇的臂弯中，看上去气力全无，随时都要晕过去。这时，有一辆出租车慢慢地开了过来，哈奇赶紧把车叫了过来，将柯蒂斯弄进去坐好，自己也坐了进去，并给司机报了目的地。

"请开得快一些，"哈奇嘱咐司机，"这位男士生病了，急需要看医生。"出租车司机一踩油门，加快速度往前行驶，接着一转上了特雷蒙街，又拐入了公园路。

柯蒂斯在车上坐着，此时挺直了身子问道："这是要到哪里去啊？"

"去医生那里。"哈奇回答他说。

柯蒂斯重新靠在车座上，他紧紧地闭着双眼，脸色白得可怕。哈奇不时地去检查柯蒂斯的脉搏，想要确认他还没死，还有生命迹象。出租车又继续行驶了几分钟，最终停了下来，哈奇把柯蒂斯扶下车，两人一起来到了一所房子前，哈奇按响了门铃。一位年老的妇人过来给他们开了门。

"请问凡·杜森教授在不在？"新闻记者哈奇礼貌地问。

"在的。"

"麻烦您代为通告，哈奇先生来拜访他，还有一位绅士病了，需要赶紧救治。"哈奇语速很快地说。他似乎对这里很熟悉，直接就扶着柯蒂斯走进了房间。老妇人走进里面通传去了。哈奇将柯蒂斯扶到小等候室的长沙发上躺下，柯蒂斯呆呆地盯着哈奇看了一会儿，随即就不由自主地晕了过去，失去了意识。不一会儿，内室的房间门开了，凡·杜森教授走了出来，这个十足的思考机器①出来看见这一幕非常疑惑，用探询的目光望着哈奇，哈奇的脑袋往柯蒂斯那边偏转了一下算是示意。"啊，啊，是这么回事。"凡·杜森教授恍然大悟，低声自语。

他往沙发上瞟了一眼，看看那个晕倒的家伙，随即就走到另外的房间去了，很快又拿着一支注射器走了回来。给柯蒂斯皮下注射之后，大概过了几分钟，他就悠悠转醒了，醒来后他立即坐了起来，双眼里满是难以描述的惊惧之色，看上去已然惊骇恐惧到了极点。

"我看见她在那里！是她在那里！"忽然间他大喊大叫起来，"她的心脏被刀戳中了，那是玛格丽特！"他又一次失去了意识，晕过去了。思考机器凡·杜森教授斜着眼睛瞪了哈奇一眼。

"这个家伙酒精中毒了，引发了震颤性谵妄症。"他焦躁地说道。

随后哈奇站在一边整整等了十五分钟，看着凡·杜森教授对那个晕倒过去好几次的人施救，一点也不敢说话。其中有那么一两回，柯蒂斯稍微清醒过来，呻吟或者有什么动作的时候，哈奇就想趁机把来龙去脉都告诉给思考机器凡·杜森教授知道，但这位严肃的科学家总是不耐烦地向他投来一瞥瞪视的目光，警告这位记者紧紧地闭上嘴，没办法，他只好照做。一直等了十五分钟，凡·杜森教授的脸色才渐渐缓和，不那么凝重了。

"再等一段时间他就能恢复过来了，"他告诉哈奇患者的情况，并询问道，"这是怎么一回事呀？"

"啊！这个涉及一宗杀人案件。"哈奇才开口回答说，"昨天晚上，一位知名女演员玛格丽特·梅尔罗斯小姐被杀身亡，死因是被一把尖刀戳中心脏——"

"是谋杀案件吗？"思考机器凡·杜森教授插话说道，"难道没有自杀的可能性吗？"

"的确，自杀也是有可能的，"哈奇记者沉思了一小会儿，"但是，现场看着倒是像他杀呢。"

---

① 后文出现的思考机器指的都是杰克·福翠尔的侦探小说的主角，名叫凡·杜森。

"你告诉我说这是一起杀人案件，"凡·杜森教授说道，"让我觉得好像当时凶案发生时你恰好在现场，亲眼看见了这一切似的。继续说吧。"

哈奇就把自己所了解到的事情都告诉了他，把事件的发生事无巨细地讲了一遍。说了绿龙号汽车在国王客栈暂时停靠的那一段时间所发生的事情，还有女演员梅尔罗斯小姐心脏中刀的时候，与她同在车里的里德和柯蒂斯分别坐在哪个位置，还补充了里德所提出的证词中那些已经被证实的部分。随后，他又一一细讲了两位男士一同抬着梅尔罗斯小姐走进伦纳德医生的诊所，以及在那里所发生的一切，包括柯蒂斯试图拿走凶器的那些事。

思考机器凡·杜森教授斜着眼睛听着哈奇的讲述，双手的指尖相触在一起，平静地不发一言。哈奇滔滔不绝地讲着，一直说到他带着柯蒂斯来到这里之前对方的那些怪异举动。科学家认真地听完了他所说的一切，随后站起身来走到柯蒂斯身边，站在长沙发旁边，伸出手轻轻地在柯蒂斯浓密的头发间抚弄了两下，他的手指纤长漂亮，十分温柔。

"哈奇先生，不知道你有没有这样一种想法，"最后他开口说道，"或许有这种可能，梅尔罗斯小姐是自杀的。"

"的确有这种可能性，可是现场看着到不像那么回事儿，"哈奇回答他说，"她自杀的理由并不充分呀。"

"可是你自己也说了，另外两个人也没有足够的动机要去杀掉她，不是吗？"凡·杜森教授以嘲讽的语气回应对方说。

但是他似乎又想到了什么似的，说道："等到他清醒过来吧，我先跟他谈一谈再下定论好了。"他又一次转过头去照料他的患者，发现患者脸上已经有了些微血色，"啊，看起来他已经恢复了，没什么大事了。"

大约等了十分钟，沙发上的患者猛然间坐起身来，迷茫地盯着站在自己身前的这两个陌生人。"这是怎么了呀？"他询问对方，此时他说的话已经不像之前那样口齿不清了，意识也已经恢复了正常，只不过身体还稍稍颤抖着。哈奇简要地跟他描述了一下现在的状况，告诉他之前所发生的那些事情，他静静地听着对方解释，最后才转过脑袋看着思考机器。他上下打量着这位怪模怪样的科学家，盯着对方斜视过来的眼睛。

"这位是凡·杜森教授，他是一位知名的科学家，同样也是位优秀的医生。"哈奇对教授的身份做了解释，"我把你送来的，医生用了一个钟头的时间才能让你清醒过来。"

"柯蒂斯先生，"凡·杜森教授说道，"有关于梅尔罗斯小姐被杀的案子，你能不能跟我们说一些你自己知道的情况呢？"

柯蒂斯突然间变了脸色："为何要问我这些？"

"你在神志不清的时候说了许多胡话。"思考机器用他的斜眼望着天花板的方向说道，"我明白，你对这起事件非常挂怀，你喝了不少酒，估计也是因为这个，而且你还因此得了神经衰弱症。在我看来，你最好把你知道的事情全部都说清楚，这对你来说，百利而无一害。"

哈奇自然知道凡·杜森教授这么做的用意，所以他立在旁边没有说话，而是沉默地等待着。柯蒂斯盯着这两个陌生人打量了很长一段时间，略微有些神经质地在房间里来来回回走动。他心里很乱，不知道要说些什么，也不知道要怎么才能把这件事情说清楚，更不确定当自己说完这些之后，会不会陷入更多的是非之中。终于，他停住了脚步，鼓起勇气站在了思考机器的身前，仿佛最终做了决断。

"你看看我，觉得我会是一个谋杀他人的凶手吗？"他直接地问。

"不，你并不像那种人。"凡·杜森教授迅速地回应了他。柯蒂斯接下来所说的事情经过，跟哈奇所说的大致相同。但科学家依旧认真倾听着他的讲述。"多告诉我一些细节，我需要细节！"他多次打断柯蒂斯的讲述，插话提出要求。柯蒂斯把自己经历的事情全部都讲了出来，从他下了绿龙号汽车的时候开始，直到他同里德一起返回日耳曼酒店的所有过程，全都一一讲述了出来。他把整件事情讲完之后，就停下来不说话了。

"我需要请问一下柯蒂斯先生，当时你为何会恳请伦纳德医生，让他把那把刀子交给你呢？"最后，凡·杜森教授一针见血地提出了这个问题。

"那是由于……那是由于……"他犹豫不决，整张脸被憋得通红，却始终都张不开口把原因说出来。

"是不是因为，"科学家询问他说，"你担心那把刀留在那里，会加深你犯案的嫌疑？"

"我不明白你的意思！"对方否决了。

"那么，那把刀是你的吗？"

柯蒂斯的脸青一阵白一阵，又一次红了起来。"那不是我的。"他非常果决地回答了凡·杜森教授。

"那么，那刀子是里德的东西吗？"

"哦，那也不是他的刀。"他迅速地回答。

"你对梅尔罗斯小姐爱得很深，对吗？"

"对的。"他承认得很直接，口吻里满是坚持。

"那是她不愿意跟你结婚吗？"

"我没有向她求过婚，也没有问过她这些。"

"这是为什么呢？你为什么没有问过呢？"

"你这是在审讯我吗！"柯蒂斯非常生气，他恼怒地站了起来，"难道你们把我当成犯人吗？"

"并不是这样的，"思考机器神态平和地回答了他，"但是，你自己在神志不清时所胡言乱语的那些，倒是有很大的概率会害得你身陷囹圄，我所做的不过是想要对你伸出援手罢了。"

柯蒂斯重重地跌坐在长沙发上，用双手抱住自己的脑袋，坐在那里好几分钟都没有说话。最后，他才抬起了头。"你提出的问题我愿意回答，我可以告诉你原因。"他说道。

"你为何一直没有跟梅尔罗斯小姐求婚呢？"

"那是因为……哦，那是因为我深知，我有一个非常强劲的情敌，唐·麦克莱恩先生，他也热烈地爱着梅尔罗斯小姐，而且，我觉得有很大的可能——她喜欢的人不是我，而是唐。另外我还得到一些消息，假如唐·麦克莱恩先生非要不顾一切地跟梅尔罗斯小姐结婚，那么他就会丧失自己家族的遗产继承权，就是因为这个他们才没有立即在一起，要不然他们俩肯定很早就已经步入婚姻了。而且现在，唐·麦克莱恩先生也在波士顿这边。"

"啊！是这样，"思考机器轻轻地叫出声来，"那么你的好朋友里德是不是也爱上了她呢？有这种可能吗？"

"不，绝对不会的，"柯蒂斯回答他说，"里德之所以到波士顿来，主要是因为他在追求另一位社交名媛，她的名字叫作伊丽莎白·道小姐，他用尽浑身解数，都是希望能获得她的芳心。我们俩是结伴来到波士顿的。"

"你是说伊丽莎白·道小姐吗？"哈奇疑惑地问，"是昨天晚上跟摩根·梅森一起私奔的那位姑娘吗？"

"是的。"柯蒂斯给出了肯定的答案，"他们一起私奔的事情，跟梅尔罗斯小姐的谋杀案混乱地掺杂在一起，现在里德所面临的状况也十分糟糕，我们两个都陷入了这样糟糕的境地无法自拔。"

"私奔？那又是一件什么事情啊？"凡·杜森教授追问。于是哈奇就把二人私奔的事情讲述了一遍，说起梅森是怎样拿到结婚许可，以及道小姐跟梅森相约在国王客栈见面的事情，而且道小姐在客栈的时候曾写了一封信留给自己的双亲，随后两个人就一起消失了踪迹。

思考机器凡·杜森教授安静地听着他的讲述，似乎对这件事情并不怎么好奇。"刺死梅尔罗斯小姐的那把刀子，你是不是有类似样式的刀呀？"他追问柯蒂斯。

"我没有那种刀。"

"那么过去呢？你是不是曾经有过那样的刀子？"

"哦，是的，曾经有过那样一把刀。"

"假如你没有把刀放在自己的汽车里，那么按照你的习惯，你会把那把刀放在哪儿？"

"一般会放在我外衣的口袋里边吧。"

"那么我还要多问一句，梅尔罗斯小姐长什么样子呢？"

"她非常漂亮，我从未见过那么美的女子。"柯蒂斯激动地回答说，

"她个子不高不低，身材非常好，不管她出现在哪儿，都绝对会引起万众瞩目。她就是那样的女孩。"

"据我所知，别人说她被杀的时候，脸上还戴着汽车面罩和纱巾？"

"是的，没错，当时她的整张脸都被面罩和纱巾给遮住了，只露了一点点下巴在外面。"

"那么，在她戴着这样的汽车面罩和纱巾的时候，如果她想要观察身旁两侧的情况，是不是不需要扭头就可以做到呢？"凡·杜森教授接着追问，"我们假设，你一只手驾驶着车子，另外一只手拿着刀子准备刺进她的身体，那么在她不转过头的情况下，能不能看到你？或者说，假如她自己手里拿着刀子，你又能不能看见呢？"

柯蒂斯听到思考机器问的这些问题，情不自禁地颤抖了起来："不能，我觉得如果这样的话，我是看不到的。"

"那么梅尔罗斯小姐是金发还是黑发？"

"金黄色的头发，她有一头非常蓬松的金发。"柯蒂斯回答说，他的语气中充满了赞赏和惊叹。

"金黄色的头发吗？"哈奇把这句话重复了一遍，"可是我却记得，弗朗西斯法医告诉我们说，她明明是一头黑发呀。"

"不是的，她满头金发。"柯蒂斯非常肯定地坚持说。

"哈奇先生，你自己亲眼见过那具尸体吗？"凡·杜森教授询问。

"我没有看见，没有任何一个记者能够见到她的尸体，因为弗朗西斯医生拒绝我们进去查看。"

思考机器站起身给两位客人略表示了歉意，就走到隔壁的房间去了。柯蒂斯和哈奇两个人还待在小等候室里，他们听到里面有电话铃声传来，随后，里面房间的门被某个人给关上了。等凡·杜森教授再次返回这里的时候，他直接来到了柯蒂斯的身前，问了一个问题，这个问题哈奇很早就忍不住想问了。

"那么今天下午的时候，你在温特街到底是怎么回事呀？"

柯蒂斯从醒来之后一直都非常平静，看上去状态很好，但是这会儿他马上又变得忐忑不安起来，整个人心神不定的。他那苍白如纸的脸庞，又一次被一丝红潮所遮盖。"最近我总是喝很多酒，"最后他才开口说道，"但是今天下午发生的事情太可怕了，我都要被吓坏了，甚至我都觉得自己是不是已经疯癫了。"

"那么你觉得，你自己看到了什么情况呢？"凡·杜森教授继续追问他。

"当时，我走进了商店，准备到那里去买一些日常用品，不过我现在已经不记得当时我要买什么东西了，但我只能记得当时商店里面有很多女人，好大一群女人，我身前身后全都被一群妇女围绕着。接着，我看见……"他没有继续说下去，一直等了好长时间，"我看见……"他犹豫着顿了顿，随后才开口说道，"一个女人，我只不过往自己身旁的女人群里瞟了一眼，我看见……"

"你到底看见什么了？"思考机器不折不挠地追问着他。

"我保证，当时我的确看见了玛格丽特·梅尔罗斯小姐。"柯蒂斯说道。

"那么，有没有可能你认错人了呀？"

"我现在已经能够反应过来了，"柯蒂斯回答说，"有可能是因为巧合吧，她们不过是看上去很相像罢了，但是那个时候，我简直要被吓死了，我吓得浑身发抖，冲出商店，然后清醒过来之后，发觉自己就躺在你这边的沙发里了。"

"所以，你自己对这段时间发生了什么是没有意识的，对吗？你也不知道自己从发作开始到现在，都说了什么或者做了什么事情吗？"凡·杜森教授非常疑惑地询问道。

"是的，我对此一无所知，所有的事情都迷迷糊糊的。"

就在这个时候，凡·杜森教授家里的老管家玛莎出现在房间门口，"先生，马洛里先生带着另外一位绅士来拜访您。"

"邀请他们进来吧。"凡·杜森教授说道，"柯蒂斯先生，"他的神情突然变得郑重起来，"是里德先生到这里来了，是我打着你的名号把他邀请到这里的，因为我得询问他几个问题，只要他如实地回答了这些问题，我觉得他一定会如实答复的，那么我就肯定能证明你的清白，证明你跟梅尔罗斯小姐的凶杀案之间没有任何关系。所以，我恳请你，在我问话的时候，不要干涉他好吗？不要有任何阻止他回答的行为，你可以答应吗？"

"好，我答应你。"此时柯蒂斯的脸依然非常苍白，可口气已经非常坚定了。

警官马洛里先生带着里德先生走到小等候室里来，两个人的表情都有些疑惑不解。马洛里警官点点头，算是对哈奇打了个招呼；而里德的目光一直死盯着柯蒂斯，柯蒂斯只好转过头不看他。

"里德先生，"凡·杜森教授张嘴就开始询问他，"柯蒂斯先生告诉我，梅尔罗斯小姐死的时候，心脏上插的那把刀是属于你的，对不对？"

"那不是我的！"里德非常激动，大吼着回答。

"那么，那把刀属于柯蒂斯先生，对吗？"思考机器凡·杜森教授追问道。

"对！"里德回答说，"那把刀就在他的车里面！"

柯蒂斯想要张嘴解释，但思考机器冲他摇了两下手，马洛里警官立即反应过来了，原来柯蒂斯就是他一直在追寻的杀人嫌疑犯。

于是马洛里警官亮出了手铐，把柯蒂斯铐上带走了。柯蒂斯大吼大叫，责备里德指认那把刀子属于他，可是他并没有对事实进行否认。但他也只是最开始的时候愤怒了一阵子，随后就沉默下来，不再说话了。

柯蒂斯被抓了起来，送进了牢房，马洛里警官随后带了一帮人去搜查了日耳曼酒店中他所居住的房间，在那里，他们发现了一条沾血的手绢。警察局里的专家经过调查比对，证明手绢上的血迹的确是人血无疑。如此，柯蒂斯杀人的罪名就坐实了，他被指控谋杀了梅尔罗斯小姐。那把杀人的刀属于他，这会儿带血的手绢也被找到了，而且动机也有，他深爱着梅尔罗斯小姐，很有可能会因爱生恨对她痛下毒手。

与此同时，警察们也不再继续监视里德了，他彻底恢复了自由，可以随意地活动了。但他却因这些事情遭到了严重的打击，每天待在酒店里不肯出来，反复阅读每一篇跟梅尔罗斯小姐凶杀案有关的新闻，及与伊丽莎白·道小姐私奔案相关的所有消息。一则是因为他深爱的女人竟然因为别的男人出走，二则是因为由于他提供的证言，自己的好朋友被关进监狱，成了杀人嫌疑犯。

可恰是在这个关口，思考机器非让哈奇带他去凶杀现场查探，希望能找出点蛛丝马迹来。

他们下午出发，坐火车去了国王客栈附近的小村子里。"这个案子着实有趣，跟普通案件完全不同，"思考机器说道，"复杂得远超你的想象呢。"

"你这样说，莫非大有深意吗？"记者哈奇疑惑地问道。

"先说动机吧，我们对她被杀害的动机一无所知；再说死亡的方式，也没有人能说清她到底是怎么死的。自然了，这些谜团只是因为我们暂时还没有弄清楚所有的真相。"

"难道你怀疑她并非他杀？"

"或许咱们可以换个视角来看，先不要以谋杀定论，"思考机器不肯正面回答哈奇，"我们先提出这样的假设，倘若梅尔罗斯小姐确是自杀，那么她又是因何寻死呢？以现在我们掌握的信息来看，她有一个爱人，叫作唐·麦克莱恩，不过他俩因为家庭问题不能在一起，他们想要结婚，就会丧失继承家族遗产的机会。我们再假设，他们两个已经好几年不能相见，此时梅尔罗斯小姐心里已经决定彻底跟他分手，了结这段感情了，可是当她独自一人在国王客栈外面的汽车上坐着的时候，昔日的恋人突然出现，使她一时间情难自控，发现自己依然深深地爱着唐·麦克莱恩。但是她自己心里却非常明白，依然不能与自己的爱人在一起双宿双飞，要是这样的话，你觉得她会采取什么样的举动呢？"

"但是那把作为凶器的刀子，以及血手绢可都是柯蒂斯的东西呀？"哈奇对他的假设提出了质疑。

"倘若她心里已经决定要自杀了，那么她会怎么弄到工具呢？"思考机器不理睬哈奇，沉浸在自己的推测中继续说道，"毋庸置疑，她一定会打开手边或身旁的工具箱，假如这个时候里面恰好放了刀具呢？有没有可能是这样，她趁着那两位男士都离开汽车的时候，或者汽车在黑漆漆的夜色中疾驰的时候，把刀子插进了自己的心脏呢？"

哈奇感觉自己完全被他打败了，有些灰心。"所以，你觉得她的死是自杀吗?"他询问道。

"不，肯定不是这样，"凡·杜森教授立即回应了他的一问，"我不觉得梅尔罗斯小姐会自杀，不过我也不能确定她是不是被谋杀的。而说到柯蒂斯手绢上的血，你还记不记得? 里德他们俩可是一起抬着梅尔罗斯小姐的尸体到了伦纳德医生的诊所的，或许他的手绢就是那个时候才染上了死者的血迹。"

"但是目前的所有证据都指向了柯蒂斯，对他很不利。"

"只看表面证据就断定他人有罪，我可绝对做不出这种事情来。"思考机器说道，"表面的证据只有在某人心甘情愿地自认罪名时才有用，否则根本没有什么价值。"

哈奇迷惑极了，他有满肚子的疑问和不解，而最令他想不通的一点是:"那你干吗要让柯蒂斯被警察抓走呢?"

"因为那把杀人的刀子是他的呀!"思考机器凡·杜森教授回答了他，"最初的时候我就断定了，在刀的事情上，他的确有所隐瞒。这是不能辩驳的铁证，许多人的错比这个轻多了，但依旧得获罪。"

火车已经到达了他们的目的地，两人一同先去了法医处，去查看放在那里的女尸。凡·杜森教授已经提前跟这边的人打过招呼了，因此可以接触和检查尸体，还被获准可以在法医进行解剖的时候在场提供帮助。但哈奇记者就不能进去了，只好在外面等。大约一个钟头之后，思考机器就从解剖室出来了。

"那把刀从被害者的左侧刺进去，"凡·杜森教授注意到了哈奇询问的目光，就解释说，"或许凶手当时坐在她的左边，也可能凶手是从她身后动手，将刀越过她的左肩刺进去的，不过，她自己动手的可能性也很大。"

随后他们叫了一辆出租车去国王客栈，距离法医处大概有五英里。思考机器认真地对客栈外围进行了观察，之后才进入客栈询问那三名工作人员，一直跟他们谈了一个小时。

这三个工作人员是否见过里德先生呢? 的确见过。他们说，当时那

— 189 —

位男士进了客栈，到吧台点了一杯热饮，是热的苏格兰酒。那么，他是一个人来的，还是跟其他人一起来的呢？他一个人，没有同伴。他在客栈里遇见了什么人，或者跟谁聊过天吗？是的，是一位女郎。

"这位女郎长什么样子呢？"凡·杜森教授询问。

"不好说，先生，"工作人员说道，"她应该是坐车过来的，脸上戴汽车面罩，头发也被纱巾绑住了，穿一件长长的棕色风衣。"

"她脸上有汽车面罩，你能看到她的脸吗？"

"先生，看不到，只露出了一点下巴。"

"头发呢？你看见了吗？"

"也看不到，先生，她的头发都被纱巾裹得严严实实。"

思考机器接着又对工作人员们提出了很多问题。得知那位女郎早在里德进来的一个小时之前就等在客栈里了；她独自一人前来，问吧台预订了一间清净的房间。当时她对工作人员说："我在等人，是一位男士，请帮我留意。"

当时她正打开自己房间的门往外看，恰好看见里德走进客栈里来，但里德没注意到她，而是走向吧台那边去了。他在吧台取了自己的酒要走出去的时候，恰好碰见她朝外探询的目光。一时间两个人都有点惊讶，女郎当时似乎想把门关上。但里德先过去问候了她，进了她的房间，随后两个人在里面关上了房门。

大家都没有注意到里德是什么时候从客栈出去的，那位女郎也不知什么时候悄悄离开了。里德进入房间三十分钟之后，工作人员曾过去敲门，但里面没有声音。工作人员进去一看，两个人都不在里面了。当时大家想着或许那位女郎等到了自己的朋友，就跟对方一起走了。而且工作人员还注意到，在柯蒂斯的汽车到达之后，还有一辆汽车曾在客栈外短暂停留后离开了。

哈奇等着思考机器问完了所有的问题之后，才把自己的想法说了出来："显而易见，估计这位女郎就是伊丽莎白·道小姐了，那个跟摩根·梅森私奔的人，里德认识她。"

思考机器凡·杜森教授盯着哈奇看了一小会儿，一直都没有说话，随后他迈步往里德和女郎待过的房间走去，哈奇记者赶紧跟着他一起进去了。二人进了房间，五到十分钟之后就出来了，径直走向大门，房间到客栈大门口的距离约有八到十英尺，客栈大门口到外面的汽车道的距离约有二十英尺。

"咱们走。"他最后开口这样说。

"接下来要到哪儿去啊？"哈奇问道。

"你有没有注意到，"思考机器并没有直接回答他的问题，而是说起了另外一些奇怪的话，"梅尔罗斯小姐下车去客栈休息的可能性也很大，或许她会在里面休息几分钟。"

思考机器凡·杜森教授从之前调查到的资料中，找到了绿龙号汽车的前车主，就是他把车卖给了柯蒂斯。他跟这个车主一起出去了，一直到三十分钟后才独自一人回到了客栈，哈奇此时已经等得相当焦躁了，两人一起上了等在那里的出租车。"一直向前开，两英里后上第一个右转路，顺着那条路继续开，我会告诉你在哪停车的。"思考机器吩咐司机。

"咱们到哪儿去呀？"哈奇非常困惑地询问他。

"现在还不确定呢。"思考机器神秘兮兮地说道。

已经是晚上了，车子在夜幕中疾驰，在车灯的照射下，前面的柏油路面看上去异常平坦光滑。司机听从思考机器的吩咐转上了第一条右转道，渐渐放缓了车速，他们从第一间房子那里经过，在隐约可以瞧见第二间房子的时候，思考机器吩咐司机在那里停车。

哈奇第一个从车里跳下来，凡·杜森教授也跟着下来。两人走向路旁不远处的一所小农舍。他俩走到屋子前面的小路上时，发现屋子旁边还停着一辆汽车，车子没有启动，引擎熄火，车灯也没开。虽然夜色很黑，但是依然能发现这辆汽车的车头被撞坏了，连前轮都缺了一个。

"应该遭遇了一场非常严重的车祸。"哈奇说道。他们敲了门，来应门的是一位老妇，她身旁还跟着一个小男孩。

"你好，我们在找人，昨天晚上有位绅士出了车祸。"凡·杜森教授问道，"他应该受伤了，请问他在这里吗？"

"在的，快进来吧。"

他们进了房间，隔壁屋子里传来一个男人询问的声音："是谁呀？"

"这两位男士是来看望那位伤者的。"老妇人回答说。

"你知道他的姓名吗？"思考机器询问老妇人。

"我不清楚，先生。"对方回答说。此时，之前在隔壁询问她的男士也走了过来。

"那位受伤的男士，可以让我们见见他吗？"思考机器询问。

"嗯，可是医生曾嘱咐过，他现在需要静养，不能被人打扰。"那位男士回答他说。

"或许我也可以提供一些什么帮助，我们此次来主要是想要确认这位绅士的身份。"思考机器对他说道，"倘若是我们所熟识的人，或许我们可以接他离开这里，毕竟在这里叨扰，需要麻烦你们很多。"

"我也不知道他叫什么，"男人回答说，"不过我们在他的身上找到了一些他随身所带的东西，他的脑袋受了伤，自从我们救了他以后，他一直没有开口说过话。"

思考机器接过了对方递过来的东西，一只黄金灿灿的表，还有一个很小的记事本，两张目的地是纽约的火车票，还有一沓金额为一千元的钞票。他翻了翻那个小记事本，上面并没有写下什么名字或者特殊的地址，钞票跟火车票看上去也非常普通。不过，他很重视那一只金表，反复观察了这只表，正面反面都仔细看了看，又把表壳打开观察了最里面的状况，这一切都做完之后，他把东西都交还给了房间的主人。"那么这位受伤的男士，是什么时候到这里来的呢？"思考机器询问。

"大概昨天晚上九点，我们在外面的路上发现了他，于是就把他抬了进来。"屋主对他说道，"我们听见了汽车撞击的声音，出来就发现他一个人晕倒在汽车旁边，那个时候他已经失去了意识。当时他驾车转弯的时候，不小心撞上了路边的一块大石头，整个人都从车子里面飞了出来。"

"那么他的妻子呢？你们看到他的妻子了吗？"

"妻子？"这个男人疑惑地看了看思考机器，随后又看了看老妇人，

"你是说他的妻子吗？可是我们并没有发现还有其他人在呀。"

"你们从自家出来查看情况的时候，难道没有看到什么人离开这辆汽车吗？"凡·杜森教授直接问。

"没有见到旁边有人。"对方的语气十分坚定。

"在他受伤之后，也没有任何一位女士过来询问你们有关这位伤者的情况吗？"

"也没有，先生。"

"当时发生车祸的时候，这辆车是准备往哪个方向去的呀？"

"这个我也不知道，先生。当我们看见这辆车的时候，它就已经完全翻倒在大路中间了。"

"那么这辆车的车牌号呢？你们知道吗？"

"我也没有看到车牌号。"

"你们为这位先生叫了医生，对不对？"

"是的，伦纳德医生过来为他做了检查，给他提供了一些帮助。据他说这个人的状况并不算太糟糕，只不过现在还不方便转移，所以我们就让他暂且住在这里，等他清醒过来之后再做打算。"

"非常感谢你，"思考机器对他说道，"祝你晚安。"他转身从房间里走了出去，哈奇也跟着他离开了。

路上，哈奇非常疑惑地询问："这是怎么一回事呀？"

"这个受伤的男人其实就是摩根·梅森。"思考机器回答他说。

"你是说，他是那位要跟伊丽莎白·道小姐一起私奔的家伙吗？"哈奇一下子激动起来。

思考机器没有直接回答他，而是提出了一个问题："那么，需要问问你了，你觉得伊丽莎白·道小姐这会儿在哪儿呢？"

"你的意思是……"

思考机器没有说话，摇了摇脑袋，转身走进了黑暗的夜幕当中。哈奇一下子彻底明白了他所说的含义。

哈钦森·哈奇与凡·杜森教授两个人一起搭乘出租车返回了小镇子，随后他们又登上了火车回到波士顿。在回程的途中，哈奇思考了许久，想了很多对这件事情可能的解释。伊丽莎白·道小姐去哪儿了呢？她有没有可能是与另外一个人私奔了呢？但是根据他自己调查得来的消息来看，好像这件事情并没有牵扯到其他的男性。那么，是不是她把梅尔罗斯小姐杀害了以后就独自一人躲到了僻静处呢？假如是这样的话，她又为何要这么做呢？他想来想去，不知道对方这样做的动机所在。只能无奈地笑笑，就不再去关注这个不切实际的念头了。倘若不是这样的话，那么凶手是谁呢？又是怎么动手的？杀人的地点在哪里？又为什么要这么做呢？

"哈奇先生，我猜测，知名女演员在汽车上被杀的神秘案件，此时肯定已经全国皆知了，是不是？"

"你说得很对，"哈奇回答说，"我估计此时此刻可能全国大大小小各个城镇都已经知道了这个消息。"

"报纸真是很厉害，有着非常惊人的传播能力呀。"凡·杜森教授似乎在想着什么，发出一句感叹。

哈奇点了点头，算是承认了他这种说法。但是他内心非常希望在这个时候，思考机器能够给他一些比较有现实意义的信息，但是对方却一直沉默不言。又过了一段时间，伴随着火车行驶中的一次震动，思考机器又对哈奇说道："我觉得，目前你最好先不要将伊丽莎白·道小姐消失不见的新闻刊登在报纸上，哈奇先生，"他说，"现在还不是最好的时机，这件事只除了你我，再没旁人知道了。"

"我知道这一点的。"哈奇回答。他明白，一般情况下思考机器给出的提议就意味着铁令。

"还有一件事，"思考机器接着说道，"柯蒂斯在温特街的时候进了一家商店，你现在还记不记得那家的店名？"

"我还记得呢。"于是他把名字告诉了思考机器。二人最终到达波士顿的时候，差不多已经是午夜时分。思考机器告诉哈奇说："明天中午来我家吧。"说完这句话他就独自离开了。

第二天大约中午的时候，哈奇非常守时地到达了凡·杜森教授的家里。但是老管家玛莎却告诉他，此时思考机器并不在家，而是赶到温特街那边去了。哈奇在小等候室中烦躁地等着他回来，最终，凡·杜森教授回了家。

"现在是个什么情况？"哈奇急迫地询问他。

"这个嘛，等到后天的时候才能真相大白。"思考机器回答说。

"后天吗？"哈奇问。

"等到后天的时候就有定论了。"思考机器说道，他的口吻非常肯定，"现在我还在等，有一个人会到这里来的。"

"你在等伊丽莎白·道小姐吗？"

"现在我希望你找到里德先生，帮我问一问，他是否曾赠送过伊丽莎白·道小姐什么小型的礼物，像是别在外套上的东西之类的。"

"老兄啊，你觉得他会把这种事情告诉我吗？"

"另外呢，你还得问问他，他预计什么时间回西海岸。"

哈奇在里德那里整整待了三个小时，付出了无与伦比的耐心和小聪明，最终总算从里德那里得知，伊丽莎白·道小姐生日的时候，里德曾经送过一个礼物给她，是一个上面刻着道小姐姓名首字母的腰带扣。不过这个东西却并不是思考机器想要找的。哈奇又去询问了道小姐的女侍者，对方说道小姐跟梅森私奔的时候的确戴着这个腰带扣，不过风衣挡着是看不到的。

哈奇询问她说："最近道小姐有没有什么消息啊？"

"有一些消息，"女侍者回答他说，"今天早晨的时候，她的父亲收到了一封信，是从芝加哥来的，信里面说，她跟自己的丈夫正准备从芝加哥去旧金山，或许要在蜜月之后才会再次来信。"

"这是怎么一回事？不可能出现这种情况呀！"哈奇震惊极了，他对这件事情的走向完全感到一头雾水，"她现在竟然在芝加哥吗？跟自己的丈夫在一起？"

"是的，先生。"

"那封信是她自己亲手写的吗？确定是她的笔迹吗？"

"那是肯定的，"女侍者告诉他说，"父亲自然不会认错自家女儿的笔迹。"

"但是……"哈奇想要辩解，不过想了想还是没有说出来。他心里清楚，那个要跟伊丽莎白·道小姐一起私奔的男人，现在正在国王客栈旁边的小农舍里养伤，还神志不清呢，并且道小姐自己也已经失踪了。可是，怎么会冒出来一封信呢？他想到这里就头晕得厉害。

"会不会是这样呢？"他再三稳了稳自己的心神说道，"跟伊丽莎白·道小姐私奔的是另外一个男人，而不一定是摩根·梅森呢？"

"这是不可能的。"女侍者非常坚定地回答他说，"他们俩要私奔之前我就知道这件事了，大小姐的行李还是我帮着给打包收拾的呢，那就是梅森先生，确定无疑。"

哈奇飞奔出门，马上就给思考机器打了电话。"这些事情我们都搞错了！"他在电话里大吼大叫。

"你说什么东西搞错了呀？"思考机器平静地问。

"现在伊丽莎白·道小姐可在芝加哥呢，跟自己的丈夫住在一起，她还亲手写了一封信寄给了自己的父亲！所以，在国王客栈附近的农庄里躺着还没有清醒的那个家伙，绝对不会是梅森！"哈奇语速飞快地告诉他。

"上帝啊，上帝啊！"思考机器惊叹。

"这些是我从她的女侍者那里打探到的！"哈奇接着告诉他，"道小姐的行李都是她帮忙准备的，这绝对没错，因此肯定是我们的推测出了错！"

"上帝啊！"思考机器又叫了一句，接着说，"那么道小姐是什么颜色的头发？黑色的还是金黄色的？"

哈奇听到思考机器竟然问出这样一个让人摸不着头脑的问题，心里忍不住嘲笑了对方一番。"是黑发，"他说道，"道小姐的头发乌黑发亮呢。"

"阿哈！"思考机器在电话那头惊叹，仿佛道小姐头发的颜色让他彻底弄明白了什么事情一样，"现在我需要你马上去弄到一张摩根·梅森的照片，我觉得你肯定有这个能力，接着你拿着那张照片去国王客栈附近的农庄对照一下，看看那个还没有清醒的家伙到底是不是梅森本人。你确认之后马上给我打电话。"

"好吧。"哈奇回答说，他的语气略微有些质疑，"但是梅森是不会……"

"别那样说，"思考机器直接截断了他的话头，"别那样说！"他又一次说了一遍，"那是我最厌恶的说法。"

那天晚上十点钟左右，哈奇又一次给思考机器打来了电话，他告诉对方，自己已经拿到了梅森的照片，并且跟那个受伤的男人比对过了，发现就是同一个人。思考机器非常平和地说道："那么你弄清楚里德到底给道小姐送了什么样的礼物没？"

"搞清楚了，他送给道小姐一个刻着她姓名首字母的黄金腰带扣。"哈奇记者告诉他。

"那后天下午来我这里吧，一点钟左右。"思考机器说道，"但是在你到我这儿来之前，可不要在报纸上透露太多的信息，这个案子着实令人意外，相当特殊，好了，就这样吧。"

电话那头的思考机器已经没有声音了，哈奇把电话挂了，但心里仍然在认真地思考着，试图能够在这些复杂而混乱的线索中找出些什么，找到某些能让他确定无疑的线索。他忽然想起来自己还没有弄清楚，里德到底计划什么时候回西海岸，所以第二天就又来到了日耳曼酒店。酒店的服务员说，再过几天里德先生就要走了，并且，柯蒂斯被抓进牢房以后，里德先生差不多每天都是独自一人待在房里不肯出去。

次日下午，哈奇于一点钟准时到了科学家那里，他径直走进了凡·杜森教授的实验室，却发现对方正弯着腰认真做实验，面前还摆着一台蒸馏器。他看见哈奇记者的时候非常困惑，抬起头来盯着对方看了一会儿。"哦，是这么回事！"他说道，仿佛突然才意识到哈奇记者来到这里的原因一样。

接着思考机器走进了小等候室，告诉玛莎过会儿将有人来访，让她把那些人直接请进来。没过多大一会儿，就听见门铃响，随后玛莎就带着另外两个人走进房间里来，这两个人一个是里德，另外一个则是哈奇所熟识的一位警官。

"啊，不好意思，里德先生，"思考机器对他说，"我这样打扰你，需要向你致歉。但是现在我还有一些疑问，必须要在你离开这里之前弄清楚。"

里德冲他弯了下腰，就坐在了沙发上。

"你们已经逮捕了他？"哈奇询问旁边的警官。

"哦，不是的，"警官说道，"是马洛里警官吩咐的，让我带他过来，我也不清楚其中的原因。"

又等了一段时间，有人按响了门铃。哈奇耳朵尖，一下就听出外面走廊上说话的是马洛里警官，还有女人的裙摆摩擦的声音，旁边似乎还有另外一个男人的声音。马洛里警官立即就出现在了等候室的门口，身后还跟着三个人——其中两位女士都戴着面纱，还有一位男子，哈奇并没有见过他。

"马洛里警官，有一件事想请你帮忙，"思考机器说道，"这件事可能会让里德先生欣喜若狂呢。我想请您释放柯蒂斯，取消其谋杀梅尔罗斯小姐的指控。"

"有什么原因吗？"马洛里警官问道。哈奇和里德也困惑不解，盯着思考机器，希望他能做出进一步的解释。

"往这里看看吧。"思考机器回答说。

与此同时，两位女士都把自己脸上的面纱取了下来，众人赫然发现，出现在面前的一位女郎竟然是玛格丽特·梅尔罗斯小姐。

"她就是梅尔罗斯小姐，"思考机器告诉大家，"不过现在我们要以唐·麦克莱恩夫人来称呼她啦。旁边的这位男士就是她的夫君。另外一位则是侍奉在伊丽莎白·道小姐身边的侍女。这两位女郎来到这里，我想咱们这下就能弄清楚柯蒂斯先生车上那具女尸到底是怎么回事了。"

哈奇目瞪口呆地盯着那位女郎，她本应该被杀身亡了，这简直让他震惊极了。但里德的反应倒有点出人意料，他神情古怪，走到梅尔罗斯小姐身前，对着她，也就是唐·麦克莱恩夫人伸出手，说道："玛格丽特。"

女演员玛格丽特·梅尔罗斯小姐回应了他的目光，握住他的手。

"杰克·柯蒂斯怎么样，他还好吗？"她问道。

"若是马洛里警官能帮个忙，把他送到这里来，我立即就能拿出他与这起谋杀案毫无关联的证据来。"思考机器说道。

"可是……那个死者又是谁呢？"哈奇迷惑地问。

"的确，我们需要对这些状况加以解释呢。"思考机器回应。

马洛里警官立即到另外一个房间借用了电话，让人带杰克·柯蒂斯到凡·杜森教授家里来，他还在电话里说，柯蒂斯是清白的，随后他再进行详细解释。警察局迅速安排了一位警员把柯蒂斯提了出来，没等多长时间，就把他送到了教授家里。柯蒂斯出现在小等候室的时候，满脸的困惑。

不过当他一看见玛格丽特·梅尔罗斯小姐，马上就快步来到她身边，激动地抓住了她的手，一时间情难自禁，竟然说不出话来。梅尔罗斯小姐的脸一下子变得通红，只好冲柯蒂斯指了指自己身边的那位面带困惑的男士，此时对方正好笑地看着他。

"杰克，我来给你介绍一下吧，他是我的夫君。"梅尔罗斯小姐说道。柯蒂斯非常惊讶，他扬起脸来看着面前的这一对夫妻，接着往前跨出一步，来到唐·麦克莱恩先生面前，热情地朝他伸出手。"我要祝贺你了，"他说，"你一定要好好对她。"

此时里德站在那里，一声不吭。哈奇仔细地观察着房间里每个人的表情，唯有里德那漠不关心的神情最让他好奇。里德和柯蒂斯终于见了面，可哈奇记者注意到，两个人都没有说话，但里德的神情似乎有些迟疑。

"那么，有人来解释一下吗？这到底是怎么一回事呀？"唐·麦克莱恩先生开口说道，结束了房间里沉默的氛围。

"人们的大脑真是无奇不有呀，"思考机器感叹，"不过这个证据也证实了我前面所说的话很正确，那些表面的证据一点用处都没有。我们以这一件案子来看，虽然从表面可以发现，所有的证据都指向了梅尔罗斯小姐被杀身亡，而柯蒂斯因爱生恨痛下杀手，凶器就是他自己的刀子，而且他的手绢上面也沾染有血迹。所有的这些都是最为表层的证据，但是事实怎么样呢？现在我们可以清楚地发现，梅尔罗斯小姐还是个大活人，就站在我们的面前。

"从哪里开始说呢？就让我从自己最初开始掺和进这件案子的时候开始吧。最初哈奇先生带着柯蒂斯先生到了我这里，当时柯蒂斯先生病得很重，神志不清，我给了他一点药，让他清醒过来，但是他却惊恐地大吼大叫，说道：'我看见她了，玛格丽特，心脏被刀子戳穿了！'

"最初我还想着他可能已经疯癫了，但是很快我就发现，他或许是因为喝了太多的酒导致酒精中毒，引发了精神上的混乱。再后来我才确认，他是由于喝了太多的酒，出现了短暂的神志失常。当时，'玛格丽特'和'心脏被刀子戳穿了'这两句话，让我不由自主地进行了联想，所以我觉得玛格丽特可能受了伤，或者已经死了。但是他当时却说，'看见了她'。这样一来，这位女郎到底是否还活着呢？

"这就变成了一个疑问，我仔细向哈奇先生询问了事情的经过，他对我说，前天晚上，女演员梅尔罗斯小姐被别人杀害了，我心里暗想，或许她也有可能是自杀呢，毕竟当某个人死掉的时候，又没有发生什么意外的事件，那么最为普遍多见的原因就是自杀了。可是哈奇先生的口吻却非常坚定，说一定是谋杀，并且把他自己的推论告诉了我，对于这个案子他是这样说的——

"当时绿龙号汽车停在了国王客栈前面，随后柯蒂斯下车离开了，他告诉警察说，他下车是为了去找一些汽油，他最后的确带了汽油回到车上，这一点已经被证明确有其事。而里德先生对警察的口供上面说，他也进到客栈里了，还在那里喝了一杯热的苏格兰酒，客栈的工作人员也的确为他做了证，证实他说的话都是真的。那么，倘若是除了柯蒂斯和里德之外的其他人犯下了凶杀案，也就是说，梅尔罗斯小姐独自一人坐在汽车上的时候，应该是犯下这起案件的最好机会。

"随后，哈奇先生又跟我详细地描述了伦纳德医生对这件事提出的一些看法，在医生给出的说明中，我最初发现，当时柯蒂斯和里德把这位女郎送进医生家里的时候，柯蒂斯抱着的女人的上半身，所以我立即就推测，假如当时这位女郎的心脏上挨了一刀，那么柯蒂斯在搬运的过程中很有可能会沾染到对方的血迹，他的手上、衣服或者手绢上很有可能都会留下那些东西。早在怀疑他涉嫌犯下这起谋杀案件之前，我就想到了这些。

"当时柯蒂斯告诉伦纳德医生说，这个女人就是梅尔罗斯小姐，当时尸体体表仍有温度，所以可以推测出，凶案具体发生的时间距离他们把尸体抬进医生诊所的时间肯定相差不大。后来医生在死者身上发现了刀子，这是与这起凶杀案相关的第一个重要的线索，这把刀很大，大约有六七英寸长，很明显，不会是女士们随身带的那种小刀具，所以当时的问题就集中于：这把刀是从何而来的。

"柯蒂斯央求医生把刀子给他，让他拿走，所以这把刀是柯蒂斯或里德的东西，这个可能性非常大。为什么会推测是柯蒂斯的东西呢？首先这把刀长六七英寸，可以看出这把刀应该用于干些粗重的活，削铅笔一般不会用到这种刀；而且，正常情况下一般人也不会把这样大的一把刀随身带在身上。因此，最能解释得通的原因是，柯蒂斯一般会把这把刀放在自己车里的工具箱中，恰好那个时候他遇见了什么事情，需要用到这把刀，就把它取了出来，放在自己的外套口袋里。

"假如当时死去的是梅尔罗斯小姐，那么我们可以推测出一些基本的真相：其一，死者的死亡时间可能是在这两位男士都从汽车离开的时候；其二，杀死这位女郎的凶器长刀，就是柯蒂斯的东西，这把刀原本就在车上，而不是从别的地方弄来的。柯蒂斯立即就发现那把刀属于他自己，因此，他要求伦纳德医生让他把刀子带走。这才是无懈可击的逻辑，像二加二等于四一样简单。"

房间里的所有人都向前探着身子，专心致志地听着他的分析，思考机器站起身，来到了里德的身边，用手摸了摸里德的头。而里德站在那里，没有任何动作，一张脸刷白得像纸一样。思考机器又坐在沙发里面，用他的斜眼盯着天花板，似乎在对自己说话一样。

"随后，我又从哈奇先生那里得知了一件更为重要的细节。"他接着补充，"在那个时候，我觉得这仿佛是一种随机的巧合，不过之后才发现，这才是最重要的疑点。他告诉我，当时伦纳德医生并没有看见尸体的全貌，当时露出来的只有死者的下巴，这个死去的女郎，她的头发被面纱包得严严实实，整张脸都被汽车面罩给遮住了。也就是这个时候，我首次意识到，或许死的那个人并不是梅尔罗斯小姐。但那个时候我只觉得有这种可能，还没有足够的证据来证明那就是真相。

"这具尸体的穿着也很普通，看上去没有什么特殊的地方，几乎大部分年轻的女人外出乘汽车时都会穿着这样的衣服，里面穿一件很漂亮的手工定制礼服，外面套一件棕色的大衣。柯蒂斯醒来的时候，我欺骗了他，说他在自己神志不清时曾说了一些会让自己身陷囹圄的话。而且，我趁着他昏迷的时候仔细对他的脑袋进行了检查，一直以来，我都坚定地认为，那些杀人犯的头骨都与正常人不太一样，可能会有一些凹陷，但柯蒂斯先生并没有那样的凹陷，自然里德先生也没有。

"我又从柯蒂斯先生那里得知，他的刀有可能会被别人拿到，当时他从汽车里下来的时候，曾发现自己外套口袋里似乎掉了什么东西，他趴在地上寻了一下，但是没有找到。当时他着急要到客栈里面去寻找汽油，所以就跟里德先生说了一句，让他帮忙找，也就是这个时候，柯蒂斯先生的刀子就被里德先生给拿到了，因为他确实找到了掉落的刀。"

房间里所有的人都偏过脑袋去观察里德，但是他呆呆地站在那里，盯着凡·杜森教授的脸，没有任何回应。

"目前的情况是，当时汽车上载着一位已经死去的女郎，我们倘若假设这就是梅尔罗斯小姐，而柯蒂斯先生的刀后来被里德先生拿到，她又是被那把刀给杀害的；结合哈奇先生也提到过，法医觉得那把刀有可能是从死者左边刺进身体的。所以里德先生也有嫌疑，他可能会在车上用那把刀杀人，不过这只是说有这种可能性。

"对此我询问了柯蒂斯先生，为何他想从伦纳德医生那里把刀子拿回来？他迟疑了很久，断断续续地不知道该怎么回答。其实很明显，他之前就发觉那就是他的刀，只是害怕这把刀会变成对自己不利的证据。所以柯蒂斯先生在我面前直接否认，说那把刀不是他的。可也就是他的果决否认，令我完全断定，刀就是他的，排除了刀是里德先生的嫌疑。他还告诉我，自己对梅尔罗斯小姐爱得很深，没有动机要杀害她，也就是在此时，他提起了一个人，也就是唐·麦克莱恩先生。

"柯蒂斯先生说，里德先生深爱着伊丽莎白·道小姐；哈奇先生则告诉我，前一天的晚上，道小姐跟摩根·梅森两个人一起私奔了，而他们私奔前相聚的地方就是国王客栈。我们现在得到的真相，只不过是她的双亲的确收到了一封从国王客栈寄来的信件，说她计划跟摩根·梅森私奔，对方已经拿到了两个人结婚的许可。这样想来的确非常奇妙，里德先生最深爱的女人准备在国王客栈跟另外一个男人私奔，而那起谋杀案也发生在国王客栈，难道不是吗？

"不过，这些信息在我看来完全没有价值，一直到听柯蒂斯告诉我，梅尔罗斯小姐满头金发，我猛然间回忆起哈奇先生曾经说过，那位负责对尸体进行查勘的法医曾告诉他，死者是满头黑发。所以我就询问哈奇先生是否见过那具尸体，他说自己没见过，是从法医那里得知了这些消息的。所以我自己脑海里马上就产生了一个疑问，死的那个人难道的确是梅尔罗斯小姐吗？

"我接着询问了柯蒂斯先生他怎么会在温特街上晕倒，他告诉我说，当时他在商店里看见了一个人，并且他说那就是梅尔罗斯小姐，倘若不是他自己深知梅尔罗斯小姐早已被杀，那么他绝对肯定那就是她本人了。这一个疑点，以及头发上的差别让我得到了更确切的证据，明确推测，当时死在车上的尸体，其实并不是梅尔罗斯小姐本人。

"在最初的时候，尽管我心里早就确定，那一把杀人的刀具其实属于柯蒂斯先生，为了确切地对此做出验证，我就把里德先生请到这里来，我故意撒谎告诉里德先生说，柯蒂斯宣称那把刀属于他。而里德先生确实中计了，他气愤极了，觉得柯蒂斯先生这么做是故意想要把凶杀案转嫁到他身上，所以就直截了当地回答说，这把刀就是柯蒂斯的。柯蒂斯先生也默认了，所以我就请警察将他带走了。尽管他被抓进了牢里，可是我手里有足够的证据，能证实这起案子并不是他犯下的。那是由于，我早就断定那把刀已经不在柯蒂斯那里了，而是转移到了里德那儿。"

此时里德的双眼中突然闪过一抹锐利的光亮，那并不是恐惧的神情，而是努力想要忍住什么的神情。思考机器接着往下说。

"后来我又去了法医室观察死者的尸体，整个尸体解剖的过程我都在场。确实，死的那个人满头黑发，可梅尔罗斯小姐的头发却是金黄色的，而且我们如果认真回忆一下的话，会发现那两位女士其实都戴着汽车面面罩，所有的头发都被纱巾包得严严实实，所以大家错认的可能性一定非常大。而且法医说得没错，那把刀的确是从死者左侧刺进身体的。"

"那么死的那个人是谁呀？"柯蒂斯完全忍不住了，直接开口问道。

"那是伊丽莎白·道小姐，她原本要跟摩根·梅森先生一起私奔的。"思考机器解释说。整个房间里所有的人都惊讶极了，但是唯有里德依然神情淡漠，毫不意外，所以众人的视线又一次落在了他身上，一直照料道小姐的女侍者放声哭了起来。

"其实，里德先生最初就知道那具尸体的身份，"思考机器接着说道，"死者腰带扣上有两个金色的字母'E.D'，也就是伊丽莎白·道小姐姓名首字母的缩写，里德先生直接就认出了她的身份。当时在国王客栈里，工作人员瞧见里德先生跟一位女士谈话，那位女士就戴着汽车面罩，还紧紧裹着纱巾，他们两个一起进了房间，但是大家都不知道他们是何时离开的。尽管里德先生并没有直接瞧见那位女郎的脸，可他马上就发现了对方的身份，那是怎么一回事呢？主要是因为他发现了对方身上镶嵌着这个姓名缩写的腰带扣，估计是之前道小姐生日的时候，里德送她的礼物。"

"的确如此，就是他送的。"哈奇插嘴说道。

"没错，是我送的。"里德的神情非常平静，这是他来到凡·杜森教授的家里之后所说的第一句话。

"当时里德先生走进了房间，门也关上了，柯蒂斯的刀也在他的身上。"思考机器继续说下去，"很显然我是没办法得知他们两个人在房间里都聊了什么内容，不过，据我猜测，可能里德在聊天中发觉道小姐正打算跟其他男人私奔，并且她早已经在国王客栈里等了很久，已经过了二人约定相见的时间很久了，所以道小姐心里觉得摩根·梅森变了心辜负了她，不想跟她一起走。她一定又羞又愤，对自己的人生彻底失去了希望，或许她极有可能说自己想要寻死。"

"她确实跟我说她想自杀。"里德非常平静地说。

"下面的事情由里德先生你来叙述吧。"思考机器建议。

"那个时候，其实我自己心里也相信是摩根·梅森变了心，不愿意跟她私奔了，"这个年轻的绅士继续说道，"如你们所知，我对道小姐爱得很深，所以我央求她，不要再有这种私奔的念头了。后来她被我劝动了，此前她是乘出租车来到国王客栈的，那辆车早已开走了，所以她同意了我的邀请，愿意跟我和柯蒂斯一起乘车返回波士顿，所以我俩就一起出了门。在我快要走到绿龙号汽车旁边时，却发现梅尔罗斯小姐下了车，正好上了唐·麦克莱恩的汽车，随后两人开车迅速离去了。当时我立即猜到了事情的原委，但我并没有跟道小姐说。

"我把道小姐带到绿龙号旁边，最开始是想介绍梅尔罗斯小姐给她认识的，柯蒂斯倒是没关系，因为她很早之前就认识他了。而那个时候我亲眼看见梅尔罗斯小姐上了另外一辆车，跟着别的男人潇洒离去，我心里明白，柯蒂斯肯定会询问我事情的经过的，我觉得真相会伤害到他，所以不愿意跟他说实话。此外，还有一个原因，我很担心当时摩根·梅森会突然出现，把道小姐给拐走，因此我想离开那里，越快越好。也就是这样，我才恳求道小姐，希望她上车之后保持沉默，等我们到达下个小镇落脚的时候，寻到合适的时机，我才能对柯蒂斯好好解释这件事。

"可是我们走到一半，道小姐的想法又有所改变，或许她是觉得自己现在的境遇让自己很没面子，就拿着那把刀刺进了自己的身体。因为此前她看见我从自己外衣的口袋里把刀子取出来，随手扔在工具箱那边，而工具箱差不多就放在她的脚边，她稍稍弯点腰就能把那把刀捡起来。所以——"

"就像里德先生所描述的，在当时那样的状况中，"思考机器打断了他说道，"当他意识到道小姐被柯蒂斯错当成了梅尔罗斯小姐，而且已经自杀死掉了，他更不敢把事情的真相说出来，也不愿意把这些告诉柯蒂斯。因为倘若他面临指控的话，陪审团有很大的概率会判处他有罪，所以他只能把真相隐瞒起来。

"在我跟客栈的工作人员聊过之后，整个事情的真相就掌握得七七八八了，自然，不像里德先生所说的那么细致，但事情经过大致相同。随后我就得弄清楚，为什么摩根·梅森没能按时出现在客栈那里。我猜测，或许是在到客栈来的时候他出现了什么意外。所以就询问了客栈里面的汽油仓管，问他这附近是否出现过什么交通事故。他告诉我说的确有这样一起事件。

"接下来我就同哈奇先生一块儿，去找了那个车祸重伤的家伙，我看了他的手表，里面刻有 M. M 的姓名缩写，毫无疑问这个人就是摩根·梅森。他的头部遭受重创，现在还神志不清呢。当时他的外套口袋里放了两张目的地是纽约的火车票，其中一张是他自己的，另外一张则是给伊丽莎白·道小姐的，他愿意娶她为妻。"

里德静静地坐在那里，盯着思考机器动也不动。在场的所有人都被这一段悲惨的爱情故事深深地感动了，大家霎时间都因震惊而沉默起来。

"当时我已经明确地判定了摩根·梅森和伊丽莎白·道小姐两个人的身份，所以就开始寻找梅尔罗斯小姐。其实这些事情，里德先生原本可以早些告诉我的，但是他不敢，他很恐惧自己想要埋藏的隐秘事件被我得知。而现在我既然已经得知梅尔罗斯小姐没有死，也就是说，柯蒂斯在温特街商店所见到的那个人，有极大可能就是她本人。

"我向哈奇先生确认了那家商店的名字，他记忆力不错，确实记得。我又跟他确认了一下，这起梅尔罗斯凶杀案是否会被全国的报纸所刊登，闹得人尽皆知，他给了我肯定的答案。假如他的说法是对的，也就是说，不管梅尔罗斯小姐现在到底在哪里，是待在其他城市，还是在坐长途火车，都一定会听见或者看见这个自己成为谋杀案主角的新闻，而当她发现这一消息的时候，肯定会站出来驳斥的，可是她并没有这样做。

"那么她现在到底去了哪儿呢？有没有可能是去海上航行，根本没有办法接触到这些报纸新闻呢？所以我就去了温特街商店做了一些询问，我详细地问了店主，早先来店里买东西的顾客中，是否有在凶案发生的第二天就需要进行海上航行的。幸好店主还记得，有一位女性顾客曾买了一些物品，并指定要送去一艘开往加拿大哈里法克斯的游轮上，而且对方的外貌很符合梅尔罗斯小姐的体貌特征。

"当时梅尔罗斯小姐跟唐·麦克莱恩先生两个人已经结了婚，正乘坐游轮外出蜜月。于是我就发电报到哈里法克斯，询问他们能否立即返回波士顿。他们同意马上回来，我就在家里等待他们到达。要不是因为这个，哈奇先生，可能两天前我就能告诉你整个事件的答案了。麦克莱恩夫妇，我太感谢你们的帮助了。好了，整件事情就是这样，我已经解释完毕了。"

"还有道小姐寄来的信呢，那封从芝加哥发来的信。"哈奇还提了一句。

"哦，是的，"思考机器解释说，"那封信是道小姐提前寄出去的，她把信寄给了自己在芝加哥的朋友，跟朋友约定好寄信日期，再把信从芝加哥寄到她父母手上。实际上，在道小姐和摩根·梅森两个人的私奔计划中，本来就是先去纽约，再从那里辗转到欧洲的。"

随后，查尔斯·里德被逮捕，进了监狱，在上了法庭接受过审判之后，他被当庭判定无罪，立即释放。当时在庭上，凡·杜森教授、杰克·柯蒂斯和麦克莱恩夫人都为他作了无罪证明。

第三章

完美现场：罪恶终将无所遁形

花园谜案

〔英〕G. K. 切斯特顿

巴黎警察局长阿里斯蒂德·瓦伦丁吃晚饭时姗姗来迟，他的一些客人已经先他一步而来。不过，他的心腹仆人伊凡打消了客人的疑虑："局长马上就来。"伊凡是一位脸上有伤疤的老人，脸色几乎和他的胡子一样苍白，他总是坐在门厅的一张桌子旁——门厅里挂着很多武器。瓦伦丁的房子也许和它的主人一样古怪，一样有名。这是一座老房子，围墙高耸，高高的杨树几乎悬挂在塞纳河上；但是这座建筑的奇特之处——是出于警务人员的标准——在于：除了这扇由伊凡和军械库守卫的前门之外，根本没有任何出口。花园又大又精致，从房子到花园有许多出口，但是花园里没有通往外面世界的出口；花园四周围绕着一堵高高的、光滑的、无法攀登的墙，墙顶上有特制的铁蒺藜：也许对于一个有几百个罪犯发誓要杀死的人来说，这个花园非常保险。

正如伊凡向客人解释的那样，主人打电话说他要耽搁十几分钟。事实上，他是在为死刑和与之类似的令人厌恶的事情做最后的安排：尽管他十分厌恶这些职责，但他总是精确地履行着。在追捕罪犯时，由于他在法国甚至大部分欧洲警界都是最高权威，所以在减刑和净化监狱方面，他的巨大影响力得到了体面的利用。他是法国伟大的人道主义自由思想家之一，像他这样的思想家，唯一的错误就是使仁慈比正义更冷酷。

瓦伦丁到场时，穿着黑色的晚宴服，佩戴着红色的玫瑰形饰缎带①，身形十分优雅。他的黑胡子已经有了灰色的条纹。他径直穿过房子来到书房，书房对着后面的院落，通向花园的门是开着的。他小心翼翼地把公文箱锁在正式的地方，然后站在开着的门口，向花园看了几秒钟。一轮新月映照着暴风雨前的乱云，瓦伦丁带着一种与他这样的科学天性不符的不同寻常的渴望注视着它。也许这些科学天性对他生活中最大的问题有某种心理预见。至少，他很快就从这种神秘的情绪中恢复了过来，因为他知道自己迟到了，而且他的客人已经开始陆续到达了。

　　他走进会客室时，只扫了一眼，就确定他的主要客人还没来。但是他看了一眼，就看到了到场的客人中不乏家世显耀的人物：英国大使加洛韦勋爵——一个脾气暴躁的老人，一张赤褐色的脸像个苹果，戴着嘉德勋章②的蓝色授带；加洛韦夫人，身材苗条，一头银发，一张敏感而高傲的脸；加洛韦夫人的女儿，玛格丽特·格雷厄姆夫人，一个脸色苍白的漂亮姑娘，长着一张精灵般的脸和一头铜色的头发。

　　来客中还有蒙特·圣·米歇尔公爵夫人，黑眼睛，富态雍容。同时到场的还有她的两个女儿，也是黑眼睛，优雅美丽。

　　还有西蒙医生，一个典型的法国科学家，戴着眼镜，留着尖尖的棕色胡子，额头上布满了皱纹，这是对他总是傲慢地扬起眉毛的惩罚。

　　他还看到了最近在英国结识的埃塞克斯郡科波尔的布朗神父。

　　在到场的这些人中，最让他感兴趣的，是一个身穿军装的高个子男人。他向加洛韦母女鞠了一躬，得到的回报却是爱搭不理。现在他又走上前来向主人表示敬意。这位是法国外籍兵团的指挥官奥布赖恩。他身材苗条，但有些趾高气扬，胡子刮得干干净净，黑头发，蓝眼睛。他指挥的军团因为光荣的失败和成功的自杀而驰名遐迩。他与其他军团里的军官一样，兼具精神抖擞和忧心忡忡的神情。他出生在一个爱尔兰绅士

_____

　　① 1802年拿破仑设立了法国荣誉勋位勋章以替代旧王朝的封爵制度，获此殊荣的人被授予荣誉勋位勋章以及与之相配的玫瑰形饰缎带。

　　② 嘉德勋章是授予英国骑士的一种勋章，是今天世界上历史最悠久的骑士勋章和英国荣誉制度最高的一级。

家庭，在少年时代就认识了加洛韦一家，尤其是玛格丽特·格雷厄姆。他在债台高筑之后离开了自己的国家，现在穿着制服、佩戴军刀和马刺到处走动，以此来表达他完全不受英国礼节约束的自由。当他向大使的家人鞠躬时，加洛韦勋爵和夫人僵硬地弯了弯腰，玛格丽特夫人却转过头去。

　　但是，不管是什么旧有的原因使这些人可能对彼此感兴趣，他们尊贵的主人家对他们却并不特别感兴趣。至少在他眼里，他们当中没有一个是今晚的贵宾。由于某种特殊的原因，瓦伦丁在等待一个世界知名人物。在他出差到美国从事侦探工作并取得成功的旅程中，他和这个人交上了朋友。这个人叫朱利叶斯·K. 布雷恩，是个亿万富翁，为小宗教团体捐献了巨额资金，经常在英国和美国报纸上引起轰动，因而顺理成章地赢得了人们的尊重。没有人能完全弄清楚布雷恩先生究竟是一个无神论者、一个摩门教徒还是一个信基督的科学家。但他对于有知识的人从来不吝惜钱财，只要他尚未成名。他的一个爱好是等待美国的莎士比亚出现——这是一个比钓鱼更有耐心的爱好。他钦佩沃尔特·惠特曼，但认为来自巴黎的卢克·P. 坦纳比惠特曼更"进步"。他喜欢任何他认为"进步"的东西，他认为瓦伦丁是"进步派"，不过这对瓦伦丁来说是严重的不公平。

　　朱利叶斯·K. 布雷恩坚毅的面孔一出现在房间里，就像晚餐铃声一样具有决定性。他有一种我们很少有人具备的伟大品质，所以他的存在和他的缺席一样重要。他是一个身材高大的胖子，穿着一身黑色晚礼服，没有戴表链或戒指。他的头发是白色的，像德国人一样向后梳；他的面色红润，神情严峻。他的脸胖乎乎的，下巴上有一撮黑色的胡子，有一种戏剧化的，甚至是恶魔般的表情。不过，沙龙里的客人只盯着这个著名的美国人看了一会儿，很快他就被请进了餐厅，于是他挽着加洛韦夫人的胳膊走了进去。

　　加洛韦家的人对什么都很和蔼可亲，也很随便，除了一件事：只要玛格丽特夫人不挽着冒险家奥布赖恩的胳膊，她父亲就很满意；而她也确实没有挽着奥布赖恩的胳膊，而是彬彬有礼地跟着西蒙医生进了餐厅。尽管如此，老加洛韦勋爵还是坐立不安，甚至几乎是粗鲁无礼。吃饭的时候，他已经够老练的了，但是当三个年轻人——医生西蒙、布朗神父和那个穿着外国制服的流亡者奥布赖恩——分散开来，要么和女士们混在一起，要么在暖房里吸烟，这时候，这位英国外交家就变得非常不老练了。一想到那个流氓奥布赖恩可能在向玛格丽特使眼色，他每隔六十秒就被刺痛一次；他不敢想后来会怎么样。他留在餐桌旁，和白发苍苍的美国佬布雷恩以及头发斑白的法国人瓦伦丁在一起喝咖啡。他们彼此争论，谁都无法说服谁。过了一会儿，这场"进步"的舌战达到了令人厌烦的地步，加洛韦勋爵也站起来去了会客室。他在长长的过道里转了六七分钟，直到他听到医生那高亢、说教的声音，然后是神父那沉闷的声音，接着是大家的笑声。他诅咒了一声，以为他们可能在争论"科学和宗教"。但是当他打开沙龙的门时，他只看到了一件事——有人已经不在场。奥布赖恩指挥官不见了！玛格丽特夫人也不在了！

　　勋爵像离开餐厅一样不耐烦地离开了会客室，又沿着过道踱起步来。他想保护女儿不受爱尔兰裔阿尔及利亚人①的伤害，这个想法成了他的焦点，甚至让他发狂。

　　他朝房子后面走去，那里是瓦伦丁的书房，在那里，他惊奇地看见了他的女儿，她脸色苍白，满脸轻蔑，这又是一个谜。要是她曾经和奥布赖恩在一起，那奥布赖恩在哪儿呢！如果她没有和奥布赖恩在一起，她会去哪儿呢？由于年老多疑加上爱女心切，他摸索着来到大厅黑洞洞的后半部，最终找到了一个通向花园的仆人入口。一轮新月从乌云里钻出来，把银光洒在花园的四角。一个穿蓝衣服的高个子大步跨过草坪，朝书房门走去；银色的月光照在他的脸上，勋爵认出那就是奥布赖恩指挥官。

　　奥布赖恩穿过落地窗消失在屋子里，留下加洛韦勋爵在那里大发雷霆，心中十分不快。那个银蓝相间的花园就像戏院里的布景，似乎在用暴虐的温柔来嘲弄他，而他的世俗权威正在与之作战。爱尔兰人优雅的

---

　　① 当时法国外籍军团的主要驻地是法属阿尔及利亚，故有此说。

大步走法更加激怒了他，好像他是一个情敌，而不是一个父亲；月光使他疯狂。他仿佛被魔法困住了，陷进了一个行吟诗人的花园里，一个华多笔下的仙境。他飞快地走着，却被草丛中的木块或石头绊倒了。他先是生气地看着它，然后又好奇地看了第二次。转眼间，月亮和高大的白杨树看到了一个不同寻常的景象——一位年迈的英国外交家边跑边哭，或者说惨叫。

他声音嘶哑，面色惨白地来到了书房门口。西蒙医生急忙迎出来，他的眉毛因为吃惊而上扬。他费了很大的力气才弄清楚加洛韦勋爵说的是什么："草丛中有一具尸体——一具血迹斑斑的尸体。"

"我们必须马上告诉瓦伦丁，"听到他断断续续地说完自己看到的一切后，医生说，"幸好他来了。"就在他说话的时候，这位伟大的侦探被这声叫喊所吸引，走进了书房。听到这件血淋淋的凶杀案时，瓦伦丁侦探立刻变得认真机警起来。因为不管这件事有多么突然和可怕，都是他的分内之事。

"奇怪了，先生们，"他在人们匆忙离开书房去花园的时候说，"我在世界各地侦破疑案，现在居然有一件发生在我的后院，可是在什么地方呢？"他们不那么容易地穿过草地，因为河面上开始升起一层薄雾；但是在颤抖的加洛韦的领导下，他们终于找到了那具藏在深草里的尸体。那是一具肩膀很宽、身材高大的人的尸体。他脸朝下躺着，所以他们只能看到他宽大的肩膀裹着黑布，他的大脑袋光秃秃的，只有一两根棕色的头发像潮湿的海藻一样贴在他的头骨上。一缕猩红色的血流从他伏着的脸上蜿蜒而出。

"至少，"西蒙用一种深沉而奇特的语调说，"他不是我们中的一个。"

"给他检查一下，医生，"瓦伦丁尖锐地叫道，"他可能没死。"

医生弯下腰。"他还不是很冷，但是我恐怕他已经死得够彻底了，"他回答，"帮我把他抬起来。"

他们小心翼翼地把他抬到离地面一英寸的地方，所有怀疑他是否真的死了的疑问立刻全部解决了。他的头掉了下来，和身体完全分开了。

不管是谁割断了他的喉咙，他的脖子也被割断了。甚至连瓦伦丁都有点震惊。"凶手一定像大猩猩一样强壮。"他喃喃自语道。

尽管西蒙医生已经习惯了解剖，但他还是忍不住颤抖起来。他举起那颗脑袋，颈部和下巴有轻微的割伤，但脸部基本上没有受伤。那是一张生硬的黄色面孔，凹陷而肿胀，有着鹰一样的鼻子和厚重的眼睑——这是一张邪恶的罗马皇帝的面孔，或许还有一种不太明显的中国皇帝的特色。

所有在场的人似乎都以一无所知的冷静眼光看待着尸体。除了他们抬起尸体时，看到尸体的闪光的白衬衣，以及上面的一道红色的血迹，别的什么也看不出来。正如西蒙医生所说，这个人不是参加宴会中的人的一个，但是很可能想来参加宴会，因为他的衣着说明了这一点。

瓦伦丁手和膝盖着地，用他最专业的眼光仔细检查了尸体周围约二十码的草丛和地面。除了几根折断或砍成极小长度的小树枝外，没有任何收获。瓦伦丁拿起这些树枝检查了一会儿，然后扔掉了。

"小树枝，"他严肃地说，"小树枝，还有一个被砍了头的陌生人；这片草坪上就只有这些东西。"

周围一片令人毛骨悚然的寂静，紧张不安的加洛韦大声喊道："那是谁！花园围墙那边那个人是谁？"

一个长着一颗愚蠢的大脑袋的小个子在月光下的薄雾中摇摇晃晃地走近他们，一时间看上去像个妖精，但结果却是他们留在会客室里的那个无害的小神父。

"我说，"他温顺地说，"这个花园没有门，你知道吗？"

瓦伦丁的黑眉毛有点不高兴地皱在一起，因为他一看到黑教士服就会这样。但是，他是一个正直的人，不能否认这句话的意义。

"你说得对，"他说，"在我们弄清楚他是怎么被杀的之前，我们可能得先弄清楚他是怎么来到这里的。听我说，先生们。如果能够对我的地位和职责不抱成见的话，我们都会同意把某些著名的名字排除在外。这里有女士、先生，还有一位外国大使。如果我们必须把它定为犯罪，那么它就必须作为罪案跟进。但在那之前我可以自己决定。我是警察局长，我在公众面前享有声望，所以我可以把这件事情暂时保密。上帝啊，在我召集我的人去搜寻其他人之前，我会先为我的客人澄清。先生们，凭你们的荣誉，在明天中午之前，你们谁也不许离开这所房子，这里有床给大家睡。西蒙，我想你知道在哪里可以找到我的仆人伊凡，在前厅。他是一个值得信赖的人。告诉他让别的仆人看守，他自己马上到我这里来。加洛韦勋爵，你无疑是告诉夫人们发生了什么事以免引起恐慌的最佳人选。她们也必须留下来。布朗神父和我会留在尸体旁边。"

瓦伦丁一说出这种有队长风度的话，人们就像听到军号一样服从了他。西蒙医生走到军械库，把公家侦探瓦伦丁的私家助手伊凡找了出来。加洛韦走进会客室，巧妙地把这个可怕的消息告诉了女士们。所以等到客人们都聚集到会客室的时候，她们已经从震惊转为了平静。与此同时，善良的神父和善良的无神论者站在死者的头部和脚部，在月光下一动不动，就像两尊象征死亡哲学的雕像。

那个可信赖的伊凡像个炮弹一样从房子里跑出来，穿过草坪跑向瓦伦丁，就像一条狗跑向他的主人。听完这个家宅内的凶杀案，他那张苍白的脸变得充满了生气。他几乎是迫不及待地请求主人允许他去检查现场残留物。

"好的，如果你愿意，伊凡，"瓦伦丁说，"但是不要太久。我们必须进去了，在屋里仔细研究这个问题。"

伊凡抬起头，然后又低下了头。

"为什么，"他喘着气说，"这是——不，这不是，这不可能。你认识这个人吗，先生？"

"不，"瓦伦丁漠不关心地说，"我们最好进去。"

他们把尸体抬到书房的一张沙发上，然后和神父一起走到会客室。

侦探在一张桌子前静静地，甚至有些犹豫地坐了下来，但是他的眼睛却是法庭审判长严酷无情的眼睛。他在面前的纸上迅速做了些笔记，然后简短地说："大家都在吗？"

"布雷恩先生不在吗？"蒙特·圣·米歇尔公爵夫人环顾四周说。

"不，"加洛韦勋爵用沙哑刺耳的声音说，"尼尔·奥布赖恩先生也不在。我看见那位先生在花园里走动，那时尸体还是热的。"

"伊凡，"侦探说，"去把奥布赖恩指挥官和布雷恩先生找来。我知道布雷恩先生正在餐厅里抽雪茄，我想奥布赖恩指挥官现在正在温室里走来走去。我不太确定。"

那个忠实的助手从房间里一闪而过。大家还没有来得及活动或者说话，瓦伦丁已经开始用和伊凡同样迅速的军人风范继续说道："这里的每个人都知道，在花园里发现了一个死人，他的头被从身体上砍了下来。西蒙医生，你已经检查过了。你认为那样割断一个人的喉咙需要很大的力量吗？或者，也许只是需要一把非常锋利的刀？"

"我得说，这根本不是用刀子就能做到的。"面色苍白的医生说。

"你有没有想过，"瓦伦丁接着说，"有什么工具可以用来做这件事呢？"

"从现代的可能来说，我真的没有想出来。"医生痛苦地拧起眉毛。

"即使是笨拙地砍断脖子也不容易。这是一个非常干净的切口，可能是用一把战斧，或者一把古代刽子手行刑用的斧头，或者一把双手握的重剑。"

"可是，天哪！"公爵夫人几乎歇斯底里地喊道，"这里并没有双手握的重剑或战斧。"

瓦伦丁还在忙着在纸上写些什么。"告诉我，"他说，仍然很快地写着，"会不会是法国骑兵的长军刀造成的呢？"

一阵轻轻的敲门声传来，不知为什么，这敲门声使每个人的血液都凝固了，就像《麦克白》里的敲门声一样。在冰冷的寂静中，西蒙医生勉强说："一把军刀——是的，我想它可以。"

"谢谢你，"瓦伦丁说，"进来，伊凡。"

深受信任的伊凡打开门，把奥布赖恩指挥官带了进来。他终于找到了这个在花园里踱步的先生。

那个爱尔兰军官站在门口，目中无人地说："你找我干什么？"

"请坐，"瓦伦丁愉快而平静地说，"你没有佩戴你的剑，它在哪里？"

"我把它放在图书室的桌子上了，"奥布赖恩说，由于心情不安，他的口音加重了，"它是个累赘，它正在……"

"伊凡，"瓦伦丁说，"请你去图书室把指挥官的剑拿来。"仆人出去之后，他又说，"加洛韦勋爵说，他在发现尸体之前看见你离开了花园。你在花园里干什么？"

指挥官慌乱地坐到一把椅子上。"哦，"他用纯正的爱尔兰语喊道，"赏月，与大自然亲密接触，我很开心。"

一阵沉重的寂静弥漫开来，持续了一会儿，直到一阵可怕的敲门声响起。伊凡又出现了，手里拿着一把空的钢剑鞘。"我只能找到这个。"他说。

"把它放在桌子上。"瓦伦丁头也不抬地说。

房间里一片寂静，就像被告席周围那片惨无人道的寂静。公爵夫人那些软弱无力的感叹早就消失了。加洛韦勋爵的仇恨得到了满足，甚至得到了平息。突然，一个出乎意料的声音响起。

"我想我可以告诉你，"玛格丽特夫人喊道，声音清晰而颤抖，这是一个勇敢的女人在公开场合说话时的声音，"我可以告诉你奥布赖恩先生在花园里干什么，因为他必须保持沉默。他向我求婚，我拒绝了，我说就我目前的家庭环境，我只能对他表示尊敬。他对此有点生气，似乎不太在乎我的尊敬。我不知道，"她带着相当苍白的微笑补充说，"他现在是否还会在乎我的尊敬，因为我现在就把它献给他。我在任何地方都可以发誓，他从来没有做过这样的事情。"

加洛韦勋爵慢慢走近他的女儿，用他认为是低声的语气恐吓她。"闭嘴，玛吉，"他用雷鸣般的低语说，"你为什么要护着那家伙呢？他的剑呢？他那讨厌……"

他停了下来，因为他女儿盯着他的那种奇怪的眼神，这种眼神确实吸引了所有人。

"你这个老傻瓜！"她低声说，声音里没有一丝怜悯，"你想证明什么？我告诉你，这个人和我在一起的时候是没有恶意的。但就算他有恶意，他还是和我在一起。如果他在花园里杀了一个人，那么谁是那个应该看到应该知道的人呢？你是不是恨尼尔恨到把自己的女儿……"

加洛韦夫人尖叫一声。其他人都坐在那里，各自为自己曾与恋人之间发生过的类似悲剧而激动。他们看到了这个脸色苍白的苏格兰贵族女子，还有她的爱尔兰冒险家情人，就像在看一所黑屋子里陈旧的画像。长时间的沉默里，充满了对被谋杀的丈夫和双双服毒的情妇情夫这种故事的记忆。

在这种可怕的沉默中间，一个天真的声音说："是一支很长的雪茄吗？"

这种思想的变化是如此剧烈，人们不得不回头看看是谁在说话。

"我的意思是，"房间角落里的小个子布朗神父说，"我的意思是布雷恩先生正在抽的那支雪茄，它看起来几乎和手杖一样长。"

尽管这和案子无关，但当瓦伦丁抬起头时，他的脸上既有赞同又有恼怒。

"完全正确，"他厉声说，"伊凡，再去看看布雷恩先生，马上把他带到这儿来。"

在家务总管关上门的那一刻，瓦伦丁以一种全新的热情态度对那个姑娘说话。

"玛格丽特夫人，"他说，"我们都为你放下身段为指挥官的行动做出解释感到感激和钦佩。但是还有一个漏洞。据我所知，加洛韦勋爵在你从书房走到会客室的时候遇见了你，几分钟以后，他才在花园看到指挥官从那里走过。"

"你得记住，"玛格丽特用略带讽刺的声音回答说，"我刚才拒绝了他，所以我们几乎不可能挽着手回来。不管怎么说，他是个绅士，应该耽搁一下落在我后面，因为这样就要被指控谋杀吗？"

"在那几分钟里，"瓦伦丁严肃地说，"他可能真的……"

敲门声又响了起来，伊凡一脸震惊地走了进来。

"对不起，先生，"他说，"布雷恩先生已经离开了这所房子。"

"离开了？"瓦伦丁喊道，迅速站了起来。

"离开了，不见了，"伊凡用可笑的法语回答，"他的帽子和外套也不见了。我要告诉你一件事。我跑到屋外去寻找他留下的痕迹，我找到了一个，还是一个很大的'痕迹'。"

"什么意思?"瓦伦丁问道。

"我指给你看。"他的仆人说着就走了进来，手里拿着一把光秃秃的骑兵军刀，刀尖和刀刃上都是血迹。房间里的每个人看着它都好像看到了雷电；但是经验丰富的伊凡很平静地继续说道："我发现了这个，"他说，"扔在通往巴黎的路上五十码处的灌木丛中。换句话说，我是在你们尊敬的布雷恩先生逃跑时扔掉它的地方发现它的。"

又是一阵沉默，不过是一种新的沉默。瓦伦丁拿起那把军刀仔细端详，不动声色地集中精神，然后把脸转向奥布赖恩，恭敬地说："指挥官先生，"他说，"我们相信，如果警方需要检查这件武器，你是一定会愿意把它呈交上来的。"他一边说，一边拍着铮铮作响的军刀背，"我把你的剑还给你。"

看到这个动作的军事象征意义，所有人都忍不住鼓起掌来。

对于尼尔·奥布赖恩来说，这个姿态的确是他生活的转折点。当他在神秘的花园里再次披着晨光漫步的时候，那平淡无奇的悲剧色彩已经从他身上消失了；毕竟他是一个有着许多理由快活的人。加洛韦勋爵是个绅士，曾向他表示过歉意。玛格丽特夫人比夫人还高贵，至少她是个女人。早饭前他们在花坛里闲逛的时候，玛格丽特夫人也许给了他比道歉更好的回报。所有人的心情都轻松了很多，因为尽管死亡之谜仍然存在，但他们所有人的嫌疑都消失了，和那个陌生的亿万富翁——一个他们几乎不认识的人——一起逃到了巴黎。魔鬼被赶出了这所房子——他把自己赶了出去。

不过，谜底还是没有解开。奥布赖恩来到正坐在花园长椅上的西蒙医生旁边，一屁股坐了下去，这个极具科学精神的医生马上又提到了这件事。可是他没有从奥布赖恩那里听到多少有价值的信息，因为后者正在想一些比较愉快的事情。

"我不能说我对这件事很感兴趣，"爱尔兰人坦率地说，"特别是因为它现在看起来已经真相大白了。显然，布雷恩出于某种原因恨这个陌生人，就把他引到花园里，然后用我的剑杀了他。他杀了人就逃到城里，在路上把剑丢掉了。顺便说一下，伊凡告诉我死者口袋里有一张美元，所以他是布雷恩的同胞，这似乎说明了问题。我认为解决这个问题没有任何困难。"

"有五个难点，"医生平静地说，"就像高墙一样挡道。别误会我。我并不怀疑是布雷恩做了这件事，我想他的逃跑证明了这一点。但他是怎么做到的呢？第一个难点：为什么一个人明明可以用一把小刀杀死另一个人，再把它放回自己的口袋里，却要选择一把大而笨重的军刀？第二个难点：为什么没有什么声音或者喊叫？一个人看到另一个人挥舞着刀扑向自己，会不吭声吗？第三个难点：有一个仆人整个晚上都守着前门，连老鼠都进不了瓦伦丁的花园，那死者是怎么进来的？第四个难点：在同样的条件下，布雷恩是如何逃出花园的？

"还有第五个呢？"尼尔说着，眼睛盯着那个从小路上慢慢走来的英国神父。

"我想这是一件小事，"医生说，"但我认为是最奇怪的事。当我第一次看到那个脑袋是怎么被砍下来的时候，我猜想那个凶手砍了不止一刀。但在仔细检查后，我发现被截断的部分有许多切口，换句话说，它们是在脑袋被砍掉之后才砍的。难道布雷恩对他的敌人恨之入骨，非要在月光下用军刀砍很多次才能解恨？"

"太可怕了！"奥布赖恩说着，打了个寒战。

他们谈话的时候，小个子布朗神父来了，带着他特有的羞怯，一直等到他们谈完，然后他尴尬地说："我说，很抱歉打断你们。但是我是奉命来告诉你们消息的！"

"消息？"西蒙重复着，透过他的眼镜相当痛苦地盯着他。

"是的，我很难过，"布朗神父温和地说，"又发生了一起谋杀案。"

坐在椅子上的两个人跳起来，使椅子摇晃起来。

"还有，更奇怪的是，"神父呆滞地盯着那些杜鹃花，继续说道，"还是那么令人作呕，还是砍头。他们是在河里找到那颗还在流血的头颅的，就在离布雷恩通往巴黎的路上几码远的地方，所以他们认为他……"

"天哪！"奥布赖恩喊道，"布雷恩是个偏执狂吗？"

"有美国人的血统，"神父面无表情地说，然后他又说，"他们想让你们去图书室看看。"

奥布赖恩指挥官跟着其他人去验尸，显然感到恶心。作为一名军人，他厌恶这种秘密的屠杀；这种荒唐透顶的肢解，要到什么时候才会停止呢？先是一个脑袋被砍下来，然后是另一个；在这种情况下（他痛苦地告诉自己），两个脑袋比一个好是不正确的。当他走过书房的时候，一个令人震惊的巧合让他几乎惊愕不已。瓦伦丁的桌子上放着第三颗流血的脑袋的彩色照片，那是瓦伦丁本人的脑袋。仔细一看，他发现那只不过是一份名叫《断头台》的民族主义报纸对它的政敌所玩的一种手法。它会把它所有的政敌被处决后的头像印在报纸上，这一次轮到了瓦伦丁。但是奥布赖恩是一个爱尔兰人，即使在他犯罪的时候也保持着某种纯洁；他对那种只属于法国的知识分子的极端残忍的行为极为反感。这使他回想起了法国大革命的恐怖时代。

图书室又长又矮，里面黑漆漆的，只有从低矮的百叶窗下射进来的光线还带着一点早晨的红色。瓦伦丁和他的仆人伊凡在一张略微倾斜的长桌子的尽头等着他们，桌子上放着两个人体的残余部分，在晨曦中显得巨大无比。在花园里发现的那个人的黑色大块头和黄色的脸基本上没有改变，今天早上在河边的芦苇丛中打捞上来的第二个头颅水淋淋地放在它旁边。瓦伦丁的人还在寻找第二具尸体的其余部分，据认为还在河水里。

布朗神父似乎一点也不像奥布赖恩那样敏感，他走到第二个人头前，眨着眼仔细地看着它。那只不过是一头蓬乱的白发，在红色的晨曦中发出银色的光芒。那张脸看起来丑陋，泛着紫色，也许是罪犯型的。在被扔进水里的时候撞上了树木或者石头，撞烂了。

"早上好，奥布赖恩指挥官，"瓦伦丁平静而亲切地说，"我想你听说过布雷恩宰人的最新试验品了吧？"

布朗神父仍然垂着头看着那颗白头发的脑袋，他头也不抬地说："我想，你肯定认为是布雷恩砍下了这个头。"

"嗯，这似乎是常识，"瓦伦丁双手插在口袋里说，"以同样的方式被杀，而且是被我们知道的他带走的同一件武器杀死的。"

"是的，是的，我知道，"布朗神父顺从地回答，"不过，你知道，我怀疑布雷恩能否砍下这个头。"

"为什么不能呢？"西蒙医生用理智的眼光看着神父问道。

"好吧，医生，"神父抬起头眨着眼说，"一个人能把自己的头砍下来吗？我不知道。"

奥布赖恩觉得自己的耳朵轰的一下，差点昏过去。但医生却一跃而起，把湿漉漉的白发往后撩起来。

"哦，毫无疑问是布雷恩，"神父平静地说，"他的左耳上正好有这个缺口。"

侦探一直用坚定而闪亮的眼睛注视着神父，他张开紧闭的嘴严厉地说："布朗神父，你似乎对他了解很多。"

"我是知道，"小个子神父简单地说，"我和他在一起待了好几个星期，他在考虑加入我们的教会。"

瓦伦丁的眼睛冒出狂热的火花，他紧握着双手大步走向神父。"而且，也许，"他冷笑着喊道，"也许他也在考虑把所有的钱都留给你们的教会。"

"也许是吧，"布朗不动声色地说，"这是有可能的。"

"这样的话，"瓦伦丁带着可怕的微笑说道，"你可能真的对他了解很多，关于他的生活和他的……"

奥布赖恩指挥官把一只手放在瓦伦丁的胳膊上。"别再说那些诽谤性的废话，瓦伦丁，"他说，"否则还会有更多的剑。"

但是瓦伦丁（在神父坚定而谦卑的注视下）已经恢复了常态。"好吧，"他简短地说，"个人意见可以先不谈。先生们，你们仍然受到要留下来的承诺的约束，你们必须对你们自己——对彼此——履行这个承诺。伊凡在这里会告诉你们更多你们想知道的事情，我得去办正事，写信给当局。我们不能再保持沉默了。我就在书房里写，如果有更多的消息，可以去通知我。"

"还有什么消息吗，伊凡？"警察局长大步走出房间后，西蒙医生问道。

"我想还有一件事，先生，"伊凡皱起他那苍白的老脸说，"不过这件事也很重要。你在草坪上找到的那个老家伙，"他毫不掩饰地指着那个有着黄色脑袋的黑色尸体，"不管怎样，我们已经查出他是谁了。"

"真的吗？"惊讶的医生喊道，"他是谁？"

"他的名字叫阿诺德·贝克尔，"这位低级侦探说，"不过他有很多化名。他是个四处游荡的流氓，而且据说去过美国，所以布雷恩就是在那里和他结了仇。我们和他没什么交集，因为他大部分时间都在德国作案。当然，我们和德国警方有些联系。但是，奇怪的是，他有一个双胞胎兄弟，名叫路易斯·贝克尔，这个家伙跟我们打过很多次交道。事实上，我们昨天才不得不把他送上了断头台。嗯，先生们，这很奇怪，但是当我看到那个家伙躺在草坪上的时候，我受到了这一生最大的惊吓。如果我没有亲眼看到路易斯·贝克尔被送上断头台，我会发誓躺在草地上的就是路易斯·贝克尔。然后，我当然想起了他在德国的孪生兄弟，于是追踪这条线索……"

伊凡停了下来，因为没有人在听他说话。指挥官和医生都盯着布朗神父，他僵硬地站了起来，紧紧地按住他的太阳穴，像一个人突然感到剧烈的疼痛。

"停，停，停！"他喊道，"先别说了，因为我看出了一半。上帝会给我力量吗？我的大脑会飞跃一下看见一切吗？上帝保佑我！我以前很善于思考。我曾经可以解释阿奎纳著作中的任何一页。是我的头要裂开，还是我能全面看出来？我只看出了一半，我只看出了一半。"

他把头埋在双手里，站在那里，陷入一种死板的思想折磨或祈祷，而其他三个人只能继续盯着他们狂乱的十二个小时中的这最后一个奇迹。

当布朗神父的手放下来时，他脸上气色很好，表情非常严肃，就像一个孩子。他叹了一口气，说："让我们尽快把这件事说清楚，处理完。听着，这是让你们相信真相的最快方法。"他转向医生，"西蒙医生，"他说，"你的头脑很清醒，今天早上我听到你问了关于这件事最难解的五个问题。好吧，如果你再问一遍，我就回答你。"

西蒙感到十分疑惑和惊讶，夹鼻眼镜从鼻子上滑了下来，但还是立刻回答："好的，你知道，第一个问题是，为什么一个人明明可以用一把小刀杀死另一个人，却要选择一把大而笨重的军刀？"

布朗平静地说："因为短剑无法砍下人的脑袋。对于这次谋杀来说，砍头是绝对必要的。"

"为什么？"奥布赖恩饶有兴趣地问道。

"下一个问题是什么？"布朗神父问道。

"那么，为什么那个人没有叫喊呢？"医生问道，"军刀在花园里可是不同寻常的。"

"小树枝，"神父闷闷不乐地说，然后转向能够看到死亡景象的窗子，"没有人看见短树枝这一点，它们为什么会在离树那么远的草坪上呢？它们不是被折断的，而是被砍断的。凶手用马刀耍了一些花招来迷惑他的敌人，向他展示如何在半空中砍一根树枝，或者别的什么。然后，当他的敌人弯下腰去看结果的时候，他无声地砍了一下，头就掉了下来。"

"好吧，"医生慢吞吞地说，"这似乎很有道理。但我接下来的两个问题会让所有人难以回答。"

神父仍然站在那里，用判断的眼光看着窗外，等待着。

"你知道整个花园就像一个密不透风的密室，"医生接着说，"那么，那个陌生人是怎么进入花园的呢？"

小个子神父没有转过身来，回答说："花园里从来没有什么陌生人。"

一阵沉默之后，突然爆发出一阵近乎孩子气的笑声，缓解了紧张的气氛。布朗荒谬的言论引发了伊凡的公然嘲笑。

"哦！"他喊道，"那我们昨晚没有把一具肥胖的尸体拖到沙发上吗？我想他还没有走进花园吧？"

"进了花园？"布朗沉思地重复着，"不，不完全是。"

"该死，"西蒙叫道，"一个人要么进入花园，要么不进去。"

"不一定，"神父带着淡淡的微笑说，"下一个问题是什么，医生？"

"我想你一定是病了，"西蒙医生厉声说，"不过，如果你愿意，我可以问下一个问题。布雷恩是怎么从花园里跑出来的？"

"他没有走出花园。"神父说，仍然看着窗外。

"没有走出花园？"西蒙像炸弹爆炸一样喊道。

"不完全是。"布朗神父说。

西蒙疯狂地按照法国逻辑挥舞着拳头。"一个人要么走出花园，要么没有出去。"他喊道。

"不总是这样。"布朗神父说。

西蒙医生不耐烦地跳了起来。"我没有时间听这些没有意义的话，"他生气地叫道，"如果你连一个人只能站在墙的一边或另一边都不知道，我就不再麻烦你了。"

"医生，"神父非常温和地说，"我们总是相处得很愉快。看在我们是老朋友的份上，停下来，告诉我你的第五个问题。"

不耐烦的西蒙在门边的一张椅子上坐了下来，简短地说："头和肩膀的伤势很奇怪，似乎是死后才砍的。"

"是的，"神父一动不动地说，"这样做是为了让你对你做出的错误假定完全肯定，让你理所当然地认为那颗头是属于那个身体的。"

奥布赖恩恐怖地望着，他的盖尔文化传统让他好像听到了一个声音："避开邪恶的花园，那里一棵树结两种果子，一个人有两个头。"但是他那法国化的头脑最终占了上风，他像其他人一样靠近这个古怪的神父，怀疑地注视着他。

布朗神父终于转过身来，靠着窗子站着，他的脸笼罩在浓重的阴影中，但即使在那阴影中，他们也能看到他的脸苍白如灰。尽管如此，他还是说得很有条理。

"先生们，"他说，"你们在花园里发现了贝克尔的尸体，却没有发现任何陌生人的尸体。面对西蒙医生的理性主义，我仍然断言贝克尔只有一部分在这里。看这里！"他指着那神秘尸体的黑色身躯说，"你们没有在生活中见过这个人，可是你们以前见过这个人没有？"

他迅速地把那个不认识的人的光秃秃的、黄色的脑袋推开，把那个白头发的脑袋放在旁边。就在那里，完整、明白无误地躺着朱利叶斯·K.布雷恩。

"那个杀人犯，"布朗平静地继续说，"砍下了敌人的头，把剑扔到了墙外。但是他太聪明了，不会只是把剑扔出去，他也把头从墙上扔了下去。然后他只需要把另一个人的头跟尸体合上。因为他坚持私下调查，所以你们都把这个人想象成了另一个人。"

"把另一个人的头跟尸体合上！"奥布赖恩瞪着眼说，"什么另一个人的头？花园里的灌木丛里不会长头吧？"

"不会，"布朗神父看着他的靴子，沙哑地说，"它们只在一个地方生长。它们长在断头台的首级篮里。在谋杀案发生前不到一个小时，警察局长阿里斯蒂德·瓦伦丁就站在断头台的旁边。哦，我的朋友们，在你们把我撕成碎片之前，再听我说一分钟。瓦伦丁是个诚实的人，如果为了一个有争议的理由而疯狂就算是诚实的话。但是你们没有从他那冷漠的灰色眼睛里看出疯狂的光芒吗？为了打破他所谓的十字架迷信，他愿意做任何事，任何事。他为它而战，为它而饿，现在他为它而杀人。布雷恩令人激动的数百万至今已散发给众多的教派，但它们几乎没有改变事物的平衡。但是瓦伦丁听到一种小道消息，说布雷恩和许多头脑不清的怀疑论者一样，正在转向我们，那就是另一码事了。布雷恩会向穷困潦倒、好斗的法国教会提供物资；他会支持六家像《断头台》这样的民族主义报纸。这场战斗已经在某一点上取得了平衡，于是这个狂热分子冒着生命危险发起了攻击。他决心要杀死那个亿万富翁，他这样做了，就像人们所期望的最伟大的侦探犯下他唯一的罪行一样。他用合乎逻辑的借口逮捕了贝克尔，把他的头砍下来，放在自己的公事箱里带回家。他和布雷恩发生了最后一次辩论，加洛韦勋爵没有听到结果的辩论，然后他把布雷恩带到一个封闭的花园里谈论剑术，用树枝和一把军刀进行表演……"

伊凡一跃而起，似乎从精神恍惚中突然变得清醒。"你这个疯子，"

他喊道，"你现在就去找我的主人，如果我带你过去……"

"我正要去他那儿，"布朗语气沉重地说，"我必须请他坦白一切。"

他们把不高兴的布朗像人质或牺牲品一样赶着，一起冲进瓦伦丁的书房，突然寂静下来。

这位伟大的侦探坐在他的办公桌前，显然忙得不可开交，听不到他们吵吵嚷嚷的进门声。他们停顿了一会儿，医生突然发现瓦伦丁那挺直优雅的背部有什么东西。他快步冲过去，碰了他一下，发现在瓦伦丁的胳膊肘处有一小盒药丸，瓦伦丁已经死在他的椅子上了。在他茫然的脸上，带着比加图更自豪的表情。

三件死亡工具

〔英〕G. K. 切斯特顿

火车被拦住了，拦车的人凄厉地嘶喊着，那声音很陌生，也很奇怪，不是太清晰，但即便如此，还是能分辨出，他喊的是"杀人了"！

虽然走访之后，我们确信，布朗神父深知，所有人在他死去后都会对他献上最崇高的敬意，可房门被敲开，敲门人将阿朗·阿姆斯特朗爵士遇害的消息告诉他时，他仍感到十分不悦。一位风趣且受人爱戴的神父，竟然被牵扯进了神秘的谋杀事件，这着实有悖常理、稀奇古怪。阿姆斯特朗爵士是个极富传奇色彩的人物，他的人生就像一场戏剧，人们对他的一切都充满好奇且津津乐道。因此，当他的死讯传来时，人们都十分惊讶，就仿佛听说桑尼·吉姆上吊自缢，或者听闻匹克威克在汉威尔逝世了一样。虽然这位热衷于慈善的人物没少与黑暗打交道，但他的所作所为却堪称光明磊落——他本人也因此自豪不已。他在政治场合总能雄辩滔滔，他做的社会演讲既幽默又有趣。他体格雄壮，秉性乐观，相信永恒，对禁酒这个他最钟爱的话题永远都兴致盎然，也因此，所有人都知道，他确实滴酒不沾。

无论是在庄重的讲台上，还是在肃穆的教堂中，那件让他的人生发生巨大转折的事情总会被反复提及，而且常推陈出新。这件事就是：幼年时，他放弃了最爱的苏格兰神学，转而为苏格兰威士忌而沉湎，最后，他自两者中超脱，自我成就。他很自信，不懂谦逊，但无论是他雪白、浓密的胡须、圆润的脸庞，还是聚会中、晚宴上频频出现的眼镜，都昭示着将酗酒者、卡尔文教徒这样的字眼与曾经的他联系在一起是一件多么荒谬的事情。在常人看来，再没有谁比他更庄重、更活泼了。

他的家在汉普斯特德，那是一座位处郊区的漂亮的塔楼式房屋，很高大，却不够宽敞，既时髦，又诗意盎然。房屋最狭窄的一侧耸峙坡间，坡上长满青草，非常陡峭，有铁路横穿其间，火车驶过时，房子也会随之震颤。爵士本人曾豪言，这并不可怕。可如果平时是房子随火车的震颤而震颤，那出事的那天便恰好相反，是火车因房子的剧颤而剧颤。

引擎的速度缓缓降下，火车在毗邻草坡的屋角边停下，要拦下绝大部分做机械运动的机车，过程必然缓慢，然而，这一次却出乎预料地迅速。一个浑身黑色，连戴着的手套都是黑色的男人，仿佛阴郁的风磨一样站在铁轨上方的高坡上不断挥手。火车当然不可能因此停下，即便它行驶得很慢，但拦车的人凄厉地嘶喊着，那声音很陌生，也很奇怪，不是太清晰，但即便如此，还是能分辨出，他喊的是"杀人了！"

不过，司机后来却信誓旦旦地说，他当时并没有听清对方喊的是什么，只是那恐怖凄厉的喊声让他不得不把车停下。

火车停下后，浓厚的悲剧氛围便在空气中缓缓弥漫开来。草坡上拦车的黑衣人是阿朗·阿姆斯特朗爵士的男仆马格鲁斯，生性乐观的男爵常常在派对中以调笑的口吻谈起男仆的黑手套，但现在，谁会嘲笑这个忧郁的男人呢？大家都没那个心思。

穿过被迷雾笼罩的树篱，火车上下来的两位调查员在邻近坡底的地方发现了一具尸体。死者年事已高，身着一件黄色的、带着鲜红缎带的睡袍，腿上缠绕着绳子，或许是搏斗过程中无意间缠上的。他身上有少量的血渍，以一种极度扭曲的姿态蜷曲着肢体，那种姿势，唯有死者才能做到。阿姆斯特朗爵士遇害了。人群骚乱之际，身材魁梧、留着金色胡须的男人踱步而出，他是帕特里克·罗伊斯，爵士的秘书，波西米亚曾经的艺术精英，曾一度声名显赫，不少乘客都认识他。他用非常含混的声调重复了一遍男仆喊过的话，声音不大，却更值得信任。第三个走出房子的是爱丽丝·阿姆斯特朗。她踉跄着步入花园，脚步蹒跚，摇摇欲坠。之后，司机拉响汽笛，继续开车向前，他们要到下一站去寻求帮助。

爵士的秘书、前波西米亚名流罗伊斯先生请求布朗神父以辅助者的身份与警探梅尔顿先生一起参与案件的侦破工作。这位性格懒散的先生原籍爱尔兰，是位纯正的天主教徒，但除非遇到难以料理的麻烦，他从来都记不起天主教这几个字。罗伊斯的朋友、代表官方的梅尔顿警探久闻神父大名，听过许多与他相关的精彩的故事，所以，当身材矮小的神父与年轻的警探一起从田野中穿过，徒步向铁轨走去时，他们进行了一场十分熟稔与亲切的谈话，听上去完全不像是两个陌生人。

"我觉得，这是个无头案，没什么线索，也找不到可疑的人。"梅尔顿警探坦率地说，"马格鲁斯年迈、笨拙、愚蠢，没有杀人的能耐。罗伊斯与爵士相交多年，关系亲密；阿姆斯特朗小姐很敬重自己的父亲，这也毋庸置疑。另外，案子过于离奇，像爵士这样讨人喜欢的人怎么可能遭遇谋杀？有人会在尽享美食之后杀死一片盛情的东道主？他做这样的事情，和杀害圣诞老人有什么区别？"

"的确，这是栋可爱的房屋，"神父说，"主人在时，这里终日欢乐喜悦，你觉得，主人死了，这种欢乐还能继续吗？"

神父一脸沉静，继续分析："没错，过去他的确很快活，可其他人感没感受到这种快活呢？准确点说，房子里的其他住客是不是也像他一样快活开怀？"

一道惊人的闪光自梅尔顿心中掠过，我们首次意识到，有件事被忽略了，即使我们始终都知道：因为一些与慈善相关的活动，他经常出入这位爵士家。现在，他的记忆慢慢开始复苏，他记得那栋大屋终日气氛沉闷，凄凉清冷；装修很简约，也很老土；干燥缺水的走廊里，电灯闪烁着比月光更晦暗的光芒。即使面色红润、胡须花白的老人仿佛一团篝火照耀着大屋的所有角落，可其他人却感受不到光亮中的温度。事实上，主人的行为与他不合时宜的热情才是这里变得奇怪而且压抑的根源。他常说他自带热能，无须电灯与炉火。而房子里的其他人，在梅尔顿的记忆中，也像主人一样，仿佛是行走的幽灵。常年戴着黑手套的男仆就像一场噩梦，忧伤而阴郁。作为秘书，身材魁梧的罗伊斯先生一向严肃，他留着短须，花呢料子做的衣服是他的最爱，他的胡须有些黄，仿佛枯草，但黄色中却夹杂着一种与花呢颜色酷似的灰，他的额头上满是早生的皱纹。而阿姆斯特朗小姐，谁会相信她是那位爵士的女儿呢？她面色惨白、弱不禁风，虽然常如小白杨一般哆哆嗦嗦，但表面看上去，还是十分优雅的。有的时候，梅尔顿会情不自禁地想：来往的火车发出的隆隆声响是她恐惧的根源吗？

"瞧吧，快乐的阿姆斯特朗带给其他人的可不一定就是快乐，"神父眨了眨眼睛，轻声说，"你觉得这样快乐的长者不可能遭遇谋杀，我却持有异议，所有的情绪都可能滋生出敌意，如果我是个杀人犯，"他言简意赅地补充道，"我敢肯定，那人是乐天派的可能性很大。"

"为什么？"警探感觉十分滑稽，问道，"你觉得人们活泼快乐会被人厌恶？"

"诚然，所有人都喜欢欢笑，"布朗神父说，"可我并不觉得人们会喜欢永不消逝的笑，要是缺乏幽默，欢笑也会让人难堪。"

两人迎着风，顺着铁轨，无声地行走在草坡上。阿姆斯特朗家已近在眼前，站在大屋阴影中的那一刻，所有的烦恼仿佛都已舍神父而去，它们再也不被他牵挂，他说："禁酒这件事无可指摘，可在我看来，哪怕是阿姆斯特朗，有些时候，也会情不自禁地借酒消愁。"

一位精明干练、发色花白的探长正站在草地上，等待验尸官的到来，他叫吉尔德，是梅尔顿的领导，当时，他正在和帕特里克·罗伊斯聊天。罗伊斯的肩膀十分宽阔，胡须毛茸茸的，这些特征原本就十分典型，再加上那高高竖立的头发，他越发显眼。他行走时，会不由自主地弯下身，仿佛很乐于以一种压抑而卑微的方式履行本职，就像老牛本分地拉车一样。

神父的出现让他非常兴奋，他抬起头，带着神父走到旁边。梅尔顿警探则像个迫不及待的孩子一样和年迈的探长说起了话。

"吉尔德先生，案子有进展吗？这个案子真离奇。"

"丝毫不离奇。"吉尔德眼睑微垂，静静地注视着草坡下的白鹤嘴答道。

"是吗？可我心中充满了疑惑。"梅尔顿微笑。

"这没什么难的，小伙子，"探长轻抚着胡须，目视前方，"案件已经被侦破，就在你离开后的三分钟，不巧，你去找那位神父了。还记得那个拦火车的男仆吗？面色苍白，戴着黑色手套的那个。"

"当然，我认识他，那是个让人忍不住心生恐惧的家伙。"

"火车驶离后，他也走了。"吉尔德不紧不慢地说，"莫非你不觉得，有勇气乘坐承担着找警察求助义务的火车逃离的人，原本就是个沉着的杀人犯吗？"

"我想，您一定不会无的放矢，"梅尔顿说，"已经确定他的主人是被他谋杀的了吗？"

"没错，非常确定，"吉尔德用一种枯燥的语气解释说，"动机非常简单，主人放在桌上的两万英镑钞票被男仆卷走了。唯一令人疑惑的是，他的主人是如何死的。死者颅脑破碎，生前似乎被大型武器袭击过，可附近却找不到凶器。除非是极小巧、不惹眼的凶器，不然，凶手根本就不可能带着凶器逃离。"

"或许是大型武器，还没被找到。"布朗神父笑着插嘴，神色十分怪异。

吉尔德侧过头，板着脸询问布朗为什么要说这样一句不着边际的话。

"虽然我明知如此看待问题很白痴，"布朗神父一脸歉然地开了口，"但它听上去更像童话。倒霉的阿姆斯特朗被一根巨大的、绿色的棒子击中头部而死，那棒子太大了，大到无边无际，大到难以看见，因为，我说的棒子就是这片被青草覆盖的陡坡，是这片绿色的大地，他是撞地而死的。"

"何以见得？"探长脱口问道。

布朗神父神色阴郁地注视着房子狭窄的正面，之后他眨眨眼，冷漠地看向上方。循着他的目光，众人看到在房子的最上方，几乎看不太清的高处，耸立着一座小阁楼，阁楼的窗户大敞着。

"你们不觉得是有人把他从那里推下来的吗?"神父边问边像个笨拙的小孩一样指了指那扇窗。

"不是没有这种可能,"吉尔德眉头紧皱,打量了那窗户几眼,说,"可我不明白,你为何如此肯定。"

神父灰色的双眸瞬间瞪大,很诧异地问:"为何?你没看到窗角悬挂着半截和死者腿上的绳子一样的绳子吗?"

那地方太高了,抬头望去,那截绳子就仿佛是一根细长的头发,或一缕尘埃,不过,年迈的探长非常精明,他中肯地点点头,说:"确实如此。"

就在讨论进行到最热烈关头的时候,左侧的弯道上驶来一辆只有一节车厢的火车,一群警察押着潜逃的马格鲁斯出现在众人面前。

"太棒了,他被逮到了!"吉尔德快步迎了上去。

"钱找到了吗?"他问为首的警察。

"没有,"对方以一种奇异的目光注视着他,之后,又解释了一句,"起码这里没有。"

"请问,哪位是检察官先生?"马格鲁斯问。

他一出声,所有人恍然大悟:他为何能凭声音逼停火车。他面无血色,神色呆滞,有一头柔亮的黑发,小眼睛,细嘴唇,东方特征明显。他原本是个餐厅服务员,生活在伦敦,是阿姆斯特朗将他从某种难以启齿的勾当中"解救"了出来,他的血脉成谜,姓氏也成谜,尽管神色冷漠,嗓音却非常生动,或许是因为异国人讲英语时发音会比较清晰,或者被男仆深深尊敬着的主人耳朵不太好使,马格鲁斯的声音十分洪亮,甚至刺耳,所有听到他声音的人都吃了一惊。

"早晚都会出事,我就知道,"他冷漠地高声说,"我那年迈的主人竟然要求我穿黑衣来取悦他,可我觉得,这就是在为他的葬礼做预演。"

他挥动手臂,手上还戴着黑色的手套。

"警官,您为什么不铐住这家伙?他很危险。"检察官吉尔德看着那双漆黑的手,一脸厌恶地说。

"先生,我不认为我们有权这样做。"警官回答说,满眼疑惑,神色怪异。

"为什么这么说？难道他不是你逮到的罪犯？"吉尔德的声音十分尖锐。

马格鲁斯唇边扬起一丝讽刺的笑意，唇线更像刀锋了。这时，一列火车呼啸而过，那怪异的声音似在与讥讽相互应和。

"我们在海格特警局外逮捕了他，"警官异常严肃地说，"在离开警局前，他将他主人的全部财产都交托给了罗宾逊警官。"

吉尔德注视着男仆，惊讶地问："你为何这么做？"

"我不希望它们落到凶手手里。"马格鲁斯坦然地说。

"这似乎没错，可爵士的财产在自己家还会有危险？"

吉尔德的疑问被疾驶而来的火车的隆隆呼啸声湮没了。这栋房子对这种噪声早已见怪不怪，马格鲁斯的回应也如铃声般伴着噪声清晰传来："我不信任爵士家里的任何人。"

又有人出现了，在场所有人都莫名地惊慌起来。梅尔顿抬眼望去，面色苍白的阿姆斯特朗小姐已经走到神父身后，她漂亮得仿佛崭新的银器，脸上没什么惊讶的表情，褐色的长发毫无光泽，似乎遍布尘土，以至于在光线暗淡的地方竟呈现出一种灰白的色泽。

"注意你的措辞，小姐被你吓到了！"罗伊斯怒吼，看上去很粗暴。

"那正好，我巴不得如此。"男仆声音清朗地回应。

众人闻言都非常费解，那女孩则有些恐惧。这时，男仆再次开口，他说："小姐总是打哆嗦，这几年，我已经习以为常，有人说她打哆嗦是因为身体冷，有人说是因为恐惧，但我知道，她打哆嗦是因为她恨、她愤怒——今天一早，恶魔帮她实现了她的愿望。要是我不在，她和她的情人早就携款私逃了，我可怜的主人，他竭尽全力阻止她结婚，他知道那个自以为是、自我迷恋的家伙就是个恶棍……"

"闭嘴！"吉尔德打断了他的话，异常严厉地呵斥他，"我们对所有的臆测、怀疑都不感兴趣，在没有真凭实据之前，你的意见……"

"我有证据，你们等着瞧就是，"马格鲁斯尖锐地说，"可你们得允许我出庭，警官，届时，我会把所有的真相都讲给你们听，事实上，事情是这样的：那位长者被推出窗口的时候还流着血，我立刻奔上阁楼，正看到他的女儿手拿一柄染血的匕首趴在地上。如果诸位不反对，请看看这东西。"他掏出一把匕首，这把被他装在燕尾服口袋中的凶器很长，刀柄是角质的，上面满是鲜血，他很礼貌地将它递给警察，然后冷笑着后退，因为这冷漠的笑，他狭细的双眼眯缝着，几乎看不见了。

他的模样让梅尔顿十分不适。他轻声问吉尔德："您觉得他对阿姆斯特朗小姐的指控是真的吗？"

"是！"回答梅尔顿的是布朗神父，他仰着头，仿佛新浴般的脸上闪烁着熠熠的光辉，他貌似天真地询问，"小姐会不会做出反驳呢？"

女孩惊呼了一声，声音很轻，却将所有人的注意力都吸引了过去。她浑身僵硬，似乎被注射了过量的麻醉剂，淡褐色的头发遮住了那张满是惊骇的俏脸。她仿佛被冻住了一样，一动不动地站在那儿，不发一言。

"你被指控以匕首行凶，尔后昏迷不醒。"吉尔德郑重地提醒她。

"他没撒谎。"爱丽丝·阿姆斯特朗给出了肯定的答案。

在众人的注视下，垂着脑袋的帕特里克·罗伊斯先生突然快步闯入圈子中，一字一顿地说："如果不得不去，我不介意先行一步。"

他抬起宽厚的肩膀，挥动壮实的铁拳，狠狠地打向一脸卑鄙的马格鲁斯，将他打倒在地。警察们立即上前制止了他，他的手被按住，但在局外人看来，所有的理智都已化为乌有，整个世界都变成了丑角本色出演的舞台。

"罗伊斯先生，您太鲁莽了，您将以伤人罪被逮捕。"吉尔德神色郑重地高声说。

"不，先生，您错了，您该以谋杀的罪名逮捕我。"秘书声如洪钟，做出了最响亮的回应。

吉尔德谨慎地注视着扑倒的男仆，但他已然坐起，满眼愤怒地擦拭着脸上微量的血迹，他受伤了吗？算是吧。

"你的意思是？"吉尔德问。

"这家伙没撒谎，阿姆斯特朗小姐确实是晕倒了，晕倒时，她手中也的确拿着匕首，可她是在保护她父亲，而非伤害他。"

"保护？"吉尔德重复了这句话，然后郑重地问，"要杀他的是谁？"

"我！"秘书回答。

爱丽丝瞪了他一眼，神色复杂，之后，她轻声说："不管怎样，我很开心，因为您的无畏。"

"和我上楼，我会在你们面前重现这次犯罪的全过程。"帕特里克·罗伊斯沉声说。

小小的阁楼是秘书的卧室，室内确实残存着一些暴力的痕迹。一把左轮手枪躺在地板中央，旁边是一个倾倒的酒瓶，瓶口开着，里面还有一些没喝光的威士忌。桌子不大，桌布被揉成一团，窗上耷拉着一团绳子，和死者身上的酷似。壁炉架子上放着两个碎得不成样子的花瓶，地毯上也有一个，也破碎了。

"那时，我醉了。"罗伊斯说。这个刚刚给予男仆狠厉一击的男人此刻却像个第一次犯罪并为此深感痛苦的孩子。

"你们对我都不陌生，"他的嗓音有些干涩，"所有人都知道事情发生的缘由，那便让它以始为终，快点结束吧。在很多人眼中，过去的我既睿智，又幸运。阿姆斯特朗爵士挽救了我沉沦于酒馆中的身体与思维。他待我很好，可这个倒霉蛋却不允许爱丽丝嫁给我。人们认为他很仁义，很宽厚，你们也能有自己的看法，我无意细论。墙角的威士忌是我喝的，还剩半瓶，地上的手枪也是我的，里面没有子弹。尸体上的绳子以前一直待在我的箱子里，是我将它拿出来，从窗口扔了出去。不必叫警探来，我知道自己的下场会多悲惨。我会自己绞死自己，谁会在乎像杂草一样庸庸碌碌的我呢？哦，天啊，我早就受够了。"

警官以极隐蔽的动作打了个不引人注意的手势，身材魁梧的秘书被包围了，他们试图逮捕他，可在这一行动悄无声息地展开时，布朗神父的怪异举动却吓到了他们。他匍匐在门口的地毯上，似乎是在祈祷，尽管那姿势称不上庄重，但他却一直保持着那姿态，一动不动，毫不在意他可能造成的不良社会影响。当他重新抬起头，将熠熠生光的脸庞转向众人时，看上去就仿佛一只长着人脑袋的四足动物。

"在我看来，这不是事实的全部。"神父的语气非常温和，他说，"起初，你们表示，无法找到凶器，可现在，似乎一下子出现了很多，有谋杀用的匕首，有捆缚用的绳索，有一击可毙命的手枪，可是，死者的死因却是从窗口跌落，脖颈折断。这不可思议，也说不通。"说到这儿，神父像吃草的马一般摇晃了下自己的脑袋。

吉尔德满脸严肃，张口欲言，可他还没说话，坐在地板上的怪人便再次扬起头，说道："我想不通的事情有三件：第一，地板上有六个子弹孔，为什么会这样，哪怕是醉酒的人，要开枪，对准的也只能是那个在他面前放肆大笑的男人的脑袋，而不是地毯。他不可能故意陷害自己的脚，给它穿一双有悖情理的鞋。第二，是绳子。"他将刚刚指点过地毯的手指重新插回口袋，他本人却仍跪在地上，一动未动。"一个人究竟要喝多少酒，才会将本该套在仇人脖子上的绳索套到他腿上？罗伊斯不可能醉到这种地步，如果真的醉成那样，他该像头死猪一样昏睡不醒。第三，也是最显而易见的一点，酒瓶。一个酗酒的人会将抢到手的威士忌瓶子扔到墙角，任酒水洒落吗？会吗？没有哪个酒鬼会做这样的事！"

神父动作笨拙地从地上爬起来，对自首的罗伊斯说："先生，请见谅，您的故事没有任何价值。"

"神父，能和我单独聊聊吗？"爱丽丝·阿姆斯特朗轻声询问道。

应她的要求，神父和她来到另一个房间，他还没来得及说什么，她就开了口，声音十分尖锐："您很聪明，您竭尽全力想帮帕特里克，但我得告诉您，这是徒劳的。这件事充满了重重黑幕，您了解得越多，我挚爱的他处境就会越糟糕。"

"原因呢？"神父凝视着她，神色镇静地询问道。

她以同样镇静的语调给出了答案："他杀人时，我也在，我亲眼所见。"

"哦，他是如何杀人的？"布朗神父不为所动。

"两扇门都紧闭着，待在隔壁房间的我却听到了一阵怪异的声响，"她说，"'上帝''上帝''上帝'，有个声音不断地重复着这两个字，之后，枪声响起，门在颤动，我打开门，看到帕特里克一脸疯狂地站在硝烟弥漫的屋子里，手里拿着枪，枪口有青烟冒出，又有三声枪响传来，我看到他开枪，也看到他和我恐惧异常、紧抓着窗台不放的父亲厮打在一起。他想将我父亲脖颈上绕着的绳子系紧，但厮打的过程中，绳子却滑落了，从他的肩头滑到脚边，拴住了他的腿。帕特里克疯狂地拉扯着绳子，我抓起落在地板上的匕首，冲过去，将绳子割断，之后，我就晕倒了。"

"我懂了，"布朗神父沉静地说，"十分感谢。"

这次回忆彻底拖垮了爱丽丝。四肢有些僵硬的神父迈入隔壁房间，梅尔顿、吉尔德、罗伊斯都在，被上了手铐的罗伊斯静静地坐在椅子上。神父谦逊地询问警官："可不可以让我和犯人聊聊？当着您的面。另外，这手铐太滑稽了，还是拿掉吧。"

"为什么要拿掉？"梅尔顿低声嘀咕，"他力气很大。"

"为什么？"神父以一种谦卑的口吻回应说，"我想和他握握手，这会让我倍感荣幸。"

两名警探面面相觑，布朗神父则看向罗伊斯："先生，您为何不愿说出真相？"椅子上发丝蓬乱的犯人摇了摇头。神父有些不耐烦，将身子转了回去。

"既然如此，还是我来说吧。"神父开口，"比起声望，个人的生活隐私无疑更加重要。我得拯救活着的人，死者就只能自顾了。"

他走到那扇充满毁灭的窗边，向外望去，并说道："我提到过，本案凶器很多，可死法只有一种，现在，我得告诉你们，它们并非造就死亡的可怕凶器，无论是带血的匕首、绳索，还是手枪，都不是杀人工具，而是满心怜悯的人用来救人的工具，即便它们很怪异。"

"救人？"吉尔德问，"从谁手中救人？"

"他自己，"布朗神父说，"他有自杀癖。"

"不可能！"梅尔顿觉得匪夷所思，"他信仰欢乐……"

"这种信仰非常残酷，"神父注视着窗外，继续说，"为何他不能像父辈一般哭泣呢？他的计划已经十分完善，他的思想既伟大又冷酷，欢乐的表象后隐藏的是无神论者的空虚寂寥。最后，为了保持兴奋，他重拾了多年前养成的酗酒的恶习。然而，对一个禁酒主义者来说，酒依旧十分可怕。他期待着曾经用来警醒他人的精神恐惧，很长一段时间内，这种期待都是他心中的唯一，终于，今日清晨，久违的精神恐惧再次到来。他神色狂乱，坐在地上大嚷，说要回归地狱，他语无伦次、吐字不清，以至于他女儿都没将他的疯狂与死亡联系在一起。疯狂的爵士为了回归地狱，给自己设下了多个死亡陷阱——绞绳、匕首、朋友的左轮手枪。途经阁楼的罗伊斯恰好看到了这一幕，于是，秘书扑了过来，想要救他。他夺走匕首，朝后扔去，匕首落在了地毯上；他夺过手枪，却来不及将子弹取出，只好连续射击地板。可自杀者疯狂地冲向窗户，他发现了另一种结束生命的方式，这个时候，只有一个法子能救他，那就是用绳子将他的手脚绑住。可不幸的是，那个可怜的女孩跑了进来，并产生了误解，她一心一意想要帮她父亲，于是，她用匕首割伤了罗伊斯，匕首上的血就来自秘书先生的手指，你们应该已经注意到了，男仆被击倒后，脸上有血印残留。为什么脸没受伤，却有血呢？可怜的女孩在晕倒之前，成功地割断绳索，'解救'了她父亲，于是，那已经陷入疯狂的父亲从窗子跳出，向另一个永恒的世界纵跃而去。"

长久的沉默过后，吉尔德为秘书解开了手铐，仿佛响自遥远之地的金属声缓缓地将死寂的氛围打碎。吉尔德说："罗伊斯先生，我觉得您不该向我们隐瞒真相。比起死去的爵士，您的生命与小姐的生命更重要。"

"匪夷所思的死亡方式，"罗伊斯激动而暴躁地喊道，"您应该很清楚，不能将真相告诉她的。"

"什么是她不该知道的？"梅尔顿很疑惑。

"她的父亲因她而死，你这蠢货！"罗伊斯怒吼，"要不是她，他也许不会死，如果她知道了这些，会发疯的。"

"不，我不这么认为，"神父将自己的帽子拿了起来，"我觉得她有权知道真相，哪怕是最恶毒的混蛋，摧残生命的手段也比不上负罪感。无论如何，你们两个都该开心起来。好了，我该离开了。"

有风从草坡上掠过，神父步履匆匆，快到草坡时，却被人拦住了。是那个来自海格特的仆人，他告诉神父："验尸官已经抵达，审讯即将开始。"

"请原谅，我得走了，没时间听审讯。"神父说。

歌剧院杀人事件

〔美〕杰克·福翠尔

灯光逐渐暗淡，歌剧院大厅中观众的影子也渐渐模糊，能看到的亮光只有妇女们的珠宝和雪白的肩膀。今天晚上上演的是歌剧《吟游诗人》，作者是威尔第。伴随着管乐的开场，合唱队优美的歌声随之传来，回荡在剧院的每个角落里。

原本位于包厢前座的埃莉诺·奥利弗站起来，来到了阴暗的后座，非常疲惫地靠在格子状的隔板上。她的父母和今晚的客人希尔维斯特·奈特先生都盯着她，目光里充满了疑惑。

"你怎么了，亲爱的?"奥利弗太太问。

"那闪烁的灯光和噪声让我头疼不已，"她说，"父亲，您去前面坐吧，我想在暗处休息休息。"

奥利弗先生依言移到前座，跟他的太太坐在一起。奈特先生对歌剧的兴趣也消失了，转过座椅来看着面色苍白的埃莉诺。奈特先生看起来十分担心，焦虑地握着埃莉诺的手，两个人在黑暗中说了一会儿话。原本兴致勃勃地欣赏歌剧的奥利弗太太被噪声打扰，非常不高兴，转过头来给了他们一个警告的眼神，可是两个年轻人都没看到，因为奈特先生正用爱慕的目光看着埃莉诺。听到埃莉诺的话，他迅速抗议。"请不要这样，"奥利弗太太听到他提高了音调，"不会占用很长时间的。"

"我只能这样。"埃莉诺说。

"不行，"奈特先生严肃地说，"你要是坚持如此的话，别怪我对你不客气。"

奥利弗太太转过头对他们说："你们俩的话太多，声音太大了。"说完之后，她又继续沉浸在舞台上的表演中，奈特也闭了嘴。之后女孩又说了几句话，但是她母亲没听清。"当然可以。"奈特说。

他起身离开包厢，掀开和放下帷幔的时候都有一些声音，却被歌剧声给掩盖了。不一会儿他就端着一杯水回来了，却看到女孩脸色苍白地坐在那里，一动也不动。他离开了还不到一分钟，听众们的喝彩声刚刚停歇。

他把手里的水杯递给埃莉诺，后者却并没有伸手。他轻轻地碰了碰女孩的手臂，可女孩依然毫无反应。他低头看了女孩一会儿，然后转头看着奥利弗太太。

"埃莉诺好像晕倒了。"他着急地说。

"晕倒了？"奥利弗太太吃惊地站了起来，"晕倒了？"她推开自己的座位，来到女儿身边，抚摸着她的手臂。奥利弗先生也转过头来问道："怎么了？"

"埃莉诺晕倒了，"奥利弗太太说，"我们回家去吧。"

"又晕倒了？"他的口气十分不耐烦。

奈特先生一脸担忧地看着埃莉诺的父母把她抱起来，送到马车上。这一路上女孩没有任何知觉，脸色苍白，就像死人一样。

很快两名家庭医生就赶了过来，到了女孩的卧室。奈特在吸烟室和大厅之间焦急地来回踱步，奥利弗太太一直陪在女儿身边，奥利弗先生则抽着烟，一脸轻松。

"我从来不为这种事担心，"几分钟后他告诉年轻人，"她总是说晕就晕，等她嫁给你之后，你就知道了。"

这时候，他们听到楼上传来了凄厉的叫声，奈特紧张地往楼上看去。叫声如此凄惨，差点把他的心撕碎。奥利弗先生依然很冷静，甚至微笑着应对他的不安。

"这次轮到我太太晕倒了，"他说，"她也有这种天赋。我的太太，还有我们的两个女儿，都有这种说晕就晕的本事。我跟她们说过很多次，不要这样，但是她们充耳不闻。"

对于奥利弗先生这种没心没肺的话，奈特根本没有兴趣，他来到楼梯底部，期待地朝上望去。一分钟后，楼上走下一个人，奈特认出他是布兰德医生，是来的两名家庭医生中的一位，医生看起来十分困惑。

"奥利弗先生呢？"布兰德医生问。

"他在吸烟室里，出什么事了？"年轻人说。

医生没有回答他，而是径直来到了奥利弗先生身边，后者抬起了头。

"她醒了吗？"他问。

"没有，她死了。"

"死了？"奈特倒抽一口凉气。

奥利弗先生猛然站起来，用力抓住医生的手臂，面色苍白地盯着他，看起来是在竭力控制自己，最后终于开口问道："是心脏病吗？"

"不是，她是被刺死的。"

"怎么可能！为什么！"奈特大叫起来，"她现在在哪里？我要看看她。"布兰德医生按住奈特的肩膀。"没用的。"他平静地说。

奥利弗先生发了一会儿呆，这让医生觉得奇怪。奥利弗先生神情古怪，好像内心正在做激烈的斗争，连肩膀和胳膊都在不住地颤抖。最后，他终于开口了。

"发生了什么？"他问。

"她是被人刺死的，"医生重复道，"我们为她检查时发现了一把锋利的短匕首，刀柄很短。这把匕首是从她的左臂下方捅进去的，把她的心脏刺穿了。在歌剧院包厢的时候，她就已经死了，但是由于匕首没有拔出来，所以没有流血。而且因为刀柄很短，你们搬动她的时候并没有发现。因为刀柄被她的胳膊挡住了，所以一开始我们也没有注意到。"

"我太太知道了吗？"奥利弗先生问。

"她当时就在现场，"医生说，"只发出了一声尖叫就晕倒了，现在正由西弗医生照顾，不过情况不是很乐观。你家的电话在哪里？我要给警察局打电话。"

奥利弗先生指了指电话，欲言又止，然后一把推开椅子，朝着楼上奔去。奈特就像一尊石像一样，呆呆地站在那里。

医生拨通了电话。

"你给警察打电话，说明埃莉诺不是自杀的，对吗？"医生刚一挂断电话，年轻人就迫不及待地问。

"她死于谋杀，"医生果断地说，"刀子从这里刺进去的，"医生指着自己左腋下四英寸的部位说，"她没法自己刺进去，刀尖把心脏都刺穿了。"

奈特一脸绝望，双手抱头坐在了桌旁，片刻之后又抬起了头："那把短匕首在哪儿？"他问。

"目前由我保管，"布兰德医生说，"我会把它交给警察。"

记者哈钦森·哈奇将发生在奥利弗家的命案原原本本地告诉了思考机器。听完之后，思考机器用他那惯常的不耐烦的口气说："所有的疑问就像算术里的加法一样，把所有的事实加在一起，就能得出答案，就像二加二等于四那么简单。"

凡·杜森——著名的逻辑学家、科学家——暂停了一下，将自己的脑袋调整到一个舒服的位置，又说："根据你所说的，哈奇先生，我们可以得出这样的事实：埃莉诺·奥利弗被一把短匕首刺死了；根据刺入的角度可以判断，不是她自己刺进去的；希尔维斯特·奈特，她的未婚夫被逮捕了，对吗？"

"还有一点，她遇刺的地点是歌剧院包厢，"记者说，"当时在场的观众多达三四千名。"

"我没有忘记这一点，"科学家严厉地说，"但是她看起来并不像是在歌剧院的包厢里遇刺的，她当时只是很不舒服，或者晕倒了。她真正的遇刺地点，可能是在回家的马车上，也可能是回家之后，在她自己的房间里。"

哈奇有些难以置信地瞪大了眼睛。

"目前警方假设她的遇刺地点是在歌剧院的包厢，"思考机器较为平静地说，"但是我们还不能认定这就是事实。我记得你跟我说，在埃莉诺的房间里发现了那把短匕首。"

直到现在，记者才开始用一个全新的思路来考虑这个案件。他发现，思考机器的观点并非没有可能。"你跟我说，因为奥利弗先生的证词，昨天晚上警察把奈特先生逮捕了，"思考机器沉思着说，"那你知道他为什么会被当成嫌疑犯吗？"

"首先，警方根据惯常的逻辑，认为他有绝佳的机会下手。"记者解释道，"其次，他们对那把凶器进行了仔细检查。它并不是一把普通的匕首，长度约七英寸，匕首身修长，匕首柄是木制的，磨得十分光滑。上面只有金箍，护套不见了，原本应该有护套的地方有很多螺纹，似乎用什么东西拧过。"

"我知道了，"思考机器的口气非常不耐烦，"本来这种短匕首是藏在手杖里的，匕首身拧紧之后藏在手杖顶端。你接着说。"

"看到短匕首之后，马洛里侦探也得出了这样的结论，"记者说，"他逮捕了奈特之后，就去搜查了他的住处，看能否找到手杖的另一段。"

"他找到了手杖，却没有找到手杖顶端的短匕首，对吗？"

"是的，这对奈特极为不利。首先他有作案的机会，其次是找到了短匕首，还在他的房子里找到了藏短匕首的手杖。"

"无稽之谈，"科学家不高兴地说，"奈特是不是不承认杀害了奥利弗小姐？"

"那是自然。"

"他知不知道自己手杖上的短匕首在什么地方？"

"不知道，他也没有否认在现场发现的短匕首可能就是他的，他只是说他不知道。"

思考机器沉思了几分钟。"情况看来对他很不利。"他说。

"非常感谢。"哈奇冷淡地说，科学家的看法居然跟他一致，这可是非常罕见的。

"原本奥利弗小姐和奈特先生要成婚了，对吗？"

"从星期三开始算的话，三周后。"

"手杖和短匕首是不是在马洛里侦探那里？"

"是的。"

思考机器起身拿起帽子。"去警察局。"他说。

马洛里侦探正以一个非常舒适的姿势坐在椅子上，叼着一根大雪茄，神情满足。"你们好啊，先生们，"他说，"这下奈特可是难以脱罪了。"

"怎么了？"思考机器问。

马洛里侦探给了他一个得意的眼神，用舌头在嘴里扫了一圈。"哈奇先生应该已经把我们逮捕奈特的原因告诉你了吧？"他问，"首先，他有下手的机会，其次，我在他的房间里找到了藏匕首的手杖。有了这些铁证，给他定罪就足够了。不过，让案情真相大白的，是傍晚时分奥利弗太太跟我说的一件事。"

说到这里，马洛里侦探来了一个短暂的停顿，想要看看自己这番话能引起怎样的好奇心。

"她跟你说了什么？"思考机器问。

"奥利弗太太听到，请注意，是'听到'，在她女儿死之前的几分钟，奈特曾经威胁她。"

"威胁？"哈奇失声说道，同时看了思考机器一眼，"我的天。"

马洛里侦探得意地摸了摸自己的胡子。

"奥利弗太太说，她先听到奈特说：'请不要这样，不会占用很长时间的。'但她没有听清她女儿是怎么回复的，然后她又听到奈特先生严肃地说：'不行，你要是坚持如此的话，别怪我对你不客气。'现在回想起来，当时奈特的语气里充满了威胁，音调也提高了，他应该是在发脾气，所以我才说现在案情真相大白。"

思考机器和哈奇都没有说话，他们在思考这个新消息。

"别忘了，这番话是在她被杀前三四分钟时说的。"马洛里侦探继续说，"绝佳的机会，藏有凶器的手杖，还有威胁性的话，不难得出结论。"

"也就是说没有动机对吗？"思考机器问。

"现在还不知道确切的动机，但是只要我们继续调查，一定能够发现真相。"马洛里侦探说，"我认为是出于嫉妒，奈特说他不知道短匕首在哪里，我觉得这一点不必纳入考虑范围。"

马洛里侦探兴奋异常，慷慨地把雪茄盒递到客人面前，这可是此前从未有过的。哈奇十分感动，伸手拿了一支。思考机器没有抽烟的习惯，就拒绝了。"我想看一下短匕首和手杖可以吗？"思考机器说。

马洛里侦探同意了。科学家仔细检查了修长的、沾有血迹的刀身，又检查了手杖。探员满意地看着眼前这一幕。最后，科学家把刀身推进手杖，拧紧手把。十分吻合，马洛里侦探露出了一个微笑。

"现在您应该没什么意见了吧？"他高兴地问。

"聪明，马洛里先生，聪明。"思考机器说完，就跟哈奇一起离开了警察局。

"这一次马洛里的尾巴要翘到天上去了。"哈奇说。

"我认为他低调一些会更好，"科学家说，"他抓错了人。"

记者盯着科学家的脸。

"凶手不是奈特？"他问。

"当然不是。"科学家的语气很不耐烦。

"是谁干的？"

"不知道。"

他们一起去了奥利弗家昨晚去的歌剧院。科学家和管理员进行了短暂的交谈，就被允许去看奥利弗家待过的包厢。在歌剧季，奥利弗家买的是每隔一晚的当季通票。他们的包厢在剧院左边，位于一层。科学家在包厢周围观察了十几分钟，哈奇就在一旁看着。思考机器进了包厢两三次，伸手摸了摸帷幔、门板，还仔细检查了地板和座椅，然后回到了大厅。他跟哈奇打了个招呼之后，就独自去找管理员了。几分钟后，思考机器和哈奇走出剧院，乘坐出租车回到了警察局。

思考机器和哈奇跟警察进行了交涉，才获得了去见奈特的许可。面色苍白的奈特正站在囚室里，满脸疲惫。

哈奇为他们进行了介绍。奈特却不客气地说："我无话可说，有事去找我的律师。"

"我只问三四个问题，你应该不会拒绝回答，"思考机器说，"如果你不想回答，可以直接拒绝。"

奈特问："什么问题？"

"你有没有去过欧洲？"

"我在欧洲待了大约一年，是三个月前回来的。"

"你有没有追求过别的姑娘，或者有没有别的姑娘追求过你？"

奈特冷漠地看着思考机器，果决地说："没有。"

"这个问题的答案决定你能否在几个小时内恢复自由，"思考机器平静地说，"你要说实话。"

"我以人格担保，我说的句句属实。"

奈特语气坦诚，目光里充满了期望。

"你是在意大利的什么地方买的带有短匕首的手杖？"

"罗马。"

"花了多少钱？"

"五百里拉，约合一百美元。"

"这种手杖在意大利是不是非常常见？"

"是的，几乎随处可见。"

奈特的双手牢牢握住囚室的铁栏杆，茫然地注视着思考机器的蓝眼睛。

"你有没有跟奥利弗小姐起过冲突？"

"没有。"奈特立刻回答。

"我还剩最后一个问题。"思考机器说，"我问这个问题并不是想让你伤心，奥利弗小姐有没有别的恋情？"

"当然没有！"奈特激动地说，"她才二十出头，几个月前刚刚毕业于瓦萨学院……"

"好了，"思考机器插话道，"有这些就足够了，你今天晚上就能离开这里，最晚不会超过半夜。现在是四点钟，明天报纸就会宣布你是清白的。"

奈特的情绪有些激动，连话都说不出来，只是将手伸出了栏杆。思考机器不耐烦地握了握他的手，丢下一句"再见"，就和哈奇离开了。

记者依然迷惑不解，这种情形在他和思考机器的交往中非常常见。他们坐上出租车，哈奇只顾着思考，没有听清思考机器说的目的地。

"你确定可以洗脱奈特的嫌疑吗？"哈奇有些怀疑。

"当然，"思考机器说道，"我已经破解了这件命案，只是还要弄明白一两个小问题。"

"但是……"

"我会等时机合适的时候告诉你。"思考机器截住了他的话头。出租车停下之后，哈奇才认出这是奥利弗的家。两个人一起走进接待室，思考机器递给仆人一张名片："请转告奥利弗先生，我只叨扰一会儿就可以。"

仆人鞠了个躬，就离开了，片刻之后，奥利弗先生来了。

"奥利弗先生，很抱歉现在来打扰您，"思考机器说，"我想问您几件事，这样这件案子就能水落石出了。"

奥利弗先生欠了欠身。

"首先，我这有一个人的名字，您只需要告诉我，您的女儿埃莉诺认不认识这个人，但我得向您提一个要求，先不要说出这个人的名字。"

思考机器在一张纸上写了些字，递给了奥利弗先生，后者接过去，看起来非常惊讶地摇了摇头。

"我敢确定，"他说，"我女儿并不认识这个人。她从来没有出过国，而这个人是最近才来到我们国家的，这是他第一次来。"

思考机器激动地站起来，十指颤抖。"真的吗？"他问，短暂的停顿之后，他又说，"抱歉，这个消息让我很吃惊。您能确定吗，先生？"

"确定，"奥利弗先生果决地说，"他们一定没有见过面。"

思考机器用怀疑的目光看了奥利弗先生很长时间。哈奇站在一旁，用好奇的目光看着他们。一定是出了什么纰漏，逻辑推理的巨大车轮脱离了原来的轨道。

"抱歉，奥利弗先生，我弄错了，"思考机器说，"很抱歉来打扰您。"

奥利弗先生回了一礼，把他们送出了门。

"到底发生了什么？"哈奇追问。

"我犯了个错误。"思考机器说，"我要回家去，重新推理，回头我们再联系。"

哈奇知道，这是在对自己下逐客令，就离开了。傍晚时分，他接到了思考机器的电话。

"是哈奇先生吗？"

"是的。"

"奥利弗小姐有没有姐妹？"

"有，叫弗洛伦斯，晚报上的谋杀案报道提到过。"

"你知道她的年龄吗？"

"不太清楚，可能二十三岁。"

"哦！"电话那头传来了如释重负的叹息，"快去找马洛里侦探，跟他一起来找我。"

"我这就去，理由呢？"

"我是个笨蛋，再见！"

哈奇走进马洛里侦探的办公室时，后者还沉浸在取得成就的喜悦中。"你的朋友凡·杜森最近在忙些什么？"他笑着问。

记者耸了耸肩："他让我来找你，跟你一起去他家，他似乎有了新发现。"

"随便什么发现，只要和奈特无关就行。"他十分宽宏大量地说。有史以来，这是他第一次确信自己能够击败思考机器，就跟着哈奇走了。到思考机器家的时候，他正倒背着手在实验室里踱步。哈奇发现，思考机器额头上的皱纹消失了。

"在加法里，"他突然坐下了，"只是一个小数字的忽略，也会导致结果的错误。马洛里先生，你就是因为忽略了一件小事，才得出了错误的结论。我也一样，在第一次接触这个案子的时候忽略了一件事，就导致了错误的结果，只能从头再来。"

"这个案子里对奈特不利的证据不是已经板上钉钉了吗?"马洛里侦探有些不高兴。

"只有一件事除外。"思考机器说。马洛里侦探发出了一声叹气。

"我现在会重新归纳整理这个案件,以便你能看出我是怎么忽略在这件案子中非常重要的事的。"说着,思考机器又变成了老样子:斜眼上翻,十指交叉。

"一开始,一个貌美多金的富家小姐跟她的父母和未婚夫坐在歌剧院的包厢里,这里应该和在家里一样安全,但出人意料的是,她被谋杀了,被一把短匕首刺穿了心脏。我们可以假定,她在被刺杀的时候处于昏迷状态,也因此她当时没有出声。

"包厢里还有另外三个人,我们找不到父母会刺杀自己亲生女儿的理由,所以剩下的只有希尔维斯特·奈特。情人之间总是有各种理由可以憎恨对方,无论这些理由的真假。在这起案件中,奈特确实有杀死对方的绝佳机会,所以他成了嫌疑犯,但是他并不是唯一拥有这个机会的人。"

马洛里侦探举起手,想要说些什么,想了想又没有开口。

"你们把奈特先生逮捕之后,"思考机器说,"又找到了一些对他不利的证据,我猜你刚才要说的就是这些吧?绝佳的机会,藏有凶器的手杖,还有威胁性的话,这些都对奈特先生很不利。"

"没错。"马洛里侦探说。

"我想你应该已经注意到了,刺死奥利弗小姐的短匕首上有意大利制造商的商标,对吗?"

"确凿无疑。"马洛里侦探说。

"我还注意到了另外一件事。短匕首手柄的木质,和你在奈特先生房间里找到的那根手杖的木质是不一样的。这两者的差别很小,如果不仔细观察是很难发现的。不过单凭这一点就对奈特先生很有利了。"

马洛里侦探无言以对,只好沉默。

"离开警察局之后,我跟哈奇先生又去了歌剧院的包厢。这个包厢在舞台的左侧,与隔壁的包厢只用一道格子门相隔。奥利弗小姐坐在包厢的后座时，曾经斜靠着格子门。对于隔壁包厢的人来说，从格子间隙中把没有护套的短匕首刺过来是非常容易的。我想奥利弗小姐就是这么被杀的。"

马洛里侦探愤怒地站起来，嘟囔着一些抗议的话，然后又坐了回去。思考机器依然斜着眼睛。

"接下来我们要做的，就是找到当时坐在隔壁包厢里的人，"他平静地说，"我问了剧院的管理员，他说隔壁包厢坐的是弗兰克林·杜普利夫妇，以及一位来自意大利的贵族。意大利贵族，意大利短匕首，你有没有发现什么关联？

"随后我们又去找了奈特先生，他很肯定地说他从来没有过别的恋情，没有任何一个女人会因为爱他而杀害奥利弗小姐。我想他没有撒谎。他还说奥利弗小姐也没有过别的恋情。但是我认为，她和这位意大利贵族之间一定有什么关联，否则对方也不会刺杀他。奈特先生告诉我，他花了很大的价钱才在罗马买到了这短匕首手杖。我想，短匕首手杖的价格这么高，品质也应该很高，那短匕首的把手和下面的手杖应该是用同一块木头做成的。他也说了，他没有跟奥利弗小姐起冲突。"

思考机器停顿了一会，挪动了一下身体。

"死者是个年轻的姑娘，被格子门另一边的一个年轻男子用匕首刺死，我觉得这很可能是情杀。我查到了这个年轻男子的名字，认定他是凶手。可当我拿着这个名字去问奥利弗先生时，他却跟我说他的女儿并不认识这个人。当时我非常吃惊，在奥利弗先生面前有些失态。我知道虽然我的逻辑推理没错，但一定是有所疏漏，才导致犯下大错，只好从头再来。

"这时候，我的想象力发挥了大作用。我重新梳理了整件事，才发现了疏漏在哪里。我给哈奇先生打电话，问他奥利弗小姐有没有姐妹，答案是有。直到现在案情才水落石出，和那个意大利贵族相爱的，其实是埃莉诺·奥利弗的姐姐弗洛伦斯。

"真凶的名字在这里，"他在纸上写下姓名和地址，"利奥·托尔蒂诺伯爵，日耳曼酒店。"

哈奇和马洛里侦探一起看了看纸片，又一起抬头看着思考机器，目光里满是疑惑。

"但我还是不懂，"马洛里侦探说，"奈特……"

"简而言之，"科学家不耐烦地打断了他，"弗洛伦斯·奥利弗跟她母亲去欧洲旅游的时候，跟利奥·托尔蒂诺伯爵产生了恋情，报纸还对此进行了报道。后来，报纸上报道了她和另一个男人的婚讯，她就抛弃了利奥·托尔蒂诺伯爵回国了。这件事发生在半年前。

"我们可以假设，他满腹怨恨地来到这里，想要报复。当天他和朋友来到了歌剧院，因为合唱声太响亮，他们走过了包厢。他无意中听到引领员说，那是奥利弗家的包厢。他曾在欧洲见过弗洛伦斯的母亲，所以他可能是自己推测，也可能是听引领员说，奥利弗小姐也在。他就因此认定，和奥利弗太太在一起的就是狠心抛弃自己的弗洛伦斯。两个人只有一道格子门相隔，气愤的他就拿出手杖里的短匕首，从格子门中间刺了过去。当时的音乐声太大，他发出的声音就被掩盖了。"

马洛里侦探抚摸着胡须，陷入了沉思。

"那奈特为什么要出言威胁？"他问。

"你有没有问过他？"

"他说是女孩觉得不舒服，想要提前离开，他在劝阻她，说否则会对她不客气。我觉得他在胡说八道。"

"我可以肯定，当时他们说的就是这些，"思考机器说，"多疑是你的职业病，如果你能够按照字面的意思来了解这段话，就省事多了。"片刻之后，他又说，"我向奈特先生保证过，他会在午夜之前被释放。现在已经十点了，你可以去日耳曼酒店找托尔蒂诺伯爵，我觉得他不会隐瞒自己做下的事。"

马洛里侦探和哈奇一起赶到了酒店，在房间里找到了托尔蒂诺伯爵。他趴在床上，太阳穴中了一弹。他的身旁有封遗书，说明了他为什么要刺死弗洛伦斯·奥利弗。

午夜过后三分钟，希尔维斯特·奈特走出了牢房。他获得了自由，心却碎了。

飞　星

〔英〕G. K. 切斯特顿

　　"我犯下的最漂亮的一件案子，"弗兰博在他德高望重的晚年说，"是我最后一次作案，那次犯案完全是机缘巧合。当时是圣诞节。作案之前，我像一个艺术家在塑一座群体雕像时那样，一直在等待合适的机会，想要找到一个特别的时节或者地段，给自己选择一个合适的露台，或者自己觉得满意的花园下手，以便引起最大的轰动效果。于是，乡绅们就应该被骗进装有橡木镶板的长长的房间里，而那些富有的犹太人就应该突然发现，自己竟然身无分文地出现在里奇咖啡馆的灯光之中。因此，如果我要偷一个上了年纪的商人的钱（这可不像你想象的那么容易），如果我清楚自己置身英格兰的某个小镇的绿色草坪和灰色塔楼里，我倒很愿意去诓住他，从他身上下手。同样，如果是在法国，当我从一个富有而邪恶的农民那里得到钱的时候，我会非常高兴地摘下他的脑袋，挂在一排剪短的白杨树上，挂在那神圣的、孕育过伟大的米勒精神的高卢平原之上。

　　"好吧，我最后一次犯罪是圣诞节犯罪，是一次针对愉快、惬意的英国中产阶级的犯罪，一次查尔斯·狄更斯式的犯罪。在帕特尼附近有一所中产阶级的老房子，这所房子有着新月形的马车道，房子旁边有一个马厩，两个外门上都有房子的名字。房前还长着一棵猴子树。够了，你应该知道植物的种类。总之，我真的觉得我将狄更斯的风格模仿得十分熟练且又富有浓浓的文学气质，虽然当天晚上我还有点后悔搞成那样。"

然后弗兰博开始从里往外讲这个故事。就算是从外往里，这个故事也非常奇怪。要是从外往里看，这个故事是完全无法理解的，需要局外人仔细研究。

因此，有人会说这出戏是这么上演的：在节礼日下午，有马厩的房子的前门打开，正对着有猴子树的花园，一个姑娘拿着面包出来喂鸟。她有一张漂亮的脸蛋，一双大大的棕色眼睛，但是她的身材很难猜测，因为她被棕色的皮裘包裹得太紧了，很难分辨哪些是头发，哪些是皮毛。要不是那张迷人的脸，她可能会被当成一只蹒跚学步的小熊。

冬日的傍晚，天空变成了红色，融入了朦胧的夜色里。一束红宝石色的光已经照亮了没有开花的花床，似乎是给凋萎的玫瑰藤蔓注入精气。房子的一边是马厩，另一边是一条小巷或月桂葱茏的回廊，通向后面更大的花园。这位姑娘把面包渣撒向小鸟（这是当天的第四次或者第五次，因为有条狗总是抢先吃掉面包）。

姑娘悄悄地穿过月桂树的小径，走进后面一片常青树林。突然，她发出了一声惊叹，抬头望着头顶高高的花园围墙，看到一个奇异的身影横在墙上。

"哦，不要跳，克鲁克先生，"她惊恐地喊道，"墙太高了。"

那个像空中飞马一样骑在墙上的人是一个身材高挑、棱角分明的年轻人，黑头发像梳子一样竖起来，外表聪明，甚至很有特色，但面色蜡黄，几乎像外星人。他系了一条很有挑逗意味的红领带，这更加清楚地表明，在他那身衣服中，他唯一在意的就是这领带。也许这领带还有一定的象征意义。他没有在意女孩惊恐的祈祷，而是像一只蚱蜢一样跳到了她旁边的地上。这一跳很可能让他摔断腿。

"我想我注定要成为一个窃贼，"他平静地说，"如果我没有碰巧出生在隔壁那所漂亮的房子里，我毫不怀疑我会成为窃贼。无论如何，我看不出这样有什么坏处。"

"你怎么能说这种话！"她抗议道。

"好吧，"年轻人说，"如果你出生在墙的另一边，我不认为翻过墙是错误的。"

"我不知道你接下来会说什么或做什么。"她说。

"我也经常不了解我自己。"克鲁克先生回答，"但是我现在在墙的这边。"

"哪一边是正确的一边？"年轻的女士微笑着问道。

"你站在哪一边呢？"名叫克鲁克的年轻人说。

当他们一起穿过月桂树，朝前面的花园走去的时候，一辆汽车的喇叭声越来越近，一辆速度极快、非常优雅、颜色苍白的汽车像一只鸟一样飞到了前门，在那里颤动着。

"喂，喂！"那个系红领带的年轻人说，"不管怎么说，有的人生来就事事如意。我不知道，亚当斯小姐，你们的圣诞老人这么时髦。"

"哦，那是我的教父，利奥波德·费舍尔爵士。他总是在节礼日来。"

在一段无意识的停顿之后，鲁比·亚当斯补充道："他人很好。"

记者约翰·克鲁克听说过这位杰出的城市大亨；如果这位城市大亨没有听说过他，那也不是他的错，因为利奥波德爵士曾经严肃处理了登在《号角》或《新世纪》上的某些文章。但是他什么也没说，只是冷酷地看着汽车卸货，这是一个相当长的过程。一个穿着绿色衣服、干净整洁的大个子司机从前门出来，一个穿着灰色衣服、容颜修整的小个子男仆从后排座下来，他们把利奥波德爵士搀扶到门阶上，开始为他脱去外套，就像对待一个精心保护的包裹。乱七八糟的东西足够供应一个集市。毛皮似乎来自森林里所有野兽。五颜六色的围巾一条一条地被打开，直到露出一种类似人类的形象，一个友好的但看起来像外国人的老绅士的形象，长着灰色的山羊般的胡子，笑容灿烂，把他的大皮手套揉在一起。

在这个展示完成之前很久，门廊的两扇大门就从中间打开了，亚当斯上校（这位穿皮着裘的年轻女士的父亲）亲自出来邀请他的贵宾进来。上校身材高大，皮肤黝黑，沉默寡言，戴着一顶像毡帽一样的红色吸烟帽，看起来像是驻埃及的英国西尔达或帕沙。和他一起来的还有他的妻弟，最近刚从加拿大来。这位妻弟是一个身材高大、相当活泼的年轻乡绅，留着黄胡子，名叫詹姆斯·布朗特。同他一起来的还有一个更有风味的人物，那就是邻近的罗马教堂的神父，因为上校现在的妻子是一个天主教徒，而孩子们，正如在这种情况下常见的那样，已经随着她信了天主教。神父的一切都在散发出空灵与飘逸，甚至连他的名字布朗也不例外；然而上校总是觉得他有些可结交的地方，经常邀请他参加这样的家庭聚会。

这所房子的大门厅足够宽敞，让利奥波德爵士能够有空间运送行李。比起房子，门廊和门厅的比例显得过大，形成了一端是前门，另一端是楼梯底部的大房间。大厅里的壁炉前挂着上校的一把宝剑。等待迎接的过程结束，所有的人员，包括那个阴郁的克鲁克，都来到了利奥波德·费舍尔爵士面前。然而，这位德高望重的金融家似乎还在为他那身裁剪合体的服装闹别扭，正在费力地从燕尾服的内层口袋里掏出一个黑色的椭圆形盒子，并夸张地说，这是他的教女的圣诞礼物，他带着一种不动声色的虚荣心，把盒子拿出来给大家看。盒子一碰就开了，虽然后半部分还掩着，一个好像水晶喷泉一样的东西映入了他们的眼帘。在一块橙色天鹅绒布上，有三颗洁白鲜亮的钻石，就像三个卵一样。这似乎点燃了他们周围的空气。费舍尔站在那里，面带微笑，略带仁慈，深深地沉浸在那个女孩的惊讶和狂喜中，领略着上校强装镇定的赞美和直率的感谢，欣赏着全场的赞叹。

"我现在得把它们收起来，亲爱的，"费舍尔说着，就把小盒子收回燕尾服上衣的衣兜里，"我来的时候非常小心。它们是三颗伟大的非洲钻石，被称为'飞星'，因为它们经常被盗。所有的江洋大盗都对此垂涎欲滴，即使是在街上和旅馆里的粗野的人也很难不想碰它们。我可能在来的路上把它们弄丢。这完全有可能。"

"我得说，这是很正常的，"那个戴红领带的男人咆哮道，"如果他们把钻石偷走了，我才不会责怪他们。如果他们要面包，你连一块石头都不给他们，我想他们可能会自己把石头拿走。"

"我不允许你这样说话，"女孩叫道，她奇怪地涨红了脸，"也不知道是什么人，说出这么讨厌的话，你知道我的意思。你怎么称呼一个想拥抱烟囱清洁工的人？"

"一个圣人。"布朗神父说。

"我想，"利奥波德爵士带着傲慢的微笑说，"鲁比的意思是理想主义者。"

"激进分子并不意味着靠萝卜为生的人，"克鲁克略带不耐烦地说，"保守派也不意味着吃果酱的人。我向你保证，理想主义者也不是那种渴望与烟囱清洁工共度一个社交之夜的人。一个理想主义者希望扫净所有的烟囱且有人为此付钱。"

"但是谁会允许自己积存烟灰呢？"神父低声说道。

克鲁克用一种感兴趣甚至是尊敬的眼光看着他。"想拥有烟灰吗？"他问道。

"有可能，"布朗特回答，眼睛里充满了猜测，"我听说园丁们用它。有一次圣诞节，魔术师没有来，我跟六个小孩开玩笑，就把烟灰抹在人的脸上。"

"哦，太好了，"鲁比喊道，"我希望你也这样对待这位同伴。"

傲慢的加拿大人布朗特先生一边赞扬，一边抬高了音调；惊讶的金融家也不自觉地升高了音调，这时敲门声响了起来。神父走过去打开门，他们又看到了前花园的常青树、猴子树和所有的植物，在灿烂的紫罗兰色的落日映衬下，显得十分壮观，这样构成的场景是如此的色彩古雅，就像戏剧中的幕后场景，以至于他们一时忘记了站在门口的那个微不足道的人物。他满身灰尘，穿着一件破旧的外套，显然是一个普通的送信人。

"请问哪一位是布朗特先生？"他问道，迟疑地拿出一封信。

布朗特先生吃了一惊，走上前表明了自己的身份。他带着明显的惊讶撕开信封，看了一眼。他的脸色阴沉了一下，然后变得明朗起来，转向他的姐夫和主人。

"我很抱歉惹大家不快，上校，"他说，带着一种纵横殖民地时的一贯的愉快气氛，"但是如果一个老熟人今天晚上来这里谈生意，你会不会不高兴呢？其实他就是弗洛里安，那个著名的法国杂技演员和喜剧演员；我几年前在西部认识了他（他出生时是法裔加拿大人），他似乎有事找我，尽管我很难猜到是什么。"

"当然，当然，"上校漫不经心地回答，"你的任何朋友都是我的朋友，毫无疑问，他可以来这里。"

"他会把脸涂上黑色油彩的，如果你是这个意思的话，"布朗特笑着说，"我不怀疑他会骗过所有人的眼睛。那我管不了，我也不在乎。我喜欢那种欢快的老式哑剧，一个男人居然可以坐在他的大礼帽上。"

"抱歉，我不会那样。"利奥波德·费舍尔爵士庄严地说。

"好了，好了，"克鲁克轻松地说，"别吵了。有比坐在大礼帽上更低级的笑话。"

费舍尔不喜欢这个系着红领带的年轻人，因为他有咄咄逼人的主张，而且显然和自己漂亮的教女之间有亲密的关系，所以他用最讽刺、最威严的口吻说："你一定找到了比坐着大礼帽低级得多的东西。那是什么，请问？"

"例如，让一顶礼帽坐在你身上。"理想主义者说。

"现在，现在，"加拿大农场主用他那野蛮的仁慈叫道，"不要让我们破坏了一个欢乐的夜晚。我想说的是，让我们为今晚的客人做点什么吧。如果你不喜欢涂黑的脸或者坐在帽子上，那就不要做，不过得做点类似的事。为什么我们不能上演一出真正的古老的英国哑剧——小丑、蓝花褛斗①等等。我十二岁离开英国的时候看到过一个，从那以后它就像一堆篝火一样在我的脑海中熊熊燃烧。我去年才回到这个古老的国家，发现这东西已经灭绝了。现在戏台上有的，只不过是一群哭哭啼啼的童话剧。我想要一个热火钳和一个警察，他们推出披着月光的圣洁公主，'青鸟'或者别的什么。不过蓝胡子更适合我，我最喜欢把人变成傻老头的样子。"

---

① 意大利、英国等喜剧或哑剧中男丑角的女配角。

"我完全赞成，"约翰·克鲁克说，"这是对理想主义的一个比最近给出的更好的定义。但这种装扮肯定是桩耗资巨大的事情。"

"一点也不，"布朗特完全忘乎所以地喊道，"小丑是我们这个时代能够创造出的最聪明的形象，有两个原因：第一，表演者可以随意插科打诨；第二，所有的器具都是家用物品——桌子、毛巾架、洗衣篮等。"

"那倒是真的，"克鲁克先生承认道，并急切地点着头，走来走去，"但是我恐怕不能穿警察制服。"

布朗特若有所思地皱了一下眉头，然后重重地拍了一下大腿。"我们可以！"他喊道，"我这里有弗洛里安的地址，他认识伦敦所有的服装师。我给他打电话，让他来的时候带一件警服来。"然后他蹦跳着走向电话机。

"哦，这太棒了，教父。"鲁比喊道，几乎要跳起舞来，"我是蓝花褛斗，你是傻老头。"

那个百万富翁显得一本正经。"我想，亲爱的，"他说，"你要找别人来做傻老头。"

"如果你愿意的话，我可以。"亚当斯上校说，从嘴里拿出雪茄，这是他第一次也是最后一次说话。

"应该有一尊雕像，"加拿大人从电话机旁一脸容光地回来时喊道，"那我们的角色都定好了。克鲁克先生应该当小丑，他是个记者，又知道所有最古老的笑话。我可以是滑稽人，这个角色的要求是腿长，需要跳来跳去。我的朋友弗洛里安在电话里说他要带警服来，而且会在路上换好衣服。我们可以在这个大厅里表演，观众们坐在对面那些宽阔的楼梯上，坐成两排。这些前门可以当作布景，打开或者关闭都可以。关上能看到英国风格的室内布置，打开能看到月光下的花园。太美丽了，这一切都像是魔法。"他从口袋里随手抓起一支粉笔，跑过大厅的地板，在前门和楼梯的中间标出了舞台部分。

这样一场荒诞的盛宴在当时是如何准备好的，仍然是一个谜。但是人就是这样，只要屋子里有青春，人们身上就会混合着鲁莽和勤奋；那天晚上，尽管并不是所有的人都能冷静地把表现出来的形象和自己身上的实际东西分辨出来，可是屋子里确实充满了生气。现在社会正是通过由自己创造的、让一切都驯服的资产阶级惯例，才让哑剧这个发明变得越来越流行。其实这是每一种发明的必经之路，是非常常见的。蓝花褛斗穿着颜色鲜艳的裙子，看起来像客厅里的大灯罩，十分迷人。小丑和傻老头从厨房里拿来面粉，还弄来胭脂，把自己涂成红色，他们像所有的基督教捐助者一样，隐藏起自己的真实姓名。滑稽人也从香烟盒上剥下银纸，把自己包裹起来，他费了好大劲才没有砸碎那些古老的维多利亚时代的光彩夺目的枝形吊灯。也许，他在自己身上涂了华丽的水晶。如果鲁比没有找到她曾在化装舞会上扮演女王时用的那块假宝石，即使只能在今天的哑剧中用维多利亚时代的旧款人造宝石，她也会坚持演出。事实上，她的舅舅，詹姆斯·布朗特已经兴奋得像个孩子。他突然拿出一个纸驴，扣在布朗神父的脑袋上。

神父并没有反抗，还偷偷动了动耳朵。这位舅舅还想把驴尾巴挂在爵士的燕尾服上，被后者皱着眉头制止了。"舅舅太可笑了。"鲁比对克鲁克喊道，与此同时，她把一串香肠挂在自己的肩膀上。

"他是给你这蓝花褛斗配戏的滑稽人，"克鲁克说，"像一个说笑话的小丑。"

"我希望你就来扮演小丑。"她说着，任由那一串香肠摆动着。

布朗神父虽然知道幕后的每一个细节，甚至还因为用枕头假装哑剧里的婴儿引发了观众热烈的掌声，但他并不上场，而是带着孩子第一次看日场戏时那种庄严的期待坐在观众中间。观众很少，有亲戚，有一两个当地的朋友，还有仆人；利奥波德爵士坐在前排座位上，他那硕大的皮领身影遮住了身后这位神父的视线。哑剧是完全混乱的，但并不可鄙；在这场演出中充满了主要来自小丑克鲁克的即兴表演。一般来说，他是个聪明人，今晚他受到一种狂野的无所不知的能力的鼓舞，他在一瞬间看到了一张特别的脸上的特殊表情，从中获得了灵感，让他变得比世界上的人更聪明。人们觉得他只是小丑，但实际上他几乎是演出戏剧所需要的一切——编剧（只要还有编剧的话）、提词员、布景师、场景变换者，最重要的是管弦乐队。在这场惊世骇俗的演出中，每隔一段时间，他就穿上全套服装，对着钢琴猛烈地弹奏一些同样荒诞而恰当的流行音乐。

这一幕的高潮，和其他戏剧一样，是被当作布景的两扇前门突然打开的那一刻，可爱的月光下的花园呈现在众人眼前。可是更引人注目的是那个著名的职业演员——打扮成警察的伟大的弗洛里安。钢琴边的小丑演奏起了《彭赞斯的海盗》中的警察的合唱，但是在震耳欲聋的掌声中被淹没了，因为这位伟大的喜剧演员的每一个动作都是警察的拘谨而克制的版本。滑稽人跳了起来，撞了一下警察的帽子，这时候钢琴家正好在演奏"你从哪儿弄来的帽子"，他装出钦佩又惊讶的表情四处张望，然后滑稽人又跳起来打了他一下（这时钢琴家正在演奏"我们还有另一顶"的几节曲儿）。然后滑稽人冲到警察的怀里，扑倒在他身上，引发了观众热烈的掌声。后来，这个陌生的演员模仿了一个死人，这段表演至今还在帕特尼各地流传着，几乎没人能够相信一个活着的人会看起来这么软弱无力。

那个健壮的滑稽人像麻袋一样荡来荡去，或者像在印第安人俱乐部一样扭来扭去，随着钢琴上最可笑的曲调一直旋转着。当滑稽人把喜剧演员从地板上举起来时，小丑演奏了一曲"我从你的梦想中站立起来"，然后滑稽人又把警察驮在背上，小丑演奏的是"把我的包裹放在我的肩膀上"。最后，滑稽人用力地把警察放回了地上。

最后，狂乱的演奏变成了叮当的曲调，人们还能听到"我给我的爱人写了一封信，在路上我把它弄丢了"。在这种混乱的精神状态到达极限的时候，布朗神父的视线完全被挡住了，因为他面前的这位城市大亨站起身来，凶狠地把手插进了口袋里。然后他紧张地坐了下来，身子还在颤抖，随后又站了起来。有那么一瞬间，他似乎真的很有可能跨上舞台，然后他瞪了一眼弹钢琴的小丑，一声不响地冲出了房间。

那个业余的滑稽人在他那毫无知觉的敌人面前跳起了荒唐却不失雅致的舞蹈，神父只看了几分钟。

滑稽人一边进行着真实而粗鄙的表演，一边慢慢地从门口退出去，进入花园。花园里月光皎洁，一片寂静。舞台灯光下闪闪发光的银纸和玻璃石制成的裙子，在一轮明月下舞动着，看上去越来越神奇，越来越白。听众席上响起一阵雷鸣般的掌声，布朗突然感到自己的胳膊被碰了一下，有人低声请他到上校的书房里来。

他怀着越来越大的疑虑跟着传信人来到书房，这里十分肃穆，导致这种疑虑根本无法驱散。亚当斯上校坐在那里，仍然穿着紧身裤，头上的鲸骨上下点动着，但是他那可怜的眼睛里充满了悲伤，足以使农神节的人清醒过来。利奥波德·费舍尔爵士正靠在壁炉架上，极度惊慌失措。

"这是一件非常痛苦的事情，布朗神父，"亚当斯说，"事实上，我们今天下午看到的那些钻石似乎已经从我朋友的燕尾服口袋里消失了。而当你……"

"因为我，"布朗神父似笑非笑地补充说，"就坐在他后面……"

亚当斯上校坚定地看着费舍尔，说道："我们没有这类暗示。"他的意思相当于说明他们确实有这种糟糕的猜测，"我只要求你帮我查出是谁干的。"

布朗神父一边说"谁翻过他的燕尾服口袋？"一边从口袋里掏出七先令六便士、一张返程票、一个小银十字架、一份小祈祷书和一根巧克力棒。

上校看了他好一会儿，然后说："你知道吗？我更想看看你的脑袋里面，而不是你的口袋里面装的是什么。我知道我的女儿是你们中的一个，她最近……"他停住了。

"她最近，"老费舍尔喊道，"为一个残忍的理想主义者打开了她父亲的房门，他公然说他会从一个有钱人那里偷走任何东西。这就是结果。这让那个人更加富有，没有人比他更富有了。"

"如果你想知道我的想法，我可以告诉你，"布朗神父疲倦地说，"你可以事后再说它的价值。但是我在那个没用过的口袋里发现的是：那些打算偷钻石的人并不谈论理想主义。他们更有可能，"他郑重其事地补充说，"谴责它。"

两个人都急转身，神父继续说道："你看，我们或多或少了解这些人。那个理想主义者只是偷了钻石，而不是偷金字塔。我们应该立刻去看看那个我们不认识的人。那个扮演警察的家伙——弗洛里安，我不知道此时此刻他到底在哪里。"

亚当斯上校站起身来，大步走出了房间。就在富翁盯着神父而神父盯着他的祈祷书的时候，发生了一个小插曲。

亚当斯上校回来，断断续续地严肃地说："警察还躺在舞台上。幕布已经放下拉起六次了，他还躺在那里。"

布朗神父扔掉了书，站在那里，面无表情地盯着前方，神情沮丧。慢慢地，他那双灰色的眼睛里开始闪烁着光芒，然后他含混不清地问："请原谅，上校，请问你妻子是什么时候去世的？"

"我妻子！"那个目瞪口呆的上校回答说，"她是两个月前去世的。她的弟弟詹姆斯来晚了一个星期，没能见到她。"

神父像被射中的兔子一样跳起来。"来吧！"他非常激动地叫道，"来吧！我们得去看看那个警察！"

他们冲到现在已经落幕的舞台上，粗鲁地从蓝花褛斗和小丑（他们似乎很满足地窃窃私语）身边冲了过去，布朗神父俯身看着趴在地上的警察。

"氯仿，"他站起身来说，"我刚刚才猜到的。"

接着上校慢慢地说："请认真地说出这一切意味着什么。"

布朗神父突然大笑起来，然后停止了，在接下来的讲话中，他的内心一直在挣扎。"先生们，"他喘着气说，"没有多少时间说了，我必须追赶那个罪犯。但是这个扮演警察的伟大的法国人——这个被小丑的华尔兹逗弄，在现场乱晃的人……"他的声音逐渐消失，他已经开始跑了。

"他是？"费舍尔好奇地问道。

"一个真正的警察。"布朗神父说，然后跑进了黑暗中。

在那个枝繁叶茂的花园的尽头，有许多洼地和凉亭，在蓝宝石色的天空和银色的月亮的映衬下，桂冠和其他不朽的灌木丛显得格外显眼，即使是在那个仲冬季节，南方也是暖色调的。月桂树绿影婆娑，情趣盎然。月亮像一块巨大的水晶。整个花园构成了一幅浪漫的画面；在花园的树枝间，一个奇怪的身影正在攀爬，看上去根本不浪漫。他从头到脚闪闪发光，仿佛穿着一千万个月亮；真正的月亮在他的每一个动作中都捕捉到他，让他身上的每一寸发光。但是他摇摆不定，从这个花园里的矮树跃到隔壁花园里的高大杂乱的树上。有一个阴影在较小的树下滑动，成功地赶上了他，他只好暂停了动作。

"好吧，弗兰博，"那个声音说，"你看起来真像一颗'飞星'，但最终只会是颗'陨星'。"

上面那个银光闪闪的身影似乎在月桂树下向前探着身子，满怀逃脱的信心，听着下面那个小个子的声音。

"你做得再好不过了，弗兰博。在亚当斯夫人去世一周后，你就从加拿大（我想是用的一张去巴黎的机票）来到这里，真是明智之举。更明智的做法是选在费舍尔来的那一天偷走'飞星'。但是在接下来的事情中，没有聪明，只有天才。我想，偷宝石对你来说算不了什么。除了假装在费舍尔的外套上放一个纸驴尾巴，你还可以用其他一百种手法做到这一点。但在其余的时间里，你让自己黯然失色。"

绿叶中银色的身影似乎在徘徊，仿佛被催眠了似的，尽管他要逃脱还是轻而易举的；他正盯着下面的那个人。

"哦，是的，"下面的人说，"我知道所有的事情。我知道你不仅促成演哑剧，而且还让它派上了双重用场。你打算悄悄地偷走那些宝石；风声正是你所怀疑的同谋走漏的。就在今天晚上，一个能干的警察要来把你打得落花流水。一个普通的小偷会感激这个警告而逃之夭夭，但你是一个诗人。你已经有了一个聪明的想法，把珠宝隐藏在一系列假的舞台珠宝中。现在，你看到了，如果这件衣服是滑稽人的，那么警察就该出现了。这位可敬的警官从帕特尼警察局出发来抓你，走进了这个世界上最诡异的陷阱。当前门打开时，他径直走向哑剧的舞台，在帕特尼所有最受尊敬的人们的狂笑声中，那个跳舞的滑稽人可以踢他、用棍子打他、让他昏迷。你再也没有比这干得更出色的了。顺便说一句，现在你可以把那些钻石还给我了。"

闪闪发光的身影在绿色的树枝上荡来荡去，发出沙沙的声音；但是下面的声音还在继续。

"我希望你把它们还给我，弗兰博，我希望你放弃这种生活。你还年轻，有自尊心和幽默感，别以为善良能在这个行当中长久。人可以保持某种程度的善，但没有人能够保持某种程度的恶。在那条路上只会越陷越深。只要走上那条路。善良的人会酗酒，变得残忍；坦率的人会杀人，撒谎成性。我认识的许多人一开始都像你一样是一个诚实的亡命之徒，只针对富人下手，后来却深陷泥潭无法自拔。莫里斯·布鲁姆一开始是一个信奉原则的无政府主义者，一个贫穷的父亲；最后却成了一个油头粉面的间谍，一个搬弄是非的人，被双方利用和鄙视。哈里·伯克非常真诚地开始了他的'闲钱行动'，现在他正依靠一个半饥饿的姐姐来获取无穷无尽的白兰地和苏打水。卢德·安布尔带着一种骑士精神进入了世俗社会，现在他向伦敦地位最低的贪婪者敲诈勒索。巴里尔船长是你那个时代以前的一位伟大的绅士，最后却死在一个疯人院里，因为害怕那些背叛他、追捕他的'毒枭'和接管人而尖叫不已。弗兰博，我知道你身后的树林看起来很稀松，我知道你可以像一只猴子一样在一瞬间融入它们。但是总有一天你会变成一只老灰猴，弗兰博。你会坐在你自由的森林里，心里冰冷，慢慢走向死亡。树顶上毕竟是光秃秃的。"

一切都继续着，好像下面的小个子用长长的看不见的皮带把另一个人拴在树上，他继续说："你已经开始走下坡路了。你过去常常吹嘘自己不做小人，但今晚你做的事情却很卑鄙。你已经涉嫌嫁祸给了一个诚实的男孩，并且对他有很大的不利；你正在把他和他爱的女人分开。但是在你死之前，你会做一些比那更卑鄙的事情。"

三颗闪光的钻石从树上掉到草地上。小个子男人弯下腰去捡起它们，当他再次抬起头时，绿色的树笼里的银色鸟儿已经飞走了。

宝石失而复得（在所有人中，是布朗神父偶然捡到的），晚会也在喧嚣中结束。利奥波德爵士甚至告诉神父，虽然他见多识广，却十分尊重那些与世无争，超然脱俗的人。

离奇的情杀

〔英〕G.K. 切斯特顿

　　一个普通的牛津人，约翰·博诺斯，在无趣的评论杂志《自然原理季刊》上发表了一系列的文章，评论说达尔文主义的展开只有很小的影响。

　　约翰·博诺斯的理论是一个相对稳定的框架，偶尔会出现一些喜剧性的转折，在牛津大学还出现过一个小小的流行趋势，以"灾难主义"闻名。不过，整个英国媒体都对此置若罔闻。然而，美国媒体注意到了它的挑衅性，并认真对待。《西方太阳报》已经写了一些文章来回应博诺斯理论带来的阴影。当这件怪事浮出水面的时候，具有高度信息价值和热情的文章都被写上了通栏标题，尽管它们显然是未受过教育的疯子的作品。诸如"思想家博诺斯提醒我们保持我们的灾难意识"等。面对这种喧嚣，《西方太阳报》的卡尔霍恩·基德不得不系上领带，脸上带着悲伤、矫揉造作的表情，来到牛津郊外的一间小屋里寻找思想家博诺斯。在那里，博诺斯先生过着无忧无虑的生活，忘却了他周围的世界。

　　令人惊讶的是，这位命中注定的哲学家同意在当晚九点整接受基德的采访。夏天，夕阳的最后一缕余晖依然照耀着卡姆诺和低矮的山林。这个浪漫的美国人开始怀疑自己是不是走错路了，想问问自己在哪里。他走进去问路，这时他看到一家真正的老式乡村旅馆开着门。在旅馆的门前挂着一张"一流设施"的海报。

在酒吧客厅里，他按了门铃，但等了一会儿才得到答复。酒吧里唯一的另一位顾客是一个身材瘦削的年轻人，有一头浓密的红发，穿着不合身的打猎服。他喝的威士忌酒很难喝，但抽的雪茄很好。威士忌当然是"一流设施"中"最好的"品牌，雪茄可能是他从伦敦带来的。这个男人和那些干净整洁的美国年轻人的主要区别在于他那些过时的休闲服装。但是从他的铅笔、打开的笔记本，还有他蓝色眼睛里警惕的神情，基德可以看出他是自己人，还是个记者。

"你能帮我个忙，告诉我怎么去格雷的小屋吗？"基德礼貌地问道，"我听说博诺斯先生就住在那里。"

红发人抽了一口雪茄，回答道："离这里只有几十码远，过一会儿我就会经过那里，但我要去彭德拉根邸园，找点乐子。"

"什么是彭德拉根邸园？"卡尔霍恩·基德问道。

"克劳德·钱皮恩爵士的住处——这就是你来这儿的原因，不是吗？"那个同行抬起头来，"你是个记者，不是吗？"

"我是来采访博诺斯先生的。"基德说。

"我是来采访博诺斯太太的，"另一个回答说，"但我不应该在她家见她。"

他阴沉地笑了一下。

"你对灾难主义不感兴趣吗？"美国人很疑惑。

"我对灾难很感兴趣。很快就会发生的，"那人语无伦次地回答，"我的灾难是一件肮脏的事，我永远不会掩盖它。"

他一边说，一边往地板上吐唾沫。但即便如此，他所说的一切，所做的一切，立刻就能让人意识到他是一个有教养的人。

美国记者仔细观察了这个人。一张沉迷酒色的苍白的脸，表示愤怒的表情已经慢慢松弛；同样，这也是一张充满智慧和敏感的脸。他的衣服粗糙而随意，但他纤细的手指上戴着一枚精致的印章戒指。从这次谈话中，基德得知他的名字叫詹姆斯·达尔内，是爱尔兰一个破产地主的儿子。他在一家名为《时尚社会》的报纸工作，是一名调查记者，也是一名痛苦的间谍。他对报社不屑一顾。

不幸的是，《时尚社会》对博诺斯关于达尔文的文章不感兴趣，恰恰相反，对于《西方太阳报》的首脑来说，他们感兴趣的是一次独家采访的权利。当达尔内来到这里时，他似乎察觉到了一种气息，一种诽谤的气息，在格雷的小屋和彭德拉根邸园之间，这种事情似乎只有在离婚法庭才能解决。

《西方太阳报》的读者对克劳德·钱皮恩爵士的熟悉程度不亚于对博诺斯先生的熟悉程度。当基德得知钱皮恩和博诺斯之间的亲密私人关系时，他感到很困惑。他听说克劳德·钱皮恩爵士是"英国社会十大最有前途、最富有的人之一"，他是一位伟大的运动员，曾乘游艇环游世界。他还是一位杰出的旅行家，写过一本关于喜马拉雅山脉的书。他也是一位政治家，他惊人地提议将保守党和民主党合并，这吓跑了选民。在艺术、音乐和文学方面，他也很有天赋。总而言之，这些身份是值得尊敬的。克劳德爵士被认为是一个非常好的人，除了在英国人的眼里。这位文艺复兴时期的王子在多样性和无休止的宣传方面是一个多才多艺的人。他有很好的爱好，但他也是一个狂热分子。但即使没有古董收藏家的轻率行为，我们也只能把他描述为"半业余"。

对于那幅画着和意大利人一样的黑紫色眼睛的猎鹰的照片，一些记者给《时尚社会》和《西方太阳报》拍了快照。这幅画给人的印象是一个被自己的野心吞没的人，仿佛被火焰甚至是灾难吞没。尽管基德对克劳德爵士了解得很多——事实上，比人们所知道的要多得多——但他从未想过会把这样一位高调的贵族与一位"灾难主义"的创始人联系在一起，更别提他们是亲密无间的好朋友了。但达尔内却认为这是不争的事实。他们两人在就读中学和大学时，经常一起学习。即使他们的社会命运非常不同（因为钱皮恩是一个大地主，几乎是一个百万富翁，而博诺斯直到最近还是一个一文不名、默默无闻的学者），他们仍一直保持着密切的联系。事实上，博诺斯的小屋和彭德拉根邸园毗邻。

现在两个人的友谊已经变得非常暧昧，而且有"山雨欲来"的兆头，这样的友谊能否继续下去还未可知。一两年前，博诺斯娶了一个美丽但不成功的女演员，并用自己害羞、忧郁的方式爱上了她。博诺斯家族与钱皮恩的亲密关系给了这个轻浮的名人做下流事的机会，而这些下流事只会带来可悲和卑鄙的刺激。克劳德把宣传艺术发挥到了极致。他似乎为这件非常引人注目的事情高兴得发狂，尽管这件事并没有给他带来什么好名声。从彭德拉根派来的仆人们带着鲜花来到小屋取悦博诺斯夫人；彭德拉根的马车和汽车不断出现在小屋里，只是为了得到博诺斯夫人的欢心；彭德拉根的宴会和舞会随处可见，男爵可以自由自在地炫耀博诺斯夫人，就像爱神同美神竞争一样。在这个晚上，一切都将不同，因为基德先生将要阐述"灾难主义"。就在那个晚上，克劳德·钱皮恩爵士要演出露天剧《罗密欧与朱丽叶》，一切都不同了。在剧中，克劳德将扮演罗密欧，一个他擅长的角色，朱丽叶的角色就不需要多做说明了。

"如果不搞得一团糟，我觉得事情不会像现在这么顺利，"红头发的人站起来摇晃了一下身体，"人们会来找博诺斯算账，或者博诺斯会找别人算账。但如果他这么做了，他就是个傻瓜——你可以说他是个笨蛋，但我不认为这种事情会发生。"

"他是一个非常有智慧的人。"卡尔霍恩·基德低声说。

"是的，他是，但是即使是一个智力超群的人也不可能是这样一个傻瓜，"达尔内回答说，"你一定是得上路了吧？我随后就来。"

卡尔霍恩·基德充耳不闻，直到喝完牛奶和苏打水后，才匆匆赶往格雷的小屋，把那位冷嘲热讽的人，还有他的威士忌和雪茄一起抛在身后。最后一点日光已经暗淡下来，天空是一片深绿灰色，像块石板，闪耀着点点星光。天空的左边更亮一些，月亮就要升起来了。格雷的小屋被一条峡谷环绕着，好像一块田地被一道又长又硬的篱笆围了起来。小屋离邸园外围的松树和栅栏很近，基德一开始以为那是邸园的门房。

在狭窄的木门上发现了主人的名字之后，基德看了看手表，时间刚好是"思想家"许诺的时间。他穿过院子，敲了敲前门。

当他来到用栅栏围起来的院子里时，才发现这所房子虽然朴实无华，但比最初看上去的更大，更豪华，当然也绝对不是门房。狗窝和蜂房都放在外面，就像英国传统乡村生活的标志；郁郁葱葱的梨树林后面挂着一轮新月；一只老狗勉强地叫了一声，从狗窝里出来；出来开门的老仆人穿着朴素的衣服，带着一种冷漠和高贵的神气。

"博诺斯先生让我向您道歉，先生，"他说，"他临时有事，不得不出去。"

"啊？但我们约好了，"采访者提高了嗓门说，"你知道他去哪儿了吗？"

"彭德拉根邸园，先生。"仆人沉闷地回答，然后开始关门。

基德转身走了几步，然后突然问道："他和他的妻子一起去的吗——有人陪着他吗？"采访者随便问了一个问题。

"没有，先生，"仆人简短地回答，"他一直待在后房，然后他一个人走了出去。"说完，他粗鲁地关上了门，脸上却露出一副无助的表情。

美国小伙是一个傲慢和敏感的混合体。他对这样的招待感到恼火。他有一种强烈的愿望，要把这个房子里的人召集起来，教他们良好的礼仪。灰白的老狗，灰白的头发、看起来傻傻的、穿着一件老式衬衫的老仆人，挂在天空中昏昏欲睡的老月亮，当然，最重要的是那个没有遵守诺言的轻率的人，他们都是被教训的对象。

"如果这就是他做事的方式，那么他的妻子背叛他就是对的。"基德对自己说，"但也许他是去吵架的，如果是这样的话，作为《西方太阳报》的记者，我不会错过的。"

记者从门房敞开的大门转过拐角，走上了一条长长的、漆黑的林荫大道。事实上，沿着这条路走下去的时候，邸园的内院就映入眼帘。树木像灵车上的羽毛一样黑而整齐，天空中还有几颗星星。基德是一个文学联想多于自然联想的人，因为"黑森林"这个词在他的脑海里不断地徘徊。部分原因是那里有一种难以形容的气氛，几乎和沃尔特·司各特在他的大悲剧中描述的气氛一样；一种从十八世纪以来就已经死亡和腐烂的东西散发出来的气味；一种在潮湿的院子里挖出坟墓的气味；一种冤屈难雪的气氛；一种不切实际又永远无法消除的悲伤。

基德在踏上这条整洁、黑暗、幽灵般的小径时，不止一次吓得停了下来。有时他听到前面有脚步声，但是当他走过去的时候，除了两堵漆黑的松墙和墙上挂着小星星的天空外什么也没有。起初，他以为这是他凭空想象出来的，或者是被自己的脚步声给骗了。但是，随着他继续往前走，他越来越确信，确实有另一个脚步声。他立刻想到了鬼魂。他很惊讶这么快就看到了一个乡下鬼魂：一个江湖骗子，脸色苍白，只是有几个黑斑。蓝色天空三角形的顶部变得越来越亮，越来越蓝，但是他没有注意到，因为那里离明亮的庭院和房子更近。他感到气氛越来越浓，悲伤越来越强烈，越来越神秘，越来越……他犹豫了一下，不知道该选哪个词，然后，带着可怕的微笑说出了一个词：灾难主义。

越来越多的松树和小径从他身边闪过，然后，他像被施了魔法一样，静静地站在那里。在这一点上，说他觉得自己好像在做梦是没有道理的，但他确实觉得自己在书里。我们人类已经习惯了不恰当的事情，不协调的碰撞，但是这种调子太老套了，让我们昏昏欲睡。如果正确的事情发生了，我们会立即醒来，就像胸口一阵剧痛。在这样的地方发生的事情，就像一个被遗忘的故事。

越过黑色的松木，一把剑飞出来，在月光下闪闪发光——一把长长的、修长的、闪闪发光的剑，似乎在老宅里参与了许多不公正的斗争。它落在他前面很远的地方，像一根大针一样发着光。记者像一只兔子一样飞奔过去，弯下腰去看，才意识到这是一把华丽的剑。剑柄上的红宝石和臂章的真实性存疑，但剑上有红色的血滴是毫无疑问的。

他怒气冲冲地朝着飞出剑的方向望去，从那里他可以看到一条分叉的小路，与把幽暗的冷杉和松树分开的大路成直角。他走上小路，看见那座灯火通明的长房子，前面的湖和喷泉也尽收眼底。但是他没有仔细看，因为有些东西他更感兴趣。

在他的上方，在一个陡峭的绿色河岸的角落的梯田花园里，有一幅令人惊叹的画面。这样的景色在这个老式风景区的庭院里随处可见。在老鼠窝的圆形土墩上，或者说在圆圆的草坪上，三排茂密的玫瑰环绕着它，仿佛它戴上了王冠。在圆顶的顶端有一个日晷。基德可以看到日晷像鲨鱼背上的蜻蜓一样站在夜色中，月亮悠闲地握着时针，显得很无聊。但是他似乎看到了其他的东西，突然，他意识到那是一个人。

虽然他只凝视了一会儿，虽然那个人穿着一身奇怪的、难以置信的服装，从脖子到脚都是紧绷的深红色，在月光下闪着金光，基德仍然知道他是谁。他面朝天空，胡子刮得干干净净，化完妆后显得年轻了一些；拜伦式的鹰钩鼻；灰白色卷曲的头发——所有这些，他在克劳德·钱皮恩爵士的公众肖像中见过无数次。这个奇怪的红色身影在"日晷"上蹒跚地迈了一步，就滚下了陡峭的路堤，倒在了美国小伙的脚下，胳膊还动了一下。他手臂上那些炫目的黄金首饰让基德想起了《罗密欧与朱丽叶》，那么深红色的紧身衣一定是这出戏的戏服。然而，直接沿着堤坝滚下的血迹并不是情节所要求的。他的身体被刺穿了。

基德开始大声呼喊。他又一次听到了幽灵般的脚步声，接下来他知道的就是另一个身影正在向他走来。他知道是谁，但还是吃了一惊。这个自称达尔内的游手好闲的家伙有一种可怕的镇定；如果说博诺斯没有遵守他的诺言，达尔内就是遵守了一个没有说好的诺言，他的脸仍然阴森森的。月光使一切都变了颜色：在达尔内红色的头发映衬下，他悲伤的脸不再那么苍白和忧郁。

所有这些恐怖的事情使基德激动不已，他无缘无故地粗鲁地喊道："是你干的吗？你这个魔鬼！"

达尔内苦笑了一下，还没来得及说话，那个倒下的人又动了动胳膊，模糊地指着剑落下的地方；他呻吟着说："博诺斯……博诺斯，我说……是博诺斯……嫉妒我……他嫉妒，他，他……"

基德弯下腰想听得更清楚一些，努力抓住了几个字。"博诺斯……用我的剑……他扔了……"

他那软绵绵的胳膊又指着那把剑，然后砰的一声落了下去。这时，基德心里出现了一些尖刻和奇怪的东西，那是他对待事情严肃认真的独特的种族意识。

"好吧，"他厉声命令道，"你必须带个医生回来。这个人死了。"

"我认为应该有一个神父，"达尔内莫名其妙地说，"钱皮恩一家都是天主教徒。"

基德跪在僵硬的身体旁，试了试心跳，又撑起对方的脑袋，想要再做最后一次努力，让他活下去。当另一名记者带着医生和神父出现时，他埋怨他们来得太迟了。

　　"你不是也来迟了吗？"那个身材魁梧、长着络腮胡子的医生问道，他不住地打量基德，目光里充满了怀疑。

　　《西方太阳报》的记者故意拉长了语调："从某种意义上说，我来得太晚了，没有时间救这个人。但是我想，我及时听到了一些重要的事情，我听到了他对杀人犯的控诉。"

　　医生皱起眉头："凶手是谁？"

　　"博诺斯。"基德轻声说。

　　医生的脸涨得通红，他阴沉地瞪着基德，没有反驳。身材比医生矮的神父站在一个偏僻的地方，温柔地说："我知道博诺斯今晚没有来邸园。"

　　美国人冷淡地说："看来我又要提供一些真相。先生，约翰·博诺斯要在这邸园里过夜。他本来跟我有约，却突然改变了主意。他的仆人告诉我，一两个小时以前，他突然独自离开了家，来到了这个该死的地方。我想我们已经有了线索，这正是聪明的警察所需要的——你还没有通知他们吗？"

　　"通知了，但是没有其他人知道。"医生说。

　　"博诺斯太太知道吗？"詹姆斯·达尔内问道。基德再次感到一种莫名其妙的冲动，想给他嘴上来一拳。

　　"还没有，"医生粗声粗气地说，"警察来了。"

　　神父走上主路，把剑捡了回来。和他矮胖的身躯相比，佩剑是那么可笑和戏剧化。神父飞快地在备忘录上写了些什么。"在警察到来之前，"他解释说，"谁有火？"

　　美国记者从口袋里拿出手电筒。神父接过去，把它举到刀刃中间。他眨了眨眼睛，仔细检查了一下。然后，他没有看刀尖或刀柄，就把它交给了医生。

　　神父简短地叹了口气："恐怕我在这里没有用处。再见，各位。"

他转身沿着黑暗的林荫道走去，双手紧握在背后，大脑袋低垂着，显然在想着什么。

其他人急忙跑到看门人那里，看门人正在接受一名督察和两名警察的询问。神父在黑暗的松林道上放慢了脚步，在屋子的台阶上停了下来。这是他向那偷偷靠近他的人打招呼的方式，也是基德一直在寻找的那个美丽而高贵的"鬼魂"。这个年轻的女人穿着文艺复兴时期的银缎子衣服，金色的头发分成两股，下面的脸惊人的苍白。她就像一尊由象牙和黄金制成的古希腊雕像，但她的眼睛是明亮的。她用低沉而沉着的声音说道："布朗神父吗？"

"博诺斯太太。"他直截了当地说，带着担忧的神情望着她，"我想你已经知道克劳德爵士的事了。"

"你怎么知道我知道？"她的声音很平稳。

布朗神父没有回答，而是问了另一个问题："你见到你丈夫了吗？"

"我丈夫在家。他与此事无关。"

布朗神父依然没有回应。女人走近了，脸上带着一种奇怪的紧张神情。

"我应该告诉你更多的，不是吗？"她脸上的笑容有点吓人，"我不认为他会这么做。你跟我的想法一样，是吗？"

布朗神父与她目光相遇，严肃地盯着她看了很长时间，然后点了点头，但是他的脸色变得更加严肃。

"布朗神父，我要告诉你我所知道的一切，但我得先请你帮个忙。你能告诉我为什么你没有像其他人一样直接得出结论，说可怜的博诺斯犯了罪吗？请直说吧，我知道外面有传言，情况对他不利。"

布朗神父看起来真的很尴尬，他把手放在额头上说："两件很小的事情。至少有一件很小很普通的事，还有一件很模糊的事。但是，不管怎样，这些证据足以证明博诺斯先生不是凶手。"

他抬起圆圆的、茫然的脸对着天空，漫不经心地继续说："让我们先从那件模糊的事开始吧，我已经捕捉了很多重要的事情来证实这个想法。证据让我相信博诺斯先生是无辜的。我的观点是，良心上的不可能犯罪才是真的不可能犯罪。我不太了解你丈夫，但我肯定他是那种良心不允许他犯罪的人。别误会，我不是说博诺斯先生不会这么坏。每个人都可以变坏——坏到他自己的预期。我们可以控制我们的良心，但通常不可能改变我们本能的品位和做事方式。博诺斯也许杀了人，但不会是钱皮恩。他不愿意把罗密欧的剑从浪漫的剑鞘中拔出来；他不愿意像在祭坛上那样杀死他的敌人；他不愿意把他的尸体留在玫瑰丛中；他不愿意把他的剑扔出树林。如果博诺斯杀了人，他会像干其他事情——喝第十杯葡萄酒，或者读一本没有装订的希腊诗集——一样，安静而沉闷地杀人。不，事情发生的浪漫场景看起来不像博诺斯的风格，倒像钱皮恩的。"

"啊！"她凝视着他那像珠宝一样闪闪发光的眼睛。

"关于那件小事。那把剑上有手指印。如果你在光滑的表面，比如玻璃或钢铁上留下指纹，你仍然可以随着时间的推移看到它。那把剑上的手指印在剑刃的中段靠下，我不知道这是谁的，但是谁会握剑的中下部分呢？这是一把长剑，但就其余的长度而言，它足以刺穿你的敌人。至少，你可以刺伤你的大多数敌人。只有一个例外。"

"一个例外！"她重复道。

"用短剑杀一个人比用长剑更容易。"

"我知道了，是他自己。"

长时间的沉默。然后神父突然平静地说："我说得对吗？克劳德爵士是自杀的吗？"

"是的，我看见他做的。"她的脸像大理石一样光滑。

她的脸上闪过一种不同寻常的表情，不是悔恨、羞怯，也不是神父所期待的那种表情。她的声音突然变得有力而饱满："他不在乎我。他只是讨厌我的丈夫。"

"为什么？"他的圆脸从天空转向那个女人。

"他讨厌我丈夫，因为……奇怪的是，我不知道该怎么说……因为……"

"嗯？"神父耐心地等待着。

"因为我丈夫不恨他。"

布朗神父只是点点头，好像在等着她继续说下去。事实上，在一个小的方面，他不像大多数侦探和虚构人物，他对于已经知道的事情不会假装不知道。

博诺斯夫人走近了一些。"我的丈夫是一个了不起的人，"她面带平静的神情说，"克劳德·钱皮恩爵士很有名，也很成功，但他不是一个好人。我的丈夫从来没有出名或者成功过，但是他也从来没有想过要出名。他不想因为自己的理性而被人知道，正如他不想因为吸烟而被人知道一样，在这方面，他非常愚钝。他从来没有长大过，我的丈夫像在学校时一样喜欢钱皮恩；他喜欢钱皮恩就像喜欢餐桌上的魔术表演。他从不想嫉妒钱皮恩，但钱皮恩想让我丈夫嫉妒他，他都快想疯了，结果自杀了。"

布朗神父说："我想我开始明白了。"

"哦，你明白吗？"她喊道，"整个情况都是计划好的，地点也选好了。钱皮恩把约翰的房子安置在他庄园的大门旁边；使他看起来像一个仆人——目的是让约翰感到像一个失败者。但是我的丈夫从来没有这种感觉，就像他从来没有想到过一头流浪的狮子，他也从来没有想到过这样的事情。钱皮恩会带着炫目的礼物出现在约翰最穷困的时刻。有时候他会提前通知，有时候他会不知从哪里冒出来，几乎就像是来自哈伦·阿拉斯奇德①的造访。约翰通常都会优雅地接受或拒绝，可以这么说，就像一个懒惰的学生，同意或不同意别人的意见都与他无关。所以，五年过去了，约翰还是老样子，而克劳德·钱皮恩爵士却成了偏执狂。"

博诺斯太太继续说："当我说服约翰写下他的一些理论，并把它们发表在杂志上的时候，事情的转折点到来了。这些文章引发了轰动，尤其是在美国。有家报纸甚至想采访他。当钱皮恩（他几乎每天都接受采访）听说他曾经默默无闻的竞争对手最近取得的小小成功时，他们之间最后的联系——曾经压制住他对约翰的强烈仇恨的联系——消失

---

① 《一千零一夜》中的角色。

了。然后他把他那不健康的痴迷强加在我的兴趣爱好和名誉上，弄得流言四起。你一定要问我为什么会允许这样的事情发生，因为我不能拒绝，除非向我丈夫解释清楚。有些事情是灵魂不能做的，就像尸体不能飞一样。以前没有人能向我丈夫解释，现在也没有人能解释。如果你对他说，'钱皮恩抢走了你的妻子'，他会认为这个笑话有些粗俗。他的脑子里容不下这种滑稽的想法。他今晚本来要来看我们演出，但就在开幕之前，他说他不会来了，因为他有了一本有趣的书和一支雪茄。我告诉了克劳德爵士，这对他是一个可怕的打击。偏执使他突然陷入绝望。他刺伤了自己，像魔鬼一样尖叫，说约翰杀了他。他躺在院子里，十分嫉妒，然后带着嫉妒死去了。约翰正坐在餐厅里看书，浑然不觉，心满意足。"

又是一阵沉默，神父开始说："博诺斯太太，你的生动描述只有一个缺陷。你丈夫没有坐在餐厅里看书。那个美国人去过你家，你的仆人头告诉他，你丈夫去了彭德拉根。"

她明亮的眼睛几乎瞪成了电灯泡，但她的表情更多的是慌乱，而不是困惑或害怕。"什么意思？"她叫喊着，"所有的仆人都来看戏了，而我们却没有仆人头。上帝啊！"

神父很惊讶，他像陀螺一样转了半圈。"什么？什么？"他很震惊，"嘿，如果我去你家，你丈夫能听见我敲门吗？"

"哦，仆人现在应该回家了。"她奇怪地说。

"很好！"神父马上又变得神气活现，急匆匆地走向大门，又回头说了一句话，"最好抓住那个有意无意地编造克劳德爵士的遗言以博取轰动效应的美国人，否则博诺斯的罪行将在明天的美国报纸上用大字印刷出来。"

"你不明白，"博诺斯太太说，"他不会介意的。我认为他并不认为美国是一个真正的地方。"

当布朗神父来到那个有蜂窝和狗舍的房子时，一个穿着整洁的小女佣把他带到了餐厅。在昏暗的灯光下，博诺斯坐在那里静静地看书，手边放着一瓶餐酒和一个酒杯，正如他妻子所描述的那样。

神父一进来，就注意到博诺斯的雪茄上有一长段没有断掉的烟灰。

布朗神父自言自语道，他在这里至少有半个小时了。事实上，他看起来像是从晚饭后就坐在那里了。

"别起来，博诺斯先生，"神父用平常的、略带愉快的语调说，"我不该打扰你的。恐怕我打断了你的研究。"

"没有。我在读《血淋淋的手指》。"博诺斯说，没有皱眉，没有微笑，也没有表情。布朗神父在他身上感觉到一种深深的、强烈的冷漠，他的妻子形容他"了不起"。他把血迹斑斑、骇人听闻的"低俗小说"放在一边，没有意识到它的不协调需要一些幽默的评论来掩盖。博诺斯先生是个胖胖的、行动迟缓的人，头很大，半灰半秃，粗大的面容却有一股率直。他穿着一件老式的晚礼服，前面有一个三角形的小洞用来插花——他本来打算去看他妻子扮演的朱丽叶。

"我不会耽误你很长时间，也不会阻止你阅读《血淋淋的手指》之类的东西，"布朗神父微笑着说，"我只是过来问问你今晚做了什么。"

博诺斯平静地看着神父，但他宽阔的前额慢慢变红了。他看起来从来没有处于这样尴尬的境地。

他低声说道："我知道这对你来说是一件奇怪而糟糕的事，也许比谋杀还要奇怪。有时候一个小错误比一个大错误更难承认。时髦的女主人一周做六次和你一样的坏事，你会发现这是你一直认为可鄙的事情。"

他慢吞吞地说："这让你觉得自己像个十足的白痴。"

"我知道，"神父同意道，"但是人们常常不得不在像个傻瓜和成为一个傻瓜之间做出选择。"

"我无法分析自己，"博诺斯继续说道，"但是当我坐在椅子上读那本书的时候，我是那么开心，就像一个学生休了半天假。它是安全和永恒的——我无法脱身。雪茄触手可及……火柴触手可及……《血淋淋的手指》有四个场景……不仅是一个和平的世界，还是一个富足的世界。然后后面的门铃响了，我想了整整一分钟，我不想离开那把椅子——不管是身体，还是肌肉。但是我知道所有的仆人都出去了，所以我只能当一次负责人。我打开前门，一个年轻人站在那里说话，打开他的笔记本，写着什么。我想起了那个被遗忘的美国记者。他的头发从中间偏分到两边。我必须告诉你，谋杀案……"

"我知道，我见过他。"神父说。

"我没有杀任何人，"灾难论者继续温和地说，"我只是违背了我的诺言。我说博诺斯先生去了彭德拉根邸园，当着他的面关上了门。我就是这么做的。布朗神父，我想知道你会怎样惩罚我。"

"我不会给你任何惩罚。"神父很绅士，他从容地梳理着头发和打着伞，"相反，我来这里是为了证明你不必受这种小小的惩罚——这是犯罪的人罪有应得的。"

博诺斯笑了："我幸运地逃过的那个小小的惩罚是什么？"

"绞刑。"布朗神父回答道。

第四章

机关算尽：抓住破绽直击罪犯的内心

亚森·罗平被捕

〔法〕莫里斯·勒布朗

奇妙瑰丽的旅程，总会有一个美好的开端，就像现在。于我而言，旅程的开端竟如此美好，实在太过难得。以极快的航速横渡大西洋的普罗旺斯号是一艘极舒适的客轮，船长十分和蔼，乘客都是精英，大家彼此结交，参加船上举办的各种娱乐活动。我们仿佛身处不熟悉的孤岛，早已脱离社会，所以彼此之间需要亲近……

前一夜还是陌生人，现在却头顶浩渺苍穹，脚踏无边波涛，亲密地交谈交往，向咆哮的大海、汹涌的浪涛、危机暗藏的平静水波发起挑战。你大概不会想到，一个特殊的、意料之外的人物会出现在人群之中，事实上，这就是悲剧被升华的缩影，是生活中所有疾风骤雨、壮阔波澜、庸庸碌碌与绚丽多姿的缩影。众人乐于怀着愉悦的心情匆忙品味这短促的、一开始就已预见结尾的旅程，根由便在此处。

然而，近些年的一些经历，却让这场横渡大西洋的旅程变得更加精彩动人。众人自以为已与全世界脱离，但漂流的孤岛却仍与世界通连。大海茫茫壮阔，陆地渐行渐远，但无线电报却将这种貌似中断的联系重新恢复。众人可以以一种神奇的方式响应来自另一个世界的消息。这些消息，有一部分既诗意盎然，又玄奥有趣，众人宁愿相信是风儿振翅将奇迹传达，也不相信传递它的是中空的铁线。

所以，我们一开始就能感受到这遥远之地声音的追随，甚至已经行至我们面前，时不时地便与我们中的一位浅言细语地交谈，传递着某些消息，仿似两位挚友在畅聊。还有一二十位朋友从星际向我们发来短讯，或欣喜，或忧伤，或送别。

第二天下午，风雨交加，客轮已驶出五百海里，远离法国，我们收到了一封无线电报，内容如下：

> 贵船一等舱中有一位金发乘客，独身一人，右前臂受过伤，留有伤疤，他是亚森·罗平，化名 R……

一声骤然响起的炸雷扰乱了电波，消息到此戛然而止，我们只知道亚森·罗平用了化名，但不知道全名，只知道首字母。

如果是其他消息，船长、报务、乘警自然会守口如瓶，我坚信这一点，但这件事情，需要所有人严阵以待，于是当天，亚森·罗平就在船上，而且就在众人之间的消息便传开了，至于消息是如何泄露的，我们不得而知。

我们中间有一个人是亚森·罗平！数月来，这位始终无法被抓到的侠盗占据了各家报纸的头条，所有的新闻都在标榜他的勇敢无惧。这个人本身就是一个谜，老加尼玛尔，一位最出色的警探，誓言要与他决一生死。决斗的场景充满诗意。侠盗亚森·罗平，行为怪诞，专一出入沙龙与城堡行窃。一日深夜，肖尔曼男爵在家中发现了他留下的名片，留下名片后，这位潜入者便快快然空手而归。名片上写着：

> 待你用真品将赝品替换时，亚森·罗平会再度光临。

亚森·罗平以许多身份出现过：司机、青年、老者、名门公子、男高音歌唱家、俄罗斯医生、赛马场赌盘登记员、西班牙斗牛士、马赛旅行推销员等，他有千面。

所有人都该清楚：在这艘横渡大西洋的客轮的一等舱，在这片相对独立的小天地中，有一位侠盗，客厅、餐厅、吸烟室，都能成为我们与他邂逅的地点，或许他是亚森·罗平，或许他正和我们同桌，或许和我们同处一个舱室……

翌日，内莉·安德道恩女士尖叫道："我受不了了，还有五天，五天呢，真希望他立刻就能落网！"

她问我："当德莱齐先生，船长与您十分亲密，莫非您竟对此一无所知？"

我盼着自己能收获些消息，这样就能博得内莉的芳心了。每个地方都存在这样的佳人：无论她们在哪里，都会被万众瞩目；她们的美貌令人着迷，她们的财富让人沉沦；她们身旁从不乏殷勤的追随着、炽热的追求者、疯狂的崇拜者。内莉·安德道恩小姐就是如此一位佳人。

她的母亲是位法国名媛，父亲是芝加哥巨富安德道恩先生，她自幼随母亲生活在巴黎。这次，她是要去芝加哥见父亲的，身为好友的杰兰小姐与她同行。

刚一上船，我就被她的魅力所折服，成了她殷勤的追随者之一，一路行来，我们的关系也渐渐变得亲密。每次与她目光相交，看着她黝黑漂亮的大眼睛，我都异常激动。她对我心怀善意，也乐于接受来自我的敬意。我的笑话能令她展颜，她也很喜欢听我讲些奇趣见闻。我对她献上殷勤，她回我以不太确定的好感。

值得我警惕的情敌也许只有一人，那是个俊朗优雅的青年，性格持重。相比于我巴黎式的活泼外露，有些时候，他的沉稳缄默似乎更能让她青睐。

内莉小姐询问我时，我们正一起坐在甲板的摇椅上，她身边自然不乏倾慕者追随，那个青年也在。昨日的雨骤风狂换来了今日的碧空澄净，这样的时刻真是太美好了，我们惬意地享受着。

"小姐，我还没收到准确的消息，"我说，"大使先生，我们为什么不调查一番呢？漂漂亮亮地调查一番，就像老加尼玛尔与他的宿敌亚森·罗平曾经做到的那样。"

"呵呵，您很有进步。"

"这很困难吗？问题非常复杂？"

"是的。"

"那是因为您忽略了一点，我们有线索，可以找到这个人。

"首先，亚森·罗平用了化名，化名的首字母为 R。"

"太空泛，不具体。"

"其次，他是独身一人。"

"真希望您能凭这点线索就找到他。"

"再次，他的头发是金色的。"

"那又如何？"

"我们只要按着旅客名单和线索，一个一个淘汰就可以了。"这份名单，我一直随身携带。我把它掏出来，大略看了一遍。

"我发现，姓名首字母值得关注的乘客只有十三位。"

"十三位？"

"是的，首字母为 R 的一等舱乘客，只有十三位，其中九位有夫人、菲佣、子女随行，独身的只有四个，分别是德·拉威尔当侯爵……"

"这位先生我认识，"我的话还没说完，内莉小姐便截住了话头，"他在大使馆当秘书。"

"罗松少校……"

"那是我叔父。"一位乘客说。

"里沃尔塔先生……"

"是我。"人群中有人应声。这是一位蓄着一脸漂亮的黑色胡须的意大利人。

内莉小姐欢快地笑了："这位先生的头发可不是金色的。"

"那么，罪犯肯定就是名单最后这一位了。"

"换言之……"

"是罗泽那先生。罗泽那先生是哪位？"

人群陷入缄默。内莉小姐朝那个经常与她在一起的、沉默持重的青年招呼了一声，询问道："罗泽那先生，您不准备说些什么吗？"

众人一齐望向他。他的头发是金色的。

说实话，我的心在那一刻疾速下沉着，无声的沉默让我尴尬。我发现，其他人都紧张极了，紧张到屏息。然而，话又说回来了，认为这位先生是亚森·罗平，着实有些荒唐。他身上没有任何可疑的地方。

"我要说些什么呢？"他说，"事先我也做过调查，我的姓名，我金色的头发，我独自一人的情况，都足以让我被逮捕，所以，我赞同这个结论，也同意被逮捕。"

他开口时，两片原就极薄的唇看上去更薄了，仿佛两条无血色的横线，他的语调怪异，眼中血丝遍布。

他只是在开玩笑罢了，可他的神情、他的面容，却让人久久难忘。内莉小姐一脸纯真地询问："您身上没有伤疤吧？"

"的确没有。"他回答。

他突然起身，挽袖，露臂，我看了内莉小姐一眼，她也在看我，一个想法从我脑中一掠而过：左臂！他伸出来的不是右臂！我想指出这一点，可在我即将付诸行动时，却出了意外。杰兰小姐——内莉小姐的好朋友——匆匆跑了过来。

她的样子惊恐极了。众人全都围到她身边。她喘息了好久，才结结巴巴地说："首……首饰，我的首饰，珍……珍珠都不见了！"

后来，我们才了解到，窃贼并没有偷走她的所有首饰，只是有选择地拿走了其中一部分。

钻戒、红宝石耳环、手钏、项链上的宝石全被偷走了，这些宝石虽然个头不大，却异常精美、价值连城，或者说，窃贼扔掉了戒托、项链等，只拿走了最值钱、最易携带的宝石。包括我在内的所有人都去失窃现场看了，那些失去宝石的托子就仿佛失去了绚美花瓣的花蒂。

窃贼行窃的时候，杰兰小姐或许正在喝茶。大白天，走廊里人来人往，窃贼却轻而易举地将舱门撬开，找到帽盒底部放首饰的小袋子，无声无息地抠下并带走了宝石。

没有人怀疑窃贼不是亚森·罗平。事实上，这样奇诡、神秘、合乎情理却又出人意表的盗窃方式，正是他的风格。毕竟，首饰不便携带、不好藏匿，祖母绿、宝石、珍珠等却能分别藏匿，不被发现，招惹上麻烦的可能性不大。

晚餐时间，罗泽那先生没有准时出现，晚些时候，众人得到消息，船长叫走了他。

所有人都如释重负，都相信他会被拘捕。当夜，大家一起跳舞、狂欢、玩扑克，内莉小姐特别开心。她的行为似乎在向我昭示：她确实喜欢过殷勤的罗泽那，但现在，她早不记得他了。我被她的风姿征服了，午夜时分，在皎洁的月光鉴证下，我向她献上了我的忠诚，她并未表现出不悦。

然而，第二天，罗泽那先生被释放的消息却震惊了所有人，没有证据证明他是窃贼。

他的证件很齐全，没有任何违规的地方，他的父亲是位大批发商，家在波尔多，而且，他的手臂上没有疤痕，无论是左臂还是右臂。

"亚森·罗平可以拿出任何证件，只要你需要，哪怕是出生证明，他都有。"一部分人对罗泽那仍心怀疑虑，他们高声抗议，"没有伤疤，也许是他用了什么方法遮掩，也许是他根本就没受过伤。"

也有人持不同意见：珠宝被盗时，罗泽那先生就在甲板上，有人能证明。但那些人争辩说："亚森·罗平可是大盗，行窃时根本就不用自己动手。"

蹊跷之处有很多，可毋庸置疑的是，整艘船只有罗泽那一人同时符合姓名首字母是R、头发为金色、独身一人这三个条件。电报中提到的人如果不是他，又会是谁？

还有几分钟就到午餐时间了，罗泽那先生向我们走来，见状，内莉小姐和她的好朋友一起离席而去。

她们真的十分恐惧。

一小时后，路易·罗泽那先生拿出一万法郎作为赏金寻找盗窃者或者说亚森·罗平的消息便在船上传开了。

"要是大家都不愿意和我一起对抗这个窃贼，我就自己上。"罗泽那先生这样对船长说。

亚森·罗平与罗泽那先生，或者说是亚森·罗平与亚森·罗平之间即将展开对决，这真是件有趣的事情。

对决持续了整整两天时间。

这两天，罗泽那先生前后左右四处查看，向船上的仆人探听消息，晚上还不知疲倦地在甲板上转来转去。许多人都看到了这一幕。

船长的反应也很积极。他彻底清查了整个普罗旺斯号，没放过任何一个角落，所有的舱房都被仔细搜查过，搜查的理由也很正式：罪犯不可能将失物放在自己的房间，所有地方都可能藏匿着赃物。

"终究会有所发现的，是不是?"内莉小姐询问我，"无论他用什么手段，都不能让珠宝凭空消失。"

"没错，或许我们该搜搜自己身上，"我回答，"帽子的夹层，衣服的里衬，或其他地方。"

我有一架柯达牌相机，机身尺寸为 9×12 厘米，我用它为内莉小姐拍了许多照片，照片上，她摆着各种各样的造型。

"您肯定想不到，杰兰小姐的珠宝或许就藏在这个相机里，"我指着相机对她说，"只要假装在拍照，就能成功避开搜查。"

"可我得到的消息是，窃贼没有留下任何作案痕迹。"

"亚森·罗平是个例外。"

"怎么讲?"

"怎么讲? 他要考虑的不仅是如何成功盗窃，还有如何成功避过搜查。"

"您这是什么意思?"

"我的意思是，完全没必要浪费时间去搜查。"

果不其然，没搜到什么东西，或者说，事与愿违，在搜查期间，船长也遭窃了，他的手表丢了。

为此，船长勃然大怒，不仅加强了对罗泽那的监控，还数次对他进行盘问。次日，那块被偷的手表竟出现在大副的假领中，这真是最绝妙的讽刺。

一切都被神秘的色彩笼罩，亚森·罗平用这样的方式彰显着他的风趣。他是窃贼，这没错，但不可否认的是，他很幽默，他作案，纯粹是为了好玩，或者是出于某种兴趣爱好。在众人看来，他更像是戏剧的编导，写一出戏，让众人参演，以博自己一笑；他身处后台，一边构思着最玄妙的情节，一边为那精彩的演出而捧腹大笑。

很显然，他是位艺术家，有属于自己的风格，当罗泽那忧伤倔强的脸出现在我面前，当我想到这个怪癖的家伙正在一人分饰两角时，便由衷地感到钦佩。

前日深夜，负责值守的船员听到呻吟声响起，声音来自甲板上最阴暗的角落。他循声过去，看到一个双手被绳索绑缚、头上蒙着灰色披肩的人躺在地上。

船员帮他将绳子解开，扶着他站起来，无微不至地照料着他。

这个人是罗泽那先生。

他四处游逛的时候，遭遇袭击，被突然出现的歹徒打倒在地，劫走了身上所有的财物。一张名片被歹徒别在了他的衣服上，上书：

兹以此信向罗泽那先生致谢，谢谢您的一万法郎。亚森·罗平。

事实上，被劫走的皮夹中装着的千元钞票足足有二十张。

这倒霉的家伙被指责是在自导自演，袭击他的不是别人正是他自己。可谁能将自己捆住呢？何况，名片上的字迹与罗泽那先生的字迹也完全不同。一份旧报纸被翻了出来，上面刊印着亚森·罗平的字迹，两者的确十分酷似。

这样看来，罗泽那先生确实是波尔多巨富之子，是真正的罗泽那，而不是亚森·罗平。亚森·罗平在船上，这毋庸置疑，如此恐怖的行径恰好证明了这一点。

船上人心惶惶，没有人敢独自滞留船舱，也没人有勇气独自去偏僻的地方，大家都很谨慎，只和熟人待在一起。出于本能，哪怕是关系非常亲密的人，彼此之间也多有防备。危机不是来自某个人，如果是那样，反而没什么危险，相反，它来自所有人，任何一个人都可能是亚森·罗平。丰富的想象赋予了我们无穷的联想。人们认为他能乔装成任何人，或者是令人钦佩的罗松少校，或者是来自高多的侯爵拉威尔当。首字母的限制不再是唯一条件，有扈从、妻子儿女跟随的人也被加入了怀疑名单。

新的无线电报没能带来什么有用的信息，起码，从船长那里我们没得到什么消息。无声的沉默让我们越发忐忑，所以，最后一日一下子变得格外漫长起来。人们满心惊恐地等待着灾难降临，这一次或许不再是盗窃、袭击，而是谋杀。所有人都觉得，前两次的小打小闹是无法让亚森·罗平满足的。他掌控着这艘客轮。面对他，船员们束手无策。只要他想，船上所有的人与财物便任凭他予取予求。

说实话，这确实是一段非常美好的时光，因为，内莉小姐对我越发信任了。经历了这么多的变故，生性怯懦的内莉小姐开始情不自禁地向我寻求庇护，我也很乐意庇护她。

我承认，我愿意向亚森·罗平献上我的祝福，没有他，我和内莉小姐不可能如此靠近，没有他，我无权沉浸于这最美的爱情幻梦，这并非空想，也没什么可遮掩的。即便已家道中落，但当德莱齐家族依旧是普瓦图的古老名门，在我看来，想要重振家业、光宗耀祖，并不是什么令人厌恶的事情。

我能感觉得到，内莉小姐并未因这幻梦而不开心。她满眼的微笑就是最好的允诺，她柔和的话语让我满心希冀。

最后的时刻来临了，美国的海岸线隐约在目，我们彼此倚靠在一起，肩并肩，用手肘撑着船舷。

搜查已经停止，无论是身在一等舱，还是满是移民的普通舱的人都在等待，等待真相，等待谜底被揭开。声名煊赫的亚森·罗平究竟是谁？他的化名是什么？他伪装成了什么人？

最后的时刻来临了，哪怕是活到百岁，我也会铭记当时的种种细节。

"内莉小姐，您的脸色不太好，苍白极了。"我对倚靠在我臂膀间的女伴轻声询问。

"您也一样，您的脸色也变了。"她说。

"这真是激动人心的时刻，内莉小姐，与您相伴的日子我很开心，我想也许您偶尔也会回忆起……"

我说了什么，她并没听到，她兴奋极了，呼吸都变得急促起来。舷梯已经放下，可海关人员、邮差、一些身着制服的人在我们下船前先上了船。

"要是亚森·罗平被发现中途已经离去，我不会觉得奇怪。"内莉小姐含混地说。

"或许他宁愿被永沉大西洋，孤独死去，也不愿意体面地活着，不愿意被逮捕。"

"不要开玩笑！"她看上去很愤怒。

我突然一惊，她正要询问，我转移了话题："您看，那个老者，个子矮小，在舷梯边站着的那个……"

"手执雨伞，身着橄榄绿色礼服的那位？"

"他的名字是加尼玛尔。"

"加尼玛尔？"

"没错，那位大名鼎鼎，发誓一定要亲手将亚森·罗平逮捕的警探。哦，我懂了，大洋彼岸的消息突然中断，是因为加尼玛尔插手了，他不希望被其他人干扰。"

"那亚森·罗平一定会落网，是吗？"

"谁会清楚呢？加尼玛尔也不知道亚森·罗平长什么样子，除非他的化名被知道了……"

"啊，真希望能亲眼见到他被捕的场面。"她说，语气冷酷，满眼好奇。

"不要着急，亚森·罗平不会忽略他的对手。他下船的时候，肯定是这个老家伙头晕眼花的最后时刻。"

乘客们依次下船。手挂雨伞的加尼玛尔漠然地看着栏杆间的人群，似乎毫不在意。我看到他身后站着一个人，那是位高级船员，正在向他说明情况。

罗松少校过去了，德·拉威尔当侯爵过去了，来自意大利的里沃尔塔过去了，其他许多人都过去了……我注视着走向通道的罗泽那。这个可怜的家伙，他还没恢复过来，他遭到的打击太大了。

"没准就是他，"内莉小姐询问我，"您的看法呢？"

"我想要是能给罗泽那和加尼玛尔拍张合照肯定非常有趣。你来照吧，用我的相机，我的行李太多了。"

我将相机递给她，但罗泽那已走下舷梯，没时间了。船员悄悄和加尼玛尔说了几句，他却只是无所谓地耸耸肩，就让罗泽那通过了。

上帝，亚森·罗平到底是谁？

"是啊，到底是谁？"她高声询问。

剩下的人只有二十几个了，她惶惶不安地打量着他们，生怕亚森·罗平隐匿其间。

"我们也走吧，别等了。"我说。

她在前面走，我紧随其后，但刚走了几步，我们就被加尼玛尔拦下了。

"嘿，你要做什么？"我高声问道。

"先生，请稍等，您被催逼了吗？"

"我得和小姐做伴。"

"请稍等。"他郑重地重复了一遍刚刚的话，打量了我一番，之后凝视着我的眼睛，问："亚森·罗平？"

我忍不住笑了。

"您错了，我的名字是贝尔纳·德·当德莱齐。"

"十二年前，贝尔纳·德·当德莱齐先生在马其顿逝世。"

"要是当德莱齐逝世了，我就不可能活着，您在撒谎，我的证件在这儿。"

"我很乐意和您说说，您是怎么将这些证件搞到手的。"

"您在发疯，先生！亚森·罗平在船上的化名首字母是 R。"

"这是你惯用的伎俩，用虚假的线索迷惑敌人，推出一些人，哦，您很有实力，可这次，你的运气不太好。亚森·罗平，别抵赖了，服输吧。"

我有些犹豫，趁此机会，他重重地拍了一下我的右臂，我失声痛呼。我右臂的伤口还没完全愈合，这一点，电报上说得很明白。

无奈，我只得服输。内莉小姐始终都在，这场对话让她面色惨白，摇摇欲坠。

我看向她，她也看向我，之后，她垂下头，盯着那台柯达相机看，那是我给她的。她突然打了个手势，我猜，她一定是想到了什么。没错，在相机的夹缝里，在被黑皮套套住的狭窄空间中，隐藏着从杰兰小姐那里得来的宝石和从罗泽那那里得来的两万法郎。我把相机给她，就是因为害怕加尼玛尔会戳穿并逮捕我。

哦，我发誓，当时被加尼玛尔与他的两个下属包围的我，并不在意即将被捕这件事，也不在意其他人的敌意，我就在意一件事，她会怎么处置从我这里得到的东西。

要是对方获得了关键性的证据，肯定会毫不犹豫地起诉我。不过，我想的却不是这些，我想的是，内莉小姐会不会交出证据，她会不会如此残酷地对待我？

她会出卖我吗？她会不会彻底将我断送？她会不会成为我的敌人，做下我永远都不会原谅的事情？或者，她会顾念旧情，情不自禁地怜悯我，对我宽容一些，不会鄙视我，像个陷入爱情中的小女人。

她离开了，在她经过我身边时，我向她鞠了个躬，表示感谢，却没说一句话。她拿着属于我的相机，随着其他旅客一起走向舷梯。

我猜，她也许是没有勇气当着这么多人的面将它拿出来，稍等片刻，或者过一个小时，她会把它拿出来的。

可她走了，越走越远。

她婀娜的倩影隐没于人流，片刻后，她又出现了，但随后，她的身影再次消失，彻底地消失了。

我怔怔地站在那里，既感动，又凄惶，忍不住喟然长叹，这让加尼玛尔非常惊讶。

"哎，要是能做个正派人就好了，真遗憾……"

一个冬日的夜晚，亚森·罗平对我讲述了他的故事，他被捕的经过，以及其他一些事情，或许有一天，我会将这些联结着彼此友谊的故事全都写下来……友谊，是的，我应该能这样说，亚森·罗平确实是我的朋友。这位朋友常常会不告而来，于是，我静谧的书房便会充满蓬勃的热情，他被命运青睐，命运对他微笑，他很开心。

至于他长什么样子，我实在难以描绘。我们见了二十次面，每一次，他的容貌都有所变换。或者说，二十面镜子照出了二十种形象，而这二十种形象，全都是同一个人演绎的。这些形象都与众不同，无论是眼睛、脸型、性格、身高还是言行。

"我也不清楚自己的真容是什么。"他说,"镜子里照出的那个人永远让我感到陌生。"

这自然是玩笑话,且有悖逻辑,可对所有与他邂逅,却对他的耐心、本领、能改变脸部轮廓与五官比例的神奇易容术一无所知的人而言,事实恰恰如此。

"为什么我的形象要固定不变?"他说,"为什么不能通过改换身份的方式来规避危险呢?我的行动,就是我最好的身份证明。"

之后,他不无骄傲地表示:"若所有人都不敢肯定'亚森·罗平就是这个人',事情一定会变得非常美妙。最关键的是,得让别人确信'做这件事的是亚森·罗平'。"

那个冬天,伴着书房的静谧,他出于好意,向我诉说了他的经历,我便以此为依据,对他的冒险经历做了记录、阐述……

上帝的锤子

〔英〕G. K. 切斯特顿

博瓮塔这个小村庄坐落在一座陡峭的小山上，这让村里教堂的尖顶看起来就像是一座小山的顶峰。教堂脚下有一个铁匠铺，炉火通红，铁锤和铁屑满地都是。在铁匠铺对面，穿过一个粗糙的鹅卵石铺就的十字路口，就是"蓝野猪"，这个地方唯一的小酒馆。就在这个十字路口，在一个黎明，两兄弟相遇了，并开始了交谈。他们一个刚刚开始一天的生活，而另一个则刚刚结束一天的生活。助理牧师威尔弗雷德·博翁非常虔诚，正要去进行祷告或沉思。而他的哥哥诺曼·博翁上校一点儿也不虔诚，他穿着晚礼服坐在"蓝野猪"外的长椅上，就连具有哲学思想的观察家都无法判断，他喝的是周二的最后一杯，还是周三的第一杯。上校的生活并不严谨。

博翁家族是为数不多的能够追溯到中世纪的贵族家庭之一，在他们的旗幡上，巴勒斯坦的标记清晰可见。但如果认为骑士传统在这样的家族中还占据很高的地位，那就大错特错了。除了穷人以外，几乎没有人保留这些传统。贵族们不按传统生活，而是按时尚生活。但是，就像许多真正古老的家族一样，在将近两百年的时间里，他们已经堕落成了纯粹的醉汉和花花公子，甚至有一些不好的传言流传开来。可以肯定的是，上校对快乐的贪婪追求，几乎没有什么人情味。他那种坚持鬼混到凌晨才回家的习惯，与他那失眠时清醒又恐怖的状态有关。他身形高大，体态优美，虽然年纪已经不小了，但头发还是黄色。他是一个金发碧眼、有着狮子一样体魄的男人，两只靠得很近的蓝眼睛深深地陷在脸上，看起来更深了。他留着长长的黄胡子，从鼻孔到下巴，胡子两边各有一道皱纹，这让他的脸似乎挂着一丝嘲笑。在他的睡衣外面，他穿了一件奇怪的淡黄色外套，看上去更像一件非常轻便的睡袍。他的脑袋靠后处戴着一顶非同寻常的亮绿色宽边帽子，显然是随意购置的东方珍品。他为自己穿着这种不协调的服装而感到骄傲——为自己总是让它们看起来不和谐而感到骄傲。

他那助理牧师兄弟也有着一头黄色的头发和完美的体形，但是他穿着黑色的衣服，扣子一直扣到下巴，而且他的脸刮得很干净，举止很有修养，又有些局促。他似乎只为他的宗教而活；但是有些人（特别是铁匠，以及长老会教徒）说，那是出于对哥特式建筑的爱，而不是对上帝的爱，他像鬼魂一样在教堂附近游荡，这只是他对美的近乎病态的渴望的另一个更纯洁的方式。家族的病态式的饥渴，也让他的哥哥沉浸于女人和美酒之中。虽然这种指控值得怀疑，但这个人的虔诚是毋庸置疑的。事实上，这项指控主要是对孤独和秘密祈祷的热爱的无知的误解，因为人们经常发现他不是跪在祭坛前面祷告，而是在一些特殊的地方，比如地下室或走廊里，甚至在钟楼里。和哥哥碰面的时候，他正要从铁匠铺的院子里进入教堂，当他看到他哥哥那深陷的眼睛也盯着同一个方向时，他停了下来，皱了皱眉。他不会认为上校会对教堂感兴趣，那就只剩下铁匠铺了。虽然铁匠是个清教徒，不是他的教民，但威尔弗雷德·博翁却听说了铁匠那个美丽而有名的妻子的流言蜚语。他向棚子对面投去怀疑的目光，上校大笑着站起来和他说话。

"早上好，威尔弗雷德，"他说，"我就像一个好房东，监视着自己的人民。我要去拜访一下铁匠。"

威尔弗雷德看着地面说："铁匠出去了。他在格林福德。"

"我知道，"上校无声地笑着回答，"所以我才去拜访他。"

"诺曼，"助理牧师盯着路上的一块鹅卵石说，"你怕过雷电吗？"

"什么意思？"上校问，"你爱好气象学吗？"

"我的意思是，"威尔弗雷德头也不抬地说，"你有没有想过上帝会在街上劈死你？"

"对不起，"上校说，"我看你的爱好是民间传说。"

"我知道你的爱好是亵渎神明，"这位宗教人士回答说，他的天性中容易生气的部分被刺痛了，"你不敬畏神，也该有理由敬畏人。"

哥哥扬了扬眉毛。"敬畏人？"他说。

"铁匠巴恩斯是方圆四十英里内最高大强壮的人，"助理牧师严厉地说，"我知道你不是胆小鬼或者懦夫，但是他可以把你从墙上扔下去。"

这话说对了。上校的嘴巴到鼻孔的线条变得更深更黑，他脸上带着严厉的嘲笑站了一会儿。但是不一会儿，上校就恢复了他那冷酷无情的幽默，笑了起来，黄胡子下露出两颗狗一样的门牙。"那样的话，我亲爱的威尔弗雷德，"他漫不经心地说，"博翁家族的最后一个人穿着盔甲出来是明智的。"

他摘下那顶奇怪的绿色圆帽子，向弟弟展示帽子内衬的钢条。威尔弗雷德意识到这根钢条确实是从一顶挂在古老家族大厅里的头盔上摘下来的。

"最先献上的，"他哥哥轻松地解释说，"总是最亲近的帽子——以及最亲近的女人。"

"铁匠去了格林福德，"威尔弗雷德平静地说，"但他总是不定期回来。"说完，他就低着头走进了教堂，同时在胸前画十字，好像一个想要远离污灵的人。他急于走进他那高大的哥特式修道院阴冷的暮色中，忘记这种粗俗的事情；但是在那天早晨，他那例行的宗教活动注定要到处受到阻碍。当他走进教堂的时候，一个跪在地上的人匆匆站起来，朝着门口的晨光走来。助理牧师看到他时，惊奇地站住了。因为早祷者不是别人，正是村里的白痴，铁匠的侄子，一个既不会也不能关心教堂或其他任何事情的人。他被叫作"疯子乔"，似乎没有别的名字；他是一个黑皮肤的、强壮的、无精打采的小伙子，有一张苍白的脸和黑色的直发，嘴总是张着。当他从助理牧师身边走过时，他那圆圆的脸并没有显示出他在做什么，在想什么。他以前从来没有做过祷告。他现在在做什么样的祷告？当然是非凡的祈祷。

威尔弗雷德·博翁像生了根似的在原地站了很长的时间，直到看着这个白痴走到阳光下，甚至看着他放荡的哥哥用一种慈祥的滑稽样子向他打招呼。他看到的最后一件事是上校向乔张开的嘴里扔硬币，表情严肃，好像要砸中它。

这幅被阳光照射的丑陋的图画描绘了尘世的愚蠢和残忍，最终使这个苦行者进入了祈求净化和新的思想的祷告中。他走到走廊的一条长凳前，那条长凳位于一扇他喜欢并且总是使他的精神安静下来的彩色窗户下；那是一扇蓝色的窗户，上面有一个拿着百合花的天使。在那里，他开始逐渐忘记那个脸色铁青、嘴巴像鱼一样的笨蛋。他开始逐渐忘记他邪恶的哥哥，以及他像一头饥渴的狮子一样前行的步伐。他越来越沉浸在银白色的花朵和蓝宝石般的天空那冰冷甜美的色彩中。

半个小时后，村里的鞋匠吉布斯来到了这里，他是被匆忙派来接他的。他迅速站了起来，因为他知道，一点小事不会让吉布斯到这样的地方来。和许多村庄的鞋匠一样，这个鞋匠也是个无神论者，他在教堂里的出现比疯子乔的出现要离奇得多。这是一个充满神学谜团的早晨。

"怎么了？"威尔弗雷德·博翁有点生硬地问，同时伸出颤抖的手去拿帽子。

令人吃惊的是，这位无神论者说话的语气带着一丝尊重，甚至是一种干巴巴的同情。

"请原谅，先生，"他用嘶哑的声音说，"但是我们认为不马上告诉您是不对的。恐怕发生了一件相当可怕的事，先生。我担心你的哥哥——"

威尔弗雷德紧握着他那虚弱的双手。"他又干了什么坏事？"他激动地大叫。

"先生，"鞋匠咳嗽着说，"恐怕他什么也没做，什么也不会做。恐怕他完蛋了。你最好下来，先生。"

助理牧师跟着鞋匠走下一段弯曲的短楼梯，来到了一个略高于街面的入口处。博翁一眼就看到了悲剧现场，它就像一张说明图一样平铺在下面的街道上。铁匠铺的院子里站着五六个人，大部分穿着黑衣，只有一个穿着巡查员制服。这些人中有医生、长老会的神父和铁匠妻子所在的罗马天主教堂的神父。铁匠的妻子是一个有着一头金红色头发的美丽的女人，正在长凳上啜泣着。在这两群人之间，一个穿着睡衣的男人躺在堆放着大量锤子的地方，他四肢张开，脸部拉长。从上面的高度，威尔弗雷德可以对他的服装和外表的每一部分加以确定，甚至从他手指上的博翁家族的戒指也可以确定，但他的头骨像黑色和血色的星星一样飞溅开来。

威尔弗雷德·博翁只看了一眼，就跑下台阶，来到院子里。他的家庭医生向他致敬，但他几乎没有注意。他只结结巴巴地说："我哥哥死了。这意味着什么？真是可怕，到底发生了什么？"

一阵不愉快的沉默之后，鞋匠——在场最直言不讳的人——回答说："先生，非常恐怖，"他说，"但不是很神秘。"

"什么意思？"脸色苍白的威尔弗雷德问道。

"很明显，"吉布斯回答，"方圆四十英里内只有一个人能打出这样的重击，而且他是最有理由这么做的人。"

"我们不能预先判断任何事情，"医生说，他是一个高大的黑胡子男人，有点不安，"但是我有能力证实吉布斯先生所说的关于这一击的性质，先生，这是难以置信的一击。吉布斯先生说这个地区只有一个人能做到。我应该告诉自己，没有人能做到这一点。"

一阵迷信的战栗掠过助理牧师单薄的身体。"我几乎不能理解。"他说。

"博翁先生，"医生低声说，"我实在不懂这其中隐含的真相。说头骨像蛋壳一样被砸成碎片是不够的。骨头碎片被打进了身体，就像子弹打进了泥墙。这是一只巨人的手。"

他沉默了一会儿，透过眼镜冷酷地看着外面，然后又补充说："这件事有一个好处——它一下子就消除了大多数人的嫌疑。如果你、我或者这个国家任何一个普通人被指控犯有这种罪行，我们应该被宣告无罪，就像一个婴儿被宣告盗窃纳尔逊①纪念碑的罪行不成立。"

"我的意思是，"鞋匠固执地重复道，"只有一个人能做到这一点，也只有他有理由这么做。铁匠西蒙·巴恩斯在哪儿？"

"他在格林福德。"助理牧师犹豫了一下。

"更可能是在法国。"鞋匠咕哝着。

"不，他不在那两个地方。"一个微弱的声音说道，这声音来自那个加入了他们的小个子罗马神父，"事实上，他现在正在路上。"

那个小神父的长相让人不感兴趣：他有一头棕色头发，一张圆圆的、呆板的脸。但是在这一刻，就算他像阿波罗一样英俊也没有人会看他一眼。每个人都转过身来，凝视着下面那条穿过平原的小路，的确，铁匠西蒙是在走路，他迈着巨大的步子，肩上还扛着一把锤子。他是一个瘦骨嶙峋的巨人，长着深邃、黑暗、邪恶的眼睛和黑色的络腮胡。他正在和另外两个人边走边聊，虽然他不是很兴奋，但看起来心情还不错。

"我的上帝！"信奉无神论的鞋匠喊道，"这就是他用来杀人的锤子！"

"不。"巡查员说，这是他第一次开口说话。他看上去很明智，留着沙色的小胡子。"在教堂墙边的那把才是用来杀人的锤子，我们把它和尸体都留在了现场。"

大家都看了看四周，矮个子神父走过去，默默地低头看着放在那里的锤子。这把锤子是最小最轻的锤子，在一大堆锤子中毫不起眼，但在它的边上却有血和金色的头发。

沉默了一会儿，矮个子神父头也不抬地用他那沉闷的声音讲述了新的发现。"吉布斯先生可能搞错了，"他说，"他觉得这里并不神秘，但是至少还有一个谜团，为什么一个如此高大的人会用这么小的锤子来尝试如此猛烈的一击？"

"哦，别管那个了，"吉布斯着急地叫道，"我们该拿西蒙·巴恩斯

---

① 英国海军英雄上将。

怎么办？"

"不用管它，"牧师平静地说，"他自己会来的。我认识和他在一起的那两个人。他们是来自格林福德的好伙计，来这里参观长老会教堂。"

就在他说话的时候，那个身材高大的铁匠转过教堂的拐角，大步走进他自己的院子里。然后他静静地站在那里，手里的锤子掉了下来。巡查员保持着难以逾越的礼节，立刻走到他跟前。

"我不会问你，巴恩斯先生，"他说，"你是否知道这里发生的事情。你不一定要说。我希望你不知道，而且能够证明你不知道。但我必须以国王的名义逮捕你，罪名是谋杀诺曼·博翁上校。"

"你不必说什么，"鞋匠一本正经地兴奋地说，"他们已经证明了一切，却还没有证明那个脑袋开花的人就是博翁上校。"

"这可是站不住脚的，"医生说，"那是侦探故事里的情节。我是上校的医生，我比他更了解他的身体。他有一双非常漂亮的手，但是非常奇特——食指和无名指的长度是一样的。哦，那就能够证明是上校了。"

当他看着地上那个脑浆涂地的尸体时，铁匠那双锋利的眼睛也跟着看了过去。

"博翁上校死了吗？"铁匠平静地说，"那他就该下地狱。"

"什么也别说！哦，什么也别说。"信奉无神论的鞋匠喊道，他在对于英国法律制度的钦佩中欣喜若狂地跳着舞。因为没有人能像优秀的世俗主义者那样成为守法者。

铁匠从肩上瞥向那张威严而狂热的脸。

"你们这些异教徒最好像狐狸一样躲避法律，因为法律对你们有利，"他说，"但是上帝会保护他自己的臣民，就像你们今天看到的一样。"

然后他指着上校说："这条狗是什么时候死于他的罪恶的？"

"注意你的措辞。"医生说。

"如果《圣经》能注意自己的措辞，我也能。他什么时候去世的？"

"我……我今天早上六点钟看见他的时候，他还活着。"威尔弗雷德·博翁结结巴巴地说。

"上帝是仁慈的,"铁匠说,"探长先生,我一点也不抗拒被捕,反对逮捕我的可能是你。我不介意离开法庭时不玷污我的人格,但也许你会介意离开法庭时给自己的职业生涯带来不利影响。"

那个固执的巡查员第一次目光灼灼地看着铁匠;其他人也都这样看着,除了那个矮矮的、奇怪的神父,他还在低头看着那把给了上校致命一击的小锤子。

"有两个人站在这个铺子外面,"铁匠沉着而清醒地继续说,"你们都知道,他们是格林福德的好商人,他们可以证明从午夜到黎明,他们在我们的复苏布道团的会议室里见过我,我们很快就拯救了灵魂。在格林福德,有二十个人可以证明当时我在那里。如果我是异教徒,巡查员先生,我会让你走向毁灭。但是作为一个基督徒,我觉得有义务给你一个机会,问你是否愿意听我的不在场证明,是现在还是在法庭上。"

巡查员似乎第一次感到不安,他说:"当然,我现在很乐意为你洗清罪名。"

铁匠大步流星地走出他的院子,又回到来自格林福德的两个朋友身边,他们的确几乎是在场的每个人的朋友。他们每个人都说了一些没有人会怀疑的话。他们证明西蒙的清白时,就像在说大教堂就在他们上方一样坚定。

又一种沉默笼罩了这群人,这种沉默比任何讲话都更奇怪,更难以忍受。助理牧师跟天主教神父说:"布朗神父,你似乎对那把锤子很感兴趣。"

"是的,"布朗神父说,"为什么这把锤子这么小?"

医生转过身来对他说。

"天哪,那倒是真的,"他喊道,"谁会用一把小锤子呢?周边明明放着十倍大的铁锤。"

然后他放低声音凑到助理牧师的耳朵旁说:"只有那种举不起大锤子的人。这不是两性之间力量或勇气的问题,而是肩膀举重力量的问题。一个勇敢的女人可以轻易地用一把轻锤杀死十个人,但她却不能用重锤杀死一只甲虫。"

威尔弗雷德·博翁带着一种被催眠的恐惧盯着他，而布朗神父侧着头，兴致勃勃地听着。医生继续用嘶哑的声音强调："为什么这些白痴总是认为，唯一恨妻子情人的人就是妻子的丈夫？十有八九最恨妻子情人的人就是妻子。谁知道他对她表现出了怎样的傲慢和背叛——看那儿！"

他朝长凳上的红发女人做了一个短暂的手势。她终于抬起了头，那张美丽的脸上的泪水已经干涸。但是那双眼睛盯着尸体，目光像是白痴。

威尔弗雷德·博翁做了一个无力的手势，好像要把所有探究的欲望都挥去；但是布朗神父一边拂去袖子上从炉子里吹出来的一些灰烬，一边用他漠不关心的方式说着话。

"你和许多医生一样，"他说，"你的精神科学真的很有启发性。但是从身体条件来看是完全不可能的。我同意女方比原告更想杀死通奸者的说法。我也同意一个女人总是会拿起一个小锤子而不是一个大锤子。但困难在于身体上的不可能性。从来没有一个女人能把一个男人的头骨打成那样。"停顿了一会儿，他沉思着补充道，"这些人还没有完全理解。这个男人戴着一顶铁头盔，那一击就像打碎玻璃一样把头盔给打碎了。看看那个女人。看看她的胳膊。"

他们又沉默了一会儿，然后医生闷闷不乐地说："好吧，我可能错了，所有的理由都不成立。但我坚持我的主要观点。除了白痴，没有人会拿起那把小锤子，如果他能用一把大锤子的话。"

威尔弗雷德·博翁听到这里，将他那双瘦削而颤抖的手放到头上，似乎要抓住他那稀疏的黄头发。过了一会儿，他把手放下来，喊道："这就是我想要说的，你已经说出来了。"

然后他控制住自己的不安继续说道："你说的话是，'除了白痴，没有人会拿起那把小锤子'。"

"是的，"医生说，"那又怎么样？"

"好吧，"助理牧师说，"这就是白痴做的。"所有的人都目不转睛地看着他，他继续说着，带着一种得了热病一样的、女性般的激动。

"我是一个牧师，"他喊道，"一个牧师不应该让人流血。我的意思是他不应该把任何人送上绞刑架。我感谢上帝，我现在看清了罪犯，因为他是一个不能被送上绞刑架的罪犯。"

"你不告发他吗？"医生问道。

"即便我揭发他，他也不会被绞死，"威尔弗雷德回答时露出了一个狂野而又奇怪的快乐笑容，"今天早上我走进教堂时，发现一个疯子正在那里祈祷——那个可怜的乔，他一辈子都在做错事。上帝知道他祈祷了什么；有了这件奇怪的事，就可以假设他的祈祷都是混乱的。极有可能一个疯子在杀人之前会祈祷。我最后一次见到可怜的乔时，他正和我哥哥在一起。我哥哥在嘲笑他。"

"天哪！"医生喊道，"这是最后的谈话。但是你怎么解释……"

威尔弗雷德看到了真相，激动得几乎发抖。"你看不出来吗？你看不出来吗？"他狂热地喊道，"这是唯一能同时涵盖这两件奇怪的事情的理论，能同时回答这两个谜题。这两个谜是小锤子和重重一击。铁匠可以这么重击一下，但他不会选择那把小锤子。他的妻子本来会选择那把小锤子，但她没有这么大的力气。但是这个疯子可能两者兼顾。至于那把小锤子——因为他疯了，可能会捡起任何东西。医生，你难道没有听说过，一个疯子在发作的时候可能有十个人的力量吗？"

医生深深地吸了一口气，然后说："天哪，我相信你已经找到了答案。"

布朗神父长久而稳定地注视着说话的人，似乎要向人们证明他那双灰色的、像牛一样的大眼睛并不像他脸上的其他部分那样微不足道。沉默结束后，他带着明显的敬意说："博翁先生，你的理论是唯一一个在任何方面都站得住脚，基本上是无懈可击的理论。因此，我认为，根据我的知识，你应该被告知这不是那个真正的结论。"说完，小个子男人就走开了，又盯着锤子看。

"那家伙似乎知道得比他应该知道的还多，"医生恼怒地对威尔弗雷德说，"那些天主教神父很狡猾。"

"不，不，"博翁说，带着一种极度的疲劳，"是那个疯子，是那个疯子。"

两名神职人员和医生组成的队伍已经从包括巡查员和他逮捕的那个人在内的较正式的队伍中退出来了。然而，由于现在他们自己的队伍已经解散了，他们就听到了其他人的声音。神父静静地抬起头，然后又低下头，听到铁匠大声说："我希望我已经说服你了，巡查员先生。我是个强壮的人，就像你说的，但我不可能从格林福德把锤子扔到这里。我的锤子没有翅膀，它无法飞过半英里，飞越树篱和田野。"

巡查员友好地笑了笑说："不，我认为你可以被认为是无辜的，尽管这是我见过的最荒谬的巧合之一。我只能请你尽你所能帮助我们找到一个像你一样强壮的男人。天啊！你可能会有用，如果只是为了抓住他！我想你自己也猜不出那个人是谁吧。"

"我可以猜测一下，"脸色苍白的铁匠说，"但凶手不是男人。"然后，他的目光转向长凳上的妻子，他把他的巨大的手放在她的肩膀上说："也不是女人。"

"什么意思？"巡查员开玩笑地问，"你不会以为奶牛会用锤子吧？"

"我认为没有任何有血有肉的东西能使用那把锤子，"铁匠压抑着声音说，"说实话，我认为那个人是自己死去的。"

威尔弗雷德突然向前移动了一下，目光灼灼地盯着他。

"你的意思是说，巴恩斯，"鞋匠尖厉的声音传来，"锤子自己跳了起来，把那个人打倒了？"

"哦，你们这些先生们可以目瞪口呆，窃笑，"西蒙大声说，"你们这些牧师在星期天告诉我们，上帝是怎样无声无息地袭击了西拿基立①。我相信天主隐身在各家各户中，是为了捍卫我的荣耀，让亵渎者死在门前。我相信这一击的力量正是天庭震动的力量，不比任何地震逊色。"

威尔弗雷德用一种完全难以形容的声音说："我告诉过诺曼要小心

_____

① 亚述国王。

雷电。"

"那么罪犯就不在我的管辖范围之内。"巡查员微笑着说。

"你不在'他'的管辖范围之外,"铁匠回答说,"再见。"然后他转过宽阔的背,走进了屋子。

吓得魂不附体的威尔弗雷德被布朗神父领走了,神父对他很友好。"让我们离开这个可怕的地方,博翁先生,"他说,"我可以进你的教堂看看吗?我听说它是英国最古老的建筑之一。你知道,我对古老的英国教堂颇感兴趣。"他做了个滑稽的鬼脸补充道。

威尔弗雷德·博翁没有笑,因为幽默从来不是他的强项。但是他非常急切地点了点头,因为他非常愿意向一个比长老会教徒铁匠或无神论的鞋匠更有同情心的人解释哥特式的辉煌。

"当然可以,"他说,"我们从这边进去吧。"然后他带路进入台阶顶端高高的侧门。布朗神父正迈出第一步,准备跟着他走,突然感到有一只手放在自己的肩膀上,他转过身来,看到了医生那黑瘦的身影,他的脸色因怀疑而变得更黑了。

"先生,"医生严厉地说,"你似乎知道这件罪恶的事情的一些秘密。我可以问一下,你是否打算把它们藏在心里?"

"医生,"神父愉快地笑着回答,"从事我这种职业的人,如果无法确定一个秘密,就是保密的很好的理由。可是当他确定了某个秘密,职业道德又会敦促他保守秘密。如果你认为我对你或任何人一直不礼貌地保持沉默,我会尽最大限度破坏我的习惯。我会给你两个非常大的提示。"

"那么,先生?"医生沮丧地说。

"首先,"布朗神父平静地说,"这件事完全在你自己的知识范围内,与身体状况有关。铁匠错了,不是因为他说这一击来自上帝,而是因为他说这是一个奇迹。这并不是什么奇迹,医生,如果凶手拥有奇怪、邪恶而又半英雄主义的心,那才算一个奇迹。打碎头骨的力量是科学家们熟知的一种力量,是自然法则中最经常争论的问题之一。"

医生皱着眉,目不转睛地看着他,只说:"另一个提示呢?"

"另一个提示是，"布朗神父说，"你还记得那个铁匠吗？他虽然相信奇迹，却轻蔑地谈论着一个不可能的童话故事，说他的锤子有翅膀，飞过半英里，飞越树篱和田野。"

"是的，"医生说，"我记得。"

"嗯，"布朗神父笑容满面地补充说，"那个童话故事是今天所说的最接近真相的东西。"说完，他转过身去，跟在助理牧师后面，蹒跚地走上台阶。

威尔弗雷德脸色苍白，不耐烦地等待着，仿佛这一点耽搁就是压垮他神经的最后一根稻草。他立刻把神父带到教堂里他最喜欢的角落，就是走廊里最靠近雕花屋顶的那个角落，光线能透过带角的奇特窗户照射进来。这个小个子神父不知疲惫地观察着，赞赏每一件事物，兴奋地低声说话。他发现了一个侧门和蜿蜒向下的楼梯，威尔弗雷德就是从这里冲出去看到了他哥哥的死亡场景。布朗神父没有向下跑，而是像猴子一样敏捷地向上跑，片刻之后，外面的平台上传来了他清晰的声音。

"到这儿来，博翁先生，"他喊道，"这里的空气对你有好处。"

博翁跟在他身后，走到教堂外面的一个石廊或者说阳台上，从那里可以看到他们的小山所在的无边无际的平原，一直延伸到紫色的地平线上，中间点缀着村庄和农田。他们下面是铁匠的小院子，空旷而方方正正。巡查员仍然站在那里记笔记，尸体仍然躺在那里，像一只被打烂的苍蝇。

"像世界地图，不是吗？"布朗神父说。

"是的。"博翁神情严肃地说，点了点头。

在他们下面和周围，哥特式建筑物的线条以一种类似于自杀的令人厌恶的速度向外陷入空虚。在中世纪的建筑中，本质上有一种巨人泰坦般的力量，无论从哪个方面看，它总是像发疯的马一样。这座教堂是用古老而寂静的石头凿成的，上面有一些蘑菇，还有一些鸟窝。然而，当他们从下面仰望的时候，能看到它像喷泉一样倾泻下来；当他们像现在这样俯视的时候，它就像飞流直下的瀑布一样倾泻进无声的深渊。因为塔楼上的这两个人面对的是哥特式建筑最可怕的一面：恐怖的透视和不成比例的画面，令人眩晕的视角。角落里一只雕刻的鸟或兽，看起来就像一条巨大的行走或飞翔的巨龙，正在踩躏着脚下的牧场和村庄。整个氛围是令人眩晕和危险的，仿佛人们躲到空中巨大的精灵旋转的翅膀中；整个古老的教堂和大教堂一样高大、富有，似乎落在阳光照耀的乡村的一场暴雨。

布朗神父说："我认为站在这样的高地上祈祷是很危险的。高地是用来仰视的，而不是用来俯视的。"

"你的意思是说有人会摔下去吗?"威尔弗雷德问。

"我的意思是，如果一个人的身体没有摔下去，他的灵魂也可能堕落。"神父说。

"我不明白你的意思。"博翁含糊地说。

"比如说，你看那个铁匠，"布朗神父平静地继续说，"他是个好人，但不是基督徒——冷酷、专横、无情。他的苏格兰宗教是由那些在高山和峭壁上祈祷的人创立的，他们学会了俯视世界，而不是仰望天堂。谦逊是巨人之母。从山谷能看到大事物，从山顶只能看到小事物。"

"但是他——他没有杀人。"博翁颤抖着说。

"是的，"布朗神父用一种奇怪的声音说，"我们知道不是他干的。"

过了一会儿，他用淡灰色的眼睛平静地望着外面的平原，继续说道："我知道一个人，"他说，"他一开始和其他人一样在祭坛前祷告，但后来喜欢在高处和孤独的地方祈祷，喜欢在钟楼或尖塔的角落或壁龛里祈祷。有一次，他到了一个令人眩晕的地方，整个世界仿佛在他的脚下转动，他的脑子也飘飘然了，他觉得自己就是上帝。因此，虽然他是个好人，却犯了一个大罪。"

威尔弗雷德转过脸去，但他那双瘦骨嶙峋的手紧抓着石栏杆。

"他以为上帝赐予了审判世人、打倒罪人的权利。如果他和别人一起跪在地板上祷告，是绝对不会有这种想法的。但是他看到所有的人都像昆虫一样走来走去，尤其是一只毒虫子，趾高气扬，傲慢无礼，戴着一顶鲜绿色的帽子。"

钟楼的角落里有几只乌鸦在咕咕叫；但是没有其他的声音，布朗神父继续说下去。

"还有一样东西使他动心，就是他手里拿着的自然界最可怕的动力之一，我指的是万有引力，就是地球上所有的物体被释放后飞回地心的那种疯狂而又急速的冲击力。看，巡查员正在我们下面的铁匠铺里趾高气扬地走着。如果我把一块鹅卵石扔过这个护栏，它就能像一颗子弹击中他。如果我扔下一把锤子——哪怕是一把小锤子……"

威尔弗雷德·博翁把一条腿跨过护栏，布朗神父迅速抓住了他的衣领。

"不能从那扇门走，"他轻声说，"那扇门通向地狱。"

博翁跌跌撞撞地靠在墙上，用可怕的眼神盯着他。

"你是怎么知道这些的?"他喊道，"你是魔鬼吗?"

"我是个人，"布朗神父严肃地回答，"因此我心里有一切魔鬼。听我说，"他停顿了一会儿说，"我知道你做了什么——至少，我能猜出其中最重要的部分。你离开你哥哥的时候，被一种并非不义的怒气所折磨，你甚至拿起一把小锤子，想因为他的满口污秽杀了他。但是你退缩了，你把锤子塞在外套下面，冲进了教堂。你在许多地方疯狂地祈祷，在窗下，在上面的平台上。正是在高高的平台上，你看到了上校的东方风格的帽子，就像一只绿色甲虫在四处爬行。然后你的灵魂中有什么东西突然爆裂了，你让上帝的雷电落下。"

威尔弗雷德虚弱地把一只手放在头上，低声问道："你怎么知道他的帽子看起来像一只绿色的甲虫?"

"哦，那个，"布朗神父微笑着说，"那是常识。但请继续听我说。我说我知道这一切，但别人不知道。下一步要看你的，我不会再采取任何动作，我会像为忏悔保密一样为你保密。如果你问我为什么，原因有很多，只有一个与你有关。我为你保密，是因为你没有像暗杀者一样犯下那么大的错。在你可以把罪名嫁祸给铁匠的时候，你没有；当你可以轻易嫁祸给他的妻子时，你也没有。你只把罪行推到了那个白痴身上，因为他并不会因此受罚。这是我在调查暗杀者的过程中发现的唯一的闪光之处。现在你可以下去，回到村子里，像风一样自由地做自己想做的事，因为我的话已经说完了。"

他们一声不响地走下蜿蜒的楼梯，走进铁匠铺，沐浴在阳光下。威尔弗雷德·博翁小心翼翼地打开院子的木门，走到巡查员面前说："我想自首，我杀了我的哥哥。"

科学杀人法

〔美〕杰克·福翠尔

高贵的瓦奥莱特·丹伯利小姐之死一案应该是思考机器凡·杜森查办过的案件中，最需要他动用脑力、知识和逻辑能力的一个了。侦破这件匪夷所思的案件的过程，再次印证了名声在外的逻辑学家，思考机器凡·杜森教授的名言"逻辑万能"。

曾经住在利明顿镇的已故的英国爵士杜瓦尔·丹伯利只有一个女儿，也只有一个财产继承人，那就是丹伯利小姐。

丹伯利小姐暂时居住在华肯街上一个家庭旅馆的大套房里。5月4日，这天是星期四，大概早上十一点钟，她的尸体在客厅中被发现。当时她穿着前一天去歌剧院时所穿的美丽的长礼服，洁白的前胸和手腕上都戴着闪闪发光的珠宝。她的脸色呈暗紫色，像是窒息而亡，脸部表情极为惊恐。嘴唇呈张开状态，上面有轻微的挫伤，好像被人轻轻打过一样。左脸颊上有一个小伤口，可是没有出血。一个碎掉的玻璃杯位于她双脚附近。此外，一切都正常，室内家具也摆放得整整齐齐的，一看就没有打斗过。她死去好几个小时以后才被发现。当时马洛里侦探，也就是负责调查此案的警官，很快就做出判定，死者是服毒自杀。在他看来，丹伯利小姐是将毒药放到高脚杯中喝掉了，之后就死了，就是这样简单。可是她的脸为什么是暗紫色？也许是因为某种毒药所产生的副作用。她有没有可能是被人勒住了脖子？呸！呸！那是不可能的，脖子上

— 313 —

丝毫没有被勒过的痕迹。自杀，一定是的。解剖尸体时就会发现她究竟是被哪种毒药毒死的。

他还问了其他问题，而且也有人一一解答了。丹伯利并不是独自居住，而是和西西莉亚·蒙哥马利太太住在一起，后者是她的监护人。这位太太如今身在何处？昨天，她到康克德市去了，说是看望朋友去了。旅馆经理已经给她拍了电报，请她马上回来。她没有其他仆人，因为她预订了旅馆的全套服务。谁最后一个见到了活着的丹伯利小姐？昨天大概十一点半，她才从歌剧院回来，电梯管理员是最后一个见过她的人。她不是一个人回来的，而是和查尔斯·梅雷迪斯教授一起回来的，对方把她送到电梯前就走了。

"她和梅雷迪斯教授是怎么认识的？"马洛里侦探问，"他们之间是什么关系？"

"这个我不知道。"旅馆经理说，"在本地，她认识的人很多。尽管这次她待的时间不长，只有两个月，可是三年前，她在这儿住了六个月呢！"

"她为什么会来到本市？有什么特别的理由吗？还是只是一般的出游？"

"我想是来看朋友吧。"

一位行动迅速、打扮时尚的中年人推开前门，直接走到前台。"请你给丹伯利小姐打个电话，问她愿不愿意和赫伯特·威林先生在乡村俱乐部一起吃午饭，"他问着，"跟她说我就在楼下等她，汽车在外面。"

马洛里侦探和旅馆经理听到有人提到丹伯利小姐的名字，都回过头来。前台服务员一时傻了，向马洛里侦探投来求助的目光。威林先生极其不耐烦地敲打着柜台。

"什么情况？"他问，"你睡着了？"

"早上好，威林先生。"马洛里侦探和他打了个招呼。

"你好，马洛里侦探，你怎么在这里？"威林先生转过身来说。

"你不知道丹伯利小姐已经……"探员稍适停顿，"死了？"

"死了！"威林先生不由得吸了一口凉气，"死了！"他不可置信地又说了一遍，"你说什么？"他把马洛里侦探的胳膊抓在手里，不停地摇晃着，"丹伯利小姐已经……"

"死了，"马洛里侦探非常郑重地说，"自杀的可能性很大，两小时前，就在她的房间里死了。"

足足有半分钟，威林先生一直盯着他看，似乎没有弄明白他说的是什么意思一样。接下来，他瘫坐在椅子上，双手死死地把头抱住。当他把头抬起来时，脸上写满了悲痛。

"都怪我，"他非常坦诚地说，"我觉得自己就是个刽子手。我昨天才跟她说了一个坏消息，可是我没有想到，她竟然会……"他哽咽了。

"坏消息？"马洛里侦探督促他接着讲下去。

"一些法律上的问题，由我在帮她处理，"威林先生解释说，"她想出售英国的一大片房产，可是交易失败了。我……我应该瞒着她的。可是今天早上，我却收到了一个好消息，之前有个没有意向的人有购买的意向，所以我才赶过来告诉她的。"他看着马洛里侦探的脸，很长时间没有说话。

"我觉得我就是那个杀人凶手。"他又重复了一遍之前说的话。

"可是我疑惑的是，只是房产交易失败了而已……"马洛里侦探说，"更何况她那么有钱，对不对？这一个交易失败了对她又有什么影响呢？"

"没错，她的确很有钱，可是房产却几乎为零。"律师解释，"归属于她的财产结构非常复杂，尽管她拥有很多珠宝和其他价值连城的东西，可事实上，她所过的生活非常简朴，因为她需要很多现金，因此对于这宗房产交易，她抱了很大的期望。总而言之，我估计得用一个小时的时间，才能把这些事情跟你讲清楚。她是怎么死的？"

马洛里侦探跟律师详细说了他所了解的事实，之后两人又和律师一起去找梅雷迪斯教授。这次拜访所得到的有价值的新消息少得可怜，梅雷迪斯教授听闻这个消息以后，好像极为吃惊，他说几周以前，他才和丹伯利小姐认识，二人因为都对音乐情有独钟，所以很快就成了好朋友。他们已经连续五六次一块儿去歌剧院了。

　　"自杀!"当他们从梅雷迪斯教授的住所离开时,马洛里侦探做出了这样的判断,"很明显,她是服毒自杀。"可是到了次日,他发现他的推断不太符合事实。法医在解剖尸体时,没有找到任何服过毒药的依据,尸体内和破碎的高脚杯中都没有毒素。心脏大小没有任何异常,假如毒药进入体内是通过口服或呼吸道的方式,那么在解剖时就会发现,心脏会变大或变小,可是现在心脏看上去好好的。"那么,毒药就是从面颊上的小伤口进入她体内的。"马洛里侦探还是不愿意放弃自己的推断,"毒药也许不是通过口服或吸入,而是从面颊上那个小伤口进入的。"

　　"这种说法不成立。"其中一位法医说,"即便是从伤口进入的,心脏也会出现异常。"

　　"噢,也许不会。"马洛里侦探仍然坚信自己的说法没错。

　　"此外,"那位法医说,"那个小伤口上并没有看到血迹,很明显是死后才有的。"

　　显而易见,因为死因不明,他现在眉头紧锁:"为什么会有那个伤口,还真的找不到任何解释。事实上,那个伤口给人的感觉是一个小洞,从外面把面颊刺破,可能要归咎于一根大号的帽针。"马洛里侦探一直盯着对方的眼睛看。假如那个伤口并不是丹伯利小姐生前就有的,那么当然不会是她自己造成的,因为她已经死了,而且也不是因为抢劫,因为她所有的珠宝都还在。

　　"面颊被刺破了!"他迷茫地又说了一遍,"天哪!假如不是因为毒药,那她的死因究竟是什么?"

　　"我不知道你能否明白,"一位法医说,"死因是肺中空气为零。"

　　"空气为零?哼,说得不是很明白嘛。"马洛里侦探发出蔑视的笑容,"你不就是说她是被勒死,或者噎死的吗?"

　　"不是,就像你所说的,"对方回答道,"她脖子上没有被勒过的痕迹,所以她不是被勒死的;她的气道也没有任何问题,所以她不是噎死的。严格来说,她死于肺内空气为零。"

　　马洛里侦探向面前这一群法医投去愤怒的目光:"真是一群庸医!

让我们说得更明白一些，"最后他说，"丹伯利小姐的死因是人为的？"

"对的。"对方非常肯定地说。

"她不是服毒自杀？不是被勒死？不是噎死？刺死？被车辆碾压而死？不是被炸死？更不是，"他似乎在总结，"从飞机上掉下来而死？"

"不是。"

"也就是说，她只是一心求死？"

"好像是这样。"说话的法医表示认可，为了更清楚地表达自己的意思，他继续说道，"老祖母的传说你听过吧，说黑猫可以把熟睡中婴儿的气息吞掉。丹伯利小姐的死和这个有点类似，似乎是某种大型动物或什么东西把……"他忽然停了下来。

马洛里侦探是个非常有才能的人，可能在警局整个犯罪侦查组中，他都是最有能力的人，可是对于他来说，河边的一朵报春花就只是报春花，没有更多其他的含义。他想象力贫乏，以他为代表的这种穿着十一码皮鞋、戴着六号帽子的探员基本上都是如此。因此，丹伯利小姐死于一种神秘的、恐怖的方法，对于他来说，就是一件极其重要的事。吸血鬼的杀人方法是不是就是这样的呢？他浑身不禁激灵了一下。

"普通的吸血鬼，"三个法医中年纪最轻的那个说，似乎看透了马洛里侦探的心思，"往往都会把伤口留在颈部，而且……"马洛里侦探没有接着听下去。他忽然转身，从法医室离开了。周一一早，一个在大西洋街居住的、名叫亨利·萨姆纳的码头工人的尸体在自己脏兮兮的房子里被发现。死者脸为暗紫色，就如同被人勒死了一样，表情也极为恐怖。嘴唇张开，轻微受伤，似乎被人轻轻打过一样。左颊上有一个微小的伤口，可是没有流血，一个打碎了的玻璃杯落在他脚边的地板上。

那位高高瘦瘦、让人颇有好感的记者哈钦森·哈奇先生又来了，要就这两宗神秘的命案向思考机器求助。科学家的女仆玛莎给他开了门，他直接来到了实验室，看到他进来，科学家才极其不耐烦地抬起头。

"哈奇先生，你来了呀！赶紧进来！请问有事吗？"思考机器已经很有礼貌了，他边说边持续进行他的工作。

"我们谈五分钟行吗？"记者表示很抱歉。

"怎么了？"思考机器再次问道，可是依然埋着头。

"我想不明白这到底是什么情况。"记者可怜兮兮地说，"死了两个人，死了两个最起码在社会阶层中毫无关联的人，可是却是以一模一样的方式死的，看上去好像根本不可能……"

"任何事都是有可能的，"思考机器打断他的话，用他一向不客气的语气说，"这种说法是我最不喜欢的，这你是知道的。"

"看起来可能性不大啊，"哈奇对自己的说法进行了修正，"这两件命案几乎没什么关联，可是……"

"多说无益。"身材矮小却非常固执的科学家再次粗鲁地打断了他。"把事情原原本本地讲给我听，死的是谁？什么时候死的？以什么方式死的？因为什么？"

"我先对最后一个问题进行解释，"记者说，"整件事最奇特的地方就在于此，受害者究竟是怎么死的，对所有人来说都是个谜，包括法医在内。"

"噢！"思考机器这才抬头斜着眼睛朝记者的方向看过去，"噢！"他重复了一遍，"接着往下说。"哈奇在对整件案情进行描述时，科学家也不由得对此充满了兴趣。过了一会儿，思考机器一屁股坐到椅子上，奇怪的大脑袋偏向后面，看着斜上方。纤细的手指相互接触，安静地听对方把整个案情讲完。

"现在我们要说的是，"记者说，"整件事情中最离奇的后续。丹伯利小姐的监护人西西莉亚·蒙哥马利太太失踪了，并不是像之前所说的去拜访康克德市的朋友了，这一点我们已经找到证据。警方没有找到这个人，今天已经把通缉令发出去了。在如此关键的时刻，她竟然消失了，当然会让人起疑，让人觉得丹伯利小姐的死和她是脱不开干系的……"

"凡事要讲证据。"科学家粗鲁地打断了对方，"事实，我只想知道事情是什么样的。"

"还有，"哈奇一脸疑惑，"丹伯利小姐和这个叫亨利·萨姆纳的家伙死后，在他们的房间里都发生了一些让人匪夷所思的事情。丹伯利小姐死于上周四，在马洛里侦探的命令下，移走尸体以后，就封锁了她的客厅，因为死亡原因充满了谜团，于是死亡现场被保留下来了，以便将来进行进一步调查。当亨利·萨姆拉以和丹伯利小姐的死亡方式相似的方式死去时，他也下令封锁了萨姆纳的房间。"哈奇没有再继续说下去，而是看着科学家那面无血色的脸，似乎在请求科学家的帮助，浑身不由得起了一身鸡皮疙瘩。

"就在星期二晚上，"他接着说，"有人入侵了丹伯利小姐和亨利·萨姆纳的房间，星期三，也就是今天早上，在丹伯利小姐的木制梳妆台上，警察发现了一个看起来像女人留下的血手印。而一些类似于手印的血迹在萨姆纳的房间里也被发现了！"他再次停下来，科学家一脸淡漠，"贵族小姐和码头工人之间究竟有什么相同点呢？为什么会有……"

"梅雷迪斯教授，"思考机器忽然开口问道，"在大学里是教什么的？"

"希腊文。"对方答道。

"威林先生是谁？"

"本市一个极其有名的律师。"

"丹伯利小姐的尸体你见过吗？"

"见过。"

"她的嘴巴大不大？是大还是小？"

虽然科学家的思维方式一向很奇特，哈奇早已见怪不怪，可是他还是被这毫无关联，且逻辑混乱的一系列问题给搞糊涂了。

"我觉得她的嘴巴应该比较小，"他说，"她的嘴唇上似乎——似乎被一个圆形的、大概二十五分硬币大小的东西往下压过，有一些伤痕，面部还有一个古怪的小伤口。"

"果然如我所料。"思考机器一脸神秘地说，"萨姆纳的死也是这样吗？"

"是的，你说的'果然如你所料'，难道说……"记者一脸期待地看着他。

对方沉默着，只是看着空中，大概半分钟以后说了一句："我可以肯定地说，萨姆纳是个英国人，这是英国人的姓，对不对？"

"他是英国人，身体很好，也很能喝酒，工作上也很敬业。"四下又安静下来。

"梅雷迪斯教授，现在或是以前，有没有特别喜欢物理学，这点你清楚吗？"

"我不清楚。"

"请迅速弄清楚这件事。"科学家言简意赅地说，"丹伯利小姐的一些法律问题，威林先生曾经接触过，去和他见一面，看能不能找出亨利·萨姆纳和高贵的丹伯利小姐之间的相通之处。对于现在来说，这是最紧要的事。哪怕两人过去是有关系的，可是也有可能是陌生人。假如他们真的一点关系都没有，那么这件命案就只有一个答案了。"

"答案是什么？"

"命案的凶手是一个疯子。"对方说话非常不客气，"当然，这两人的死法一点都不神秘。"

"一点都不神秘？"记者迷茫地又说了一遍，"难道，你的意思是说你已经知道……"

"我当然知道，而且你、验尸的法医，你们都知道，只不过你们都没有意识到自己已经知道了。"他的声调忽然变得不同寻常，"知识学会了却不会运用，就是死的。高级知识分子和普通知识分子的区别就在于，对于知识的运用度。"他停顿了一下说，"找出特别擅长使用这种谋杀方法的人，是现在需要解决的唯一问题。"

"这种谋杀方法？"哈奇一脸疑惑地问。

"站在凶手的立场上，有些杀人方法干脆、不留痕迹，有些杀人方法总会给人留下一些把柄。"科学家解释说，"现在我们遇到的这个凶手，所选择的是最简洁、最沉默，而且会默默消失的好方法。整个过程悄无声息，没有可追踪的毒药，只有一点……"

"你是说左颊上的小洞？"哈奇小心翼翼地问道。

"没错，这是唯一可以搜索的依据，其实，杀人犯是我们仅有的一个线索，无论他的性别如何，对物理学都非常有研究。"

"所以你觉得梅雷迪森教授……"记者正准备开口说话。

"我从来不会胡乱猜测。"思考机器粗鲁地打断对方的话,"他有多么了解物理学,丹伯利小姐和码头工人之间究竟是什么关系,我一定要非常清楚地知道。假如你能够马上……"

忽然,有人打开了实验室的门,进来的是玛莎,她面无血色,一脸惊恐,全身颤抖个不停。"先生,发生了一件极其不寻常的事。"她紧张得上下牙齿都在打战。

"怎么了?"身材矮小的科学家问。

"我相信,"玛莎说,"我马上就要晕过去了。"好像是为了说到做到一样,在两个目瞪口呆的人面前,她就这样直挺挺地倒了下去。

"天哪!"思考机器大叫出声,"也太没有良心了吧,都不给我时间让我好好准备啊。"他手忙脚乱地忙了一刻钟,玛莎终于醒过来了,开始断断续续地把刚刚发生的事讲给大家听——有人打来了电话。她听到对方说要和凡·杜森教授通话,按照惯例她询问了对方的名字。

"你不需要知道我的名字,"对方回答,"他在不在,我要和他见一面。"

"先生,你总得先告诉我你是哪位,找他有什么事吧?"玛莎说,"这些问题凡·杜森教授一定会先问的。"

"告诉他,我知道杀死丹伯利小姐和亨利·萨姆纳的人是谁。"对方说,"如果他可以和我见面,我立刻就过来。"

"先生,接下来,"玛莎对思考机器说,"对方那边肯定出了什么意外,另一个人的声音传了过来,然后似乎有人被堵住了嘴巴,接着有人辱骂我,先生,之后就没有声音了,也许是对方把电话挂了。"她一脸气愤地说,"先生,这家伙竟然辱骂我!"

实验室的两个人对望了一眼,心里都升起同样的念头。思考机器率先开口:"又一个!第三个人牺牲了!"他马上跑了出去,玛莎一边埋怨着也一边跟了出去,哈奇的身体开始打战。七点多快八点了,等到八点二十时,科学家进来了。"在玛莎昏迷过去的那一刻中,也许牺牲了一个人。最起码我们又少了一个马上找到答案的机会。"他烦躁地说,"假如她先告诉我这个消息,然后才晕过去,那个打过电话的号码是多少，电话局的接线员也许会记得。在那期间，最起码又打进去五十通电话，接线员没有记录也没有印象了。"他一脸无奈地摊开双手，"可是接线员的领班说会尽可能帮我们把那个电话号码找到，明天早上把结果告诉我。现在我们该去拜访威林先生了，把两个死者之间的关系找出来，再去拜访梅雷迪斯教授。"记者给威林先生位于梅尔罗斯的宅邸打电话过去，被告知他不在家，他又试着打到他的办公室去，依然没有找到他人，所以直到第二天早上四点，人们才发现第三位牺牲者的尸体。

负责清扫威林先生办公室所在大厦的清洁人员，在早上例行打扫时发现了威林先生。他的嘴被堵住了，双手双脚都和椅子绑在一起，还活着，可是已经晕过去了。他的秘书马克斯韦尔·皮特曼的尸体在他对面，也在椅子上坐着，面部呈暗紫色，似乎是窒息而亡。脸上的表情极为恐怖，他的嘴唇是张开的，受过轻微的挫伤，好像被人轻轻打过，左脸颊上有一个小小的伤口，可是没有出血。

马洛里侦探只用了短短几十分钟就赶到了现场，威林先生这时已经完全醒过来，可以说话了。

"究竟发生了什么事，我真的一无所知。"他解释说，"当时大概是下午六点，只有我和我的秘书在办公室，秘书去隔壁房间拿东西，我在办公桌旁坐着，有人轻手轻脚绕到我后面，很快，我的鼻子就被一条沾有麻醉剂的手帕给盖住了。我拼命挣扎着想要呼救，可是只觉得眼前一黑就什么都不知道了。当我醒过来时，马克斯韦尔·皮特曼就那样坐在那里，就如同你刚刚看到的那样。"马洛里侦探在办公室四处搜寻了一番，找到一条绣有花边的手帕，在鼻子下嗅了嗅，一股强烈的药味扑鼻而来，手帕一角有两个大写字母。

"C. M. ……"他正读着，忽然眼前一亮，"西西莉亚·蒙哥马利！"

哈奇一脸激动地朝思考机器的实验室冲过去。"又有一个人死了。"他大声说。

"我早就知道了。"思考机器依然埋首在工作台上，"死者是谁？"

"马克斯韦尔·皮特曼。"哈奇把尸体发现的经过详细地讲述给思考机器听。

"也许还会有两人死亡，"科学家一脸淡漠地说，"请帮我叫一辆出租车。"

"两名?"哈奇不由得被震惊了，"死了?"

"很有可能第一个是西西莉亚·蒙哥马利太太，另一个就是昨天晚上给我们打电话的人。"科学家正准备出去，忽然又回到办公桌前，"这个实验非常有意思。"他说，"这是根玻璃管，他举起一根厚玻璃管，管子的一端是封闭的，另一端在开口的地方有一个活塞开关，请注意，我在玻璃管的开口盖上一片厚橡皮盖，再把活塞开关打开。"他边说边操作，"现在，试着分开橡皮和玻璃管。"记者使劲拉，甚至两手一起用力，两脸憋得通红，可是依然没办法拉开橡皮，他望向科学家，眼神充满疑惑。

"是什么把橡皮拉住了?"

"真空吸力。"对方答道，"可能你能掰碎这块橡皮，可是光凭借人的力量是绝对不可能拉开整片橡皮的。"他把一根钢针拿起来，从橡皮穿透，插入玻璃管内。当他抽回钢针时，一阵绵长的、尖刻的嘶嘶声响起。三十秒后，在玻璃管开口盖着的橡皮自动脱落了。"真空有很强的吸力，大概是大气压力的百万分之一，空气通过这个小针孔再次进入玻璃管，所以橡皮的吸力消失了，因此……"他用细长的双手，做了一下分开的动作。

哈奇好像似有所悟，曾经在大学里做过的一些科学实验浮现在他的脑海里。

"假如在你的嘴唇上放上这个玻璃管，"思考机器接着说，"打开活塞开关，你将没办法讲话、没办法呼救，也没办法挣扎，它会吸走你肺部的所有空气，你全身将会陷入瘫痪状态，两分钟以内你就会没有呼吸。为了把玻璃管移走，我得在你的脸颊上用钢针打一个洞，比如说在左脸颊上把玻璃管拿走……"哈奇大口大口喘着气，一脸惊恐。

"检验尸体的法医也说过肺中的空气为零，现在你知道了吧，这三个人的死因一点都不离奇。"思考机器指出，"我刚刚演示给你看的科学实验，其实你早就知道，那些法医也知道，可是你们都没有意识到这个知识你们自己是懂的。天才就是能够活学活用的人，而不是那些学了而不知道用的人。"他的口气忽然变了，"帮我叫辆出租车。"他们一起乘车去找梅雷迪斯教授。看到他们的到来，梅雷迪斯教授一脸惊讶，可是当对方把第一个问题抛出来以后，他转而变得生气。

"梅雷迪斯教授，从中午一直到今天凌晨四点这个时间段，你都在哪里？"思考机器粗暴地问道，"不要误会，我只是想知道，在马克斯韦尔·皮特曼也许被人杀死的这段时间里，你都在做什么？"

"为什么？真是污蔑……"梅雷迪斯教授气愤地说道。

"我只是不想看到警察把你抓走。"思考机器高傲地说，"假如你能告诉我你每一分钟的行踪，而且能对你所说的话进行证实，相信我，你最好听我的，现在假如你可以把你的行踪一五一十地告诉我……"

"你究竟是谁？"梅雷迪斯教授扬起脸颊，"你有什么权力这样跟我说话？"

"我叫凡·杜森，"思考机器说，"奥古斯都·S.F.X.凡·杜森。我一直是这所大学的哲学系教授，在你没来之前就是这样。我辞职以后大学给我颁发了荣誉法学博士学位。"

梅雷迪斯教授被这一段自我介绍惊呆了，霎时间判若两人。

"很抱歉，"思考机器开口说，"我很想知道，对于丹伯利小姐的家族史你是否了解。哈奇先生，请你现在搭乘出租车，去把马克斯韦尔·皮特曼嘴唇上的伤痕的准确宽度进行一下测量。然后去找威林先生，假如他可以接待客人的话，请他把丹伯利小姐的家族史告诉你。比如说家庭有多少资产，她有多少亲戚，等等，两个小时后在我家见面。"哈奇遵照他的指示离开，等他办完事回来时，看到科学家正准备出去。

"我正要去和铜矿大王乔治·帕森斯先生见面，"他主动开口说，"一起去吧。"

从现在开始，一连串离奇的、让人匪夷所思的事发生了，而且每件事件之间好像都没有关系。哈奇的头晕沉沉的，比如说思考机器拜访帕森斯先生，哈奇就不知道他为什么要这样做。

"请转告帕森斯先生，凡·杜森先生来拜访他。"思考机器对接待员说。"请问是什么事?"接待员问。"关系到生死的大事。"科学家说。"和谁有关? 帕森斯先生想要知道。""他。"科学家对接待员说。

思考机器被允许进去了。十分钟以后,他和哈奇一起离开了,在一家玩具店买了一个小号硬橡皮球,然后又去买了一根特别尖的帽针。

"嘴唇上的伤痕有多大,你是不是忘记跟我说了,哈奇先生?"

"正好是一又四分之一英寸。"

"谢谢,还有,威林先生说了什么?"

"我还没和他见到面,我和他约好再过一个小时在他家里见面。"

"非常好。"思考机器点点头,"看到他时,请你一定要告诉他,我知道杀害了丹伯利小姐、萨姆纳和皮特曼的凶手是谁了。你一定要再三重复我已经知道了,听懂了吗?"

"你真的知道?"哈奇露出惊讶的表情。

"我不知道。"科学家坦诚地说,"可是你一定要让他相信我已经知道了,还有跟他说明天中午我会去警局送资料。等到明天中午,到底是谁杀害了这些人,我就知道了。明白了吧?"思考机器思考了一下,"你可以再补充一句,说是我跟你说的,犯罪者是个位高权重的人,那人的名字和犯罪行为从来都是没有关系的,可是你不知道那人是谁,任何人都不知道,除了我以外。明天中午,我会和警方取得联系。"

"还有吗?"

"明天一大早,你和马洛里侦探一起来我家。"

第二天一早,案情发展得非常迅速,马洛里侦探和哈奇刚到,警察局就打来了电话,原来是西西莉亚·蒙哥马利太太到警局自首了,指出要和马洛里侦探见一面。

"现在不能走。"思考机器说,他并没有和平常一样埋头于工作中,而是在蒸馏器、显微镜之间慢慢转悠着,"让她留在警察局别过来。还有,问她丹伯利小姐和亨利·萨姆纳之间究竟有什么关系。"

马洛里侦探过去打电话,科学家转身和哈奇面对面站着。"这是一根帽针,"他说,"今天早上,会有另外一个访客来我们这儿。当这个房客到了这里时,如果我主动将一些东西,比方说一个瓶子,放在我的嘴唇上，或者有人强制性地在我的嘴唇上压上瓶口，而我没有在半分钟之内拿开，你就必须用这根帽针刺透我的面颊，千万不要犹豫。"

"刺穿面颊？"记者唯恐自己听错了，接着，他懂得科学家为什么要这么做了，他全身不由得哆嗦了一下，"你真的有必要以身涉险吗？"

"我说过，如果我没办法拿开的话，你才过来。"思考机器不耐烦地说，"你和马洛里侦探就在旁边房间里看着，我要重复一遍杀人犯所做的科学实验。"他看到记者一脸担心，"我会很安全的，"科学家果断地说，"帽针只是为了以防万一。"过了一会儿，马洛里侦探一脸疑惑地走进来。

"她并不承认她杀了人，"他说，"可是她并不否认血手印是她的，她说她在发生谋杀案以后，到丹伯利小姐的房间和萨姆纳的房间都去过，想找到一些可以对某些房地产所有权进行证明的文件，我不知道她这样做有什么用意。在丹伯利小姐的房间中，她不小心把手掌割破了，流了很多血，所以才会出现血手印。从丹伯利小姐的房间离开以后，她就到萨姆纳的去处去了，所以在下面那个房间里也出现了血迹。他说萨姆纳是丹伯利小姐的远房堂兄弟，是丹伯利先生最小的弟弟唯一的儿子，似乎是做了有损家族荣誉的事，很早就跑到了美国。丹伯利小姐在美国仅有的一个还活着的亲戚就是铜矿大王乔治·帕森斯先生。蒙哥马利太太让我们给他发出警示，说下一个牺牲者可能就是他。"

"我已经警告过了。"思考机器说，"他去西部办些事，至于他去了哪里，没有人会知道，等事过以后他才会回来。"

马洛里侦探双眼圆睁，似乎难以置信。"你好像比我对这个案子更了解。"他嘲讽道。

"是的，"科学家毫不客气，"不止这一点，还有很多呢。"

"我准备采用疲劳审讯的方式对付蒙哥马利太太，也许她会想到……"

"她没有编造谎言。"思考机器打断他的话说。

"那么她何必要逃跑？为什么在马克斯韦尔·皮特曼谋杀案中，在威林先生的办公室里，我们会发现她的手帕？"思考机器耸了耸肩膀，沉默着。过了一会儿，房门应声而开，进来的是玛莎，她看上去一脸愤慨。"在电话里辱骂我的那个家伙,"她非常肯定地说,"先生,他想和你见一面。"过了好一阵,她的主人只是安静地看着他,然后才挥手示意她离开。"让他进来吧,"接下来他对马洛里侦探和哈奇说,"你们在隔壁房间里躲着,假如有什么事发生,哈奇先生,你要记得我给你交代的事情。"

访客进来时,思考机器就在自己的大椅子上坐着。来者是位年轻人,个子很高、很瘦,反应很迅速,打扮得很简洁,他就是律师威林先生,手上拎着一个小皮包。他停下来,充满惊奇地看着这位个子矮小的科学家。"先生,请进!"思考机器欢迎道,"你为什么来见我?"他询问道。

"我明白,"律师优雅地说,"对于最近发生的几起谋杀案,我知道你很有兴趣,将来如果有可能的话,我们可以好好讨论一下。我皮包中的一些文件也许会对你有帮助。"他把手上的皮包打开,"有位记者跟我说,你手里有些资料,知道是什么人……"

"我知道是谁杀了这些人。"思考机器说。

"你没有说谎?可以告诉我吗?"

"没问题,赫伯特·威林就是杀人凶手。"哈奇正在隔壁房间里不安地盯着这边发生的一切。他看到思考机器慢慢捂上嘴巴,似乎不想让自己打哈欠一样。他看到威林突然跃向前面,手上好像拿着个玻璃瓶,使劲推向科学家椅子的靠背,将手上的玻璃瓶压在对方的嘴唇上。接下来,一个尖刻的咔嗒声响起,思考机器干枯的脸立刻有了变化,双眼睁得大大的,两颊好像都凹下去了,双手把压下的玻璃瓶紧紧抓住。

威林盯着科学家的眼睛充满恶毒,接下来,他迅速拿了一样东西出来扔到地上,地上随即就有一个碎掉的玻璃杯。

科学家这时镇定地取下嘴唇上的玻璃瓶。"打破了的酒杯,"他一脸平静地说,"这样我就集齐了所有的证据。"哈奇的身材很瘦很健壮,马洛里侦探也非常结实,两人一起才制服了年轻的律师。思考机器对三人之间的纠缠毫不在意,只是一脸疑惑地打量着那个黑色的玻璃瓶。一个小橡皮球堵在了玻璃瓶的瓶口处,玻璃瓶的一边有个结构精巧的弹簧装置，可以在极短的时间内把瓶口打开，释放出极其恐怖的真空吸力。在弹簧将瓶口即将打开的那一刹那，思考机器用舌头用力弹出藏在口中的橡皮球，把玻璃瓶开口堵住了，这才没有让自己一命呜呼。最后，他抬头斜眼看着已经被制伏的威林，对方也一脸气愤地看着他。四个人很快回到了警察局，蒙哥马利太太已经在那里了。

"蒙哥马利太太，"思考机器盯着对方的脸，看上去很不礼貌，"你为什么没有到康克德市去？"

"我去了呀，"她回答，"可是当我听说丹伯利小姐死了以后时，我受到了惊吓，我请求我的朋友对我的行踪加以保密，假如有人来搜查，就可以找到我，可是没有人来搜查。我终于受不了了，主动回来自首了，不管你们问我什么，只要是我知道的，我知无不言，言无不尽。"

"为什么你要去搜查丹伯利小姐和萨姆纳的房间？"

"我说过，"她说，"我知道可怜的亨利·萨姆纳和丹伯利小姐之间是什么关系，我也知道他们手中都有一些可以对他们拥有英国某处一大笔房地产所有权进行证实的文件，我相信这些文件会非常有益于另一位还在世的亲戚……"

"铜矿大王乔治·帕森斯先生。"科学家打断她的话说，"这些文件你并没有找到，因为这些文件已经被赫伯特·威林拿走了，他的目标就是那笔房地产，我可以肯定地说，经过法律上的一些周旋，他很有可能会成功实施他的计划。"他再次看着蒙哥马利太太，"你和丹伯利小姐在一起住，她的房间钥匙你应该有吧？你可以悄无声息地进入她的房间。丹伯利小姐遇害的那天晚上，威林的行踪也没有被人察觉。可是萨姆纳的房间你是怎么进去的呢？"

"那地方真是太脏了。"她浑身颤抖了一下，"我是从防火梯的窗口进去的。可能你还有印象，那个房间被报纸描述得非常详细。"

"我知道了。"他沉默了好一会儿才又一次开口，"威林，你是个非常聪明的人，你所掌握的物理学知识，完全可以让你在这个案子上运用自如。我相信，假如你知道我非常了解这些谋杀案，你一定会来找我。不出我所料，你真的来了，这是个圈套，我非常诚恳地告诉你，希望你更好地接受。我一点都不担心你用枪或用刀杀我，我知道你杀人的特殊方法，既然你已经用得如此好，我相信你一定会继续使用这个方法，所以，我早就把对付你的方法想好了，就这样。"他站了起来。

"完了？"哈奇和马洛里侦探异口同声地说，"我们还有疑惑没解开……""噢，"思考机器再次坐下来，"其他的只是逻辑推理而已，丹伯利小姐不是因为枪杀，也不是因为刀刺，也不是因为下毒而死，而是法医所说的'肺内空气为零'，这样一来，就可以明显想到杀她的凶器是真空管。萨姆纳的案子也是一样，两件案子都做了自杀的假象，所以地上都有碎掉的酒杯。萨姆纳的命案告诉我，假如凶手是正常人，那么两个死者之间肯定会有某种关联，而我在和梅雷迪斯教授谈过以后，发现这件案子和他无关。可是丹伯利小姐非常信任他，把一些家族的秘事都告诉了他。他说丹伯利小姐也跟他提过，在这里，她有一个远方亲戚，那就是乔治·帕森斯先生。"

他稍事停顿，继续说道："现在，和马克斯韦尔·皮特曼的命案相关的命案，凶手是谁，皮特曼也许已经猜到了，他正准备给我打电话，结果被威林发现了。他便把皮特曼杀了，再把手帕塞到自己口中，把自己绑在椅子上，之后等着别人来发现。这个计谋非常高明。他也将一条蒙哥马利太太的手帕有意留在地板上，手帕上喷洒了很多麻醉药，这样人们就会觉得他之所以会晕过去，是因为麻药的作用。至于其他的事，哈奇先生知道。"他看了一眼时间，"有个午餐会我得去参加，要去灵魂研究学会发表演讲，很抱歉……"在众人的惊讶声中，他径直走了出去。

更衣室奇案

〔美〕杰克·福翠尔

著名演员艾琳·华莱克小姐到斯普林菲尔德剧院演出，中场进入更衣室休息。外面观众们的欢呼声仍然不绝于耳，更衣室里的艾琳·华莱克小姐却离奇失踪。由此引发的一系列怪异的事件，至今仍然众说纷纭。

对于思考机器来说，这是他遇到的第一个科学界以外的难题。记者哈钦森·哈奇费尽口舌，想要让他协助调查这一案件。"可是我是个科学家，逻辑学家，"思考机器对此表示抗议，"我可不懂罪案。"

"没有人说这是犯罪。"记者坚持己见，"这件事确实非同一般。"他说，"一个女人，在她的朋友就在身边，能够听到她的声音，看到她附近的东西的情况下，离奇失踪了。警方对此毫无头绪，不知道这件事是怎么发生的。"

凡·杜森教授挥手示意记者坐下，自己也倚在椅子宽大的靠垫上。和靠垫一比，身材矮小瘦弱的科学家就像个孩子一样。"从头说吧。"他直白地说。科学家顶着一头像枯草一样的乱发，身体靠着椅背，蓝色的眼睛看向斜上方，十根纤细的指尖交叉在一起。他已经做好了听记者讲话的准备。

"华莱克小姐容貌美丽，年纪在三十岁上下。"记者说，"她是一个在美国和英国都有一定知名度的女演员，也许你曾经在报纸杂志上看到……"

"我一般不看报纸，除非必要的情况下，"思考机器直白地说，"接着说吧。"

"她目前还没有结婚，而且根据我们掌握的情况，她短期内也没有结婚计划，"哈奇一边说，一边打量着科学家的脸孔，"我想她应该和其他的女明星一样，都有很多崇拜者。不过这位小姐严于律己，从来没有传出过什么负面新闻。我之所以要这么说，是让你知道她不同于其他明星的生活作风。

"现在我再来说一说她是怎么失踪的。上个星期，华莱克小姐到斯普林菲尔德剧院演出。星期六晚上，她演的是莎士比亚的剧目《皆大欢喜》中的罗瑟琳。当天晚上，剧院里坐满了观众。虽然她的头痛发作，还是坚持演完了前两幕。第二幕结束之后，她去更衣室休息。在第三幕开演之前，舞台监督去更衣室叫她，她说立刻就会出来。舞台监督确信，那就是她本人的声音。

"罗瑟琳这个角色在第三幕的上场时间是开演后六分钟。轮到华莱克小姐上场的时候，她却没有露面。舞台监督急忙来到她的更衣室门口，却没有任何人回应。他以为她是晕倒了，或者出了别的问题，就自己打开门进去了，发现里面并没有华莱克小姐的身影。随后，大家搜遍了整个后台，还是一无所获。舞台监督没有办法，只好对观众说华莱克小姐突感不适，需要休息一会儿，演出会在十到十五分钟后恢复。

"舞台幕布降下之后，所有人都开始仔细搜索，每一个隐蔽的地方都没有放过，就连放地灯的角落都搜了。后台的看门人威廉·米根说，当时他和一个警察在门边闲聊，在长达二十分钟的时间里，他都没有看到有人走出去。要是华莱克小姐出去，他一定能看到。另外，从放地灯的地方也能离开舞台，但是很明显，华莱克小姐并没有从这里离开。不管怎么说，她就这么失踪了，她会去哪儿呢？"

"窗户呢？"思考机器问。

"窗户略低于外面的街道。"哈奇说，"华莱克小姐的更衣室只有一个很小的窗户，外面还装着栅栏。窗外是个向上延伸的通气道，长约十英尺，顶部和地面一层齐平，开口处也装了铁栅栏。相比之下，靠近舞台的那个窗口更小，而且也装着铁栅栏。不管她靠近哪个窗口，都能被其他演员或者工作人员看到。"

"舞台下面呢？"科学家问。

"下面空无一物。"记者说，"那是一间空荡荡的水泥地下室，当然也在搜索范围之内，主要是怕华莱克小姐突然意识不清，去那里闲逛。不仅如此，舞台上方存放幕布的地方都没有放过。"

接下来两个人都没有说话。思考机器的眼睛盯着上方，活动着手指。其实自从记者开始说话，科学家根本就没正眼瞧过他。"华莱克小姐是穿着什么衣服失踪的？"科学家终于开口了。

"是一身戏服，男士紧身上衣和紧身裤，这是她从第二幕开始到剧终的装束。"

"她的便装是不是还在更衣室里？"

"更衣室里有一个大戏装箱，她所有的便装都堆在箱子上。梳妆台上还放着一包糖果，已经打开了。看这情形，她已经准备好要上场了。"

"有挣扎的痕迹吗？"

"没有。"

"有血迹吗？"

"没有。"

"她有没有侍女？侍女去哪儿了？"

"我忘记告诉你了，她有一个侍女，名叫格特鲁德·曼宁，第一幕演完之后，她好像突然生病了，就请假回家去了。"

思考机器斜着眼看着记者："生病？是什么病？"

"我不知道。"记者说。

"她现在在哪儿？"

"我不知道。大家发现华莱克小姐不见了，都紧张得要命，根本顾不上那个侍女。"

"桌子上放着的糖果什么样？"

"不清楚。"

"糖果是在哪儿买的？"

记者耸了耸肩，表示无可奉告。思考机器一边抛出这一连串问题，一边盯着记者。后者被他盯得有些不自然，开始扭动身体。

"现在那些糖果在哪里？"科学家又问。哈奇再次耸肩。

"你知道华莱克小姐的体重吗？"

记者似乎知道这个问题的答案，此前他曾经见过华莱克小姐几次。"应该是在一百三十到一百四十磅。"他猜测。

"剧场里有没有催眠师？"

"这个我不太清楚。"哈奇实话实说。

思考机器勃然大怒，挥了挥手。

"哈奇先生，太可笑了！"他说，"你什么都没弄清楚，就来这里请教我。要是你有必要的信息，我还能助你一臂之力，可现在……"

记者也是心头火起。他在记者中算得上观察力敏锐的，现在思考机器居然用这种态度和口气跟他说话，还问了一些看似无聊的问题，这让他非常不满。

"我搞不懂，"他反驳道，"你是认为会有人在糖果里下毒吧？或者华莱克小姐的失踪会和催眠师有关。但是我能肯定一点，下毒或者催眠都不可能让她凭空消失。"

"你当然搞不懂。"思考机器冒昧地说，"你要是能搞懂，还用来找我吗？这件事发生在什么时候？"

"星期六晚上。"记者缓和了一下口气，"那天的演出是华莱克小姐在斯普林菲尔德剧院的最后一场，按照计划，她这周的行程是到本市演出。"

"我问的是她具体在什么时候失踪的？"

"根据舞台监督的时刻表，第三幕应该在 9：41 开演，在此前的一分钟，也就是 9：40，他还和华莱克小姐说过话。华莱克小姐上场的时间应该是开幕后六分钟，所以……"

"也就是说一个一百三十磅重的女人，没有穿便服，就在七分钟内从更衣室里消失了。现在是星期一下午 5：18，我想我们应该在几个小时内破解这桩罪案。"

"你说这是桩罪案?"哈奇着急地说。可是凡·杜森教授对他的话充耳不闻,他起身在房间里走了六七圈,双眼盯着地面,双手背在身后。最后他停下了脚步,看着记者。

"华莱克小姐的剧团和戏服箱是不是都在本市?"他说,"去剧团里询问每一位男演员,不管他们看起来多么人畜无害都不要漏掉,尤其要注意他们的眼睛。还要把那盒糖果找出来,尽可能查清楚里面的糖果已经吃掉了多少。你要尽快回来向我报告调查结果,你调查的速度将直接决定华莱克小姐的生死。"

哈奇十分震惊:"怎么……"他的话音未落,就被思考机器打断了。

"快点去吧,什么都不要说。"思考机器命令道,"我会叫一辆出租车在门口等你,你一回来我们就马上赶去斯普林菲尔德。"

记者领命离开了,虽然他并不知道思考机器为什么要下达这样的命令,也不擅长分析别人的眼睛,还是照做了。一个半小时之后,他刚赶回来就被思考机器塞进了出租车。出租车一路疾驰,很快抵达车站,让两个人赶上了前往斯普林菲尔德的火车。直到在火车上坐好之后,早就憋不住的科学家才有机会说话。

"结果如何?"思考机器问。

"我发现了几件事,"哈奇说,"在过去的三年里,兰登·曼森一直都在追求华莱克小姐,他是剧团的男主角。星期六傍晚,他去斯普林菲尔德的舒乐糖果店买了一盒糖果,带去了剧院。要不是我逼他,他还不愿意跟我说这些呢!"

"啊!"思考机器叫道,不过他的语气里并没有任何称赞的意思,"糖果少了几块?"

"三块。"哈奇说,"更衣室里有一个打开的大皮箱,华莱克小姐的所有东西都在里面,糖果盒也不例外,我劝舞台监督……"

"好了,"思考机器不耐烦地制止他继续往下说,"兰登·曼森的眼睛是什么颜色?"

"蓝色，看起来很坦诚，没什么异样。"记者说。

"其他人呢？"

"我不知道你为什么要研究他们的眼睛，为了让你看得清楚一些，我把他们的照片带来了。"

"非常棒！"这一次思考机器的语气里有难以掩饰的赞赏。他反复端详着这些照片，念着照片下面的签名。

"这个是不是男主角？"他从照片里拿出一张问哈奇。

"是的。"

凡·杜森教授不再说话，陷入了沉思。9：20，火车停靠在了斯普林菲尔德车站。两个人刚一走出车站，就迅速叫了一辆出租车。"舒乐糖果店，"科学家告诉司机，"尽快！"出租车一路疾驰，十分钟后就到了一家糖果店门口。思考机器先冲进去，来到了卖巧克力的柜台前。"请问你有没有见过这个人？"他拿出了兰登·曼森的照片递给了柜台后的女孩。

"我记得他，他是个演员。"女孩说。

"星期六傍晚，他有没有在你这里买过一盒巧克力糖？"科学家又问。

"有，我还记得他当时十分匆忙，好像说要赶到剧院去表演。"

"那这个人来过你的店吗？"科学家又拿出一张照片。女孩仔细看了一会儿，哈奇也把头凑上去，不知道思考机器为什么要这么做。

"我好像没有见过这个人。"女孩说。

思考机器转身冲出糖果店，来到了一座公用电话亭，在里面停留了五分钟左右，然后冲出来拦下一辆出租车，哈奇也跟着他上了车。"去市立医院。"他说。出租车一路狂奔，哈奇瞠目结舌。看起来，思考机器似乎发现了什么线索，可哈奇却毫无头绪，只觉得这个案子十分棘手。随后，他们来到了市立医院，找到了一位卡尔顿大夫。

"有没有一位叫格特鲁德·曼宁的病人？"科学家问。

"有，"医生说，"是周六晚上入院的，病因是……"

"我知道，马钱子碱中毒。"科学家插话道，"她是不是在街上昏倒了？我跟你是同行。如果她清醒过来，我有几个重要的问题要问她。”

卡尔顿大夫同意了，带着凡·杜森教授来到了格特鲁德·曼宁的病房。此刻格特鲁德·曼宁正虚弱地躺在床上，面色苍白。思考机器把手指搭在她的脉搏上，一分钟后，他满意地点了点头。

“曼宁小姐，能听懂我说的话吗？”他问。

“能。”她小声回答。

“你吃了几块糖果？”

“两块。”女孩失神地看着他。

“在你离开剧院之前，华莱克小姐有没有吃糖果？”

“没有。”

之前思考机器的举止已经十分仓促，现在恨不得要跑起来。他匆忙向卡尔顿大夫道了谢，就冲下楼梯，跳进一辆出租车里，哈奇紧随其后。随后，出租车飞快地驶向斯普林菲尔德剧院的舞台。

现在记者毫无头绪，他知道的唯一一件事，就是糖果盒中少了三块糖果，侍女格特鲁德·曼宁吃了其中的两块，并且中毒了。那么，要是华莱克小姐吃了第三块糖果，那她中毒的可能性很大。可是中毒和失踪有什么联系呢？记者无助地摇了摇头。

很快他们就抵达了剧院，找到了守门人威廉·米根。“请问，”思考机器说，“上周六傍晚，曼森先生有没有委托你把一盒糖果转交给华莱克小姐？”

“有的，”米根痛快地说，他觉得眼前这个人十分有趣，“当时华莱克小姐还没来，我就把糖果盒放在了架子上。曼森先生几乎每天都会送给她一盒糖果，而且通常都会先送到我这儿。”

“星期六傍晚，曼森先生比剧团的其他成员来得早还是晚？”

“早一些，”米根回答，“他通常都会早到，也许是为了预留时间排练。”

“是不是剧团的每个成员都会来这里，或者来看看有没有邮件？”科学家看着堆满东西的架子说。

“几乎每个人都过来查看有没有自己的邮件。”

思考机器舒了一口气，额头上的皱纹似乎都消失不见了。"听着，"他说，"在星期六的晚上9：00～11：00，有没有从舞台这里送出什么包裹或者箱子？"

"没有，"米根十分肯定地说，"除了在半夜里运送过剧团的衣物箱之外。"

"华莱克小姐的更衣室里是不是有两个大皮箱？"

"是的，两个非常大的皮箱。"

"你是如何得知的？"

"我总是帮他们搬运。"米根说。

思考机器转身就跑，冲向了一辆出租车，哈奇先生也紧随其后。"快，我要去最近的长途电话亭，"科学家对司机说，"有个女人命悬一线。"他在电话亭里足足待了十五分钟。等他从电话亭里出来，好奇的哈奇一连问了几个问题，却没有得到任何答复，只是被带着赶向火车站。短短半小时之后，他们已经坐上了回程的火车。火车出发半小时后，科学家才开始说话，不过是直接接着上次的话题说的。

"显而易见，要是华莱克小姐没有离开剧院，她就一定还在剧院里，并没有失踪。"他说，"问题的关键就是怎么找到她。在这整个过程中并没有任何暴力行为，没有人呼喊，也没有人挣扎，更没有血迹，所以，我们可以假设她自愿参与到了这个让她消失的阴谋中。

"现在，我们看看有没有能够完美地符合所有条件的解释。华莱克小姐有着严重的紧张性头疼，而催眠术对此效果明显，那现在我们就可以假设，剧院中有一个能够治疗她的头疼的催眠师。有没有可能是这个催眠师催眠了她，让她动弹不得？我们再次假设，这个人有这么做的动机，那么问题来了，他会把她藏在哪里呢？

"这个问题有很多种可能性，我们只说其中能够符合这所有条件的可能性最大的一个。催眠师不可能神不知鬼不觉地让她从更衣室消失，所以，他会把她藏在更衣室那两个大皮箱中的一个里。"

哈奇倒抽一口凉气："你的意思是，华莱克小姐被催眠之后，就被塞进了那个捆着皮带、上了锁的箱子里？"

"这个解释的可能性最大，"思考机器说，"所以整件事应该就是这么发生的。"

"太可怕了！"哈奇尖叫道，"一个女人被硬生生塞进皮箱，在里面待了四十八小时？就算她一开始还活着，现在也会丧命吧？"说到这里，记者看着思考机器的脸，忍不住打起了哆嗦。思考机器的脸上并没有同情或者害怕的表情，只是在沉思。

"那倒未必。"思考机器说，"要是第三块糖果是在催眠之前吃的，她可能会死。如果她先是被催眠，后被塞了糖果，那糖果就没有融化，她也不会中毒，活下来的可能性很大。"

"那也有可能会窒息，或者在运送皮箱的过程中受伤，总之这一切都有可能。"

"奇怪的是，一般来说被催眠之后动弹不得的人呢，是不会受重伤的。"科学家说，"当然磕磕碰碰在所难免，窒息也有可能，不过皮箱那么大，空气应该很多。"

"那盒糖果呢？"记者问。

"对，那盒糖果，侍女吃了两块就差点丧命。我们都知道，曼森先生经常会给华莱克小姐买糖果，周六傍晚他也买了一盒，但是他买的并不是有毒的那盒。那么，曼森先生会不会是催眠师？并不是，我从照片上就能看出，他没有催眠师特有的眼睛。我们也知道，他买回糖果之后总是会放在守门人的架子上，而且剧团中的每个人都会去架子上找邮件。那事实就很明显了，有人用一盒有毒的糖果替换了曼森先生买的那盒，这两个盒子的外表看起来完全一样。

"这件事之所以会发生，一是因为疯狂，二是因为狡猾。罪犯追求华莱克小姐不成，心怀怨恨，就想杀掉她。一开始他想用糖果毒死她，没想到阴差阳错被侍女吃了。然后舞台监督过来提醒华莱克小姐，即将轮到她上场。这时候催眠师就在更衣室里，我想，他通常会在演出期间在更衣室等着华莱克小姐，一旦她出现头疼症状，就能立刻得到治疗。"

哈奇专注地听着，一言不发。居然有人能够设计出这么巧妙的作案手法，他感到难以置信。更加匪夷所思的是，居然有人靠着逻辑推理发现了案情的真相。"华莱克小姐是不是还在大皮箱里？"他问。

"没有。"思考机器说，"现在她已经被放出来了，我想她应该还活着。"

"凶手呢？"

"我们一起去市里，我应该可以在半小时内把他交给警察。"

两个人刚走出火车站，就乘出租车去了警察局，在那里，马洛里侦探已经恭候多时了。"我们接到了你从斯普林菲尔德打来的电话……"他说。

"她还活着吗？"科学家问。

"活着。"马洛里侦探说，"她昏迷了，身上很多擦伤，不过没有骨折。医生说她被催眠了。"

"她嘴里的糖果拿出来了吗？"

"拿出来了，还没有融化，是一块牛奶巧克力糖。"

"先别叫醒她，等我回来。"思考机器说，"现在我们还有重要的事情要处理。走，我们去把那个罪犯抓获归案。"

大惑不解的马洛里侦探跟着两个人上了出租车。出租车穿行了十几条街，来到了一家旅馆。在进入旅馆大厅之前，思考机器拿出一张照片给了侦探，让他仔细端详。

"现在罪犯就在楼上，房间里还有别人，"思考机器说，"把他的样子牢牢记住。进屋之后，你就站在他身后，等我命令再行动。要小心，他可能有枪。"

思考机器事先已经跟艾琳·华莱克剧团的经理斯坦菲尔德通过电话，并要求他把剧团里所有的演员都召集到五楼的一个大房间里。思考机器进门后，并没有进行自我介绍，而是先斜眼看了看剧团经理，然后走到兰登·曼森面前看着他。

"上周六演出的时候，你在第三场中的角色是不是应该在华莱克小姐的角色之前上场？"科学家问。

"是的，"曼森说，"至少比她早三分钟。"

"斯坦菲尔德先生，他说的是实话吗？"

"没错。"经理说。

接下来是一阵难挨的沉默，这期间唯一的声音就是马洛里侦探拖着沉重的脚步走到屋子的一个角落。曼森感觉思考机器的一系列问题像是在怀疑自己，不由得红了脸，他还没来得及开口，就听到思考机器说："马洛里先生，"他用毫无感情色彩的语调说，"把你的犯人抓起来！"

一阵激烈的打斗声传来，马洛里侦探用胳膊紧紧扣住斯坦菲尔德的上半身。斯坦菲尔德的眼睛血红，像一只困兽一样咆哮着。马洛里三下五除二就将斯坦菲尔德摔倒在地，用手铐铐住。这时，马洛里觉得自己身后有人，回头一看，思考机器正越过自己的肩膀看着犯人的眼睛。

"没错，他就是催眠师，有着不同于寻常人的瞳孔。"

华莱克小姐在一个小时之后苏醒了，讲述了事情的整个经过，和思考机器推断的如出一辙。三个月后，她的剧团恢复了巡回演出。而与此同时，爱而不得的斯坦菲尔德在监狱里发疯了。经医生诊断，他的病无法痊愈。

失窃的信

〔美〕 爱伦·坡

有一年秋天，在巴黎的一个晴朗的夜晚，天色刚刚黑下来，我正和我的朋友 C. 奥古斯特·杜宾一起，享受着冥想和海泡石的双重乐趣。这是他的小图书馆，一个藏书的小后间，位于热尔曼郊区杜诺街 33 号。至少有一小时，我们一直保持着深深的沉默；而对于任何一个不经意的观察者来说，我们俩似乎都专心致志地沉浸在旋转的烟雾中。然而，就我自己而言，我正在心里想着那天晚上早些时候我们谈到的某些话题，我指的是莫格街的那件事，以及玛丽·罗热被谋杀的那件神秘事件。因此，当我们公寓的门被推开，我们的老相识，巴黎警察局长 G－先生进来时，我觉得这也是一种巧合。

我们对他表示了热烈的欢迎，因为这个人幽默的谈吐几乎抵过了他一半的可鄙，而且我们已经好几年没有见到他了。我们一直坐在黑暗中，现在，杜宾站起来准备点灯，可是他又坐下了，因为 G－先生说他来找我们是要商量一些惹了很多麻烦的公事，或者更确切地说是询问我朋友的意见。

"如果这是个需要思考的问题，"杜宾不想点灯芯，就说，"那么我们在黑暗中研究的效果会好一些。"

"这又是你的怪想法。"警察局长说，他有一种把任何超出他理解范围的东西都称为"怪"的习惯，因为，他每天都生活在一大堆奇怪的东西中间。

"非常正确。"杜宾说，他给来访者提供了一个烟斗，并给对方推过去一把舒适的椅子。

"这次的难题是什么?"我问，"但愿不是什么谋杀案了吧。"

"哦，不，不是那种性质的。事实上，这件事确实很简单，我毫不怀疑，我们自己能处理得差不多，可是我又觉得，这件事非常奇怪，也许杜宾会想听一听其中的细节。"

"简单而奇怪。"杜宾说。

"哦，是的，也不完全是这样。事实是，我们一直都很困惑，因为这件事是如此简单，却又让我们束手无策。"

"也许正是这件事的简单性才让你们束手无策。"我的朋友说。

"你这就是在说废话。"警察局长大笑着回答。

杜宾说："也许这个谜团有点太简单了。"

"哦，天哪! 谁听说过这样的想法。"

"有点不言而喻。"

"哈哈哈! 哈! 哈! 哈! 哦! 哦! 哦!"我们的客人被逗乐了，大声说道，"哦，杜宾，你要把我笑死了!"

"那么，到底是什么案子?"我问。

"我来告诉你，"警察局长回答，同时长长地、慢慢地喷了一口气，然后坐在椅子上，"我用几句话告诉你，但是，在我开始之前，我要提醒你，这是一件需要严格保密的事情，如果让别人知道我走漏了消息，我很可能会失去现在的职位。"

"继续。"我说。

"或者别说了。"杜宾说。

"好吧，我从一个地位很高的人那里得到消息，说有一份非常重要的文件从王宫里被偷走了。偷走它的人是众所周知的，这一点毫无疑问，因为有人看见他偷走了它。而且，文件仍然在他的手中。"

"这是怎么知道的?"杜宾问道。

"这是显而易见的。"警察局长回答说，"从这份文件的性质可以推断出来，而且，文件一旦从偷走它的人手里流传出去，就会立刻引起某种后果，也就是说，他会利用这份文件，而且会最后利用它。不过，现在还没有出现这种情况。"

"说清楚一点。"我说。

"好吧，我可以冒昧地说，这份文件会在某一方面赋予持有者一种非常有价值的权力。"这位警察局长喜欢外交辞令。

"我还是不太明白。"杜宾说。

"不明白吗？好吧，如果把这份文件泄露给第三者，现在先不说他的名字，这会使一个地位最崇高的人物的名誉受到质疑；这一事实使文件持有者比名誉与安静生活受到如此危害的著名人物更有优势。"

"但是这种优势，"我插话道，"偷信的人得知道失信人也知道是谁偷走了信。谁敢……"

"那个贼，"G－先生说，"就是那个 D－部长，他敢于做任何事情，不管是不是像男人做的事。这次偷窃的方法既聪明又大胆。这份文件——坦率地说，是一封信——是失信的人单独待在皇宫内院里时收到的。在她读信的过程中，一个高贵人物突然进来把她打断了，而且对方还是她想要隐瞒这件事的人。她匆忙地想把它塞进抽屉里，却白费力气，结果不得不把它敞开着放在桌子上。然而，最上面的是地址，内容没有暴露，这封信也没有引起注意。在这个时候，D－部长进来了。他那双猞猁般的眼睛立刻看到了信纸，认出了地址的笔迹，还看出了收信人的手足无措，并猜到了她的秘密。他像往常一样匆匆处理了几件公事，然后拿出了一封与上面提到的那封有点相似的信，打开它，假装在看信，然后把它和另一封放在一起。他又谈了大约十五分钟的公事。最后，在告辞的时候，他又从桌上拿走了那封他没有权利拿走的信。它的合法主人看见了，但她当然不敢在她身边站着的第三个人面前提起这件事。D－部长走了，把他自己的信——一封无关紧要的信——放在了桌上。"

"那么，看起来，"杜宾对我说，"这正是你要求的占据绝对优势的条件——偷信的人知道失信人也知道是谁偷走了信。"

"是的，"警察局长回答，"这样获得的权力在过去几个月里已经被用于政治目的，达到了非常危险的程度。失信的人每天都更加深信有必要收回她的信。但是，这当然不能公开进行。最后，她被逼得绝望了，把这件事交给了我。"

"比起你，"杜宾在一阵烟雾中说，"我想，再也没有比你更聪明的代理人了。"

"你太抬举我了，"警察局长回答，"不过可能当时有人提到过这样的意见。"

"很明显，"我说，"如你所见，那封信仍在 D－部长手里，因为有信才有权，而不是运用这封信可以拿到权力。一旦用了这封信，权力也随之消失。"

"是的，"G－先生说，"我就是这样认为的。我的首要任务是仔细搜查 D－部长住的旅馆；在这里，我感到为难的在于必须在他不知情的情况下搜查。除此之外，我还担心如果他有理由怀疑我们的计划，就会带来危险的后果。"

"可是，"我说，"你对这些调查工作很熟悉。巴黎警方以前经常做这种事。"

"哦，是的，因为这个原因，我并没有感觉绝望。D－部长的习惯也给了我很大的优势。他经常整夜不在家。他的仆人根本不计其数。他们睡在离主人公寓很远的地方，主要是那不勒斯人，很容易喝醉。你知道，我有钥匙，我可以用它打开巴黎任何一个房间或柜子。一连三个月，为了搜查这家 D－部长住的旅馆，我连一夜都没有错过。每天晚上，我都会参加大部分的行动。我的名誉重要，我还要告诉你一个大秘密，酬金十分可观。所以我没有放弃搜寻，直到我完全确信那个小偷比我更精明。我已经搜索了这所房子里可以隐藏这份文件的每个角落。"

"可是，"我说，"虽然信一定在他手里，但是他也有可能把它藏在别的地方，而不是自己的房子里。"

杜宾说："几乎没有这种可能。根据宫廷大事当前的特殊情况，特别是众所周知的牵涉 D－部长的阴谋，他必须立刻拿到文件，也就是一接到通知就可以拿出来——这一点几乎与拥有文件同等重要。"

"有可能需要把文件拿出来吗？"我说。

"也就是说，销毁它。"杜宾说。

"是的，"我说，"也就是说这封信是在他的房子里。至于 D - 部长随身携带这封信的情况，我们可以认为这是不可能的。"

"完全不可能，"警察局长说，"他曾两次被拦路抢劫，好像是遇到了强盗，他本人在我的亲自检查下被严格搜查过。"

"你本来可以不用自找麻烦的，"杜宾说，"我想，D - 部长并不完全是个傻瓜。如果他不笨，肯定早就预料到了这种拦路抢劫。"

"完全不是个傻瓜，"G - 先生说，"但是他是一个诗人，我认为他与傻瓜只有一步之遥。"

"是的，"杜宾从海泡石烟斗里深深地吸了一口烟，思虑着说，"虽然我自己也写一些打油诗。"

"你能不能详细说明一下，"我说，"你搜查的情况。"

"事实上，我们花了很长时间，到处都找遍了。我在这些事务上很有经验。我把整个大楼，一个房间一个房间地搜查，每个星期都要花上几晚的时间搜查每个房间。我们首先检查了每个房间的家具。我们打开了每一个可能存在的抽屉；我想你知道，对于一个训练有素的警察来说，是不可能有什么'秘密抽屉'的。如果在这样的搜查中，有人还认为用一个'秘密抽屉'瞒过警察，那他就是个傻瓜。事情非常清楚。每个橱柜都有一定数量的空间。那么我们就有了准确的规则。什么都别想瞒过我们。搜查了橱柜之后，我们又检查了椅子。我们还用细长的针探查过垫子，这你们应该看到过。至于桌子，我们连盖子都取了下来。"

"为什么？"

"有时候，想要隐藏物品的人会把桌面或其他类似摆放的家具的面板拆下来，然后把家具的腿挖空，把物品放进洞里，再把面板放回去。床柱的底部和顶部也可以以同样的方式利用起来。"

"但是能不能利用声音探测空洞呢？"我问道。

"绝不可以，在把东西翻过去的时候，可以在东西周围放上足够的棉絮。此外，我们这个案子要求我们动手时不能发出声音。"

"但是你无法都拆开——你不能把所有可能以你说的方式存放东西的家具都拆开。一封信可以卷成一个小纸卷，形状和体积与一根大针差别不大，这样就能插进椅子的横档中。你不会把所有的椅子都拆了吧？"

"当然不是，但是我们做得更好——我们用倍数很高的显微镜仔细检查了旅馆里每把椅子的横档，还检查了各种家具的连头。如果最近有任何动过的迹象，我们都能立即察觉到。例如，一粒螺丝锥的木屑就像一个苹果一样明显。胶接的地方有什么变动，接头上出现任何不寻常的裂口，都要经过检查。"

"我想你应该看过镜子的底板和镜面玻璃，探查过床和被褥，还有窗帘和地毯。"

"当然，当我们把家具的每一个部分都用这种方法检查完之后，我们就开始检查房子本身。我们把它的整个表面分成几个部分，并进行了编号，这样就不会漏掉任何一个部分；然后我们像以前一样用显微镜仔细检查了整个房子里的每个部分，包括它隔壁的两座房子。"

"隔壁的两座房子！"我叫道，"你们一定花了很大的力气。"

"是的，但是赏金太高了。"

"房子周围的地面检查过了吗？"

"所有的地面都是用砖铺成的，这给我们带来的麻烦相对较少。我们检查了砖块间的苔藓，发现它没有被动过。"

"当然，你在 D - 部长的文件中找过，还在他的藏书室的书里找过？"

"当然，我们打开了每一个包裹，我们不仅打开了每一本书，而且翻阅了每一本书的每一页，我们不满足于像一些警察一样拿起书来晃一晃就算了。我们还用最精确的方法测量了每本书的封面厚度，并用显微镜对每本书进行了仔细观察。如果装订的部分最近被人动过手脚，那么这种事就不可能逃脱我们的法眼。有五六本书最近装订过，我们也用针仔细地检查过。"

"地毯下面的地板检查过了吗？"

"毫无疑问。我们把每块地毯都掀开了，用显微镜检查了木板。"

"糊墙纸呢？"

"检查过了。"

"地窖呢？"

"也查过了。"

"那么，"我说，"你一定是估计错了，那封信并不像你想象的那样，是放在这所房子里的。"

"恐怕你说得对，"警察局长说，"现在，杜宾，你建议我怎么做？"

"对房屋进行彻底搜查。"

"这完全没有必要，"警察局长回答，"我比知道我的呼吸还确定，信不在旅馆里。"

"我没有更好的建议给你，"杜宾说，"当然，你能准确说出这封信的特点吧？"

"哦，是的。"说到这里，警察局长拿出一本备忘录，大声宣读了那封丢失的信的详细内容，尤其是它的外观。读完这段内容后不久，他就离开了，看起来更加沮丧，我以前从来没有看到过他这个样子。

大约一个月以后，他又来拜访我们，发现我们还和上次一样待着。他拿起烟斗，搬来一把椅子，开始聊一些普通话题。最后，我说："可是 G－先生，那封失窃的信怎么办？我想你最后还是承认，你没法胜过那位部长了吧？"

"我得说，是的……我按照杜宾的建议重新检查了一遍——但是如我所料，所有的工作都白费了。"

"酬金是多少？你是怎么说的？"杜宾问。

"数目非常大，真是一掷千金——我不愿意具体说多少钱，但是我要说的是，我不介意开五万法郎的私人支票给任何能帮我弄到那封信的人。事实是，它每天都变得越来越重要，而且最近酬金翻了一番。可是，就算它再增加一倍，我也已经做不了更多了。"

"啊，是这样，"杜宾在海泡石的气息中慢吞吞地说，"我真的——认为，G－先生，你在这件事上没有竭尽全力。我想你可以再多做一点，嗯？"

"怎么会呢？怎么说？"

"在这件事情上，你可以……噗……噗……噗……你可以聘请顾问，嗯？噗……你还记得他们给你讲的阿伯内西的故事吗？"

"不记得，该死的阿伯内西！"

"当然！他该死，死有余辜。但是，很久以前，有一个有钱的吝啬鬼想到要从这个阿伯内西那里得到一个医学问题的意见。为了这个目的，他假装进行了一次普通的谈话，然后向这位医生暗示他的情况，仿佛这是一个虚构的人物的病情。

"'我们假设，'吝啬鬼说，'他的症状是这样那样的。那么，医生，你要他怎么办呢？'

"'怎么办！'阿伯内西说，'当然是征求医生的意见！'"

"但是，"警察局长有点不安地说，"我非常愿意听取建议，并为此付出代价。凡是在这件事上能帮助我的人，我真愿意给他五万法郎。"

"这样的话，"杜宾打开一个抽屉，拿出一本支票簿，回答说，"你不妨给我一张支票，支付上面提到的金额。你一签字，我就把信交给你。"

我大吃一惊。警察局长好像被雷劈了似的，有好几分钟，他一言不发，一动不动，张着嘴，眼睛仿佛要从眼窝里冒出来似的，难以置信地看着我的朋友；然后，他似乎恢复了常态，抓起一支笔，停顿了几下，茫然地看了几眼，最后开出了一张五万法郎的支票，递给了桌子对面的杜宾。后者仔细地检查了一下，把它放进了他的皮夹子里。然后，他打开一本书稿，从里面取出一封信，交给了警察局长。这位官员高兴地抓过信，用颤抖的手打开它，迅速地瞥了一眼里面的东西，然后慌慌张张地向门口跑去，最后不拘礼节地从房间里跑了出去。自从杜宾要求他开支票以来，他一句话也没有说。

他走了以后，我的朋友作了一些解释。

"巴黎的警察，"他说，"非常能干。他们不屈不挠，机智狡猾，而且对他们的职责主要需要的知识十分精通。因此，当G－先生向我们详细说明他在D－部长住的旅馆的搜查方式时，我完全相信他已经进行了一次令人满意的调查——就他所费的力气来看。"

"就他所费的力气来看吗？"我说。

"是的，"杜宾说，"所采取的措施不仅是同类中最好的，而且执行得非常完美。如果这封信曾经放在他们搜索的范围内的话，这些家伙一定会找到的。"

我只是笑了笑，但他似乎很严肃地看待他所说的一切。

"这些措施，"他继续说，"本身都是好的，而且执行得很好；它们的缺点在于它们不适用于这个案件，也不适用于这个人。这个警察局长采取的措施，就像是一张普罗克拉斯提斯①的床，他硬要让他的计划符合征讨计策。但是，就手头的事情而言，他总是因为看得过于深奥或过于肤浅而犯错误；许多小学生的推理能力都比他强。

"我认识一个八岁左右的孩子，他在猜'奇偶'游戏的时候总是猜得很准，让大家交口称赞。这个游戏很简单，是用石弹子玩的。一个玩家手里拿着一定数目的弹子，并要求另一个玩家猜弹子的数目是奇数还是偶数。如果猜对了，猜的人就赢得一个弹子；如果猜错了，猜的人就输一个弹子。我提到的那个男孩赢得了学校所有的弹子。当然，他有一些猜测的原则，就是要观察和衡量对手的机敏程度。例如，对手是一个彻头彻尾的傻瓜，举起他握紧的手来问：'是偶数还是奇数？'我们的小学生回答说'奇数'，结果输了；但是在第二次猜的时候，他赢了，因为他对自己说：'这个傻瓜在第一次的时候赢了，他的狡猾程度刚好足以使他在第二次时用奇数；因此我会猜奇数。'于是他猜奇数，结果赢了。现在，如果换一个比第一个笨蛋好一点的人，他就会这样推理：'这个家伙看到我第一次猜奇数，他的第一个念头应该是由偶数到奇数的简单变化，就像第一个笨蛋一样。可是他转念一想，又会觉得这种变化太简单，就决定还跟以前一样用偶数，所以我要猜偶数。'然后他猜了偶数，赢了。这就是被同学们称为'侥幸'的小学生的推理方

---

① 普罗克拉斯提斯是希腊传说中的一个强盗，他有一张铁床，落到他手里的人都会被放到这张床上，比床长的人就被砍掉一段，比床短的人就会被拉长。后人用来比喻生搬硬套。

式……归根到底，这是怎么回事呢？"

"这仅仅是，"我说，"推理者并没有换位思考，体察对手的智力。"

"就是这样，"杜宾说，"当我问这个男孩，他是通过什么方式进行换位思考，体察对手的智力时，我得到的答复是这样的：'当我想知道一个人有多聪明，或者多愚蠢、多善良、多邪恶，或者他此刻的想法是什么时，我就会尽可能准确地根据他的表情来调整我的脸部表情，然后等着看我的头脑或心中出现什么想法或情绪，就像是为了与他的表情相匹配或相对应。'这个小学生的反应是所有被认为深奥的东西的起因，卢歇夫科[1]，拉布吉夫，马基亚维利[2]和康帕内拉[3]都曾经被认为有这个特点。"

"而且，"我说，"推理者要换位思考，体察对手的智力。如果我没有理解错的话，这取决于对手智力的判断是否准确。"

"因为它的实际价值取决于这一点，"杜宾回答，"警察局长和他的同事们经常失败，首先是由于缺乏这种认识，其次是由于对他们所对付的人的智力的不恰当的衡量，或者更确切地说是由于没有衡量对方的智力。他们只考虑自己独创性的想法；在寻找任何隐藏的东西时，只会想他们自己可能用什么方式来隐藏它。他们在这一点上是正确的——他们自己的聪明才智是大众的忠实代表；但是当个别罪犯的狡猾与他们自己的性格不同时，就会让他们做无用功。如果罪犯比他们聪明，会经常出现这种情况；如果罪犯不如他们聪明，也会经常出现这种情况。他们在调查过程中，原则是不变的；充其量，在某种非同寻常的紧急情况下，或者由于某种特殊的奖赏，他们会把老办法扩充一下，可是不会触及他们的原则。例如，在 D－部长的例子中，他们做了什么来改变行动的原则？钻孔，用探针测量，用显微镜仔细观察，把房子的表面划分成编了号的平方英寸，这是在干什么？这不过是根据建立在人类的聪明才智上的，将长官们在长期的工作中已经习惯了的原则进行了夸大。

---

① 卢歇夫科，法国大臣，道格学家。
② 马基亚维利，意大利政治家、散文作家、历史学家、音乐家、诗人，著有《君主论》。
③ 康帕内拉，意大利哲学家。

"你难道没有看到他已经理所当然地认为所有的人都要把一封信藏起来——虽然不全是藏在一个钻在椅子腿上的小孔里——但是，至少在某些偏僻的洞里或角落里。这种想法不是和促使一个人把一封信藏在椅腿上的小孔里殊途同归吗？你难道没有看到，这种隐蔽处只适用于普通人吗？因为在所有要藏东西的案件中，对所隐蔽的物品的处理——以这种隐蔽的方式处理——首先是可以推定和假定的。因此，要找出赃物完全不用靠才智，而要看探索者的谨慎、耐心和决心。你现在应该明白我的意思了，我是说，如果失窃的信在警察局长审查的范围内——换句话说，如果警察局长的原则能够理解它的隐藏原则——那它的发现将是不容置疑的。然而，这位官员完全被迷惑了，他失败的根源在于他认为D－部长是个傻瓜，因为后者已经获得了诗人的声誉。警察局长的观点是，所有的傻瓜都是诗人；他犯了使用不周的命题的错误，从而推断所有的诗人都是傻瓜。"

"但他的确是诗人吗？"我问，"据我所知，一共是两兄弟，都颇具文采。我知道这位部长有关于微分的学术论著。他是个数学家，但不是诗人。"

"你弄错了，我很了解他，他兼具这两个身份。作为一个诗人和数学家，他很善于推理；作为一个纯粹的数学家，他根本不可能推理，所以只能听凭警察局长的摆布。"

"你的这些意见使我感到吃惊，"我说，"这些意见被全世界所反驳。并不是要否定几个世纪以来经过充分消化的思想，对吧？数学推理长期以来都被公认为最好的推理。"

"十有八九，"杜宾引用沙福尔①的话说，"'任何公认的意见和公认的常规都非常愚蠢，因为它们只适合普通人。'我承认，数学家们已经尽了最大的努力来传播你所提到的那个普遍的错误，可是就算把它当成真理，错误也还是错误。比如，他们把'分析'这个词偷偷应用于代数。法国人是这种特殊欺骗的始作俑者；但是如果一个术语有哪怕一点

---

① 法国作家，在法国大革命爆发后自杀。他的警句一度在宫廷中十分流行。

重要性……如果这个术语的适用性产生了任何价值……那么，'分析'表示'代数'，就像把拉丁语'ambitus'当作'野心'，'religio'代表'宗教'，'homines honesti'代表'一群光荣的人物'一样好笑。"

"我看你和巴黎的一些代数学家有过节，"我说，"不过还是继续吧。"

"我怀疑以抽象逻辑以外的任何特殊形式培育出来的理性的可用性，因此也怀疑理性的价值。我尤其对数学研究所得出的理性提出异议。数学是关于形式和数量的科学；数学推理只是应用于观察形式和数量的逻辑。最大的错误在于认为即使是所谓的纯代数的真理也是抽象的或一般的真理。这个错误是如此地过分，以至于我对它被接受的普遍性感到困惑。数学公理不是一般真实的公理。例如，在形式和数量关系上真实的东西，在伦理上往往是极其虚假的。在伦理学中，要说部分累积的和就是整体，这是无法成立的。在化学方面，这个公理也无法成立。在考察动机时，这个公理同样不成立。两个动机都有各自给定的价值，当它们结合在一起时，得出的价值不一定等于它们各自的价值之和。还有许多其他的数学真理，只是关系范围内的真理。但数学家却通过习惯，根据他的有限的真理来论证，好像它们是绝对普遍适用的，也像全世界认为的它们普遍适用。布莱恩特[①]在他非常渊博的《神话学》中提到了一个类似的错误来源，他说：'虽然异教徒的传说不可信，但是我们不断地忘记我们自己，把它们当成已经存在的现实，以它们为依据进行论证。'然而，对于那些代数学家——他们本身也是异教徒——'异教徒的传说'就是可信的。他们以此来进行论证，并不是记性不好，而是因为大脑的不可解释的混乱。简言之，我从来没有遇到过这样一位纯粹的数学家，他的信仰是 x^2+px 绝对和无条件地等于 q。

"我的意思是说，"杜宾接着说，而我只觉得他最后一句话很好笑，"如果 D-部长不过是个数学家，警察局长就不必给我这张支票了。然而，我知道他既是数学家又是诗人，我的措施是根据他的能力，参照他

---

① 布莱恩特，英国语言学家、文物工作者。

所处的环境而调整的。我还知道他是一个朝臣，也是一个大胆的阴谋家。我认为，这样一个人不可能不了解一般的警察行动模式。他不可能没有预料到——事实证明他早就预料到——他会遭受拦路抢劫。我想，他一定预见到了对他的住宅的秘密调查。他经常晚上不在家，这被警察局长认为是他成功的某种帮助，我认为这只是一种诡计，为警察彻底搜查提供了机会，从而更快地使他们相信那封信并不在房子里，而且 G－也确实达到了这个目的。我还感到，我刚才向你详细说明的整个思路，是关于在搜寻隐藏的信时采取行动的不变原则——我觉得这整个思路必然会在 D－部长的脑海中闪过。这会使他鄙视一切普通的隐蔽处。我想，他不可能这么无用，看不到他的旅馆里最复杂、最隐蔽的地方，在警察局长的眼睛、探针、螺丝锥和显微镜的检查下，会像他的壁橱一样敞开着。因此，最后他是被迫变得简单起来，如果不是有意选择，也是理所当然。也许你还记得，我们上一次和警察局长见面时，我对他说他之所以感到这桩案子让他束手无策，是因为这个谜团有点太简单了，他笑得多么猖狂。"

"是的，"我说，"我还记得他是怎么笑的，我真以为他会抽搐起来。"

"物质世界，"杜宾继续说道，"充满了和非物质世界非常相似的地方；因此，修辞学的教条才有了一些真实的色彩，这种比喻，或者说明喻，可以用来加强论点，也可以用来润色描述。例如，惯性原理在物理学和形而上学中似乎是相同的。在前者中，一个大的物体比一个小的物体运动起来更困难，而且它随后的动量也与这种困难相称，这种说法在物理上十分真实，然而在形而上学中，虽然那些智能较大的、有才识的人在运用才智时比那些等级较低的人更有力、更持久、更多才，但是在他们进步的最初几步中却不易移动，更加尴尬和犹豫不决。我再问你：你有没有注意到沿街商店门上方的招牌，哪个最吸引人？"

"我从来没有想过这个问题。"我说。

"有一个拼图游戏，"他接着说，"要在地图上玩。一方要求另一方找到一个给定的字——城镇、河流、国家或帝国的名称——简而言之，在地图五颜六色、错综复杂的表面上找到任何字。玩这种游戏的新手通常会给对手一个字型最小的名字，以此来让对手难堪；但是熟练的玩家会选择这样的词，比如从地图的一端延伸到另一端的大字。这些东西，就像街上那些字迹过多的招牌和布告一样，因为过于明显而逃避了人们的注意；在这里，视觉上的疏忽恰恰与是非上的失察相类似，因为它们忽视了那些过于显而易见、不言自明的道理。但是，这个观点似乎超出了警察局长的理解范围，也可能他不屑考虑这一点。他从来没有想到，D－部长会把这封信直接放在全世界的眼皮底下，从而让人无法察觉。

"可是，我越想到 D－部长那种勇敢和有鉴别力的聪明才智；想到那份文件必须一直在手边，如果他打算好好利用它的话；想到警察局长得到的决定性的证据，那就是它不是隐藏在那位显要人物的日常搜索范围之内的——我就越相信，为了隐藏这封信，D－部长采取了全面而明智的权宜之计，根本没有企图隐藏它。

"我打定主意之后，就戴上一副绿色眼镜，在一个晴朗的早晨，很偶然地来到了部长住的旅馆。我发现 D－部长在家里，像往常一样打着呵欠，懒洋洋地躺着，磨磨蹭蹭，假装处于无聊之中。他也许是现在活着的人中最精力充沛的一个——但那只是在没有人看到他的时候。

"为了应对他，我假装自己视力不好，并为自己不得不戴眼镜而惋惜；然后，我一边假装专注于听他讲话，一边小心翼翼地、彻底地打量着个房间。

"我特别注意到距离他坐的地方不远的一张大写字台，上面乱七八糟地放着一些信件和其他文件，还有一两件乐器和几本书。然而，经过一番周密的审查之后，我没有看到这里有任何值得引起特别怀疑的东西。

"我绕着房间环视了一圈，终于看到壁炉架中间的一个小铜把手上挂着一个系着蓝色缎带的、用金属丝和硬纸板做成的纸牌架。架子上有三四个格子，里面有五六张名片和一封孤零零的信。这封信脏兮兮，皱巴巴的，几乎被从中间撕成两半。似乎一开始是觉得它毫无价值，想要把它撕碎，可是转念一想又把它留了下来。信上有一个很大的黑色印章，上面醒目地印着 D－部长的姓名的首字母，也就是说这封信是写给 D－部长的，而且字迹纤细，像是女人写的。它被漫不经心地，甚至好像轻蔑地塞进了纸牌架最上面一层的格子里。

"我一看这封信，就断定它就是我要找的那封。可以肯定的是，从表面上看，它和部长给我们读的说明上所说的是完全不同的。这个印章大而黑，上面印着 D－部长的首字母；而原来那个印章小而红，上面印着 S－家族的公爵印章。这封信是写给 D－部长的，而且字迹纤细，像是女人写的；而那封信的姓名地址抬头是某一位皇室人物，字迹粗犷，只有信的大小跟原信一样。但是，这些区别的截然不同和肮脏破旧，与 D－部长真正的有条不紊的习惯是如此不一致，让人联想到这是在企图蒙蔽看到信的人，让他们觉得这封信毫无价值。这些情况，再加上这封信的位置过于显眼，能让每个来访者看到，因此完全符合我先前得出的结论；这些情况，对于一个抱着怀疑态度前来的人来说，都是强有力的引起疑心的证据。

"我尽可能地拖延我的访问时间。一方面，我选择了一个确实能够引起 D－部长的兴趣的话题，跟他热烈地讨论着；另一方面，我把所有的注意力都集中在这封信上。经过这样的观察，我把它的外观和放在纸牌架上的方式都牢牢地记住，而且，我发现了一些情况，消除了我原本的一丁点疑问。在仔细观察性质的边缘时，我发现边角的伤损比应有的更加严重。信纸破损的样子，像是先把一张硬纸折叠一次，用文件夹压平，再按照原来的折痕，向着相反的方向重新折叠。这个发现已经足够了。我很清楚，这封信被翻了个面，就像把一只手套翻过来，重新写上姓名和地址，重新加封。我向 D－部长告辞之后就离开了，但是故意将一个金色的鼻烟壶留在了桌子上。

"第二天，我以取鼻烟壶的借口，又去 D－部长那里拜访。当我们非常热切地继续昨天的谈话时，突然听到旅馆的窗户下面传来了响亮的爆炸声，似乎是手枪的声音，接着是一连串可怕的尖叫声和一群暴徒的喊叫声。D－部长冲到一扇窗前，把窗户打开，向外望去。与此同时，我走到纸牌架前，把那封信放进口袋，换上了一封我在家里精心复制好的信（只说外表）来调包，我还用面包做成印章，模仿了 D - 部长的姓名的首字母。

"街上的骚乱是由一个拿着步枪的人的疯狂行为引起的。他在一群妇女和儿童中间开枪。可是检查之后发现，枪膛里并没有子弹，所以这个家伙就被当成疯子或者酒鬼赶走了。他走了之后，D - 部长也从窗边回来了，我一拿到我想要的东西就跟着他走到窗边。不久，我就向他提出告辞。那个假冒的疯子是我花钱雇的。"

"可是，"我问道，"你为什么要用复制的信来调包呢？在你第一次拜访的时候，你公然拿着信离开不是更好吗？"

"D - 部长是一个心狠手辣的人，"杜宾说，"而且遇事沉着冷静。他住的旅馆里也不乏忠心于他的人。如果我做了你说的这种疯狂的举动，也许我就无法活着离开这个旅馆，好心的巴黎人也不会再听到有人提起我。但除了这些考虑，我还有一个目的。你知道我的政治倾向。在这件事情上，我表现得像是那位有关的女士的党羽。她已经被 D - 部长摆布了十八个月，现在轮到她来摆布他了。既然他不知道那封信已经不在他手里，他就会像那封信在他手里一样继续勒索。这样，他就不可避免地立刻把自己的政治给毁灭了。他的垮台与其说是一落千丈，倒不如说是尴尬。就像卡塔拉尼①谈到唱歌时说的那样，在所有的攀登中，升高要比降低容易得多。在目前这种情况下，我不同情——至少不怜悯——那些下贱的人。他就是那个万恶的魔鬼，一个无原则的天才。然而，我承认，我很想知道，等到警察局长所说的'大人物'公开反抗他，他只好打开我留在纸牌架上的那封信的时候，他会怎么想。"

"怎么？你在信里写了什么特别的东西吗？"

"嗯……要是在信封里放一张白纸似乎不太妥当——那会是一种侮辱。之前在维也纳，D - 部长曾经做了一件有损于我的事情，当时我委婉地告诉他，我会记住这件事。因此，我知道他会对那个比他聪明的人的身份感到好奇，我觉得不给他一点线索是很遗憾的。他很熟悉我的笔

---

① 卡塔拉尼，意大利女高音歌唱家。

迹，所以我在那张空白纸的中间抄了几个字：

"这样恶毒的计策就算配不上阿尔特拉厄，也能配得上蒂埃斯特了。"

这是克雷比戎的《阿尔特拉厄》中的一句话。

第五章

利欲陷阱：窃贼必将为贪婪买单

恺撒头像

〔英〕G.K. 切斯特顿

……自杀，一个人就够了，而谋杀，至少得两人，而勒索，三个人是最少的……

一条漫长的大道位于布隆顿或肯新顿的某个地方，大道两边高楼林立，可是这些富家邸宅却基本上都荒无人烟，就如同一望无边的荒冢遍布的高台。沿着这些陡峭的、会不由得让人联想到金字塔的斜坡的台阶，可以通向黑黢黢的前门，而人们总会踟蹰一会儿，才会敲响那些房门，害怕一张木乃伊的面孔出现在自己眼前。可是，那些灰色的临街建筑却更让人倍感荒凉，起伏不断却又毫无特色。朝圣者们在这种房屋下的大道上前行时，一种怪异的想法时常会出现在他们的脑海里，那就是某个路口或街角根本都找不到，除非出现一个让朝圣者们欢呼雀跃的事情。那就是一个和小巷很像的通道出现在两座高楼之间。相比宽阔的街道，那东西就如同一扇门，甚至是门上的一道缝隙。可是小巷也并没有那么窄，可以容纳一个俾格米人①的啤酒店或是饭馆什么的，还可以让某个富人的马夫在角落里站着。有什么令人兴奋的东西在黑暗里跳动，虽然这地方看上去平平无奇，可是却有某种自由的戏谑的东西存在。那

---

① 俾格米人，泛指男性平均身高不足 5 英尺的民族。

灰色石头建成的高大建筑物把小巷里面映衬得如同某个灯光璀璨的小矮人的房子。

　　某个美好的秋夜，所有从这里经过的人可能都发现了这样一个事实，一只手正缓缓把一块红色的窗帘拉开——那窗帘（和上面的那些白色大字一块）让屋子内部变得若隐若现，模糊了街上人的视线。可能人们还看到了一张脸，一张纯真又奇怪的脸，在窗帘后面变得模模糊糊。那张脸其实就是布朗的脸，他是个善良的人。他曾经在文塞克斯郡一个叫卡布霍的地方做神父，现在任职于伦敦。他的朋友弗兰博是个私人侦探，现在就在神父对面坐着，正在记录街区的某个真相已经被查明的案件。他们在窗户边上的一张小桌旁坐着，这时，神父把窗帘拉开了，密切关注着街上一个陌生人的一举一动，直到他走过窗户，消失在他的视线里。之后神父那圆溜溜的眼珠就不由得飞快转动起来，直视头上那扇窗户的白色大字，之后又看向旁边的一张桌子——一个喝着啤酒吃着饼干的挖土工人，和一个喝着牛奶的红头发姑娘正坐在那里。于是（看到他的那位朋友收起了笔记本），他亲切地说道："我希望你能一直跟在那位长着假鼻子的人后面，如果你接下来的十分钟没事做的话。"

　　弗兰博抬起头，露出一脸惊讶的表情，那位红头发的姑娘也把头抬了起来，其惊讶程度不次于前者。一套棕色的薄粗平麻布的薄衫套在她身上，显得非常随意。可是定睛一看，她却是一位女士，有着故作的高傲姿态。"长着假鼻子的人？"弗兰博小声嘀咕道，"他是谁呢？"

　　"这个我不清楚，"布朗神父回答道，"我想让你去看看，可以吗？他去了那个方向。"说着把大拇指翘起来举过肩膀，不甚分明地指了指，"他走过三根路灯杆就已经很不错了，我想他是朝那边走了。"

　　弗兰博看着他的朋友，脸上的表情既是疑惑的，又是愉悦的。之后，他站了起来，侧身从那狭小的酒馆的小门出去了，微明的暮色逐渐湮没了他的身影。

　　布朗神父拿了一本小书出来，安静地开始读。那位红头发姑娘从她的桌子前离开了，在他对面坐了下来。神父有所察觉，却依然装作不知道的样子继续读书。最后她探身向前，用一种非常细微的声音问："你有什么依据？你凭什么断定那鼻子是假的？"

神父慢慢把头抬了起来，很不好意思地眨巴着眼睛。之后他再次用疑惑的眼神看着酒馆前面玻璃上的那些白字。姑娘也把目光放在那些字上面，可是依然是一副疑惑的样子。

"不是，"布朗神父说道，似乎在给她答疑解惑一样，"那写的不是sela，就如同赞美诗里所唱的那样，刚刚我不在状态时就是那样认的，事实上那上面写的是 ales。"

"那又如何？"姑娘眼睛睁得大大的，再次发问，"那上面写着什么又有什么关系呢？"

神父思索着看向姑娘那粗帆布薄袖，袖的周围有一圈美丽的细线，这也是她和一般女人的劳动装的不同之处，那衣服也因此更像是一位出身贵族的艺术学习者的劳动装一样。在这衣袖上，他好像找到了不少可以深入思考的东西。可是他的回答却明显慢半拍，而且迟疑不定。"小姐，你看，"神父说道，"从外面来看，这地方……是啊，很不错……可是像你这样的小姐不会……通常不会有这样的想法。他们是不会到这样的地方来的，除非……"

"你把话说完。"她说。

"除非是某个经历很惨的人，可是她是因为其他原因才到这来的，而不是为了喝牛奶。"

"你真的好奇怪啊！"姑娘说，"你究竟想说什么呢？"

"并不是想请你帮忙，"神父说道，"只是我想对你了解得更深，以便给你提供帮助。假如你愿意向我求助的话。"

"可是我为什么要向你求助呢？"

神父继续口若悬河地说着，语言极具想象力："说你是来探望你的什么仆人，或者地位低下的朋友一类，根本没有人相信，假如是那样的话，你现在应该在客厅，而不是在这里……你进来也不会是因为身体有毛病，要是那样的话，你现在应该和女店主在一起，因为显而易见，受尊敬的人应该是她……更何况，你看起来完全不像生病，而像不悦……这条街是唯一的一条狭长的通道，没有拐角，也没有街角，而且街道两边的房门都没有打开……我大胆地预测，你只是刚刚看到这里来了个你不想看到的人，而且这餐馆是这荒郊野岭中仅有的一个藏身之处……我想我刚刚冒昧地观察了一下那个步履匆匆的陌生男人……因为我觉得那人看上去不像好人……而你则恰恰相反……我已经准备好了，万一他对你居心叵测，我就会给你提供帮助，对，就是这样。而我那位朋友不久就会回来，当然，顺着这条光秃秃的街道往下走，他一定会一无所获……我觉得他什么都查不到。"

"如果真的像你所说的那样，你为什么找个理由让他出去了呢？"她叫道，在好奇心的驱使下，她略微向前探了探身子。高傲和焦急在她的脸上尽显无遗，正好匹配她那微红的脸色。她的鼻子像罗马人一样，如同玛丽·安托万内特的那样。

神父头一次向她投去安静的目光，说道："因为我曾经希望你可以和我对话。"

她的脸唰一下就红了，看了一会儿他的背影，然后用非常冷酷的语气说："是啊，既然你将和我对话当作一种荣幸，那你应该可以回答我的问题。"停顿了一会儿，她又继续说道，"你凭什么觉得那男人的鼻子不是真的？"——尽管她一脸焦灼，可是却还是展现出了自己的诙谐。

"这样的天气让人觉得他的鼻子像是用蜡做的一样。"布朗神父的回答言简意赅。

"可是不管怎样，那是鼻子啊，尽管有点奇怪。"红头发姑娘不服气地说道。

布朗神父露出了笑容。"我并没有说那种假鼻子是因为花花公子的习惯才有的。"神父说道，"我猜测这个人应该是因为他有一个好看的真鼻子，所以才戴上假鼻子。"

"可是他这样做的原因是什么呢？"姑娘迫切地询问道。

"你会唱那首童谣吗？"布朗神父漫不经心地说道，"有一个奇怪的人，同样从一英里奇怪的路走过……我想那个人也是一样——和他那奇怪的鼻子一起。"

"啊，他干什么了呀？"她好像没有在发问。

"你不想跟我说实话，我也不介意。"布朗神父平静地说道，"可是我觉得你知道的肯定多过我。"

姑娘忽然一蹦三尺高，之后安静地杵在那里，拳头紧握，似乎准备掉头离开一样。可是，慢慢地，她又把拳头松开了，重新坐了下来，"相比其他所有人，你都要难以捉摸得多，"她自顾自地说道，"可是我觉得你一定带着某种目的。"

神父小声说道："没有中心的迷宫是我们所有人都惧怕的东西，无神论之所以是一个噩梦就是基于此"。

"我会让你明白一切的。"红头发姑娘下定了决心，"除了我为什么要告诉你的原因，因为我自己也不知道为什么。"

她一边摩挲着桌布，一边说道："看上去，你似乎知道势利和不势利之间的区别。当我跟你说我有一个多么富裕而古老的家庭时，你就会知道那只是整个故事的背景而已。我弟弟那固执而纯朴的理论是我的危险的主要来源，也就是贵人一定要表现得非常高尚。我叫克里斯塔贝尔·卡斯塔尔斯。我父亲是卡斯塔尔斯上校。也许你曾经听说过他，那位非常有名的罗马硬币收藏家卡斯塔尔斯就是他。我没办法把我的父亲描述给你听。我只能说他原本就和一枚罗马硬币很像。他长得很帅，待人真诚，具有丰富的经历，可是却是个非常固执的人，而且思想还停留在很久远的时期。相比他的盾形军章，他更引以为傲的是那些收藏品，所有人都会赞同这一点。在他的遗嘱里非常明确地体现出了他古怪的个性。他育有两子一女。他和大儿子，也就是我的哥哥贾尔斯吵了架，于是他把贾尔斯送到了澳大利亚，他只得到了很少的补助。之后，他在遗嘱中指定我的弟弟亚瑟尔是他所有收藏品和更少的补助的继承人。为了表现他的忠诚、刚正不阿以及他在数学和经济领域所取得的举世瞩目的成就，他原本是想把那些收藏品当作他流芳百世的礼物让亚瑟尔接受的。因此，其实我成了我父亲大部分财产的继承人。我可以非常肯定，那些东西是他最瞧不起的，于是他把它留给我了。

"亚瑟尔，也许你说他对此充满牢骚是可以的，可是亚瑟尔又走上了我父亲的老路。尽管过去在一些事情上，他和父亲的观点并不相同，可是当他成了那些收藏品的主人以后，他就像变了一个人一样，像是把自己献给了某个教堂的非基督神父。他和之前的父亲毫无差别，把那些半便士的罗马硬币和卡斯塔尔家族的荣誉混杂在一起，而且态度都一样高傲，方式同样盲目。他的一举一动似乎告诉我们，在保管那些罗马硬币时，一定要遵照古罗马一样的美德。在物质方面，他没有什么喜好，对于个人的物质享受，他丝毫不在乎，他活下来的动力就是那些收藏品。早午晚餐，他时常都将换礼服的事抛到一边，一身旧的棕色晨衣是他固有的装扮，他的时间都消磨在那些用绳子绑着的棕色纸包间（任何人都不允许去碰它们，除非得到他的允许）。绳子、丝带和他那没有血色的脸，让他和一个旧时的苦行僧无异。可是有时候，他也会穿得像个时尚的绅士，可是那只会出现在他到伦敦的商店采买卡斯塔尔斯新品种的时候。

"没错，假如你对年轻人足够了解的话，你就不会吃惊于我说因为这些舒适让我的心境变得粗鲁了。站在这种心境的角度，你会说古罗马人有着非常优秀的生活方式。我和我的弟弟亚瑟尔不像，我总是控制不住自己要享受物质。我的风流韵事一箩筐，无聊的思想也一大堆，就是在这些思想的驱使下，我才染了红头发。我的家庭是绝对不允许我这样做的。可怜的贾尔斯也是如此。我想，父亲给亚瑟尔的差不多只是那些古罗马硬币，也许这让贾尔斯的心理得到了暂时的平衡。虽然他的确犯过错，而且离监狱只有一步之遥，可是他的举止却和我差不多，接下来，你会听到这一点。

"现在，我来把故事中最无聊的部分讲给你听吧。我想，你这么聪明，肯定已经猜到了，像我这样一个浪荡的少女是如何不再郁闷的。可是我的兴致却被更多更恐惧的东西打搅了，以至于我都迷失了自己，不知道自己的感受是什么样的，不知道自己是不是因为放荡而看不起自己，要不然就是因为自己的心已碎而不得不容忍它的存在。那时，我们在南威尔士的一个小型海滨胜地住，一位船长住在我们家附近，他有个比我大五岁的儿子，在他还没有去英属美洲殖民地以前，他和贾尔斯曾经是朋友。至于他叫什么名字，现在已经不重要了，因为他不会对故事本身产生什么影响，可是我既然决定把一切都告诉你，那我就有必要说出来。他叫菲利浦·霍克。那时，我们时常一起到海边游玩，种种迹象都表明我们相爱了，最起码他曾经亲口向我表白过，而我也觉得自己爱上他了。因为故事发展的需要，我想象他的鬈发是青铜色的，他的脸也是青铜色的，而后来发生的一件让人啧啧称奇的事情也是因为他。

"那时正值夏天，我答应菲利浦午后和他一起到海边去抓虾，当时，我正在前厅里转来转去，想伺机溜出去，同时，我看到亚瑟尔正把那些新买的硬币拿在手里把玩，之后他将那些硬币分次摆放在他那不见天日的书房里。当他终于把那扇厚重的门关上时，我迫不及待地去拿捕虾的网和那顶宽顶圆帽，当我正准备拔腿离开时，我被一枚闪闪发光的硬币吸引住了目光，那是亚瑟尔遗落在窗边长凳上的一枚青铜硬币，显而易见，那是恺撒的头像，罗马鼻子、长而细的颈子，以及币面的颜色都印证了这一点，看上去，他和菲利浦·霍克长得很像。这时我忽然想到，贾尔斯曾经和菲利浦说到一枚硬币上面的头像很像他，而菲利浦当时说他很想拥有这样一枚硬币。可能你已经想到了，当时我脑子里出现了不少疯狂的想法，当时我就是觉得像得到了上天的恩赐一样。我觉得只要拿走这枚硬币，把它送给菲利浦，算是送给他的一个信物，我们之间就有了联系的桥梁。我一下子想到了好多。可是一想到我正在做的事情，我就觉得像有一个陷阱等着我去跳一样，而且我只要想到亚瑟尔对这件事情的态度，我就觉得心里堵得慌，就如同碰到了一个烫手山芋一样。卡斯塔尔斯人——小偷，而且偷的是自己家的珍宝。我想因为这件事，我一定会寝食难安，亚瑟尔也会亲眼看见。可是接下来，一想到这种无法忍受的冷酷，我就开始厌恶他那种过分爱好古董的低俗情感，而且更渴望自由和呼唤我的年轻人了。屋外的阳光格外刺眼，清风徐来，花园里某种鹰爪豆或者荆豆的黄色的头状花序正拍打着窗玻璃。我想到那石铺丛里好像蕴藏着有生命的金块，正向我发出呼唤，之后我又想到亚瑟尔那毫无生机的金块、青铜块和黄铜块，一天天被岁月侵蚀，就如同快速流淌的生命，上面沾满了岁月的尘土。大自然和卡斯塔尔斯的收藏品终于完美地结合在了一起。

"当然，相比卡斯塔尔斯的收藏品，大自然的历史要悠久多了。当我把硬币紧紧攥在手里，顺着大街跑向海边时，我觉得我的责任好重大啊，不仅肩负着整个罗马帝国的使命，还肩负着卡斯塔尔斯家族的命运，我耳边不仅有印有狮面的银币的吼叫声，恺撒头像硬币上所有鹰隼似乎也在呼啸着朝我冲过来。可是我的心却像断了线的风筝一样，呼啸着朝天上飞去，直到从那松软的沙滩越过去，来到一处湿润的沙堆旁边。菲利浦就在和远海相距大概几百码的地方站着，他的脚脖子已经被金光旖旎的海水浸润了。大地上泛着落日的余晖，而那摊半英里长的浅水似乎是一湖红宝石的火焰。我急不可耐地把鞋袜脱掉，来到他所站之处。这时我转身给了他那枚恺撒头像的硬币，这时的我们正被海水和湿沙包围着。

"正在这时，我突然感到一阵后怕：一个人正站在远处的沙山上凝视着我。我当时有一刹那觉得那只是幻觉而已，因为那人给人的感觉只是远处天边的一个黑点。可是我马上看出来那确实稳稳地站着一个人影，看向我们这边，脑袋稍微歪向一边。可是我无法肯定地说他就是朝我这边看过来，因为他看的也许是某处风景，又或者是沙滩中的某个人。可是我这个判断不管是依据什么做出来的，似乎都带有某种预感，因为当我们望向他所在的方向时，他便步伐矫健地走向了我们这边。他离我们的距离越来越近，近到我看到他的皮肤是黝黑的，蓄有胡子，还戴着一副黑眼镜。身穿黑色的衣服，戴着一顶黑帽，脚上套着一双结实的黑筒靴，由此可见，尽管他的穿着不是多么时髦，可是看上去还是比较得体。虽然这样，他就像一颗在空中飞的子弹，果断地飞入海里，直直地冲向我们这边。

"我还没跟你说呢，我当时是多么害怕、多么吃惊，当他悄无声息地从水陆之间的那些障碍物穿过时，给人感觉他就像从悬崖上径直走下来，而现在正稳稳在半空中前行一样。那动静就如同某座房子忽然冲上天去，抑或某人的头忽然掉落在地。可是他只是把他的长筒靴弄湿了，看上去就像是将自然法则完全抛到一边的魔鬼。可是如果他站在那水边时曾经迟疑过，那么上述一切都是空谈。其实，他看上去就如同把我当成了宇宙的中心，甚至连海水都不存在了。此刻，菲利浦正背对着站在离我几百码远的地方，弯腰摆弄着捕虾网。在离我大概只有两码的地方，那个陌生人停下了脚步，海水已经蔓延到他的膝盖。之后，他用一种特别矫揉造作的声调说：'为什么要在这里转交那枚有特殊标记的硬币呢？你觉得那样不好吗？'

"那人一切正常，除了一个地方以外。他那淡色眼镜其实是透光的，是一种再普通不过的蓝色眼镜，那眼镜后面的眼睛也非常坦然，目不转睛地看着我。他的黑色胡须一点都不长，也很整齐，可是他整个人给人的感觉是多毛，可能是因为他的络腮胡子生得实在太高了，一直延伸到颧骨下面了吧。他的肤色不是青灰色，也不是灰黄色。相反，他的皮肤很白，给人生气勃勃的感觉，可是看上去像是粉红而白的蜡色的脸，却给我更加可怕的感觉（我也不知道是什么原因）。而他那生得极为丑陋的鼻子是他身上仅有的一个让人觉得奇怪的地方，鼻尖处微微弯向一边，当不那么紧张时，那鼻子就如同被人敲打过一样。说它是天生的畸形并不太妥当，可是我又讲不清楚那到底是怎么了。当他在那波光粼粼的海水里站着时，就如同是一头海怪吼叫着钻出水面。我不知道那奇怪的鼻子为什么会让我浮想联翩。我想象着他那鼻子有多么灵活，想象着就在那时，他活动了一下他的鼻子。

"'贿赂一下我就好，'他用一种奇怪却又高傲的声音说道，'我就可以在你的家人面前保密。'

"之后我忽然明白过来，因为'偷窃'了那枚青铜硬币，我遭到了勒索。而我之前那些胡乱的猜测所带来的恐慌如今都变成了一个真正的疑问，那就是他是怎么知道这件事的呢？我完全是一时冲动才把那枚硬币拿走的，而且我动作非常干脆利落，更何况当时没有其他人在场，因为我每次都是在观察好周围一个人都没有时，才溜出去找菲利浦的。而且在大街也没有人跟踪我，即便是被人跟踪了，他也不可能有透视眼，可以发现我手里的硬币吧。假如说那个在沙滩上站着的人看到我交给菲利浦什么东西的话，那他最多也只是看到了我手里的动作，就像神话里那些一只眼就想打高飞球的人那样，只能看到大致情况一样。

"'菲利浦，'我的叫声充满了无助，'你问问他想干吗。'

"菲利浦把他正在摆弄的虾网先放下，抬头时露出了异常绯红的脸颊，就如同生气或害羞一样，可是那也有可能是因为刚刚他一直弯着腰的原因，又或者是因为红色的晚霞。他只是粗暴地说：'你走远点！'说着菲利浦就暗示我跟在他后面，都没有正眼看一眼那人，就去海滩了。前面是底部用石头砌成的防波堤，他走到那里，之后直接往家的方向走了。也许他是想从这些海草丛生的乱石路走，这样一来，那个人就很难再跟着我们了，他不像我们这样年轻，而且我们也已经习惯了走这样的路。可是这个勒索我的人走路的动作依然很优雅，依然在我后面走着，就如同甄选语句一样选择着更好走的地方。我听到我后面传来柔弱的可恶的声音，直到后来他爬到沙山顶部，菲利浦的耐心终于耗尽了（在很多场合下，他都是个耐心十足的人），他忽然回过头来对那人叫道：'滚远一点，我没空跟你说话。'之后，当那人正犹豫着要不要开口时，菲利浦给了他一拳，那人很快就倒在了沙山下面。我看到他在沙山脚下扭动了一下身体，全身沾满了沙子。

"这一拳总算让我不那么紧张了，虽然那也许会带来更大的危险，可是菲利浦却不像平常一样那么高兴，虽然他看上去依然很爱我，可明显像以前一样缺乏活力。我还没时间向他打听一些事情，我们已经到了他家门口，他和我说了再见，还说了两句让我莫名其妙的话。他说，无论如何，我应该归还那枚硬币，可是他又说，他想由他'暂时'来保管它，之后他忽然又冒出一句不相干的话：'你知道贾尔斯回来了吗?'"

这时酒店的门打开了，弗兰博侦探那伟岸的身影映入我的眼帘，他来到神父和姑娘面前。布朗神父冷静又睿智地对这位姑娘进行了介绍，还说对于这类案件，弗兰博非常擅长，具有非常丰富的经验，可是她好像一点都不关心。弗兰博朝姑娘鞠了一躬，坐下来的同时把一张纸条递给神父。布朗神父一脸吃惊地把纸条接过来，看到上面写着这样一行字：马车，到浦特尼镇马非京大街瓦嘎 379 号。姑娘已经在接着讲了。

"我顺着街道走到自己房前，脑子里乱糟糟的，当我来到门前台阶上时，脑子都还是稀里糊涂的。我在那里看到了送奶工人送来的牛奶罐，以及长着畸形鼻子的人。当送奶工人按铃时，我知道身穿棕色晨衣的亚瑟尔是不会听到的，也自然不会去开门，所以我确定仆人们都不在家。所以，在这个屋子里，可以给我提供帮助的就只有我的弟弟，可是他要是真的给我提供帮助，我自然就暴露了，那我就完蛋了。我惊慌失措地把两先令放到那个极其恐怖的掌心里，叫他晚几天再来，也许我这两天就会把办法想出来了。我原以为他会非常气愤，没想到他比我想象的好多了，也许是之前那一跤对他起到了震慑作用吧。我看到从他背上不断地掉落他当初跌下去时沾上的沙粒，他大概消失在沿街下去的第六座房子处。

"于是我自己进屋沏了茶，试着理顺这一切。我在客厅靠窗的地方坐下来，看着沐浴在余晖中的花园。可是我太烦躁了，完全不在状态，以至于都难以专心致志地欣赏那些草坪、花盆以及花坛。由此可见，我受到了比预想更大的打击，因为我在了解整件事情时节奏太慢了。

"我刚刚打发走的那个人，抑或说那个怪物，现在就在花园的中央站着。啊，我们都看到过不少对于妖魔鬼怪的描述，可是这个怪物要比那些怪物恐怖上百倍。因为他虽然在黄昏中拉长了身影，可是却依然被温暖的阳光照耀。而且他的脸并不是毫无血色，而是蜡色中透着绯红，而这种脸色只有理发师的模特才有。他就那样安静地站那看着我，我描绘不出来，在那些郁金香和所有美丽的、似乎生长在温室中的花丛中站着的他有多么让人害怕。他就像我们花园中的一尊蜡像。

"可是，当他还没有发现在窗前移动的我时，他转身跑出了后门。后门是开的，很明显，他进来时也是通过那里。相比他当初走到海里的粗暴，这次表现出来的害怕与之前截然不同，我隐约觉得宽慰了不少。我想，可能相比我所想象的，他更害怕和亚瑟尔见面吧。无论如何，我还是镇定下来，先一个人把晚餐吃完了（说'一个人'，是因为当时亚瑟尔还在书房里整理他那些宝贝收藏品，这时他不想受到任何人的打扰）。我也渐渐不那么紧张了，开始想念菲利浦。我想，无论如何，我此刻正盯着另一扇帘子卷起来的窗户看，可是这时天色已黑，因此我看到的那窗户就如同一块黑色的石头一样。恍惚间，我觉得有一个像蜗牛样的东西贴在了窗户外面，可是当我仔细看时，却觉得那个东西像被压在窗格玻璃上的人的拇指，就像蜷起来的拇指。于是，我揣着一颗怦怦跳的心，大着胆子跑到窗户边，忽然被吓得尖叫着退回来。我想我的叫声刺破了所有人的耳膜，除了亚瑟尔以外。

"因为那里并没有我想象中的什么拇指、蜗牛，而是一个紧贴在玻璃上、挤到一起的鼻子的尖端，因为挤压的缘故，变得煞白无比，而一开始玻璃后的面孔和那圆睁的眼睛是没有映入人的眼帘的，之后就像鬼一样惨白。我用力把窗帘拉下来，冲到卧室里把自己锁起来。可是当我慌张地跑来跑去时，我差不多可以保证，另一扇黑色窗户上的某种和蜗牛很像的东西又出现在我的眼前了。

"我最后想还是去亚瑟尔那里吧，假如那个怪物在这幢房子里四处乱窜的话，可能他的动机就远不止勒索这么简单了。我弟弟把我扔出去，埋怨我的种种不是都是有可能的。可是不管怎样，他是个有风度的人，他会立刻保护我。在任由思绪翻飞了十分钟以后，我下楼敲响了他的房门，之后进去看到了我最不想看到的场面。

"亚瑟尔的椅子上没人，很明显，他不在家，可是屋子里却有另外一个人，那就是那个弯鼻子的人，正耐心地等着他。他头上依然戴着那顶高傲的帽子，正在我弟弟的台灯下翻看他的书籍。他的脸看上去很镇定，可是却写满了焦虑，可是他脸上最活跃的部分依然是那鼻尖，就如同他刚刚还左右摇晃它。我曾想原来他跟在我后面已经够我毛骨悚然了，可是我更害怕的是他那好像有意没有发现我的存在的样子。

"我想我当时一定发出了长长的、尖尖的叫声，可是那不是最重要的。最重要的是接下来发生的事情：我毫无保留，把所有的家当都给了他，包括大量的纸币在内，虽然它们属于我，可是我敢说我没有资格再拥有它们了。在我说了一连串满是仇视的追悔的话，说得口干舌燥以后，那人才缓缓离开这里。我坐下来以后，觉得整个人都虚脱了。可是我却得到了那晚偶然发生的一件事情的救赎。之后我才知道，亚瑟尔之前就像他时常会做的那样，忽然到伦敦采货去了，那天晚上，他虽然很晚才回来，可是看上去却很愉悦，他差不多又弄到了一件宝物，又让家族的收藏品的队伍更加壮大了。可是他关心的只是那些重于一切的购买古币的计划，丝毫不想提及其他话题，因此我想要说出口的话也被暂时搁置了。因为古币是随时都有可能发生的，他一定要即刻把行李打包好，和他一起到弗尔兰的临时居所去，这样和上面所提到的伦敦的那个古玩店距离更近。我没空想太多，就这样差不多在半夜，和我那恐怖的敌人离得越来越远，可是也和我的菲利浦拉开了距离。我弟弟时常会去南肯星顿的博物馆，于是我就自己出钱到艺术学校去学习，以免自己太无聊了。今晚，我刚从学校回来，却忽然在这条漫长而笔直的街道上看到了那个怪人。其他的情况就是这位先生刚刚所说的。

"我只想表达一个观点。别人根本没有必要帮助我，对于我所受到的惩处，我没什么好争辩的，也没有什么好埋怨的。没错，事情原本就是如此。可是，即便想破脑袋，我都不知道为什么会发生这样的事？难道真的有什么怪人要对我实行惩罚？或者说，我在海水里把那样一枚小小的硬币给菲利浦，除了我和菲利浦知道外，还有其他人知道？"

"这件事太奇怪了。"弗兰博表示认同。

"可是再奇怪也比不上答案奇怪。"布朗神父烦躁地说，"卡斯塔尔斯小姐，假如九十分钟以后，我们去你们在弗尔兰所居住的地方，可以找到你吗？"

姑娘看着他，站起来把手套戴上了。"当然可以，"她说道，"我会在家的。"边说边向外走去。

那天晚上，侦探和神父一边往弗尔兰的住所去，一边讨论着这件事。当他们抵达目的地时，他们发现，哪怕这房屋只是作为卡斯塔尔斯家族的临时住所，也着实太简朴了。

"当然，只要稍加思考，即便见识再浅薄的人，也会先联想到她远在澳大利亚的哥哥，因为之前他一直过得捉襟见肘。也许他忽然回来了，也许他就是那几个落魄的人之一。可是我实在想不出来，为什么他会牵涉其中，除非……"

"除非什么呢？"神父迫不及待地问道。

弗兰博减小音量说："除非那个姑娘的情人也是当事人之一。假如像我所猜测的那样，那这个家伙就太狠毒了。霍克想要那枚硬币的事，那个远在澳大利亚的家伙的确知情，可是我疑惑的是，霍克已经得到那枚硬币的事，他是怎么知道的呢？除非霍克暗示了他或者海滩上的同伴。"

"是啊。"神父说道，听上去非常敬佩弗兰博。

"可是你有没有发现另外一件事？"弗兰博继续说道，"他的女友遭到侮辱以后，这位名叫霍克的一直没有任何动作，直到到了软和的沙山上，他才有所动作，因为只有在沙山上，他成为赢家才比较容易，假如他选择在岩石间或海水中有所动作，一定会伤到他的同伴。"

"这样也说得过去。"布朗神父颔首。

"如今，我们再回过头梳理一下，其实，和这件事有关系的只有那么几个人，可是最起码有三个人关联其中。因为，自杀，一个人就够了，而谋杀，至少得两人，而勒索，三个人是最少的。"

"那是为何？"神父小声询问道。

"显而易见，"弗兰博说道，"勒索双方是必须存在的，而且最起码还得有一个因勒索者的不妥当行动被暴露出来，而有可能受到影响的第三者存在。"

神父暗自思忖了好一会儿，说道："你忽略了一个逻辑上的过程。最起码得三个人只是理论上的推导，其实两个人也是可以的。"

"此话怎讲？"弗兰博问道。

"勒索者同时作为第三者，对被勒索者进行恐吓有什么不可以呢？"布朗神父小声说道，"举例来说，为了让她那爱喝酒的丈夫想办法把其时常到酒馆的事实掩盖住，某个妻子成了一个严苛的戒酒人，可是，与此同时，她又成了勒索者，写了勒索信，恐吓说假如不按照她说的办，就让他的妻子知道这件事情。这样也是可行的吧？再举个例子，某个父亲不想让儿子去赌博，于是乔装打扮，跟在他后面，之后恐吓他说假如他不怎么怎么做，就让他那严厉的父亲知道这件事！再举例来说——可是朋友，我们到了。"

"哦，天哪！"弗兰博叫得很大声，"你的意思是……"

这时，从屋子前面的台阶上下来一个人，他那活像罗马古币上的头像的脑袋沐浴在橙色的灯光下。"卡斯塔尔斯小姐她——"霍克缓缓说道，"她非要和你们一块进去。"

"是吗？"布朗神父真诚地说道，"她在外面由你负责照顾，不是最好的选择吗？我想你们一定早就心知肚明了。"

"没错。"年轻人小声说道，"在沙山上时，我就已经想到是他了，如今我更加确定了。正因为如此，我当时才没有用力揍他而只是让他轻落在沙地上。"

弗兰博接过前门钥匙和那枚硬币，和布朗神父一前一后走进了那间空荡荡的房子的客厅里。客厅里只有布朗神父从酒馆的窗帘后看到的那个人在里面。这时，他正背墙而立，就像无路可走一样。他和先前一样，只是把黑色的上衣脱掉了，换上了一件棕色的晨衣。

"我们这次来，只是想让这枚硬币物归原主。"他边说边把那枚硬币朝那个长着畸形鼻子的人递过去。

弗兰博的眼睛骨碌骨碌转个不停。"这位先生是专门收藏古币的吗？"他问道。

"这位就是亚瑟尔·卡斯塔尔斯先生，"神父非常肯定地说，"他是专门收藏古币的人，可是却和一般收藏家不太一样。"

那人的脸色突然变得骇人，甚至连那个弯曲的鼻子都显得格格不入，就如同脸上被贴了个特别可笑的东西。可是，他说话的语气却显得格外高贵。"那么，你们会看到，"他说道，"我依然坚守着这个家族的荣誉。"说着他忽然掉了个头，大踏步朝一间里屋走去，随后用力把门关上了。

"把他抓住。"布朗神父大叫着跳了起来，弗兰博扭了下门锁，把门打开了。可是，已经来不及了，弗兰博沉默着走了出来，给医院和警察局分别打了电话。

一个空药瓶被扔在那间屋子的地板上，那个穿棕色晨衣的人则躺在那张桌子上的棕色的破袋子中间，裂开的纸袋里滚落出不少硬币，可是它们已经变成了极其普通的英国硬币，而不是什么罗马古币。

神父把那枚印有恺撒头像的青铜古币拿在手里说："这是仅剩的一枚卡斯塔尔斯收藏品了。"

神父停顿了片刻，非常客气地说道："他父亲的遗嘱的确是太不人道了。当初，亚瑟尔确实是带有怨气的，对于他所拥有的罗马古币，他充满了仇恨，而更喜欢那些父亲没有给他的货真价实的钱财。他不仅把那些收藏品一个接一个地卖掉了，而且慢慢陷入了捞钱的深渊中，而且是不择手段，甚至不惜打扮成坏人，连自己的家人都不放过。远在澳大利亚的哥哥也成了他的勒索对象，而他要挟他哥哥的资本就是那差不多已经从人们的记忆中淡出的小罪（他之所以乘车到浦特尼的瓦嘎去就是这个原因）。他的姐姐也是他的勒索对象，而只有他知道的她的'偷盗'行为就是他要挟的资本。而那——顺便提一下，她在远处的沙滩上站着，之所以会产生那些古怪的想法，原因就在于此。因为，不管相隔多远，只需要把他的身形看清，相比近处的经过乔装改扮的脸，更易让人隐约想到某个人。"

四下又安静下来。"如此说来，"弗兰博大叫着说，"这位杰出的钱币学家和古币收藏者根本不是什么大人物，只是一个再低级不过的守财奴。"

"他们之间的区别很大吗？"布朗神父用同样怪异的声音说道，"守财奴和收藏家也一样会出问题，最重要的是，除非……你们不会让自己有个崇拜的对象，你们不会因为他们的尊贵，就成为他们的仆人，因为在我看来……可是我们得去看看那些并不富裕的年轻人的生活怎么样。"

"我想，"弗兰博说道，"不管怎样，他们也许会生活得非常好。"

王后项链

〔法〕莫里斯·勒布朗

德·德勒－苏比兹伯爵夫人每年出席大型活动的机会只有两三次，而她戴那串王后项链的场合只有在像奥地利大使馆举办的舞会上，或者比兰格斯托纳贵妇举办的晚会上。这串项链不仅举世闻名，而且传奇色彩浓厚，原来这串项链是王冠的制作商博梅和巴尚热为杜巴里夫人量身打造的。在罗昂－苏比兹看来，事实上它一开始的所有者是法国王后玛丽－昂图瓦纳特，后来，也就是 1785 年 2 月的一个晚上，在丈夫及同谋莱托·德·维耶特的帮助下，女冒险家拉莫特伯爵夫人雅纳·德·瓦卢尔将其偷了出来，并瓜分了它。这串项链现在属于真品的部分其实只有宝石托座。由于拉莫特夫妇已经粗鲁地抠出了博梅用心甄选的宝石，导致它们流离失所，只有托座被莱托·德·维耶特保留下来了。后来，这唯一的真品也被莱托·德·维耶特在意大利出售给了罗昂－苏比兹的侄子和继承人加斯通·德·德勒－苏比兹。

当发生震惊世界的罗昂－盖梅内破产案时，罗昂－苏比兹的侄儿曾因此免于破产。

为了对叔叔进行纪念，侄子从英国珠宝商杰弗里斯手里把一些钻石赎了回来，又把一些大小一样，可是价值却远远低得多的钻石补上去，让这串绝顶项链的原貌得以恢复，就如同出自博梅和巴尚热之手。

德勒－苏比兹家族近一百年以来都骄傲于拥有这种传世之宝。随着岁月的更迭，他们家道中落。可哪怕是这样，他们宁愿缺衣少穿，也不愿意把这件宝贵的王家宝物卖出去。特别是到了当代这位伯爵手里，更是被视若珍宝。为了更好地保存这串项链，他甚至在里昂信贷银行租了一个保险柜。如果哪天妻子需要盛装出席某个场合，他便会于当天下午亲自拿出来，并于第二天再亲自放回去。

故事要从十九世纪初说起。那天晚上，伯爵夫人在卡斯蒂利亚举行的招待会上大放异彩。在这场对克里斯蒂安国王的欢迎晚会上，她那与众不同的美貌引起了国王的关注。在她那美丽的颈项上，那颗颗宝石焕发出夺目的光彩，在摇曳的灯光下，那成千个刻面熠熠生辉，就如同几千颗火星四下飞溅。在他看来，唯有她才能把这么一串价值连城的项链戴得如此高贵，如此有韵味。

当德·德勒－苏比兹伯爵夫妇回到圣－日耳曼历史久远的府邸的卧室时，伯爵依然难掩兴奋，他觉得他得到了双重胜利。妻子给他争光了，可能他也为这串祖辈传下来的项链感到无比自豪。在他的妻子看来，他的高兴中带有几分孩子气的荣耀，可是这也正好表现出了他高傲的个性。

她满心遗憾地把项链取下来交给丈夫。丈夫像是第一次看到这串项链似的，露出惊讶的表情，好生观赏了一番。接下来，他用印有纹章的红皮珠宝盒把项链收好，转身走到隔壁的一个小房间。更准确地说，这是一间凹室，和卧室并不属于一个房间，他们的床脚边上是仅有的一个入口。伯爵像从前一样，把珠宝盒放到一块高高的木板上，和帽盒、布品堆放到一起，之后，关门睡觉了。

第二天早上，快九点时，他起床了，准备在吃午饭前到里昂信贷银行去一趟。他把衣服穿好，喝了杯咖啡后就下楼到了马厩。他在那里交代了一些事情。有一匹马让他心头有些慌乱。他叫人牵着马在院子里溜达一圈。之后，他便再次回到了卧室。

妻子一直待在卧室里，女佣正在帮她梳头。她对丈夫说："您要出去？"

"是的……把它放回去……"

"啊！也是……这样保险一些……"

他走进小房间，不过很快又出来了。可是还强装镇定地问道："亲爱的朋友，您拿走啦？"

她答道："怎么了？没有啊，我没有拿什么呀！"

"您肯定把它弄乱了。"

"没有啊……我甚至都没有把这扇门打开过。"

他一下子变得不安起来，说话都开始变得吞吞吐吐："您没有？……不是您？……那么……"

她三步并作两步冲了过去，他们火急火燎地找了起来，扔掉帽盒，翻出所有衣服。伯爵一个劲儿地说："没用的……我们纯粹是瞎耽误工夫……我明明记得就放在这里的，就在这块板上放着。"

"您也许是记错了。"

"不可能，就放在这块板上，没放在其他地方。"

由于房间里太黑了，他们找来一根蜡烛点上，把房里堆放的所有衣服都搬了出来。直到搬空了以后，他们才无奈地承认，这串举世闻名的"王后项链"果然失踪了。

伯爵夫人是个干脆果断的人，不愿意做一些毫无意义的埋怨，马上向警察分局长瓦洛尔布先生报案了。伯爵夫妇早就听说这位分局长是个既精明又敏锐的人。他们把事情经过详详细细地跟他说了一遍，分局长马上问道："伯爵先生，您确定昨天没有人到你们的卧室去过？"

"当然。我非常肯定，我睡觉一向很小心。而且，卧室的门还上了插销，今天早上我妻子叫女佣时，我才把它打开。"

"进凹室还有其他的通道吗？"

"没有了。"

"窗户也没有？"

"有的，可是被封住了。"

"我想看看……"

他们点上蜡烛，瓦洛尔布先生马上指出，事实上，窗户只是用衣柜把下面一半堵住了，而且那柜子和窗子之间还有一定的缝隙。"靠得如此之近也可以了吧。"伯爵回答道，"如果它被人移动了，一定会发出响声的。"

"窗子是朝哪里开的？"

"天井。"

"上面还有一层楼吗？"

"是的，有两层。可是用格栅拦开了仆人那一层，只有很小的网眼。从那里无法下到天井里去。所以，我们这里几乎没什么光亮。"

此外，当他们挪动衣柜时，发现窗户并没有被打开。如果有人从外面进来的话，不可能是这样的。

"只有一个可能，那就是窃贼是从我们卧室出去的。"伯爵说。

"假如是这样的话，您早上就会发现插销被打开了。"

分局长想了一会儿，转头向伯爵夫人打听："夫人，您昨晚要戴这串项链的事您周围有人知道吗？"

"当然知道，我从来不会对他们隐瞒。可是我们把它藏在这个小房子里却没有人知道。"

"任何人都不知道？"

"没有人……除非……"

"夫人，请您说清楚。这点很关键。"

她对丈夫说："我想到了昂里埃特。"

"昂里埃特？她也不知道我们所放的位置啊。"

"您确定？"

"这位女士是什么人？"瓦洛尔布先生问道。

"我在修道院时认识的一个朋友，因为和一个工人结婚，和家里断绝了关系。她丈夫去世以后，我就把他们接了过来，给了他们一套房间住。"她又难为情地补充说了一句，"她的手很巧，也帮我们干点活。"

"她在几楼住？"

"就在我们这一层，很近……走廊那一头……我甚至想到……她厨房的窗子……"

"是朝天井开的，对吗？"

"没错，正好和我们的窗子相对。"

这句话一出，有片刻的沉默。

瓦洛尔布先生接下来要求他们带他去昂里埃特那里去一趟。他们到那时，她正在做缝纫活。拉乌尔——她那个六七岁的孩子，正在她旁边看书。这套房间实在是太简陋了，只有一间没有壁炉的房间和一个用作厨房的小室。警察分局长看到这种情况，不由得露出惊讶的表情，询问了她一番。当她听说项链失窃以后，脸上露出难以置信的表情。昨天侍候伯爵夫人穿衣服，帮夫人戴项链的人都是她。

"上帝啊！"她叫道，"怎么没有人跟我说过呢？"

"您毫无想法吗？没有任何怀疑？罪犯也许经过了您的房间呢！"

她笑得很大声，甚至没有想过她也许是别人的怀疑对象。"可是我一直待在自己的房间啊！我从不出门，更何况，您也看到了。"她把小室的窗户打开，"瞧，这里和对面窗台隔着三米呢。"

"您怎么知道我们是假设从这里进去偷的？"

"可是……项链不是在那间小房子里放着吗？"

"您怎么知道的呢？"

"嗨！我一直都知道，一到晚上，那东西就在那里放着……他们当我的面说过……"

她看上去并没有多大年纪，可是愁苦却让她变得非常憔悴。她表情乖顺，可是沉默了一会儿，她忽然变得慌乱起来，似乎有什么危险要降临似的。她把儿子拉过来，抱在自己怀里。孩子把她的手抓过来，温柔地亲吻着。

"我想，"当德·德勒－苏比兹先生和警察分局长单独待着时，伯爵对分局长说，"我想您不会把她列为怀疑对象吧？我可以保证，她是个诚实的女人。"

"噢，对于您的意见，我表示完全的认可。"瓦洛尔布先生肯定地说，"我顶多会觉得她无意间成了别人的帮凶。可是，我必须承认，我不应该有这种想法，特别是当它没办法把我们所遇到的问题解决掉时。"警察分局长没有在这次调查中取得任何成果。预审法官接过了这个案子，进一步的调查就交给他了。他对用人进行盘查，对插销进行检查，检查了凹室的窗户，天井的上上下下他也查看了一遍……全都在做无用功。插销好好的，窗户从外面是无法开合的。人们又专门调查了昂里埃特，因为查来查去，最后都会怀疑她。人们对她的生活进行了认真的盘查，发现她三年间出门的次数屈指可数，而且都是去买东西。她其实是德·德勒－苏比兹夫人的贴身女仆和缝纫女工。伯爵夫人对她很是严苛，所有用人都这样说。

"与此同时，"预审法官调查了一个星期以后，所得出的结论和警察分局长相同，"即便我们知道是谁干的，我们也无法将他抓捕归案，因为他究竟是如何作的案，我们其实并不了解。我们左右两边都遇到了难题：门和窗户都关得紧紧的。这是双重秘密！这个人是怎么进去的呢？更让人不解的是，他又是如何逃脱的？因为门窗都完好无损。"四个月的侦察期过后，预审法官私底下是这样认为的：德·德勒－苏比兹夫妇需要用钱，于是把王后项链卖掉了。于是他将此案归了档。对于德勒－苏比兹一家人来说，项链的失窃让他们如五雷轰顶，在这之后很长一段时间，他们都无法挥散这层阴影。这样一件宝物放在家里，原本就是一种保证，如今失去了宝物的支持，那些债主比以前咄咄逼人多了，那些借过钱给他们的人也提出了比以前更加苛刻的条件。他们只能忍痛割爱，可以变卖的，可以抵押的都悉数处理了。

总的来说，幸亏远亲遗赠给他们两大笔遗产，他们才没有走向破产的境地。他们的自尊心受到了极大的打压，似乎那四分之一的贵族血统已经从他们身上流失了。而让人疑惑的是，伯爵夫人竟把她那个当修道院寄宿生时的女友当作泄愤对象，公开指控项链是她偷走的，先是把她贬为用人，之后又把她赶了出去。

时间一天天过去了，每天都平平无奇，伯爵夫妇四处旅游。

这段时间，只发生了一件值得一提的事。昂里埃特走后很长一段时间，伯爵夫人收到她寄来的一封信，不由得目瞪口呆。信上是这样写的：

太太：

我真不知道要如何感谢您。我知道，这笔钱一定是您寄给我的，对不对？不可能是其他人。只有您知道我住在这个偏远的小村子里。假如我说错了，请您包涵。您最起码要接受我对您的感谢……

她为什么要这样说呢？事实上，伯爵夫人不管什么时候对她都非常不友好。那么她为什么要对她表示感谢呢？

她要求昂里埃特给她解释一下。她说：邮局给她送来一封没有挂号，也没有保价的信，里面是两张一千法郎的钞票。她拿出那个信封，发现上面盖的是巴黎的邮戳，上面只有她的地址。很显然，字迹不是她本人写的。

这两千法郎究竟是从哪里寄来的？又是谁寄的呢？司法当局调查起来也毫无头绪，线索更是无从寻找。

一年以后，又有两千法郎被寄过来了，之后又有了第三次、第四次。六年来，每年都是这样，唯一的区别就是后面两年寄的款额多了一倍，这样一来，忽然生病的昂里埃特就可以进行治疗了。此外，还有一个区别：邮局把其中一封信拦截了下来，借口必须要有保价才能投寄，因此后两封信是按规定投寄的。第一封是从圣－日耳曼区发出来的，投寄人是昂凯蒂，第二封是从絮雷斯纳发出来的，投寄人是佩夏尔。

地址依然是编造的。

六年以后，昂里埃特离开了人世。这些事依然是一个谜团，公众都知道这些事。

舆论高度关注了这桩案子。这串项链的命运真是太奇怪了。它曾经在十八世纪末让整个法兰西都惊讶不已，而一百二十年以后，它再次让公众注意到了它。可是，我要说的事却鲜少有人知道，除了几个相关人士，以及伯爵要求一定要保密的人以外。因为终有一天，这些人士也许会轻诺寡信，因此，我也果断地把幕布掀开，把谜底呈现在公众面前，而且也知道前天上午报上刊登的那封信究竟是怎么回事。这让人摸不着头脑的悲剧因为那封不寻常的信又多了几分阴影和神秘。

德·德勒－苏比兹先生正在自家府上举行午宴，在场的人中有他的两个侄女和一个表妹，五天以后，那封信就刊发出来了。男宾有议长埃萨维尔，议员博夏，伯爵在西西里岛结识的骑士弗洛里亚尼和圈子里的一位老相识——将军德·鲁齐埃尔侯爵。吃过饭以后，女士们喝咖啡，男士们可以吸烟，但必须留在客厅里。大家在一块聊着天。有位姑娘拿着纸牌开始算命，当然纯粹是为了逗乐。之后大家说到了一些案子。只要有机会戏弄伯爵，德·鲁齐埃尔先生是一定不会放过的，于是提到了那串项链的奇案。而德·德勒－苏比兹先生最不想提及的话题就是这个。

每个人都发表了自己的看法，根据自己的逻辑再次做了一番预审。当然，不同假设之间是彼此冲突的，都存在问题。

"先生，"伯爵夫人问弗洛里亚尼骑士，"您有什么想法吗？"

"啊！我，我没什么想法，夫人。"

大家欢呼起来。因为这位骑士刚刚还兴致勃勃说到了他和父亲——巴勒莫的一位法官——共同侦破过的各种奇案，从中不难看出，对于这类问题，他不仅有兴趣，而且很有学识。

"我承认，"他说，"我可以做一些聪明人做不了的事，所以被人视为夏洛克·福尔摩斯……可是，诸位究竟在说什么事情，我并不是很清楚。"

大家都把目光投向男主人。尽管他并不是很乐意，可是也简明扼要地把事情经过讲了一遍。骑士一边听一边思考着，途中还问了一些问题，小声说："这非常有意思……我一听，就觉得这桩案子并不难破。"

伯爵耸了耸肩膀，可是其他人都拥向骑士。骑士以一副不容置疑的口吻说："通常情况下，要想侦破凶杀案或盗窃案，一定要搞清楚案子究竟是如何进行的。在我看来，现在这个案子其实很简单，因为我们所面对的只是一个事实，那就是作案人要想进入室内，只能通过卧室门或小房子的窗户，没有其他可能。可是，他不能从外面把闩紧的房门打开，所以只能通过窗户。"

"窗户是关着的，后来检查时我们也发现是这样。"德·德勒－苏比兹先生说。

"所以，"弗洛里亚尼假装没听到一样，继续说，"只要在厨房阳台和窗台之间搭上木板或梯子，等到首饰盒……"

"可是我必须再提醒您一句，窗子是关着的。"伯爵忍不住叫道。

这次弗洛里亚尼必须作答了。回答问题时，他总是非常淡定，好像对方所提出的反驳意见根本无足轻重一样："我愿意相信窗户是关着的，可是，房里不是有气窗吗？"

"您怎么知道的？"

"一是因为那个时代建造的府邸，几乎都有气窗。二是因为一定要有这样一个气窗，这个案子才说得通。"

"是的，是有这样一个气窗，可是它也是关着的，我们甚至都没有发现它。"

"这是错误的。因为，假设你们发现了气窗，一定会发现它不是关着的。"

"什么？"

"我推断这气窗上面也有一根铁丝纺编织的绳子，和其他气窗一样，上面吊了一个拉环，气窗就打开了，对吗？"

"没错。"

"这个环是不是在窗户和衣柜之间悬着？"

"没错，可是我想不通的是……"

"是这样的。通过窗缝，借助一个工具，把一个带钩的铁条插进去，钩住铁环后轻轻一拉，就可以打开窗户了。"

伯爵发出一声冷笑："您说的没错，说得如此确凿！可是您是不是忘了一件事，亲爱的先生，窗上是没有缝的。"

"有的。"

"有缝就可以看到。"

"只要看一眼就可以看到。你们忽略了这一点。缝是有的，不会没有。在玻璃和油灰之间……而且方向是垂直的。"

伯爵激动地站了起来，在客厅里急切地踱着步子，之后向弗洛里亚尼走去："自从那件事发生以后，一切都是原来的样子……那间小房间从来没有人进去过。"

"先生，既然是这样的话，您可以好好去勘察一番，一定会发现我的分析和实际情况是相符的。"

"您的分析和司法机关的调查结果是不相符的。您并没有看到什么，也不知道什么，得出的结论和我们亲眼看到的和听到的完全相反。"

弗洛里亚尼好像没有发现伯爵生气了，而是笑着说："上帝啊，先生，我只是想尽力把事情弄清楚。我如果错了，请您指正。"

"我会指出来的……实事求是地说，您的自信慢慢地会……"德·德勒－苏比兹先生还嘀咕了几句什么，之后突然朝门口走去，出去了。大家都安静又焦急地等待着，好像真相很快就要浮出水面了，所以沉默中透露出一丝庄严。

当伯爵再次出现在门口时，他面无血色，看上去非常激动，结结巴巴地对朋友们说："很抱歉……先生估计的没错……我真是没想到……"

他的妻子急不可耐地问道："说呀……到底怎么回事……求您赶紧说啊！"

他一字一顿地说："在先生指出来的地方……顺着玻璃……的确有条缝……"他忽然把骑士的胳膊牢牢攥住，迫切地说，"现在，先生，请您接着往下说……我承认，您的推断到现在为止都是没错的，可是应该还有后续……请您好好给我们讲讲……您觉得事情究竟是怎么回事？"

弗洛里亚尼缓缓把胳膊抽出来，片刻过后才说："好吧，我觉得事情应该是这样的。德·德勒－苏比兹夫人戴上项链去参加舞会，作案人肯定是知道的，他伺机把跳板架好。他通过窗户观察你们的一举一动，也亲眼看到您把首饰藏好。只要您一从房间出去，他便把玻璃划开，扯动吊环。"

"即便是这样，这也离得太远了吧！他怎么可能通过气窗抓到窗子的把手？"

"他并没有把窗子打开，而是从气窗钻进去的。"

"怎么可能，哪有这么瘦的男人，可以从气窗钻进去。"

"他不是个男人。"

"什么意思?"

"当然，成年男子是无法从那么小的气窗洞爬过去的，那么就一定是个孩子。"

"一个孩子!"

"你们不是说，你们的女友昂里埃特有个儿子吗?"

"没错……是有个叫拉乌尔的儿子。"

"那他干的可能性就很大。"

"您凭什么这么说?"

"凭什么? ……我当然有凭据……比如……"

他停下来思考了好一会儿，接着说："比如说那块跳板，是孩子偷偷从外面弄进来的，又偷偷扛了出去，这个过程一定会有人看见。他用的东西一定就是手边现成的东西。昂里埃特作厨房的小室墙上有些搁板，是不是?"

"是的。"

"这些木板究竟有没有固定在撑木上，这是首先要搞清楚的一个事实。假如没有，我们就可以想象孩子可以把木板起下，然后再放回去。那里有个炉子，也许他还把炉钩派上了用场，用来把气窗打开。"

伯爵悄无声息地出去了。在场的人这次没有再觉得慌乱。他们相信，确信弗洛里亚尼的推断没错。他给人留下一种言之凿凿的形象，根本不像是在推导，而只是在讲述一个显而易见的事实。

伯爵回来后说："没错，果然是那个孩子，所有的证据都指向这个事实。"

这次，大家都显得很平静。

"您看到木板……炉钩了?"

"没错……木板起掉了钉子……炉钩还在那里。"德·德勒－苏比兹夫人惊叫出声："是他……您不如说他是受他母亲的指使，罪犯只可能是昂里埃特，是她强迫她儿子……"

"不，"骑士非常肯定地说，"母亲压根不知道这件事。"

"这怎么说得过去？他们在一个房子里住，儿子干事，母亲怎么可能不知道？"

"没错，他们是在一个房间里住，可是他是趁晚上他母亲睡着以后干的。"

"那么项链呢？"伯爵问，"孩子总共就那么点东西，总可以找到吧。"

"很抱歉！他出去了！当天上午，当你们进来时，他正在书桌前写作业，那时他刚从学校回来。假如司法当局去学校搜查一下他的课桌、他的课本，而不是把所有手段都放在他那无辜的母亲身上，也许当时就破案了。"

"就算您说的没错，可是昂里埃特每年都会收到两千法郎，难道不正好证明了她也是同谋者吗？"

"同谋？当她收到这笔钱以后，她不是表达感谢了吗？更何况，她不是受到了严密的监控吗？可是，孩子是没有受到任何监控的，他可以随心所欲地行动，以低价把钻石卖出去。而一次卖出去几颗，则要看当时的情况……他只有一个条件，那就是钱必须从巴黎寄出去。如果可以达到这个条件的话，来年还可以继续交易。"

德勒－苏比兹夫妇和宾客们的心都沉甸甸的。弗洛里亚尼的声调中所显现出来的态度，除了起先有一种让伯爵感到不悦的自信以外，还蕴含着另一种意味，就像是一种讥讽，说它是怜悯，还不如说是恨意满满的讥讽更贴切。

伯爵努力挤出一副笑脸说："想得太对了，我真的是太高兴了！请允许我向您表示祝贺，您的想象力太丰富了！"

"不，不，"弗洛里亚尼非常严肃地说道，"这并不是我想象出来的，我只是实事求是地说明当时的情况，它只有可能是我刚说的那样。"

"您都知道些什么？"

"您跟我说过的那些。这母子俩在偏远乡村居住的日子浮现在我的眼前。那位母亲生病了，小家伙为了救母亲，或者最起码不让她那么痛苦，他把宝石卖掉了。母亲被疾病折磨得痛苦不堪，最后死了。一些年以后，孩子长大成人，成了一个男子汉。于是，这一次，我承认我展开了想象——如果这个男子觉得他需要再次回到他小时候生活过的地方，假如他看到了故乡，并找到了那个质疑他母亲、奴役过他母亲的人……你们有没有想过，如果他们相遇在这样一个悲剧连连的老房子里，会觉得难过呢，还是兴奋呢？"他停了许久，客厅里依然安静。德勒－苏比兹夫妇的脸上写满了不安和害怕，在用力揣摩他为什么这么说。

"您到底是谁，先生？"

"我？我就是有幸和您在巴勒莫认识，并多次作为您府上的客人的弗洛里亚尼骑士。"

"那么您为什么讲这番话？"

"哦，没什么，只是和您开个玩笑而已。我尽力展开联想，假如昂里埃特的儿子还可以活着看到您，应该会很高兴吧！他会告诉您，真正的罪犯是他！他之所以会偷那串项链，只是因为母亲太凄苦了，马上就要难以生存下去了——没有了用人的差使，因为看到母亲那么不幸，他太伤心了。"他努力克制着自己的情绪把这番话说出来，身子从座位上离开，朝伯爵夫人偏过去。

毫无疑问，弗洛里亚尼骑士的母亲就是昂里埃特。他的种种都对这一点进行了证实。更何况，他说得那么明显，不就是想告诉别人他是谁吗？

伯爵犹豫着，该如何应对这个胆大妄为的人呢？打铃叫人？爆出丑闻？

把他的身份拆穿：从前那个盗贼是他？可是事情早就过去了，更何况儿童犯罪这种荒谬至极的说法有谁会相信呢？不，还是假装不知道为好，接受现实吧。于是，伯爵朝弗洛里亚尼走过去，一脸兴奋地说："您的故事太有意思了，太荒诞了。我可以跟您发誓，我很受触动。可是，如果照您这么说，这位好青年，这个孝顺儿子，后来如何了呢？我希望他在这条正道上越走越远。"

"噢，自然不会。"

"难道不是吗？开头这么好！六岁就把王后项链偷走了，那串有名的项链即便是玛丽－昂图瓦纳特王后都羡慕不已啊！"

"他把项链偷走了！"弗洛里亚尼接着伯爵的话说下去，"不仅把项链偷走了，而且过程非常顺利，没有人想到去对玻璃窗进行一下检查，或者发现窗台异乎寻常地干净。之前窗台上的灰尘特别厚，他把所有灰尘都擦干净了，以免留下脚印……您必须承认，他当时才那么大，能想到这些已经足够聪明了。这容易吗？难道这是轻而易举可以得到的吗？……没错，他想要……"

"所以他得到了。"

"他得到了。"骑士一脸笑意地说。

伯爵浑身激灵了一下。这个所谓弗洛里亚尼的身世到底有什么奇特的？

这个冒险家，六岁时就已经具备盗贼的天赋，现在来到失主的府邸，疯狂地向失主发起攻击，而且又理所应当，以发泄累积已久的愤怒，或是寻找刺激。他的一生真是太不一样了！弗洛里亚尼骑士站起来，向伯爵夫人走过去告辞。夫人不由得向后退了一步。他面带笑容地说："夫人，您害怕啦！我这出沙龙巫魔戏演得还算不错吧？"

她强装镇定，以一样淡定而且有些戏谑的口吻说："不，先生，反之，我非常想知道这位孝子的传奇故事。我也很高兴我的项链有如此好的运气。可是，您不觉得那个……女人，事实上，那个昂里埃特的儿子天生就有一种本性吗？"

他不由得哆嗦了一下，觉得被说到了痛处，驳斥道："我相信您说的没错，这孩子正是因为有这种本性，才没有颓废下去。"

"为什么这么说？"

"是呀，您知道，那串项链上的很多钻石都不是真的，只有从英国珠宝商那里赎回的几颗才是真的。其他那些都因为生活所迫而被出售掉了。"

"可归根结底，它是王后项链。"伯爵夫人高傲地说，"我觉得昂里埃特的儿子可能不明白这一点。"

"他应该明白的，夫人。无论真假与否，项链先是一种装饰品，一块广告。"

德·德勒－苏比兹先生示意妻子，可是她已经抢先一步说了："先生，如果您暗指的这个人稍微有羞耻心……"

弗洛里亚尼沉静的目光朝她射过去时，她不由得止住了话。

他再次说道："如果这个人稍微有点羞耻心?"

她觉得谈话这样持续下去，她并不占优势，就压抑住满腔的怒火，把自尊心受损先抛到一边，几乎是非常客气地说："先生，传说莱托·德·维耶特拿到王后项链，并和雅纳·德·瓦卢尔一起粗暴地抠下所有钻石时，也不敢动托座。他知道钻石只是作为装饰，是附属品，而托座才是主体，是来自艺术家的发明，所以他对它非常尊重。您觉得这个人也明白这个道理吗?"

"我相信托座并没有被卖掉。那孩子把它很好地保存下来了。"

"那么先生，如果您再次见到他，麻烦您告诉他，这件纪念物非常宝贵，代表着别人家庭的财产和荣誉，如果由他来保存并不太合适。虽然他可以把上面的钻石抠下来，可是王后项链却只属于德勒－苏比兹家族，就好像我们的姓氏和我们的荣誉一样，只归我们所有。"

骑士简短地回答道："我会跟他说的，夫人。"

他向她鞠躬致意，又和伯爵打了招呼，和在场宾客说了再见，就离开了这里。

四天以后，一个红皮珠宝盒被放在德·德勒－苏比兹夫人的卧室桌子上，上面印着纹章。她把盒子打开，王后项链就躺在里面。可是，对于一个一心想合理地办事的人的生活里，所有事情都理应实现一个共同的目标——揭示一点并没有什么坏处——于是，第二天，一则震惊世界的消息在《法兰西回声报》上发表了：王后项链，之前德·德勒－苏比兹一家丢失的那件著名首饰，已被亚森·罗平找到。亚森·罗平将之还给了失主。我们欢迎这种高尚的具有骑士风度的行为。

蓝宝石十字架

〔英〕G.K. 切斯特顿

在晨曦的银色光芒和海水的绿色光波之间，船停靠在了哈维奇港，放出了一群人，像苍蝇一样胡乱飞舞着。在这些人中，我们必须跟踪的那个人绝不显眼，也不希望显眼。他身上没有什么值得注意的地方，只是那身花哨的假日服装和满脸的庄重看起来很不匹配。他的服装包括一件淡灰色的上衣、一件白色的背心，还有一顶带灰蓝色缎带的银色草帽。在衣服的衬托下，他瘦削的脸显得黑黝黝的。他留着西班牙式的简短的黑胡子，让人联想到伊丽莎白时代的皱须。他像个闲人一样严肃地抽着烟。他身上没有任何迹象表明这件灰色的上衣盖住了一把上膛的左轮手枪，白色的背心盖住了一张警察证。而在他的草帽下面，也看不出他是欧洲最有权势的智者之一。因为这就是瓦伦丁，巴黎警察局局长本人，世界上最著名的侦探；他从布鲁塞尔来到伦敦，要执行二十世纪最伟大的逮捕行动。

大盗弗兰博来到了英国。三个国家的警察历尽艰辛，终于从比利时的根特追踪到了布鲁塞尔，从布鲁塞尔追踪到了荷兰的胡克港；有人猜测他会利用当时在伦敦召开的"圣体大会"，利用和与会人员不熟悉的便利，打扮成低级神职人员或者秘书之类，来到伦敦，在混乱中获利。也许他会以一个小职员或秘书的身份去旅行。但是，瓦伦丁并没有十足的把握，没有人能对弗兰博有把握。

　　自从这个犯罪大王突然停止使世界陷入混乱以来，已经过去很多年了；在他停止活动之后，正如人们在罗兰①死后所说的那样，地球上十分平静。但是在他最鼎盛的日子里（当然，我的意思是，他最猖狂的时候），弗兰博是一个像恺撒一样生动形象、举世闻名的人物。几乎每天早晨，日报都会报道他逃脱了一起非同寻常的罪行的惩罚，又开始了另一件非同寻常的罪行。他是加斯科涅人，身材魁梧，胆识过人；有关他的最疯狂的故事是：他是如何把法官的身体倒提起来，让他头朝下站着，"让他清醒清醒"的；他是如何用胳膊夹着一名警察在利沃里的路上飞奔的。公平地说，他那惊人的体力通常被用于这种不会造成流血惨案但有损公家尊严的场面；他真正的罪行主要是巧妙的、大规模的抢劫。他的每一次盗窃几乎都是一种新奇的罪行，每一次作案都能构成一个新的故事。比如他曾经在伦敦经营过伟大的提洛尔乳业公司，公司虽然没有奶牛场，没有奶牛，没有马车，没有牛奶，但却有几千名订户。他的操作非常简单，就是把别人门前的小奶罐换上标签，送到他自己的客户门前。

　　也是弗兰博，在截取偷看了一位女士的所有信贷函件之后，将自己的信息用照相机拍得很小，印在显微镜的载玻片上，从而和这位女士保持着不可思议的密切联系。不过，弗兰博的作品的主要特点就是简单。据说他有一次在夜深人静的时候把一条街的门牌号码全都重新漆了一遍，仅仅是为了把一个旅客引入他的圈套。还有一点毫无疑问，他发明了一种便携式邮筒，并把它放置在安静的郊区的角落里，等着陌生人把邮政汇票投进去。

　　最后一点，众所周知，他还是一个令人吃惊的杂技演员。虽然他身材魁梧，但他却能像蚱蜢一样跳跃，像猴子一样隐藏在树梢里。所以，伟大的瓦伦丁在出发去寻找弗兰博的时候，非常清楚即使找到了他，自己的冒险也不会结束。

　　但是他怎么找到他呢？在这个问题上，伟大的瓦伦丁到现在还没有

----

　　①　罗兰，法国中古时代一个勇敢的骑士。

找到答案。

只有一点，虽然弗兰博善于伪装，却无法掩饰他那独特的身高。如果瓦伦丁敏锐的眼光看到一个身材高挑的女人，一个身材魁梧的掷弹兵，甚至一个相当高大的公爵夫人，他都可以当场逮捕他们。但是在他乘坐的这辆火车上，他并没有看到可以伪装成像弗兰博的人，就像一只猫无法伪装成长颈鹿一样。对于火车上的人，他已经查清了底细。在哈维奇或中途上车的人，身高都不足六英尺。一位身材矮小的铁路官员想要去往终点站；三个身材相当矮小的农场主坐了两站就下车了；一位身材矮小的寡妇从埃塞克斯的一个小镇上车；还有一位身材矮小的罗马天主教神父从一个埃塞克斯小村上来。说到最后这个人，瓦伦丁放弃了观察，几乎笑了起来。这个小个子神父很有东方平原人的气质，他有一张圆圆的、呆呆的脸，就像诺福克汤圆一样；他有一双像北海一样空洞的眼睛。他带着几个棕色的纸包，几乎没有办法把它们收拢起来。毫无疑问，"圣体大会"把许多这样的生物从他们居住的地方吸引出来了，他们盲目而无助，就像挖出来的鼹鼠一样。瓦伦丁是法国式的极端型怀疑论者，他不喜欢神父，但是他怜悯他们，而这位神父可能会引起任何人的怜悯。他有一把又大又破的雨伞，经常掉在地上。他似乎不知道自己的往返车票上，正确的终点站到底在哪里。他单纯地向车厢里的每个人解释说，他必须小心，因为他的一个棕色包裹里有一件真正的银制品，上面有"蓝色的宝石"。他那埃塞克斯人的坦率和他的圣人般的单纯，总是让法国人瓦伦丁忍俊不禁。直到神父终于带着他所有的包裹在托特纳姆下车，又回来取他的雨伞的时候，瓦伦丁善意地警告他，不要因为太过小心银器而欲盖弥彰，把自己身上有银器这件事告诉每个人。可是他一边和神父说话，一边瞪大眼睛看着另一个人。这个人不断地注视着任何人，不管是富人还是穷人，不管是男人还是女人。这个人的身高有六英尺，而弗兰博比他还要高四英寸。

到了利物浦站①，瓦伦丁就下车了，他确信自己到目前为止还没有

---

① 是位于伦敦市东北隅的铁路终点站及伦敦地铁的其中一站。

错过那个罪犯。然后他去苏格兰场①办理了身份合法手续，并约定在需要的时候请求帮助。然后他点燃另一支香烟，在伦敦的街道上漫步了很长时间。当他走在维多利亚车站背后的街道和广场上时，他突然停住了脚步。面前是一个古老、安静的广场，非常典型的伦敦风格，充满了出人意料的寂静。四周高大平坦的房子看起来豪华而无人居住；广场中央的一片灌木林看起来像一个绿色的太平洋小岛一样荒凉。四边建筑中有一边比其他的三边高得多，像一个高台；这一边的自然线条被伦敦一个令人钦佩的偶然事件破坏了——一家餐馆。他感到自己仿佛是从索霍区②走错了方向而来到此间的。这里有长得过于吸引注意力的东西——花盆里的矮小植物，有长条纹的柠檬黄色和白色的百叶窗。这家餐馆紧靠着大街，在伦敦通常的七拼八凑中，显得十分高大。有一段台阶从街道上直通前门，仿佛从防火梯直通到了二楼的窗户。瓦伦丁站在黄白色的百叶窗前抽着烟，陷入了沉思。

关于奇迹最不可思议的事情，就是它的发生。天上的几朵云汇聚在一起，形成了人类眼中的星形。远处旷野中的一棵树，就像一个巨大的问号。这都是他在这几天目睹的。尼尔森确实在胜利的瞬间死去；一个叫威廉姆斯的人确实意外地谋杀了一个叫威廉姆森的人；这听起来像是杀害了自己的孩子。简而言之，生活中总有一些巧合，人们如果觉得它们平淡无奇，就会失去它们。正如爱伦·坡的悖论中所充分表达的那样，智慧应该依靠不可预见的事物。

阿里斯蒂德·瓦伦丁是一个深不可测的法国人，而法国人的才智是特殊的、独一无二的。他不是一个"思考机器"，因为那是一个现代宿命论和唯物主义的无脑短语。机器之所以是机器，只是因为它不会思考。但是他是一个有思想的人，同时也是一个平凡的人。他所有看起来像魔术一样的奇妙成功，都是通过单调乏味的逻辑，通过清晰平凡的法国思维而获得的。法国人之所以能够震动世界，不是靠着任何看似矛盾

---

① 指伦敦警察厅。
② 位于伦敦中部，有很多外国饭店，还有很多艺术家和作家在此居住。

实则正确的说法，而是靠实际上不言自明的道理。到目前为止，他们都有一个不言自明的道理——就像在法国大革命的时候一样。但是准确地说，瓦伦丁理解理性，理解理性的局限性。只有一个对汽车一无所知的人才会谈论没有汽油的汽车；只有一个对理性一无所知的人，才会在没有强有力的基础的情况下，大肆谈论无可争辩的第一原则的推理。可是现在瓦伦丁就没有强有力的基础，所以他只能抱着第一原则不放。弗兰博在哈维奇失踪了。如果他还在伦敦的话，他可能会成为温布顿公地街上的一个高个子流浪汉，也可能是大都会饭店的一个高个子烤面包师傅。在这种明显的一无所知的情况下，瓦伦丁有了自己的见解和方法。

在这种情况下，他期待着不可预见的事情。如果他无法追随理性的思路，就要冷静而谨慎地跟上不理性的思路。他没有去可以预料的地方——银行、警察局、会合点——而是有条不紊地去了不可预料的地方；他敲遍了每一座空房子的门，走进了每一条死胡同，踏上了每一条被垃圾堵住的小路，绕着每条弯路走，徒步走出大路，等等。他很有逻辑地为这种疯狂的做法辩护。他说，如果一个人有线索可寻，这是最糟糕的方式；但如果一个人没有线索，这是最好的方式。因为一些引起追捕者注意的奇特之处，也许正是引起被追捕者注意的地方。一个人开始的地方，可能正好是另一个人停止的地方，关于通往商店的一段台阶，关于安静和古怪的餐馆，激起了这个侦探罕有的浪漫幻想，使他决定随意地去试试。于是，他走上台阶，在窗边的一张桌子旁坐下，要了一杯黑咖啡。

上午已经过去一半，他还没有吃早餐。看到桌子上别人吃剩的早餐，他才意识到自己饿了，于是点了一个荷包蛋，然后默默地往咖啡里加了一些白糖，一直在想着弗兰博。他回想弗兰博每次是如何逃脱的，一次是用一把指甲剪，一次是趁着一座房子着火，一次是不得不去交一封欠邮资的信，还有一次是让人们通过望远镜观察一颗可能毁灭地球的彗星。他认为他的侦探头脑和罪犯的一样好，但他也充分地认识到了自己的缺点。"罪犯是有创造力的艺术家，侦探只是批评家。"他苦笑着说，慢慢地把咖啡杯举到嘴边，很快又放下——他加的"白糖"是盐。

他看了看装白色颗粒的容器，那肯定是一个糖罐，毫无疑问是装糖的，就像香槟瓶里装的是香槟一样。他不明白为什么他们要在里面放盐。他想看看还有没有别的正规的器皿。是的，有两个相当满的盐瓶。也许盐瓶里的调味品有什么特别之处。他尝了一下，那是糖。然后，他带着兴致勃勃的神情环顾四周，想看看还有没有那种把糖放进盐瓶把盐放进糖罐这种奇特的艺术味道的痕迹。可是除了白纸糊裱的墙上偶尔溅上的一些黑色液体，整个地方显得整洁、轻快和平凡。他按铃叫了服务员。

服务员匆匆赶了过来。在清晨时刻，他的头发蓬乱，睡眼惺忪。瓦伦丁侦探（他并非不喜欢简单的幽默）请他尝一尝糖，看看是否符合这家饭店的高声誉。结果是服务员突然打了个哈欠，醒了过来。

"你每天早上都对你的顾客开这种巧妙的玩笑吗？"瓦伦丁问道，"难道改变盐和糖的玩笑不会让你乏味吗？"

当服务员听出里面的讽刺意味后，结结巴巴地向他保证，饭店当然没有这个意思，这一定是一个非常奇怪的错误。他拿起糖罐看了看，又拿起盐瓶看了看，神情越来越困惑。然后他说了一句"请原谅"，就匆匆离开了，几秒钟后，他又带着饭店老板赶了回来。老板也检查了糖罐，检查了盐瓶，神情也是十分困惑。

突然，服务员口齿不清地说了一连串的话。

"我认为，"他结结巴巴地说，"我认为是那两个神父。"

"什么两个神父？"

"那两个神父，"侍者说，"把汤泼到墙上的那两个。"

"把汤泼到墙上？"瓦伦丁重复一遍，觉得这一定是某种奇特的意大利暗喻。

"是的，是的，"服务员激动地说，并指着白色壁纸上的黑色污点，"泼在了那里。"

瓦伦丁看着老板，老板给了他更详细的报告来解围。

"是的，先生，"他说，"这是千真万确的，尽管我不认为这和糖、盐有什么关系。今天早上，我们刚取下门板，就有两个神父进来喝汤。

他们都是非常安静、受人尊敬的人；其中一个付了钱就出去了；另一个看起来总体来说是个反应迟钝的教练，多发了好几分钟呆才把汤喝完。但他最后还是出去了。只是，就在他要走开的那一刻，他故意拿起他那只喝了一半的杯子，把汤泼在了墙上。我自己在后面的房间里，侍者也在里面；所以我出去的时候，只能看到墙上溅满了汤，店里空无一人。这并没有造成什么特别的破坏，但是它使人感到困惑。我试图冲到街上抓住他们，可是他们已经走远了，我只注意到他们绕过街角进了卡斯泰尔斯街。"

侦探站了起来，戴上帽子，手里拿着手杖。他已经决定，在他头脑的一片漆黑中，他只能跟随一个隐秘的手指所指的方向，而这个手指隐藏得很深。他付了账，撞开身后的玻璃门，很快就转到另一条街上去了。幸运的是，即使在这样兴奋的时刻，他的眼光也是冷静而敏捷的。路过一家店面时，有一道闪光从他身边掠过。他走回去看了看，这是一家很受欢迎的蔬菜水果商店，琳琅满目的商品摆放在户外，名字和价格都标注得十分清楚。在两个最突出的货格里分别堆着橘子和坚果，坚果堆上放着一块硬纸板，上面用黑体蓝色粉笔写着："最好的橘子，一便士两个。"橘子上同样清晰准确地写着："最好的巴西坚果，四便士一磅。"

瓦伦丁先生看着这两块标价牌，觉得他以前见过这种极其微妙的幽默，而且是最近才见过的。他转过头去，看着那个红脸庞的水果商，见他正为这种颠倒的商品广告而生气地在街头张望。水果商什么也没说，只是迅速将每块纸板放回合适的位置。侦探优雅地倚着他的手杖，继续仔细检查这家商店。最后他说："请原谅，先生，我想问你一个关于实验心理学和思想结合的问题。"

红脸庞店主用威胁的眼光看着他，但他仍然高兴地挥舞着手杖，继续问道："为什么在一家蔬菜水果店里，会有两张标价牌放错位置，就像一个人戴着铲形帽子来伦敦度假？或者，如果我没有说清楚的话，把坚果标成橘子是一回事，一高一矮两个神父的出现又是另一回事，这两件事之间有什么神秘联系？"

　　商人瞪大眼睛，他真的有一瞬间似乎要扑向那个陌生人。最后他愤怒地、结结巴巴地说："我不知道你跟他们有什么关系，但是如果你是他们的朋友，你可以告诉他们，如果他们再来把我的苹果弄翻，我就把他们那些愚蠢的脑袋打掉，不管他们是不是神父。"

　　"真的吗？"侦探带着极大的同情问道，"他们把你的苹果弄翻了吗？"

　　"他们中的一个干的，"愤怒的店主说，"让苹果滚得满街都是。要不是为了捡苹果，我早就抓住那个混蛋了。"

　　"这两个神父往哪个方向走了？"瓦伦丁问道。

　　"从左手边的第二条路，然后穿过广场。"对方马上说。

　　"谢谢。"瓦伦丁答道，然后像仙女一样消失了。

　　在第二个广场的另一边，他找到一个警察，说："这是紧急事件，警官，你看见两个戴铲形帽子的神父了吗？"

　　警察哈哈大笑："我看见了，先生，如果你问我的话。他们中有一个喝醉了，站在路中间，不知道该怎么办……"

　　"他们往哪个方向走了？"瓦伦丁厉声说。

　　"他们在那边坐了一辆黄色的公共汽车，"那人回答说，"是去汉普斯泰德的。"

　　瓦伦丁拿出他的公务证，语速飞快地说："叫两个你的人跟我一起去追。"他带着极具感染力的精力穿过马路，这个笨拙的警察几乎敏捷地服从了。过了一分半钟，一个巡官和一个便衣警察就来到了对面的人行道上。

　　"好吧，先生，"前者带着骄傲的微笑开始说，"什么事呢？"

　　瓦伦丁突然用手杖指了指："我上了那辆公共汽车我再告诉你。"说着，他飞快地穿过了混乱的车流。当他们三个气喘吁吁地坐在那辆黄色汽车的上层座位上时，警察说："我们坐出租车的话，速度可以快四倍。"

　　"这倒是真的，"他们的领队平静地回答，"要是我们知道要去哪儿的话。"

"好吧，你要去哪儿?"另一个人瞪着眼睛问。

瓦伦丁愁眉苦脸地抽了几口烟，然后取下他的香烟，说:"如果你知道一个人在干什么，就能赶到他前面;但是如果你只能猜他在干什么，就跟在他后面。在他闲逛的时候闲逛;在他停下来的时候停下来;像他一样慢慢地走。这样你可以看到他所看到的，看到他在做什么。我们所能做的就是留意一些奇怪的事情。"

"你说什么奇怪的事?"巡查员问道。

"任何奇怪的事情。"瓦伦丁回答，然后陷入了完全的沉默。

黄色的公共汽车在北方的路上缓慢地行驶了好几个小时;这位伟大的侦探不愿再做进一步的解释，也许他的助手们对他的使命产生了怀疑，却又不好开口问，就像他们感到了一种越来越强烈的吃午饭的欲望又不好开口一样，因为午餐时间已经过去了很久。北伦敦郊区的长长的道路似乎像地狱的望远镜一样一直伸展开来。这就是那种一个人永远觉得自己终于到达了宇宙的尽头，然后发现自己只到达了塔夫特奈尔公园——伦敦北部的别墅区的旅程。伦敦消失在肮脏的酒馆和沉闷的杂草丛中，然后莫名其妙地在灯火辉煌的高街和喧闹的饭店中重新出现。就像穿过十三个彼此不相连又紧挨着的平凡城市一样。尽管冬日的暮色已经威胁到了他们前面的道路，这位巴黎的侦探仍然静静地坐着，警惕地注视着两边街道的正面。当他们离开卡姆登镇的时候，警察们已经快睡着了;至少，在瓦伦丁跳起来拍了拍他们的肩膀，向司机喊停的时候，他们就像是跳起来一样。

跟着瓦伦丁下车来到马路上的时候，他们还不知道为什么要下车。等他们环顾四周，想要弄清楚是怎么回事的时候，看到瓦伦丁正得意扬扬地用手指着路左边的一扇窗户。这是一扇大窗户，构成了一座金碧辉煌的饭店的门面的一部分。窗口是为盛宴订座的地方，上面贴着"饭店"两个字。这扇窗户和饭馆前面的一排窗户一样，是磨砂的花纹玻璃。玻璃的中间是一块巨大的黑色的碎片，像冰中的一颗星星。

"我们终于找到了线索!"瓦伦丁挥舞着他的手杖喊道，"那个破玻璃窗。"

"什么玻璃窗？什么线索？"他的主要助手问，"有什么证据证明这与他们有关？"

瓦伦丁气得差点折断手杖。

"证据！"他喊道，"上帝啊！对付他还要证据！为什么？当然，这里跟他们没关系和有关系的机会是二十比一。但是我们还能做什么呢？难道你不明白我们必须要么追随一种疯狂的可能性，要么回家去睡觉吗？"他重重地走进了饭店，他的同伴们也跟着进去了。三个人很快就被安排在一张小餐桌旁，吃起了午晚餐。这时候，他们从里面望着那颗碎玻璃上的星星，可是并没有发现多少信息。

"我看到你们的窗户被打破了。"瓦伦丁边付账边对服务员说。

"是的，先生。"服务员回答，忙着弯下腰去数钱，瓦伦丁默默地给了一大笔小费。服务员带着温和但明显的兴奋直起身来。

"啊，是的，先生，"他说，"非常奇怪，先生。"

"真是的，给我们讲一讲吧。"侦探带着满不在乎的好奇心说。

"哦，两个穿黑衣服的先生进来，"侍者说，"是两个外国的神父，似乎是来旅游的。他们吃了一顿便宜而安静的午餐，其中一个付了钱就出去了。另一个正要出去找他，我又看了看给我的钱，发现他多付了我三倍多。'给你，'我对那个快要出门的神父说，'你付的钱太多了。''哦，是吗？'他说。我说：'是的。'然后拿起账单给他看。好吧，他确实很奇怪。"

"什么意思？"侦探问。

"嗯，我对着七本圣经发誓，在那张账单上写的是四便士。但是现在我看到我收到的是十四便士，我看得非常清楚。"

"怎么？"瓦伦丁叫道，脚下慢慢地移动着，但眼睛里充满了灼热，"然后呢？"

"站在门口的神父平静地说：'对不起，把你的账搞混了，不过我会付窗户的钱的。''什么窗户？'我问。'我要打碎的那扇。'他说，然后用雨伞砸碎了那块玻璃。"

三个客人都惊叫起来。警察低声问道："我们是在追捕逃跑了的疯子吗？"

服务员津津有味地讲着这个荒谬的故事："有那么一瞬间，我晕头转向，什么也做不了。那个人大步走出去，在拐角处和他的朋友碰头。然后他们飞快地走上了布洛克街，虽然我绕过了那些栅栏去追他们，却没有追上。"

"布洛克街。"侦探说，然后说服他的两个外国同事，和他们一起飞奔向那条大街。

他们现在要穿过像隧道一样的光秃秃的砖路；这条街上几乎没有灯光，甚至几乎没有窗户；似乎是一条修在所有建筑物背后的街道。暮色渐深，甚至连那个伦敦警察也不容易猜出他们走的确切方向。然而，侦探非常肯定他们最终会到达汉普斯泰德的荒原某地。突然，一扇被煤气灯照亮凸起的窗户像一盏牛眼灯一样打破了蓝色的暮色；瓦伦丁在一家小小的花哨的糖果店前停了一会儿，稍加犹豫就走了进去。他严肃地站在糖果店色彩缤纷的糖果中，小心翼翼地买了十三支巧克力雪茄。他显然是在准备一个机会，但是已经不需要了。

店里有一个瘦削的年轻女人，用一种疑惑的目光打量着他优雅的外表；但是，当她看到他身后的门被穿蓝色制服的警察挡住时，她顿时警觉起来。

"哦，"她说，"如果你是为那个包裹来的，我已经把它寄出去了。"

"包裹？"瓦伦丁重复道，现在轮到他用疑惑的目光打量对方了。

"我说的是那位先生留下的包裹——那位神父先生。"

"看在上帝的分上，"瓦伦丁说，身体前倾，第一次真正表现出渴望的样子，"看在上帝的分上，告诉我们到底发生了什么。"

"嗯，"女人有点疑惑地说，"大约半小时前，两个神父进来买了一些薄荷糖，说了一会儿话，然后向荒地走去。但是过了一会儿，其中一个跑回商店说：'我有没有落下一个包裹！'嗯，我到处都找遍了，却没有找到，于是他说：'没关系，如果找到了，请寄到这个地址。'然后他给我留下了地址和一先令，当作误工钱。奇怪的是，虽然我之前到处都找过了，却没发现，但后来再找却发现他留下了一个棕色的包裹，所以我把它寄到了他说的地方。我现在不记得地址了，是在威斯敏斯特的某个地方。但是由于这件事看起来很重要，我想也许警察是为这个来的。"

"的确如此，"瓦伦丁简短地说，"汉普斯泰德荒地离这里近吗？"

"一直往前走十五分钟，"女人说，"你就能看到荒地了。"瓦伦丁跳出商店，开始奔跑，其他两位警察不情愿地小跑着跟着他。

他们穿过的街道是如此狭窄，被阴影笼罩着。当他们走出街道，意外地看到广阔无垠的天空时，他们惊奇地发现夜晚依然如此明亮和清澈。一个完美的孔雀绿苍穹没入暗紫色的远方和正在变暗的树木，变成了金黄色。余晖的绿色色调刚好够深，可以分辨出一两颗亮晶晶的星星。这一切都是日光的金色余晖在汉普斯泰德边沿，以及那个广受欢迎的、被称为"健康谷"的山谷中反射出的。在这个地区游荡的度假者还没有完全散去；几对情侣无助地坐在长凳上，远处还有一个姑娘在秋千上尖叫。天堂的光辉在人类那惊人的庸俗中沉沦暗淡下去。瓦伦丁站在山坡上，望着山谷的另一边，看到了他所寻找的东西。

在远处分散的黑黝黝的人群中，有两个特别黑的、穿着神职人员服装的身影。虽然距离很远，他们看起来很小，但瓦伦丁依然能看出其中一个比另一个矮很多。尽管另一个弓着身子，举止低调，但仍能看出他有六英尺多高。瓦伦丁咬紧牙关向前走去，不耐烦地转动着手杖。等到他大大缩小了距离，像在巨大的显微镜里一样放大了两个黑影时，他又看到了别的东西，一些使他吃惊的东西，但这多少也在他意料之中。不管那个高个子神父是谁，那个矮个子的身份是毫无疑问的。那是他在哈维奇火车上认识的朋友，那个矮胖的埃塞克斯神父，他曾经对他的棕色包裹提出过警告。

到目前为止，一切终于合乎情理了。瓦伦丁今天打听到，一位来自埃塞克斯的布朗神父拿着一个镶有蓝宝石的银十字架，这是一件很有价值的古文物，要给出席"圣体会议"的诸位外国神父观看。毫无疑问，这就是那块"带着蓝色的宝石的真正的银器"，而布朗神父无疑是火车上的小菜鸟。弗兰博也发现了瓦伦丁发现的这个事实，当弗兰博听说蓝宝石十字架时，就起意要偷。这种事在人类史上时有发生。当然，弗兰博会用自己的手段对付这个拿着雨伞和纸包的傻乎乎的小个子。他是那种一旦牵着别人的鼻子，就能把对方一直牵到北极的人。一个像弗兰博这样的演员，将自己打扮成神父，再把布朗神父带到汉普斯特德荒原这样的地方，也就不足为奇了。到目前为止，案情似乎已经很清楚了；侦探同情神父的无依无靠，一想到弗兰博会打一个如此容易上当受骗的受害者的主意，他就十分愤怒。可是，瓦伦丁想到了发生在自己和弗兰博之间的一切，想到了让弗兰博获得胜利的一切，就绞尽脑汁寻找其中哪怕是最微小的道理。从埃塞克斯的一个神父那里偷取蓝宝石十字架，和往墙纸上泼汤有什么关系？又跟把橘子称为坚果，先付窗户钱后打破窗户有什么关系？他已经追逐到了结果，却不知道怎么的，错过了中间环节。他失败的时候（这是很少发生的），通常是掌握了线索却没有抓到罪犯，这次却是抓到了罪犯，却没有掌握线索。

他们尾随的两个人像黑苍蝇一样爬过一座绿油油的大山。他们显然正在交谈，也许没有注意要去哪里。但是他们肯定是要去荒原那更广阔、更安静的高地。追踪者越来越近了，他们不得不像偷猎那样，不体面地蹲在一丛丛树后面，甚至匍匐在深草中。猎人们这样笨拙地走近猎物，甚至能听到他们的小声谈话。可是除了"理智"这个词是大声反复出现之外，什么也听不出来。经过一片陡峭的土地和密密麻麻的灌木丛时，侦探们实际上弄丢了他们跟踪的两个人影。过了痛苦的十分钟，他们才又看到了这两个人。后者站在一座大圆顶山的山脊，俯瞰丰富而荒凉的日落景色。在这个居高临下却被人遗忘的地方，在一棵树下有一张破旧的木椅。两位神父坐在木椅上，仍然在一起严肃地谈话。昏暗的地平线上仍然呈现出灿烂的绿色和金色，但是上面的穹顶正在慢慢地从孔雀绿变成孔雀蓝，天空中的星星越来越像真正的宝石。瓦伦丁无声地向他的同伴们示意，然后设法溜到那棵大树后面，在死一般的寂静中站在树后，第一次听到了那两个奇怪的神父的话。

他听了一分半钟之后，被一种糟糕的疑虑攫住了。也许他把那两个英国警察拖到夜间的荒野里来做这种事，跟到蓟草里找无花果的人一样可笑。因为这两个神父正像真正的神父一样，虔诚地、博学地、悠闲地谈论着神学最难以捉摸的谜团。埃塞克斯的小神父的圆脸转向那些越来越强的星光；另一个低着头说话，好像他不配看星光。但在任何白色的意大利修道院或黑色的西班牙大教堂里，也听不到比他们更天真无邪的谈话了。

他听到的第一句话是布朗神父的一句话的尾巴："……他们在中世纪说的是天堂是不朽的。"

高个子神父点点头说："啊，是的，这些现代异教徒诉诸他们的理性；但是，谁能看着这大千世界，却不觉得在我们之上很可能存在一个美好的宇宙呢？在那里，理智是绝对超越情理的。"

"不，"另一个神父说，"理智总是有道理的，即使是在最后的地狱的边界，在茫茫人世即将灰飞烟灭之际也不例外。我知道人们指责教会贬低理智，但事实恰恰相反。在地球上，教会使理性变得至高无上，教会肯定上帝自己是受理性约束的。"

另一个神父抬起他严肃的脸对着星光灿烂的天空说："然而，谁知道在这个无限的宇宙中……"

"只是物质上的无限，"小个子神父在座位上急促地转过身来说，"不是逃避真理法则的无限。"

瓦伦丁躲在树后，无声地愤怒地撕扯着自己的指甲。他似乎听到了英国警察的窃笑，到目前为止，自己只是凭着一个荒诞的猜测带他们到这里来的，只是为了听两个温和的老神父的形而上学的闲言碎语。在他的不耐烦中，他错过了那位高个子神父同样精心准备的回答，当他再次聆听时，又是布朗神父在说："理智和正义掌控着最遥远和最孤独的星星。看那些星星，难道它们看起来不像是钻石和蓝宝石吗？你可以随意想象，异想天开地涉猎植物学和地质学。想想那些金光闪闪的金刚石和金光闪闪的树叶。想象一下，月亮是一轮蓝色的月亮，一颗巨大的蓝宝石。但是不要幻想所有这些疯狂的天文学会在行为上使理智和正义产生哪怕最小的影响。在蛋白石的平原上，在挖出过珍珠的峭壁下，你仍然可以看到一块布告牌，上面写着：'汝不可偷盗。'"

瓦伦丁觉得这是他这一生中最愚蠢的行为，如同栽了个大跟头。他正要从蹲着发僵的姿势中站起来，尽可能悄悄地溜走。但是在高个子神父的沉默中，有什么东西使他停下来，直到高个子神父开口说话。他低着头，双手放在膝盖上，简单地说："好吧，我认为其他世界也许会在理智方面比我们更高。天堂的奥秘是深不可测的，我只能低下头。"

　　然后，他依然低着头，态度和声音丝毫没有变化地补充道："把你的蓝宝石十字架交出来，好吗？这里只有我们两个人，我可以把你像稻草娃娃一样撕成碎片。"

　　丝毫没有改变的声音和态度给这种令人震惊的话题转变增添了一种奇怪的暴力。可是，古文物的守卫者似乎只把头转了个指南针上最轻微的度数。他似乎还是有点傻乎乎地把脸转向星星。也许他还不明白，也许他已经明白了，只是因为恐惧而僵硬地坐着。

　　"是的，"高个子神父用同样低沉的声音和同样安静的姿势说，"是的，我是弗兰博，大盗弗兰博。"

　　然后，他停顿了一会儿，说："来，把那个十字架给我好吗？"

　　"不。"另一个说，这个字的声音非常特别。

　　弗兰博突然抛弃了他所有的伪装，露出了强盗的本来面目。他向后靠在他的座位上，长时间地低声笑着。

　　"不，"他喊道，"你不会把它给我的，你这个骄傲的教士。你不会把它给我的，你这个独身的小傻瓜。要我告诉你你为什么你不给我吗？因为我已经把它放在自己的上衣口袋里了。"

　　那个来自埃塞克斯的小个子男人在暮色中看起来有点茫然，带着"私人秘书"[①] 那种怯生生的热情说道："你……你确定吗？"

　　弗兰博高兴得大叫起来。

　　"真的，你简直就像那出三幕剧一样好笑，"他叫道，"是的，你这个萝卜头，我很肯定。我做了一个和你那原纸包一样的复制品，现在，我的朋友，你有了复制品，我有了珠宝。老把戏，布朗神父——老

----

① 这是 1884 年上演的一部三幕剧中的人物，这个私人秘书是一个喜剧式的天真教士。

把戏。"

"是的，"布朗神父说，用同样奇怪而模糊的态度用手抚摸着头发，"是的，我以前听说过。"

这个犯罪的巨人突然有点兴趣地向乡下的小神父凑过去。

"你听说过吗？"他问道，"你从哪儿听说的？"

"好吧，我当然不能告诉你他的名字，"小个子男人简单地说，"你知道，因为他找我是来向天主悔罪的。他有二十年生活得很富裕，完全靠复制的棕色包裹。所以，你看，当我开始怀疑你的时候，我立刻想到了这个可怜的家伙做事的方法。"

"开始怀疑我了？"这个不法之徒紧张地重复道，"难道你真的有胆量怀疑我，就因为我把你带到荒野这片光秃秃的地方？"

"不，不，"布朗带着道歉的神气说，"你看，我们第一次见面时我就怀疑你了。就是袖子上那块凸起的地方，你戴的是刺针手镯。"

"见鬼，"弗兰博叫道，"你听说过我的刺针手镯吗？"

"哦，你知道的，每个教士都有自己所辖的一小群信徒，"布朗神父茫然地拱了拱眉毛说，"我在哈特尔浦做副神父的时候，有三个人戴着这种带刺的手镯。因此，我从一开始就怀疑你了，难道你没看出来吗？无论如何，我确保了十字架的安全。我想我密切关注你是对的，对吧？最后我终于看见你把包裹调包了，我又把它们换回来了，然后我把真的那个留在了后面，你没有看出来吗？"

"把它留在了后面？"弗兰博重复道，在他的得意之外，他的声音里第一次又有了另一个音符。

"嗯，就是这样，"小神父说，用同样自然的语气，"我回到那家糖果店，问他们我是否留下了一个包裹，还告诉了他们一个具体的地址，让他们找到包裹之后给我寄到那里，并给他们留下了足够的钱。好吧，我知道我没有掉小包，但是我走的时候故意留下了它。所以，现在这个小包并没有跟着我，而是已经让他们寄给了我在威斯敏斯特的一个朋友。"然后他相当悲伤地补充道，"我也是从哈特尔浦的一个穷人那里学到这一点的。他过去常常用从火车站偷来的手提包来做这件事，但现在他在修道院里。哦，你知道了，这种事应该明白。"他补充道，又用同样绝望的道歉揉着头，"成了神父之后，总有人来告诉我们这些事情。"

弗兰博从他的内口袋里拿出一个棕色纸包，把它撕成碎片，发现里面除了纸和铅棒之外什么都没有。他跳了起来，以一个巨人的姿态喊道："我不相信你。我不相信像你这样的乡巴佬能做到这些。我相信你身上还带着那个东西，如果你不交出来的话——我们都是光棍一条，我要用武力夺走它们！"

"不，"布朗神父简单地说，也站了起来，"你不能强行拿走它。首先，因为它真的不在我身上。其次，因为我们并不孤单。"

弗兰博停下了脚步。

"在那棵树后面，"布朗神父指着说，"有两个强壮的警察和世上最伟大的侦探。你问他们是怎么来到这里的？当然是我带来的！我是怎么做到的？如果你愿意听，我可以告诉你！上帝保佑你，当我们在罪犯阶级中工作时，我们必须知道二十件这样的事情！我不确定你是不是个强盗，而且我们的神职人员也不会惹上丑闻。所以我只是测试你，看看有没有什么东西能让你现出原形。如果一个男人在他的咖啡里发现了盐，他通常会大吵大闹；如果他没有，他一定有某种理由保持沉默。我调换了盐和糖，而你保持沉默。如果一个人发现他的账单大了三倍，他通常会提出反对。如果他付了钱，他就有了不想惹人发现的动机。我改了你的账单，而你付了钱。"

整个世界似乎都在等着弗兰博像老虎一样跳起来。但是他犹豫了一下，因为他好奇得目瞪口呆。

"好吧，"布朗神父动作迟缓而头脑清醒地说，"因为你不会给警察留下任何痕迹，当然总得有人留下。在我们去的每个地方，我都会小心翼翼地做一些事情，让我们在这一天剩下的时间里都能被谈论。我没有做什么坏事——弄脏了墙，打翻了苹果堆，破碎了窗户；但是我救了十字架，因为十字架总得保住。现在它已经在威斯敏斯特了。我倒想知道你为什么没有用驴子的哨子①来拦住我。"

"用什么?"弗兰博问道。

"我很高兴你从来没有听说过这个词,"神父说,做了个鬼脸,"这是一件肮脏的事情。我相信你是个好人,当不了吹驴子的哨子的人。我原本不应该离开现场的,我的腿不够强壮。"

"你到底在说什么?"另一个问道。

"嗯,我还以为你知道什么是现场呢,"布朗神父欣然地表示惊讶,"哦,你还不至于犯这么大的错误吧!"

"你到底是怎么知道这些可怕的事情的?"弗兰博叫道。

一丝微笑的阴影掠过他那神父对手那张单纯的圆脸。

"哦,我想是因为我是一个独身的傻瓜吧,"他说,"你难道从来没有想过,一个除了倾听人们真正的罪恶几乎什么都不做的人,不太可能完全不知道人类的罪恶吗?但事实上,我这一行的另一方面也让我确信你不是神父。"

"什么?"强盗问道,几乎目瞪口呆。

"你攻击了理智,"布朗神父说,"这是违反神学原理的。"

就在他转身去收拾他的东西的时候,三个警察从暮色中的树下走了出来。弗兰博是个艺术家,也是个运动员。他退后一步,向瓦伦丁鞠了一个大躬。

"不要向我鞠躬,我的朋友,"瓦伦丁说,声音清晰明了,"让我们都向我们的师傅鞠躬吧。"

两人脱帽鞠躬,站了一会儿,而埃塞克斯的小神父则眨着眼睛找他的雨伞去了。

①　意思是"当场"。

名画失窃记

〔美〕杰克·福翠尔

马修·卡尔倒腾机器轴承发了财，一下子变成了身价五千万美元的富翁，经济状况一好，他就寻思着提高自己的艺术修养，弄了许多艺术品收藏起来。这件事算得上是小事一桩：他现在那么有钱，而欧洲的艺术家也多得数不胜数。为了收藏这些艺术品，他采用的办法也简单极了——在自家豪华的大理石别墅里建起了一座美术馆，在里面设置了五千平方码的空墙，再从市场上搜罗了大量的艺术品，差不多刚好能填满这间房间。他买到的这些艺术品良莠不齐，有的质量非常好，还有些只是平常的画作，但大多数都是些滥竽充数的劣质品。而在所有质量上乘的艺术画作当中，有一幅鲁本斯的作品算得上是最出挑的精品了。鲁本斯全名彼得·保罗·鲁本斯，是佛兰德斯最有名的画家之一，是巴洛克画派初期的领军人物，生于 1577 年，卒于 1640 年。这幅画是马修·卡尔专门到罗马去买的，足足花了五万美元呢。

卡尔搜罗到足够填满美术馆的艺术品之后，计划将整个馆重新布置一遍，就开始进行装修。原本挂在墙面上的艺术画作都被取了下来，暂时画面朝内地靠墙放着，幸而这个会客厅面积也非常大，放得下这些东西。而卡尔带着家人搬进了附近的酒店暂住，等待着装修结束。

卡尔住在酒店的时候，认识了一位朱尔·德莱塞普先生。德莱塞普先生来自法国，说话的语速很快，就像个健身教练一样总是非常急促地发号施令。他曾在闲谈的时候告诉卡尔，他不仅是位优秀的画家，而且在艺术品赏鉴方面也造诣不俗。卡尔本来就喜欢炫耀自己的财富，所以一听这话就骄傲地告诉德莱塞普先生，自己收藏了很多出色的艺术品，还信誓旦旦地请对方到家里鉴赏。这个法国先生来到了卡尔家里，在宏伟的会客厅中，当他看见那些质量上乘的画作时，就像那些经验丰富的鉴赏家们一样，激动得双眼都在放光；而当他看见那些粗制滥造的劣质品时，脸上则泛起了不以为然的笑。

他们一同走到鲁本斯的画前时，卡尔小心翼翼地亲手拿起了那幅宝贵的画作，展示给德莱塞普先生看。这幅画上画的是圣母和圣婴，用笔极为熟练，且笔触非常细腻柔和。这幅画传世已经好几百年了，但却和刚落笔时一样崭新依旧，画中的构图那样完美，色彩那样饱满，一切都显示出这幅画绝对是无与伦比的珍品。但德莱塞普先生并没有太在乎这幅画，反而对它有些漫不经心，卡尔看到对方竟然是这样的态度，不禁大失所望。

"你觉得如何？这幅画可是鲁本斯亲手画的呢。"他大喊。

"嗯，的确如此。"德莱塞普先生回答说。

"这幅画花了我五万美元呢。"卡尔的语气里充满了自得。

"或许你买得物超所值呢。"法国人对他耸了耸肩膀，从这幅画前离开了。

卡尔看着德莱塞普先生竟然是这样的反应，心里非常难受。难道德莱塞普先生根本没听过知名画家鲁本斯的名字？还是说他没有听清买这幅画花了五万美元？每一次当卡尔跟别人介绍这幅价值五万美元的画作时，其他人都是一脸震惊的表情，张开嘴巴瞪大眼睛看着他。所以，他紧跟着提出了自己的疑问："你不欣赏这幅画吗？"

"不，我挺欣赏这幅画的，"德莱塞普先生回答说，"不过我曾跟这幅画有过一面之缘呢。好像是你买到这幅画的一个星期前，我也在罗马见到它了。"

他们又接着去观赏其他的艺术品，后来偶然看到一幅惠斯勒的作品。他曾用水彩描绘伦敦泰晤士河的风景，画了一系列相关的精品画，卡尔收藏的这幅就隶属其中一幅。德莱塞普先生看见这幅画，霎时间激动得难以自持，他一会儿看看这幅水彩画，一会儿又去看看鲁本斯的精品画，用目光将二者反复对比，似乎想要从那细腻柔和的传统笔触中找到些什么，好跟色彩鲜艳的当代画比较一番似的。

德莱塞普先生一直没有说话，神情激动地盯着这幅水彩画。这下卡尔有点看不懂了。"实际上，这幅画我倒不怎么看得上眼，"他略有点内疚地对德莱塞普先生说，"这幅画是惠斯勒的，才价值五千美元，虽然看着还算不错吧，可算不得是什么必需的珍品。你怎么看待这幅画呢？"

"我觉得这幅画太棒了，没有任何一幅画能比得上，"德莱塞普先生非常激动地回答，"在当代艺术画作中，这幅画算得上是相当出类拔萃呢。"他回过身看着卡尔说道，"如果你同意的话，我想对这幅画加以临摹，可以吗？我还算有一点画画的天赋，要是你愿意让我参照它进行临摹的话，我保证能画出非常优秀的复制品。"

卡尔听见这话非常开心，再看这幅惠斯勒的画时也觉得入眼了许多。"那是自然，"他高兴地答应了，"我可以把这幅画送去你下榻的酒店，让你可以好好画……"

"不用了，不用了，"德莱塞普先生语速很快，拒绝了他的提议，"这幅画这样珍贵，我怎么敢擅自带在自己身边呢，如果不小心碰上火灾，让这珍品被损坏了，那才不好呢。我是觉得，倘若你同意，我可以到这美术馆来临摹，这个客厅很合适，一则房间够大，二来环境幽静，光照也宜于作画……"

"都可以，随你的心意好啦，"卡尔很慷慨地回答，"只要能方便到你，你想怎么来都行的。"

德莱塞普先生走到卡尔的身边，扶住了他的胳膊。"你真是我最敬爱的好友，"他情真意切地说道，"倘若这幅画属于我，那我肯定要寸步不离地把它放在我的身边，时刻盯着它，一刻也不愿移开自己的视线。不过，你收藏这么多的艺术品，估计应该花了不少钱吧……"

"我已经在上面投了六十八万七千美元啦！"卡尔非常自豪地告

诉他。

"我还要多问一句，你现在没有住在这里，但这里的安全保护做得怎么样呀？"

"很安全，每次装修工人来工作的时候，我会叫二十个守卫进去一并看着，"卡尔回答说，"仅这个房间里就有三个守卫把守，他们只负责这里，别的哪儿也不去。而且这个房间除了我们刚才走进来的那扇门之外，没有别的门开着，我吩咐他们把其他的门都钉死或锁死了。我还在这扇门设置了门禁，只有我本人和我特意批准的人才可以从这里经过。所以，德莱塞普先生，这下你肯定就明白了，这间房间里的任何一件东西都不可能被带出去。"

"太好了！你这么做简直太棒了！"德莱塞普先生非常赞同他的做法，他轻笑一声，说道，"你这样防患于未然的做法太英明了，简直没有人能像你一样睿智。"他漫不经心地向四周看了看，鼓起勇气说道，"那些手段高明的偷盗者，或许会将那些价值很高的画从画框上割下来，像这幅鲁本斯作品，就很可能被贼卷起来塞进衣服里带出去。"

卡尔因他的奉承相当开心，笑着摇摇头。

又过了几天，卡尔在酒店里遇见了德莱塞普先生，就主动邀请他去美术馆，说自己很想亲眼看看德莱塞普先生临摹作画。德莱塞普先生喜出望外，自然感恩戴德地道了谢。最终他们一起来到了会客厅。

"詹宁斯，"卡尔停下脚步，对站在门口身穿制服的守卫说道，"跟你介绍一下，他就是德莱塞普先生，以后他需要在会客厅工作一段时间，要能自由出入，你也跟其他人打个招呼，别随便去打扰他。"

德莱塞普先生进了会客厅，注意到那幅鲁本斯的画作还在地上放着，跟其他画作一样胡乱地堆在墙边，正面朝前，露出画上圣母柔和的面容。"卡尔先生，"他直接提出异议，"这幅画这样珍贵，不能胡乱堆在墙边呀。我觉得您最好吩咐人用帆布把画包起来，再搁到桌子上好生收着。放在地上可不行呀，说不定会被老鼠咬坏的，对吧？"

卡尔听从了他的建议，谢过德莱塞普先生之后，就吩咐仆从小心用帆布把画包好收起来了。德莱塞普先生把自己的画笔、架子等工具在会客厅里摆放好，就动手开始画画了。

又过了三天，卡尔刚好从这边经过，就顺路进去看了看，德莱塞普先生还没临摹完，还在努力地画着呢。"我只是顺带过来看一眼，"卡尔说道，"瞧瞧你这幅画有没有画完，进展如何。听仆从们说，再有一周这里就能完工了。不知道突然前来，会不会影响到你呢？"

"不会，不会，"德莱塞普先生回答说，"我很快就临摹完毕了，你来看。"他挪动了下自己面前的画架，让卡尔看自己的作品。

这位大富豪盯着画架上的画作看了许久，又仔细对比了一下放在旁边椅子上以做对照的原画，不禁赞叹地说道："呀！你画得真好呀！"他一脸敬佩，继续说，"看上去简直难以分辨孰真孰假。你肯定用不着再花五千美元买这幅画啦，是不是。"

两个人没有再多说什么，卡尔随便在豪宅里视察了一番，大约一个小时之后又回到会客厅来。此时德莱塞普先生刚把自己的画画工具都收了起来，两人就一起返回酒店了。而那已经临摹好的惠斯勒伦敦风景水彩画，被画家取下来，卷成一卷，夹在胳膊底下一同带走了。

美术馆的改造工程于一个星期之后终于竣工了，所有的装修工人也都被遣散了。德莱塞普先生主动提出自己可以帮卡尔布置艺术品的摆放，对方自然愉快地接受了，就把这件事全权交给德莱塞普先生了。大家开始动手挂画的时候时间已经不早了，正是下午，德莱塞普先生把鲁本斯珍品画最外面的帆布层解开的时候，还在兴高采烈地跟卡尔聊天。可他刚打开包装就如遭雷击，猛地愣在了那里。珍贵的名画已经消失得无影无踪，只留下一个空荡荡的画框留在那里，原本的画布只剩下边角处的一缕儿帆布条，很明显，是有人用锐利的工具把画布从框子里割下带走了。

自己最贵重的鲁本斯珍品画被别人偷走了，所以卡尔马上就向警察局报了案，马洛里警官负责处理此事。卡尔在警官的办公室大发雷霆，狠狠地拍着对方的办公桌，大吼大叫："那个可是价值五万美元的东西！可是五万呀！赶紧帮我去找，你坐在这办公室里盯着我看来看去，一点用都没有！"

"你的情绪不要太过激烈，卡尔先生，请平静下来吧，"马洛里警官劝慰他说，"我马上安排人手去帮你找，不过那个鲁本斯真品具体是一件什么样的东西呢？"

"那是一幅知名的画作，"卡尔先生继续大吼大叫着说，"一张帆布油画！要知道那幅画就花费了我五万美元呢！"

接下来有大批量的警员被派出去寻找这幅画，所以没过多长时间，哈钦森·哈奇凭借着自己身为记者的敏锐第六感，就注意到了这起失窃案。他也四处调查了一番，发现这幅画的失窃跟德莱塞普先生密切相关，所以就专门去找了他一趟。在两人交流的过程中，哈奇觉得对方当时非常激动，整个人的情绪反常到了极点。只要哈奇对他说起这件案子，德莱塞普先生就不由自主地大发牢骚，喋喋不休，一直抱怨着。

"上帝！简直叫我震惊呀，"这个法国佬大声喊着，"这下该如何是好，就我一个人曾在那个会客厅里工作了好些日子，之前我也多次告诉他一定要对这幅画做好保护措施，但是如今画丢了，由此造成的损失又到哪儿去找补呢？这一下可糟了，我要如何是好呢？"

哈奇没办法回答他的问题，所以只能静静地不发一言，听着对方继续说。等了很长时间，他最终总算插得上话，没有让对方继续唠叨下去。他开口说道："德莱塞普先生，根据我所了解到的情况，当时你一个人在会客厅里作画，只有你跟卡尔先生走进过那个房间，是这样吗？"

"是的，没有其他人在。"

"我从卡尔先生那里得知，你当时在那个房间里主要是为了临摹一幅水彩画，是一位著名艺术家的作品，是这样吗？"

"没错，我在那里临摹惠斯勒所绘的泰晤士河风景水彩画，"对方告诉他，"你看到壁炉上面挂的那幅画了没有，就是那一幅。"

哈奇赞赏地盯着那幅画看了一会儿，那幅画临摹得的确非常完美，很明显这个临摹的作者本人一定精于画艺，才能用那么巧妙灵活的笔触把整个画模仿得活灵活现。

德莱塞普先生注意到哈奇先生正满怀敬意地盯着那幅画，所以他很满足于对方的赞赏，非常谦和地说道："你觉得这幅画怎么样，还算不错吧？以前我曾经拜卡洛斯·多兰为师呢。"

哈奇把自己所打探到的消息都一股脑儿地跟思考机器说了，这个世界知名的科学家坐在那里安静地听着他的讲述，毕竟他的逻辑推算可是震惊全国呢。他听完这一切，最后才问了一句："那么能够在那个会客厅自由出入的人，都有哪些呢？"

"现在警察着力在弄清楚这个问题呢，"记者哈奇告诉他说，"那个会客厅里有二三十个护卫在那里守着，虽然卡尔先生曾严格吩咐他们仔细看守，但是我觉得，有时候他们看守也会出现一些漏洞。"

"自然，肯定会有的，不过如果那样的话，整件事情就会变得更加难以解释了。"思考机器焦躁地说道，他的语气一向是这样，略微带着一点不耐烦，"不过，我觉得咱们俩还是去卡尔家里做个实地调查吧。"

他们两个见到卡尔的时候，发现对方招待他们的态度非常冷漠。但这些可以理解，任何一个百万富翁会见记者的时候都会这样。但面对那位个子小小的凡·杜森教授，他反而非常疑惑地打量了他一遍。随后思考机器就把自己的来意告诉了卡尔。

不过，这位大富豪回答他们说："我觉着就算你们来这里也没什么用，此前好几个警员都在这里调查呢。"

"所以马洛里先生也在这里吗？"思考机器突然问道。

"他现在在楼上，在调查仆从们的房间。"

接着思考机器用一种央求的语气询问卡尔："能不能让我们去放置艺术品的那个会客厅里调查一番呢？"

卡尔摆摆手，算是同意他们进去，所以他们两个就进了收藏艺术品的房间。思考机器站在客厅最中间往四面八方看了一遍，这个房间有五六扇窗户，而且每扇窗户都很高，通向走廊、温室及豪宅里面其他僻静处，也就是说，进出这个房间还有很多别的路径。随后，思考机器把原本裱着鲁本斯珍品画的画框捡起来，盯着它仔细观察了很久。很明显，卡尔对他的这番探查一直等待得非常焦急。最后，凡·杜森教授检查完毕转过身来。

"你跟德莱塞普先生相识有多长时间了?"凡·杜森教授询问卡尔。

"我们认识估计有一个月了吧。你怎么会问这种问题呢?"

"那么你们俩相识的时候,他是带着专业的介绍信过来的,还是说你们不过是偶然碰见的?"

卡尔有点生气地盯着对方的脸:"那些都是我个人的事情,跟这幅画失窃毫无关联,"他直截了当地说道,"德莱塞普先生是位品德很好的男士,我觉得他风格高洁,不可能跟这幅画的失窃有什么关联!"

"但是,不可否认,我们经常会遇到这种情况。"思考机器也尖锐地反驳了他。接着他又回过头对哈奇说:"你见过他临摹的那一幅惠斯勒风景画,你觉得他画得到底怎么样呢?"

"尽管我还没有看到惠斯勒的原画,不过他临摹的那幅作品可相当漂亮,或许,如果卡尔先生你同意的话,可不可以让我们看看那幅画的原作品?"

"哦,这当然可以,"卡尔先生无可奈何地回答他们说,"跟我来吧,那幅画现在还放在美术馆里呢。"

哈奇把那幅画拿在眼前认真地观察了一遍,说道:"我可以保证,他临摹的那幅复制品差不多跟这幅画毫无差别。自然,这两幅画没有同时出现在这里,不能直观比较,我也不能确定它们的细节完全没有差别。但是可以确定的是,他临摹的那份作品肯定是相当优秀的精品。"

忽然之间,原本闭合的帷幕在他们面前被人拉开,随后马洛里警官从那里走进房间,他的手中还拿着一卷东西。不过发现会客厅里还有旁人在,马上就把那件东西藏了起来。但众人都发现他的脸上颇有得色,十分骄傲。

"啊,原来是凡·杜森教授啊,咱们两个可是老熟人了,是不是?"他说道。

卡尔对马洛里警官发牢骚说:"可是这名记者和他带来的好友,一直把嫌疑引向德莱塞普先生,好像想要把他卷到这件偷窃案里面。我不愿意他们这样做,不管是什么样的画,那位画家都可以获得我的允许,能在这里随意地临摹。"

思考机器直接狠狠地瞪了他一眼，一点都没有收敛自己的情绪，随后他朝马洛里警官伸出手来，问道："那个东西你在哪儿找见的？"

"凡·杜森教授，实在不好意思，此次你肯定会失望的，"马洛里警官讽刺地说道，"这回你的推论可晚了点儿。"他把身后藏起来的东西取出来放在大家面前，说，"卡尔先生，这就是您所丢失的那幅画。"

卡尔半是惊讶半是欢喜，深深地吸了一口气，把那幅画展开仔细观察了一遍。"真是太好了，"他感激地对马洛里警官说，"我会向你的上司报告，你值得受到嘉奖！这幅画价值五万美元呢，可是我的宝贝！"

思考机器弯着身子凑到画布前，瞥了一眼整张画的右上角。"这个东西你是在哪儿发现的呀？"他又提出同样的问题。

"从上面一个守卫的卧房里找到的，它被卷成很紧的一团，塞在床底下，"马洛里警官回答说，"他说自己的名字叫作詹宁斯，现在已经被我抓起来了。"

"詹宁斯吗？"卡尔先生大声喊了一句，"竟然会是他！可是他在我身边已经服侍多年，很忠心呀！"

"那他承认了吗？"思考机器非常平静地询问。

"他自然不肯承认，"马洛里警官说道，"他告诉我们，是别人陷害他的。"

思考机器转向哈奇，点了两下头，说道："这个案子已经彻底结束了，祝贺你啊，马洛里先生，你能够这么迅速地就把这个案子给解决了呢！"

大约十分钟之后，思考机器凡·杜森教授和记者哈奇一起从卡尔的豪宅里走了出来，他们两个人叫了出租车准备返回思考机器的家里。这件事着实出乎哈奇的意料，他没想到案子竟然会这么迅速地被警官们解决掉了，所以心里有点不开心，在回去的路上一言不发。"所以，马洛里警官偶尔也是很睿智的，是不是？"最后他才垂头丧气地说。

"是吗，我觉得可不是这样。"科学家非常冷漠地回答。

"可是鲁本斯的珍品画已经被他找着，拿回来了呀。"哈奇记者说道。

"那是肯定的，那幅画肯定会被他找到的，因为原本就是故意放在那里的。"

"故意放在那里好让他拿到吗？"哈奇记者把这句话又说了一遍，"难道那幅画的失窃，并不是詹宁斯犯下的案子吗？"

"假如詹宁斯这么做了，那他肯定蠢得无可救药。"

"可若不是他偷走的，那又是什么人把那幅画搁在那里的？"

"是德莱塞普先生。"

"竟然是德莱塞普！"哈奇大喊，"可是他为什么要这么做呢？费尽心思把一幅五万美元买来的珍贵画作偷出来，竟然又故意把它放在仆人的床下，特意让警察找着？太奇怪了吧！"

思考机器在自己的位置上扭了扭身子，用他的斜眼怪异地看着哈奇。"所以有的时候我真是无能为力，根本不知道你的脑子都去哪儿了，哈奇先生。"他非常尖锐地说道，"马洛里警官会那样想，其实我并不意外，但在我看来，你一直很聪明呀，怎么会犯这样的错误呢？"

面对他这样尖锐的问题，哈奇只能笑笑不应声，凡·杜森教授这样说过他很多次，所以他并不在意。两个人接下来都没有吭声，最后出租车回到了凡·杜森教授家门前，二人一起下了车。

"哈奇先生，我现在没有什么别的疑惑需要解决了，只有一点，"思考机器对记者说道，"我在想，自己是否需要去帮卡尔先生找到那幅真品，毕竟也要花点力气，可现在的结果已经很符合他的预期了，并且此后他永远都会被蒙在鼓里，不会知道这幅画哪里有问题。所以……"

哈奇突然想到了什么："我明白了，"他大声喊了起来，"你的意思是说马洛里警官找到的那幅画是……"

"那幅画是临摹的。"凡·杜森教授把哈奇没说出口的话补充完整，"其实我也不太懂怎么欣赏艺术品，初次看到那幅画的时候，我也不能确定那是否是临摹品，但是这些依靠逻辑完全可以推测出正确的结果。可以清晰地从画框右上角残留的帆布条看出，当时偷盗者把真迹切下来的时候，他的刀子曾经在画布上面稍微倾斜了一点，可是马洛里警官最终拿到的那个画布，偏差的角度却跟画框上残留的帆布条对不上，所以很明显可以推测出最终的真相。"

"也就是说，其实那幅画的真迹现在已经被德莱塞普拿走了？"

"是的，德莱塞普把真迹取走了。他采用了什么样的办法呢？自然，他有的是多种多样的办法。或许他把那幅画卷起来，放进自己的外套里带出去了；或许他偷盗的时候有人帮助他，但我觉得这样简单的偷窃方法并不符合他自己的聪明才智；在我仔细对这个案子进行思考梳理的时候就发现了，他确实是个很聪明的家伙。

"例如他先跟卡尔先生说，请对方允许他去临摹惠斯勒的画作，你仔细看看就知道了，这幅画的画框跟鲁本斯那幅画的画框一样大。最后他在会客厅里开始临摹那幅画，尽管大部分时间都是他一个人待在那里临摹，可是卡尔先生也随时有可能会走进去，也就是说，在实际情况下，他常常是被监视着的。据他自己所说，他用了两天时间才把那幅画给临摹完，而且他深知卡尔先生根本不了解什么美术品，因此他趁着没人的时候，就把帆布包打开，把那幅鲁本斯名画的真迹裁了下来。接着，他把那幅画放在身旁，比照着临摹出了一份复制品。自然，如果有人突然出现的话，他肯定会把那幅画遮住，假装自己不过是在画一幅泰晤士河风景水彩画。那幅名画价值五万美元呢，要把这样一幅画偷走，麻烦一点其实并没有什么了不起的。

"现在我们所获得的信息就是，德莱塞普先生是一个很厉害的画家，所以卡尔这个门外汉完全弄不清楚他到底在做什么，他一定非常笃定这一点。从最初的时候，他就计划着把鲁本斯真迹取走，而留下那幅复制的画，来转移大家的视线。当时你也看见了，马洛里警官根本就看不出那真品和复制品到底有什么不一样的地方，而德莱塞普先生清楚地知道，卡尔先生也没有能力分辨。他所面临的真实困难，只是可能会被其他一些真正的画家或艺术鉴赏家发觉那幅画是赝品。这件事情他做得颇有智谋，他把窃贼光明正大地放在了警察面前，还主动提出要帮卡尔先生布置这个美术馆中的画，并借此机会把鲁本斯真迹被偷的事情宣扬出来。不过我现在还想不通一点，那一幅复制品竟然出现在詹宁斯的房间里，他到底是如何把复制的画送进去的呢？据我自己猜测，可能有好几种办法……"他向后仰起脸靠在沙发背上，用斜眼盯着天花板，双手的指尖接触在一起，又开始沉默地思考起来。

"可是我们现在最紧急的事情，就是要将那幅画给弄回来，你之前也提过，那幅画就藏在德莱塞普先生的屋子里，也就是说肯定不会丢的，我可以保证，他自己心里一定明白，假如他现在试图逃离这里的话，肯定会让警方怀疑他的。"

我说过这样的话吗？哈奇一下子有点摸不着头脑，他不记得自己之前曾经提过什么真迹被藏在哪里的话，但是他倒是相信思考机器，他既然这么说了，肯定有足够的证据了。

"可是，卡尔家守备森严，他又是怎么把那幅真迹带出来的呢？"哈奇询问道。

"很明显，就是他跟卡尔先生一起从美术馆出来的时候，他把那幅画夹在自己胳膊底下，正大光明地取出带走了。"思考机器在想事情，焦躁地给了他这样一个回答。

哈奇疑惑极了，盯着科学家看了好半天。随后凡·杜森教授站起身，又到旁边的房间里拨通了什么人的电话，随后，在他返回小等候室的时候，一边伸手去拿帽子，一边对哈奇说他们需要出趟门。

他们来到了德莱塞普先生的家里，这位绅士为他们开了门，请他们进去。三个人先进行了一番表面的客套，凡·杜森教授一直在德莱塞普先生的房间里看来看去，好像在寻找着什么。就在这个时候，外面有人敲门。

"哈奇先生，外面敲门的肯定是马洛里警官，帮他开开门吧。"思考机器吩咐道。

德莱塞普先生听到这里吓了一跳，不过他的震惊转瞬即逝，神态马上就恢复如常了。马洛里警官困惑不解地走进了房间。

"马洛里先生，"思考机器平静地对他说道，"请认真瞧一瞧壁炉架上挂着的那幅风景画吧，那是惠斯勒水彩画的临摹品，是不是画得相当出色呢？估计你曾在卡尔先生那里看见过这幅画的真迹，是不是？"

马洛里警官嘀咕了一句什么，算是赞赏。而德莱塞普先生的脸突然间变得煞白，虽然对方在称赞他，可是他脸上却一点高兴的表情都没有。但是这些情绪不过是瞬息之间的事，他马上调整了自己的表情，让嘴角浮现出一抹微笑。

凡·杜森教授接着告诉大家："这幅画之所以这样漂亮，可不仅仅是因为它跟真迹一模一样，而且还因为它的创作过程非常特别。马洛里警官，不知道你是否听过这样一种东西，假如将油和灰倒在胶水里面，就能制作出一种胶水糨糊，把这种糨糊涂在油画的表层，就能安全地把画布上原有的那幅画完全挡在底下，什么也看不出，等那种糨糊干了之后，还能再在胶水糨糊上画上水彩呢。"

他说完这些就顿了顿，屋子里剩下的三个人都沉默地盯着他，等他继续说下去。三张脸上各有着不同的表情。

"看到这幅惠斯勒的水彩画复制品了吗？这一幅临摹的赝品，"凡·杜森教授非常平和地说道，"其实就是用的那种特殊的画布，只是先用胶水糨糊将鲁本斯真迹全给遮住了，这些糨糊能够轻易地用水洗干净，且不会伤害到底层的原画。德莱塞普先生，你觉得我说的是否属实呢？"

可是对方一言不发，因为他根本无法辩驳，多说无益。于是马洛里警官就逮捕了德莱塞普先生，把他送进了警察局。这些都处理完毕之后，又过了一个小时，哈奇还是忍不住心中疑惑，给思考机器打了个电话，直接询问道："那临摹的水彩画竟然是画在鲁本斯真迹上面的，这件事你又是如何得知的呀？"

思考机器回答他说："这是仅有的一种办法呀，只有这一种法子才能使得到处寻找鲁本斯真迹的人怎么都找不到它，同时也能把这幅画完美地藏起来。还记得我前面就说过了，德莱塞普先生是一个很有头脑的人，只需要大脑稍微有点逻辑，就能推测出来这些。哈奇先生，这个逻辑就跟二加二等于四的道理一样简单得无懈可击"。

遗失的镭

〔美〕杰克·福翠尔

一盎司①镭！这可是地球上最奇妙的物质，而德克斯特教授现在就拥有它们。

科学界一直在研究镭是如何释放出如此强大的力量的，不过到目前为止这个问题还是没有答案。

目前除了德克斯特教授手上的镭，全世界也就只有十格令②。巴黎有四格令，在居里实验室；柏林有两格令；圣彼得堡有两格令；斯坦福大学有一格令；伦敦有一格令。其余全部都在亚佛实验室，也就是德克斯特的手上，现在这些宝贵的镭就放在一块小小的钢板上。

德克斯特看着眼前来之不易的镭，心头渐渐涌上一股敬畏感，他感觉自己肩上的责任好像变得更重了。

最近几个月，德克斯特一直忙于一件事，就是向各大实验室发出请求，为的就是能够收集到一盎司的镭，用来完成他的实验，他想要验证用镭作为机械原动力的可能性。

现在，实验终于可以开始了。

但是镭元素的产量实在是太少了，眼前这一盎司的镭价值连城。

---

① 盎司是英美制重量单位，1 盎司合 28.3495 克。
② 格令为历史上使用过的一种重量单位，1 格令合 0.0648 克。

这些镭经由专门雇用的邮差从世界各地运过来，而且在全世界最顶尖的保险公司——伦敦劳埃德公司投下了巨额保险。

为了收集这些镭，教授连续几个月奔走游说，再加上他供职的亚佛大学的信誉加持，这才办成了这件事情。

除了德克斯特教授，还有一位成果斐然的科学家也参与了这项研究，那就是被人们称为思考机器的凡·杜森教授，他出色的逻辑能力举世闻名，也正是因为他的参与，让资历尚浅的德克斯特如虎添翼。

思考机器会参与到德克斯特的实验中的消息一经传出，立马在全世界的物理学家中掀起了不小的波澜，整个学界都翘首以待。

当然，在此之前，这样在全世界收集镭的消息已经引起了媒体的注意，其中多数都是鼓励、正面的报道，当然也不乏偏激的反对和批判。

如今，一盎司的镭已经就位，各路媒体即刻跟进发出了相应的报道，大家都提到凡·杜森教授和德克斯特教授的实验即将开始。

实验在亚佛大学最先进的实验室里进行，需要的设备早就已经准备就绪。

实验室的屋顶特别高，而且是全玻璃制品，整个实验室特别明亮。此外实验室窗户的位置也特别高，想要从窗户外面偷窥基本上没有可能。

一切准备就绪，就等着思考机器来到之后，实验正式开始。

实验室所在的大楼走廊上有一扇小门，那是进入实验室的唯一途径，有一位警卫全天候值守。

要想进入实验室，必须穿过这扇小门，然后进入一间接待室，再通过接待室另一端的门才能真正地进入实验室。

激动不已的德克斯特现下已经在实验室里了，他一边着急地等待凡·杜森教授的到来，一边在心里反复确认实验的流程以及需要用到的仪器。

所有需要的仪器设备早就已经就位，用不上的仪器也早早就已经被挪到一边。

这个实验的结果可以决定镭能否作为机械原动力，一旦确认，将会在历史上留下浓墨重彩的一笔。

忽然，大学讲师布朗先生出声打断了德克斯特的畅想："教授，有位女士想要见您，她说有很重要的事情。"布朗先生说着递给了教授一张名片，然后就转身离开了实验室。

教授看了下名片：泰蕾兹·沙坦尼夫人。他对这位女士一点印象也没有。

德克斯特有些困惑，甚至有些烦躁，他看了一眼桌子上安放的镭，然后朝接待室走去。

刚走到门口，教授就被什么东西绊了一下，一个趔趄就要摔倒在地，还好他猛地拧了拧身子，这才堪堪站住。

德克斯特登时就火冒三丈，他愤怒地抬起头想要发作，这时耳边传来一声轻笑，十分悦耳，只不过现下狼狈的德克斯特听见这笑声有些恼怒。

可是当他抬头发现这声音是一位高挑美丽的女士发出来的时候，德克斯特忍不住为自己刚才的失态感到羞窘。

"我很抱歉。"女士带着歉意说道，德克斯特还能从她艳丽的唇边看到一抹微笑，"我不该把手提箱放在门口的，是我的错。"

女士轻松地把手提箱提起往旁边挪了一下："说不定别人也会像您一样被绊倒呢！"

教授红着脸说道："不会，这里就我一个人。"

泰蕾兹·沙坦尼夫人站直了身子，丝绸衣裙因为她的动作沙沙作响。

她高挑的身材让德克斯特有些吃惊，眼前的这位女士看起来三十岁左右，身高大概五英尺九或者十英寸。

这位突然造访的夫人不仅长得漂亮，德克斯特看得出来，她的身手也非常敏捷，德克斯特又在脑子里搜索了一遍，但是还是对她没有任何印象。

泰蕾兹·沙坦尼夫人解释道："我这里有居里夫人的介绍信，我们能不能去一个光线好一点的地方详谈。"说着，女士从随身的包里拿出了一封信递给教授。说完，两个人一起走到了靠近走廊的窗户下面。

德克斯特拖过两把椅子，两个人面对面地坐着，德克斯特读完信之后重新打量着对方。

泰蕾兹·沙坦尼夫人低声说道："我本来不应该来打扰您的，但是我觉得这件事情对您非常重要。"

德克斯特有点好奇："什么事？"

女士继续说道："关于镭的事情，我手上有一盎司的镭，在此之前没有科学家知道这批镭的存在。"

"一盎司！"德克斯特惊呼道，"夫人，您说的话简直太不可思议了！"这个消息实在是太震撼了，德克斯特的身体不由得微微向前倾。

这时，泰蕾兹·沙坦尼夫人突然剧烈地咳嗽起来，咳了一阵之后才停下来。

"这可能是惩罚我刚才乱笑。我的喉咙不太好，还望您见谅。"

德克斯特连忙摆手："没有关系，不过您刚才提到的事情，您能说得详细一点吗？"

泰蕾兹·沙坦尼夫人换了个姿势，让自己坐得更舒服一点，然后开口说道："对您来说这件事确实有些匪夷所思，但是对我来说这件事再自然不过了。我来自英国，我的口音应该还挺明显的吧。但是我的丈夫是法国人，我的姓氏由此而来。

"我丈夫也是一名科学家，只不过他不隶属于任何科研机构，所以并没有什么知名度，但是他对镭非常感兴趣，他一开始只是做一些小的实验，但是慢慢就一发不可收拾，他是真的痴迷于此。我们也不是什么富人，以美国人的标准来看的话，我们的日子过得还算舒适。"

泰蕾兹·沙坦尼夫人顿了一下接着说道："居里夫人的信上应该说了我的身份。在居里夫人发现镭元素的时候，我丈夫也做了类似的研究，而且成果很不错。

"不过他研究的方向是镭的制作方法以及材料，一开始我对此一无所知，不过几个月后他用自己的方法造出了一格令又一格令的镭。当然，办法和居里夫人完全不同。但是为了制造这些镭，我丈夫几乎花光了所有的积蓄，最后我们制造出了一盎司的镭。"

"这太了不起了，请您继续。"德克斯特忍不住惊叹。

"但是这时候不幸降临到了我们的头上，我丈夫身患重病，最后不治身亡。"

泰蕾兹·沙坦尼夫人的声音低了下去，慢慢地说道："我不知道他为什么要做这些实验，我只知道这些实验花的钱太多了。直到弥留之际，我丈夫才把原因告诉我，巧的是那个原因和报纸上关于您的实验非常相似，他也是想看看镭能不能作为机械原动力。"

"其实我丈夫工作的时候经常会记下自己的想法，但是病魔没有给他留下整理自己笔记的时间，至于我，那些东西对我来说就好像天书一样。"

说到这里，泰蕾兹·沙坦尼夫人沉默了一会儿，德克斯特看着眼前这位美丽的女士脸上流露出伤心和痛苦，心里非常同情她的遭遇。

德克斯特调整了一下心情，说道："那么女士，您今天到访所为何事呢？"

泰蕾兹·沙坦尼夫人顿了顿说道："我知道您为了这个实验一定也花费了很多心血，要知道一盎司的镭可真的没那么容易收集到。所以我想把我手上的镭卖给您，或者是亚佛大学，毕竟它们在对的人手里才能发挥更大的价值，这些镭在我手里根本没有用。"

"卖掉？"德克斯特倒吸一口气，他瞪大了眼睛说道，"我担心亚佛大学并没有能力支付这样庞大的一笔资金。"

夫人的脸上的笑容立马消失了，看得出来她很失望。

"我也知道一盎司的镭值很多钱，但是具体是多少我并没有概念。一百万？几十万？只要能填补我们的财政窟窿就行。"夫人的语气甚至有些恳求的成分。

但是这样的事情德克斯特并不能自己做主，他目光飘向窗外，脑袋里思考着可行的办法。

"或许，您将来还会需要更多的镭，比您现在有的还要多，您可以按照您用的部分付钱，类似使用费那样，这样可行吗？任何的付费方式我都可以接受。"

沉默，又是沉默。

摆在德克斯特面前的是一笔令人震惊的镭，而且在此之前从未听过，他仿佛已经看见自己光明的未来，这对他今后的实验和研究实在是太有帮助了，德克斯特越想越兴奋。

把这位夫人手上的一盎司镭全部买下来基本没可能，但是按件计酬，说不定真的可以。

"夫人，感谢您的到访。虽然我本人没有办法给您承诺，但是我一定会把这件告诉能够做决定的人。您能再给我几天时间，让我安排一下吗？"德克斯特诚恳地说道。

"当然愿意。"刚一说完，她又开始咳嗽，咳得浑身都在微微地颤抖。

等她咳完之后，她清了清嗓子说道："我唯一的要求就是希望您能好好使用这些镭，这毕竟是我丈夫的心血。"

德克斯特追问道："不知道您是否能够开个价钱，全部卖掉是多少，按件计酬又是多少？"

"这个我暂时没有办法告诉您，我住在日耳曼旅社，名片上有地址，我还会在此地逗留几天，这几天您随时可以找我。

"还希望您不要客气，任何提议我都会好好考虑的。可以的话，我都会接受。"她的语气又夹杂了一丝恳求的意味。说完她站起身准备离开。

德克斯特也跟着一起站了起来。

"对了还有一件事告诉您，我是昨天坐船从利物浦过来的，再过六个月，我就只能靠着卖掉这一盎司镭来生活了。"

说完，她穿过房间，提起手提箱，然后冲着德克斯特笑了笑之后转身就往外走。

德克斯特跟了上去，想要帮女士提箱子，但是她避开了德克斯特伸过去的手，然后轻松地说道："不用了，谢谢您，教授。这个很轻的，我自己来吧。"

两人接着又客套了一番，然后泰蕾兹·沙坦尼夫人便离开了。

德克斯特透过窗户欣赏她美丽灵巧的身影，直到她优雅地走上一直等在原地的马车。

泰蕾兹·沙坦尼夫人离开之后，德克斯特还站在原地，脑子里都是那不为人知的一盎司镭。

"如果我可以拥有那些镭……"教授一边嘀咕着，一边转身回到实验室。

突然，实验室传来一声大喊——听起来就非常吃惊，德克斯特教授冲进了接待室，一把拉开了门，冲到大厅的走廊上，他的脸煞白煞白，一点血色都没有。

好几个学生立马围住了惊慌的教授，布朗讲师也从走廊的另一头跑了过来，大家都瞪大了眼睛看着德克斯特教授。

"镭，镭不见了！被偷走了！"德克斯特上气不接下气地说道。

大家你看看我，我看看你，谁都不知道该怎么办。

德克斯特无力地抓着自己的头发，嘴巴里不知道在念叨些什么，他现在脑子里一片混乱，好像知道点什么，又好像什么都不知道，愤怒、怀疑充斥着他的脑袋。

就在这时，一个矮小的男人走了过来，他有一头蓬松的金发，他就是传说中的思考机器——凡·杜森教授。

德克斯特像抓住了救命稻草一样，疯狂地抓着凡·杜森的胳膊，一时间竟然有些语无伦次。

思考机器努力想要挣开被钳住的胳膊，他说道："放开我，别这样！到底发生了什么事情。"

"镭被偷走了！不见了！"德克斯特好不容易说出了一个完整的句子。

思考机器向后退了一步，斜着眼睛看了看有些抓狂的德克斯特，"什么乱七八糟的？进屋去，告诉我到底发生了什么事情。"

德克斯特脸上的汗珠一滴接着一滴地往下掉，他紧紧跟着思考机器走进了接待室。

思考机器看见德克斯特跟进来之后就把通往走廊的门关上了，并且落了锁。

等在门外的布朗先生和学生们听见上锁的声音，大家都离开了。

镭被偷的事情很快就在学校里面传开了。

德克斯特坐在接待室的椅子上面，双眼呆滞地看着前方，嘴唇还在微微地颤抖。

"我的天，德克斯特，你是疯了吗？冷静，告诉我到底发生了什么事情，讲清楚一点。"

德克斯特惊魂未定，他哆哆嗦嗦地说道："到这里来……在实验室里，您自己看。"

"看也没有用，亡羊补牢，你就告诉我到底发生了什么事情。"

德克斯特在接待室里来回转了两圈之后才重新坐下来，他竭力想让自己冷静下来，然后，他把事情的经过详细地告诉了凡·杜森。

从泰蕾兹·沙坦尼夫人的到访，他把镭放在实验室的桌子上，直到最后目送夫人坐上马车离开，这期间的每一件事每一个细节，德克斯特全都一五一十地告诉了思考机器。

思考机器靠着椅子坐着，眼睛斜斜地向上看，十指轻轻地拢在一起，指尖相触。

"这位夫人在这里逗留了多久？"

"大概十分钟。"

"她坐在什么位置？"

"就是您现在坐的位置，面朝实验室的门。"

"那你呢？"思考机器回头看了一下身后的窗户，然后问道。

"我就坐在这里，您对面，面对着她。"

"你确定她没有走进实验室？"

"确定，十分确定，今天就只有一个人进过实验室。"德克斯特不假思索地答道。

在此之前，德克斯特下达了命令，不准任何人进入实验室。

"布朗先生进来告诉我有人要见我的时候，镭还在实验室里。他进来之后把名片交给我就离开了。布朗先生走的时候镭还在实验室里，他回到大厅走廊之后，我才从实验室离开到接待室里的。"

"那你有没有让泰蕾兹·沙坦尼夫人一个人待在这个地方？"思考

机器严肃地问道。

德克斯特连忙摆手："绝对没有，我可以发誓，她到这里之后我的目光一直没有离开过她。"

思考机器仰着脸看着天花板，一句话也不说，德克斯特从他高深莫测的脸上看不出任何东西。

德克斯特纠结了半天，有些结巴地说道："我希望……您不会认为这是我的错吧。"

思考机器没有回答德克斯特的问题，他突然问道："泰蕾兹·沙坦尼夫人的嗓音怎么样？"

德克斯特一头雾水，但是他还是照实回答了思考机器的问题："没什么特殊的，就是一位高雅、有教养的女士的声音。"

"那你们交谈的过程中她有没有突然提高音量？"

"没有。"

"打喷嚏或是咳嗽呢？"

"您怎么知道？她确实咳嗽了，而且是剧烈地咳嗽。"德克斯特非常惊讶。

思考机器的眼睛中闪过一丝了然的光芒，他笑了一下说道："我猜有两次吧！"

这次德克斯特已经惊讶得不知道说些什么了，他张大着嘴巴点了点头，没错就是两次。

"还有什么别的吗？"

"嗯，她还笑过。"

"什么情况下笑的？"

"就在我刚从实验室走出来被她的手提箱差点绊倒的时候。"

思考机器认真地听着，然后把德克斯特紧紧攥在手里的纸拿了过来。

那是居里夫人为泰蕾兹·沙坦尼夫人写的介绍信，已经快被德克斯特捏破了。

思考机器快速地读完了信，信上只有短短的几行法文，大概意思是说泰蕾兹·沙坦尼夫人有很重要的事情，希望德克斯特能和她见一面。

"居里夫人的笔迹你应该认识的吧！"思考机器知道德克斯特为了筹集镭，和居里夫人通过几次信件。

"是的，我认识，我认为这封信确实是居里夫人亲笔写的。"

"这个我们等下再说。"说完，思考机器站起来走进了实验室，德克斯特把刚才放置镭的地方指给思考机器看，思考机器一边仔细地观察实验室里的每一个角落，一边在大脑里快速地计算着。

思考机器抬起头说道："窗户都已经被锁上了吧！"

德克斯特忙不迭地点头。

"那玻璃天花板呢？"

"也是上锁的，一直都是。"

"请给我找一把长梯子。"思考机器说道。

德克斯特闻言立马一路小跑着出去了，几分钟之后就搬来了一把长梯子。

德克斯特看着思考机器爬上梯子，仔细地检查着每一扇窗户和天花板上的玻璃窗，时不时还用手里的小刀轻轻地敲着，直到确认每一扇窗户和玻璃都完好无损。

"天啊！真是太有意思了！"德克斯特难得见到思考机器也会有激动的时候。

"如果镭不是在接待室被偷的，那……那……"思考机器一边嘀咕着，一边再次观察整间实验室。

德克斯特轻轻地摇了摇头，他现在已经冷静下来，但是这件事还是非常扑朔迷离。

"德克斯特教授，你是把镭放在我指定的地方的吗？"思考机器的声音有些冷酷，甚至有几分责难的味道。德克斯特窘迫地涨红了脸，他说道："是的，一切都是按照您的指示办的。"

"你确定泰蕾兹·沙坦尼夫人或是布朗先生没有进过实验室？"

"是的，教授，我很确定。"

思考机器背着手在实验长桌旁边踱步，突然他问道："泰蕾兹·沙坦尼夫人有没有提到过小朋友？"思考机器问的这个问题让德克斯特完全摸不着头脑，但他还是如实回答："没有。"

"沾边的呢？收养或是别的什么？"

"完全没有。"

"那她的手提箱是什么样子的？"

"这个我没在意，看起来就是惯常式样的手提箱，我想应该是皮制的。"

"对了，你说她昨天才刚到美国？"

"是的，她是这么说的。"

"更有意思了！"听了德克斯特的话，思考机器小声地嘟囔着。

之后，思考机器在纸上简单写了几行字，然后把纸交给了德克斯特："现在，请立马发出这封电报。"

德克斯特看了一下手中的纸，上面写着：巴黎，居里夫人，请问您有没有为泰蕾兹·沙坦尼夫人写过一封介绍信去见德克斯特教授？收到请速回复。

奥古斯都·S. F. X. 凡·杜森教授看着这份电报，眼睛闪着别样的光彩。

"您觉得泰蕾兹·沙坦尼夫人会是……"德克斯特有些困惑地问道。

"我完全知道居里夫人会怎么回答！"思考机器打断了德克斯特的话，不太客气地说道。

"怎么回答？"

"当然是没有，所以——你的诚信会遭到怀疑！"

德克斯特一口气哽在嗓子眼里吐不出来，他咬紧了牙关，脸憋得通红，思考机器自顾自走了出去，留德克斯特一个人在实验室里，德克斯特颓然地瘫坐在地上，脑袋深深地埋在自己的臂弯里面。

几分钟之后，布朗先生走进了实验室。

德克斯特抬起头把手里的纸递给了布朗，说道："布朗先生，麻烦您立刻把这份电报发出去。"

思考机器一到家就给报社的记者哈钦森·哈奇打了电话。

哈钦森·哈奇是一个热衷于挖掘好新闻的年轻记者，一接到思考机器的电话，他整个人都兴奋起来。

"我想和你谈谈关于亚佛实验室遗失镭的事情。"

"我几分钟前听到这件事，警察发布了公报，我刚准备出门去采访这件事情。"

"在这之前先帮我一个忙，我需要你马上赶到日耳曼旅社，那里住着一位叫泰蕾兹·沙坦尼夫人的旅客，你帮我确认一下她有没有一位孩童随行，必须百分百地确定。"

"没有问题，保证给你确认，但是关于遗失的镭……"

哈奇的话还没说完，就被思考机器毫不客气地打断了："如果在旅行社无法确定，就去船舶公司那里再打听一下，她昨天才刚到美国，是从利物浦坐船过来的，这件事必须准确无误地办到，我需要确切的证据。"

"马上就去！"哈奇立马保证。

一挂掉电话，哈奇立马往报社外边冲，他刚好跟日耳曼旅社的领班还挺熟的，那是个矮胖子，他们之前也有过合作。

"好久不见，查理！请问泰蕾兹·沙坦尼夫人是住在这里吗？"

"没错。"

"和她的丈夫一起？"

"没有。"

"就一个人来的？"

"没错。"

"带着小孩吗？"

"没有。"

"泰蕾兹·沙坦尼夫人长得怎么样？"

"不得不说，那真是一位美丽优雅的女士。"

得到了想要的答案之后，哈奇马不停蹄地赶往码头。

泰蕾兹·沙坦尼夫人乘坐的格拉纳达号还停靠在码头上，哈奇把类似的问题又向船长问了一遍，答案如出一辙，并没有儿童的踪迹，看来这位夫人确实没有带着儿童来美国。

办完了思考机器交代的事情，哈奇立马赶往思考机器的家里。

"怎么样，打听到了吗？"

哈奇摇了摇头："没有儿童，我非常确定。"

思考机器对于这个答案并不感到意外，反而有些不安。他皱了皱眉，眯起了眼睛，背靠在椅子上静静地思考着。

"怎么会这样，哪里出了问题？"思考机器时不时小声地嘀咕着，哈奇也不知道他到底在想些什么，他只好选择不说话。

片刻之后，思考机器突然从椅子上跳了起来，然后把镭遗失的事情详细地说给年轻的小伙子听。

"就是那封居里夫人的介绍信让泰蕾兹·沙坦尼夫人有可乘之机！

"坦白来说，我觉得介绍信是假的。我已经让人给居里夫人发电报核实介绍信的真假了。

"如果居里夫人回电说没写过这封介绍信，那么我的推测就是真的，如果她回电说介绍信确是她亲笔所写，那么……这种事情不用考虑。

"目前我们要考虑的就是镭到底是怎么丢的。"这时门打开了，玛莎走了进来，递给了科学家一封电报。

思考机器马上打开了电报，读完之后他一下瘫倒在椅子上。

哈奇好奇地问道："电报上写了什么？"

"写过。"

晚上八点多的时候，思考机器在自己的小实验室里做化学实验，他手里拿着一个刻度杯，杯子里装着一些紫色的半透明液体。

突然，一个念头在思考机器的脑袋里闪了一下，他下意识地松开了手指，玻璃杯一下掉在地上摔了个粉碎。

思考机器忍不住骂了一句："我真是一个大笨蛋！"他来不及清理地上的玻璃碎渣，立马走出小实验室，给哈奇打了一个电话。

"现在立马到我家里来一趟。"虽然话很短，但是语气里的急切还是让哈奇瞬间兴奋起来，他挂掉电话之后抓起帽子就往外面狂奔。

等他赶到的时候，思考机器刚好从打电话的房间里走出来。

看见哈奇，思考机器言简意赅地说了一句："我知道了！"

还没等哈奇追问，思考机器接着说道："真是太简单了，我竟然没有想到，我可真是个笨蛋。"

头一次听见这位成绩斐然的大科学家这样说自己，哈奇忍不住憋着笑。

"你是怎么过来的？出租车吗？"

哈奇连忙点了点头："是的，车还在门口。"

"正好，一起走吧。"思考机器上车之后给了出租车一些指示就出发了。

"接下来你要见到的是一个非常有意思的人。他可能会制造麻烦，但也可能不会，我也说不准，你最好做好准备。"

出租车在一栋大宅子前面停了下来，这是一栋专供中产阶级租住的公寓。

出租车刚一停下，思考机器就从车里跳了出来，哈奇紧紧地跟在他的后面。

两人一起走上台阶，哈奇伸手按下了门铃，然后一位女仆模样的人给他们开了门。

"你好，我们是来找……嗯……他姓什么来着……"思考机器搓着手，一副拼命想要记起什么的样子。

"就是那位，身材有些矮小，昨天刚坐船从利物浦过来的……"

"您是说贝克斯通先生吧？"

"对！就是他，贝克斯通先生！请问他在家吗？"

"在的，不过您有名片吗？"女仆笑着问道。

"没有，不过也没有这个需要，我们从戏院过来的，他知道我们来找他。"

"二楼，后面。"女仆给他们指了路。

两个人走上楼梯，在一扇门跟前停下。

思考机器轻轻拧了拧门把手，门没有上锁，他推开了房门。

房间里亮着灯，但是却没有人。哈奇听见翻动报纸的声音，两个人循着声音看过去，还是没有人。

思考机器踮起脚毫无声息地朝着一张面向另外一个方向的大沙发椅走了过去。

思考机器从沙发上提起了一个人，一个像玩具娃娃一样的侏儒，穿着很轻便的外套，他在思考机器的手底下扭动着，嘴巴里还不停地骂骂咧咧。

眼前这幅奇特的景象让哈奇忍不住爆笑，笑得他上气不接下气。

思考机器严肃地为两人互相介绍："这位是贝克斯通先生，这位是哈奇先生。"

"哈奇先生，就是这位先生偷走了镭。"思考机器不给贝克斯通说话的机会，接着说道，"在你说话之前，有件事我必须先告诉你，泰蕾兹·沙坦尼夫人已经被逮捕了，而且她已经全部招认了。"

"快放我下来！放我下来，求你了！"矮小的德国男人恳求道。

思考机器把贝克斯通放回了沙发上面，哈奇走过去关上了门并且落了锁。

等他走回来的时候，看见侏儒小小的脸上全是皱纹，身材如孩童一般，穿的衣服更像玩具娃娃，可怜的小矮子现在脸上写满了茫然、无助，此时此景他反倒笑不出来了。

侏儒也许十五岁，也许五十岁，但是体重不会超过二十五磅，身高也只不过三十英寸左右。

"其实我们在戏院表演过很多次……"贝克斯通结结巴巴地说道。

"原来是这样。"思考机器点了点头，但是他还有别的问题要问，"泰蕾兹·沙坦尼夫人真正的名字是什么？"

"她是著名的方琼小姐，我是伟大的冯·弗里茨伯爵。"贝克斯通一口标准的舞台腔。

哈奇的脑袋里闪过一个想法，他好像知道镭是怎样被偷的了！

正如思考机器说的那样，真是太有意思了！这真的是非常大胆呢！

思考机器站了起来，从屋里的橱柜里面拿出了一个手提箱，箱子里面安安静静地躺着一个小铁盒。

"哈！遗失的镭找到了！你想看看吗？哈奇先生。"

就是这么一个小盒子，可是价值数百万呢！哈奇的脑袋在飞速运转，他在想着怎么样编辑这次的报道。

之后两个人带着贝克斯通先生搭乘出租车回到了思考机器的家里。

一小时后，泰蕾兹·沙坦尼夫人有些激动地应约来访，她以为是要谈关于购买镭的事情。

德克斯特随后也跟着到了，他接到了思考机器的电话，心里瞬间被愤怒和茫然填满了，但是他又不敢拒绝思考机器的邀请。

此外，马洛里侦探也在场。

"现在，泰蕾兹·沙坦尼夫人，请你告诉我，除了你从亚佛大学实验室偷走的一盎司镭之外，你还有别的一盎司吗？"思考机器平静地说道。

但是泰蕾兹·沙坦尼夫人听完之后一下就跳了起来，思考机器对此毫不在意，他眼睛斜斜地向上看着，手指十指指尖轻触。

相反马洛里侦探立马警觉起来，整个人直起身来，眼睛锐利地盯着泰蕾兹·沙坦尼夫人。

"偷？你说什么？偷！"泰蕾兹·沙坦尼夫人大声地斥问道。

"没错，就是偷。"思考机器的语气里竟然有些愉悦。

女人的眼睛里闪过一道凶狠的光，但是随即就消失了，只留下涨得通红的脸，不过她的神色马上就恢复了正常。

泰蕾兹·沙坦尼夫人怏怏然地重新坐回到椅子上。

"冯·弗里茨伯爵已经全部招认了。"思考机器继续说道，说完他倾了倾身子，从桌子上拿起一个包裹，"这里就是遗失的一盎司镭。除此之外，你还有别的镭吗？"

听到这里，德克斯特教授忍不住倒吸一口凉气：镭找到了！

"如果你不否认，我觉得是时候让冯·弗里茨伯爵进来了。"

说完，思考机器冲哈奇点了点头，说道："哈奇先生，麻烦你。"

哈奇闻言打开了房门，侏儒仿佛上台表演一般，跃然进入了房间。

"我想这个证据应该已经足够充分了吧！方琼女士。"思考机器的语气里有点讥讽的味道。

泰蕾兹·沙坦尼夫人无话可说，她只好点了点头。

"我猜你应该很好奇我是怎么知道的吧！一定是报纸上铺天盖地的报道给了你灵感。你应该知道我也参与到这次的实验中了，报纸上对此可没少报道。你前脚刚离开实验室，我后脚就到了。德克斯特教授也第一时间把事情的经过事无巨细地告诉我了。我不得不承认，你真的非常聪明，连我都差点被你骗过去了。但是整件事有一个漏洞，你手里的镭太多了，多到不可思议。如果你说的是假的，那你又为什么要专程去一趟实验室呢？答案显而易见。在我之前，只有你和德克斯特教授进过接待室，但是实验室里的镭却不见了。一开始，我认为在你和德克斯特教授交谈的时候，你的同党趁机潜入了实验室，又或者是从玻璃天花板上用某种器械把镭勾走了，比如鱼钩之类的东西。德克斯特教授告诉我，你们在交谈的时候，你曾剧烈地咳嗽过两次，我想这就是你给你同伴的信号吧。

"然后，我检查了天花板的玻璃和窗户，全都从内部锁上，没有从外部或是内部破坏的痕迹，所以我的第一个想法被推翻了，当然镭也没有从接待室出去，所以我当初也没有想出来你们到底是如何办到的。

"直到德克斯特教授提到一个手提箱。一位优雅的女士出门拜访为什么要带着手提箱呢？就算有带着手提箱的理由，也完全可以把手提箱留在旅社，完全没有必要带到接待室。而此时我已经基本可以确定你的手里并不像你所说的那样有一盎司的镭，再加上你给同伴打的两次信号，我认为你的手提箱肯定跟这次的失窃案有关系。换句话说，我觉得你的手提箱里面一定藏了些什么。到底是什么呢？一只猴子？但是我觉得猴子的智力水平似乎办不成这件事情。一个小孩？这个可能性还大一点，你可以训练孩子去帮你偷镭，但是我请哈奇先生帮我再三确认过了，你并没有带着孩童来到美国，这两天身边也没有孩童随行，所以这个想法再一次被否定了。"

屋里的人都瞪大了眼睛听思考机器叙述这件离奇的案件，只有冯·弗里茨伯爵梗着脖子笑眯眯的。

"我让德克斯特教授给居里夫人发了电报，确认介绍信的真假，居里夫人回信说是真的，所有的一切又重新回到了起点，我再三考虑，都是一样的结果。直到我在做实验的时候突然想到另一个可能性，如果手提箱里面的既不是猴子，也不是孩子，那还能是什么？自然就是身材矮小的侏儒。我可真是太笨了，竟然没有早一点想到这个可能性。之后我们要做的就是找到这个侏儒。他应该是和你一起乘船过来的，方琼女士。然后我想到了一个计划，我们找到了当初在日耳曼旅社接送你的马车夫，我们从他那里知道了你把手提箱留在了哪里。于是我们按照马车夫提供的地址顺利找到了冯·弗里茨伯爵。我到现在也没有办法解释你是怎么从居里夫人那里拿到介绍信的，不过对于一个能够策划出这样一个案件的聪明人来说，这个应该非常简单。方琼女士和冯·弗里茨伯爵都是舞台剧的演员，手提箱里面藏人的戏码应该也在舞台上表演过。还有，这个手提箱也是特制的，侏儒完全可以从里面打开自行出来。"

"是的，每次效果都非常好，总是能给观众带来欢笑。"看来侏儒对此非常自豪，他忍不住插嘴道。

片刻之后，两位嫌疑犯都被关进了警察局。

第一天冯·弗里茨伯爵就出逃了三次，因为只要他稍微扭一扭身子，就可以从牢房的栏杆之间溜出去。